21世纪年度散文选

2012 散文

人民文学出版社编辑部　编选

人民文学出版社

图书在版编目(CIP)数据
2012散文/人民文学出版社编辑部编选.—北京:人民文学出版社,2013
(21世纪年度散文选)
ISBN 978-7-02-009514-8

Ⅰ.①2… Ⅱ.①人… Ⅲ.①散文集—中国—当代 Ⅳ.①I267

中国版本图书馆CIP数据核字(2012)第223205号

责任编辑　杜　丽
责任校对　常　虹
责任印制　李　博

出版发行　人民文学出版社
社　　址　北京市朝内大街166号
邮政编码　100705
网　　址　http://www.rw-cn.com

印　　刷　三河市鑫金马印装有限公司
经　　销　全国新华书店等

字　　数　406千字
开　　本　880×1230毫米　1/32
印　　张　16.875　插页2
印　　数　1—10000
版　　次　2013年4月北京第1版
印　　次　2013年4月第1次印刷

书　　号　978-7-02-009514-8
定　　价　30.00元

如有印装质量问题,请与本社图书销售中心调换。电话:01065233595

出 版 说 明

我社自一九八〇年起,曾经编选和出版过《1980—1984年散文选》、《1985—1987年散文选》、《1988—1990年散文选》和《1991—1993年散文选》,受到文学界和广大读者的好评。一九九四年后,这项工作一度中断。进入二十一世纪,散文创作仍然欣欣向荣、气象万千,成为文学园地一道亮丽的风景。为了及时总结年度散文创作的实绩,向读者集中推荐优秀的散文作品,进而为新世纪的文学积累做出我们的贡献,我社决定恢复年度散文的编选和出版工作。

恢复出版的散文年选总冠名为"21世纪年度散文选",每年编选一册。编选范围为当年全国各报刊上发表的散文作品,入选篇目以发表时间顺序排列。此项工作得到了许多著名文学评论家和编辑家的支持和帮助,并且提出了很好的编选意见,我们在广泛阅读的基础上,充分参考专家们的意见,严格进行编选。在此,谨向诸位专家深表谢忱。

我们希望读者通过这个选本,不仅能了解本年度散文创作的总体概貌,而且能集中欣赏和阅读这一年里出现的最优秀的散文作品。我们的努力是否达到了这样的效果,真诚地期望得到文学界和读者的批评和建议。

人民文学出版社编辑部

目 录

红豆山庄　　　　　　蒋子龙　／　1
故事(节选)　　　　　(台湾)吴念真　／　6
真情六记　　　　　　鲍尔吉·原野　／　24
天边的小拐　　　　　马　伟　／　44
贫穷,但坦诚而快乐着
　　——尼泊尔见闻录　　龚　玉　／　55
美国追杀本·拉登　　　朱增泉　／　61
沂蒙地瓜　　　　　　厉彦林　／　77
我在山里有群娃　　　陆　秀　／　85
春节拾零　　　　　　丹　晨　／　92
看家(外二篇)　　　　姜春浩　／　95
生育报告　　　　　　冯秋子　／　104
我走过时间　　　　　葛水平　／　111
毛彦文:那些与爱有关的往事　　齐　红　／　126
亲人
　　——记我家的保姆李佩　曾　自　／　142
遥忆腾格里　　　　　陶　丽　／　164
发现麦积山石窟　　　薛林荣　／　169
冷湖之春　　　　　　肖复兴　／　179
善与尊严(三题)　　　李庆年　／　186
心灵在高处(外一题)　董立勤　／　194

酒　　　　　　王　族　／ 203
祥云飞渡　　　　刘心武　／ 215
印度记　　　　　于　坚　／ 226
西瓜沿河　　　　金　山　／ 255
丹凤，游子的寺庙　　陈　仓　／ 262
蚊子的亮点(外二篇)
　　——藏地奇遇　　王宗仁　／ 269
水顶寺的水　　　丹　增　／ 277
文人书法赏析三题　　管继平　／ 284
怀念父亲的挚友盛澄华先生　　王圣思　／ 295
铁箫声幽　　　宗　璞　／ 317
拿"七七级"说事　　　李　岩　／ 323
天落水(外一题)　　干亚群　／ 341
母亲的思想　　　金学种　／ 348
永陵访古　　　赵丽宏　／ 378
拉萨记忆　　　刘宏伟　／ 384
日暮乡关何处是　　柴　静　／ 405
伊克苏龙　　　熊红久　／ 417
寻访槐园　　　张祚臣　／ 441
饕餮在六〇年(节选)　　杜　元　／ 449
远去的路边店　　闫会作　／ 465
大山行孝记　　　郭文斌　／ 470
渐行渐远的滋味(节选)　　李存葆　／ 486

红豆山庄

蒋子龙

名重一时并引得文徵明、郑成功、顾炎武、袁枚、曹寅、翁同龢、章太炎等历代众多名流显贵前来瞻拜的"红豆山庄",如今只剩下一棵红豆树了。大树四周高墙维护,墙门紧锁。近五百年来,山庄毁了建,建了毁,然而这棵红豆树,却始终森然挺立,繁荫浓重。谁说"相思"最脆弱、最绵软、最不可靠?一棵树撑起了一个村庄,一个村庄因一棵树而成为一种文化符号、成为古代才子佳人向往的一块圣土……给人以无限怀想和遐思。

只要有红豆树在,山庄的名就在,魂就在。至于楼堂瓦舍、横街竖巷,迟早还会在红豆树下铺展开来。红豆山庄从建立的那天起,似乎就秉负了主人的性格和修为,红豆树要撑起的还不只是一个村庄,而是一段重要的历史文化,以及中国文化史绝对绕不过去的一些人的命运。宋末元初,以"古今多少兴亡恨,都在声声晚寺钟"等佳句传世的顾细二,为杭州、上虞一带的名士,通晓天文地理,文才卓然,向与书画大家赵孟頫交厚。忽必烈入主中原,赵官拜翰林学士,遂向元主推荐顾细二,欲招之入朝为官。顾却坚辞不受,并携老小弃家远避,行于虞山左侧,见水土不错,便在补溪畔立户开庄。

——这才叫"清高"。不高兴当官,便拉家带口拔腿就走,走到哪儿觉得好就安顿下来,开荒种地,晨耕晚读。补溪岸边逐渐形成村落,根据顾家栽培的数百株芙蓉树,顺理成章地命名为"芙蓉庄"。到明代嘉靖年间,顾细二的后人又从海南移来两株红豆树,红豆珍稀,人见人喜,随之又更名为"红豆山庄"。

但真正成就了山庄巨大声名的,是奇冷的崇祯十三年深冬,发生了一件奇事:"艳过六朝,情深班蔡"的奇女子柳如是,突然造访虞山。一个有故事的人的到来,让红豆山庄也有了故事。而故事就是魅力。她一下子给红豆树注入了灵气,成为天下有情人爱恋的象征物,并见证了一段传奇姻缘。当时柳如是一身男装打扮,青布束发,蓝缎儒巾,扣响了钱谦益家冷寂的门环。

这位二十八岁的探花郎,此时已年近六旬。虽被清人公认其七律"为清代第一"、"开创了清一代诗风",甚至连现代治学严谨的国学大家陈寅恪也推崇他:"较杜陵犹胜一筹,乃五百年来的绝大著作也。"但钱谦益在官场却屡屡失意,两年前因贿赂案发,在京师领受廷杖之责,罢黜礼部侍郎,遣回老家。途径杭州时读到一首好诗:"垂杨小宛绣帘东,莺花残枝蝶趁风;最是西泠寒食路,桃花得气美人中。"并因诗结缘,认识了诗的作者柳如是。

柳原姓杨,后更名为柳隐,借辛弃疾的名句"我见青山多妩媚,料青山见我应如是"。取字"如是"。自小命舛,堕入章台,却"正直聪慧,魄力奇伟",更兼多才多艺,精于诗词,通晓音律,其书法也清丽有致,"铁腕怀银钩,曾将妙踪收。"钱谦益一见便心生怜爱,在杭州名妓草衣道人陪同下,三人泛舟西湖。

柳如是虽面对大名鼎鼎的东林领袖,却并无拘束,谈景论诗,多智多趣,清爽动人,钱谦益为其绝世才貌所倾倒,猝遭巨变后的满腹悒郁一扫而光,一口气吟出十六首绝句,不仅步柳之韵,有的甚至完整借用柳之佳句:"草衣家住断桥东,好句清如湖上风;近日西泠夸柳隐,桃花得气美人中。"这令柳如是大为感动,率性而答:"天下惟虞山钱学士始可言才,我非才如学士者不嫁。"此时已丧偶的钱谦益回应道:"天下有怜才如此女子者耶,我非才如柳者不娶。"两年后,正是钱谦益心神寂寥,门厅冷落时,柳如是竟从天而降,令其大喜过望,感动莫名。急忙上茶奉酒,两人相谈甚欢。

至晚钱邀柳在自己的"半野堂"住上一段时间,柳欣然应允。此后在冷寂多时的"半野堂"里,时常可听到这一老一少的谈笑声。他们一同踏雪赏梅、寒舟垂钓,两人相处和谐,心神大畅。为答谢柳如是相慰之情,钱谦益亲自督工,仅以十天工夫便在红豆山庄为柳如是特建一楼,依据《金刚经》中"如是我闻"之句,钱谦益将小楼命名"我闻室",以应合"如是"的名字。

柳深为感动,她历尽坎坷,成名后虽结交过诸多风流才子,常有千万人捧着,但多是逢场作戏,难托终身。倒是这位花甲老者,知疼着热,有情有趣,反能相知相感,给她一种长久以来曾渴望过的安适与恬静。敢作敢为的柳如是几次露出以身相托之意,而钱谦益一遇到这种场面总是先感激动容,随后却旁顾左右而言他地把话题避开。或是他心存顾虑,两人年龄悬殊,自己整整大了柳如是三十六岁。且为罪臣,前程无望,岂不牵累了这位风华绝代的才女!或许这正是钱的高明之处,欲擒先纵。但面对美人的一片痴情,男子的矜拒又能维持多久?何况在他心里一刻也舍不下她。拖到来年夏天,钱谦益决定要将柳如是娶进家门。

一旦真要办大事了,钱谦益就想哄得娇妻高兴,将婚礼办得别致而张扬。他租了一只富丽堂皇的芙蓉舫,在舫中摆下酒宴,邀来十几位好友,随舫划入虞山脚下的松江之中,在碧波之上,在箫管鼓乐声中,两人一个高冠博带,一个凤冠霞帔,双双拜了天地,喝了交杯酒。这场婚礼引人艳羡,甚至在士大夫中招来物议:"亵朝廷之名器,伤士人大夫之体统。"钱谦益能有这份勇气,恰恰证实了他对柳如是的珍视和真情。

可惜,红豆香风留美人,却不一定留得住男人的野心。或因怀才不遇,心有不甘,越是仕途坎坷,钱谦益越是觉得当官还没有当够。官瘾如毒瘾,而当他费尽心机甚至不惜借助柳如是的关系谋到一个官位时,旋即明亡,作为明臣他们想以死殉国,两人来到他们初次相识的西湖,自驾一小舟乘夜漂进湖心,决定以湖水洗辱全节。柳如是悲切而决绝:"妾身得以与钱君相识相知,此生足矣。今夜又得与君同死,死而无憾!"钱谦益被感染,豪气陡增:"不求同生,但求同死,柳卿真是老夫红颜知己!"待喝干壶中酒,柳如是平静地催促说:"我们去吧。"钱谦益用手一探湖水,借口水凉胆怯了:"老夫体弱,不堪寒凉。"

一个真心求死的人,还会怕冷吗?俗云:"烈女怕缠郎。"何况是"才高八斗,学富五车"的缠郎,永远都会有道理。任柳如是再刚烈,既为人妇,就得遵妇道,随夫意,只好再退一步,劝戒丈夫隐居世外,不事清廷,也算对得起故朝了。钱谦益慨然允诺,但没过多久借口头皮发痒剃光额发,留起清人的辫子,公开降清并在清廷谋得一个闲差。但他确是命蹇事乖,很快又因一门生犯案被逮,银铛北上,押往刑部大牢。柳如是扶病随行,上书陈情,请托斡旋,誓愿代死或从死,最终把他搭救出来……钱谦益降清本应为世人诟病,全仗柳氏的义行,冲淡了人们对他的反感。至此,钱谦益在官场旋进旋退,已三起三落,不免心力交瘁,益发怀念红豆山庄。

山庄依旧接纳了他们。红豆树宽慰了他们。但,原先并株的两棵红豆树,却只剩下了一株。民间有一说法:"两口子一样,活不到天亮。"相思树、相思树,成日在一起还用相思吗?不相思,相思树还能有活力吗?令人讶异的是,在留下来的这棵高大的红豆树旁,又长出一棵朴树,与红豆相依相靠、相扶相助,蔚为奇观。由此钱谦益和柳如是过了十年安定的日子,他们还有了个女儿,可谓锦上添花。

1661年5月,正当钱谦益八十岁生日,十二年未开花的红豆树,一夜间含苞吐蕊、异香浓郁,二人大喜,相拥而泣。到9月,霜降叶落,柳如是遣人在树下细细搜寻,终于收获了一枚晶莹饱满的红豆,山庄沸腾……世上恐怕也只有红豆,开花结果才会如此轰轰烈烈。见到它开花已属不易,能得到它的果实就更难。确是"红豆生南国,秋声传一籽"。

在四百六十年里,这棵红豆树只开花二十三次。距今天最近的一次开花是1932年。或许是因为现代人已经不会相思了,不知相思为何物,"空见相思树,不见相思人",红豆树还为谁开花呢?不开花,又怎会结果?

幸好,在柳如是拣到红豆三百年后,陈寅恪意外地也得到了一枚红豆山庄的红豆。这枚红豆向他传导了什么信息,致使老先生受到电光石火般的启发和感动,"不顾年老体衰、指僵目盲,穷十年心血",完成了皇皇八十万字的《柳如是别传》?或许从陈寅恪对钱谦益的评价中去猜想:"牧斋之降清,乃其一生污点。但也由其素性怯懦,迫于事势所使然。若谓其必须心悦诚服,则甚不近情理。"钱谦益到晚年后悔当初没有听柳氏劝告纵身投进西湖,甚至在临终前呼喊:"当初不死在乙酉日,这不是太晚了吗!"在钱去世刚两个月时,柳如是还只有四十七岁,乡里族人聚众欲夺其房产,柳为保护钱家产业,吮血写下遗嘱后,解下腰间孝带悬梁自尽,状极悲惨。

三十多年后,上海一位蒋家才女丽萍,再写《柳如是传》。于是在红豆山庄,形成了一派"红豆文化",那棵红豆树也成为世间的爱情吉祥物。当人们重新学会相思、珍惜相思的时候,就会发生感天动地的爱情故事,到那时相信红豆树还会开花结果的。

(原载2012年3月12日《今晚报》)

故　事(节选)

(台湾)吴 念 真

这些看起来是小事,经过时间的沉淀都变成大事,变成愿意跟人家共享的事。

讲故事的人

我为自己设定的角色,不是一个作家、艺术家,什么家都不是。因为艺术家要有一种"格"在那边,或者是一种态度,或者创造一种新的视野。我觉得我达不到,我就甘心做一个读者好了。

写作也好,做什么事也好,我只是想做一个沟通者。很多人问,你为什么喜欢讲故事给人家听?因为我是一个非常怕无聊、沉闷、做作的场合的人。我讲很多故事给朋友听,他们再转述给别人,但是你知道转述要有能力再加上一点即兴,所以有些朋友转述到一半,会三更半夜打电话,问我故事的下面是什么。我必须把故事回溯回去,然后他再去娱乐别人。有一次我们去打球,球场上到处禁烟,到了一个角落,朋友说这边可以抽。我说不行。他说真的可以,那边一个石碑,那么大字写着"每天一包"啊。我想,好吧,就点了一根烟。一个小姐过来说,先生对不起,这边不可以抽烟。我说那不是写"每天一包"吗?她说,不是,那是"海天一色"。这么简单的笑话,我讲给别人听,他们竟然可以忘记,还打电话来问,那天你去打球,看到一个碑上面写的是什么?

我小学三年级的时候,我们村庄是矿区,所以报纸通常是下午两三点钟才拿得到,那些不识字的老伯伯就想找人给他们讲报纸上写了什么,但是矿工下班是四点钟,要一两个小时后才回来。我爸爸就说,你既然认识字,就念报纸给伯伯们听。然后还对外宣布说,明天报纸来了就让他念。这就完蛋了,对你们来说也许是很简单的事,因为你们念出来跟你们的生活语言是完全一样的。我不是,报纸是国语的,但我要转换成台语念出来。那些老伯伯认为我会,因为我爸爸说我会,所以要是念不好,他们会找我的。可念出来真的很困难,那种痛苦的经历我现在还记得。你必须先做功课,把报纸上的看懂了,然后再组织成一个故事,用台语讲给他们听。在讲的过程中要加附注。那时候台北发生了一件分尸案,一个老伯把太太干掉,切成五块丢到璘公圳。一个小学三年级的学生讲这个很可怕,但是他们听得津津有味——酷爱血腥的永远是人类。

长大一点儿,我就要帮邻居写信。写信有个好处,你知道所有人的秘密。如果写平常一点的信,他们就会拿张信纸直接到我家;如果是写私密一点的信,他们就会说,来来到我家来。你就会介入许多家庭事务,比如说年长的妈妈写信给远方的儿子说媳妇不孝,媳妇会叫我写信跟丈夫说婆婆常常虐待她。这很复杂。女性常常喜欢探询机密。我妈妈常跟我说,他们叫你写什么?我说不行,教我写信的伯伯说所有的信都是别人的秘密,不能讲,宁死不屈。所以我很年轻的时候就介入转述的技巧,很年轻的时候就介入那种生活中的人跟人的矛盾,我觉得自己其实蛮早熟的。

我小学四五年级时,台湾有份《国语日报》专门给儿童看的,我就觉得那些作文好幼稚,写得好无聊,什么老师给他一块饼干就可以开心两三天、很难忘。乱七八糟。到老了,觉得很多故事可以跟别人分享,就很愿意拿出来,当然有些部分是自己的,有些部分是别人的,有些部分是从平常生活中听见的。

现在台湾很多年轻人都躲避当兵,我们那个年代没得躲避,很不幸我当三年兵,有两年是在金门。我觉得那个地方让我成长很多,为什么?你平常在社会中相处,比如你念大学,相处的都是同科系,大家都是一个层次的,进同样学校的人考试成绩差不多。当兵不一样,你会遇见各种乱七八糟的人,南部人、中部人、北部人,家里行业不一样,有道士、有开赌场的、有开私娼馆的。有些人是一辈子不爱跟别人沟通的,我是跟谁都可以乱讲话,他们都愿意把很多故事告诉我。

那个过程我觉得收获最大的是跟老兵接触。老兵他们其实自成一个体系,不太跟台湾兵接触的。那些人有时候心情不好,因为离开大陆很久了,要娶太太,不晓得前途在哪里。我的工作是老发一些乱七八糟的东西给他们,什么维他命丸啊,他们都不吃。我说这是维他命丸,他们说不是,是"国防部"叫我们不能有性欲的药。他们就把维他命丸拆开泡在水里面去浇花。我后来跟所有人变成蛮好的朋友。一旦熟悉了,即便再凶的人都会跟你讲一些奇奇怪怪的事情,你才会知道他们是莫名其妙被抓兵抓来的,有一天在耕田,耕到一半就被抓走了,来不及跟太太说再见。有一个很粗鲁的士官长跟我讲,你知道我最后一眼看见什么吗?他说他回头的时候,看他太太抱着小孩,小孩的脚上穿着的是绣着老虎头的鞋。我觉得那简直是一幅电影画面,可是这样的描述、这样的画面,竟然从一个粗鲁得要死的士官长嘴巴里面出来,听得我眼泪真的快要流出来了。

老莫是其中一个异类,他是无线电台台长,不愿意升官,床底下有很多金庸的小说、三十年代的小说。那些当时在台湾全部是禁书。所谓禁书的标准很简单,没有跟着国民政府到台湾的作家的作品都是禁书,沈从文、钱锺书、老舍、茅盾、巴金,通通都禁。老莫永远相信一件事,就是要精忠报国。他有一次去支援人家演习的过程中,车子坏了,就打电话回来,师长把他骂一顿,说你车子开出去前没检查好,你任务失败。他竟然跑去卧轨,被火车轧死了。那时候全连都在放假,我跟营长去现场。那是清晨三四点钟,说检察官九点钟会来,营长跟我说他要去睡觉,不然回途会撞车。他跟我说,你看着不要让狗把肉捡走了。我就站在那边看,看到那些尸块在变色,奇奇怪怪的东西,整个身体被撕裂成乱七八糟。两百米内都是尸块、鞋子、衣服。到九点钟那个检察官没来,十点钟也没来。整个肉都变成紫色,到十一点,他来了。他妈的他只远远看一眼说:收起来。叫一个老先生把尸体收起来。那个老先生跟我讲,你要好好帮我看,我眼睛不好,不要漏掉。在这边很可怜,不要让他尸体不全。我就帮他拣,拣到最后检察官来了,他竟然叫我打开来看看,我就打开给他看。回到军营的第一件事是他们说我身上很臭,我就洗澡换衣服,洗完他们还是说臭。晚餐吃茄子炒葱,你知道军队是大量的茄子炒在一起,黑色的,紫色的,白色的葱像筋肉,我就都吐出来了。后来我就生病,病了两三天。副营长知道我生病,就集合全连把我叫出去,我真的很虚弱。我以为副营长要骂我,没有,他骂老莫,说这个孩子帮你怎样、帮你怎样,你有种来找我。然后他找了老莫的一只梳子,说你带着它睡觉,他会保护你的。我所有奇怪的症状就慢慢好了。后来这个事情过去了,有一天我要写剧本的时候,就写了一个《老莫的第二个春天》,觉得他很可怜,所以剧本里面就让他娶了一个老婆。他有一个很艰辛的适应过程,但还是在台湾留下来了。我是在弥补一点点对这个人一生的遗憾。当兵,有些人从一个角度认为是浪费生命,浪费时间。但我觉得在当兵三年中,我自己得到蛮多的,不管是人性,还是自己后来的阅历。那三年我觉得我读了几百本书,好像经历过社会大学,这都是书没办法告诉别人的。

有一天,我去坐计程车。台北市大概七成以上的人认得我,所以我在台北很守规矩,走路一定靠右边,不会一边走一边抽烟。那个计程车司机在听古典音乐,那音乐恰好是我当时唯一能接受、唯一喜欢的肖邦。我很高兴。他从后视镜看到我。我说那是肖邦啊。他说对啊。他很含蓄地说,导演你好,我常常想,如果哪一天碰见你,我一定要讲个故事给你听。我说好啊,你讲啊。他说,你就当成我自言自语好了。

他讲故事的技巧不是很好,就是说他大学时有个非常好的女朋友,全班都以为他们会结婚。他大学毕业后去当兵,他女朋友在外商公司做事,做得非常好。他退伍之后,女朋友说不如我们一起开一个小公司,因为她在外商公司工作过程中认识很多客户,也有很多经验。两个人就开始做。这个男人是本省人,女朋友是湖南人,她妈妈很会做饭,女朋友常带他回去,她妈妈会煮很好吃的饭给他吃。

后来生意越做越大,从两个人做到十几个人。他一个客户的女儿和他一起出差去马来西亚,两人就上床了。客户知道后,一定要他负责。他那时候也知道这个客户是蛮大的客户,跟他女儿结婚也不错,找到一个好的太太可以少奋斗十年。本来他和女朋友的计划是做到四十岁,公司上市,他们就退休环游世界。可是梦还没有完成,他们就分手了。他女朋友很好说话,这样再讲什么都没有意义了。唯一抗议的是她妈妈。她妈妈有一天中午拿着饭菜到办公室,一进来顿时鸦雀无声。他很害怕,就站起来。她妈妈只是打他嘴巴,说,坏孩子,我不煮饭给你吃了。就一直哭着走了。他说那是他人生中最痛苦的事。

其实他跟妻子在一起也并不快乐,总有一种内疚和罪恶感,最后也就离婚了。最后很颓废,生意乱七八糟,欠了一屁股债。

台北做生意失败的人常常去开计程车,因为还是自己当老板。可是不好的是常常遇见以前的客户,还会打招呼,下车后会多给钱,他就会觉得很尴尬。后来他在机场排队,遇见的正是当年的女朋友,很商业精英的打扮。他的第一反应是把后面的牌子拿掉,因为上面有他的名字。

他女朋友上来,直接说要去台北市中心的私人医院。他就低着头,不想让她认出来。那个女的没有跟他讲话,就开始打电话。第一个电话打回家,在外国,叫她女儿不要因为妈妈不在家就不上芭蕾舞课,叫她儿子记得吃维他命丸,游泳课要上。再打一个电话给澳洲的公司,说已经到台北了,交代要做什么事。然后打给她在伦敦的先生,说要买什么东西。最后打一个电话给他们共同认识的一个同事,说我回来了,妈妈生病要开刀,我特地回来陪她,不久就要回去,想看看你们,你们一定要带着小孩子来。然后就到了,下车。他想,还好,一路都没有认出他来。结果那个女的突然转回来,敲敲车窗,要他摇下来。她盯着他看,说:我都已经跟你讲过了我自己十几年来的人生变化,而你连 Hello 都不想跟我说一声吗?讲完就走了。

车子已经开到我公司,他还没讲完一半。我就说没关系,你讲完我再走。听完只是觉得人生惨烈,可是后来想起突然感觉很强烈,非常深沉。有一天晚上写到这一段的时候感觉很难受。

故　乡

故乡是什么?台北不是我的家,不是我故乡。我在那里待了四十年,但感情没办法进去,那是一个异乡,只是工作的地方,不是真正的故乡。

我出生在一个矿区,是煤矿、金矿的矿区,金矿没有的时候,我爸爸就开始挖煤矿。你知道矿工就是一个非常危险的行业,在早期整个社会福利制度还没有很好的时候,矿区是一个充满灾难的地方,我常常觉得我们那个矿区是制造孤儿跟制造寡妇的。早上一个叔叔,偷偷在店里买几块糖果给你的,还没结婚的,摸摸你脑袋去上班的,下午是尸体抬出来——矿村嘛。我很怕故乡的冬天,很多雾,冷冷地坐在学校上课,一听到矿务所敲紧急钟,当当当,当当当,然后开始广播几号矿出事。假设你爸爸刚好也是在那个坑,我在教室里面的第一个反应就是,心里拼命祈祷,不要是我爸爸,不要是我爸爸。可能外面还在叫,我们还是默默地在上课,老师也会故意把窗户关起来,怕受影响。等一下就有一个老太太,很会办丧事的一个老太太,那感觉就像一个死神,她喜欢穿黑衣服,头发就绑在后面,从雾里面穿过来,从远远的地方走过来,我就祈祷,不要叫我。然后她叫某个小孩的名字,说"阿中,来接你爸爸回家"——就看到一个小朋友收书包,开始哭,出去,全场安静——那样的画面永生难忘。当然会觉得不是我有一种庆幸,可是下课马上就会往坑口跑,所有人已经开始受不了了。你可以想象那种场面吗?小孩子跪在前面开始烧纸钱,一堆人哭,大家讨论怎么弄后事,有时候是一个,有时候是很多个。你在哭的不是因为他父亲的过世或是人的死亡,哭的是再过几天这个同学就不会再跟我们一起上课了,因为他可能就要去投靠亲戚,甚至去城市里面当童工。

那样一个矿区,它有一个好处就是,因为每个人都知道这个行业危险,每个人都知道明天不知道在哪里,所以人跟人学会一件事情叫互助。村子里如果刮台风,屋子被掀掉,第一个修的肯定是寡妇家,大家都去帮忙,因为家里没有男人。虽然那里的生活很辛苦,但会珍惜人跟人之间的情感。我年轻的时候看过一本书,克鲁泡特金的《互助论》,每次看到都很感动,觉得我们那个村庄基本上就是一个很穷但是非常完美社会的缩影。在那个村庄,基本上没有谁是李先生、王先生,不是阿伯,就是叔叔、阿公,女生不是阿姨,就是姑姑、就是阿嬷。

小孩子端一碗饭,就可以全村吃遍,但是同样你只要做错一件事,就会被打三次。我有一天只是在路上转弯处小便,伯伯过来,看到就一推我,说:"啊,你怎么在路上小便,女生如果下班看到多难看!"我那时候只是小学二三年级而已,就被打了一次。然后事隔半年之后,有一天那个阿伯跟我爸爸在树下聊天,看我走过去忽然间想起来了,说这个小孩有一次在路边小便,我打过他一次。我爸爸就说,过来。然后啪啪啪,又一次。事隔一年之后,一次他太太去洗衣服,碰到我妈妈,她突然间又想到了:"我听我先生说,有一天那个谁啊就在路边小便,我先生有打过他。"回来我妈妈二话不说,竹子一拿就是啪啪啪打。

那是一个生命共同体,你的丧事,大家是真心的悲伤着;你的喜事,大家是真心的替你开心。年轻的时候,人跟人之间是这样一种情感,就会期待走到哪里都遇见这样的人,希望你所处的社会就是这样的社会。可在城市工作,发觉不是,在台北,人跟人对面不认识,楼上楼下不认识。那种防备、不信任,很诡异,我无法理解这样的社会。我觉得这个城市我没办法有感情。

但是故乡的那种感情是无法取代的。1975年,我们那个村子被取消,现在回去时荒草蔓蔓,但是村落的人都还互相联络,婚丧喜庆都还参加,你要是三次不参加,人家会说,啊,他看不起我们了。所以你再辛苦再忙都要去,去帮一点小忙。以前村子里有丧事都会自动编组,年轻的人会扛棺木,老人家去山上找墓地,会写字的人去写悼词。像我这样的人什么都不能做,就去捧菜,旁边有个号,三十一、三十二,就是说我负责给第三十一桌和三十二桌端菜。现在慢慢老了,我开始做证婚人。

这个村子毁灭三十六年了。我父亲去世是1989年,他是矿工,矽肺,五十几岁生病,六十几岁受不了自杀。那一天我弟弟先回去照顾妈妈,我在那边处理后事应付警察,因为是非自然死亡。我回到村里差不多晚上十点多，狂风暴雨，我弟弟回去时差不多七点多，已经通知了各地的叔叔伯伯。我晚上十点钟送爸爸遗体进门的时候，所有叔叔伯伯已经在那边跪下来，来自各地。原来全村遗留下来的自然建制都规定好了，大家各行其事。

　　第二天治丧的时候，我弟弟说爸爸曾在夜里讲，他的丧事即便是半夜通知他的朋友，他也很自信他的朋友都会来。我爸爸还交代扛棺木这件事，叔叔伯伯都老了，都有矽肺，所以我们要雇人来扛。我有个叔叔就说，这种事情你不要烦了。

　　出殡那天也是大台风——我爸爸很喜欢风雨。叔叔伯伯很早就来了，每个人自己拿草鞋来穿，意思是要扛棺木上山。我们不能讲什么。每个人都安安静静抽烟，穿草鞋，草鞋上套着白布。从我家到平路路面有二十级台阶，我是长子，要捧牌位在前面走。我在那边大哭。我哭不是因为我爸爸，因为我爸爸最后一个月，该哭的我都哭了，我是看到十几个叔叔伯伯，六十几岁，都是矽肺，皮肤苍白，腿瘦瘦的，使劲抬上去，肌肉收缩。我就看到十几双腿在抖，心里想我这一辈子如果有这样的朋友，即便是什么都没有做，也很自豪。

　　我对上一辈那种情谊、人跟人的真情很珍惜，所以在城市里会受不了，觉得这群人是寡情之物。经过最重、最浓密的情感之后，你再去一个地方，会没有办法把它当作你的故乡，你的乐土。

历史的孤儿

　　我小时候很羡慕外省人的家庭，因为我们村庄里的外省人通常是校长什么的比较高级的人，他们的父母通常会抱着小孩喊小宝贝。但是我家不一样。如果有一天我爸爸过来抱我一下说小宝贝，我感觉他是发疯了。我父亲出生在日据时代的台湾，所以完全受日本教育的，那一套非常严厉，同时他也有中国人传统的那一套,不晓得怎么跟小孩子沟通。我一辈子跟爸爸讲的话不超过两百句,那怎么知道爸爸爱不爱你?当然知道。他有一些很细微的东西在表达。我们村庄里的孩子通常小学毕业后就去工厂做工,因为是很穷的地方。我是莫名其妙考上了第一志愿,那时候初中是要考的,考上里长都会广播,是我这一辈子少数的荣耀。里长讲什么我都记得很清楚。他说,阿科啊(这是我爸爸的名字),他儿子阿钦(就是我)考上了省立基隆中学,是全村庄三十年来的第一次,所以遇到他跟他说恭喜。所有人跟我爸爸讲恭喜恭喜恭喜。我爸爸却说"长大后才知道"。可是他高不高兴?他非常高兴。他有一天跟朋友出去喝酒,不知道去哪里,大概是比较城镇的地方,早上醒来我们就看到他桌子上有支钢笔。爸爸在睡觉,我们总不能去把他叫起来说,请问这支钢笔是给谁?我们三个人在外面,我妹妹就讲,我现在要升四年级了,要用钢笔写作业,一定是给我。爸爸就在里面讲,你吃撑了吧。我弟弟是成绩比较不好那种人,他讲,那一定不是给我的吧。我爸爸说,知道就好。我就拿来打开,说好新啊。这是"俾斯麦"的笔。他听到我打开钢笔的声音,就说那个很贵哦,你用坏了给我试试看。这中间表达的就是爱。

父亲的表达方式是非常奇特的。话又讲回来,因为他很少表示爱,所以你一辈子记住的东西就很多,因为每次表示爱你都记得。我们这一代人有一种遗憾,就是为什么越近的人越远。一直到父亲过世了,我整理他的故事都要从别人的嘴巴里面去听到片段,因为他从来没有跟我讲过他自己的故事。

我拍《多桑》,很多人说你在拍你爸爸的故事。不,我在拍台湾一代人的故事。我的感觉是,这一代人是历史的孤儿。我爸爸他们那一代历史的孤儿是这样,《马关条约》后台湾被割让,他们那一代人出生在日据时代,受日本教育,在这个过程里他所服膺的东西就是日本留下来的东西。我们不能站在自己的立场上说:不,你身为一个汉人,一个中国人,你应该怎样。不可能。所受的教育不用也不打紧,可你还被归类为被日本人奴化过的。长大之后,他儿女所受的教育是国民党的教育,永远认为台湾是八年抗战死了很多人才被拯救下来的,所以只要倾向于日本都是汉奸。《多桑》里面有一个画面,就是我妹妹公然讲"你汪精卫啊,你汉奸走狗啊",因为课本里面常常是这样教我们的。那一代人巴不到日本,也巴不到现在,在一个非常奇怪的状态里面。

我爸爸不讲国语,我岳父是日据时代早稻田大学毕业的,他做生意讲国语,可国语对他来讲是外来语,是后来才学的,所以他遇到很严肃的问题时,要先用日文想好答案,再把它翻译成中文。所以他们常常"睡觉晚一点"就是"晚一点再睡"。这样跳跃来跳跃去,如果你站在第三者的立场上来看,他们有他们的悲哀。

爸爸过世之后,有一次要到日本帮许鞍华改剧本,我妈妈说你爸爸一辈子老想去日本,你要不要顺便带爸爸去?于是就把爸爸的照片夹在一叠冥纸里当作灵位要我带去。从东京到富士山蛮远的,很巧,飞机快要降落东京的时候,我看到飞机下面在夕阳中的富士山,紫红色的,我赶快从行李中把照片拿出来,就对着窗户说:爸爸,富士山,富士山。旁边是个女的,外国人,她就一直问我这是什么东西。我用很烂的英语跟她解释这是我父亲的灵魂,他一向很渴望看到富士山,他小时候受日本人教育。把它放在我的手提包里过海关的时候,它跑出来了,日本海关的关员一看到那个怪怪的,问是什么东西,我就拿出来,用英文解释台湾历史,后来我就讲我爸爸一直想看你们的皇宫跟富士山,他死掉了,这是他的灵魂。那日本人做了什么动作?九十度的鞠躬,我第一次对日本人有点敬意。当我们这一代在看父亲那一代的时候,你不觉得他们是非常悲凉的一群历史孤儿吗?他不晓得怎么办,他自己的身份是什么,他不清楚,到现在为止,还是这样。这一群人已经慢慢离去了,可是老实讲他们走得不清不白,在文化跟身份的归属上面,已经永远如此。

我常常觉得我妈妈是一朵奇葩。我爸爸跟妈妈的感情永远是吵吵闹闹的,他们年龄差六岁,所以妈妈只要听到人家结婚差六岁就一定会说:不要啦,那一定会吵架。

我妈妈一辈子真的命运很不好,她六岁时妈妈就过世,爸爸是招赘的,跟岳父感情又不好,就带着她妹妹离开山寨,妈妈就丢给她外公。所以她十五岁的时候日子不好过,外公就觉得要把她嫁出去,就嫁给我爸爸。我爸爸是从嘉义到我们这里工作,看到有个太太在哭,就问你在哭什么。她就说儿子死了。他说那把我当你儿子好了,就这样莫名其妙当了人家的儿子。这个人怕他长大结婚跑了,就把我妈妈在户口上改为养女,招赘了我爸爸。所以我必须要姓吴,其他的弟弟妹妹都姓连。

妈妈是十五岁结婚,十六岁生的第一个小孩就死了。邻居的传说是她快疯掉了,不敢在家里哭,因为哭婆婆会骂,爸爸会骂,就晚上跑到外面哭。可是她又怕鬼,就跑到路灯下面哭。天天没事干,就跑到外面哭。后来十七岁生下我,又差一点死掉,所以她一辈子为我许了非常多的愿。第一次我差点死掉的时候,有个给有钱人看病的中医,路过时有人跟他说,有一个小孩子快要死了,你要不要帮他看一看。然后他就帮我把把脉,跟爸爸说,如果在几点之前有一帖药可以灌进去的话,我也许还有救。如果没有,就没有救了。于是全村人都忙着去找三四种草药,竟然找到了,给我灌进去。我妈妈形容说,当我放了屁、拉了大便,然后把嘴巴凑向她的奶的时候,她哭出来了。她就抱着我跪在床底下,向天上的神明说,谢谢你,我这个小孩子如果没事一路养到大,养到他结婚,那他结婚前我要跪拜天公一百次。就这样许了第一次愿。

后来我初中毕业，家里条件不好，就出去外面工作。小学老师一直认为我很优秀，所以问我妈妈说他现在在哪里啊？妈妈说在台北做工。妈妈讲的时候有点哽咽，老师就跟她说他很会念书，他以后一定会想办法念书，他以后一定会念到大学毕业。我妈妈说，她一路背着煤炭上山，就一边说，如果有一天我儿子大学毕业的话，我一定会很高兴，他结婚那一天我要搭建一个舞台，然后唱歌给大家听。好了，那一天我真的要结婚了，真的活到三十岁要结婚了。她就要办很多事情，前一天晚上必须要跪天公，她穿旗袍、穿高跟鞋，打扮得像个标准的婆婆，梳头发、戴红花，开始要拜。我们知道一个女人家跪、拜、趴，再站起来，再跪、拜、趴，不要说一百下，二十下就起不来了。后来我弟弟说，我妈妈数学很烂啊，她每次数钱，你在旁边说个别的数，她就会说哎不要闹，然后就从头数起。我妈妈很聪明，她知道我们要骗她，她去换了一百个铜板，十块钱一个，换了一百个，一千块，拿个锅子叫我们站在她旁边，叫邻居，她拜一下丢一个，不叫我们，因为她知道我们要骗她少拜。到最后六十下就爬不太起来，全村哭成一团，可是她还是坚持拜完，都站不起来了，好在没事。

第二天要唱歌，我们都反对。我妹妹是非常现代的人，说：我靠，那么恶心，真丢脸呢。就这样讲她，可是我妈妈坚决要唱。那天晚上我问她：妈，你要唱什么？我要告诉那个乐队。她说我要唱《旧皮箱的流浪儿》。我就问，你为什么要唱这首歌。她讲完之后轮到我哭。她说我要离开家去台北工作那一天，她不敢看我离开，她知道自己会受不了，就假装到厨房去洗碗。我说妈我走了，她还说好啊。我就出去了，因为厨房外面有看向小路的窗，她说她瞥见我走过去的时候提一个皮箱，有停下来看她。她不敢看我。看我走过去小小的个子拿一个皮箱的样子，她说她一边洗碗一边哭：我为什么这么没用，怎么会让一个这么爱念书的小孩子去工作。她觉得那个画面很清楚，她一直想唱这首歌。

后来她在台上唱《旧皮箱的流浪儿》。我现在回想我母亲,我母亲讲很多故事就这样详详细细,她没念过什么书,所有东西都是一种画面描述。我觉得我会讲故事是遗传自妈妈。

我母亲是这样的一个人。她很可怜,养我们五个真的很辛苦,特别是她得癌症,手术后开始复查,过程中我弟弟自杀。记得我把事情处理好,回去报告弟弟的事情已经处理好了。我一直叫我太太她们在家里保护她,不要到山上去。我弟弟是在山上过世的,我记得我妈妈假装坚强,其实她压抑住所有的悲愤,讲生小孩为什么都来磨我的心肝啊。就这样。真的很辛苦。

知 识 分 子

我定义的知识分子,是在一群人里面你的知识比大家多一点点,可是你会把多的那一部分奉献给大家,那才叫知识分子。知识分子很少,现在知识都是赚钱的。你看现在书店里的书,都是要在三十岁之前赚到一亿,你的知识比别人多就会比他更发达。或是孩子你不要输在起跑线上,从没有说孩子,你要在起跑线上让人家一点点,或者你要把知识跟人家分享。

我们村庄里有一个人,他到底念多少书我们都不知道,可是他很多东西很清楚。我们那时候,爸爸妈妈不相信政府的广播,就都听日文广播。那个人常常知道矿工的各种事务,坐在矿坑边看书,他看的书是《文艺春秋》,日文的,代表他有奇怪的知识我们不知道。他会做一些奇怪的事情,比如在日文杂志上看到盘尼西林,就会跟人家讲这个消炎很好用。小孩子在夏天被蚊子咬,伤口烂了,晚上哇哇哭。他就去买了盘尼西林,跟大家说要交钱,又说这个不能直接用,要试验。大家就围着看他怎样实验,用针头加一点水,然后注射,看皮肤有没有肿胀。他最先打针的是他儿子,他儿子很疼,就大哭。大家都说会死,他说书上说不会死。那天晚上他儿子没事了,第二天所有小朋友都把裤子脱下来打针。类似这种新知识,他会跟大家分享。

他会帮全村写信,经常很多女人都在村口拿着信纸等他。大家都对他很恭敬。他帮人家写信,很好地坐下来,很注意形象,毛巾雪白的,头发亮亮的,拿出一支很旧的派克笔,然后问人家要写什么。你知道村里的妈妈说话很粗鲁的,就说你跟我那个在台北的死小孩讲,他自己在台北逍遥没关系,全家都快饿死了。他弟弟妹妹学校要注册了,没有钱。如果钱再不寄回来,我们全家上吊,我真的死给他看。你跟他说,他不寄回来没关系,我们母子一场就算了。弟弟妹妹都不要念书了,去当妓女。就这样乱讲。

他就开始写,写完后还会念给人家听,说你看我这样写对不对。他会写——比如说——念真吾儿,因为父母无能,让你年纪那么小就受苦,最近家中有一点困难,如果有一点余钱就寄回来,弟妹也要念书要注册。都是父母无能才造成今天这样的。然后祝平安,身体要保重。然后问妈妈,这样写对不对。妈妈说,对。他通常扮演这种角色。

有一次他的脚被石头压坏了,要休假一两个月。刚好暑假,他就躺在榕树下的竹椅上,需要什么就喊我们小孩子。因为爸爸都很尊敬他,我们小孩子也就很尊敬他,不太靠近他,要玩就在旁边玩。有一天,他把我们小孩全部叫过来说,拿一张纸和一支笔。我们汗流浃背拿过来。他让我们写信。他认识每一个小孩,会说你写信给嘉义的伯父,请他中秋节来。你写信给宜兰的姑姑。叫每个小孩写,比考试还厉害。交给他也不知道干吗。

过了几天,他看到我,就说过来。我就过去。他说,有一天我会老,会死掉,有一天我老了,就没有人帮邻居写信了。我给你们考试,发现你最会写,你要接替伯伯帮大家写信。然后掏出一样东西,用报纸包得好好的。我打开看,是《尺牍》,古代的应用文,第一封是写给祖父,都是文言文,都要背,"祖父大人尊前"、"敬禀者"什么的。问候语你不用懂,但是要写;最后面的结束语,你看看也要写。我小学三年级,真的看不懂,可是村子里的人知道我被他训练写信,看到我就说,你出师了没。其实才一两个礼拜而已。

小孩子很好胜。有一天一个伯母说你不是在学吗?我现在要你写你会写吗?我说会啊。她就让我帮她写信到宜兰,要几个老太婆用的发网。我也不知道写得对不对,反正最后真的寄来了。她就到处去宣传,说我出师了。从此我就过着一种比其他小朋友更被尊敬一点点的生活。有很多人找我写信,有人跟伯伯说,你的徒弟现在可以写信了,写得很好。他就说,这样啊,他很认真,我就可以轻松一点了。有一天我写完,他说给我看看,看完后大笑,因为我尺牍根本背不完,所以不管写给谁都是"某某大人尊前","敬禀者某某"。写给儿子也是"吾儿大人尊前"。

有一天发生了一件大事,影响了我一辈子。

我们那边是矿区,很多人的女儿十五六岁就去工厂做工,要挣更多的钱养弟弟妹妹,就会去妓女铺或者茶室。我姑妈的女儿2010年才去世,她就是很辛苦的一生。她跟我妈妈很好,我妈很喜欢她,她一回村,两个人就抱着哭。有一次,她带了个男人回来说她要结婚,姑妈就劝她,说弟弟妹妹还小,希望你再忍耐几年,让弟弟妹妹都念完书,你再结婚好不好。她说好,就哭着去继续工作。两三年以后,她又带了一个男人回来。这次我有参与,因为那个男的是外省人,讲国语,我们那边都讲台语。因为是比较私密的事情,所以别的小孩子都不得靠近,我要翻译,所以就在那里。他是一个公家单位的秘书,他来跟姑妈讲,请求把女儿嫁给他。他是陪长官去酒家应酬的时候,认识了我姑妈的女儿。认为她很单纯。他们两个聊天,她就跟他讲自己的状况,爸爸是矿工去世了。男人说不管怎样就是喜欢她,想跟她结婚。

那天村里的男人们陪他在外面喝酒,女人们在厨房忙。姑妈跟女儿说,那个人很好,但是妈妈也求你,再过两年就好,弟弟还小,再等两年。后来没有结果,那男人就走了。过了五六天,他寄来一封信,我还记得是公家的黄色信封,毛笔字非常漂亮。打开后不是信纸,是很长的国画宣纸,行书。我真的看不懂,前面讲被我们招待得很好,很感谢。大家说,后面是什么内容,前面这个不用讲了。好死不死我看到后面几个字非常清楚,叫"虎毒亦不食子"。我就跟姑妈说,老虎再凶也不会吃自己的小孩。我姑妈听了就开始撞墙,开始哭。谁不希望自己的孩子幸福?可是她必须要拜托女儿帮忙家里,然后一个男的竟然写信来指责她。最后所有女人都来抱着她劝她,说我根本看不懂,是乱看的,骂我。

后来教我写信的伯伯回来了,就看了信,对大家说,他受到招待很感谢,这一群人这么诚恳,每个人都把她当作自己的女儿疼爱。他也了解,不管怎样,他都默默等待。没有"虎毒亦不食子"。于是大家都骂我,姑妈也骂我,说差点被我害死。可是我真的看见啊,我就哭着回家。

有一天,我不晓得他是蓄意等我还是怎样,我在一个转弯处,他站在那边。真的把我当大人对待。他把我叫到一棵树下,坐下来说你没有看错,但是要知道,话可以这样讲,也可以那样讲。他的意思是,你姑妈的女儿会不会嫁给这个男的,谁也不知道;那个男的会不会等,谁也不知道,反正都不知道,就慢慢等嘛。就这样解释就好了啊,你干吗要去讲那个"虎毒亦不食子"?让你姑妈去撞墙,万一死了不也是多死一个吗?

那时候不觉得怎么样,长大了知道,那才是知识分子的典型。他不但知道如何奉献,还知道传承,还知道在这个过程中把苦难转化。除了他之外，我所受的教育，包括老师、教授，从来没有跟我讲过这样的道理。

本文根据吴念真先生2011年8月在广州、上海、南京、北京四地讲座内容整理。

（原载《读库》第1201期，2012年1月版）

真 情 六 记

鲍尔吉·原野

放 鹰 记

几天前,我回一趟老家,坐大客。大客行驶时间六个小时,司机声明除服务区停车一次,途中不停车。

与我邻座是一位南方女人——她身上穿了许多层毛衣和一件不合体的男式羽绒服,三十多岁。

说来好笑——车开两个多小时,一对农村夫妇要下车,说上错车了。司机答复:怎么能上错车?你买的是这个地方的票,上的是这趟车,怎么能错呢?

其夫说:我们不上这个地方,我们要上××,亲戚把票给买错了。

司机说,车上有监控录像,不许停车,我必须把你拉到终点。

车上人哄笑。其妇说:求求你了,把我们拉到终点干吗呀?你不就点一脚刹车的事吗?

司机叹气说,我要被罚钱了。车停,这对夫妇作着揖下车。邻座的南方女人跟着下车,售票员不让,她说看车下的行李。我感觉车下面有她一份重要的行李。

到了服务区,人下车活动,南方女人盯着车下面的行李舱,最后一个上车。

一瞬间,我想到她行李里是否夹带毒品之类,况且她沉默寡言。

车到终点,天快黑了。我取行李时,看一眼南方女人的行李。是个旧纸箱,缠胶带,上有窟窿眼。她双手抱着纸箱,东张西望。

我问:你需要帮助吗?

她问:这儿离草原有多远?

我老家是内蒙古的小城,从这里到草原,中间隔着上百公里的农业区域。一个南方人,在陌生之城的薄暮时分问"草原还有多远",蛮搞笑。

我说了之后,她显出失望。我说,你肯定先要找旅店住下,就算草原只有十里远,也要先住下。明天坐大客到巴林右旗、翁牛特旗,那里都有草原。

她说:"哪个旗好?"

这句话也挺搞笑。旗和县一样是行政建制,说不上好不好。我问:你要做什么?

她摇头。

我想到这个纸箱的神秘。这次回家,我和朋友约好去翁牛特旗草原,我们叫牧区。我告诉她明天有方便车去草原,如愿搭乘把电话留下。

她问:什么旗?

我说:翁牛特旗。

她思索,翁——牛——特,今年是牛年。好,跟你一起去。

翁牛特旗是蒙古语,跟牛和牛年都无关。第二天上午,我接她上车,一同上路。

开车的是我的朋友Y,这情况我事先说过,把她捎到一个可以称作草原又有人烟的地方。

路上,Y问她:你上草原干啥?

她答:放飞一只鹰。

Y:你从南方到内蒙来就为放飞这只鹰?

她说:对。

我问:纸箱里边是鹰?

她说:是。

Y:你放飞之后就回南方了?

她说:对。

这个答案出人意料并且简练,一点没留让我们遐想的空间。上车时,她用手机通过一次话,告诉对方我们这辆车的车号,怕遇上坏人。

Y小声对我说:放生,做善事还愿。

我点头。

Y说放生在哪儿都能放,跑这么远干啥?

她听到这些话,但不加入我们的谈话。我从后视镜看到她怀抱纸箱,目光坚定。

我们的车到达乌丹镇已经是目的地,然后东行,专门送她。在一处荒野,Y停车对她说:这就是草原,都沙化了。放飞鹰之后,我们把你拉到乌丹镇。

她下了车,不满意,说:这算什么草原?草呢?波浪似的绿草和羊群呢?

Y哈哈大笑,说,这是冬天,你脚下的枯草夏天就绿了。牛羊在牧民家里圈着呢。

她脸红一下,说:不好意思,我忘记了。我以为还有穿蒙古袍的牧人骑马奔驰呢。

我说那是MTV,现在他们在家歇着喝茶呢。

她打开纸箱,铁笼里有一只小鹰,目光犀利,爪钩尖利。

Y说,在这儿放生好,前边是湖水和树林,有野兔什么的,鹰方便生存。

她说,好,这是缘分,掏手机,跟一个人说话。我看到这是可视对方的3G手机。

鹰出笼却不飞。她把鹰扔到天上,鹰落下,与我们对视。

她对着手机说:你跟小鹰说吧。

手机屏幕上有一个男人,穿病号服,身上插着管子。我听到他虚弱的声音:飞吧,小鹰,好好飞吧。

说起来怪,鹰打开翅膀,像一把大黑扇子,笨拙地往前碎步走,趋快,拍打翅膀飞起来,翅膀张开有它三个身体大。它在我们头顶盘旋,半径越来越大,远去。

她用DV录像。

回车里,我们开往乌丹镇。她开口说:我老公是飞行员,出了车祸,这几天双腿就要截肢,上不了天了。他让我到内蒙古把鹰放飞,这只鹰是他战友送的,养了三年。

他到过草原吗?我问。

她说:他在内蒙古的天空飞了五年,熟悉这里的山山水水。他飞的时候最羡慕草原的鹰,老是想念……

她声音哽住了,头转窗外,擦泪水。

以后,辽阔的草原上将有一只不停飞翔的鹰,飞过山冈和湖泊。看到这只鹰的人想不到,它带着别人一颗想飞的心,从天空上看到夏季草原开不败的花朵。

婆　媳　记

我妈小的时候,其父出国读书,母病故,她成了流浪儿,只有三四岁。

那时,她就有了一个婆婆。

事情是这样:我妈被寄养到一户人家。在旧社会,收养一个孩子,对哪个家庭都不是容易的事。孩子要吃饭、穿衣,却没有什么产出。不如养羊,羊还可以卖毛吃肉。所以说,收养我妈的这家人也是积善人家。她去这家有一个名分——"童养媳"。他家并不缺儿媳妇,见小孩啼饥号寒,可怜,收做"童养媳",成了一家人,显着亲。

"婆家"的饭是干活挣来的。我妈也尽一个幼童的能力劳动,打水、洗碗、帮大人推碾子。冬天,塞外的风雪遮天盖地,我妈没鞋穿,脚上的血口子到第二年夏天才愈合。她现在还常常热水泡脚。第二年,我妈的大爷爷接她过去,读书,直至参加革命。

我问她对"婆婆"的印象,母亲说:"那时候太小,记不清了。觉得她善良,在火盆上给我们烤土豆吃。土豆烤熟掰开,满屋都是香的。"

"当童养媳不得有'丈夫'吗?"我问。

我妈回答:"嗨,都是三四岁的小孩儿,一点印象都没有。"

对这个"婆婆",我妈记不住名字,也记不住那个村庄。

我妈和我爸结婚以后,没婆婆。祖母和外祖母一样,年轻就去世了。代替"婆婆"的是我曾祖母,蒙古语叫"帖帖"。

帖帖贵族出身,较腐朽,架子大。当年,她从牧区坐火车到赤峰找我父亲。下了车,她用拐杖指着车站工作人员说:"把我送到我孙子那儿,他是当兵的。"那时的人好,真把帖帖送到军分区,见到我父亲。

帖帖进驻我家,像上帝一样严厉地观察我妈的所作所为。我母亲把第一碗饭双手递给她,给她焐被窝,满足她所有的繁文缛节。说话时,我妈眼睛看帖帖,双手握在胸前,毕恭毕敬。我母亲越恭敬,帖帖越看她像婢女,不交流,也不怎么注意她,和我们畅谈《格萨尔王》的诗篇,追忆旧日筵席的排场。我妈照样侍奉。

"文革"到,我父亲被抓走,死生未卜,帖帖忧思成疾。我妈里外支撑,对帖帖的照顾越发细心。帖帖看到我妈刚强坚韧,绝不是婢女所能担当的,她开始像小孩一样围着我母亲转,要药吃,要水喝,和她说心里话并流泪。过去,贵族不在晚辈面前流泪。

我结婚了,我妈成了婆婆。她虽是离休干部,却总觉得自己能力不足,努力向别人学习。向谁学呢?我媳妇嫁过来成为她学习的榜样。我媳妇这人天性勤劳,把她过日子的程序全套引进。比如吃饭要有汤,洗碗要用洗洁精,擦地板要用蜡,水果在饭前吃而不是饭后,及时处理废旧物品等等,比一个小型企业的制度还复杂严谨。我妈认真听取,着手落实,觉得我媳妇代表着先进文化。除去偷着藏破烂之外,其余皆按儿媳妇说的办。

每年春节回家,我媳妇一进家门就撸胳膊挽袖子准备大干。我妈很不安,为让儿媳妇休息,她已经把想到的工作做到前面,如卫生、物品摆放等等。我媳妇挽起袖子后,指出:"这儿,还有这儿。"喊里咔嚓收拾。我妈边帮忙边埋怨自己没弄好。其实无所谓好不好,她们俩标准不一样。

二十多年来,她们形成了"师生关系"。师是媳妇,生是婆婆。我媳妇把她知道的一切健康知识告诉我妈,把我妈有可能需要的一切物品买到身边。知识类:木耳降血脂,山楂有益心脏,喝30℃的白开水,吃维生素药丸,等等。物品类:运动衣裤鞋袜(我妈跑步)、洗衣机、DVD、洗头水以及去年买的(我们掏一半钱)新房和家具,让我妈和我爸追赶时代的脚步。

她们在一起谈心,如果不看年龄的话,分不出谁婆谁媳。我妈敞开心扉,无话不谈;我媳妇有啥说啥,肝胆相照。这么多年,她们之间没什么隔阂。有一年,我媳妇被误诊,我妈知道后哭了好长时间,视力急剧下降。她用碎布块缝方帕,准备卖钱给我媳妇买药。那年,我从她床下掏出来一尺多高的方帕,手缝的。

有一年大年初一,我上街遇到多年未见的朋友高峰。他老家在宁城,路过赤峰准备坐晚上的火车回北京,无处去也在逛,我把他们一家三口带回家。我妈听此情况,也不问他姓啥干啥的,煎炒烹炸弄了一桌,高峰感动得喝醉了。上车前,他妻子对我媳妇说:"上哪儿找这么好的老婆婆啊!你真有福!"

我妈接话:"你说反了,摊上这样儿的媳妇,是我有福。"

我媳妇说:"我有福。"

我妈反驳:"你净受累,有啥福啊!"

高峰妻子看她们争执,脸上的表情羡慕之极。

取 款 记

我到岐山路邮局取款。排队,排在我前面的姑娘汇款。她左手攥着钱,钱折叠攥在手里,露出一条红边。她一会儿把钱揣进牛仔裤兜,用手捂着,一会儿掏出来攥着。手攥着踏实,这是我在心里说的话,没告诉她。她忽然回头看我。看,是看你是不是偷钱的人。我在她目光之下,尽量做出非偷钱人的表情。我也不知道偷钱人该是怎样的表情。而从她表情看,我正是偷钱而且是偷她钱的人,因为她把钱从左手转移到右手,攥得更紧。我眼看远方,嘴里哼歌,哼的旋律是《阿里郎》。然而,你被认为是偷钱分子,哼什么歌,就算哼《东方红》都不能让人放松警惕。

这个姑娘交办汇款手续,三百元钱交给营业员。她回头看我,松一口气。我也松一口气。

她办完,该我办了。我递上取款单,取三百元。营业员给我三百元,钱皱巴巴、汗津津的。

我拿钱刚要走,姑娘问营业员:你怎么把我的钱给他了?

营业员和我都被问愣了。

营业员说:这不是你的钱。你的钱已经汇过去了。

姑娘说:我明明看你把钱给他了。

她脸涨红,把钱从我手里抢过去,说:每张钱上我都做记号了。你看,这个、这个、这个,三个铅笔画的五角星,你还不承认这是我的钱。

营业员无奈,闭目想了想,说:这是电子汇款。我一点鼠标,钱就过去了。已经到你汇款的地址:朝阳县西牛波罗村二组王金才名下了。邮递员把汇款单送给王金才,王金才拿单子在乡邮政所就把钱取出来了。

姑娘举着已经是我的三百元钱,问:是这三百元吗?

营业员:不是。

姑娘:不是?那你把谁的钱汇去了?我们家不要别人的钱!我们汇自己的钱。

营业员:哎呀!怎么跟你说呢?钱是个概念。怎么才能跟你说明白呢?

姑娘:钱就是钱,怎么能是概念?你领工资能领概念吗?

营业员被问住了。

姑娘:这钱我不汇了。她把钱揣进牛仔裤兜里,往外走。

营业员站起来,哎、哎!钱是他的,把钱给人家……

我拦住她——不管怎么说——这钱是我的。我不是吝啬的人,但这钱是我的。

姑娘说:大叔,他(指营业员)刚才一派胡言。你说说这个理,我的钱,他不给汇走,私自留下,又给你了。你俩是不是一伙儿的?

这件事牵涉到货币的流通性以及汇兑性,说不明白。我说:姑娘,你上商场买一台电视,花两千元。你把钱给收银台的收款员了,对不?

姑娘点头:对。

我接着说:你交完钱把电视拉走了。你那两千元钱到了收款员手里之后,又上哪儿去了?

姑娘:不知道。

我说:对!你手里有了一台电视,就可以不管你交的钱了。一样,你把钱交给邮局营业员之后,你手里有一张收据。如果对方收不到款,你拿这张收据找他,对不?

姑娘:对。

我告诉她:所以,这钱是我的。

姑娘惊讶:什么?

我说:我的话省略得太多了。这么说吧,你拿了收据就不用管你的钱了,这钱跟你交给商场的钱是一样的。

姑娘不做声。

我跟营业员说:你另外再找三百元给我吧。

营业员:我没钱,就这三百元。

我说:这钱我不取了,我明天来。姑娘,你把钱交给营业员。营业员,你务必把姑娘这三百元钱汇到指定地方,行不?

姑娘和营业员都同意,营业员大笑。

我走出邮局。不一会儿,姑娘追上来。她说:大叔,我觉得你是好人,跟他不是一伙儿的。

我说:姑娘,你冤枉人了。不说了,你放心走吧。

再解释我也迷糊了。

姑娘说:大叔,你别生气。这点钱在你们城里不算啥,可我们挣得不容易。我在小饭店打工,早上五点起来买菜,接着择菜、洗菜、切菜、和面、包饺子,晚上十二点上床睡觉,手脚都是肿的。老板娘说打就打,说骂就骂。讲好每月给六百元钱,找个理由就扣,到手不足四百元。平时连矿泉水都舍不得买。我爸病了,给他汇三百元,想多汇也没有……

这姑娘双手粗糙红肿,眉心出了皱纹,刚强的眼神仿佛看到了病床上的父亲。

我能说什么呢?我说:你的钱一定能汇到你爸手里,一定的。

姑娘朝我鞠一躬：大叔，谢谢你！

电 梯 记

  我堂兄朝克巴特尔生长在牧区，我四五岁的时候去过他家——哲里木盟胡四台村，这也是我父亲的故乡。之后十年，朝克巴特尔像学者回访那样到我家赤峰市参观学习。我爸交给我一项任务，领他上街。

  我领他走进一座楼房，入电梯。电梯门从两边合上，吓他一跳。我伸出三个指头，然后按"3"，"3"红了，电梯微颤，门开，我带他出去。我说这是三楼，朝克不信，他刚还在楼下仰视巍峨的楼顶。我领他从步行梯下到一楼，说明我们刚才坐电梯的经历，他还不信。我再次拉他进电梯，到三楼并从窗口往下看，马路上的人渺小地行走，朝克大惊失色。于是对电梯极为崇拜，认为这个狭窄的金属房子是神的房子，说什么也不敢坐它下楼。我对他进行启蒙：电梯即电房子把人垂直拉到各楼，由电控制。朝克生气地反驳我：电在电灯里面，不可能控制一个房子。

  今年春节，朝克巴特尔扛一只冻得邦邦硬的羊来到我们家。他头发全白了，对我说：他已经领悟到电或电池让人在收音机里唱歌、在电视机里跳舞，但不足以让房子腾升，那是另外的神秘力量。电，不过是冒火星的、小巧的、在胶皮线里乱窜的小玩意儿。

  我和朝克巴特尔均为独生子。许多年前，当大伯告诉朝克我是他弟弟时，他在我身上也发现一些乐趣。

  那年，即我四五岁到胡四台，被一只羊羔吓哭了，以为是狗。朝克和堂姐们哈哈大笑，讲解羊和狗的区别。我不信，以为他们骗我。见过狗，我以为是狼，越发大哭。朝克越发大笑，用脚踢

"狼"。

在胡四台村,朝克巴特尔飞身跃上无鞍烈马,奔驰至远,让我视为天人。朝克一家和当时的全国农民一样穷,他的衬衫下摆和袖子都褴褛掉了,仅遮肩背。这件衣裳在我看来很神奇,在马背上飞扬如帜。他穿这件衣服在苇草里发现野鸭蛋、找到酸甜可口的蓝莓。朝克和我走在沙丘下面,他停下倾听,快跑几步,用手接住一只从上面滚下来的刺猬。在茫茫的沙漠上,朝克聪明健壮。他看我的笑容半是嘲笑半是爱。一个城里人在乡下的土地上不怎么会走路、不怎么会吃饭喝水,给他们带来欢乐。就像朝克在城里给我们带来欢乐——他用颤抖的手慢慢摸电梯门,"嗖"地缩回来。

我第一次到胡四台,在堂兄家吃到野鸡肉——肉丝雪白。我一人吃掉两块胸脯,余下的肉被我姐塔娜吃光。朝克和众多的堂姐站着看,面带笑容。大伯招待我们的佳肴还有一小碟葡萄干、一小碟红糖。许多年后才知,野鸡和那么少的葡萄干儿、红糖是他们从供销社赊来的——秋天用五十公斤玉米偿还。事实上,大伯两年之后才还上这笔债务,因为当年的玉米扣除口粮后不足五十公斤。平日,他们果腹之物是轧半碎、炒过的玉米。如果玉米碾成面,就不够吃了。他们从未吃过野鸡肉和葡萄干,连玉米面都未曾饱餐。在山上捉到或挖到的山禽与草药,送到供销社抵债,偿还赊欠的红茶、盐和煤油。因此,回想当年他们那么沉静地观看我吃野鸡肉仍带有笑容,实在让人感叹。

那个年代,他们家没钱。他们有幸一睹钞票是每月乡邮员驰马而至喊大伯名字并将其右手食指按向鲜红印泥再拔出来按在一张纸上,而后交给他们十五元钱。这是我爸从1950年挣工资以来每月寄来的钱。这些钱隆重地积攒着,后来流入医院收款处。伴随穷人一生之物,除去饥饿,另一样就是疾病。

血缘是这样一种东西,超越城乡差距和所谓知识,在独有的河流里交汇,彼此听得见血流的声音。大伯去世后,我爸悲痛不已,痛哭、独语,几个月缓不过来,我们并不劝他安静。劝人节哀实为文化的虚伪中最虚伪的一种。人生连一场痛哭都不曾享用,灵魂何以自如呼吸?我爸经历过战争,在"文革"中被打成重残。自我曾祖母去世后,他从没流过泪。他七十多岁了,从自己房间踉跄而出,看着我们,说:"你大爷死了。"而后泪水蒙住他的眼睛,化为眼泪大滴落下。他本来想说许多话,但说出这一句就说不下去了,喉头哽咽。因说不出话而全身颤抖,只站着,盯着我们,样子很吓人。我们报以沉默。少顷,他失望地走了,回自己房间。过一会儿,我爸还会走出来,告诉我们:"你大爷死了……"充沛的泪水滚滚而下。

父亲的正直,我早有感受。而他在失兄之痛中的纯真情感让我惊讶。那几个月,他回忆了大伯的一生,并用泪水送走这些回忆。

朝克巴特尔今年和我见面,我用笨拙的蒙古语和他对话并给他买一些东西,我爸很欣慰。在他的房间里,我爸拿出去年在现代文学馆开会的照片,拿出记有他事迹的内蒙古骑兵典藏纪念册,还有登他传略的《蒙古人物志》向朝克巴特尔述说。我堂兄听得很吃力,我爸讲得很从容。我感觉,我爸其实是说给一个老牧民——即大伯听……

保 姆 记

电视台的朋友请我当节目嘉宾,听到一对母女讲述下面的故事。

母亲今年六十多岁,二十六年前她生下双胞胎女儿,满月就送人了。送人的理由是养不起,家里儿女太多,其实这是借口。她老伴怀疑女儿是别人的"种",不让养。老伴前年去世,她开始找两个女儿。

　　找也不好找,现在城市变化大,棚户区早没了。她记得大女儿小晶送到了洪明渠一带,户主是个瘸子,姓崔。这一带早变样了。派出所的警察通过户政中心找到了姓崔的新住址。他七十多岁了,腿还瘸着。一问,她气得直跺脚,原来,他们把孩子又送人了。也不怪他们,姓崔的原来不生育,女儿送来之后,却生了个儿子,就把小晶送走了。崔瘸子说,收养她女儿那家住哪儿、姓什么都记不清了。人家其实有承诺,不透口风。大女儿找不到了,找二女儿小莹。小莹找得挺痛快,还在老地方,养父母都去世了。她离婚后自己过,没工作。找到小莹后,娘儿俩搬到了一块儿。

　　母亲一见小莹,劈头就说:"你那个苦命的姐啊,她在哪儿啊?我活着能见一面也行啊!"说得小莹坐立不安,天天出去找"姐姐",终于找到了,此中艰辛不可尽言。原来,姐姐小晶是献血志愿者,小莹的同学是血站护士。护士看她俩长得太像了,偷着把小晶小莹的DNA样本做了检验,证明了同胞关系。接着,母亲准备见大女儿小晶。这个话儿传过去,小晶断然不见,一点儿余地都没有。

　　母亲悲从中来,对小莹说:"还不如找不到你姐呢,活着都见不到,死了就更见不到了!"

　　小莹聪明,能在这么大的城市找到自己的姐,不是一般人。她巧施一计,让母亲见到了小晶。

　　小晶童年坎坷,不止被人送了两家,而是三家。第三家视她如掌上明珠,豪宅、名车、铺面,都是娘家送的。小晶生了一胎之后,偷着又怀了一胎。这一胎生下,竟是双胞胎。她寻找六十岁以上、用传统方法带孩子的老太太当保姆。

　　小莹把这个上岗机会给她妈争来了。她把真相告诉家政公司经理,经理听得手绢哭湿一大片。母亲入选保姆,条件是不许透露真实身份。

母亲到女儿家当保姆，百感交集。吸引母亲的不是跃层住宅，贵重的家具和她家的钱，是女儿和女儿的双胞胎女儿。

小晶不知保姆是自己亲妈，指手画脚。母亲身体好，能应付一对双胞胎的生活料理。她看小晶，俨然是自己年轻时代的翻版，脾气、说话声音都一样，连打喷嚏都是一气儿打三个。夜深人静，母亲眼看着睡着的双胞胎，泪水簌簌。她想的是，俩孩子叫一声"姥姥"，小晶叫一声"妈"。白天，她尽力劳作，其实也干不动了，只不过想，干一天能在女儿家里多待一天。

一天晚上，小晶的丈夫很晚回家，两人在客厅争吵，声音越来越大。母亲从育儿房出来，看这两口子正厮打。他们常有争执，但动手是第一次。小晶端起鱼缸，"哗"地泼她丈夫一身水，丈夫回身扇小晶一记耳光。小晶手捂着鼻子，血从手指缝流下来。这时，母亲像母狮一样扑过去，把她丈夫扑倒在地，双拳齐下，"咣咣"一顿捶。

他们俩傻了，丈夫结结巴巴，问："你、你……"

"打我女儿，我和你拼命！"

你女儿？她丈夫瞅小晶，傻掉了。

小晶一瞬间明白，扭头回到卧房。

母亲话说出口也惊呆。这节骨眼儿，石头也会开口说话，娘俩儿嘛。

第二天清早，母亲见厨房餐桌放一信封。里边有一万元钱和一封信。信只七个字：你走吧，越早越好！

母亲抹着眼泪走了，有言在先，不可强留，钱没拿。她在七个字下面写了十四个字：你也是母亲，知道想儿是什么滋味。临署名，左思右想也没署"你的母亲"这四个字。

几个月过去了，小晶没有找过母亲。母亲在小莹的陪同下，现身这个亲情节目。

节目播出了一个月,我打电话问制片人此事的下文。

制片人说,小晶认了母亲,节目又做一期。小晶对她妈说:我恨过你,一辈子不想见你。见到后,心里的冰河融化了。我是你和我爸生的吗?她妈说:和谁生的,我都是你亲妈。我认你这女儿不图钱,就图你叫一声"妈"。小晶憋了半天,小声叫一声"妈",娘儿俩搂着呜呜哭。

制片人又说:"妈"是多平凡的称呼,有人想叫,没妈了;有人有妈却叫不出口,太沉重了。

彩裙记

6月末,我从长春回沈阳,坐某次列车的8车厢,卧铺。这是慢车,卧铺上没什么人。我买了几本杂志读,一目十行,无兴味。列车员打扫卫生,我把杂志送给她。她感谢,坐了一会儿。走后,她手机落在这儿。我送还她,又收到感谢,比送杂志得到的感谢热烈。车过四平之后,列车员来,送我几根黄瓜,接着聊。

列车员四十多岁,长春人,跑沈阳,一次歇三天。她很健谈,说:"我真不怎么丢东西,今天让你捡到了。你这个人不贪财,而且孝敬老人。"

"你怎么知道?"我问。

"耳垂上有痣。我会看。"她接着又说,"要说丢东西,火车上丢啥的都有,手机、药,连结婚证都有丢的,真的。到了终点,列车员整理卧具,也想捡点东西,这是心里话。捡的,不是偷的。对不对?你来要就还给你,也不能追着还人家呀。你知道人家在哪儿?我遇到一件事儿,捡东西了,追着送,他不要。"

下面是列车员讲的故事。

不久前,在这个车厢的21号铺,她捡到一个胶带缠的牛皮包裹,上面写一行字:车开再打开。当时车到了沈阳。她用手捏,像衣服。但这行字挺吓人,"车开再打开",像恐怖分子的话。

这个包裹压在卧铺的枕头底下。她没上交,也没打开。第二天,在好奇心的驱使下打开了包裹。是一件连衣裙,黑地带红色橙色大花朵,鲜艳。还有一封信,写道:

> 亚丽,打开它你就会原谅我的过错了。我希望你婚礼中穿上它,艳惊四座。如果婚礼推迟,也给南湖公园望月亭带来色彩。话在衣中。树卿。

列车员读了几遍,完全被搞糊涂了。这是一件婚礼穿的裙子? 婚礼不穿婚纱吗? 搞不懂。要是婚礼穿不上,就穿上到望月亭,这是怎么一回事儿呢?

她决计物归原主。乘客下车,连男女、长什么样都记不清了。那怎么办? 送到望月亭? 只能这么办了。

南湖公园是长春的大公园,离她家不远,她去过,那里有健身和唱京戏的人。列车员觉得这是一个年轻小伙儿,树卿,跟对象闹矛盾了。那天一早,她让儿子陪着到了望月亭。早晨无月亮可望,她们娘儿俩等包裹的主人。然而没小伙子,只有一个白发老头儿用背撞树。等得不耐烦了,她要走,这时心生一念,上前问老头儿:

"您认识树卿不?"

老头儿正闭眼撞树,睁眼,问:"什么事?"

她从兜里拿出包裹。

老头儿伸手要抢,列车员问他包裹里是什么物品,答对了,给了老头儿。

原来,"树卿"是这个老头儿。

老头儿说,亚丽是他老伴,已经过世一年了。去年这时候,他老伴上沈阳参加侄女的婚礼,买了这件裙子。老头儿觉得太艳,穿在婚礼上不妥,两人吵了一架。老伴刚到沈阳就犯病去世了,心梗。老头儿后悔呀。至少后悔没让她穿上爱穿的裙子。

"他憋屈了一年。"列车员对我说,"把这个包裹偷着送上火车,塞到他老伴当年这张卧铺枕头底下,就当实现了这个愿望。老头儿接过包裹,说:'没想到你给我送回来了,不送回来多好。'"

老头儿抱着包裹坐在石椅上,抹眼泪。

寻 人 记

德力德是个老头儿,岁数不小了。人上了岁数就看不出岁数了。二十岁跟四十岁差一半,七十岁和九十岁差别不多。老德头圆脸,眉毛弧形下弯,眼睛弧形,嘴角向上兜着,也是弧形。这样的脸,除了笑干不了别的。

他坐炕中央,逆光,笑着看这个看那个,像检查大伙儿的表情。炕下一对三节柜,红漆剥落。柜边是描花炕琴(垛被褥的家具)。

我妻子进了老德头家就喊:"炕琴呢?那个炕琴呢?"见到,默视不出声。当年它光亮无比,妻子与其妹每天都用手抚之。

"当年"之"当",是在上世纪70年代初。我妻陈老师与其家人在这里住了四年,房东是老德头。

陈老师三十四年后来到此地,其激动自不必提。彼此用飘舞的鼻涕和不停歇的眼泪代替言说,配合拥抱。这里单说老德头。

老德头身穿八九式公安旧制服,戴前进帽,坐炕上笑,看这一屋子人。桌上摆着炒米、奶豆腐和黄油。

别人问老德头:您多大岁数了?

老德头:虚岁十五。

众人笑,提高声音:您多大岁数?

老德头:刚上初三。

声音再大:您——高——寿?

老德头:住校呢。

谁也不问了,没那么大气力。老德头耳聋,以为问他孙子呢。人若发问,他觉得无非问他孙子,其他有什么可问呢?

别人解释,老头儿上过朝鲜战场,是空军,耳朵被炸弹震聋了。他配手机,平常溜达到一个地方,掏手机告诉家人:我在哪儿哪儿,关机。不关机也听不见别人发言。

话说上个月,老德头一早儿出门溜达。中午给家里电话:我在牤牛沟;下午电话:我在黄柳坝;傍晚电话:我在哈拉套海。

家里人急了,从牤牛沟到黄柳坝到哈拉套海,越走越远。离家五十多里地了,八十六岁的人怎么回来?

但是,这在电话里劝不回来。此地是牧区,地广人稀。虽然狼和狐狸都不伤人,但磕了碰了就不好办。家人去找,他老伴儿和儿子共乘一匹马,再牵一匹马去了哈拉套海。到了那里,天空已出星斗。打听没地方打听,喊也没人应。这片广阔的土地上有一个种子站,去问,人家没见老德头。他们娘儿俩以一棵榆树为圆心,前寻四五里地,原路返回,从榆树再前往另一个方向,辐射式巡查。累了,他们靠树歇息,儿子抽烟,老伴抽泣。手机突然响了,老德头来电:

"我在沟里呢。"

他儿子用最大的声音呼喊:"爸!你听到了吗?你别关机!你在什么沟……"

老德头平静地重复一遍:"我在沟里呢。"

关机。

"爸!爸!爸!"这边怎么喊都没用。人这时候恨不能乘着手机的电波找到对方。娘儿俩一想,哈拉套海没有沟啊?老头儿一定往北去山嘴子乡了,那儿是丘陵。他们骑马上路,走到半路忽然想起南边毛山东乡也是丘陵。老德头在哪个沟里呢?他儿子不禁下马呜呜哭了一场,决定先上山嘴子,后去毛山东。

到了山嘴子,老德头的儿子先把母亲安顿在老乡家,等待天亮。天不亮,几十条沟没地方找。熹光四射,老乡家糊窗的白纸抹上一层嫣红。手机响了,老德头在那边说:

"我在炕上呢。"

这边问了千言万语,老德头重复一遍:"我在炕上呢。"关机。

老头儿好歹没事,"在炕上呢"。可是在哪个炕上呢?在沟里能急死人,在炕上也能急死人。

这时候,老乡发话,对老德头老伴和儿子说:"不用急,一会儿能有人来电话。"

果不其然,老德头手机又打过来了,一个亲切的声音:"你们是老头儿亲属吗?别着急,老头儿挺好,在我们这休息呢……"

原来,老德头又回到了乌兰敖都,他掉的沟是公路边上栽树的树坑,发出的悠扬呼叫引起过路车辆注意(车上人下车解手)。车是果树站的车,人家认得他,找不到他家,于是拉到果树站的炕上喝奶茶歇息。老头儿睡了一觉,醒了之后打手机,才有这番对话。

讲这个故事的时候,老德头观看众人的表情,看大家由惊讶到恐惧到释然到欢笑,而他始终笑,又像评比众人的笑。

众人感叹手机之有用与无用,感叹老德头冒险历程。人们知道,他漫游一宿也出不了事儿,这里十几年没有刑事案件了。这里有史前岩画,有民间艺术团,有个人承办的马文化节,一片世外桃源。野鸽子站在房脊,大花喜鹊落在树枝上。这里是翁牛特旗阿什罕苏木。

有人和炕上的老德头搭讪,用吼声:认识王海吗?

老德头:那是我们团的模范飞行员。

吼问:张积慧?

老德头:哟,张积慧是中队长,后来成大队长了。他们俩现在干啥呢?

这两个人三十年前都是空军司令员,可我们哪知道他们的近况。

老德头笑眯眯地说:见到他们问个好吧。

我们说:是,是。

忽然有人问:您上那些地方干啥去了?

老德头:虚岁十五。

真急死人了!这人大声喊:您上——沟——里——干啥——去——啦?

嗨,老德头一伸手:看战友!

张积慧他们在牤牛沟等你啊?越说越不像话,这人捧着他耳朵喊:牤牛沟!哈拉套海!嗨,老德头指他鼻子:你小点儿声儿。他说,我原来不是在县大队吗?不是归二十二军分区吗?不是四野吗?三个战友,乌力吉、张广才、司旺不都死那儿了吗?牤牛沟、黄柳坝、哈拉套海,他们仨。我掉沟儿那天不是八一吗?去看看。坟都没了,头十年不就没了吗?让沙子刮跑了。往地下倒点酒,看看……

老德头说得低声细语,我们大喊反显得不文明。有人查墙上的挂历,一指:

阴历七月初一,正好是八一建军节。大伙儿纷纷向他竖大拇指,老头儿嘿嘿儿乐,端奶茶喝了一小口儿。

(原载《民族文学》2012年第1期)

天边的小拐

马 伟

一

常常,我会想起那片遥远的土地。

在新疆的北端,准噶尔盆地的边缘,有一片让我魂牵梦绕的土地。

亿万年前,那里还是一片浩瀚的古海;百万年前,海水消退,大漠隆起,那里才有了成群的牛羊,有了盘旋的苍鹰,有了生生不息的生命,疾驰而过的野马才扬起了那里弥漫古今、充塞天地的沙尘。

后来,我来了———一个十六岁的热血少年,横穿大半个中国,从扬子江畔来了!那真是一个远在天边的地方,走到铁轨的尽头,走到公路的尽头,又走到那牛车马车碾出的车辙的尽头,才来到戈壁深处那个叫小拐的地方。

至今忘不了与她初次交面的那一刹,当我放下背包,急不可耐地穿过一片疏朗的胡杨,翻过一道高高的沙梁,我被眼前一种最简单而又最慑人的壮美所震撼,只见脚下的沙丘如浪,一层一层推向遥远的天边,天边一轮巨大的落日正在缓缓下沉。那落日的辉煌普照大地,把远处的云海沙浪,把近处的驼马牛羊,还有那陶醉万分的江城少年,都染成一片灿烂的金黄!

"君不见走马川行云海边,平沙莽莽黄入天",那景色何其壮观!"明月出天山,苍茫云海间",那意境何其深远!还有"秦时明月汉时关,万里长征人未还",还有"大漠孤烟直,长河落日圆"——这些不朽的诗句过去都属于盛唐的李白、王昌龄,属于王维、岑参,属于一千多年前那些边塞诗人渴望建功立业的梦想,而此刻已经全都属于了我,属于一个多情而又多梦的少年情怀。

前有古人,后有来者,我似乎早就怀有他们胸中的抱负与豪情,我似乎早就触到他们眼中的忧伤与苍凉。迎着粗粝的天风,我仿佛跟他们一起纵马扬鞭,驰骋疆场,我的脉搏跟他们一起跃动,我的热血也跟他们一起沸扬!

可是生产建设兵团那军事化的农场生活没有激情,也没有浪漫,只有日出而作、日没而息的简单,只有日复一日、年复一年的平凡。当命运把我与那片土地紧紧连在一起的时候,我才发现,理想与现实风马牛不相及,用唐诗宋词筑起的精神殿堂是那样地渺茫虚幻。

不怕漫天的风雪掩埋了赖以栖身的地窝子,就怕那漫长的苦寒消蚀了胸中的热情;不怕一日三餐只啃苞谷面馍馍,就怕那难以吞咽的粗糙磨灭了青春的憧憬;不怕棉花兜坠得人腰酸背疼,就怕那无休无止的艰辛夭折了少年心中的骄傲。

原以为戈壁深处的军垦农场会是我终生的居留之所,没想到仅仅只是我的一个人生驿站。十五年后,那雪崩似的返城大潮又使我回到了当初的出发点,不知道是该庆幸还是感到羞愧?那片土地成了我一个未圆的梦,一段未了的缘,我只是一个微不足道的过客。

二十多年又过去了,如今,在市声盈耳的城市街头,在惊涛拍岸的扬子江畔,蓦然回顾逝去的青春,才发现原来我时时眷恋的,不是江城的风情万种,时时牵挂的,也不是江南的风雨烟尘。

常常会想起那冬暖夏凉的地窝子,想起风雪之夜那盏温馨的煤油灯,想起拂晓前的那次紧急集合,还有"火烤前胸暖、风吹背后寒"的那堆熊熊篝火。让我眼中常常湿润的,还是那片远在天边的土地,让我心中隐隐作痛的,还是那些暗淡无光而又回味无穷的岁月。

不知道我心中的烙痕为什么会那样的深!以后不管我走到哪里,也不管我的境况际遇如何,总会想起天山北端那个叫小拐的地方。好像那是随身携带的一部历经久远的旧书,只要随手一翻,仍然会翻出诸多的新意;又像是珍藏心底的那支箫管牧笛,总会在不经意的时候,轻轻吹出忧郁的曲调来。

有雨的时候总是让人牵出一些莫名的思绪,看见满街满巷的伞,不知怎么竟会想起在小拐采蘑菇的日子来。其他地方的蘑菇想必是长在深山里、长在森林里,可小拐的蘑菇却是幽幽地长在河床里。

那必定是一夜珍贵的春雨之后,第二天清晨,你去看吧,玛纳斯河干涸的河床里准会冒出无数嫩生生的蘑菇来。你只要看准微微隆起的河沙用脚轻轻一踢,就会从沙里滚出一枚可爱的小蘑菇,不一会儿就能捡满小半筐。那真是大自然慷慨的赐予,拿回去无论是清炒还是煮汤,都会给平淡的生活增添不少的乐趣。

那蘑菇的清香后来跟着我一直回到江南,比我吃过的任何佳肴都值得回味。只是一想起就似乎觉得有些后悔,深怪自己当初没有向人讨教这种菌类的学名,好像接受了人家丰厚的馈赠之后,却未曾感恩,也未曾道谢,甚至连人家的名字也不知道。

还有那随处可见的沙枣树,春天开一树米黄色的沙枣花,花谢了又结一树涩中带甜的沙枣。这种新疆所独有的木本植物,又抗旱又耐寒,虽然上不了名花谱,也不为内地的人们所熟知,然而,我知道它与梅树一样,有着清奇磊落的骨骼容貌,也一点不输梅花的暗香。

　　沙枣花开的季节我觉得是那里最好的时节,不管环境多么恶劣,不管身份多么卑微,也不管是不是会被人欣赏,只要季节一到,她就一定会在那里欣欣地开着,痴痴地香着。沙枣花开得热烈大方,香得浓艳明朗,那是满天满地的香,那是满身满心的香,那是无所不在的香,在我的心中,那极像是新疆儿女的情怀。

　　除了沙枣树外,记忆深刻的还有戈壁滩上的梭梭柴。梭梭柴原本是树不是柴,如果说珊瑚是海洋中最古老的生命,那梭梭柴就是瀚海中的珊瑚树了。它活着的时候极像鹤发童颜的老人,枝干青葱翠绿,飘忽细密的针叶却如同白胡子一般,即使倒卧经年,也依然坚硬如铁,绝不腐烂。用梭梭柴做燃料,不仅火力旺,而且还熬火。

　　在严寒而又漫长的冬季,一捧梭梭柴就可以将土坯火墙烧烫,让简陋的地窝子温暖如春。一车梭梭柴一千多公斤,那就是寻常人家度过漫漫寒冬的希望。在小拐,只要看见谁家院前的梭梭柴垛堆得像小山一样,不消问得,那准是会过日子的殷实人家。

　　可是打梭梭柴却是连队最为辛苦的差事,因为戈壁滩上的梭梭柴越打越少,马车或牛车也就越跑越远,常常顶着满天星光赶车上路,一直到天黑了,才披着一身月华回到驻地。你去戈壁滩上看吧,粗的细的梭梭柴横七竖八,到处都是,只需费劲往车上搬就是了。

　　如今听说因为保护自然环境的原因,小拐那地方现在早已用煤或天然气取代梭梭柴取暖了,可我总还是会想起当年头捂大皮帽,脚蹬大毡筒,身穿厚厚的老羊皮袄,怀揣冻得梆梆硬的馍馍,赶着大马车到戈壁深处去打梭梭柴的那种情景。

　　还常常怀想那里的星空,跟内地比起来,那里的星星又大又密又亮,似乎一伸手就能摘下几颗来,装进身边的柳条筐里,背回去装饰自家的庭院。那时我常对人惊叹,为什么天上所有的星星都集中到这里了?孰料那里的人说,这有什么大惊小怪的,因为这里海拔高嘛。然而我却宁愿相信那是源自远古的一个神话,因为共工发怒,撞折了支撑天地的不周之山,所以"天倾西北,日月星辰移焉"。

总以为浩渺的苍穹一定会隐藏着什么玄机,每当晴朗的夏夜,我常常不顾一天劳作的辛苦,还要邀约两三好友爬上屋顶去看天上的星星。抬头仰望缀满繁星的美丽夜空,只见神秘的天河势若奔涌,深不可测。大熊星座在哪里?天狼星座又在哪里?那时,状如银勺的北斗七星最能引人遐想,那银河之水到底有多深?用这把长长的勺子能否从中舀出一瓢琼浆玉露来,以抚平看星人浓浓的乡愁?

记得六十年代末,曾经有一次我的母亲从武汉将长途电话竟然打进了小拐农场,直接通到我们连队的那架手摇式话机上!

这在当时那个动荡的年代,简直是个奇迹,那中间不晓得要经过多少总机的转接切换,不晓得要跨越多少山山水水,才能用一根长长的银线把一个母亲的担忧和牵挂传递到万里之遥。

千里万里的那一端是父母长辈的晨昏,是兄弟姐妹的岁月,还有老师同学别样的人生。那根长长的电话线连起了心中无尽的乡情,我站在银线的这一端,唯有深深地感激上苍!

而今我早已回到武汉,时时陪伴在白发苍苍的母亲身旁,可是却又有了另一种牵挂,常常无端地攀上心头。我想,那是因为我生命的一部分早已不知不觉融进了那片土地,已经跟她血肉相连,心意相通。不知这绵绵无尽的怀想算不算也是一种乡愁?

每每在街头看见大西北的民族同胞,便会觉得欣喜,总会不由得多看他几眼,忍不住在心里热切地说:"知道吗,我是你们的老乡哩,你知道克拉玛依旁边的那个小拐吗?我就在那里生活了十五年!"

收看中央电视台新闻联播后的天气预报,也每每关注新疆的雨雪风霜:当西伯利亚的寒流长驱直入,那千里万里的戈壁是否会一夜封冻?那千树万树的梨花是否会一夜盛开?

尽管我知道,羊群仍在圈里,牛马仍在厩里,正安静地嚼食人们早已备好的越冬干草;尽管我也知道,阴霾过后必定是晴空,雨雪过后必定是艳阳,然而来自大西北的天气变化依然牵动着我的目光。

常常,我会想起那片远在天边的土地,是她陪伴我在人生旅途中一路远行。转眼间,将近四十年又过去了,青丝也悄悄变成了斑斑白发,但我依然渴望用我的十趾再去膜拜她,用我的双眼再去亲吻她,用我的生命再去拥抱她,不知道这是不是人们常说的恋乡情结?

新疆并不远,也许只有一线之隔;小拐也并不远,也许只有一梦之遥。且让我今夜做个好梦,一个塞上江南的梦,一个有诗有画的梦,一个难以描摹的梦。

二

直到今日,我仍然笃信,我这辈子之所以与小拐这个地方结缘,肯定是冥冥之中自有天意。三十八年前,面对着辽阔的新疆地图,我第一眼看到的既不是乌鲁木齐和石河子,也不是奎屯和阿克苏,而是靠近克拉玛依的那个叫小拐的地方。也说不上到底是为什么,我当时只觉得心里一动,就立刻被地图上的那个小圆点迷住了,尽管它是那样遥远,像远离银河系的一颗孤独而又神秘的星星。

以后我果然被分配到小拐,成为农场里的一名少年农工。呆久了,才知道这个地名的来由,只是因为玛纳斯河在这里拐了个小弯而已。也许在历史上的某一天,有位剽悍的哈萨克牧民偶尔打马从这经过,抑或是一位不知名的探险家顺着早已干涸的玛纳斯河来到这里,看见铺满青沙的河床在这里拐了个弯,折向一片神秘的处女地,这个牧民或者探险家兴许就是小拐最初的命名者。

知道这番来历后,心里略微有些失望,觉得这块古老的土地应该拥有一个更好听的名字。哪里能随便一指,就为它取了个名,就像给自己的孩子取名阿猫阿狗一样。可是那里的人们却固执地说,正是因为玛纳斯河在这里拐来拐去,所以才有了小拐,不仅有了小拐,甚至还有中拐和大拐呢,从古到今都是这样叫过来的,怎么能胡乱改呢?

那片大漠虽然人迹罕至,然而却从来不缺乏生命,一片片野生的胡杨林在玛纳斯河两岸旺盛地生长;一蓬蓬顽强的芨芨草,一簇簇柔韧的红柳棵,散布在坦荡无垠的戈壁滩上。也许从盘古开天辟地算起,那里便是黄羊、野猪、狐狸和野兔这些野生动物们幸福的天堂。

半个多世纪以前,人类文明的脚步开始踏上这块土地,那些跟随陶峙岳将军"九·二五"和平起义的一支国民党部队,成为小拐农场第一代的开拓者。他们唱着军歌披荆斩棘,在这万古荒原上安营扎寨。他们铸剑为犁,屯垦戍边,用坎土曼挖出了千里长渠,引来了繁育生命的天山之水,这块土地才开始真正有了名和姓,有了蓬蓬勃勃的希望。

然而这些文明的播种人,后来却成了"文革"中所谓的"活国民党"。我在牛棚中曾经与这些"活国民党"们朝夕相处,深知这些人都非常善良,而且极富生活经验。他们虽集体身处逆境,但却还是那样坦然乐观。他们始终坚信,这片土地是不会亏待他们的。如今,那些老兵的大部分或许都早已作古,但是我想,他们的灵魂怕是不会走远的,因为他们舍不得这块亲手开垦的热土。

"人人都说江南好,我说边疆赛江南"——就是这支迷死人的军垦战歌,把成千上万的上海武汉支边青年从扬子江畔召唤到这里,从此这支歌就伴随了我们的一生。这支歌属于那个时代,属于从那个时代走过来的我们这一代人。虽然现在有些人说我们当初太傻,但是我却至今不悔,不仅不悔,还暗自庆幸曾经有过这样一段难忘的岁月,让我学会了珍惜,学会了满足,也学会了常怀感激之情。以后,不管我走到什么地方,这支歌的旋律总会在不经意间飞扬在我的耳旁,回旋在我的脑海,时时唤起心中那种早已久违了的美好情感。

那片正被开垦的处女地,不仅吸引了我们,也吸引了来自各地的拓荒者,昔日荒漠的玛纳斯河两岸成为麦浪棉海的"塞上江南",成为瓜果飘香的戈壁绿洲。不过,并不是所有人都是唱着这支歌到这里来的,我所认识的小拐人中,就有这样一个特殊群体,是那些被称为"自流人员"的内地青壮年农民。我知道,他们当年离乡背井的真正原因仅仅只是为了生活。或许他们没有当初支边青年心中那种崇高的理想,只晓得那里有富饶的土地,有无穷的希望,只要舍得出力流汗,将来肯定会比原籍好得多。因此,他们义无反顾地沿着陇海铁路顽强地向西前进,目标坚定地憧憬着远在天边的幸福!

就是凭着这种真实的原动力,他们呼朋结伴源源不断地来到这里,成为农场花名册上的编外农工。然而他们并不在乎低人一等,也不在乎被打上"自流人员"的烙印,他们在这里忍辱负重,既挥洒汗水,也播种爱情。他们把自己的根拼命扎在这戈壁滩上,就像早年那些闯关东、下南洋的人们一样。

他们下一代的身份也许全都成为了农场子弟,在履历表出生地这一栏中,他们也都会无一例外地填上小拐,顺理成章地成为地地道道的新疆人,也不再自称是河南人或是四川人、山东人了。小拐这地方对他们的父辈而言,是人生旅途中的一个艰辛的迁徙地,而对于他们的子孙后代来说,恐怕会是世世代代的故乡了。

新疆是闻名于世的瓜果之乡,这里的瓜果之所以特别好吃,甜,除了充足的阳光和特有的沙质土壤外,我知道还有一个不大为人所知的原因。一个浙江农业大学园艺系毕业的技术员倾注了他几乎毕生的心血,领着我们一群小青年筛选培育了前苏联的两种花皮良种西瓜,一种叫做"梅里脱夫斯基",另一种大概叫做"斯拉夫央卡",听起来都像是苏联小说里的人名。

那位技术员姓徐,讲一口浓重的江浙话。他的栽培技术一套一套的,种出的西瓜也是又大又甜,就是为人处事太过偏激,我们私下里都称他为"脱夫斯基"。当时最恨他逼着我们拿镰刀到玛纳斯河畔去割苦豆子,苦豆子是当地独有的一种多年生的草本植物,含有乳浆似的苦汁,染在手上极难洗净,若不小心在唇边沾了一点,那更是苦不堪言。然而把它沤成肥料埋在瓜垅下面,结出的西瓜竟有说不出的甜,夏天吃它清凉爽口,暑气顿消;冬天吃它更是冰晶雪莹、直润人心。

不知是不是命运后来跟那位技术员开了个大玩笑,他能够把西瓜种得甜上加甜,却把自己的生活弄得一塌糊涂,连老婆也没能娶上,"文革"期间更是因"右派"问题被活活整死了,据说死得非常惨。回到武汉这么多年了,一看见满街的西瓜,我就会想起那位可怜的"脱夫斯基",恐怕这辈子我再也吃不到用苦豆子做底肥培育的西瓜了。

生命是那样坚韧又是那样脆弱,在小拐,一次顷刻降临的死亡也使我永生难忘。那是一个飞雪弥漫的傍晚,昏暗的大地隐藏着玄机,茫茫的戈壁潜伏着诡异。不知何时,一匹惯常四处游荡的骆驼闯进了我们的驻地,后脚踩进连队的菜窖口,庞大的身体卡在了半中腰。不知过了多久,我听见一声紧似一声的悲鸣,才寻踪发现那匹不幸的骆驼,它用满含祈求的眼神望着我,似乎我能拯救它的生命。

连队里的人们闻讯都赶了过来,几十人一起用手拉,用绳拽,用棍棒抬,可它那沉重的身躯还是纹丝不动,死死地卡在菜窖口。公社的哈萨克牧民骑着马赶来了,可是他们围着即将濒死的骆驼无可奈何地转了几圈,然后也摇着头放弃了,走开了。

那一夜朔风怒吼,浓浓的黑暗从四面八方虎视眈眈地逼视着那个无助的生灵。我唯一能做的事就是扫去它周围厚厚的积雪,再捧一把洁净的干草递到它的唇边,只想让它在死亡降临之前再饱餐一顿。可是那可怜的骆驼却看也不看,只是用哀怨的大眼睛凝视着我。

也许,这骆驼知道自己大限已到却心有不甘;也许它还心有悬想,还有未竟的遗愿要托付于人;然而我只能眼看着它的生命一点一点地从它的瞳仁里消失。它不知是否也感悟到了,生与死之间,原来也是这般的近。

也许,这只雄性的"沙漠之舟"曾经是个骁勇无畏的战士,它的一生有过无数的荣耀与辉煌,也有过自由自在的幸福时光。它向往在无垠的沙漠之上高视阔步,在蓝天白云之下疾奔如飞,然而这一切再也不会发生了。如果它会哭,此刻它一定会呜咽;如果它会说,此刻它一定会呐喊。然而它没有,这只骆驼只是用尽最后的力气,努力昂起它那骄傲的头颅,用寒芒的眼睛森严地凝望着前面的无常,终于凝成了无限的眷恋与不舍,凝成了一份永恒的悲哀与大恸。

黄沙百战穿金甲,何须马革裹尸还?我猜想,它肯定是希望像个真正的战士那样,宁愿在沙漠上干渴而死,或者在奔跑中力竭而亡,它宁愿被层层叠叠的黄沙掩埋得干干净净,不留下一点形迹,也不想像现在这个样子,在一个小小的菜窖口窝窝囊囊地憋屈而死啊!

记得后来一辆拖拉机怒吼着拖出了它那硕大的尸身,第二天,全连的男女老少敲着碗筷,欢天喜地都去伙房赴一场驼肉的盛宴。我没有去,只是因为脑海里始终有对抹不去的大眼睛,我不忍心再去分它的一杯羹。那对难忘的大眼睛后来跟着我又一直回到了江南,几十年过去了,有时我从夜梦中惊醒,发现那对惶惑的大眼睛仍在忧伤地望着我,仿佛那场不幸的死亡完全是我的错!

物伤其类,在那个不堪回首的岁月,一个叫马启天的武汉青年和一个叫吴凡的上海青年也长眠在那个地方,同样的死亡也让我体会到失去同伴的悲哀。死者长已矣,生者常戚戚。玛纳斯河沿的沙丘成了他们永恒的埋骨之地——他们再也无法知晓,在他们离开了这个世界之后,时代已经发生了多么大的变化。

那些当年跟他们一起穿着草绿色军装、一起唱着那支军垦战歌进疆的战友们,如今早已都星散四方,而他们的脚步却在那个叫小拐的地方戛然而止,永远地停留在十八九岁。就像那匹屈死的骆驼一样,他们人生的花蕾,还没有来得及绽放就突然凋谢了;他们生命的旋律,还没有进入高潮就打上了沉重的休止符。

——虽然这些都是将近半个世纪以前的事情了,但我仍然会常常想起那些个鲜活如新的面容,会常常想起那些个琐细如尘的往事,会常常想起新疆北端,那远在天边的大漠深处,有一个叫小拐的地方。

(原载《黄河文学》2012 年第 1 期)

贫穷,但坦诚而快乐着

——尼泊尔见闻录

龚 玉

计划三年的西藏游终于成行了,因尼泊尔紧临西藏的樟木口岸,所以索性一不做二不休,连尼泊尔也列入了旅行计划。

樟木是个镇子,如重庆似的依山而建。碰到一伙刚从尼泊尔回来的广州人,用他们的话形容:尼泊尔是地狱,樟木是天堂。听说我们要在那边过五晚,他们瞪大了眼睛:尼泊尔有什么好玩的?也没有东西可买,三天足够了!但潮湿而又狭窄的樟木就是天堂,我也觉得匪夷所思。

刚一过境,问题就来了,前晚联系好的导游没来,一伙当地小伙围着我们紧献殷勤,其中一个会说点简单的中文。我们应用在国内的经验,怕上当受骗,一概不加理睬。走到尼方海关,对方要我们交二尼币或是二十元人民币过关。这个汇率不对啊,明明是一人民币兑十一个左右的尼币,怎么现在颠倒过来了?正纠结间,又过来一伙中国人,其中有懂行的告诉说:不用给钱,他们欺负不懂英文的中国人,收二十元钱就不用填海关申报单了。原来如此,贿赂从一过海关就开始了。但我们最终联系上导游,倒确实是靠那个会说点中文的尼泊尔小伙给予的无私帮助。

导游叫罗米,二十六岁,又瘦又小,显老。他的专业是英国文学(尼泊尔语是国语,但通用英语),学了十五年,中文是在尼泊尔跟中国人学的,只一年,会说能听,但不认识。他掏出来接我们的标牌就是拿倒了的。但对比中国人的学英文,他已经很棒了。罗米带来的吉普车,竟然要我们挤坐进十个人(八个队员外加司机导游),行李放在顶篷上。天哪!他抱歉地解释说:下雨,路不好走,我迟到了,但有专门准备的好车,进城就换。路烂得无法再烂,是土路,一边紧贴崖壁一边面临深渊,风景却美得醉人。我们摇煤球似的走了三十多公里,再也无法前行,泥石阻断了交通。

中间是二三十米的泥泞,还有从山上淌下来的清沏溪流从路面哗哗流过;两头是大大小小的一字长龙车队;所有的大车都打滑,无法通行,更不用说错车。尼泊尔人没有工具,但都在中间无私地互相帮助:填泥、推车,似乎这是他们的常态。有钱人等不了了,雇人用头勒着带子托背起行李步行过溪流,到这边来换车再行;军人们反倒若无其事地安坐他们的车上,全然不似中国人民解放军。据说尼泊尔是雇佣军,人家没有那为人民服务的义务。我们等了近四个小时,罗米终于决定学别人的样,换车。联系好了对面的车子,但却需要我们扛着行李,穿过泥泞和溪流,步行一百来米。好在我们都插过队,虽已六十多岁,却还能咬牙干这重体力活。

十人又挤进对面另一辆吉普,继续在泥路上摇晃。回想在樟木时,满街都是往这边运货的尼泊尔大货车,不禁提问:据说樟木是尼泊尔唯一的对外陆路口岸,为什么政府不修路?如果没钱,至少将这二三十米修修也成啊!按中国人"驴粪蛋,表面光"的理念,这是个令人尴尬的问题,没想罗米坦然说道:每六个月就换一届政府,谁来修路啊!

对于所有呈现的问题,罗米都是坦然的,没有那种为了国格、面子而遮掩的扭捏。也许就是这种自然面对一切的心态,尼泊尔人虽穷,但却快乐地生活着。在公众场合,色彩俏丽的纱丽,使女人们婀娜多姿,就是在农田干活,她们也最引人注目。在色彩上能与女人媲美的,一是房子二是大货车。一路上的房子,因是绝对私人财产,都按主人心意,外墙拼出各色图案,涂抹成轻佻的鲜嫩色,绝没有雷同。如同在埃及时看到的,主人们也是在房子还未完工时就搬进去居住,常能看到二楼三楼只砌了半边墙,楼下却已乐融融地一大家子在过日子了。据说这是因为没钱了,还有一说是一旦完工就要缴纳房产税,于是人们就按这种先物尽其用的实用主义哲学生活着,政府倒也并不干预。

大货车大多是印度生产的 TATA 牌,属运输公司所有,显得笨重而又滞后,但司机们却也是各尽喜好,将车头装饰得如女人般色彩艳丽。沿途拍摄各具特色的大卡车,曾是我们长途旅行中解闷的一大乐事,能一气拍下几十张,却都不重样。最美丽的装饰如新娘子般漂亮,如一扇窗像是涂上彩色眼影描过眼线的美目,另一扇窗则装饰成女人额头上戴着的彩穗,就这么不对称美的从你眼前一闪而过,令人目不暇接。只有少数车是男性化的,通体涂成黑色或墨绿色作底色,让人联想到男性的沉稳和冷峻,使人忍不住地想给它们配对。还曾在一辆车后部看到用英文写的一首小诗:"我是这样想的,他是那样想的。看着我,你是怎样想的?"旁边还绘有两朵彩色小花,令人浮想联翩,却又妙趣横生。

尼泊尔并无多少工业,最出名的是它的金雕和木雕。曾有人说尼泊尔的绿松石带到拉萨价钱就翻十倍,做首饰买卖的朋友却告诉我说:讲反了,是西藏的绿松石等带到尼泊尔,经他们镶银精心雕制后再走向世界各地的。他看了我带回去的几件木制和龟壳工艺品,了解了价格后,发誓说:明年一定要去尼泊尔进一大批货。

尼泊尔的自然景观也别具特色,因为正逢雨季,我们几次想从不同景点远眺雄伟的珠穆朗玛峰而终未如愿,成为一大遗憾。但素有"南亚小瑞士"之称的博尔卡,还是以它拥有无数湖泊(以费娃湖最为著名。傍晚,无数归巢的长颈白鸟歇息在旁边皇室夏宫的大树上),雪山小镇的闲适美丽,迷住了我们。

最震撼人心的当然是在加德满都的帕斯提那寺亲眼目睹印度教徒举行的火葬仪式。这完全不是中国景点遍地盛行的作秀,而就是当地人的生活常态。他们相信:死后燃烧躯体,并将骨灰撒放河中,灵魂就可以脱离躯体而得到解脱。印度教寺庙不许普通人进入,花钱也不行。我们下车不久就逢大雨来临,撑伞站立在河对岸,眼睁睁看着死者亲属由寺庙役工帮助,在紧靠河边的水泥平台上,经过简单仪式,将用白布包裹的尸身架在原木柴堆上焚化。有一户完事了,将灰烬推到河里随水而逝,平台用桶从河中打水冲洗。没有烧完的木头,会有人打捞上来,以废物利用。隔着一座石桥,上游平台是供皇室和贵族专用,只有两三座,下游则有十座之多,是贫民用的,并可随游人自由拍照。大雨滂沱和满街水流中,旅游鞋早已浸透。身后一排基座很高的白色佛塔中(每孔能容纳三四人),既有闭目打坐的严肃苦行僧,也有嘻哈避雨的行路人。同在大雨中挨浇的,还有在大街上漫步的水牛和匆忙中奔逃的猴子,它们也都是自由之身。

尼泊尔从1955年起对三岁以上娃娃实行义务教育,男女一视同仁,城里乡间都可以看到穿着整齐校服上学去的学生。校服合体漂亮,男生西服领带,女生制服裙装,不同的只是私立学校的质地更好一些。太小的孩子还有妈妈抱着送到学校,也是校服整齐,自己背着长及腰部、显大的小书包。比之中国孩子式样千篇一律、肥大臃肿的校服,南亚的孩子们真的美丽漂亮。

但在女孩们已能平等接受教育的同时,另一种古老的传统也在延续,在古朴精致的 KUMARI 活女神庙中,我们亲眼目睹了当代活女神。这是一个年仅五六岁的小女孩,按习俗,她是从众多自愿报名的女孩中挑选出来的,必须具备三十二种美丽的特质,如有神的大眼睛,姣好的身材等。被精选出来的女孩们会被安排在一间大而黑暗的房间中,然后再突然扔进一只刚宰杀下来的血淋淋的大牛头,只有镇静而不被惊吓住的女孩,才能最终当选为活女神。而一旦成为活女神,小女孩双脚就再也不能沾地,并要离开家庭,单独住在 KUMARI 女神庙中,陪伴她的都是老年妇女,负责她的教育和生活杂事。活女神每年都要游街一次,受人瞻仰敬拜。由于脚不能沾地,她是由人抱进轿中,再抬着巡街的。外国游人按团体购票进入女神庙,并被告之:不能拍照(但庙门口有许多当地妇女在摆摊出售活女神相片),要敬拜,如能捐钱,则被用来作为女神庙和女孩的费用。女神每次仅露面一分钟。我们见到的活女神,画着彩妆,眼睛被黑线条勾描得长而大,神采奕奕而又有藐视一切的气度,小小年纪却给人以深刻印象。她在三楼窗口只待了半分多钟,穿着一件绣金花的红衣(只能看到比领口稍多一点的部分),就不见了。按传统,活女神来初潮,就要"退休"了(导游语),而且终身不能嫁人,因为她们神力太大,克夫。但现在却可以嫁人了。这么小的女孩就要在如此孤寂熬人的环境中长大,让人心生同情。我提了一个关键性问题,导游答曰:她们都是贫寒人家的孩子。这就是家长自愿的答案了。我们都捐了钱,为了心中的那份痛感和同情。

尼泊尔人86.2%信奉印度教,7.8%信奉佛教,但在同一旅游景点,这三种(外加尼泊尔本民族的)几个世纪以来风格不同的建筑物却可以并立于同一广场,让人惊叹不已,大饱眼福。比如帕坦古城的皇家广场,加德满都的杜巴广场,还有德巴尔广场,被列入世界文化遗产的数世纪前的古建筑物相互毗邻,一座紧挨着一座,你甚至可以立在原地不动,转着圈的就把不同时代、不同宗教、不同风格的宫殿、庙宇、雕塑……悉数拍摄下来。

而更让人不可思议的是,这些广场都是开放式的(只对外国游人售票),犹如一个巨大的农贸市场,人流熙攘往来,摩肩接踵:摆地摊的、跟在游人身后兜售商品的、过路的,汽车、摩托车、自行车……热闹非凡。而大多数古建筑,也都随人任意抚摸那些精美的木雕、石雕,随意走上高大的庙宇进香礼佛,也可以随地而坐在石阶上、门廊上歇脚聊天……我甚至看见一个乞丐似的年轻女人,将她天蓝色的长长纱丽在古建筑高大的石台上摊开晾干后,再当众在身上缠裹好。让人惊异于政府、法律对人们管束的松怠,也羡慕尼泊尔人生活中这种自由、恬淡、安详、适意,仿佛他们一直就生活在这些古建筑所塑造的传统之中,千百年来亘古不变……

  回程中,我们都祈祷路已修好,不要让我们再扛着行李涉水……然而,一如六天前,路再次毁坏,而且这次更惨,换坐的是辆小轿车,塞不下十人,我们四个身体较好的,只好在烈日下跟在绝尘而去的汽车后面步行,等汽车到海关后再回头来接我们。所幸原来的司机——队长一直称他为活雷锋,曾搬石断流,搀扶我们迈过溪水,这次又想法开车涉过泥水,赶上来将我们四人送到海关。然而更奇怪的是:回到樟木了,我却并没有尼泊尔是地狱的感觉和抱怨,相反,我觉得他们的人民虽然贫穷,但心态却是坦然的,而且安详幸福。

(原载《北京作家》2012 年第 1 期)

美国追杀本·拉登

朱增泉

一

本·拉登,始终以他忧郁的眼神望着这个世界,两眼就像冬天结了冰的湖,冷冷的,风吹不见波;但他内心却是一座火山,沸腾着宗教狂热的炽热岩浆,随时都会喷发。

他盯上了美国。克林顿时代,他不断袭击美国驻外机构;克林顿下令炸死他,没炸到。他来了一手更厉害的,发动"9·11"恐怖袭击事件,把小布什整苦了。此后,美国追杀本·拉登,直到小布什任期届满,仍然未能将他捉拿归案。全世界都说美国的情报部门厉害,又说美国的侦察卫星更厉害,你今天早晨忘了刮胡子,急冲冲赶去上班,美国侦察卫星能在路上拍下你的脸部照片,美国情报分析人员可以一根一根分辨出你脸上的胡子究竟有多少根。偏偏本·拉登就长了一脸阿拉伯式的大胡子。在中国古代,长有这样一脸大胡子的人是可以称为"美髯公"的。本·拉登席地坐在阿富汗的某处山坡上,把随身携带的一支AK—47冲锋枪靠在身边岩石上,伸手摸摸自己脸上很久没有洗过的大胡子,忧郁的眼神里露出一丝不易察觉的冷笑。他要考一考美国佬,让全世界都来看看美国佬到底有多大能耐。这一考,竟把老美考得狼狈不堪,十年无法交卷,十年没有走出考场。这时,本·拉登忧郁的眼神里再次露出一丝不易察觉的冷笑:纸老虎!

纸老虎原本是毛泽东形容美帝国主义的一个著名比喻,最早是在延安对美国记者斯特朗讲的。半个多世纪过去了,这句话被本·拉登借去用了一回,他是对全美广播公司记者约翰·米勒讲的,时间是1998年5月28日,地点是阿富汗某山区。当时毛泽东已去世二十二年,他若地下有知,肯定会坐在他书房的沙发里偏转头去对尼克松一笑说:"本人对此概不负责呢。"想必尼克松会回答说:"世界已被改变,让后辈们按照新的游戏规则去玩吧。"三个月后,1998年8月20日,美国对本·拉登在阿富汗山区的秘密基地进行了一次大规模空袭,使用的是美军最先进的侦察卫星和巡航导弹。本·拉登好几天没有消息,白宫官员们开始欢呼,有的打赌,有的请客,断定本·拉登已在这次空袭中毙命。几天后,本·拉登的讲话录像带在半岛电视台播出了,他毫发未损,纸老虎傻眼了。

那次采访中,本·拉登明确告诉米勒,他将把对美国的圣战进行到底。他说,真主要求他们以伊斯兰教的名义去清除入侵穆斯林世界特别是阿拉伯半岛的美国人,因为"二战"之后,美国人越来越具有挑衅性和压迫性,尤其在穆斯林世界表现得最为过分。米勒说,美国人谴责恐怖主义袭击活动使许多妇女儿童失去了宝贵生命。本·拉登反唇相讥道:"美国在广岛投下原子弹时,区分过婴儿和士兵了吗?"

2001年9月11日,发生了震惊世界的"9·11"恐怖袭击事件。本·拉登借助《古兰经》作为支点,他在那一瞬间撬动了地球,全球人都感觉到了那一阵剧烈晃动。

此后,本·拉登使出了高超的隐身术,比美国隐形飞机的隐身术还厉害,连他的高级助手都不知道他的具体下落,只知道他仍然辗转在神秘的阿富汗山区,由真主保佑着他。美国动用了无数特工,使尽各种招数,悬赏五百万美元,下了血本不惜代价追杀本·拉登。苦心不负美国人。十年后,美国情报部门终于在意想不到的地点发现了本·拉登。纰漏出在本·拉登与外界唯一的秘密联络人(信使)谢赫·阿布·艾哈迈德(Sheikh Abu Ahmed)身上。

二

宗教狂热赋予一个人的精神能量,有时是难以估量的,按常理也是难以解释的。

本·拉登家族是沙特阿拉伯建筑业巨子,与沙特王室关系密切。穆斯林实行一夫多妻制,老拉登讨了十个老婆,本·拉登是他二十个儿子中的第十八子。本·拉登从家族中继承了属于他的那份资产,也继承了经商本领,成了亿万富翁,美国媒体一直说他的资产多达数十亿美元。但他对伊斯兰教教义的信仰,远远超过了他对财富的迷恋。他凭着对伊斯兰教原教旨主义的狂热信仰,先后两度奔赴阿富汗前线,去对抗苏联和美国两个超级大国对阿富汗发动的侵略战争,因为阿富汗是穆斯林兄弟国家,他要为捍卫伊斯兰教原教旨主义而战。

1979年,苏联入侵阿富汗。那一年,本·拉登才二十二岁,血气方刚,大学尚未毕业,就以极大的热情投入了支援阿富汗抵抗苏联入侵的圣战事业。当时的圣战领导人名叫阿卜杜拉·阿扎姆,本·拉登在他手下执行援阿任务,主要包括:以自己家族拥有的雄厚资产援助阿富汗抗战;频繁来往于巴基斯坦,为阿富汗抵抗战士运送作战物资;向海湾地区的富商们游说,募集资金支援阿富汗抗战;在巴基斯坦和阿富汗边境建立圣战训练营,在世界各地穆斯林中招募圣战志愿者。由于圣战事务越来越繁忙,1980年(一说1981年),他毅然从阿吉兹国王大学经济管理系退学(还剩一学期就要毕业了),全身心投入到圣战事业中去。

1984年,本·拉登举家迁往巴基斯坦靠近阿富汗边境的白沙瓦。随后,本·拉登进入阿富汗境内建立了第一个圣战军事基地,地点就在阿富汗东南部的贾吉村附近,在那里聚集了来自世界各地的几千名穆斯林圣战志愿者。三年后的一个春天,本·拉登在这个军事基地附近领导圣战士兵同侵阿苏军进行了一次战斗,并取得了胜利,本·拉登一举成为沙特阿拉伯的民族英雄。又过了一年,本·拉登为了适应在全球范围内发动圣战的需要,在阿富汗境内创建了秘密的圣战组织"阿尔·伊达",意即"基地军事组织",简称"基地"。

值得一提的是,抵抗苏军入侵阿富汗期间,本·拉登曾是美国中央情报局的反苏"盟友"。当时美国中央情报局对阿富汗境内与苏军作战的游击队进行全面培训,本·拉登的许多"计谋"和暴力手段,都是从中央情报局那里学来的。本·拉登还从美国人手中得到了价值约二点五亿美元的军事援助,其中包括对付苏联武装直升机的肩扛式"毒刺"导弹等先进武器。

1989年,苏军撤出阿富汗。本·拉登也带着大约一百名忠实追随者回到了沙特阿拉伯,他把这些人安排在他的公司或农场里,成为他手中的一支"圣战常备军"。同年,原圣战领导人阿卜杜拉·阿扎姆在白沙瓦被一枚路边炸弹炸死,本·拉登就成为"基地"的最高领导人,成为阿拉伯世界家喻户晓的"人民英雄"。

三

海湾战争,是本·拉登从反苏转向反美的转折点。

真是东边日出西边雨,苏军刚从阿富汗撤出不久,1990年8

月就发生了伊拉克入侵科威特事件。沙特与科威特接壤,沙特王室担心伊拉克军队乘势进入沙特境内,主动邀请美军提前进驻沙特。这件事使本·拉登同沙特王室产生了尖锐矛盾。本·拉登要求会见沙特国防部长,他摊开地图向国防部长建议说,动员本国力量就可以抵抗伊拉克入侵,不用依靠美国军队。国防部长问他,如何对付伊拉克的飞机、坦克和生化武器?本·拉登回答说:"我们靠信仰来打败他们!"国防部长看着他说:"你可以走了。"本·拉登负气出走也门,老子不和亲美政府同在一个屋檐下呆着。

海湾战争发生在美国老布什总统时代,具体时间是1991年1月至2月。美国为首的多国部队先对伊拉克进行了四十二天空袭,然后从沙特境内向进入科威特的伊拉克军队和伊拉克本土发动了一百小时的地面进攻,将伊拉克军队彻底打败,伊军灰溜溜撤出科威特。但美军既然进来了,也就不走了,在沙特建立了永久性军事基地。

本·拉登对此无法容忍,强烈谴责沙特政府允许美军进入沙特是"引狼入室",特别是允许美军驻扎在沙特两个伊斯兰教圣地麦加和麦地那,是对穆斯林的"犯罪行为"。他号召全体穆斯林用暴力手段把美军赶出沙特,并推翻沙特王室统治。他领导的"基地"组织一再对驻沙特美军和沙特政府机构发动袭击。沙特王室迫于美国的压力,对本·拉登的极端主义行为极为恼火,开始严格限制他的活动,规定他不得离开沙特一步。

1991年,本·拉登欺骗王室一位成员说,他要去巴基斯坦关闭他的企业,并保证返回沙特,那位王室成员同意放行。但一只出笼的鸟儿,怎肯再飞回笼中?本·拉登离开沙特后,通知家眷向外转移,随后举家迁往当时非洲最大的阿拉伯国家苏丹(南部苏丹已于2011年1月宣布独立,现已分解成两个国家)。

1994年,沙特政府宣布开除本·拉登沙特国籍,冻结他在沙特的银行资产。他的兄弟们为了自保,纷纷宣布同他断绝往来。

本·拉登失去沙特国籍后,全家安顿在苏丹首都喀土穆。这时本·拉登已娶了四房妻子,四位妻子已为他生育了十四个孩子,全家住在苏丹首都喀土穆一幢三层楼房内。本·拉登极具经商天赋。他在苏丹五年间,承建了苏丹港新机场,以及从喀土穆至苏丹港的一千二百公里高速公路。他还在苏丹开办了一家建筑公司、一家银行、一家加工山羊皮工厂、一个向日葵农场、一家著名的"绿洲与水"进出口公司,等等。在他这些工程和企业中,有的也有苏丹"全国伊斯兰阵线"和苏丹军方的股份。他清楚地知道,不同苏丹本土势力合伙,他很难在苏丹立足。

本·拉登赚了这么多钱财用来干什么?除了养家糊口,他并不追求物质享受。他常年穿着一件最普通的阿拉伯长袍,布帕裹头,生活简朴得如同阿拉伯贫民一般。他要求妻子儿女们吃简单的食物,过简单的日子。他把赚来的大笔钱财全部投向了他的圣战事业。他从阿富汗带回的一百名忠实追随者也一起来到了苏丹,仍然安置在他在苏丹的工厂或农场内。他在苏丹继续发展"基地"组织,重新建立训练营地,在全世界穆斯林中招募圣战志愿者,经过训练,把他们派往索马里、波斯尼亚、科索沃、车臣等国家和地区投入圣战。

1995年6月26日,非洲出了一件大事。埃及总统穆巴拉克于当天前往埃塞俄比亚首都亚的斯亚贝巴,出席一年一度的非统组织首脑会议。穆巴拉克的车队从机场前往市内,途经巴勒斯坦驻埃塞俄比亚使馆时,突然遇到一场惊心动魄的暗杀行动。两辆汽车突然从横方向冲出来停在车队前方道路中央,挡住了去路,四名持枪刺客向穆巴拉克的防弹坐车射击;马路两边的楼顶上也有枪手向车队射击。穆巴拉克的安保人员跳出车外开枪回击,司机急忙掉转车头返回机场,穆巴拉克的专机立刻起飞飞回埃及。美国情报部门一口咬定,这起暗杀事件的幕后操纵者是本·拉登,因为他对亲西方的阿拉伯国家领导人都持敌对态度。

苏丹原本就被美国列入了支持恐怖主义国家的名单,这次暗杀事件发生后,美国、埃塞俄比亚、沙特三国一齐向苏丹施加压力,谴责他们容留恐怖头目本·拉登。苏丹政府拖至第二年5月,再也顶不住了,下令将本·拉登驱逐出境。

天苍苍,野茫茫,本·拉登这次流亡,又将去何方?世界各国的报道有过多种版本,有的说他先流亡到了菲律宾,在菲律宾开办了三家大公司,并娶了一位菲律宾妻子。但美国女作家简·萨森通过亲自采访本·拉登的妻子儿女们,在她写的《本·拉登传》一书中是这样记载的:本·拉登与第一房妻子纳伊瓦生的第四个儿子奥玛说,1996年5月,他是被父亲选中的唯一陪同他离开苏丹的儿子,那年他才十五岁。他虽然极不情愿,但母亲鼓励他说:"奥玛,自己保重,跟主走吧。"奥玛说,他和父亲两人肩上都斜挎着卡拉什尼科夫冲锋枪(即AK—47),出了家门,不知道父亲要把他领到哪里去,也不知道要离家多久。飞机从喀土穆起飞后,飞过了他们的祖国沙特上空,途中唯一停留的一次是在伊朗为飞机加油,他们直接飞到了阿富汗的贾拉拉巴德,因为那里有本·拉登最亲密的朋友部落首领诺瓦赫毛拉可以为他提供庇护。后来,本·拉登把妻子儿女们陆续接往阿富汗,先后安置在贾拉拉巴德、托拉博拉山区、坎大哈等地。全家人跟着本·拉登并没有享受到亿万富翁家庭的富裕生活,而是吃够了颠沛流离之苦。奥玛竭力反对父亲发动圣战,反对恐怖主义,他后来独自离开了阿富汗,住在叙利亚外婆家,经申请恢复了沙特国籍,但前途未卜。

本·拉登已经无法回头,他从此走上了圣战不归路。

四

不妨来探讨一下本·拉登与美国不共戴天的主要原因。

苏联解体后,本·拉登专门同美国对着干。1997年3月底,美国有线广播新闻网记者彼得·阿内特,第一个前往阿富汗山区采访了本·拉登。本·拉登在接受采访时谈了他对美国的看法,他说,"苏联的解体使得美国更加傲慢和目空一切,它开始把自己当成世界的主宰而且要建立所谓世界新秩序,它想任意愚弄全世界的人们","在目前的霸道环境下美国建立了双重标准","把那些反对它不公正行为的人称为恐怖分子"。接着,他以控诉美国"罪恶"的方式申述了对美国发动圣战的理由:"我们向美国发起圣战,因为美国政府是不公正、可耻和残暴的政府","它违反了所有的戒律,犯下了世界上过去任何帝国主义国家未曾做过的罪恶"。他还说,美国才是全世界最大的"恐怖头子",美国向日本扔下原子弹是迄今为止最大的"恐怖袭击",美国的封锁制裁造成了成千上万伊拉克兄弟因缺粮少药而死亡,这同样是"恐怖主义"。

本·拉登下面这句话很有震撼力,他说:"不公在这个世界上是多么严重啊!"

本·拉登是一个代表。他虽然代表的只是伊斯兰教原教旨主义极端派的态度,但也在一定程度上反映了阿拉伯世界的一种普遍情绪。阿拉伯世界对美国抱有同样敌对情绪的还有两位著名人物萨达姆和卡扎菲,这就足以佐证这一点。

人们不禁要问,冷战结束以后,美国同阿拉伯世界的矛盾为何会激化到如此程度?结论既复杂又简单,因为"霸权平衡"被打破后,世界秩序严重失衡,尤其是基督教文化圈与伊斯兰教文化圈之间的失衡现象更为突出。伊斯兰教文化圈有着辉煌的历史记忆,但是当今世界的政治、经济、军事、科技、舆论等等的话语权都被美国霸占着,阿拉伯世界对此普遍不舒服。伊斯兰教原教旨主义极端派奉行的恐怖主义,是对霸权主义不满的一种极端的表达方式。

东方的儒教文化讲究"中庸",佛教文化讲究"圆通",它们虽然也反对霸权主义,但不会采取恐怖主义这种极端方式。

恐怖主义带有反人类、反社会、抵制世界现代化进程等特征。本·拉登对现代社会抱有极端的抵触情绪,有一个典型例子就是他禁止儿子们上学,使他的下一代失去了接受教育的机会,这是不可理喻的。

从本质上说,恐怖主义是霸权主义的对立物。它是"二战"结束以后,美苏两霸在世界范围内推行霸权主义的产物。苏联的解体,犹如经历了一场强烈地震,在原有政治板块破碎的边缘地带,一片狼藉,治安状况严重恶化。美苏两霸长期对抗引发的这场灾难,最终要由它们双方共同买单。苏联已用它自身的解体作了抵偿;那么美国呢?它就只能通过对付以本·拉登为首的恐怖主义去偿还这笔欠账了!

五

在克林顿总统和小布什总统任期内,本·拉登同美国的较量达到高潮。

克林顿总统八年任期内(1993年1月—2001年1月),本·拉登不断策划恐怖袭击事件,并曾两次密谋刺杀克林顿,均未得逞。1996年,克林顿下达绝密命令,授权美国中央情报局可以采取任何手段摧毁"基地"组织,消灭本·拉登。但本·拉登是狡猾的狐狸,逮不住他。既然逮不住狐狸,狐狸就要半夜"闹鬼"。1998年8月7日这一天,美国驻非洲肯尼亚和坦桑尼亚两国大使馆同时遭到恐怖袭击。在内罗毕,美国驻肯尼亚大使馆爆炸案炸死二百一十三人,其中有十二名美国人,受伤四千五百余人。大约五分钟后,坦桑尼亚首都达累斯萨拉姆美国大使馆也发生爆炸,同样是自杀式汽车炸弹袭击,炸死十一人,炸伤八十五人,伤亡人员中没有美国人。这两起恐怖袭击事件震惊了美国,克林顿强烈谴责恐怖分子的暴力行为是"令人憎恶的、灭绝人性的",宣称美国"将尽一切努力惩罚罪犯"。

美国政府立即从本土派出反恐专家小组,并由美军驻沙特海军陆战队组成反恐突击队奔赴两国爆炸现场,调查案情,实施救援。但美国的救援行动引起了肯尼亚和坦桑尼亚两国的不满。在这两起爆炸案中,大批炸伤人员都是肯尼亚和坦桑尼亚两国当地人,美国救援分队却封锁了爆炸现场,只顾在伤员堆里寻找和抢救美国人,大批当地伤员的救护被耽误了。美国人平时很高傲,他们的自私在这一刻暴露无遗,阿拉伯人对他们产生反感也不是没有一点原由。

就在爆炸案发生当天,巴基斯坦情报部门在卡拉奇国际机场逮捕了一名持假护照急于离开的阿拉伯人,名叫欧登,三十二岁。他原籍巴勒斯坦,他的妻子是肯尼亚人。他领导的小组为了策划这两起爆炸,他本人潜伏在肯尼亚首都内罗毕摆了个鱼摊卖鱼,他的鱼摊就是恐怖分子的联络点。他不仅供出了这两起爆炸案的策划经过,而且供出了"基地"组织在世界各地的网络:纽约、波斯尼亚、车臣、塔吉克斯坦、阿富汗、巴基斯坦、约旦、以色列、沙特、埃及、利比亚、阿尔及利亚、也门、苏丹、埃塞俄比亚、索马里、突尼斯和菲律宾等等。并说,本·拉登掌握一支由穆斯林武装分子组成的四千至五千人的军队。如此看来,本·拉登领导的"基地"组织已经发展到相当惊人的程度。

克林顿受到了极大刺激,他必须向美国国内有所交代,向世界表明立场,对恐怖主义绝不宽容。1998年8月中旬,巴基斯坦开始风传美国即将对阿富汗境内的"基地"组织实施打击,气氛顿显紧张。美国开始从巴基斯坦撤离大批外交人员和美国公民。与此同时,美国关闭了可能遭到恐怖袭击的十二个国家的大使馆。风声鹤唳,草木皆兵。

8月20日美国时间清晨六时,克林顿下令,美军同时向阿富汗和苏丹实施了猛烈空袭。阿拉伯海和波斯湾的美军舰艇负责袭击阿富汗,他们从舰艇上向阿富汗东南部塔利班控制区的本·拉登六处营地发射了将近一百枚战斧式巡航导弹。空袭开始时间美国是清晨,阿富汗已是夜间。美国从阿拉伯海舰艇上发射的巡航导弹是飞越巴基斯坦上空打往阿富汗的,美国事先并未征得巴基斯坦同意。空袭开始后,克林顿给当时的巴基斯坦政府总理谢里夫打电话说,此刻正有美国巡航导弹从你头上飞过,不过你不用紧张,不是打你的,是打向阿富汗境内的本·拉登营地的。谢里夫放下电话苦笑,这老美,好一副霸权主义姿态!阿富汗境内被袭地区一声声巨大爆炸声响彻云霄,火光冲天,地动山摇。空袭持续了一个小时,阿富汗帕克蒂亚省霍斯特地区的本·拉登两处营地被炸毁,二十一人被炸死,三十至五十人受伤。美军的巡航导弹袭来时,本·拉登刚刚离开营地,走到半路听见身后传来巨响,他站在黑暗中回头看看冲天而起的火光,一丝冷笑,转身钻进了山沟。

与此同时,红海海域的美军舰艇负责空袭苏丹喀土穆。美军除了从红海舰艇上向喀土穆发射少量巡航导弹外,两架远程轰炸机直接飞临喀土穆一家化工厂上空实施轰炸,化工厂顷刻变成一堆废墟。美国情报部门认定那家化工厂是由本·拉登投资制造生化武器的。事后,负责设计和建造化工厂的人站出来证明,它只是一家普通的制药厂。

空袭当天下午,克林顿发表电视讲话,宣称这次空袭是对恐怖分子制造肯尼亚和坦桑尼亚美国大使馆两起爆炸案的反击和报复,美国今后还将采取类似的行动。但直到克林顿任期届满向小布什移交总统权力时,美国情报部门仍未找到本·拉登的下落。

较量尚未结束,后面还有"大戏"。

2001年1月20日,小布什正式就任美国第四十三届总统。他上任伊始,在他最为关注的国家安全领域内,重要任务之一就是如何对付恐怖主义。在他制定的年度财政预算中增加了不少这方面的拨款,中情局也增加了不少这方面的任务。本·拉登这一方也没有打瞌睡,他决心要给小布什来个下马威,加紧策划更大规模的恐怖袭击事件,这出"大戏"就是当年震惊世界的"9·11"恐怖袭击事件。

恐怖分子组织了一支精干的秘密分队,均由具备自我"献身精神"的宗教狂热分子组成。他们制定了一份周密的计划,先从学习驾驶飞机开始。从2000年7月,两名恐怖分子去佛罗里达州接受驾驶商业飞机的飞行训练,另外两名恐怖分子前往意大利威尼斯接受飞行训练。2001年9月10日,即"9·11"前一天,恐怖分子在美国最东北角的缅因州集合,进行最后一次协调。然后兵分两路,从不同地点飞往波士顿。他们决定劫持四架飞机,每架飞机要上去四至六人,以确保行动成功。他们计划用四架飞机同时向预定目标发动自杀式袭击。

恐怖分子为何把袭击日期选定在9月11日?因为911是美国的呼救电话号码,它在美国人心目中是带来安全保障的象征。恐怖分子们说:"让美国佬的安全感见鬼去吧!"

他们最初选定的三个袭击目标是:美国白宫、纽约世贸中心大楼、美国总统空军一号专机。后来执行中有所变动。

我们如果看一下美国地图,波士顿、纽约、华盛顿都在美国东海岸北部沿海,三点连一线,这是"9·11"恐怖袭击的三个相关地点。

令人难以置信的一个问题是,在美国这样的国家,恐怖分子居然在波士顿机场全部顺利登上了不同航班的飞机,飞机起飞后恐怖分子在空中同时成功地劫持了四架飞机,地面竟毫无察觉。据事后调查发现,被劫持的四架飞机上一共上去了十八名恐怖分子。袭击纽约世贸中心双塔大楼的两架飞机上各有五名恐怖分子;撞向华盛顿美国国防部五角大楼和坠毁在匹兹堡附近的另外两架飞机上各有四名恐怖分子。

当时,全世界都观看了"9·11"恐怖袭击事件的直播过程。眼看着两架飞机先后撞向美国世贸中心两座大楼,引起巨大爆炸,冒出团团浓烟烈火。又眼看着两座高达一百一十层的大楼在燃烧中先后倒塌。位于华盛顿的美国国防部五角大楼也遭到飞机撞击,引起大火,部分大楼倒塌。最后一架飞机在匹兹堡附近坠毁。

本·拉登导演的这出"大戏",超过了美国好莱坞迄今为止拍摄的所有恐怖大片,创造了全球最高收视率,世界被惊呆了。

小布什上任不到十个月,当头挨了一闷棍,几乎蒙了。他稍作镇定后发表电视讲话,向全世界宣布美国遭到了恐怖袭击,并称这是美国的"国家灾难",美国将对事件展开全面调查。

"9·11"恐怖袭击事件,成为小布什发动阿富汗战争和伊拉克战争的导火索,理由就是这两个国家都支持恐怖主义。这两场战争,表面上美国都"打赢"了,主要标志是端掉了阿富汗塔利班政权和伊拉克萨达姆政权。但是,直到小布什任满两届总统,仍然没有找到本·拉登下落。

2009年1月21日,小布什向奥巴马移交总统权力时,他把这块"心病"一起交给了奥巴马。

六

本·拉登导演的"9·11"恐怖袭击事件,对美国造成了深远而巨大的影响。最为致命的一点是使美国人的自信遭到了重挫。

美国第四十四届总统奥巴马在就职演说中直言不讳地承认,"现在我们都深知,我们身处危机之中。我们的国家在战斗,对手是影响深远的暴力和憎恨。"并说,现在有人"认为美国衰落不可避免,我们下一代必须低调的言论正在吞噬着人们的自信。"他表示要领导美国重拾信心,"从今天开始,我们必须跌倒后爬起来,拍拍身上的泥土,重新开始工作,重塑美国。"

美国正"身处危机",美国的"衰落不可避免",美国需要"重塑",这样的字眼第一次出现在美国总统的就职演说中。仅此一点,就足以使全世界的人们受到震动。

奥巴马上任第一年,仍然没有找到本·拉登的下落。

2010年8月,美国中央情报局向白宫报告:已经发现了本·拉登的藏身之地!

十年来,美国中央情报局撒开了大网,一直在苦苦寻找有关本·拉登的一切线索。中情局在审讯捕获的"基地"恐怖分子时,发现他们屡屡提到一位本·拉登极为信任的人物。中情局开始调查,发现这位人物是"9·11"恐怖袭击事件的主谋之一,全名叫谢赫·阿布·艾哈迈德,出生于科威特。他是唯一负责本·拉登与外界联络的人,也是唯一知道本·拉登住处的人。只要发现这个人的行踪,便能找到本·拉登。于是,中情局开始监听"基地"恐怖分子的来往电话。2010年夏天,谢赫向外打了一个电话,立即被锁定位置,中情局向发出电话信号的位置直扑过去。

搜寻结果大大出乎美国情报人员意料。这个地点不在阿富汗境内,竟在美国反恐盟友巴基斯坦境内。具体位置就在巴基斯坦首都伊斯兰堡以北不远的小城阿伯塔巴德。他们在那里发现了一座奇异的住宅,造价高达一百万美元,户主是阿富汗人,围墙高达六米,住宅内没有安装电话线和网线,生活垃圾从不向外倾倒,就在院内焚烧。中情局断定:这就是本·拉登住处。

奥巴马先后九次召集国家安全委员会开会,讨论抓捕本·拉登的方案。最后决定,严密封锁消息,绕开巴基斯坦,派遣美国海军海豹突击队从阿富汗境内乘坐黑鹰直升机进入巴基斯坦,直接执行抓捕任务。军方根据预定方案,在秘密地点组织了模拟演练。

2011年5月1日下午,奥巴马下令,抓捕行动开始。直升机上和海豹突击队员头盔上都装有摄像头,将现场图像实时传回美国,奥巴马和希拉里都坐在作战室内观看抓捕过程。

美国媒体披露的大致过程是:海豹突击队员从阿富汗境内乘坐直升机进入巴基斯坦境内,直扑本·拉登住宅上空,用绳索坠降至屋顶,进入屋内。本·拉登守卫士兵与海豹突击队员展开激烈交火。本·拉登一度将妇女当作人肉盾牌,结果被海豹突击队员一枪打中头部毙命。被打死的另外四个人是:本·拉登的一位妻子、一个儿子、两个信差(其中包括谢赫)。

美国时间当晚午夜二十三点十五分,奥巴马在白宫东厅发表电视讲话,向全世界宣布本·拉登已被击毙,这是他上任以来美国在国家安全领域取得的最大胜利。

七

历史对本·拉登无法回避,他将作为一名反面人物载入史册。他对世界头号强国美国发动了一场"一个人的战争",从他

1996年重返阿富汗直接同美国对抗算起,到2011年5月1日被美军海豹突击队击毙,坚持了长达十五年之久。他策划的"9·11"恐怖袭击事件对美国造成的深刻影响已如前述。

现在留下的问题是:恐怖主义的泛滥提醒人们,世界在迈向现代化的进程中,始终伴随着诸多无法回避的尖锐矛盾,人类将如何唤醒良知,去化解这些矛盾?

我们正在迈向进步,但不是进入天堂。

本·拉登那句话仍在我们耳边回响:"不公在这个世界上是多么严重啊!"

(原载《中国报告文学》2012年第1期)

沂蒙地瓜

厉彦林

那是初冬的夜晚,我和夫人在济南高新区的大街上散步,当走到北街口,正冻得浑身打颤、犹豫彷徨时,从远处飘来一缕缕的芳香,带着丝丝的香甜。穿过人行道的拐角,在小吃店的旁边,就更加真切地传来,让人心里直痒痒,顿时精神一振。然后顺着芳香就听见摊主嘶哑的叫卖声:"地瓜来,烤地瓜,甜甜的烤地瓜……"走向前,呈现在眼前是黄澄澄的地瓜,软绵绵的,丝丝缕缕的香气直面扑来。于是急速地到暖暖的烤炉前,精心挑上几个,立即掏钱称上热腾腾的烤地瓜,像是在他乡遇见故知、听到乡音,感觉把一种亲切的幸福感攥在了手里,心里踏实坦荡了许多。把烤地瓜捧在手心剥完皮趁热吃几口,只感到这烤地瓜特别的香甜,一股暖流迅速传遍全身……

说起地瓜,多是在故乡时的一些记忆。地瓜又名红薯、白薯、甘薯、红芋、番薯、山芋蛋等,源于墨西哥、秘鲁一带。四百年前从南洋引入我国。在我国种植面积很广,面积居世界第一位。

地瓜含有丰富的糖质、维生素和矿物质、食物纤维等。据说,吃地瓜还有抗癌美容作用呢!

以地瓜为母本,派生出许多食品、饮料、点心,譬如地瓜糖、地瓜点心、地瓜煎饼、地瓜粉条、地瓜粉皮、拔丝地瓜、地瓜干子酒等,可以说数不清、算不完,五花八门,无奇不有。漫漫长夜,与同事相聚忆起童年关于地瓜的往事,回味无穷,别有一番风趣。许多往事让人留恋,让人捧腹。

要说天下最好吃的地瓜,哪里也无法与山东的大地瓜相媲美,而沂蒙山区的地瓜其品质更能胜出一筹,这大概与我的故乡是沂蒙山区,一种对故乡的独特感情体验和偏爱吧。科学地讲,应与那里的红黄色丘陵土壤和山区气候有直接关系。

地瓜长得泼辣,生命力强,对气候、温度没有过高要求,不需太多的水分和养料。再说我的家乡沂蒙山区山多地少,土地贫瘠,大都没有水浇条件,种小麦、玉米、高粱产量低;只好种泼辣实在的地瓜。地瓜管理起来省心省工,在平原沃土里茁壮成长,在贫瘠的山冈上也能顽强扎根。地薄一点不要紧,天旱一点也不要紧。只要施足底肥,平常也不用再追肥。地瓜不怕土地瘠薄,如果赶上丰沛的雨水,它也给人一个丰硕的收成。一般亩产三四千斤。

我记事的时候,准备繁殖地瓜的"种地瓜",冬天大都先存放在地窖里,后来种的少了,"种地瓜"就迁移到热炕头上。秋收时,各家在土炕上用泥坯或者砖头,贴着墙垒一个框子,把地瓜放在里面,上面盖上杂草或床单子防冻。清明过后,就找一块朝阳避风的沙土地,调出畦子,将"种地瓜"平摆上,上面均匀地覆盖上一层细沙,然后盖上草苫子,洒上水。等到地瓜芽长到拃多长的时候,就把准备种地瓜的土地上,撒上土杂粪和草木灰,用铁犁扶起垄,将地瓜苗截成一根根插到地垄上,浇上水就生根发芽,然后生叶吐藤。等到地瓜蔓长下地瓜沟,接近一米的时候,用手或者木棒将地瓜秧翻起,把沟里杂草除掉,晒晒地面,这样地瓜长得快。夏秋季节,走进田野,就走进了地瓜的世界,到处爬满了地瓜郁郁葱葱的秧蔓,土地被遮盖得严严实实。

我童年时代,种的地瓜都是"胜利百号"、"济薯1号"等。那秧子又细又长,叶子也瘦小,在叶子的茎与地瓜秧的交叉处常冒出一些花骨朵，花开的时候很像牵牛花，或淡红色，或紫红色，很好看。农家活中，种地瓜其实是很费事的，从打秧上之后，不是除草就是翻秧子，连续几次才能到秋收。刨地瓜也很费事，一墩墩地刨出来，把地瓜一个个地摘下来，摘完了再一筐筐地归堆，然后又一个个地切成瓜干，切完了再晒，晒干了再拾起来。一个地瓜，从刨出来到被晒成瓜干不知要翻弄多少遍。

孩提时，到秋收季节，我们放了秋假或者星期天，拾柴或者打闹累了、肚皮饿了的时候，伙伴几个偶尔到空旷的地里，更多是在迎风的地埂上，垒个土窑或者刨个深深的长坑，在上面排满从生产队偷来的地瓜，然后四处捡木柴和干草，点火烧地瓜。秋高气爽的田野上，烟雾特别明显，等几阵浓烟之后，地瓜也差不多熟了，就把一个个地瓜堆进烧火的长坑里，之后把土窑或者长坑里烧热的土推倒盖住地瓜，再用干土埋于其上，这时伙伴们围坐在一起唱歌或者玩游戏，焦急地等待着地瓜赶快熟透。估计时间到了，大家七手八脚，把所有地瓜都翻出来，有秩序地分配，刚出窑的地瓜极其烫手，伙伴们急吃心切，于是一个地瓜拿起，忽用右手，忽改左手，像耍杂技，烫得个个直叫唤，那动作至今仍记忆犹新。一阵狼吞虎咽后，个个赶忙擦掉嘴边沾满的黑土灰，伴随着嬉闹声与落日的余晖，鼓着肚皮，蹦蹦跳跳地回家了。

俗话说："三春不如一秋忙。"忙，其实忙就忙在地瓜的收干晒湿上。上世纪70年代初，还没有实行大包干，当年生产队分地瓜就很有趣。队里有规矩，必须等全队全部分完后，各家各户才能拾掇自家的地瓜，主要怕有人借分地瓜之机浑水摸鱼偷队里的地瓜。如果天气好，又有新地茬子，可就地铡了晒下。如果天气不好，或者没有合适的地茬子晒，就得运回家或者运到别的岭地里。所以每次赶到往家推地瓜或铡地瓜的时候，都是黑天了。有时晚饭顾不上吃，干到很晚，直到月明星稀，寒露凝落衣裳。

秋天的夜晚,天气早就凉了,许多人穿上了毛衣,有的披上了厚棉袄,一盏盏黯淡的小马灯闪烁在空旷的田野里。一盏小马灯就是一户人家,一家人紧紧围着刚分来的地瓜,有的铡,有的撒,恨不能一下子干完早回家。当年农家都备有"地瓜铡",后来又发明了手摇的地瓜铡,一种把地瓜削成薄片的工具。男劳力把成堆的地瓜哗哗地削出来,媳妇和孩子们用提篮把新铡的瓜干在干地上撒开。挎着挎着,胳膊就累了酸了麻了。干着干着,大片空地就变成了白花花的瓜干的海洋。马灯太暗,根本照不过来,与其说是照着,还不如说是摸着,只见切地瓜的人,熟练地轮换着双手,一片片的鲜地瓜干子依次落在地上,负责撒的人再一片片地晒出去。

把地瓜就地晒出去不容易,推到家里再晒出去更不容易。天气不好的时候,必须耐心等待。天气好的时候,当天夜里就得铡出来,第二天凌晨再运到村外边去晒。我家屋后有条小河,河岸有一大片空旷的沙滩,这是晒地瓜干最理想的地方。每当秋季,必须早去占块合适的地方。大人把切好的鲜地瓜干运到河沙滩上均匀地撒开。撒的时候都是大把大把地撒,许多瓜干就压着摞,撒的时候你可以尽情地挥洒,然后还有一道工序,就是要把地瓜干一个个地拨弄开,平铺着,不能重叠,摊晒瓜干时两眼要盯着地面,直累得腰酸背疼。大人糊弄孩子说,小孩子没有腰,其实这个活最累腰了。

那些年天气确实比现在冷。生产队干活拖拉,效率低,几十亩地瓜过了霜降还刨不完。早晨拨弄摊晒的地瓜干子的时候,瓜干上面是一片白霜,把手冻得通红。有时候还刮起西北风,更是让人冻得浑身乱打颤。没什么御寒衣服穿,上身只穿个大棉袄,下身穿着单薄的裤子。顺手捡几根未干透的地瓜秧拧成绳子,把棉袄系得紧紧的,顿时感觉暖和了许多。有时把手缩在棉袄袖子里,拿着一根树棍,细心地把地瓜干一个个地拨弄开,一方面冻不着手,一方面又解除长时间蹲在地上的劳累,一举多得,实属偷懒的好办法。

那时候老天喜欢夜晚下雨。秋收季节,累了一天的人,头贴上枕头就睡,不一会儿就进入了甜蜜的梦乡。突然,一个响雷把人们惊醒,一道道的闪电,透过窗户把农家屋子照得透亮。"坏了!赶紧起床去拾瓜干去!"各家各户谁也不敢急慢,父母把我们叫醒,然后仓促推着独轮车,拿着提篮、麻袋去捡瓜干。漆黑的夜晚,你可以听得见远远近近都是忙碌的人,催促声、问候声、呵斥声此起彼伏。只见路上、地里、河滩上,到处都是晃晃悠悠的小马灯,都是抢收地瓜干子的人。大家借着闪电的光芒,两只手拼命地抢,拼命地划拉。抢着抢着,憋足半天劲的老天爷,先是撒几把大雨点子,接着"哗"地倒下一场雨来。雷带着电,电裹着雷,风助着威,雨借着势,那才是风雨交加,电闪雷鸣!瞬间田野里像炸了营,大家纷纷推起车子、挑起挑子往家跑。不过看着被抢捡起来的成袋的干瓜干,抹一把脸上的雨水,会感觉到一种幸福和满足。

赶回家,那抢回来的地瓜干子已经和人一样,成了落汤鸡。晒瓜干被雨淋不是什么稀罕事,淋湿了再晒干就是了,只是晒出来的瓜干色泽不好、不好吃,带股苦涩味。晒地瓜干子就怕遇上连阴天。当年烂地瓜干是常事。可恶的老天下起雨来就没有个头,有时候刚睁个眼,还没等干地皮,就又下起来了。倒腾上几天,人累坏了,地瓜干也开始腐烂变质了。大家眼睁睁地看着白花花的瓜干慢慢地变黑、烂去,心疼得连饭都吃不下去!

为了晒出好瓜干,好缴公粮,曾经用铁丝逐一把雪白的地瓜片串起来,再均匀地挂在树与树之间。这种晒法透光透风,不怕下雨,好收获,晒出来的地瓜干也干净漂亮,雪白雪白的,可谓一尘不染。每年收到家的瓜干,大多数不是好瓜干。好的都缴了公粮,剩下的大都是有点发霉或者边边角角的小瓜干、瓜干皮,这是各家主打的粮食。

地瓜收获了,家家户户都能吃上饱饭了。母亲一大早就起来,烧火做饭,还没起床就闻到了地瓜香。深秋季节,母亲就用鲜地瓜磨地瓜糊子,烙地瓜煎饼,那煎饼又香又脆。但最让我咽口水的是母亲在烙煎饼的热鏊子底下烧的地瓜。先把地瓜放在太阳地里晒上几天,脱水后其皮干燥略皱。这样的地瓜放在鏊子底烧出来口感独特。一剥开,地瓜肉红里透亮,闻起来香甜中还带着一股泥土的清醇,那是难得的美味,过口难忘。有几次,我们一家三口从城里回乡下老家,母亲早烙完煎饼,在热鏊子底下埋上了地瓜,每当看见我们一家三口吃得香甜,嘴唇被抹得乌黑,便捶捶腰,擦擦汗,开心地笑了。

在我的记忆中,上世纪五六十年代到七八十年代,那近半个世纪里,我家乡沂蒙山区农民的主食就是地瓜,它养活了多少代农民,真是"地瓜干、地瓜馍,没有地瓜没法活"。那个年代,每到秋后收地瓜的时节,农家户户便完全生活在以地瓜为中心的氛围中,一天到晚围绕着地瓜忙活。不管走到哪里,都能闻到一身的地瓜味;不管活到多大岁数,浑身散发着地瓜味。生产队分麦子一家只能分几十斤,逢年过节才能吃上一顿白面水饺,日常一天三顿饭,顿顿是地瓜,有时一顿饭吃的喝的全是地瓜。农民变换着花样吃地瓜,煮地瓜、蒸地瓜、烧地瓜,地瓜煎饼、地瓜饼子、地瓜叶饭团子,用地瓜面擀面条、蒸窝头,用地瓜干煮稀饭,就连地瓜秧和地瓜叶也可以加工食用。在那个年代的人们吃腻了地瓜,或者真是说吃伤了,一听说地瓜就头痛,就反胃,就吐酸水。

为了不吃地瓜,乡下的年轻人千方百计去当兵、当工人、考大学。然而,不管你干什么,不管在什么地方闯荡,难以割舍的还是地瓜,地瓜在心中留下了许许多多酸甜与苦辣的记忆和痕迹,永远难以抹除。据说,我有一位小老乡,当年拼命当上了兵,到部队吃第一顿饭时,他对着手中的又白又暄的大馒头说:"我就是为你来当兵的!"连长说他动机不纯,当天就被开回老家、继续吃地瓜去了。

村里人吃地瓜实在吃腻了,便生着法子做地瓜凉粉。再富裕点,就把地瓜打碎,用细箩或沙布将渣滓和汁液过滤、沉淀后,就可得到洁白的淀粉,再用淀粉制成粉皮或粉条。到了寒冬腊月,特别是春节或者遇到结婚等节日,切上猪肉炖白菜,再放上些粉皮或粉条,那可是乡间公认的美味佳肴。

如果子女或亲戚朋友在城里,就将地瓜煮熟后切成片或者条,放在窗台或屋顶上晾晒,九成干的时候收起,装进布兜,连同乡间风味和淳厚的惦记寄进城里。等到深冬闲暇时节,摸出这熟瓜干放到嘴里慢慢地咀嚼,就像吃着喷香的牛肉干,细细地品尝那蜜饯般的味道,还真是惹人流口水。

那时绝大多数从农村到城里上中学的孩子,生活艰苦,开饭时吃的都是从家里带来的地瓜煎饼,就着咸菜,喝的是白开水。有的同学家庭生活困难,地瓜煎饼也常常吃不饱,要么借别人的吃;要么限定数额,规定自己每天只能吃多少个煎饼。有时霉了,就搭在铁丝上晾晒。那时候的孩子,正处在青春发育期,地瓜提供的营养使他们长大成人。

如今取而代之的是精米细面,鸡鱼肉蛋,它们在满足了人们的嘴巴肠胃之后,也带来了一种普遍而又可怕的现象,那就是在以地瓜为主食的年代里,很少见到的稀罕病,如今却变成了司空见惯的常见病。

现在吃够纯粮、细粮的我们,许多时候还怀念那吃地瓜、瓜干的年代。说起吃瓜干的苦与烦,孩子们肯定不信。记得我儿子小时候,有一次家乡的客人带来蘸过蜂蜜的熟地瓜干脯,又柔软又香甜,令人百吃不厌。我夫人告诉儿子:"你爸爸从小是吃地瓜长大的。"刚刚会走路的儿子误认为就是吃这种瓜脯,十分羡慕,迈着蹒跚的步子跟在我身后高兴地说:"爸爸,你小的时候,真幸福呀!"弄得我和夫人哭笑不得。

随着时间的推移和山区人民生活水平的提高,地瓜逐步淡出人们的餐桌,摇身一变、身价倍增更是近几年的事儿。地瓜种的少了,价格自然就上涨。再就是人们往往都有种怀旧心态,长时间不吃有时免不了想它,于是现如今的烤地瓜竟成了馈赠老人孩子的珍馐佳品。这要倒回几十年谁也不会相信,谁也不敢相信。说也出奇,目前地瓜价格比小麦、大米还要贵,可乡下人却也不愿种地瓜了。许多农家种一点使土杂肥的自家吃,或者送亲戚、朋友尝个新鲜。

地瓜的地位和名声虽然日渐提高,但它品质没变。山珍海味的豪宴上有它的一席之地,它却不骄傲;普通人用来果腹充饥,它也从不自卑。它不嫌贫爱富,不厚此薄彼,在默默的奉献中,自尊自爱、不卑不亢,活像耿直实在、朴实无华的沂蒙山人。

(原载《海燕》2012年第2期)

我在山里有群娃

陆 秀

我和孩子们在一块空地上,突然两个男孩打起来,我拨开人群去劝架……

我和杨老师约好了,带孩子们去爬山,趴在野花零落的山头看山……

我在没有院墙的老屋里,天完全暗下来了,我一个人跨出亮着灯的厨房,心里说:今晚要和妈妈睡……

手机铃声乍响,把我从梦中唤醒。我艰难地张口,那边却一片沉默。意识浮出地表,想起现在天刚亮,来电显示对方是陌生号,于是问:"你是不是打错了?"我听见自己的声音涩哑如破锣。

那边竟然惊战地开口了:"是……是陆老师吗?……我是马雪花!"清亮的普通话。

我振奋起来,顾不得室友翻动时床嘎嘎响的声音,提高嗓门,润圆嗓音呼应:"是雪花啊!你好啊!老师还睡着呢……"

"老师,我正要去上学呢!"和一年前一样,孩子们已在我窗台下喃喃读课文,我还在被窝里挣扎。

"我也想你啊!雪花,我中午打给你我们再聊好吗?"我若是室友,我也恨这通电话。

"好的。……老师,你什么时候再回将台啊?我真的好想你!"

将台,西吉,娃娃们——大学毕业后的一年,我参加学校支教队在宁夏西吉县将台中学教了一年语文。

我挂断电话,直挺挺躺在被窝里,过去一年被他们所充实的生活再次涨满了我的回忆,泪水不自觉地滚落。

雪　花

雪花个子又高又瘦,束一个马尾,束不进的短发团团圈成一个圆,走起路来扎着头一劲前冲,两个大手掌往身后一甩一甩的,像个男人。

一个班七十个娃,上课时黑压压一片,她坐在里面很不显眼。记得她是因为她托同桌给我送礼物。那个女生突然冲进来,二话不说塞给我一个东西。等我从惊愕中醒来,追去的目光只映下她头上亮粉色的头箍,手里是一卷"深情"字样的字画,字画里卷着一张小纸,大意是:小学时她每年过生日都会送给语文老师一份小礼物,今年她也想送给我这个"奇怪"的新老师。看到"奇怪"两字,我扑哧笑出声来:原来我这个支教老师在她看来有点"奇怪"。

下午我在练习课上搜寻那个"头箍",课后把她叫来才知道她可不是马雪花本人。让她去把雪花叫来,她却跑回来笑着说:老四,她不肯来。——娃娃们只肯勉强用普通话念课文,课上回答问题都是又快又轻的西吉方言,更别说课后和我交谈了。幸好我在经历了千番锤炼后,虽登不了堂,但至少推得开大门了。

我装怒:今天放学前,我见不到她的话,叫她明天别来上老四的课!

快放学时,门外窸窣有声却迟迟不敲门。我拉开门,正对着的是戴粉红色头箍的袁沛菲,顺着她笑盈盈的目光,我发现墙后阴影里的雪花。她低着头一声不响。我一边和她打招呼,一边牵起她的手往屋里走,这时才发现她双手攥拳,手背上汗湿了一层。在我的询问声中,她忍不住抽噎起来。我说:我是跟你开玩笑的,不然怎么把你请过来啊？你今天生日,老师祝你生日快乐！并把从上海带来的一个小玩意儿递给她。

她猛地抬头,红红的眼睛里泪水未干却透着一道光,整个人活过来似的,摇晃着,响亮而干脆地向我道谢,然后大踏步冲出去了,飘回来一句"老师再见！"是普通话。

她是那种认真听话的女孩,成绩很好,我除了正常上课改作业,课余时间多被调皮、马虎和基础差的学生占用了,很少与她打交道。两个月后,我即被学校调去初三教毕业班语文。

一次听说雪花上课迟到,挨了班主任板子,手有些痉挛。我路过六年级教室时,顺便把她叫出来,问她手怎么样了,那天迟到是不是家里有事？她嘴一撇,左手拇指用力搓着掌心,好像还很疼的样子,眼泪"唰"下来了。我要看她手,她藏到身后,说:没事,老师,真没事了。

我结束支教服务快回上海时,她兴冲冲拉我去她租的房里坐坐。我才知道,她家在马莲八代沟,离将台约十二公里。上小学时每天五点起床,背上馍馍和水,翻两座山,跨一条深沟去上课。"老师,你不知道那条沟多难走！是你的话,肯定走不过去！"她语气里一股神气。中午赶不回来,就着凉水吃馍馍,就算午饭了。所谓的馍馍,就是面粉烙的饼,热的时候松软香,放冷了,又干又硬又没味儿。入了中学,父母在镇上租了间房,父亲开货车养家,母亲在身边照顾她和弟弟俩的饮食起居,才不用翻山越岭去上学。

小　　武

小武作业本上的名字是错的。武字的"止"部,总是横竖颠倒,扫一眼挺像,细一瞧才觉出不对劲来。我至今为没教他改正而愧悔。早知我只能教六年级两个月,就该无论如何让他把名字写对了再说的。

上课时,他抬着头木然望着我,眼神淡得没有一丝味道。遇上我的眼睛时,他低下头,看他手里一直捏着的钢笔,仍面无表情。

他的词语默写几乎全错,我把他叫来谈心,才真正注意到他:中等个子,头大面黑肤色却不匀,白色的斑块似是虫斑,眉浓,眼圆,却愣愣地无神,也不怎么眨。嘴总微张着,露出细白的牙。耳根一股汗渍绘就的黑线直画到脖颈,那里也是黑黑一片。我知道,这不能怪他,西吉这地方缺水在全世界有名,山沟沟里的孩子既没洗澡洗脸的习惯也没那条件。

开始,他只是点头摇头,那代表我听得懂你的课,我没复习课文,我不会说普通话……我鼓励他开口说话,从他嘴里蹦出的土话因为简短又微弱而极费解,半天我才琢磨明白。他在说,回家要帮家里做饭、喂牲口、挖土豆、割玉米……

我让他把错的词语每个抄二十遍,可交上来的抄写字迹大小不一、遍数不对,前十遍抄对的字,后十遍就错了,而且越错越离谱。我把着他手教他笔画,然后遮掉写好的,放手让他自己写,可他悬着笔尖又落不下去了。

期中考,100分的卷子,他只拿了3分,其中作文2分,因为写了题目——作文是全命题作文,题目照抄就行。整张作文纸满满地写了一半多,可从头至尾,没有一句表达了明白完整的意思。他把他会写或模糊会写的字拼凑出了一篇"作文"。

我不知该怎么教他了。

后来在学校看见他,和另一个成绩不好的孩子一起玩,那个孩子会笑会跑,他却只是跟着他,脸上依然看不到什么表情。

如果我没被调走,我想会再多教他认识几个字,多开口说几句话,多笑笑。还有就是把名字写对了。

小　　艳

小艳是个回族姑娘,双颊的高原红衬得一张脸生动鲜活,可一笑,眼睛周围就撒开密密的皱纹——西吉太干燥了。她左手食指短了一截,是小时候下地割玉米割断的。

小艳生母早逝,父亲另娶,继母的女儿嫁给了小艳哥哥,母女俩却合伙刁难她哥,逼得她哥不愿回家。小艳在家也受排挤,一回家就被指派干各种活儿,嫂子还把女儿丢给她带,小艳没时间也没心情在家做功课。她向她父亲诉苦,她父亲才开口说两句,就被她继母顶回去了。

每到周五她就开始担心,不想回家却又不得不回家,因为下周的口粮还得问继母要。她家在深山里,将台中学在乡镇上,平时住学校附近合租的一间房,几个学生挤一张炕,吃饭、睡觉、做作业都在上面,每学期三百元,几个学生分摊房租。学校没食堂,所有学生都自己解决吃饭问题,一般都是周日晚从家里出来时带上一周的馍馍,每顿就啃馍馍。天热的时候,馍馍到周四就"完了",长绿毛,有点钱的孩子买泡面吃,没钱的只能忍着,用学校一早发的一枚白煮蛋填一天的饿。小艳的馍馍是后母做的,高兴的时候做点,不高兴就不做了。小艳的馍馍三天两头不够吃,她就养成了不吃早晚饭只吃中午饭的习惯,饿着饿着也就不觉得饿了。

那次看她在操场上捧着书却皱着眉,我问她她才嗫嚅地说继母又没做馍。问她爸呢,她说她在新疆打工的大哥工地上出了事,没了,她爸赶去新疆料理后事了。我不知如何安慰,塞给她十块钱,她不肯要。我说这是我借给她的,她才犹豫着接过来,买馍去了。

快中考了,她成绩不稳定。我找她聊天,问她以后的打算,她说她继母不支持她读书,打击她一定考不上高中,初中毕业后就要她嫁人,反正回族女孩十六七岁嫁人的多得是。据说,人家已在物色中。我告诉她,读书自立是她摆脱家庭的唯一方式,终身大事不能任人摆布。她点头。

后来她考上了西吉县一所高中,回家一次来回二十块钱,路费贵,一学期也就难得回去一次,家里的烦恼暂时远离了她,可以安安心心读书了。

一年在黄土高原上支教的日子转眼已逝,如今,我重新走在摩登都市、高墙学府灰扑扑的人流里。每当我从忙碌而压抑的生活缝隙里抬头,总禁不住想起那群曾经出现在我生命中的娃娃们。一年太短,我给他们的远比不上他们给我的丰富和珍贵。如果说我给他们的是坚实的知识,那么他们用无瑕的真诚回馈给我的是一片温软的情感;如果说我勉强给他们指出了一个前进的方向,那么他们以自己真实的生命状态为我打开了观察世界的另一个角度——从一个更低的视角所看到的更多的或欣喜或悲哀的可能;如果说我所做的一切只是为了让他们意识到一个人应享的尊严和权利,那么他们用黄土地般的深沉告诉了我一个生命可以有多强的韧性。

也许时间可以一步步拉开我和娃娃们的距离,若干年后,我们将淡忘了彼此的名字相貌,我不知道我曾经在他们生命中短暂的停留,能否对他们的一生起到一点点积极的作用,但我确信,我的心灵已抓住了他们一闪而过却鲜活生动的形象,并且这种形象只会在时光的启迪中,承载越来越丰富的内涵。

(原载 2012 年 2 月 2 日《文汇报》)

春节拾零

丹 晨

宋代王安石的诗《元日》描写了当时过年的民俗风尚:"爆竹声中一岁除,春风送暖入屠苏。千门万户瞳瞳日,总把新桃换旧符。"屠苏,是一种酒,那时习惯在正月初一合家按长幼顺序饮用。一千年来,这个节日习俗好像至今也没有太大改变:震耳欲聋的爆竹声,满街新贴的春联,合家团聚的年夜饭……一派和谐欢乐的气氛。当然也有变化,最明显的是少了走亲访友登门拜年,连贺卡都少了许多,多了电话、手机短信、电子邮件的拜年祝贺。从除夕晚开始到初一整天,家里电话铃声不断,短信信号频频显现,自己也不断往外发信打电话,去年竟打爆了一个手机,今年就比较注意了,只敢间隔着发信打电话。信里的祝词也在翻新,有位朋友说:"想了一年的词,还是祝你快乐一句最好!"看来这是人们共同的心声。

这个时候,连千里之外平时联系少的亲友的声音也会声声入耳,常常因此忍不住动了感情有时竟会热泪盈眶了。有位中学同学给京城好几个老同学寄了红包,因为对方有病或家人病或有麻烦……其实她自己就是一个病人,也不富裕,但说只是表示一点心意,决不可推辞引她生气。这份真诚和仁义使我诚惶诚恐也更使我感动。

大家在电话里互相诉说近况,好几位都是七十开外的古稀老人,竟都还在为子孙兢兢业业服务,有的为一大家子五六口人吃饭作全程的买汰烧,有的看管照顾孙子孙女,有的上有老下有小一个不能少……别以为他们在诉苦,你很难分清是埋怨还更似美滋滋。生活本来就是复杂丰富苦乐交融的,哪能简单划一岂不了无生趣了。

就像我与一位老同事通话,真佩服她的坚毅和豁达。她的丈夫缠绵病榻十六年,全靠她悉心照顾,不久前还是离去了。女儿是位老飞行员,要接她一起住。她八十五岁高龄了,身体健朗活络,没有接受女儿好意,却愿意独自生活得充实安详,还一个劲儿安慰、叮嘱别人好好生活。

我的一位堂妹在外省文艺团体工作,有副高职称,在电话里说,最近她的工资涨了一倍。她独身已近十年,一个人享受这份工资实在太惬意。虽然风韵犹存却不愿再婚,一则遇人难淑,二则自由惯了,不愿别人来分享。到处旅游,北美欧洲都去过,马上要去台湾玩了。听得出来,她兴奋得有点狂喜了。这时我忽然想到一位少年时代的老友患病多年,平日电话很勤,最近却没有音信,颇使我不安,赶紧去电,果然他又住院病了一场,幸好正在康复中,我的电话慰问使他高兴,他讲述他病中深切的感悟,说:"健康第一,钞票什么都是空的……"他和我那位堂妹在同一个省也涨了工资,所以他特别说到这点。

然而,年初三收到一位年轻朋友的电子邮件却引起了我的不安和不平。本来只是一封一般的贺信,但他打着打着电脑却憋不住说起近日一桩不大不小的尴尬遭遇。他是位留学欧洲已两年的博士生,这次回乡探亲,节日也去走访几位大学老师。有一位竟对他说,等他完成博士论文后,要求和他联名在欧洲发表。年轻朋友说,论文与那位教授毫无瓜葛,八竿子打不着。他怎么也想不到教授先生会提出署名的要求,使他大为烦恼得通宵失眠。读者朋友一定会想,这有什么好烦恼的,无理的要求回绝就是。年轻朋友也想对教授说"不!"但那位教授在江湖上却颇有地位名望权势,以后在这个专业系统里讨生活还得看他脸色受制于他。年轻朋友忽然觉得平日里热心追求所谓"思想自由""人格尊严",被人践踏起来毫不费工夫。他说:"更要命的是,践踏是被践踏者的光荣……"怎么办呢?他失眠了!

我平日听到这类故事颇多,但一位熟人的遭遇还是使我震惊。我能体会到一颗稚嫩单纯的心灵受到伤害后的苦恼。我想帮助他,但却想不出一个万全之策,既能使他的研究成果不被侵夺,又能将来不受暗算。难道真的要像《圣经》里说的那样:"不要与恶人作对……有人想要告你,要拿你的里衣,连外衣也由他拿去……"此话见于《马太福音》第五章。但我说不出口,要求年轻朋友这样去做不仅升不了天堂反倒像是推他下了精神地狱。我只得对他说:"你不能答应他!"我看过年轻朋友写的文章、作品,他是有才华肯吃苦努力奋斗的人。我相信他会得到学界认同的。我希望他坚持知识分子应有的骨气,决不向丑恶低头。尽管这样会有麻烦。在回信中,我没有对这位教授说什么。现在对高等学校里这样的事真有点见怪不怪,但毕竟是学界的耻辱。我想起《诗经》里有一篇《硕鼠》,说那田鼠没完没了地偷吃粮食,气得诗人责斥说"硕鼠硕鼠,无食我黍!三岁贯汝,莫我肯顾!"倒是指出了硕鼠贪得无厌,不顾人家死活。

年轻朋友看了我的信说:"这正是我意识深处所认同的做法。你的来信增强了我的信念。"

虽然如此,在这个欢乐祥和的春节里,我却像蒙上了一层灰色的阴影,心里总有点郁闷,觉得不是个味儿。

(原载 2012 年 2 月 21 日《新民晚报》)

看 家（外二篇）

姜春浩

那个时候的人们是很规矩的。穷是穷些，但大都一样的穷，所以就没什么可攀比的，也就没那么多的不平衡。

但规矩是必须要讲的。比如亲戚、邻居，家有喜事或有病初愈或生孩子之类，与之有交情、有亲情的人家就会把目光盯向鸡屁股。我一直不能忘记乡下的女人每天撵老母鸡的情景，那真叫鸡飞狗跳，有的鸡不老实，常飞过墙头；而有蛋的、老实一点的鸡，在你追几步后则会主动地蹲下来让你摁住。女人们就会仔细地抠鸡的屁股，看看它有没有蛋。摸着有蛋的时候，女人会笑眯眯地把鸡放了；而摸着觉着没蛋的时候，就会把鸡扔在一边儿，嘴里总会嘟囔一句——油光腚（不爱下蛋的鸡）。其实真正的目的是为了攒鸡蛋，攒够了数好去串门儿探望。这是礼数，也是规矩。

那时候我还小，虽不懂太多，可是却知道规矩的力量。比如，过年的三天不能乱说话；小孩儿跟大人说话要有分寸；锅里有块肉或菜里有粉条儿，那是给爹留的，如果嘴馋动了筷子，是要挨打的……

现在很多时候，我都会常常沉浸在对那时的回忆里。那种质朴和真诚使我身在闹市而感到某种意境的遥远。那时的大人、小孩儿、邻里之间；那时的杀年猪、赶海等意象总会时时缱绻我心。

比如爱情,那时不敢奢谈,更没有具体的概念。就是在城里,两个人见了面,也是一前一后、一左一右的,生怕被人看见。我曾问一位同事:恋爱时拉过手没?她大笑:哎呀妈呀!哪敢呵!一起看个电影还离得老远,其实心也没在电影那儿,就是你瞅我一眼,我瞥你一下。但感觉老美好了,现在想想。

这还是那时的城里,乡下更是板板正正。记得那时电视上演《篱笆、女人和狗》,人们看得如醉如痴,公公婆婆和儿媳们一起看。当演到茂元老汉的女儿与对象在树下接吻那段时,老公公会立马站起身来,呸了一句:妈了个巴子,这是什么玩意儿。就背着手讪讪走开了。儿媳们也跟着闹了个大红脸。

这就是那时的观念。

那时,没有现如今的这种爱情。年岁大一点常称丈夫为俺家那个老鬼;小一点也是一口一个孩子他爹。没有老公、没有灯红酒绿、更没有为一些不正当的情感而寻找的借口。成家的过程只分三步,第一步是看家;第二步是定亲;第三步是办喜事。现在想想,这三步很有意思,也很有规矩,不像现在这么乱、这么商业。而这三步之中,看家显然是最具特殊意义,实际上它就是现在的相亲。现在的女方一旦到了男方家里,那就是不知处了多少日子。那时不是,那是真正的第一次会见。看家,顾名思义就是到家里看看,看看人、看看家底。

我能记住的就是大哥所经历的一次看家。在我们屯子里,有一位特爱张罗事的女人。她最喜欢给人做媒,就像《乡村爱情》里的谢大脚。不过,她不收任何报酬。因为她是个麻子脸,所以屯子里的人都惯叫她"饭捞子"。饭捞子是一种泥烧制的盘式钵子,底部有一些眼儿,用来装饼子、地瓜等干粮用。由于它底部特像麻子的脸,所以她就变成了"饭捞子"。"饭捞子"与我母亲关系很好,那时的女人处好了,很喜欢拜"干姊妹",母亲和她就是"干姊妹"。她有一个外甥女,要介绍给我大哥,母亲自然是同意,大哥也自然是听妈的。于是,我们家经历的第一次看家就开始了。

看家,在我们那儿的规矩是女的由她嫂子带着,与媒人一起来到男方家里。

看家的头一天,我们家就像要经历一场考验一样忙活开来。哥去理了发,家里的墙有了破洞,我们姐弟几个还得裱墙糊报纸。晚上,我迷迷糊糊要睡的时候,听到爹娘还在商量做几个菜的事情呢!我印象极深的有炒鸡蛋、土豆丝炒芹菜,还有白菜心拌蜇皮。母亲说要做手擀面,上车饺子下车面,吃了面就能缠住对方。这也是规矩。

第二天一大早,人家就来了。跟着,我方的七大姑八大姨也来了。女的淡淡的、羞羞的。她也在接受各方目光的检查。而这时,媒人、对方的嫂子、我母亲是气氛的主要调节者。大家都你一嘴我一舌说着不湿不干的话。目的是其间巧妙地穿插问话,以探听对方虚实。还有重要的一点就是看看对方会不会说话、精神头儿怎样了、能不能干活等之类的那个时期看上去很重要的问题。我哥和她则不主动说话,也就一问一答,也不直接对视,只是借看别的东西时偷着扫对方一眼。

我们这些小的没有进入现场的资格,只能在门缝、窗外偷看未来嫂子的模样。

现在想想,那时人们的结合似乎并不是以情感为主要目的。在物质匮乏的年代刚过去不久,人们常把它掺杂了生存和繁衍的含义。但也不是对自己不负责任,看不好也是不行的。后来,我哥就和她"黄"了。那也是定了亲以后的事,为的是啥我不清楚,反正包括几铺几盖的被褥面料、手表啥的彩礼都退回来了。男方先提出不干,按说定亲的物品是不能要回的。但是"饭捞子"大义灭亲,生生把东西从亲戚那里要回来。我记得对方来送东西时,"饭捞子"和我母亲还大哭了一场……

这就是看家,就是那个时代必须的规矩,是那个时代特有的民俗和文化。现在的人们已不讲究这些。谈感情不以成家为目的的也大有人在,在大街上搂搂抱抱的更是早已司空见惯。我不知这样好不好,但是责任呢?你真的为自己所做的一切负责任了吗?不知为什么,我总觉得眼下的情感缺失了一种感人的东西,而那个并不把情情爱爱挂在嘴上的年代,不也风风雨雨走过至今?不也是一种质朴于心的温暖?从这个层面讲,看家实际上是对自己未来的审视,虽传统守旧,但实在而生动。

在我们的经历中,总会有一些人、一些事渐行渐远。我们常常觉得无力留住或放弃,但总是有一些细节令人回味不止。像攒鸡蛋、看欢喜、看家一样,我不知有没有意义,但是我很怀念它……

雪 花 呢

那天,同事做了一件新衣裳,穿在身上,颇有几分新意。而他的丈夫却嫌颜色太老,说看着像农村人。他说不信你问问这个农村人,他说的这位农村人指的是我。我盯着那身衣服看了好一会儿,觉得颜色虽然深了一些,但衣料有点儿怀旧情绪。怎么说好呢?它让我想起了雪花呢。

我说,挺艺术,像雪花呢。不料,大伙儿听后哈哈大笑。之后,他们就散了,他们有的摇头,有的不解,甚至还有小的声音传来——真不愧是农村人!

我觉得我说的没错。因为雪花呢这个名字不仅听着舒服,有着洋洋洒洒的飘雪的美感,而且在我心目中,它真的是最好的衣料。

小时候,家在乡村,是一个说农不农、说渔不渔的村子。粮食不够吃;海物不让卖,也不值钱;家里兄弟姐妹又多,日子自然十分拮据。那时候,一家八口常挤在一铺炕上,母亲给我童年的记忆除了能干,就是不绝的叹息声。我在兄弟姐妹中排行老五,在穿衣方面我便成了接力赛中的第五个接力者。

那个时候,一般家庭素常是买不起新布料的,街坊四邻不穿带补丁衣服的根本没有。衣料也无非是布料,最好的也就是夏天的确良,冬天雪花呢和条绒。所以老大穿过老二捡着穿,老二穿小了,老三再套上。到了老五、老六,差不多已是补丁摞补丁了。而我幸运的是,我常接穿的是姐姐的衣服。男孩子穿衣重,女孩子对衣服上心,所以,姐姐退下来的衣服就显得比哥哥穿下的破得轻。

每年换季的时候,我便盼望哥姐赶紧买布料。这对于我而言,也是穿衣的唯一奢望。而哥姐的新布料往往是学校救济的,所以轮到我,根本不可能有机会买新布,只能穿哥姐的旧衣。哥哥的还好说,姐姐的就麻烦了。因为女式的上衣扣子以及下衣构造是与男孩子有区别的。所以,我穿的衣服常常是上衣充满了红黄扣子,裤子则多是侧面开口的。当然,那时,也没人笑话,谁家都差不了多少。

对于父母而言,这是他们的无奈和苦楚。母亲于是学会了染布。总不能让儿子穿着女儿退下的红衣服吧!她买来蓝黑染料,烧上一锅开水,把红的染成黑的,把绿的染成蓝的。

我们家有一件雪花呢上衣,不知穿了几代人了。轮到我这儿,除了里边有点儿破损之外,外边竟然一点儿没破。这件衣服我是从二姐那儿接来的。可等母亲把它染出来后,爱俏的二姐看见像新的一样,突然反悔了。自然,我们两个为这件衣服打了起来,她的头被我打了一个大包。小性子的二姐哪能吃这亏,吓得我又把这件雪花呢给人家退了回去……

后来,家里条件好了。的卡、腈纶、毛料、皮草、羊绒相继问世,人们有了钱,也有了更多的选择。我也时不常地跟一下流行,但内心一直对旧衣情有独钟,往往是新衣不爱穿,穿上就不愿脱;往往是妻为我买一次新衣,我就发一次火。妻说,你真是天生的!我呢,虽自知理亏,却也只能嘴硬,旧习难改呵!

现在的人,已经看不到带补丁的衣服了。连那种农村的家庭作坊式的缝衣店也难觅踪迹。时装穿在时尚女孩儿身上,我看到都害怕,因为到处都是洞。你说这生活都变得好成了什么样儿了。

可雪花呢却在我心里打下了一个情结。它变成了一种与怀旧与质朴有关的东西,长留心间,挥之不去。我不知它是什么。

我也不知道,人们会把它当成什么……

年　　画

80后、90后的后生们,恐怕对年画已经没有概念了,对于年画在那个时代里的意义更是无从知晓。这当然无可指责。现今的生活显然不再对年画有多么强烈的需求,充斥于我们眼际的色彩和文字要比当年的年画丰富得多。

但是,围绕年画的变迁以及年画时代所衍生的时代情节和故事,无论如何不能被历经那个时代的人所忘记,更是应该被现代的人们所尊重、珍惜和了解。

因为它像一个习俗一样,是那个时代不可或缺的影像,进而成为一个时代的最富有特征的痕迹。在我小的时候,也就是20世纪70年代初,人们的生活虽然告别了"低标准"时期,日子仍然非常贫穷。吃的倒是饿不着,但都是地瓜饼子大白菜。大米饭只有在年、节里才能吃上一回,平日里在烀地瓜的锅里带出一小钵白米饭,那是用来孝敬家里的老人;穿的自不必说,兄弟姐妹都接换着穿。不管怎么说,吃糠咽树皮的日子过去了。

那个时候家家户户过日子的场景,我记忆犹深。没有鼓风机,每家都是用风箱烧火做饭。每天中午放学回家,不等把书包放下,就帮母亲拉风箱,母亲就啪啪地沿着锅贴一圈饼子。你不帮忙,饭就可能晚;晚了,你上学就得迟到。而且,你的火若不旺,饼子就可能滑到锅底去,弄不好,你还得挨老母一巴掌。

那个时候,每家的摆设几乎都差不多,一口米柜,两个箱子,印着"大海航行靠舵手"字样的镜子,镜子的一边是胰子盒(香皂盒),另一边是小的白瓷雪花膏瓶;再往外,就是一边一个大的青花瓷瓶,里面插着一个鸡毛掸子。条件好些的,会在最边的地方摆放一座老式座钟。这,也就是那个时期最普遍的家庭摆设了,也是那时的所有家底。

而年画作为一种精神需要是不能可有可无的。那个时候过年,对联都是买来红纸找屯子里先生级的人物书写,而年画必须要买。

我常记得,很多的人家在最初,为了不把墙面露在外边,都是在墙上糊报纸,连棚顶都是报纸糊的。所以,我去别人家玩时,首先是先盯着墙看报纸,有时,顺着报纸的内容,我的目光被拽到棚顶上,人家的老人就会夸奖我——看这孩子多好学,长大肯定是读书的料!由于糊报纸用的都是面粉熬的糨糊,所以,棚顶与房顶之间的空间里就会有耗子出来。晚上的时候,它们就会在棚顶忽忽隆隆地跑来跑去,啃那些变硬的糨糊。现在想来,那种声音很恐怖,但那时的人们已习以为常。那种声音,对于经历过的人们来说,很难忘。

后来,报纸不大被用了,都改用大白纸,而棚子则是一些不同花样的花纸,这说明人们的生活色彩从我们的时代开始,逐渐地丰富起来。再说,在大白纸上贴上一幅年画也好看。

要过年了,家里很大的一件事就是要到供销社里挑选年画。年画有单张的,有像连环画那样12帧、16帧一张的,挂在供销社卖场的半空,供人们在里面穿梭挑选。我姥姥家是不用买年画的,因为我唯一的舅舅在辽沈战役中牺牲,姥姥家就成为烈士户。那时的烈士户每到过年时,村里都会送来一捆粉条、一幅年画。还有我们家,由于孩子多,房子太破,年画就是一件奢侈品,一般是不买的。我记得我们家的房棚子下面那一大溜大像框,依次是马克思、恩格斯、列宁、斯大林、毛泽东,后来还加了个华国锋。买不起年画,这些肖像画就在我们家充当了好多年的年画。可我作为一个孩子,在过年的时候,除了新衣、鞭炮,就是对年画的渴望。因为只要不是单张的年画,多帧的年画基本都是故事性很强的画,类似于小人书、连环画。对于我来说,这诱惑实在是太大了。

所以,过年期间,我是最能串门儿的小孩子。当别的男孩子在玩陀螺、划铁环、打老瓦(一种用石头作玩具的游戏),女孩子在踢毽子、拾骨柶(以猪骨节为玩具的游戏)的时候,我却在挨家挨户地读年画。那是我的一段过目不忘的阅读经历,在今天想起来,虽有些令人不忍,但在没有更多信息可觅的年代,却是我求知若渴的一段动人时光。我至今还能记得看过的那些年画的名字,《张思德烧炭记》、《秋翁遇仙记》、《孙悟空三打白骨精》、《红楼二尤》、《隋唐演义》、《烧火丫环杨排风》等等。这些年画使我比同龄人的知识更"渊博"。古人说,"书,非借不能读也",与现今看什么忘什么比起来,那时读年画的感受与古人的话有几分相似。

也不知从什么时候起,年画渐渐地淡出了人们的生活。取而代之的是各色各样的挂历,美女的、风景的。曾经很长时间,挂历成了赠品甚至成了礼品;再后来,年画变成了聚宝盆、招财进宝等塑料画。现如今,挂历也不太时兴了,对联也变成统一印制。但是无论时代如何变迁,生活如何多彩多姿,老式的年画作为我的一种情结不会被遗忘。在那个缺少色彩、没有时尚的年代,那些有颜色的画面,不仅给了我知识,更给了我记忆。

前几年,农村的老家盖新房,跟城里的房装修得一样,墙上都是壁纸,什么都不能贴。前几天,听说在农村的大哥家拥有了手提电脑,还装了宽带,侄子张罗着要和我网上通话呢!我感慨万千,如果按照传统来论,城市不像城市,农村不像农村。

但是,必须得承认,我们的生活富裕了,如此变化令人无比欣慰。但是有一些东西总得有人时常地去想一想、忆一忆。现在的孩子总不愿面对生活、面对现实,是不是与没有我们曾经历的生活有关?

现如今不搞忆苦思甜了,但过去年代里的一些事常讲讲总不是坏事。

比如年画,你知道对我是多大的意义吗?那就是一个穷孩子所有的课外书,是他长大后对传统生活万分珍惜的源头。

(原载《海燕》2012年第3期)

生育报告

冯秋子

2003年秋,第三次来巴黎演出舞蹈剧场作品。第一次是1999年应邀在巴黎的法国国家舞蹈中心演出现代舞蹈剧场作品;2001年、2003年和2009年再来,是参加以当代艺术为主题的巴黎秋季艺术节。

2003年11月10日晚上,是我们的第三场演出,也是《生育报告》的首场演出。前面两场,我们演出的是另一个舞蹈剧场作品《身体报告》,观众反映比较热烈,来的人不少,媒体报道也比较多。我们欣喜的是除专业人士以外,来了很多普通观众,这些购票观看演出的普通观众,是真正意义上的观众。

我的状态保持着,一如既往。下午彩排,来了不少巴黎和其他欧洲国家的媒体记者。通常,记者拍摄安排在彩排时间进行,他们可以自由走动,想拍什么位置差不多都能够实现。

我事先问艺术总监吴文光(也是演员和影像制作),他可不可以帮着拍一点图片。他先说可能顾不上,后又有点犹豫,说:"给我吧,你的机子可以挂在脖子上吗?"我说可以。他说:"拿来吧。"不管怎么样,他拍了几张,效果还好。我们又留下了一点演出过程的资料。我没能拍摄演出过程。我一向喜欢拍摄现场,很想我的镜头如眼睛那样,能够看到现场,记录现场。对舞蹈剧场而言,是作品进行中截取图片,但苦于自己那个时间在演出过程中,做不了这件事(倒是拍过一些别的艺术团队的演出现场),以前是没有好一些的机器,现在有了机器,是人在场下,我没有、也不能分心去拍片。

《身体报告》彩排时,我曾跳出情境,赶着拍下一些图片。

《生育报告》完全没有可能,我不能有离开现场的感觉。严格维护演出的状态,我才能全力以赴,不受任何影响地发挥我的作用。前面两场演出我非常认真、投入,内心安宁,心底有持续的力量和激情,冷静、节制,从始至终,有节奏地往前、往深处走。我沉浸在舞台的时空里,没有想别的,只把握着这个时间里,我的心灵朝向、我的伙伴们的位置,还有时间……我在内心的波动中,扭转我的身体,让身体随同我的呼吸而呼吸,随同我的每一个来自里面的感觉而动作,并且表达出此时此地它们在所面临的真实可触的情境中的生活。直接的东西,在人的内里面过滤以后,变成真实的另一种存在,它仍然是直接的,但厚实而有力量,它是人的生命流程里最没有个人的一些瞬间,但是,又因为"个人",而使生命具有了不同的质感。作为舞蹈员,作为艺术工作者,我体会到节制,体会到细微的动静与人内心的消耗,体会到生命被唤醒时,朴素还原始初的道理,体会到有声,无声。体会到活着,死去。

我演的第一个作品就是《生育报告》。是文慧和我从1998年起,一点点进入探索、磨砺的现代舞蹈剧场作品。到1999年中后期,另三位优秀的专业舞蹈员陆续加入进来。作为非专业演员,我与大家一起努力,尝试着做我们想要的舞蹈剧场作品。

这部作品,在国内、国外的舞台上,我们演出了上百场。首演是1999年12月在北京人艺小剧场。我盘坐在一张一米多高、铺着棉絮的大床上,奔跑着,越跑越快,但声音平缓地讲述丢失孩子那场戏,我流出了眼泪。我寻找孩子的影像打在舞台悬挂起的用四张大被的棉絮拼接成的屏幕上。演出结束后,金星说,冯,不哭出来就好了。我们在人艺小剧场演出三场,她连看了三场。她说她三场变换不同角度看。

我再没有哭过。有过眼泪团在眼窝里,没让它流出来。

我学习着在舞台上找到人活着的形状。从日常生活中学习到的,和从舞台上学习到的一样多,一样地不同寻常。

排练和演出是艰苦的。它磨练我,让我有耐心回到出发的地方。我愿意守候在如家一样的原地。很多时候,我在一个地方待着,心动的时候,想着出发。十二三年间,发生了许多变故,但我仍能感知到原初,仍然能够启身上路。即使是在心里走路。

在路上走,知道为什么活着。然后回来原处,想,众生万物之源渊。

2003年11月10日晚上演出。我流落出去一些时间。

人在死亡的边缘行走,在绝望中朝着渴望的图景冲刺,求生的念头几乎是看不见的。因为疼痛之剧烈,因为疼痛而淹没了自己,因为裂变中死亡的气息笼罩在头顶上,因为空气中没有可以抓住的、能够驮驾自己到达彼岸的战车,没有一只能够依靠的胳膊,或者是一只手,一个胸怀,一个安慰,一种声音,所以,全部的内容回旋、汇集在一个词上:活着。

曾听到我母亲说,女人生孩子,就像在水缸沿上跑马,说掉进去就掉进去。

我在《生育报告》中,其中一段独立进行的舞蹈,是人倒立在一把椅子上,一边叙述生育那一天经历的事,一边起舞。每一次演出,做出来的动作和前面表演的有很多不同。从椅子那一片土地上生长出来,枝叶往哪里伸屈,枝叶如何伸屈,每一枝不同,每一枝的每一轮都不一样。土地和阳光,给予枝条融解、再生,枝条给予土地和阳光补充。

不过,在舞台上,想不了别的。

实在没有理由想别的东西。此时此地,我还没有见到孩子。

他踢了我好几个月,和我朝夕相处好几个月,我与他同在一个物质世界,却抓不住他的手,抓不住他的胳膊,抓不住他生命的根,不能把他顺利地带到这个世界上来。我在这一刻,没有了力气。那一时节,瞬息万变,他能够出来吗?他的生命能不能成全我的生命;我的生命,能不能成全他的生命,全是未知数。他就在我的身体里,而我不能够帮助他。我是唯一能够感觉到他的人,却使不出我的力气去帮助他,我真没用。我什么也做不了。绝望差点儿埋没了我的心跳。我赶紧恢复理智,让自己保持清醒。除了尽自己的全力,几乎想不出我还能做什么,所以,我没有想到哭泣,没有想到自己想哭泣,没有过多地指望谁能帮助我,只想望自己能够帮助孩子出来。那些时间里,感觉不到自己的存在。自己已经无足轻重,只是为了孩子而存在其间。只有孩子,孩子真实地存在着,他在我的肚子里。有些绝望,焦虑追赶着我,可是跑不动。我帮不上他的忙的想法,又一次冒出来。事实上,只有我能够帮助他,不能放弃努力。我的力气还没有全使出来。给我一点时间,只需要一些时间,让我努力。让我尽我的全力。

我进产房前,住在病房,对面病房住的女孩,没有结婚,那个生下来已经死亡的男孩八个月大,因为他的母亲还没有结婚,不得不做引产,被医生注射的一针管药液熄灭在母亲的肚子里。他生下来前就已死亡了,他在他妈妈的肚子里被停止了生命。他不知道一根细小的管子进来,是结束他的生命的。他以为那是他的妈妈递给他的生命线,他一定是吃惊的,因为没有几个孩子在这种时间里能被脐带以外的另一根细线连接起来,他是一个例外,他被这根细线连带起来的瞬间,就停止了呼吸。不知他是不是用脚或手拍打过他妈妈的肚皮。

他妈妈当时正被她的父母包围着。他们说不能生下来,我们不能养一个私生子,我们家不能做这样的事情出来叫人家瞧面,我们的脸没地方搁。我们不能让这个孩子毁了名声,你爹妈两个家系,条条缕缕沿袭至今,没出现过这种伤风败俗的事情。你不能让我们老了老了,没脸出门。我们死了那可以,不能没有脸面见人。我们活着,抬不起腿脚,抬不起头啊。往后,我们人不像人,鬼不像鬼,你怎么能忍心,让我们的老脸丢得没处掖藏,嗯?你想一想你的爹妈父母亲,我们怎么得罪你了,一把屎一把尿拉扯你成了人,我们有罪了?你让我们怎么活下去呢……求你啦,孩子的事,有什么呢,你以后好好地找个人,成个家,还能生,想生什么样的,生他,现在千万不要这样。你对自己也得负责对不对。你做了对不起我们的事,你以后也没法好好地活,你自己也会被人的手指头戳疼喽。你现在小,不懂得,想不到以后的日子怎么过法,我们好歹是过来人,我们得为你着想。爹妈这一辈子该你的,不为你想,为谁想呢。话说回来,你也得为自己想一想,为我们想一想。一个孩子,没生下来,就不算个人儿。女人一辈子想生孩子,时间有的是,这个时候咱们不要他,是因为条件不成熟,等条件成熟了,再要不迟嘛,咱们什么都没有少……那多好,啊,好不好?只要一点时间,绕过去现在,往前头走,走过这一段,咱们的路面就宽敞了,展悠悠的了。现在的情况是,这么走,越走越是别进了死胡同。孩子,你想想是不是这么个道理?咱们不要这么走,啊?你爹妈给你跪下了。

于是,那个被他们称作孩子的青年女子,坚持到不能再坚持,同意引产,把她的孩子解脱出来。婴儿生下来是个死胎。但是那个女孩一直昏睡,不醒过来。她住我对门,身体一直出着血。她中间醒过来一次,跟大夫说,你给我也打一针,让我一块儿死吧。女孩的父母说,那不行,你得好好活着。你是我们的。你不能这么想,你死了,我们怎么办,我们还活不活啦?净说阴雨天撮堆儿的话。爸爸妈妈在,你见天价好好的,啊?好好活着。

我不用想我的身体怎么动,只管我怎么想,只管我的感受是什么。我在自己的回顾里,在自己对于身体和生育的感受中。我的身体完全不受规范的限制,它是自由的,柔韧的,沉重的,魔幻的,毁灭的,艰难困苦,而后再生。那种自身与新的生命一体的、经受考验和磨练的过程,把过去的自己,和新的历史阶段的自己,以及生育以后的自己,骤然间锻造成一个完整的、诚实可信的人。

这是谁的权利呢,生或者是死?我们无法决定,孩子自己也无法决定,他是那么可怜地待在一个角落,等着谁来决定他能不能够生,或者是不是非得死。只是不知道他自己愿意不愿意生,或者愿意不愿意死。他还没有能力、没有机会表达他的愿望。

我一面跟随着孩子一起深呼吸,一面想办法看见他,感觉着他的意见。我觉得他想生。因为我深呼吸的时候,他让我感觉到了一个整夺整的生命的存在,他配合着我一起呼吸,他骤然减轻了我的疼痛,他传递给我面对活着的方法:让我感觉到生理的疼痛不算什么,我们可以超渡过去,这是我们的必经路途,我们要走的路的其中一段。这段路,我们能够渡过去,能往前面走。我们两个一起走。我们的力气是因为我们绑在一起而聚集出来的。他支持我,我感觉到了他的支持、他的爱护。他把自己缩成一个小团,等着穿越那个黑暗窄小的隧道。他是从容的,他准备着启程,他准备着艰难的爬雪山过草地。他以所占份额最小的团体,等待着上路去长征。他的道路幽深、危险,但他做好了准备。天哪,这个孩子对这个世界,对我,是这样的态度。

那一时刻,我体验到了世事存在中的大和小、多和少。

我清醒了,我是唯一能够引领他穿越沙漠冰川的人。我不是死亡之谷,我不是魔鬼,我是他的血亲。我领着他一步一步地迈过血肉模糊的隧道,去看见阴沉沉的天空。

外面在下雪。窗户开着。有雪花往房子里飘。

他们把孩子带走了。产房里只有我一个人。右胳膊上仍插着吊针,催产素继续滴答着注进我的身体。身上没有遮盖的东西。两个多小时以后,我感觉到冷。肚子瘪进去了,空前的瘦小。溅到身上的血汁干了不少。尽管身体仍停泊在血水里。血把我和床单粘连在一起。我试着从血水里把身体分出来,没有完成。伤口疼痛得动弹不了。我想拉出床单覆盖身体,最后拉出了床单的一个角,盖在够着的地方。很久以后,进来一个打扫卫生的女子。我说,帮我找点东西盖?有点冷。她说可产房没有能盖的。看见风中飘动的窗帘,她说盖不盖窗帘?盖吧。她一把扯下窗帘,抖一下,搭在我身上。一块黑红黑红的绒布。

再次见到孩子,他饿得"啊啊"地叫,张大嘴身体往一个方向斜着找,眼睛紧闭住。没有吃的东西给他,他又往另一个方向找,"啊啊"地将头朝向那个方向,身体跟着头的方向,我还是没有奶水给他。我跑出病房喊护士,护士说不用喂,吃不了什么,我急得满头大汗,我给不了他任何帮助。

他的小胳膊上戴着一个小牌,写着他的名字,写着我的名字。这是我的孩子。

我给他起名叫巴顿。

我不知道他喜不喜欢自己叫这个名字。

我曾经给我的侄女起名叫"冯蓁蓁",她长到十三四岁的时候反抗我,说她想叫"冯海燕"。

2003 年 11 月写,2011 年改

(原载《西部·新文学》2012 年第 3 期)

我走过时间

葛水平

序

  我是一个喜欢行走的人,尽管一个人行走有时候很孤独,但是,孤独中也有几分交织的快感和苦痛。我在行走的过程中有时候要停下来,不是为了喘息,而是因为一些我不曾料想的美丽。我为这些美丽的自然景观洒上一些眼睛里的汁液。我知道,多少年之后它们依旧泛着生命蓬勃的馨香,而我肯定要从这个世界上消失成永远。我因此珍惜每一次行走。每一次,蓦然间都会有如梦如幻的伤感和恍惑;每一次,群峰出现,河水流动,百鸟和鸣,无端地我会为大自然从不含糊的专制生出感怀,我用我有限的文字记下爱我并关心我的人和事,记下我曾有过的呼吸。在山川河流村庄,岩石和乱丛棵子中间我停下来面朝尘世,双手合十:天在上,地在下,人生百年,时间中我祝福所有平安!

  时间迅疾而过。有多少生命骨殖深埋于时间中,亲情、友情、爱情,终于待在了一个安全的地方,那个去处直叫人呼吸到了月的清香,水的沁骨。生命的决绝让我在行走所产生的文字中获得回归。当这些已逝的生命从我的文字中划过时,我体悟到了温情与哀绝,惆怅和眷念。"但使亲情千里近,须信,无情对面是山河。"我不知这是谁的诗句,却与我内心的感触对接了。时间如中国画缥缈的境界,明知道一切不可能出现,却还愿意在疲倦的时候沉溺其中。逝去的以另一种方式活在现实中。当我把逝去的还原成一个具体的事件时,我就更深刻地了解了那段时间。我看到了时间尘埃掩盖下的一些浓厚背景,无论轻贱卑微的生命还是辉煌伟人的喧嚣,一切都在时间的行走中验证了一条真理:在已逝的历史,在别人的转述中,歌哭笑骂,诉不完的无奈与辛酸,有我无法穷尽的多样人生。我浅拙的写作对生活质量的尊重让我精神上获得了慰藉。每当夕阳西下,在门前一条老路上踯躅时,我常常会想起我的出生地——窑洞。院中的枣树,窑内的毛驴,向晚的炊烟和归来的羊群,一切的一切让我结想成疾。我记得去冬的一领苇席,来年的夏日在院中央一铺,就等于给梦找了一个憩身之地。不远处的玉米地里,蛙鸣声弹着青玉米的叶子,明丽的月影朗照一切,我不敢大声喊叫,怕一不留神碰落了玉米的香气,青草的香气。老窑花纹繁复的窗栏板,一棵树宽的门扇,紫铜的门环,铁葫芦锁,还有那年节时的甩鞭,我的先祖们进进出出的背影,在我的生命中显影。窑洞里的人对生活绝不是敷衍的,他们寻常生活具备了音乐的韵律,他们过着世界上最平淡本分的日子,无拘无束。他们也滋生一些死去活来的故事,但他们不屑与人表述。星光下那旱烟锅粗大明灭的情怀,成为我作品中最丰满的细节。当我再一次回到窑洞时,我看到了时间消释的光芒,我和我先祖的脚印重叠着,在荒凉、萧瑟的窑洞中走进走出。那棵枣树早已在追逐时间中高过窑顶,然而坐在它的叶子下守望幸福和丰收的人,早已不在人世。他们的坟墓在对面的山坡上。夕阳落了,晚霞退了,在一切都可以颠覆的时间中,怀恋被放置在多维的记忆上,他们给了我精神的薪火传承。

我走过时间。我把这些行走的记忆写成文字,历史、现实、存在或存在过的生命,一切都始于行走,也在行走中结束。我想生命的价值仅仅在于:是否向真、向善、向美,即使目的地并未走到,但她是朝向这个目的行走。走得认真,走得执着,摒弃了种种诱惑。

炕是诱人老死的饵

窑洞最美好的地儿是炕。多少年之后,我居然在单元楼里盘了炕,青砖勾缝,榆木炕沿,炕心里铺了羊毛毡,炕桌上放了我收藏的油灯。傍晚,天光暗了,我说不出此时到底藏着什么打湿心灵的东西,它们冒出来,诱使我把灯树上的蜡烛点燃,心旌神摇那一瞬,我盘腿坐在炕上享受一个人的时光。万事万物诸多情谊都有怀恋,只要懂得,都是贵重。

我落地在炕上。生我的那一年,妈妈在碾跟前簸谷子,突然肚子疼,她的婆婆说,快,上炕。

我的出生没有异象。

十月份,青草繁茂。正午的日头照亮了接生婆的小脚,进进出出,紧束的围裙如同克制的欲望,没有多余的背景,炕,一张席片,妈妈扎着马步。我的出生,妈妈用了一个很可恶的词:红曲毅毅地跌下来了(大约指那种鼠科、猫科动物的初生)。妈妈说,百日后,你脱出来,白了,我才知道疼你。

一年后父母离异,万事过去皆与我无关。

三岁上,继父来相亲。妈妈坐在姥姥家的门墩上,抱着我,我坐在她的一条腿上,另一条腿则搭在门槛上不让他进门。继父无聊,站着端详了妈妈半天。妈妈手里掰着一只秋桃子,一点一点送进我的小嘴里,我像小驴一样惊异地看着继父错愕着嘴片,有口水流下来,继父扔过来一卷卫生纸。那时候乡下人没见过这么薄透的纸,妈妈抬眼看了他一眼,搭在门槛上的腿缩回来,继父进门。

我随妈妈嫁人时三岁。

山神凹,那时候,院子里有两棵枣树,秋天枣儿红了。驴拴在枣树下,我和妈妈下驴,进窑,上炕。炕桌上放着一碗红糖水,窑洞里的小奶奶四颗镂空金牙露出来,好奇地看着妈妈和怀里蜷缩的我,大概我与妈妈都很生动引人。山神凹的女人们从窑门上挤进来,空气如水流动。有人说:"小闺女好看。"窑洞里的小奶奶说:"是我成土的闺女。"

都是一夜之间的事情。翻过一座山头我成了葛家闺女。

小爷(我亲祖父的小弟)的窑洞里有两盘炕,互相对应着。两领羊毛黑毡,白天时铺盖是卷着的。夜晚,卷着的铺盖展开来。窑墙上还挖了洞,洞很小,像一眼小窑洞。放了细粮,比如麦子、豆,都用一斗缸装。那年月,因为是集体,农民改叫社员。秋后分粮,人均口粮,麦子也就只能分十几斤,都不舍得吃,留着过年。粮食是有味道的,不单单是一个香字。一个冬天里,窑洞里最活跃的是老鼠,闻香而来。小爷不叫老鼠,叫老君爷。窑内中堂前的方腿桌上有敬奉老君爷的牌位。黑是老鼠最喜欢的颜色,四只爪子细脚伶仃,夜里走路收收缩缩,不显山水。窑炕盘在进门处,临门有窗,窗户最下一格有猫出入,常常不糊窗户纸,用钉子钉一帘花布由猫出入。

有一段时间老鼠成灾,小爷下了许多鼠药,猫吃了药死的老鼠大都死了。灾难降临的时候,真是平分秋色啊。这下,老鼠的孙子们欢喜死了。窑梁上挂了玉米,五更天,老鼠开始夜生活。它们叽喳乱叫着,有从梁上掉下来的,放肆的大笑声扰得炕上人无来由要学几声猫叫,吓唬老鼠。小有停顿,老鼠想:人呐,也仅仅扮演了一个岁月喑哑的歌者。

六岁那年夏天的一个中午,我看见一只老鼠从地锅前爬上炕,小眼睛贼溜溜儿顺着炕沿越过我的枕头,我轻声叫了一声:"哎——"它停顿了一下,身躯稍向后仰,似在微微着力,想回头,那神态,慵懒到不慌不忙。我指望它能回头,接下来它还是稍息一下走了。它爬上窗台钻出猫洞,我很伤感。屋外的蝉,浑圆而饱满地叫着,我坐在炕上,一副伤身伤世的样子。小奶奶从她的花肚兜里摸出一块糖递给我。窑外,蝉声一声接一声落下来,我跳下炕走出窑,等那细脚伶仃的"它"回来。

有一种纹理,它沿着成长的肌肤深深嵌进来,我对家的概念,是一进门不由分说地陷进炕上。任何一种光影的闪现都不能去除我对炕的怀恋。炕上除了蒲扇、苍蝇拍、烟袋、捻线陀以及凌乱的糖纸,也只剩下了我的小爷、小奶的从前。而今,扑簌簌往下跌土的墙上,曾经悬挂着的挂历试图靠近小爷的心和眼睛,然而,也只是一闪而过,一声长叹让夜平静而安然。隐隐没没的岁月过后,我再也睡不回欢喜的从前。

秋苗和石碾磙干大

为了我的成长,我妈把我许给了一个石碾磙做干女儿。那个石碾磙竖在一棵长了百年的杨树下,树空心了,夏天的时候有蛇出入,但是,伸向天空的树枝还有绿叶长出来,也还有绿荫罩下来。村庄的人们端了洋瓷碗,在杨树下吃午饭或者晚饭,主要的内容是聊天。我们几个孩子靠在石碾磙上听他们讲一些村庄发生的稀奇事情,一边听一边用线绳来来回回翻各种图案的"抄手"。大人们讲到激动处,有人就想把我们赶走,想坐在石碾磙上稳住身子好好尽兴听。有人就和我们说:"哪有屁股坐干大的道理?"我们就散开来,那人就坐上去。我是给石碾磙烧过香,也磕过头的,原因是我妈只生了我一个,怕我长不成人。

那个年月,村庄的孩子常常把自己许给一棵树,一条河或一块石头,乡下人相信自然的力量比人大,也相信人是永远改变不了自然的。把孩子许给它们,这个孩子就活成人了。我每年生日那天早上都要给石碾磙干大烧香许愿。我认碾磙做干大的时候,七岁。那一年之前发生了一件事。快过年了,年前的腊月里有一天是吃炒节,就是把豆子、玉荬炒熟了,吃时拌了蜂蜜放到碗里,农村人叫"吃甜"。大概是希望日子一年比一年越过越要甜吧。吃炒节这一天白天,家家户户都要到河滩上取沙。取回沙,忙着从自己屋子拿了金黄后玉米换别人家的小粒种。金黄后玉米炒出来粒大不好吃,但是,丰产。有过日子细致的人家在山坡地种了小粒种,谁家有,村上的人也都知道。换了回来村路上撞见了打个招呼:"换上糙玉荬了?"(小粒种的乡下叫法)

开始点火炒时,一般要等到天黑。头一天晚上我的同桌秋苗和我讲:"我有二两粮票五分钱,够买一个甜火烧(烧饼),你回家和你妈要,你妈是老师,有钱。要了钱咱俩往公社买火烧去。"我们是第二天一大早怀揣着二两粮票五分钱从我妈教书的村庄郭北沟出发的,走到十里公社不到中午。我们各自买了一个糖火烧,不舍得吃,先是吃了半个。刚出炉的火烧不经吃。大冷天,我们俩把火烧放在河滩的石头上等火烧冻实,等它包着的红糖硬了,我们收起装进口袋,一路摸着火烧往回走。路上肚子饿得咕咕叫也不舍得掏出来下狠口,只是用指甲掐豆粒大往嘴里放,是把火烧含化了的那种吃法。走到郭北沟村的小河滩上,天黑下来,冬天的天本来就黑得早,秋苗问我吃完了没有?我说还有一块。她说,她也是。我们把最后一块火烧团成的丸药蛋子取出来,放在手心里比谁的大,秋苗的比我的大。她很高兴地说:"我比你的大。"我羡慕地看着她先放进嘴里,然后,我也放进了嘴里,两个人迎着风,抿着嘴等它在嘴里慢慢化开。它总是化得很快。

河滩上正好是山的风口。我们一路上跑的汗水把棉袄都洇透了,我们俩在风口上等最后一块火烧化掉的时候,山里的风把我们身上的汗又吹干了,棉袄还湿着,像一坨子冰一样贴着脊背。秋苗说她冷得要命。我们拉着手往村上走。村里有大院子的支着铁锅炒上了,香味也出来了,我们吃着炒好的玉荄和豆子疯到后半夜才回家睡觉。秋苗妈第二天来学校问我和秋苗昨天都去哪里了?我才知道秋苗重感冒高烧不退。隔了一天,傍晚的时候,秋苗死了。很快,我都没有见她最后一面。当时,村里人说是秋苗在去公社的路上撞见鬼了。我不知道鬼是啥样,也想不出是在哪段路上撞见的。想哭,一直也哭不出来。秋苗人小,不够一棺材,钉了个木匣子埋在了半山腰。我妈很害怕,觉得事情太邪乎,要是我撞见鬼了,而不是秋苗,她这一辈子就没有闺女了。我妈本来不迷信。第二年,我妈调到了十里公社范庄大队王庄村,看人家有人给孩子请石碾碌做干大,就让我也认了一个。

我认了石碾碌干大后,每年都要给它烧香,开始的时候是我妈替我许愿,许愿我活成一个人就行。我妈在范庄村教书教了九年,我长成大闺女了,人也很结实,思想认识逐步改变,慢慢地就不给石碾碌干大烧香了。我把这一段事写出来,是因为村庄给我的记忆太深了,人和事和村庄的气息,民风民俗,我的玩伴秋苗,我的石碾碌干大,越往岁月的深里长,我越是忘不掉。

家里的乡下男人

我一直感觉在某一个黄昏或上午,我爸会背着一个帆布行囊远足而来,会用他憨厚的影子堵住正门的光线,那时有一个很不能概括的念想:"我们家的乡下男人进城来了。"

我忍不住想的时间形貌,居然有那么几分近而远的缘由,但是,我爸是永远住在乡下了。

每年的清明这一天,无论刮风下雨,我都要回乡上坟。说是坟,其实只是一眼废弃的窑洞,在山神凹后山的黄土崖下,十年了,我爸很安静地在等活着的我妈。老家有个不成文的规矩,先走的人一定要丘放在一个地方等在世的人。那一口玫红棺木横放着,我爸装殓在里面平躺着。成为一个戛然而止、无法再继续坐起来或站起来的存在。

我爸有个绰号叫:"跑毛蛋"(意指对生活不负责的人)。是我妈嫁过来时听凹里人穿我爸的小鞋讲的。生米做成了熟饭,我妈是自己上了驴叫我爸驮来的,有苦说不得。那时的我爸在太原西山煤矿下窑,人称下窑汉。我妈嫁过来不久,因井下塌方,俗世的我爸脑袋冒出泥地的一刹那间,决定逃生,黑炭一样逃回老家,前后走了不到一个月,我妈开始和我爸生气。

这气,一生就是一辈子。我记得我生第一个孩子时回老家坐月子,妈和爸吵,吵得我大声喊:"离婚吧。"片刻后我爸嬉皮笑脸说:"还不到离婚那步。"我说:"爸,你怎么在这家里熬的?"我爸想了想说:"你知道啥,我在你妈跟前还没有小学毕业,还得熬。"

这里我不得不说我的爷爷,爷爷是被远一些年扩军扩走的土八路,后来得益战争的最后胜利,身份转成了南下干部。正遇荒年,失去音信的奶奶无法养活我爸,作为对丈夫的报复心理,想把我爸丢在山里让狼吃了。是小爷从山里找回我爸的。我爸的一生便是依靠几位叔伯爷爷的呵护成长起来。正因为有了这样的背景,我爸因而长成"三不管"式的人物,即小队管不住,大队管不了,公社够不上管。

山神凹没什么风景,有山。有人住的和羊住的窑。羊住的窑比人住的窑大,因羊多而人少。羊多,族人便穿生羊毛裤,生羊毛衣。我爸因此而会织毛衣。逢年过节家穷买不起鞭炮,我爸领人到山和山的对顶上甩鞭,用牛皮编的长鞭,长鞭一甩,因山大人少,回声也大,脆生生漫过村庄直铺天边。天边并不能看真,生生的,凝成千百年一气,鞭声滚滚滔滔跌宕过来,山里人激动得出窑,听我爸隐隐然鞭斥天宇的响彻,能把人的心吞得干干净净。这种甩鞭和赛鞭过程,要延续过正月十五。十五过后老家的山上没什么内容,赤条条地与荒漠的群山对峙。荒山沟里,我爸开始了他生长期的旺盛。

我爸是一个高智商的人(用现代的话说)。他不太懂音乐,夏天打一条蛇,从马尾上剪一缕马尾,再从大队的仓库里偷一段竹节,三鼓捣,两鼓捣,一把二胡从他手上就流出了音乐。我爸不懂宫、商、角、徵、羽,更别说现在1、2、3了。窑中一盏豆油灯,我爸擦一把脸,憨厚地笑一下,挽起袖管,从窑墙上拿下二胡,里外弦一"扯",就这过程已有人对我爸手头这把民族乐器投来歆羡的目光。而真正的艺术,在我爸的手上,还没有扯开弓拉出声响。

我爸的毛笔字写得不错,不是那种龙飞凤舞的,一溜儿正楷。我爸的出名好像不仅是这些,从小掏鸟蛋,大一点抓蛇,再大一点摸鳖。他一上午能摸一木桶鳖,用铁锅煮了让光棍汉们一起吃。他说,现在人吃鳖,大补,狗屁!我吃一辈子鳖,把十里河的鳖快吃完了,也没补出名堂。十里河的鳖从我爸开始吃后,渐少,与我爸关系重大。我爸玩蛇能把蛇玩出神话,让它走它才敢走。玩过的蛇,我爸从不打死。我至今不清楚这种吐纳百毒的长虫,为什么在我爸的手里如此服帖?那个年代,我爸的故事频繁。那是个没有法制的年代,强悍与苦难汇合让我爸野出了风格。我妈常说:"早知道你这样,我嫁给好人家也不来你这沟里。"我爸总是看着我和我妈说:"你带着拖油瓶上哪儿嫁好人家?来沟里就算你享福了。"

我个人认为,其实男人们都很不错,关键是派什么样的一个女人去制服他。山神凹的人常说一句话:"成土生生叫冬棉制服了。"

我从我爸身上学到许多很达观的东西。他的诚恳和逼真和来自大自然野性的浪漫,在我身上不时起着化学反应。以致我在最痛苦的日子里,还幻想着一种痛苦的美丽,有我爸言传身教的风范。我爸多半不会在痛苦面前洒泪悲叹,寻死觅活。他的思想散漫得很阔,人生道路也铺展得很广。他像《水浒》里的一百单"九"将,该出手时比谁都出手快。路见不平,拳脚相助。在他五十五岁时,三十岁的我还得陪他到几十里之外的柿庄乡派出所交打架罚款。我爸在中年以后把兴趣逐步改向狩猎和打鱼。记得有一年夏天黄昏,我爸不知从哪里偷来一"夜壶",趁天黑装了炸药。五更天叫我快起床,领着我骑嘉陵摩托车翻山到另一个县。一路风驰电掣后,摩托停在山脚下。我和我爸潜入就近村庄的鱼塘。见他点了雷管使了老劲抡圆了把夜壶扔进鱼池,接着冲天一声响,我看到"哗啦"一声,鱼塘掀翻了。等水花落下,鱼翻着肚皮漂满了水面。我吓坏了,我爸却高兴得喊:"发财了。"忙活着张开渔网准备要打捞了,村里的叫喊声朝着这边鱼塘来了。我爸来不及打捞拉着我的手抬脚就跑。我不敢往后看,大口喘着气,跑到摩托车跟前说不上话来,喘气声把喉咙都拉伤了。

我爸于1996年得病。那年的正月初九,我爸从乡下给我打来电话,说自己怕是病来了,来得不轻。一贯孩子似的作风,让我忽视了他非常时期的实际。我又以非常含糊的感觉很自然等到正月十一。那天回乡后,我看到我爸在麻将桌子上鏖战,胸口上冲着桌沿顶着一根木头,止胃疼。我想哭。我要我爸走。他坚决不走,说要把四圈打完。从我爸的态度上,我知道他输钱了。在乡人劝说下,我爸很是不情愿地离开了麻将桌。

回到城里,一连串的检查,证明我爸是胃癌,晚期。

我说不出一句话,一句话也说不出;我爸吃不下一口饭,一口饭也吃不下。我知道,我爸气数尽了。我告诉他是胃癌,晚期。我爸难过了一下便笑了,说:"我说嘛,不吃一口饭,雷锋还讲,人不吃饭不行。不吃饭就不行,一辈子就算完了。"我说:"以后怎么打算?"我爸说:"打算什么?父死之后见人磕头。"我说:"就女儿一人,怕忙不过来,想将来火化了。"我爸不语。三天后我爸说:"水,千好万好烧了爸爸就不好。你想想,我走了,活人的嘴脸要骂你,骂你把爸烧了,你愿意不落好名声?"我爸讲此话时一脸坏笑。

我是三月初三开车送我爸回老家的。沿途我买好了木板,回老家后叫了木匠赶做了棺材。我在做好的棺材里躺下试了试身长。我站在我爸身边不语,我爸说:"有话要说?"我告我爸:"大小正好。"我爸说:"躺下试了?"我说:"试了。"我爸说:"把它漆成红色。"我在寿棺大头写了"寿"字。因我字写得不好,远看近看都像个草书"春"。我和我爸说:"坏事了,把'寿'字写成'春'了。"我爸说:"还寿什么?你爸的寿已尽了。春就春,春天生,春天终。"因我爸生于1937年4月15日。

我爸说:"死后把我放置在一个干燥的窑内,等你妈百年后一起下葬。死后多烧点冥钱,才学着打麻将,老输,那边的钱在这边可便宜买到。你写文章的人,爸爸知道你辛苦,对我这件事你千万别太寒酸,寒酸了叫那边的人笑话你写文章供不起你爸打麻将。那可就不是笑话我啊。"我哭着说:"爸,怎么两边都是笑话我呀?"爸说:"闺女呀,我死了呀。"

1996年三月初十晚,我爸拉着我的手说:"闺女,我来世做牛做马报你对我的恩情。"

我说:"爸,来生我们做亲父女。"

我爸哭不出来,从鼻孔流出一丝清鼻涕,眼睛死死盯着我:"近跟前来,跟你说句悄悄话儿。"我近到他嘴跟前,他小声说:"你能不能把你的存款都贡献出来,给爸找点不死的药?"

我闪开了,哭着说:"爸,钱买不来命,毛主席都死了。"

我爸半天后说:"瞅你那哭相,难看死了。我是试探你对我有多好。我能不知道,和毛主席比我不敌人家小拇指盖大。"

我不语,泪像河一样。三月十一早 8 时 10 分,我看到我爸长出了一口气,又长出了一口,没回气,我爸的眼睛就闭上了。

现在的婚姻

1997 年冬天,我参加一次诗歌会议,长治市文联王广元老师介绍我认识一个人。那时候我已经单身很久。离婚的女人在这个社会上一点都不紧俏,我很明白我的处境。他骑着自行车在宾馆的院子里站着等我,第一感觉是他的个子很高,第二感觉是雪下得很大。漫天雪花中我要抬高脸才能看完整他的脸。虽然有点不好意思,但也无所谓。他说:"我想约你稿子,我是报社副刊编辑。"我说:"我很懒惰,不一定约得到。就这样吧。"

彼此经历了婚姻,所以都很矜持。认识的过程似乎很漫长。总归是认识了。一周约一次,送我两本书。在小饭馆,要两个菜喝点小酒,汇报一下周日前的工作,心旌微醺处,联篇而来的话似乎都是对文学的热爱。小酒喝到一定火候,两人浸到了一段境界里,醉眼蒙眬看对方,似乎很合适婚姻?哑然一笑,他开口说:"难道没有知己的感觉吗?"此地此景,我们居然把爱漫成这么一种闲情。我明白,确实离婚姻很近了。

婚姻对人是一种考验,一路走过来,对于写作的人,谋食度日,物质的味道虽稍缺,精神的味道该是足足。我很享受我慵懒的空间,他说:"不要闲置了你的才情。"这好像是我们结婚后他常说的一句话,却分明是一种对岁月的砥砺。

除了写作,在生活上他是我最大的支持者。他常挂在嘴边的话是:"相妻教子。"我说:"你这样讲,别人要笑话你矫情,不够男人份儿。"他说:"我是我,我不是别人。"我这人毛病多,突发奇想的事也很多,思想永远都是临时的。记得我前公公患病了,听说后临时动了念头要回乡下去看前公公。他很认真分析了乡下的情况和前夫家里,说:"你这样会不会搅出一些事情来?"我说:"我在他们家存在是一个永远绕不过去的结,我去看一个老人,我得感激他曾经对我的好,我看老人他们都不能接受,那你说人长了心肝做啥?"他不再说话,果断和我上路。走到乡下,他提了礼物送我到前公公家门前,扭头走开说:"我在路边等你。"一刹那间,我看着他的背影,我知道我和他是一样的,尘土一样多落在我和他身上,我从来没有想过他的心情。也就一刹那感觉,见到他我就把刚才的感觉丢掉了,我是他老婆,他就应该全方位疼我。还有什么不知足呢?一次买箱包,回家后发现它的轮子是坏的,我不想去找麻烦,干脆两只轮子都卸掉,告诉他是个手提箱。买挂表,回家后他发现还有没有玻璃的挂表?其实是我路上已经摔碎。帮他买裤子,回家空空,一时想不起出门做啥。第二天想起来是买裤子,昨天顺手不知丢在什么地方。我不敢用"还有一次"。

记得前夫来市里上党校,约我一起吃饭,我有事去不了,叫了我丈夫去赴约。他们谈了什么我不知道,之后两人互夸对方人不错,很让我感动。换一个人恐怕会埋怨我。我是一个多么脆弱又自私的人啊,怎么能去忍受他人的委屈!我也有被人误解,被人无端是非的时候,听到这些时他会拍拍我的头说:"度过自己要承担的时间,心血流转得多,触及灵魂,疼痛在里面,好也在里面。"他是好编辑,他那么理解他的"作者"。

一 些 襟 怀

1983年我考上晋东南戏剧学校,1986年毕业。毕业前夕,晋城市上党梆子剧团正好去长春电影制片厂拍摄电影《斩花堂》,需要一部分群众演员,我被选上了。在长春电影制片厂待了半年,半年后何去何从?

"你不是唱戏的料。"这是葛来保说的。

葛来保是晋东南的剧作家,很有声望。他说此话时是在乡下演出期间,他去剧团看演出,我替一位因病不能上台的演员出演一个丫环,有一句唱冒了调,台下一片起哄声。卸妆后他见我第一句话就说了此话。这句话对我很有影响。假如毕业后我回到剧团再去唱戏,我一辈子就算没有出路了。因为一个"葛"字,我喊葛来保叔叔。解铃还需系铃人,既然不是唱戏的料,就得找一块安置未来的土壤。由叔叔介绍我调进了上党戏剧研究院,几年之后地市分家,叔叔留到了长治。之后,我从晋城调入长治戏剧研究院叔叔的单位。我到底是什么样的一块料?我不能在没有用的事情上较劲,我不能抓小放大,想这些的时候我不胜苦恼。叔叔说:"你好好写剧本,将来你就做剧作家。晋东南的剧作家里还没有一个女的。"从他言外之意我明白了,在剧作家的道路上离成功很近。我下了许多年功夫写剧本,其结果是每年述职考核时在单位念一遍,大家提提意见,请大家吃一次饭,一年努力就完事了。我开始自惭形秽,想:是不是太务正业了?我偷偷开始写诗歌、散文什么的借以抒怀。叔叔知道了批评我说:"小情小调的文章哪里抵得上一部大戏!"叔叔把我归到了"成材"范畴。我假装很听话地再写剧本,其实我开始偷偷写小说。我对遥远的未来一无所知,却依然怀揣了一颗不听话的心。我是一个开窍很晚的人,也是读书很晚的人。第一次看了《童年》里高尔基说:"大人都学坏了,上帝正考验他们呢,你还没有受考验,你应当照着孩子的想法生活。"这句话指明了彷徨的方向。我开始学会了不动声色撒谎,我告诉叔叔我在写剧本,我正在接近他对我期望的目标。

2004年是我生命的一个转折点。我拿着发表了的小说叫叔叔看,他几天后叫我到他办公室说:"你不是唱戏的料,也不是写剧本的料,你是写小说的料。"叔叔接着说:"不管将来写出啥名堂来,你都该明白,你爸是个烧锅炉的,你不能像有家庭背景的人那样,人家是算盘珠子,拨一下动一个位置,不拨就瞎候着、空耗着,喝茶、读报、斗心眼儿、说淡话、打麻将,就算人家亏着欠着,人家有家底顶着。你啥都没有,连个好文凭都没有。你得照你爸的样子做,拉煤灰,填炭,烧锅炉,水开不开泡方便面的知道,泡方便面的知道你是谁了,你这块料算成材了。"我点了点头咬着后槽牙说:"我只能没有下眼皮,不能没有上眼皮,我绝不抬高了眼去巴结人。"

叔叔到底熬不过日子走了。走时我和婶婶说:"让我尽一次孝,我要披麻戴孝送他到坟前。"婶婶说:"难得你有这份心。"我披麻戴孝扶棺送叔叔到他的坟前,一路上我想一些问题:棺材里躺着的这个人,他说过的每一句话都影响了我。我走到今天,是他让我明白我不是唱戏的料。他费心给我调动了工作,让我吃上了供应粮,少了后顾之忧。我扶他走阳世最后一程路,这一程太短啊,我回报不了他对我的恩情。我的泪止不住地往下流。

(原载《北京文学》2012年第3期)

毛彦文：那些与爱有关的往事

齐 红

在民国时期的知识女性群体中,我不知道还有没有人像毛彦文那样如此深切地体会了"爱情"这一特殊情感的丰富意味,她的"爱"与"被爱"的故事如此响亮、持久,以至于在很大程度上影响了她的人生走向。如果没有这些与"爱"有关的故事,毛彦文的名字也许根本不会为后人所知,她的一生也就淹没在许多女性的身影中,平凡、庸常,无法辨识。

但是,因为与三个男人的情感纠葛,"毛彦文"的名字浮出了历史的水面。当我试图查询毛彦文本人的生平资料时,一个可以想象的结果是,这个名字总是与三个男人——朱君毅、吴宓、熊希龄——缠绕在一起,她的史料总是包裹在三个男人的史料中。唯有晚年的那部回忆录《往事》,让我们依稀可以分辨一个留洋女性的个人话语和独立姿态。

我常常想,毛彦文必定比其他女性更清楚地观看了爱情这面多棱镜折射下的人生,只可惜她没有太多的文字留存于世——如果她写,也许不会输于当年女子高师的同学苏雪林,《往事》足以证明这一点,其中事关爱情的描写成为毛彦文留存于世的最好的文字。只是等到由大陆去台,然后赴美,所谓的往事与回忆便成了流水账。

毛彦文究竟是一个什么样的女人?这个疑问在她后两段感

情的取舍与选择中越发被突显出来:爱慕虚荣,贪图地位,会用心术……与前国务总理熊希龄的婚姻一度将这个女人推到了舆论的漩涡中。吴宓最欣赏的学生钱钟书称她为"Superannuated coquette"(徐娘半老,风韵犹存——卖弄风情的大龄女人),吴宓的朋友则谓毛"半现权术、半露天真"(《吴宓日记》1931.7.25)、"深心而多用智术"、"其令人可畏似多于其可爱之处"(《吴宓日记》1933.8.21);吴宓自己则一会儿称毛"聪明多情"、"通达世事"、"行事尽情尽理",一会儿又说她"冷漠圆滑"、"薄情刻狠"——这些男人眼中的毛彦文是一个矛盾的综合体。而在她自己的回忆录《往事》中,我捕捉到的倒是一个做事认真、待人周全、通情达理、也顾全大局的女人的面影,民国时期的飘摇与动荡之中,一个女人,一个被感情折磨得心力交瘁的女人,能够在人生的某些时刻对个人命运作这样的把握与持守已属不易。

朱君毅:"须水永清,郎山安在?"

毛彦文的初恋对象是自己的表哥朱君毅,这段感情影响了毛彦文的一生,并且可以说左右了她的命运走向。要追溯二人的情感发展过程还须从毛彦文的母亲说起。

毛彦文的母亲出生于浙江江山一个小康人家,是家中最小的女儿,备受父母兄长的宠爱。嫁至毛家的前几年,生活还算平稳幸福,先是生下一子,三年后(1898年)生毛彦文。但长子五岁即离开人世,毛彦文母亲的生活由此发生了根本的转变。这个渴望再生儿子、为毛家传宗接代的女人从此背负了沉重的精神压力,一连生了六个女儿之后她彻底绝望,主动为丈夫物色侧室,从此夫妻关系名存实亡。除了要忍受婆婆和丈夫的恶劣态度,毛彦文的母亲还要精打细算,苦力经营一家人的开支。

母亲因为生女而招致的压抑与苦难生活让毛彦文印象深刻,她清晰记得遭受祖母辱骂的母亲曾经对她说的话:"月仙(毛的小名)记住,你们姐妹长大了要为我争气,好好做有用的人!"

正因为祖母不喜欢孙女,小时候的毛彦文常常被送至外祖母家抚养,由此也就带来了她与舅父的儿子朱君毅最初的密切接触时光。

朱君毅长毛彦文四岁,三岁的时候母亲去世,一直与祖母生活在一起。当毛彦文到达外祖母家的时候,两个孩子便迎来了他们最快乐的时刻,朝夕相伴,同吃同睡,朱君毅对这个小表妹照顾有加:将自己最心爱的玩具给她玩,干涉或抵挡来自于其他表兄弟或表姐妹的不友善……毛彦文也视朱君毅为"最好的'五哥'",并"将他的一言一语,奉为圣旨"。

如果这个"青梅竹马"的故事只拥有这么一个开头和铺垫,那么,毛彦文后来的感情创伤也许不至于这么深痛,但命运似乎在开毛彦文的玩笑,它在接下来的时间内又制造了一些机会使得这种恋情一步步得以强化与牢固,让毛彦文刻骨铭心,不能自拔,然后再将这种积淀已久的感情撕成碎片。

辛亥革命爆发,民国初立,全国学校暂时停课。刚刚考入北京清华学堂的朱君毅回到家乡,与同村几个外地返乡的男学生一起组建了"西河女校",希望为女性创造一些接受教育的机会。毛彦文也就成了西河女校的第一批学生,两人于是迎来了生命中第二段形影不离的时光,只是空间发生了置换:因"西河女校"距离毛家较近,朱君毅就暂时寄居在毛彦文家。

十三岁,在一个女孩子那里正是生命的视界逐渐打开的时刻,求知若渴,情窦初开,而此时此刻,朱君毅无疑是满足毛彦文的生命想象与情感期待的近乎完美的人选:他既是小时候最依赖和喜欢的表哥,又是一个"知识丰富、见闻广阔"的老师。每天白天两人同去学校,晚上回家后表哥帮表妹温习功课,给她讲述莎士比亚的戏剧故事和北京见闻——就这样,毛彦文陷入对朱君毅的热恋:对他"事事依赖,步步相随,如果有半天不见,便心烦意乱,莫之所从"。(《往事》,第 31 页。百花文艺出版社 2007 年版)

这种感情绝不是单方面的,当时的朱君毅对表妹也是情有独钟——毛彦文的逃婚与退婚就是朱君毅提议与策划的,虽然他没有直接出面。九岁那年,在父亲主张下,毛彦文与衢州方家订婚,这个"父母之命"的婚约显然成为朱、毛两人情感发展的阻隔,但毛彦文对此并无概念,直到一天放学后,西河女校校长毛咸和朱君毅一起给她讲清楚了包办婚姻的本质,毛才感觉到了恐惧。

虽然朱君毅答应毛彦文会尽力阻止这场婚姻的发生,但北京学校复课,朱很快离开了家乡,毛彦文在"逼婚"到来时的反抗与逃离都是在别人的帮助下完成的,其中的混乱与恐惧也只能毛彦文一人独自承担,给父母带来的痛苦、麻烦与经济损失更是让她长时间不敢回家。婚约虽然解除了,但"婚变"事件在民国初期成为破天荒的大新闻,有人专门以此为题材写成小说《毛女逃婚记》,走在路上的毛彦文常常要忍受背后的谣言与指点。

在这个过程中,毛彦文第一次有了重新打量朱君毅人格与个性的可能——单纯的崇拜情绪变成了一定程度上的审视与不满,她觉得朱君毅有些怯弱,逃避矛盾,缺少担当,在整个解除婚约的过程中,朱一直躲到北京,不敢露面,只写信给斌甲(朱君毅堂弟),嘱他尽力协助,自己却逍遥自在地等待好消息。因为生气于他的做派,毛彦文在朱君毅第一次写信正式求婚时拒绝了他的要求,理由有三:一是与方家解约过程中,江山人认为二人有不可告人的关系,如订婚,正印证谣言;二是近亲结婚对遗传有害;三是自己学历太低,恐有不配。

这个反应证明了毛彦文一定意义上的理性与独立,只可惜这种精神没能继续延伸至以后的生活与感情,当朱君毅来信一一反驳毛彦文的观点,并称二人感情会如"郎山(江郎山)须水(江山有名河流),亘古不变"的时候,毛彦文再次陷入情感的想象与幸福的期待,于是两家很快为二人举行了订婚仪式。

接下来是长达六年的分离:1916年朱君毅赴美留学,而毛彦文入湖郡女校继续读书,分别时两人难分难舍,毛彦文更是放声大哭。两人约定每两周一封信,且以仁、义、礼、智、信五字编号,五字(五个年头)用完的时候,也就到了两人相见的时刻。

但可惜的是,这个浪漫美好的约定在第四年开始出现了不协调的节拍。毛彦文仍然满怀深情,一如既往地在信中向远方的爱人倾诉内心的一切,写信的频率远远超过两周一封,但是渐渐地,她发现朱君毅的回信却越来越稀疏,两周变为一月,一月变为两月,这让接不到信的毛彦文痛苦不堪。此时的毛彦文已经在北京高等女子师范念书,在等不到情书的苦闷与不安中,她开始学着写些白话诗,偷给《晨报·副刊》、《京报》投稿,用不同的笔名,发了不少小诗。毛彦文将这些小诗剪下,寄给远在美国的朱君毅,不料非但没有迎来夸赞和感情的回应,反倒惹得朱"大不高兴",命令毛不许再写。

毛彦文在《往事》中并未追述自己面对朱君毅的这种反应与态度时的心情,但事实是,她仍如小时候一样,对朱"惟命是从",从此终止了诗歌的写作。"青梅竹马"的情感基础在毛彦文这里如此牢不可破,以至于她再次失去了反省与梳理两人感情的能力和机会,继续朝向最后的悲剧迈进。而在这个事件中,朱君毅传统、保守的思想已初露端倪,他与一个接受了新式教育、自我意识已经苏醒的女性之间的矛盾也由此埋下了伏笔。

更多的冲突与不和谐发生在朱君毅回国之后。1922年,朱留学归来,受聘于东南大学。六年的时空隔离让两个人彼此间都有一些陌生的感觉,但毛彦文将变化归于朱君毅在异国他乡求学的辛苦,反而加倍滋生怜惜之情。此时的朱君毅情感已经不再那么专注了,据他的朋友孟宪成说,早在留美的最后两年,朱已经另有他求,口袋里常装着一些女人的照片,准备与毛结婚后另行纳妾(《往事》,第47页),这也是毛彦文所说信件变得稀疏的真实原因。

两人的情感关系开始变得不平等起来。一个专情、痴心、信任顺从,一个守旧、挑剔、感情摇摆。所以,当需在爱情与个人意志之间做出选择时,毛彦文总是本能地倾向前者:在朱君毅的要求下,毛彦文放弃北京女子高师的学业,转至南京金陵女子大学。她残存的个人意识体现在没有完全听从朱君毅转学至东南大学的建议,因为不喜欢两人之间变为"师生关系"。这一切无疑让朱君毅同样不悦,包括后来两人每周六的约会,同游或谈论的时候,朱君毅非常讶异毛彦文竟然有自己的意见与主张。

一年之后毛彦文接到了朱君毅的退婚书,这在她不啻一个晴天霹雳,从三四岁开始与朱君毅在一起,二十多年的情感积累顷刻间化为乌有,这个打击对毛彦文来说几乎是致命的。当时的旁观者必定也有人对这场恋情的结束感到惋惜,主动出面调解,其中东南大学教务长陶行知即是其一。他将当事人及相关亲友约至自己家里,朱君毅当场表示悔恨,并收回退婚信,烧掉。朱的好友吴宓为此还请大家吃了一顿饭。但不久之后,朱却写信给父亲,说当时所谓"悔过"是因为东大下一年的聘书尚未发出,现已收到,所以继续悔婚。朱的人格由此可见一斑。1924年,在熊希龄夫人朱其慧的主持下,两人正式解除婚约,作证者有陈衡哲、张伯苓等。四年后,毛彦文接到朱君毅的电报,受邀参加他在苏州举办的婚礼,旧恨新愁再次涌上心头,毛彦文不可能去婚礼现场,她回复了一封贺电,忍不住发出一声悲愤的质问:"须水永清,郎山安在?!"

这场恋情给毛彦文带来终生无法平复的创痛,而我们恰恰可以从这个窗口中看到新旧交替时期女性的爱情姿态。对于一个由传统向现代艰难蜕变中的女性,这场恋情有着与生俱来的吸引力,它是自由的、自主的,并且经由了一场艰难的反抗(包办)过程,毛彦文毫不怀疑地将它认定为爱情的全部内容和生命的寄托;而她身上的传统性又使她本能地对朱君毅言听计从,不作过多的反省与拒绝,即便意见相左,也多半顺应朱君毅的意志,收敛并消泯个人的意识。她对突如其来的退婚事件缺乏心理准备,是因为在内心深处,她如传统女性一样将一纸婚约当成了牢不可破的保障。

这场恋情让毛彦文"从此失去对男人的信心,更否决了爱情的存在"(《往事》,第51页),但她没有料到,一场关乎自己的更大的恋爱事件与感情风暴却正在袭来。

吴宓:无关风月的爱与被爱

"吴宓苦爱毛彦文,三洲人士共惊闻。离婚不畏圣贤讥,金钱名誉何足云。"吴宓的这首诗写在毛彦文与熊希龄结婚之时,而这样公开与率直的表达一直以来给了我们一个执着、专一、苦恋一生的痴情吴宓的形象。但是,综观整个吴、毛之恋的过程,你会发现这个所谓的爱情故事中实在是少有风花雪月与精神的愉悦感,而更像两人之间的一场心理拉锯战。

吴宓是朱君毅最好的朋友,两人在清华同学六年,又一同赴美,彼此之间的事情几乎全部向对方公开。吴宓的妻子陈心一曾在湖郡女中读过书,因欣赏吴宓的诗作而心生崇拜与爱恋。吴宓知道后很是动情,全权委托毛彦文代为相亲,而毛在见过陈心一后亦客观地为吴宓作了分析与反馈:"不知吴君选择对象的条件为何？陈女士系一旧式女子，做贤妻良母最为合适。皮肤稍黑，但并不难看，中文通，西文从未学过，性情似很温柔。倘吴君想娶一位能治家的贤内助，陈女士似很适当。如果想娶善交际、会英语的时髦女子，则应另行选择。"（《往事》，第53页）这番分析如此真诚而中肯，原因当然是吴乃朱君毅最好的朋友，毛彦文在心理上与吴宓自然也是非常亲近的。

在毛彦文与朱君毅情变的过程中，吴宓也担当着一个朋友应尽的责任：劝阻制止、安慰宽解……与朱君毅分手到收到吴宓的爱情表白，其中四年的时间里，毛彦文与吴宓之间的交往与交流都是真诚、愉快的，毛彦文欣赏吴宓的博学和真诚，吴宓也夸赞毛彦文"行事尽情尽理"，出于信任，毛也愿意在可能的机会中将吴当作一个良好的倾诉对象。直到1928年吴宓发现自己"爱"上了毛彦文，两人之间的交流快乐便不复存在。

查看《吴宓日记》可以发现，吴宓对毛彦文起心动念始于1928年8月的那次南游。4日两人在杭州见面，"相谈甚欢"，吴宓道："此次南来，诸多令我失望，惟与彦畅谈，乃极快慰之事，益爱重其人。"11日吴宓在结束南京、苏州、上海行程后回到杭州，直到22日离开，在这十一天的时间里，吴宓几乎每天都有与毛彦文共处的时光。而这个过程中两个小小的插曲必然对吴的爱情滋生构成激励：苏州见朱君毅，吴宓"坚请一见成言真"（朱君毅未婚妻），但日记中却对初见印象未着一词；回到杭州见毛彦文，十日后又是朱君毅成婚之日，毛翻出旧时信札，感极泪下，吴宓陪在旁边，感慨万千（《吴宓日记》1928.8.4—8.22）。

以我的推论，正是这两个重叠一起的场景冲击了吴宓单一的情感世界，让他开始萌生新的爱情诉求。而就在两个月前，吴宓还在日记中对妻子陈心一夸奖有加："长年居京，照料家事，抚视儿女，辛勤安恬，毫无怨词"，"对宓谦卑而恭顺"，"得妻如心一，亦至足欣幸者已"（《吴宓日记》1928.6.11）。这些赞誉之词早已泄露了吴宓内心深处的传统与保守,也注定了他对毛彦文求而不得的悲剧结局。

在对女性感情的把握与处理上,吴宓实在是一个笨拙、固执、冲动的男人,一厢情愿,一意孤行,常常陷当事人于被动与尴尬。在并不清楚毛彦文的情感指向和内心想法时,吴宓仅凭简单的信号做出决定,于1928年10月正式提出与陈心一离婚,同时计划离婚后与毛彦文的再婚问题。但是,面对陈心一的无助和毛彦文的拒绝,吴宓左右摇摆,不知所措,甚至一度倾向"效娥皇女英",妻妾共存,遭到毛礼貌而坚定的驳斥。1929年2月吴宓再赴杭州,四个小时的长谈中毛彦文清晰明确地表达了自己的情感姿态,吴宓记录如下:

(1)她把我看作她极好的朋友;

(2)在Jennings(朱君毅)之后,她从来没有对任何人怀有爱情的感觉;

(3)如果环境迫使她非结婚不可,她只愿嫁给一个从未结过婚的男子。

她还劝我不要说任何话或做任何事使我的妻子处在她做妻子的地位感到难堪,同时也因此之故对H·M(即毛彦文)本人的利益和名声有损。我痛快地给了我的诺言(《吴宓日记》1929.2.16)。

至此,毛彦文的立场和态度已经非常明朗,但吴宓偏偏在被拒之后"爱意益深",且错误地将毛愿嫁"一个从未结过婚的男子"的表述猜测为对他离婚的暗示。于是一面是毛彦文的拒绝与阻止,一面是吴宓对陈心一的离婚催促,作为朋友和当年的校友,毛彦文面对陈心一的心情可想而知。

另外一个让毛彦文非常不堪的事实是,尽管一再告诫吴宓对此事不要声张,吴宓也答应并承诺,可是所到之处吴仍忍不住向别人倾诉自己的情感纠结与离婚烦扰,弄得尽人皆知,这让非常在乎个人名誉的毛彦文痛苦不堪,终至于决定不再与吴通信,也绝不会接受吴宓对她出国留学的经济资助(《吴宓日记》1929.4.21)。

吴宓再次曲解着毛彦文的决定,认为她极有可能是爱自己的,只是迫于舆论的压力和结婚的无望,才给出这番措辞。在这样的情况下,吴宓既没有对毛彦文的处境表示宽容和理解,也没有中止自己的离婚计划,而且还在信中责怨毛的"决绝"与"不当",这样的反应再次强化了毛彦文对吴宓的排斥情绪。

1929年8月毛彦文赴美留学,一个月后,吴宓与陈心一正式离婚并登报声明。吴宓虽屡次表示离婚的最终决定与毛彦文无直接关系,但是自此之后,他却以一个自由之身向毛彦文展开了更强烈的攻势。

可笑的是,吴宓的追求过程与表现实在是无关风月,毫不浪漫,两个当事人非但没有享受爱情的甜蜜,反而常常令对方心情郁闷、压抑难耐。毛彦文曾亲口对吴宓说:宓自命 poetic(诗人),而行为(关于恋爱)乃极 business-like(实际功利、不浪漫的),毫不解女子 delicate(敏感的、微妙的)之心性(《吴宓日记》1933.8.22)。这一点在两人的通信中表现非常明显。

毛彦文赴美之后,吴宓写信的频率远较毛彦文频繁,在收不到回信抑或是收到态度冷淡的回信时,吴宓通常采取怨恨、责备的态度,他在日记中提及回复时充满这样的词句:"仍系责数之意"、"痛责斥之"、"甚怨"等,"彦……词意决绝,宓……亦示决绝"(《吴宓日记》1930.8.12),有时甚至使用威胁口吻:"女士如不复我书,则宓之身份地位等似不便再上书与女士。""倘此次仍不即来英,即作为绝交,永不见面。"(《吴宓日记》1930.12.8)当两人深陷这种冲天的怨恨与责备并因此身心疲惫时,吴宓又将三年来的情感愁苦和离婚责任加之于毛的身上:"宓平时辛劳节俭,一身刻苦之情形,及为彦故,离婚再娶,并代还四千元借

款之经济负担,自愤自伤,而责彦之无情。"(《吴宓日记》1931.2.17)

基于这种怨怼的心情,两人在具体问题的处理上互不相让:吴宓要求毛彦文赴法国会面并商谈感情问题,毛彦文回信说"决不来法";而当毛彦文提出吴宓最好赴美相会时,吴也毋庸置疑地回复:"决不来美!"这种反反复复的心理战让两个当事人郁闷至极,吴宓更是在日记中埋怨毛彦文为什么不能"曲从吾意"、"稍事变通"(《吴宓日记》1931.3.23)。但换一个角度,吴宓如果能够站在毛彦文的立场上,对自己作这样的追问,那种"自我"与"自私"则一目了然:一场丝毫不能、也不愿替对方着想的恋爱还能称作恋爱吗?

反过来,毛彦文之于吴宓又是一种什么样的感情?她究竟有没有爱过吴宓呢?答案是否定的——在看过《往事》和《吴宓日记》中关乎两人的情感交往细节后,我会毫不犹豫地回答:毛彦文从来也没有爱过吴宓,自始至终。那么为什么毛彦文却又在信中留下了一些似是而非的爱情表白并给了吴宓严重的错误导向,致使他一直爱心不死呢?

以吴宓赴欧之后两人的通信为例:一场争吵之后吴宓接到毛彦文寄自美国的情人节贺卡:"寄给我所爱的人:每封信里都有爱情,那首诗的每个字和每一行,我都寄给你作为你的情人节贺卡。"(《吴宓日记》1931.2.14)吴宓心情大悦。但一些琐碎的措辞再次引发两人不悦,毛的信函即变得"冷淡而倔强";正当吴宓失望愤恨之余接毛彦文电:"最亲爱的,我永远属于你。旅途小心。若有可能,请于五月份来美。否则约在六月十日欧洲相会。"(《吴宓日记》1931.3.14)不到十天又是另一个极端:"请勿再打扰我。放弃结婚,停止通信。"(《吴宓日记》1931.3.23)接下来吴宓"接彦三函,两大一小,热烈允婚"(《吴宓日记》1931.4.3),一周后又收到"绝交函"(《吴宓日记》1931.4.

11)……

仅是罗列这样的情绪反复就让我疲倦不已,更何况两个纠结已久的当事人呢?对于毛彦文来讲,这样的无常与变化说明了一个问题:那就是她不爱吴宓,只是在权衡、思虑人生的选择。经历过一场失败的恋情后,毛彦文年龄已大,身心俱疲,而吴宓又将两人的故事弄得满城风雨,如不与吴宓结婚,自己名誉大受影响,且后半生也未必有更好的归宿(吴宓的学问与成就毕竟是同龄人中的佼佼者)——这是毛彦文"允婚"与"示爱"的原因,也就是说,她对于吴宓的爱情表达其实都是违心的,是为结婚而准备的不得已的铺垫;但吴宓斤斤计较、睚眦必报,在追求毛彦文的过程中同时与其他女性保持非同一般的亲密关系,包括他去杭州向卢葆华的求爱,毛彦文也都一清二楚——这又怎能让受过伤的毛彦文愿意托付终身呢?

事实上二人的性格迥然不同:一个感性冲动、率真浪漫、说话行事了无遮拦;一个则理性、现实、婉约周全、注重外表形象与社会舆论。自始至终,吴宓都没有参透毛彦文的内心真实,在这场情感交往中两人各自站在自我的角度权衡、想象、比对、犹疑,令爱情失去了本该拥有的风花雪月、快乐美妙。这场爱情名义下的心理拉锯战让两个当事人"悔痛自伤",身心疲惫,最后终因毛彦文嫁给熊希龄而渐渐消散了它的张力。

熊希龄:"市人争看说奇缘"

1935年2月9日,三十七岁的毛彦文与六十六岁的前国务总理熊希龄举行了盛大的婚礼。婚期定下来后,毛母忽于1月23日去世。毛彦文回家奔丧,熊致电毛父,商量要不要婚事延期,毛父建议按原计划进行。婚后熊希龄陪毛彦文回江城老家参加毛母"三七"纪念,对"所有长辈执礼甚恭,对所有亲友亲切接待。一时江山城中……对秉(熊希龄)的谦恭有礼,交相赞誉"。熊希龄为此赋诗一首:"痴情直堪称情圣,相见犹嫌恨晚年。同挽鹿车归故里,市人争看说奇缘。"(《往事》,第72页)

这场"奇缘"最初的铺垫应该追溯至湖郡女校时期,当时毛彦文与熊希龄夫人朱其慧的侄女朱羲是同学。后考入北京女子高等师范后,人生地疏,有些寂寞无助,朱羲就将自己的堂妹朱畹、胞妹朱巍介绍给她。于是毛彦文常在周末跟着朱畹、朱巍到熊府做客,熊希龄夫人朱其慧也非常喜欢毛彦文,两年以后还亲自主持了毛与朱君毅的解除婚约仪式。在这个过程中,熊希龄常常从内侄女与夫人的口中了解毛彦文的经历,并对她的"贤淑"、"温和而多情"等特点印象深刻。"是后仆对于君之境遇,十年以来时时注意,而于危急乱离之世,尤恐君陷于危难之邦。"(《往事》,第175页)——从熊希龄后来写给毛彦文的信中我们可以看出,这种惦念虽然未必就是爱情,但欣赏、关注与关切之情早在二十年代初期就开始了。

1931年夏,毛彦文留学归来,取道欧洲回国,至天津时,得知熊希龄夫人朱其慧新近去世,遂前去吊唁,因熊希龄"悼亡情深,形容悲戚",两人并没有太多的交流。毛彦文南下上海谋职,途经南京时"九一八"事变爆发。世事乱离,一个女子的辗转与孤寂更显苍凉,好在谋职还算顺利,虽有小小波折,毛彦文仍很快被暨南大学与复旦大学聘用,并兼任复旦的女生指导。1932年淞沪战事爆发,熊希龄曾致信毛彦文,邀她北上香山慈幼院就职,毛没有应允。

1934年10月的某天,从暨南大学上完课的毛彦文回复旦宿舍,看见两年未见的同学朱羲突然来访,甚为诧异。朱羲告诉毛彦文熊希龄自北平来沪,希望毛去看看他。毛彦文一向尊敬熊希龄,于是欣然应许。但毛彦文不知道,这其实是熊希龄求婚的一个小小的前奏。

在毛彦文探望熊希龄之后的第二天,朱曦接连两天来到复旦,话题逐渐明朗,最后挑明替姑父求婚的真正目的,毛彦文当时"吓了一跳",觉得辈分、称呼、年龄都不相宜,任朱曦如何劝解都没有答应,朱曦说那就只有让姑父亲自求婚了。

熊希龄的求婚真是全力以赴,一气呵成——第二天他本人亲临复旦女生宿舍面见毛并求婚,毛觉得被女生们看见会引发好奇,央告朱曦不要让熊再来复旦;熊希龄尊重了毛彦文的感受,开始每天写信给毛,"内附诗词情意浓厚,措辞恳切"。同时他发动了所能发动的一切亲友说情,毛仍未答应。朱曦又电告熊希龄的女儿熊芷,其时熊芷怀孕已有五六个月,专程由北平来到复旦,代父求婚,表达了对毛彦文的欢迎——熊氏求亲的三部曲可谓连贯自然而又酣畅淋漓,既表达了自己的真情实意,又充分尊重毛彦文的意志,与吴宓的追求相比,熊氏的求亲无论从策略还是表达方式上都更胜一筹,自然也就令毛彦文更舒畅一些。如是数月,毛彦文被朱曦等人包围,弄得六神无主,且被熊希龄真情感召,最终同意结婚。

但毛彦文坦承自己最初对熊希龄并无爱情。她接受这样一场婚姻更多出于现实的考虑:朱君毅给她的情感伤痛经久不散,吴宓的追求亦令她心力交瘁,"当时反常心理告诉我,长我几乎一倍的长者,将永不变心,也不会考虑年龄。况且熊氏慈祥体贴,托以终身,不致有中途仳离的危险。"(《往事》,第51页)以三十年的生命距离拼来一个安全,寻得后半生的一份保证,这就是毛彦文的选择和逻辑。

这场仅仅持续了三年的婚姻因熊希龄在香港的猝然离世而终止,虽然短暂,却给毛彦文留下了许多幸福、甜蜜的回忆,两人真正的爱情滋生是在婚后开始的。

较之于前两位恋爱对象,阅历丰富且坦荡大度的熊希龄更多给了毛彦文一种温暖而安全的感觉,他对毛彦文的爱意通过许多生活细节表达出来:首先他以非常平等的姿态尊重并宽容毛彦文的意志与决定,"惟爱之意是从",给了毛彦文自由选择的机会;其次,熊希龄在可能的情况下为两人创造了一种轻松、愉悦而又有着充分的精神倚靠的生命状态,这种创造对毛彦文本人来说也可以说是一种精神的引导。婚前,毛彦文从事教职与其说是实现自我价值,倒不如说是出于谋生的需要;婚后,毛辞去复旦职业,专心与熊希龄一起从事慈善事业——自辞去国务总理职务后,熊希龄一直致力于贫弱孤寡的救助工作,1917年创办著名的香山慈幼院,1932年更是将全部家产捐出,用以慈幼教育。与毛彦文的婚礼上熊希龄曾这样坦白:"自朱夫人于四年前逝世后,深感内助无人……毛女士曾留学美国,学识、经验俱丰富,尤爱儿童,可协助办香山慈幼院。……毛女士以理想、职业相同乃允婚。"(《往事》,第63页)

这种意向恰恰将毛彦文本已模糊的人生轮廓与价值取向给勾勒出来,在某种程度上为毛后半生找到了职业与情感的寄托——民国时期的一代知识女性们或多或少、或强烈或微弱,都有自我价值实现的企求,如果不是熊希龄,毛彦文也许看不到更加彰显人生意义的这条路。而这些,吴宓是不可能做到的——他的社会影响力与经济能力无法与熊相提并论,他的学究气和骨子里的封建更不会助毛走上社会公益之路。

遗憾的是当毛彦文逐渐领会并陶醉于熊希龄带给她的幸福感时,熊却猝然间离开了她,两人相伴时间仅有"两年十月又十六日",毛彦文一度曾想结束自己的生命,但想起熊希龄生前的嘱托与慈善愿望,毛彦文在哀伤中接任香山慈幼院院长一职。战火之下,北京香山慈幼院维持艰难,为继续熊希龄的理想,毛彦文努力奔走、周旋,相继在广西成立慈幼院桂林分院幼稚师范、幼稚园、柳州分院小学、芷江香山女中等慈善机构,并在战时完成了相应的育人和救助计划,培养了一定数量的幼教人才。

1939年3月,毛彦文出任浙江临时参议会参议员;1947年秋,又当选为北平市参议员。《世界日报》、《华北日报》对她在参议会上温文尔雅、认真负责的形象给予了报道。年底当选国民大会代表,舆论对她的工作也充分肯定——这种自我认同与价值感的实现无不与熊希龄和他所托付的慈幼院有关,这一点毛彦文自己非常清楚且一直怀有感恩之心:正是香山慈幼院长的身份使她进入北平教育会,也才有了竞选教育团代表的可能,"饮水思源,如果秉没有创办香山慈幼院,我哪里会有院长的名义?这是余荫,能不感念?"(《往事》,第108页)

1949年毛彦文离开大陆赴台,又因谋生艰难很快去美。在美国辗转漂泊十一年后再次回到台湾定居。初到台湾,毛彦文颇费了些周折才找到一处房屋买下,偶然发现客厅对面有"凤凰阁旅社"的字样,而"凤凰"正是当年熊希龄的别称,毛彦文感慨万千,认为冥冥之中熊希龄一直在关注着她,由此也足见她对熊希龄的深情与怀想。

1999年,跨越百岁的毛彦文离开了人世。历经一个世纪的起伏跌宕,毛彦文的命运线条既有主动的描画,又有被动的书写。在追踪这个线条的走向时我常常忍不住作这样的假设:如果不是朱君毅的制止,毛彦文也许会成为一个作家;如果成为一个作家,她的人生姿态是否会发生某些改变呢?没有朱君毅的背弃,就不会有吴宓的追求,没有吴宓的追求,她是否会嫁熊希龄?如果不嫁熊希龄,她的命运又会呈现一种什么样的走势呢?朱君毅之后,毛彦文的情感伤痕累累,疲倦不堪,是熊希龄给了她一个休整和安静下来的空间,也启发并唤醒了她更宽广意义上的价值实现诉求,在这个意义上,毛彦文算是幸运的。

(原载《长城》2012年第2期)

亲 人

——记我家的保姆李佩

曾 自

这篇文,是写我小时候保姆的故事。

保姆叫李佩,清贵胄家族的儿媳。新中国初建时,她走进共和国创建者毛泽东的秘书田家英的家庭,走进中南海十七年。当领袖为实现"理想"引发了一场动乱,她又为受难者的儿女,支起一片避风的港湾。

晚年,她坦然于贫穷,无悔于人生,留下的是伟大母性心灵的缩影。

父母尊敬她

1950年1月30日,姐姐出生了。建国初是供给制,母亲所在的全国妇联机关统一给生了孩子的领导干部找保姆。命运,就这样把李佩带进了我们家,无论平静的日子,还是风雨如磐的岁月,都无法分开。

我的父母都是抗战时期的"延安人"。进城后,母亲董边从事妇女工作,主编《中国妇女》杂志十七年;父亲田家英1948年到毛泽东身边担任秘书。他们的绝大部分时间属于工作,我和姐姐是在保姆的呵护疼爱下长大的。

李佩原名李贤佩,去妇联应聘时,她把"贤"字去了。我们叫她"阿姨"。"阿姨"在我们孩子心中,是和自己妈妈有所区别的"妈妈"。我们几个孩子,从小怕她又恋她。母亲放心她,把家都交给她。父亲比她小十一岁,可以说尊敬她。

我家吃饭,用的是一个矮圆桌,一边一个木扶手旧沙发,这是母亲和阿姨的专座。父亲从来和我们坐小板凳,且总是靠墙根坐。说到乐事儿,父亲爱仰天大笑,靠得一背白灰。这时候,阿姨总会边帮父亲拍打衣服,边数落着:"挺大的爵儿位,看邋遢的。"

父亲去世前几天,全家围坐在圆桌边吃饭,阿姨看出不祥的兆头。她后来和我说,"那天吃饭,我一抬头,见你爸眉头紧锁,两道抬头纹竖起来,我心里头咯噔一下,不是好兆啊。"她的老话老理多,她信就灵。

那时的我们,谁也不知道阿姨的身世。

1958年秋,父亲见阿姨连着几个星期天有事,随便问了句,"干啥子去嘛?"阿姨说,婆家为分房,打官司呢。父亲半开玩笑:"李佩,你还要当小业主啊?我还是个无产者呢,咱们是一家,我这儿养你老了,以后一起生活。"如果说,父亲的话前半句有点玩笑的意思,后半句可是实实在在的真话。给阿姨养老,是我们全家人的共识。

五六十年代,"小业主"是很不名誉的出身和成分。父亲一句话,让阿姨放弃了房产——就跟着共产党的这个好人家,奔吧。

我们全家是1958年搬进中南海的。

1949年8月父亲随毛泽东进中南海,一直住在丰泽园西边不远的静谷。

"静谷"是一个有院墙的园子,偌大的园子里只有父亲住的靠西墙的三间厢房,据说是当年太监住的下房。园内古木林立,苔草丛生,一条条碎石小路,曲曲弯弯。早晨满园雾气,太阳穿过树叶遮蔽的缝隙,婆娑地射进来,雾才一点点散去。乌鸦会成群结队地飞来飞去,呱呱的叫声,给静寂带来一阵喧闹。一次,姐姐和我说,静谷的乌鸦真坏,今天它们把屎拉在正在院里刷牙的爸爸的牙刷上了,我们笑得肚子都疼了。

1959年秋,与静谷相邻的供首长休息娱乐的场所春藕斋要修缮,静谷也在修缮范围,父亲才搬进永福堂。

这是一组院落,由北向南一院套一院,从北头过来依次住着陆定一、张际春、我们家、陈琮英(任弼时夫人)、胡乔木、杨尚昆,但院落的格局不尽一样。

永福堂最早是朱老总住,以后是彭德怀住。彭老总在永福堂住了近七年,庐山会议后去了海淀的挂甲屯。从1959到1966年,我家在永福堂也住了近七年。

永福堂是个只有大北房、东西厢房的三合院,北房两边各有一个小耳房,前院正房是永福堂院子的南墙。

然而,我们还有另外一个家。父母亲住永福堂,我们小孩随阿姨住在中南海乙区称做"南船坞"的一座三层灰楼(也叫南楼)。楼里住的多是中央警卫局的干部、医务人员,知名的有警卫局局长汪东兴,副局长王敬先、毛崇横、田畴,毛泽东的保健医生李志绥等人的家。警卫局是保卫毛主席的"禁卫军",我想,父亲没让我们和他住一起,是为了他随毛主席夜晚工作、白天休息的需要,他把我们安排住在保卫毛主席的一群人中间,当是最最放心的地方了。

南楼的家就是阿姨管的家。再早,母亲带着我住在《中国妇女》杂志社,以后又住过万寿路父亲主持的中央政治研究室大院。无论住在哪里,孩子都交给阿姨。阿姨从不休假,从不离开我们。

阿姨人勤快,讲脸面。高高的个,头发梳得一丝不苟,月白色的大襟小褂,一看就是个利落能干的人。

提倡"爱国卫生运动"的年代,机关三天两头检查卫生,每查到我家,检查人员从不进门——"李佩这儿甭查,连床底下都是亮的。"

按季节,我们几个孩子的衣服,该穿什么穿什么,棉衣棉裤也分薄、厚。阿姨一年要做十来双鞋,我们的、她的儿女的、她自己的,都由她一手缝出来。阿姨的针线活做得好,针脚细致又齐整。

阿姨还做得一手北京饭,讲究什么节气吃什么。菜经她一炒,又香又好看。父亲是地道的四川人,爱说、爱吃、爱下馆子。可他也爱吃阿姨做的饭,连窝头都抢着吃,一手抓一个,说怕吃完没了。

母亲后来对我们说:"小事找阿姨,大事找你爸,我没为孩子的事请过一天假。"

依　　恋

我五岁开始记事。第一次清晰的记忆,是我趴在阿姨背上,抱着她脖子哼叽。阿姨背着我一圈圈地在屋里转。我出水痘了。

母亲后来说,你阿姨背了你一周,听说出痘子怕光,阿姨用红布把灯遮住,生怕落下什么毛病,你可不能忘啊……

小时候,姐姐上香山幼儿园,家里只有我,我就像个尾巴,阿姨走哪儿我跟哪儿。

从小到大,母亲从来没碰过我们一指头,阿姨却常常用笤帚疙瘩打我们屁股,作为对我们犯错误的惩罚。

我几个月大时,姐姐小,不懂事,用脚踩我肚子玩。阿姨急了,拉过姐姐啪啪打屁股,母亲正从门口过,连说"打得好!打得好!"阿姨明白:谁家孩子不金贵?这是董边信得着我呀!

打是打,但阿姨只打我们屁股,用包了布的笤帚头打。久而久之,我们自知犯错误了,一招呼,自觉地趴下受罚。

有一次,我们坐儿童三轮车从幼儿园回家,六七个孩子在车上打打闹闹,正赶上蹬车的老头儿下来和人打招呼,车头一下扬了起来,我们倒向后边挤成堆。好在人小,没分量,挤在一起还逗呢。可拉车的老头儿吓坏了,回来就给住我们楼的幼儿园岳老师告状了。

晚上,我们听见门口岳老师和阿姨的说话声,知道"坏了"。一会儿阿姨进来,气的脸变得老长,凶凶的。哥哥叫着"阿姨饶命",一边告饶一边往床边靠。阿姨问:"谁带头起的哄?知道不知道错了?"我不会喊饶,就会哭,用哭声本能地告饶。

"趴下!"听到这声命令,就是没商量了。我们趴在床沿,自己扒下裤子,露出小屁股。包得一层层的笤帚疙瘩,打下去不是太疼,多半是委屈。一打,我就放声大哭。可我不知,我的哭,实际是给阿姨助威呢,说明打得有成效,孩子知错了。这一点,我是上小学四年级最后一次挨打搞明白的。早已忘了犯的什么错,只记得那天我咬住牙,心想就不哭。一下两下,阿姨最后绷不住,扑哧一声笑出来:"死丫头,长大了,打不动你了啊!"原来,阿姨凶凶的脸和生气的样子,是吓唬我们的,她没生气呀?

从那以后阿姨再不打我了,我长成大姑娘了。

打小她打我,我从不恨她,哭上两小时也要等她给我下台阶;大了不打我了,我更恋她;懂事了,觉得我的生活里不能没有她。

情感随着人的长大"成长"着,有一天,我懂得了"思念"。九岁那年的五一节,阿姨请假回娘家了。晚上,在永福堂勤务员打饭吃的,又看了电影《鬼魂西行》。十点,我们才回南楼的家。

一进门,没人,大月亮照得床上亮亮的。我一眼看见枕头上放着的衬衣和罩衣裤,都叠得平平整整,方方正正。我和姐姐上的育英学校是寄宿制小学,学校逢周五换衣服,但回来阿姨就都给换掉,嫌机器洗得不干净。今晚却只见衣服不见人,我第一次有了"想念"的心情,心里一酸,眼泪默默地流出来。

德利姐姐

德利姐是阿姨的女儿。

德利姐性情爽朗直率,不落俗套。她眼睛大大的,梳两条长辫子,爱穿各色浅格布上衣,配上背带裤,在我眼里,她怎么打扮都好看。

父亲爱叫她"标准中学生",全家人都喜欢她。父母视她为我们家的孩子。几乎每周末德利姐都来,看她妈妈,也看我们。父亲若出差,都忘不了委托秘书室负责人陈秉忱通知中南海小南门,给德利姐放行。

说来,还是我父母亲鼓励德利姐读书,她才走出一条自己的生活道路。

德利姐最初也随阿姨到妇联看孩子。母亲知道了说:"这么大的孩子怎么能不上学?"可供给制每月以小米计酬,阿姨哪有钱给德利交学费啊?甚至想把德利嫁给椿树胡同口那个修车的小伙子过日子得了。母亲把这事告诉了父亲,德利很快就上学了。

德利姐小时,跟姑婆(德利的姑奶奶,她一辈子未出嫁,是李家的老姑娘)到齐齐哈尔六爷家上过几年学,可以直接插班,初中考上灯市西口的女十二中。父母一直给她交学费,直到改工资制后,阿姨每月有二十元,德利姐上学就是阿姨供了。

父亲希望德利将来上北京师范大学,当一名教师。他说德利口齿清楚,说话直爽,心眼善良,是当老师的好料。

可德利姐没能实现父亲的设想,初中毕业后选择了卫校。德利姐说,后来一想起田叔希望她当教师,就觉得对不起田叔。我能理解她,她想早一天自食其力,不忍心让她母亲再操劳。

德利姐大我十六岁,对父亲记忆深。许多往事,我都是听她说的。

有件事,无论什么场合,德利姐一提起就会哽咽落泪:

> 1955年,我不幸患肺结核休学了。我妈性格要强,她不愿意求助董姨和田叔。走投无路,我冒胆给田叔写了信:"我病了,这事我妈知道,她不让我告诉您,更不能给您添麻烦。让我在家休息。我不甘心,难道就等死吗?我是偷偷写这封信的,不过,也不难为您。是福,是祸,听天由命吧。"田叔给我回信了:"知道你病,很是挂念。肺结核这种病从传染上讲是可怕的,但从治疗上讲并不可怕,因为有特效药。你还年轻,生命的路才刚刚开始,要勇敢地面对它。人生没有过不去的坎,有我们在,一切不成问题。见信速来我这里。因手边有事不多写。"那天下着小雨,我打起伞飞也似的赶到田叔处。田叔给了我三百元,要我去买药。我每天从朝阳门东大桥走到东单口医药商店排队买药,可几次后,有钱也买不到药了。太难了,我只有再找田叔。见我失望的眼睛,田叔半开玩笑宽慰我:"你看有钱都没处买药。这病你得还不如我得,我得了还可以疗养,还可以借机多看点书。"田叔找了中南海后来给毛主席当保健医生的李志绥大夫,为我要到六十支进口的链霉素注射液。两个月后,我的病奇迹般地好了,连老师都十分惊讶。田叔为了我身体恢复得彻底,在女十二中对面不远处有名的翠花楼饭庄,给我包了半年饭,按现在的说法就是"学生小饭桌"。

父亲喜欢德利的率真、透明,对她像自家孩子一样。父亲的性情活泼洒脱,在德利姐的记忆中留下许多故事。

父亲有时带姐姐小英到王府井买书,他们会去灯市西口,等德利下课,给她个惊喜。

果然,德利姐一出校门,看到马路对面的田叔和小英,高兴得跳起来。父亲带着她俩去椿树胡同康乐餐厅吃馆子,神秘地说,这是给慈禧太后做饭的宫女开的饭店。德利姐注意了,从厨师到服务员果然全是女的。一条大鱼,端上来还带着鳞,跟活的一样。父亲用筷子把鳞一揭,鲜美的肉才露出来。

一次,德利姐到永福堂借书,父亲向她道出存在心里多年的一个心愿。

父亲的存书多,是中南海有名的。父母住的三间正房有二十来个书架,西厢房整个就是书库,整齐高大的书架,想拿上边的书,得踩上小梯子。不过这里存放的是毛主席丰泽园放不下、也不常用的书。书架上大多是政治类图书,选书时,父亲让德利读点《资本论》,德利摇头,说喜欢看小说。提到小说,父亲说:"我有一个心愿,这辈子不写出一部小说来,我死不瞑目。是有关爱情的小说。"

记得母亲也说过,在延安和父亲谈恋爱时,父亲就说想写一部小说,写一对年轻人在战火纷飞的年代走上革命道路的故事。但始终没有写成,说生活素材积累得太少了,写不出来。

父亲想写什么,已不可能知道。但以一部小说的形式,把他积蓄多年的对生活对情感的感悟表达出来,这当是真的。

"中南海是我这辈子最享福的几年"

阿姨嘴里的老话多,什么"孩子,孩子,日子过的就是孩子"。什么"吃不穷,喝不穷,算计不到就受穷"。的确,父母亲再忙,有阿姨带着我们,日子过得热热乎乎的。

家里有套从王府井信托行买的硬木八仙桌,带四把椅子,四个方凳。桌围子雕有镂空花格,擦格子是我们的活,小手掏来掏去,擦得锃亮。

擦桌、扫地后,阿姨给块水果糖。那时一家一月就二两水果糖,仅够发奖用。

买米买面、打油盐酱醋,都是去中南海东门外南长街的小商店。从南楼出发要走小两站地,"我帮阿姨拿",这是上小学前我们"出远门"最好的理由,我们幼儿时期的小竹车成了阿姨的运输工具。

东门外的世界真热闹,锔锅锔碗的,修伞的,钉鞋掌的,还有用旧铺衬换盆碗的。有时换个大粗瓷碗回来,一路捧着美着呢。买了米面吃食,小竹车就得让粮食"坐了",我走累了,拉着阿姨的衣襟哼哼。"下回还去不去了?"阿姨一句话,我撒腿跑到前边的桥上,等着帮阿姨推小车。

发票证的年代,每月一人二两肉票,阿姨攒着买了一斤五花肉,周末我们回来炖红烧肉吃。冬天,肉放在窗台上用大碗扣着,结果眼睁睁地看着被老鸹叼走了,大粗瓷碗也给掀到楼下摔两瓣了。阿姨为这事唠叨了多少日子:"呸,死老鸹,你倒给我们留点,都叼走了。"那年月,一点肉都心疼啊。母亲说阿姨快成祥林嫂了。

困难时期,中南海里自家不许开伙,一律吃食堂。我和姐姐住校,周末回来都到东八所食堂吃饭。印象里总是白菜豆腐,那白菜还尽是帮子,没油没味,比我们小学食堂的饭还难吃。父亲偶尔拿来桶豆油,阿姨就给我们用白面蘸点芝麻炸排叉(一种老北京的点心),真解馋啊。

困难时期过去,生活又好起来。

中南海是北京最早用上煤气的地方,是从人民大会堂通过来的。南楼是筒子楼,有一个集体大厨房,灶眼挺多,但油盐酱醋得从家里端。我们住最东头,离厨房最远。阿姨一叫:"二丫头,帮着。"我就巅巅儿地跟着一趟一趟往厨房跑。拿酱油醋,端炒好的菜,拉圆桌,摆小凳,好像做游戏。阿姨像木偶戏里提线的,我像随线蹦跳的木偶。

冬天,我疯玩得掉了冰窟窿,好在水不深,哥哥连拉带拽把我拖出来,棉裤全湿了,到家裤子已冻成"烟筒"。我们一路忐忑,吓得以为该挨打了。一见着阿姨我就委屈地哭了,阿姨急得把我扒个光溜塞进被窝,连数落带心疼,哪还舍得打?

夏天,跟男孩子到解放军跳高的沙坑,比谁光脚走的趟数多。回家热得像个红脸大关公。阿姨抓着我,一边洗脸一边说:"二丫头,你傻啊!"

生活像平静的水,却过得有滋有味。

德利姐工作了,姐姐上中学,我和哥哥上小学,阿姨心里松快多了,有时抓空还去长安大戏院听场戏呢。

常听她说:"中南海这些年,是我这辈子最享福的几年。"

我看见阿姨哭了

有一幕,我总也忘不了,那天,我看见阿姨哭了。

玩够了回家,到门口听见勤务员王叔叔的声音,高兴得正要冲进去,却听见阿姨的哭声。"那老丫头(指姑婆,即上文提到的德利的姑奶奶),欺负人啊,使唤儿媳比使唤丫环还狠,嫁到李家,我没享过一天福,只有受气的份。"她道不清受压迫的理儿,可她知道自己命苦。

我顺门缝往里瞧,阿姨一把鼻涕一把泪地说,王叔叔在纸上写。我从来没见她这么伤心过,王叔叔还一个劲儿地劝,可越劝阿姨哭得越伤心。

那是1962年,正是大讲"千万不要忘记阶级斗争"的时候。"文革"后才知道,当时中南海也在清查阶级成分……

这以后,楼里几家人的奶奶、姥姥走了,有的全家搬出了中南海。

阿姨没被清走。我现在想,一定是父亲说了话。邻门的燕燕奶奶,一个山东农村的"小地主婆"都走了,何况一个保姆呢?

阿姨不知道父亲的保护,父亲不会告诉她,说出来只会伤害她。

父亲一贯反对"阶级斗争"的说法,认为理论上就说不通。秘书室的干部在反"右派"、反"右倾"运动时,被父亲保护的何止一两人。

分　　别

1966年,我们幸福的家,父亲母亲、三个孩子和阿姨,呼啦啦一夜间似大厦倾。

那是5月23日上午,父亲在永福堂自尽了。几年前,网络上有传言"田家英死于他杀",完全是造谣。

我和姐姐都在师大女附中读初中,放学后被拦在中南海门外,小汽车把我们送到丰盛胡同一处大杂院,那时我不到十四岁,还不理解"出事"的概念。

我们所搬的是阿姨和我们的"家",父母住的永福堂里的东西全被查封了。

搬出来那天晚上,我们在丰盛胡同口饺子馆吃的饭。我挨着阿姨坐,见母亲眼圈红了,泪水在眼眶里打转,但没落下来,她把饺子夹到嘴边又放下,半天没吃一个。我诧异,母亲在我心中是"神圣"的。父亲一直称妈妈是家里的"女皇",一切听妈妈的。我悄悄拉拉阿姨的衣襟,暗示她看妈妈。阿姨捏了我一把,意思是不要出声。

在丰盛胡同住了两个月,父亲新来不久的勤务员陈义国天天来送报纸,田主任长田主任短的,为保密做障眼。但阿姨很快从他的脸色中,看出问题不简单。

我们照常去上学,还像快乐鸟。大杂院已对"田家英死讯"风言风语,阿姨听见了,却什么也不敢说,怕伤着我们。

两个月后,母亲被拉到妇联去批斗,中组部从母亲那挖不出有分量的"田家英罪行",不再管"田家英家属",把母亲交妇联管理了。

7月份,一天内我们居然搬了三次家。家什才卸车,一声指令,装车再走。原因是押送"移交"田家英家属的中央办公厅干部,嫌母亲机关给反革命家属安置的房子太好了。

我平生第一次坐卡车,从西城转东城。单纯的我,还不懂得什么叫屈辱,只会玩呢。可阿姨心里明明白白。直到落日,也没找到一处那位干部认为"适合"的房子,我们只好临时住进妇联一进门的大汽车库。

多年后,母亲在《回忆实录》(未刊稿)中写道:"批斗后,没有一个人理我。我去上厕所,看见二英(我的小名)在厕所外边洗手,我很奇怪,她为什么在这里,趁吃饭时,留心观察,见李佩带着小英、二英、家义,住在汽车库里,啊!原来把她们也赶出来。真可怜,我流下眼泪。"

由于父亲被定性为"彭、罗、陆、杨反党集团"成员,母亲成了妇联领导层第一个被揪出来的走资派,给她扣上了"修正主义分子"、"和丈夫开黑店,卖黑货,为资本主义复辟服务"顶顶大帽子。

批斗中,××(妇联的一位主要领导)在台下忽然大喊:"田家英在庐山会议时就是大右派!"这声喊如同号令,人们一下把母亲揪到台下按下了头,吼声骂声铺天盖地。

好人往往比恶人觉醒得慢。这次批斗下来,母亲才醒悟,她已被定成敌人了。

我们的家,最终安置在灯市东口妇联职工大杂院一间十二平米的平房和一个废车库。母亲住车库,阿姨带我们住平房。

母亲在《苦难的十一年》(未刊稿)中记述:"住在汽车库,空气很坏,光线很暗,晚上没有台灯,无法看书,常常躺在床上想问题。我认为自己历史简单,出身清白,没有功劳有苦劳。现在的处境是受田家英问题的牵连。下放劳改,到农场,我都不在乎,但家里的事,必须处理好。保姆得辞退,不能连累李佩了。"

和阿姨分手的时刻,是那样的撕心裂肺。

那天,全家在房门口小桌上吃饭,母亲把阿姨叫到屋里。似乎听见母亲在说"走",我伸长了耳朵,是母亲的声音:"孩子们都大了,不用照顾了,她们可以自己生活了。"这是托词,阿姨怎能不明白?

听见让阿姨走,只觉得轰地一下,像地震,我"哇"地大哭出来。

母亲应声出来,还是那么严肃:"哭什么哭,没出息!"说完甩脸走了。

阿姨跟出来,蹲下把坐在小凳子上哭得直抽的我搂到怀里:"谁说阿姨走,阿姨不走,阿姨等我二英上完大学才走……""上大学"三个字,一下让我回到现实中。学校停课批斗校长呢,没有"上大学"了。我哭了,思维理智多了,心被阿姨的话温暖着。

下乡插队八年,寂寞时,想亲人时,就会想起"阿姨等你上完大学再走"的话,是憧憬?是思念?眼泪顺着脸颊流淌,我享受着这份内心的温暖。

呵　护

母亲谈话第二天,阿姨走了。我以为从此和阿姨分开了,可阿姨早已是亲人,无论"文革"的阻碍,还是天各一方的分别,都没能把我们分开。

1969年2月,我突发阑尾炎,母亲在关押中,姐姐下乡了,我一人到北大医院,一经确诊立刻手术。我没有一分钱,三天后我捂着肚子下地给阿姨发了信。第二天她送来五斤粮票和五块钱。

一个月后,我就到东北插队去了。

离京那天,车站上人山人海。到处是送别的人,我却孤零零的一人,心头飘过一丝凉意,觉得自己可怜。

扭头间,我看见阿姨了。走前我给她去信让她不要来送,可她还是来了。她是怎么找到站台找到我的?想不了那么多,我一下子扑上去,娘俩抱在一起,阿姨的眼泪落下来,我没哭,有人送,我已经十分知足了。

在乡下,邮递员的到来,是知青集体户最热闹的时分。母亲关牛棚的三年,不许通信。我的来信是阿姨和姐姐的。我把乡下的新鲜事都写给阿姨和姐姐,每封长长的五六篇,然后就开始盼着来信,那种盼,使你感觉北京还有家,姐妹还在一起。

离开我家,阿姨只有投娘家人了。父亲当年说阿姨别当小业主的话,真说准了。"文革"中,老李家的姑婆成了小业主,德利姐看见她被剃成阴阳头挨斗的样子了。

阿姨娘家有间小房,从前德利姐上学时用的。阿姨把房子换到德胜门外一间十二平米、厕所和用水都在院外的简易房。屋里一张大床,一个方桌两把椅子,两个箱子,一个橱柜,已然是全部家当。

在母亲被关押、下干校不能回家的六年间,阿姨这间简陋的小屋,是我和姐姐插队回京时的家。

冬季乡下没有农活,知青小半年逗留在北京。这是我和阿姨聊得最多的时光。我们远的近的什么都聊,但聊得最多的还是在中南海的往事。最后,话题总要落到父亲身上,阿姨总要长叹一声:"哎,要说你妈你爸不是好人,这世上就没好人了。你妈除了工作还是工作,成天拿着报纸,在上写呀画呀,哪有星期天呀?老天爷有眼,好人有好报,这是天经地义的事。"我忘不了,"文革"中说父亲是好人的,阿姨是一个,梅行夫人聂眉初是一个。

阿姨讲到父亲的事,还是习惯地数落他:"瞧你爸多大的爵儿位,多大的学问,中南海里谁不敬他?老话说:'露多大的脸,现多大的眼。'我说他就是玩字画玩坏了,招人恨了。"

"你爸什么时候讲究过,头发像乱草窝,鞋总露着脚指头,脚后跟都开了绽。说他,他嘿嘿一笑,'有啥子嘛,穿这鞋子不是照开毛主席的会吗?'"

说这些,阿姨准落泪。她伤心我也跟着伤心。

阿姨的生活来源,是儿女每月给的拢共二十五元。紧巴巴的,也就够上吃饭,过冬的煤火得靠秋季揽点棉袄活,三两块攒出来。冬天见我们来住,真想多添一块煤,把屋里烧暖和点,可就这一块煤愣是添不起呀。

我和她生活,把大半年干农活分得的五六十元交给她,她每月计划着用十块钱。她给我包饺子、烙饼熬白菜、蒸玉米面大团子,怎么吃都香。

年年回京,年年住在阿姨家。眼见着,阿姨渐渐老了。原先大高个,现在背驼得越来越弯。棉袄大襟上做饭吃饭留下的嘎渣,连她自己一天都不知要埋怨多少遍:"我原先哪这样呀?"

"我哪儿这么懒?这哪儿像我呀!"

小时听阿姨念叨过,"人怕受老来贫"。想起父亲常说的我们给阿姨养老的话,心里真不是滋味。

这样的紧日子,阿姨把苦藏着,掏给我们的,是一颗温暖的心。

阿姨的身世

1983年6月1日,李佩阿姨在家里病逝了,肺心病,虚岁七十三。

上世纪80年代上演了一部电影《城南旧事》,为看郑振瑶演的"阿姨",我进了不下四次电影院。林英子和她阿姨离别时的长镜头,一个洋车向东,一个毛驴驮着人向西,英子回头恋恋不舍的大眼睛,长时间留在脑子里,就像在看我自己的影子。

时间过得飞快。转眼,儿子上大学,出国,奔事业。我们也从中年步入老年。往昔渐行渐远,阿姨的身影随日子的流去,淡了……

2005年,德利姐来家小住,和我聊起老李家的过去,我第一次听到阿姨的身世。

沿着德利姐的回忆,我们寻到美术馆后街隆福寺西口,摆小摊的老人指着马路西那片楼群,这地儿原先是李家大院,前几年盖公安部宿舍给拆了。

我们居然找到一块残存的李家大院后门台阶的石板,德利姐很激动,大院不在了,尘封的记忆未泯……

> 我姥姥家是开杠房的,就是抬棺材的。过去死了人,办丧事要请专事抬棺的。我妈是家里老姑娘,上边几个哥哥,一家子都疼爱她。

没想嫁到一个封建大家庭。老李家是满族正黄旗,清王爷的近支。李家大院前门开在小取灯胡同,后门开在汪家大院,几重的院落。我爷爷哥六个没分家,我妈是孙辈媳妇,上有奶奶婆(我父亲的奶奶),六个婆婆,还有未出嫁的姑婆(我父亲的姑姑)。她少说话,不说话,从早干到晚。给奶奶婆洗脸梳头,扶着溜达,收拾房子,做吃的。伺候完一辈又一辈。为的是给我父亲长脸面。

我父亲当年是黄埔军校二期生,可毕业什么事没做,游手好闲,还染上抽大烟的恶习,典型的八旗子弟。原本已败落的家,让父亲抽得精光,连我妈的嫁妆都卖了。我妈多次送父亲去戒毒所,都被纵着他的姑婆从中阻断。最后父亲倒伏街头死的。

不要强的父亲给我们母女带来的是无尽的痛苦。我妈三十二岁守寡,带着我和弟弟德成。姑婆曾蔑视地对母亲说:"你生出的骨头芽子还得我养活着。"母亲听了,再难受也只有忍。

曾经风光百年的老李家,一切都成过眼烟云。我出生在30年代,家里已是死的死,散的散,惨淡不堪,靠当卖家产过日。为维持日子,三天两头去当铺,衣物、古董,什么都当,连串街打鼓的来了,也是该拿的拿走,该拉的拉走。

坐吃山空的日子能维持几年?姑婆还带着德成进过王爷府求助。可那也是一派残败,哪还有帮衬我们的份儿?

无奈之下,1942年,姑婆带着我们三个未成年的孩子,到东北齐齐哈尔投奔六爷爷了(父亲的六叔)。那年我六岁。

当时东北早已成为"满洲国",和北京失去联系,七年里没有任何我们的消息。母亲一人留下守宅院,战争年月,真不知她是怎么熬过来的。

直到1949年,我们终于回到阔别七年的北京。那时我已是十三岁的大孩子。

败归败,可旗人的规矩一样不能少。姑婆管家,端着架儿,仍不让媳妇吃饱饭,米缸、面缸用手抹平写个字,防媳妇偷吃。我妈哪有做人的尊严?

1950年,院外已是解放了的蓝天,可大院内却仍沿袭着封建家族的陈规旧习。

终于,母亲背上铺盖,跨出了李家大宅门。

去哪?不知道!我在后边哭着喊着地追,可她连头都没回。

往　　事

延延绵绵的故事,把如同母亲的阿姨,一下拉回到眼前。除了思念,我看见一个近乎传奇的人生,从"没落"化为"升华"一路走来的脚步,感受到的是心头增添了的一份沉重。

阿姨的身世没有让我惊讶,似乎不如此,就不是阿姨了。

阿姨的气质、言吐、做派,在中南海的保姆中"出类拔萃"。上世纪50年代,中南海办起了业余学校,勤务员、警卫员、水暖电工,都要学文化。到了60年代,连保姆们也被组织起来参加学习了。别的保姆都说不出什么,阿姨的发言被抄在东八所食堂外海边的报栏上。

阿姨总是天不亮就起,开窗户、笼火、沏上茶,盘腿坐下喝茶抽烟,喝透了,洗脸梳头,做早饭。无论在中南海,还是她的晚年,这点习惯一天不改。

阿姨只穿大襟衣服,冬夏常年备着新的。冬天,里面三新的棉袄,夏天,一件月白新小褂,总叠放在箱子最上头,出门必穿新的。骆驼鞍千层底棉鞋穿一双,箱子上必备一双。

我们南楼的家订的《晚报》,主要是阿姨看。她还看小说,手里从没断过书。她看得慢,一个字一个字念着看。书是我们向父亲借的。看完我们就会和父亲说:"阿姨没书了。"现在我也不知道,阿姨看的那些书,是她自己要的,还是父亲帮她选的。总之清一水古典小说。《红楼梦》、《水浒》、《镜花缘》、《岳飞全传》、《聊斋》……日子长了,阿姨看了许多书。她说没上过学,字是早年跟老辈识得几个,实际多是她自学的。她还记账,尽管母亲不看,她一直记。

小时候,爱听阿姨讲故事,什么"薛平贵征西"、"王宝钏十八载守寒窑",什么"六月雪窦娥冤"、"三开蝴蝶梦",讲到悲处,她准哭,入情入理的。直到"文革"我住她小屋时,她还在讲故事。我问过,你怎么知道这么多,阿姨说:"打小听戏文听的呀!"

阿姨的老规矩多,一见我们分腿坐着就唠叨:"女孩子,坐有坐相,把腿并上!事事得讲规矩。"姐姐说,我们的生活习惯,为人处世,许多受阿姨的影响。

的确,姐姐爱干净,干活利利索索,随阿姨了。我和姐姐为人诚恳,实实在在,真人真性,随父母也随阿姨。

要强了一辈子

父亲说阿姨"李佩呀李佩,你就是让封建给固住了",指阿姨坚决不改嫁这事。父亲是批评还是敬服,我看都有。一个妇女,三十二岁守寡,没职业没收入,领着一双儿女,不容易啊。

德利、德成去齐齐哈尔的那几年,娘家多少次来人给她说婆家,她坚决不肯。她曾几次围着井台转悠,想一死了之,可又舍不下未成年的孩子。

为了生活,她给一个日本老太太看过孩子,处得挺好。可有一回,日本人说了些让她感到侮辱人格的话,辞了不干了。那老太太几次来找,她也没回去。以后还在国民党北平管印钞的官员家干过,临解放,那家人去了台湾。

其实,对于阿姨的过去,"文革"中我偶然翻出她年轻时的旧照片就明白了八九。阿姨细细的弯眉,修得白静的脸,花缎旗袍盖到脚面,露出半截绣花鞋。照片是双人照,可齐着人剪了,在装照片的盒子里,有半张刚好对得上的男人照,头剃得光光净净,也是绸子长衫,大眼睛,特精神。一看就知道是德利的爸爸。这种穿戴,是富贵人家的打扮。

阿姨从李家出来的一刻,就决心过没有家的日子了。

初来看姐姐小英,阿姨的慢性气管炎时不时想咳嗽,她直把头扭开,怕母亲问。母亲非但没嫌她,反而说:"我打小也有气喘病,咱俩都一样,老了都是'老慢气儿'。"母亲还对阿姨讲,自己从小受地主家庭"不孝有三,无后为大"封建思想的欺压,苦水一肚子,为改变命运,才出来读书,走上革命道路的。

母亲不会想到,当年她一句宽慰的话,给处在走投无路关口的李佩多大的感动。和德利说到董姨,阿姨眼泪直流。母亲的宽厚善良,感染着同样受封建压迫的阿姨。她找到了"家"的温暖。

以后接触了我父亲。平等待人是父亲最崇尚的品行。在我父母眼里,是李佩帮助把孩子带大,工作、出差,从没为孩子分过心。他们对李佩,只有感激和尊敬。

阿姨靠自食其力走完了人生。

就在写这篇文时,我听说了德成哥的故事。"文革"时期,我接触过德成哥。下乡时阿姨的来信大多是德成哥代笔,他是个很老实的人。

当年阿姨从李家出来,没有出路,把十二岁的德成送给一家外地人了。几年后,德成呆不惯跑回来,生活所迫偷了东西,被抓到少管所。1958年,阿姨接到通知,去接劳教期满的德成。她和德利姐在德胜门外很远的地方见到了德成。可阿姨思前想后,愣是决定不接了,说交国家管吧。德成留在劳教所就业了,学了汽车修理,出来在汽车厂当了一辈子工人。哪个母亲看见多年未见的孩子不心碎啊?可阿姨觉得实在没条件养两个孩子,让男孩自己奔,也不能去求人麻烦人。我父母始终不知道阿姨还有这么大的难处。那年德利姐患肺结核,当阿姨知道田叔给了三百块钱,气得大骂德利"没骨气"。

这就是我阿姨,一个做了一辈子保姆的人。

尾　　声

最后一次见阿姨,是1983年的五一节,我怀孕快生了,挺着大肚子去的。阿姨脸肿得红光发亮,腰背更弯了,连喘气也费劲。

那时我不懂老人的病痛,见阿姨还在给我做饭,没有躺在床上,就以为无大碍。老话说:"男怕穿靴,女怕戴帽。"阿姨已是生命的最后时刻了。

走时,阿姨对我说:"回去跟你妈说,给阿姨要一百块钱。"这是她和我说的最后一句话。回来我就和母亲说了,钱是姐姐送去的。

阿姨直到最后,照旧笼火、提水、上公厕,没有倒下一天。

德利姐来了,阿姨拒绝医院的治疗,平静地走了。

前两年,听德利姐说,落气前一晚,阿姨昏昏迷迷地说,铺盖下有董姨给的一百元。第二天德利姐真的摸出一个信封。给阿姨发送、租车、火化的费用,整整一百元。

父亲一直说给阿姨养老,但世事变迁,父亲早于阿姨走了。阿姨没忘父亲的承诺,最终给了我父母亲一个圆满。

都说"子欲养而亲不待",真想我阿姨啊……

(原载 2012 年 4 月号《老照片》第 82 辑)

遥忆腾格里

陶 丽

20世纪60年代初期,当时在阿左旗政府任职的父亲,被抽调到政府下乡工作组,在内蒙古自治区工作组的指导下,遵照中央对基层人民公社进行整顿和大社适当缩小,合理调整核算单位的指示精神,到腾格里公社的前身——当时的温都尔图人民公社开展工作。由于在大跃进年代组建人民公社时大都按照"一大二公"的精神,按当时的理念认为:人民公社建得越大,成绩就越大,甚至不惜把几个巴格(乡)联合起来建成一个大公社,当时的温都尔图公社就是由原来的扎哈道兰和通湖巴格(后来的腾格里公社)合并成一个大公社的。由于所管辖范围方圆几千平方公里,加上腾格里大漠的阻隔,管理起来很不方便,也给广大农牧民的物质生活带来诸多不便,同时也严重的制约了当地畜牧业发展。根据一系列的问题,父亲带领的工作组经过一段时间的艰苦工作和深入调查研究,广泛听取群众的意见,提出将原温都尔图大公社,按原来乡的范围分别划分为温都尔图和腾格里鄂里斯两个公社的建议,得到了上级的批准。后经社员代表大会推选,上级批准父亲为腾格里鄂里斯人民公社的第一任社长,一干就是四年多。为了能让父亲集中精力搞好工作,在旗里财政局工作的母亲也调到了公社担任会计。我们兄妹五个除大哥已在旗里的蒙文学校就读以外,我和弟弟、两个妹妹也随母亲由旗里搬迁到了公社,开始了新的学习生活。

由于当时的腾格里公社不通汽车,并且要从巴彦浩特乘汽车经银川转火车到当时的中卫县,然后再乘骆驼进入腾格里到达公社所在地。记得当时全家人乘汽车到银川再转火车到中卫县,在中卫县城的一家车马店住了一晚,第二天改乘由十几峰骆驼组成的驼队上了路。从小生长在阿左旗巴彦浩特镇上,我们兄妹从未骑过骆驼,如今要骑上它,看着骆驼高高大大的样子,心里还真有点胆怯啊!准备出发了,待骆驼一个个卧倒后,我们兄妹几个分别被大人们抱上了驼背。突然一个趔趄,孩子们个个惊叫起来,原来是卧着的骆驼要起身出发了,只见大骆驼一个个前仰后合好不惊险、心跳。当时我们几兄妹要不是被大人们抱着骑在驼背上,非从驼背上滚下来不可!

驼队出发了,随着驼队的远去,中卫境内的树林、庄稼地和建筑物慢慢地在我们的视线中消失了。渐渐地呈现在面前的是一片浩瀚的沙漠,远远望去,一座座金黄色的沙峰层叠起伏、无边无际,简直就像走进了一个无人世界。无风的沙海是如此的宁静,只能听到驼队的驼铃声和驼掌踩出的沙沙声。不知走了多少个时辰,被沙海环抱着的湿地、草滩、盐湖、山峰一个个呈现在眼前。

初到腾格里公社,我们兄妹们很不习惯,因为这里不光十日九风,不时的还要遭到可怕的沙尘暴的袭击,加上当时公社还未通电,每到夜晚公社上下一片漆黑,还要在油灯或蜡烛的微光下完成作业,更恐怖的是每到夜深人静,野狼的嚎哭声、猫头鹰的鸣叫声常常让人毛骨悚然、不能入眠。

公社唯一的学校是蒙汉合并上课的。有一位校长、四位老师,两位教蒙语、两位教汉语,只有一至四年级四个班,五、六十名学生。由于牧区的教学条件差,好多牧民的孩子很晚才上学,记得我们四年级班就有几位十六七岁的大哥哥和大姐姐。在我的记忆中印象最深刻的是隔壁公社书记家的铁柱了,虽然他在班上以"调皮大王"著称,但他为人行侠仗义,而且还是个大孝子。记得铁柱的妈妈身患一种奇怪的病,白天她有说有笑,待人很亲切。可是每到夜晚发起病来便发疯发狂,甚至打人咬人。有一次听到隔壁的叫喊声我很好奇,悄悄地溜了进去,顿时被屋里的情景吓呆了,只见铁柱妈妈在炕上大哭大叫还不停的骂人、打人,经过一番搏斗,最终被铁柱和他的父亲按倒在炕上,一个坐在身上压住上半身,一个坐在腿上压住下半身,铁柱妈妈就这样慢慢地睡着了,后来听铁柱说他和父亲每晚都要经历这场"搏斗"。铁柱也常常被发病时的妈妈打、挠的遍体鳞伤,但是到了学校他从来不提此事,默默的承受着,直到他母亲去世。我和弟弟妹妹由于是从城里来的学生,在学校里自然是很受老师和同学们的宠爱。很快我的音乐天赋也被班主任老师发现了。班主任不但手风琴拉得非常好,还会好几种民族乐器,如二胡、笛子、扬琴等。他还教会了我许多歌,有歌剧《刘胡兰》插曲《一道道山来一道道水》,电影《洪湖赤卫队》插曲《洪湖水浪打浪》等。记得有一年我带着《洪湖水浪打浪》这首歌曲,代表腾格里公社参加了全旗群众业余文艺汇演,还获得了一等奖。和我同去参加汇演的还有我的大妹妹,当我俩把大奖状抱回公社,公社的干部群众和学校的师生们别提多高兴了!

在资金缺乏的情况下,父亲凭着他的聪明才智和勤劳实干精神,开始了一系列的建设和治理绿化公社环境的计划。父亲亲自带领公社干部、群众植树造林,还在公社的中心地带设计修建了一座"T"字型的多功能办公场所。这里有邮局、乒乓球室、棋牌室,逢年过节,礼堂里还可以举办各种文艺娱乐活动。在父亲和广大干部社员的努力和上级电力部门的帮助下,社里很快就通上了电。记得有一年春节,学校的学生们都放假回家了,为了让干部群众过上一个喜庆的春节,父亲精心组织了一台特殊的春节晚会,重点节目由我们全家老少来担任,第一个节目大合唱《十送红军》全家齐上阵,由我担任领唱。更精彩的是由我和父亲表演的藏族表演唱《逛新城》。由于没有藏族服装,父亲灵机一动,将蒙古袍脱掉一只袖子,又找来一顶羊皮帽子,蒙古老阿爸一下子就变成了藏族老阿爸,我也将蒙古袍脱掉一只袖子,露出胳膊,头上还特意辫了许多小辫子,活脱脱变成一个藏族小姑娘。父亲还自编自演了反映公社精神文明题材的《蒙古说唱》:"公社是棵常青藤,社员就是藤上的瓜那么呼嗨;干部社员齐上阵,公社面貌大变样那么呼嗨……"父亲当时那幽默、诙谐的表演,至今仍然记忆犹新!

公社最热闹最隆重的事,算是几年举办一次的"那达慕"大会了,那是我们刚到公社的第二年秋天,因为收成好,举办了"那达慕"大会。在这次"那达慕"大会上,父亲不但在骑马射箭项目中获得了好名次,还获得了赛马第一名和摔跤冠军。从此,公社的干部和牧民们对这位新来的社长,更增加了几分敬意。

记得每到秋天收获的季节,父亲总要带我们到几公里以外的通湖林场去品尝购买各种瓜果,那是我们兄妹最最向往的地方。在那里不但能看到一排排高耸挺拔的白杨树和无边无际的树林和庄稼,最让人难以忘怀的还数林场里种植的苹果树、梨树、杏树,还有西瓜、华莱士瓜、甜瓜和菜瓜。特别值得一提的是一种特殊品种的瓜,它的样子像甜瓜,但吃起来却不甜,更特别的是它无一点水分,吃起来还很噎人,当地牧民给它起了个有趣的名字叫"噎死狗"。

最令人开心的事,就是星期天随着父亲到公社西边的"火石闸子"大峡谷中打猎了。每到休息天,父亲总是背上猎枪,带上我们兄妹几人到峡谷中,打上几只野鸭子或野兔子回来给孩子们改善生活,过瘾极了。

"火石闸子"位于公社的西南边,高耸挺拔的山峰中间有一条小溪,清澈见底的水中到处可见小蝌蚪们自由舞动的倩影。小溪两边绿茸茸的芳草地上开满了各色的野花,有金黄色的苜蓿花,白色、粉色的打碗花,紫色的马兰花。山边上还长满了冬青树,它不光耐寒而且耐旱,用它来烧火做饭不但火苗非常旺盛,而且还非常耐烧,因此很受牧民们的偏爱。

短短四年多时间,父亲的任职期限到了,又要调回旗政府工作了。我们全家又和来时一样,乘上骆驼连人带行李一起上了路。记得那一天,公社的干部、群众都来欢送,那种恋恋不舍的情景非常的感人,至今使我难以忘怀!再见了腾格里公社!

几十年过去了,如今从旗里到腾格里苏木早已通了公路,飞驰的汽车已代替了当年沙漠中唯一的交通工具骆驼。但是无论过去多少年,骆驼那种认准目标、耐住性子、一步步向前挺进的坚韧不拔的精神,是我们永远无法忘怀的。著名歌唱家关牧村在歌曲《骆驼》中唱到:"茫茫瀚海,无边沙漠,行走着倔强的骆驼,任凭着狂风在耳边怒吼,任凭着黄沙在面前飞落,穿过一座座沙丘,越过一座座沟壑……"我想,现在的腾格里苏木一定发生了很大很大的变化,有机会我还想陪父亲重返腾格里苏木游览观光……

(原载《阿拉善文学》2012年第1、2期合刊)

发现麦积山石窟

薛林荣

一

甘肃是一个宏大壮观的石窟走廊,最西边有敦煌莫高窟,最东边有天水麦积山石窟,两窟之间东西一千五百余公里的大地上,洞窟七步生莲,星罗棋布,犹如佛教东渐留下的一串串脚印。

莫高窟太著名,麦积山石窟望尘莫及,后者始终像是前者越过河西走廊投在秦岭西麓的巨大背影。加之梁思成先生没有到过麦积山石窟,他在《中国雕塑史》中列举的材料,也仅限于敦煌、云冈、龙门诸石窟。于是,麦积山石窟在近现代文化史上始终藉藉无名。

麦积山石窟的开凿稍晚于敦煌石窟,始于十六国时期的后秦(384—417年)。那是一个凿壁为龛、请佛入龛、举国崇信佛教的时代。皇帝姚兴的弟弟姚嵩任秦州(今甘肃天水)刺史时,在麦积山亲营像事,赡奉踊跃。稍后,妙通禅法的名僧玄高隐居麦积山,山学百余人,崇其义训,禀其禅道,麦积山佛事活动呈一时之盛。

一佛出世,千佛扶持。自南北朝以降,七千余尊雕塑在麦积山次第开放,分布在一百九十四个洞窟中,吸引众多龙凤之俦前去拜谒,或吟咏,或题刻,甚或归隐,他们的驻足和眷顾使麦积山石窟风雅常存。北周时,"为梁之冠绝,启唐之先鞭"的著名文学家庾信作《秦州天水郡麦积崖佛龛铭并序》,有"如斯尘野,还开说法之堂;犹彼香山,更对安居之佛"句,文采斐然,其韵绕梁。诗圣杜甫流寓陇右时,为麦积山作《山寺》诗一首,"乱水通人过,悬崖置屋牢"之句,通俗恰切。而其时的杜甫,分明就是经过麦积山遗香而走的一只麝!

麦积山石窟很长一段时间处于草堂春睡,无论是庾信还是杜甫,都没有使其扬名立万。莫高窟因斯坦因诸徒一盗成名,天下尽知。麦积山石窟也有被盗的经历——民国九年,天水天主教堂意大利传教士曾盗取麦积山石窟"上七佛阁"壁画。但几块壁画怎能与藏经洞气象万千的敦煌典籍相提并论呢?敦煌于是如陈寅恪先生所言,成为"吾国学术之伤心史",专门研究藏经洞典籍和敦煌艺术的敦煌学也成为一门显学,而麦积山石窟就连跻身"中国四大石窟"之列,也颇费了一番周折。

明清以降,麦积山石窟埋没荒草中藉藉无名。民国初,日本学者大村西崖著《支那美术史雕塑篇》引庾信《佛龛铭》,国外始知麦积山有佛龛石窟。而国内学人知道麦积山石窟则又要迟上很多年。

麦积山石窟一直在等待发现她的一双慧眼。

发现麦积山石窟,是一部集科考、探险、惊悚、喜剧元素于一身的纪录片。

二

是一双学者的眼睛首先发现了麦积山石窟,他是有"现代陇上文宗"之谓的冯国瑞。时间是1941年。

冯国瑞(1910—1963年)是甘肃天水人氏,早年入清华国学研究院,师从王国维、梁启超等,著述宏富。学成归里时,梁启超致信时任甘肃省长的薛笃弼予以举荐:"此才在今日,求诸中原,亦不可多觏。百年以来,甘凉学者,武威张氏二酉堂之外,殆未或能先也。"武威张氏二酉堂即清代嘉、道之际最为精通经史的西北学者张澍。

冯国瑞归里时,薛已调任河南省长,冯遂将梁启超的手札雪藏,潜心研究地方文献,萌发了勘察麦积山石窟的想法,但一直未能成行。因麦积山石窟东去城六十里之遥,其时还是人迹罕至之地,食宿、安全都是问题,冯氏是以犹豫。此时,甘泉镇西枝村有一个人叫王鼎三,邀请他去。西枝村正是杜甫当年流寓时滞留之地,距麦积山石窟仅二十里,方便晨出暮归。冯国瑞遂于1941年"浴佛节"和三五位朋友同行,晚抵王鼎三"度云亭别墅"。此地花木扶疏,地甚幽敞,亭取杜诗"山云低度墙"意。

冯氏次日便进山实地考察。沿着颖川河向东,入大峡门,过贾家河,于乱石间闪跳腾挪,寻路而行。只见两山松柏丛生,杨柳夹道,村坞相接,水从中流,人行其间,颇有置身桃源之感。跋涉数刻,便看到丛林中的麦积山。这是一座山形酷似农家麦垛的石山,平地突兀而起,南向之壁如刀劈斧削,密如蜂巢的石窟即凿于峭壁之上。据说麦积山石窟的开凿是以砍尽南山之柴为代价的。当地民谚云:"砍尽南山柴,修起麦积崖。"五代文人笔记亦载,麦积山石窟"自平地积薪,至于岩巅,从上镌凿其龛室佛像。功毕,旋拆薪而下,然后梯空架险而上",此亦说明了耗费木料之巨。

终于站在了麦积山石窟的脚下,一抬头,就能看到东崖的三尊大佛,准确点讲,是一佛二菩萨,石胎泥塑,悬立崖面,观照大千。

佛的目光穿过初夏浓密的树叶,在人间的上空低垂。冯国瑞仰望着头上的三束目光。每一位来到麦积山的人,无论国王还是平民,都须首先这样引颈仰望。这是隋代的大佛,垂下的是隋代的目光,来自一千三百多年前。大佛的眉间是"白毫相",宛转右旋,发放光明。南宋绍兴年间,一个叫高振同的甘谷县工匠维修过大佛,并且有意无意地将一个宋代耀州白釉瓷碗遗落在大佛的"白毫相"中。他是麦积山石窟史上最著名的工匠,那只用来调色的瓷碗使他流芳百世。麦积山的大佛见过无数文人墨客的目光,那些目光无不猎奇观花,匆匆而去。现在,佛的目光和冯国瑞的目光相遇,则如同剑胆遇到了琴心,如同兰心遇到了蕙质。麦积山石窟知道,山脚下来了一位"发愿世尊前,誓显北朝窟"的学者。冯国瑞知道,自己期待很久的时刻到来了,此生最重要的一件事,终于可以着手了。

冯国瑞发现了麦积山石窟!他凭着知识分子对乡邦文物特有的尊重与热爱,攀危岩,探幽洞,深入石窟腹地勘察。山中所见让冯氏喜极,他观赏造像、壁画,分抄诸刻,还应寺僧之请榜书"瑞应寺"三字。这三个字典雅端庄,中正平和,不激不励,现在仍悬在寺门上方。

夜幕很快就降临了,冯氏还沉浸在发现麦积山石窟的喜悦和激动中,他想在山中留宿一夜,但僻荒的麦积山石窟不能保证这些书生的安全,原始森林中每晚都会传来使人恐惧的豹啸之声。寺僧好心劝他,还是返回吧。于是,冯氏"揖别山灵,仍返别墅。烛跋酒酣,听雨信宿"。

冯国瑞此行,是麦积山石窟开凿一千五百多年来首次由专业知识分子对石窟文物进行的科学考察,具有开创意义。俟后,冯氏仅用两月时间便编成了《麦积山石窟志》,由陇南丛书编印社1941年草纸石印三百本。这是关于麦积山石窟的第一本专著,书成后,一时洛阳纸贵,今日已成珍本。书中说:"西人盛赞希腊巴登农(今译巴特农)之石质建筑物,以为'石类的生命之花',环视宇内,麦积山石窟确为中国今日之巴登农。"

如果说常书鸿是敦煌莫高窟的守护神,那么冯国瑞便是麦积山石窟的掌灯人。冯氏高擎起一盏油灯,使那鸟粪存积、厚可没胫的洞窟如佛光普照的三千大千世界一样明亮,麦积山石窟因此声名大著。

三

一双画家的眼睛紧接着发现了麦积山石窟,他是张大千,时间是1943年。

张大千(1899—1983年)是从敦煌赴成都途中,在天水作短暂停留的。

张大千的敦煌之行毁誉参半,但他的画作却使世人认识到了敦煌壁画的价值,这是不争的事实,陈寅恪即称赞张大千临摹的壁画"在吾民族艺术上,另辟一新境界"。现在,张大千会给麦积山石窟带来什么呢?

1943年10月,乘两辆大卡车抵达天水的张大千,穿一件旧灰长衫,方颐长髯,目光炯炯,行动敏捷。同时牵二藏犬,随从多人,下榻于天水大城阮家街中国银行公寓,每日与天水文友诗酒唱和,辄至尽欢而散,为古城秦州带来了曲高调古的雅会之风。

张大千在天水盘桓期间,拜谒麦积山石窟是重要内容。大千诸人先乘马车至甘泉镇,再改乘滑竿和骡马,循河谷而行。正所谓"行尽千折水,来看六朝山"(罗家伦语)。到了山门,荒草没胫,寺内又无住持接待,询问香客,香客答:"和尚回家去了!"大千先生即信口吟道:"自古名山皆有寺,未闻和尚也有家。"闻者无不莞尔,并惊叹其敏捷才思。少顷,住持朱普净至,始为盥洗供茶。此时山雨乍来,淅沥潇洒,绵绵不绝。张大千立于寺前遥望烟雨迷濛中的大佛,似有所思,乃应朱普净之请,在残破的寺庙中展纸泼墨,为绘观音像一尊。

这尊观音站像是纸本,淡墨白描,只有寥寥几笔,线条甚至屈指可数,似于三五分钟内一挥而就。但观其用笔,即知画外功夫之深厚。作品仿唐人壁画,线条简劲圆浑,转折之处顿挫有力且富节奏感,笔笔有飞动之势。观音蛾眉凤眼,貌娟秀而庄严,俨然唐代曲眉丰颊之风范,而衣纹流畅、简约,是大千人物画中的珍品。落款为"蜀郡清信弟子张大千爰"。这幅观音像现存于麦积山石窟艺术研究所,很少刊印,世人知之者甚少,可视作张大千对佛国麦积山的献礼。

骤雨方停,大千先生即登山游览。石窟虽然年久失修,栈道残败,但大千兴味盎然,一一登临七佛阁和牛儿堂等洞窟瞻仰。据其时侍陪者回忆,张大千对奇特山形、葱郁嘉木、飞天藻井、诸佛雕塑大为赞赏,乐而忘返,于是掀髯长啸,声震山谷。

张大千在敦煌石窟面壁三年,成就了一代画风。他离开时,身后跟着二十余头骆驼,载着临摹的二百七十六幅壁画。敦煌石窟成就了张大千。但在麦积山石窟,张大千只是匆匆一过客。与敦煌莫高窟、大同云冈石窟和洛阳龙门石窟不同,麦积山石窟以石胎泥塑见长。张大千是画家,不是雕塑家,且此前已在敦煌石窟吸足了养分,他马上要破茧而出、羽化成蝶了,麦积山石窟自然留不住他。

但麦积山石窟仍然给张大千留下深刻印象,他眼中的麦积山,是一座奇崛、巍峨、禅静的大山,也是一座有着朴素人文情怀的石窟。次年,即1944年,张大千作《游麦积山》镜心一幅,赠予大收藏家刘梁年,题识:"微霜初欲落,细雨止还蒙。一水牲儿绿,千林柿子红。踏空礼诸佛,拔地起群龙。钟声朝昏静,无人说赞公。天水游麦积山作。甲申闰四月,写似梁年仁兄方家两正。大千张爰。"钤印有四:张大千、蜀客、人间乞食、大风堂。

五言律诗分明是张大千对麦积山石窟的礼赞。诗中的"赞公"是唐代僧人,大云寺主,谪在秦州,曾与杜甫相过从。

以笔者陋识,现代绘画史上,麦积山石窟入画者多,但风格高蹈者少。张大千发现了麦积山石窟的奇崛,并将其纳入笔端。从布局看,画面先将麦积山和瑞应寺分布宣纸首尾,再以一条杜甫笔下"山园细路高"式的细若游丝的险径将两个单元呼应贯通起来。一峰拔地而起,峭壁千仞,巨石突兀,纵横奇肆的山体占去了画面的三分之二,笔法浑厚洒落,墨线纵逸跳脱,设色清雅妍丽,情感饱满充溢,笔力曲折,无不尽意,绛色山体如在目前。麦积山本是"望之团团"的农家积麦之状,此处得其神似,令人耳目一新。画面下端是松柏掩映的瑞应寺,楼台殿阁较为简陋,山门清冷,如入禅焉。

张大千仅凭印象绘出了大雨初歇后的麦积山石窟,但在其浩瀚的画作中,这幅作品实在并不知名。画面中一山一庙数树固然已是大师之笔,但没有洞窟,没有塑像,没有佛,也没有游人,清冷如许,四周只有溪涧之声。这恰如一个隐喻——现代文化史上的麦积山石窟亦遭受了这样的待遇,无论是修炼佛法的僧人、搜尽奇峰的美术家,还是访幽探奇的游人,都忽略了麦积山石窟。

处于险径末端的麦积山石窟还在等待另一双眼睛。

四

一双木工的眼睛发现了麦积山石窟最美的洞窟,他叫文得权,时间是1947年。

自古名山藏猎户,森林深处有木工。文得权(1914—1988年)家住麦积山北文家村,世代务农,初识字,十多岁时即随祖父学木工,有一手修筑凌空栈道和攀援登高的硬功夫。

文得权虽然生活在麦积山石窟附近,但此前并没有"发现"麦积山石窟。因为,堪称中国石窟一绝的麦积山木栈道已经断绝很久了。

麦积山以木质云梯栈道连接着密如蜂房的窟龛。栈道采用耐腐朽的油松、水楸、漆木、山槐、山榆等硬杂木,以秦汉之法建造而成,自下而上层层突出,最多处达十二层,称作"十二联架",成凌空穿云之势,蔚为壮观。沿栈道而上,吱吱嘎嘎的声响在脚下响起,后秦的剽悍雄健、北魏的秀骨清像、北周的珠圆玉润、隋唐的丰满夸张、两宋的写实求真,形色多多,风格种种,便在这响声中一一呈现。

南宋以降,麦积山栈道或毁于兵燹,或毁于野火,致使东西两崖断绝,西崖上部最大的洞窟即藏碑洞被自然封闭,三百余年内人迹绝无。冯国瑞首次考察麦积山石窟时,很多洞窟没能登临,众多佛陀、菩萨依旧沉睡在悬崖窟龛中。不过,一个后来编号为133的洞窟已引起了他的注意。此窟在西崖大佛像东头,俗称藏碑洞或万佛洞,冯国瑞以望远镜观之,窟口稍深处悬有篆文,两侧有小字,但不能辨视。

冯国瑞第二次勘察麦积山石窟时,找到了麦积山脚下的木匠文得权,请他作先锋,进入藏碑洞。

藏碑洞于是等来了一双木匠的眼睛。

文得权胳膊下夹一块长木板,攀上最低的一根残桩,将木板铺架残桩之上,逐段递进,凿眼安桩,依次而上。至无桩处,则引索攀援,一直将栈道搭到藏碑洞。

1947年2月10日,木工文得权出现在藏碑洞。三百多年来,藏碑洞第一次有人进入,洞窟中的鸽子、蝙蝠、松鼠不由惊慌奔走。文得权的脚下,鸟粪没胫。站在如此之高的绝壁洞窟中,他感到有些恍惚,甚至有些恐惧。借着洞外的亮光,文得权看到这是一个巨大的崖墓式洞窟,复式叠龛,结构极为复杂。迎面立着一尊两人之高的大佛,右手作接引手势,一尊沙弥双手合十站立大佛的右手之下。佛的目光慈爱有力,充满了人间的亲情。文得权觉得这是佛祖在接见自己的儿子。但是佛祖有儿子吗?

这位灰头土脸、手执斧斤和墨斗,冒着生命危险进入悬崖洞窟的木工不敢肯定。

他将目光从大佛的脸上移开,草草环视一周,但见洞中有数尊造像、十数通石碑。石壁上有密密麻麻的小佛像,该是大德高僧所说的"一花一净土,一土一如来"吧?这显然是一座宝库!文得权感叹两声,收回自己的目光。山下人还挂念着他的安危,文得权不再逗留,缒绳而下,将洞内所见奇迹告诉了冯国瑞,大家高兴得欢呼起来。

木工文得权进入了藏碑洞,这是一个伟大的探险。冯国瑞决定刻碑记事,乃撰述《天水麦积山西窟万佛洞铭并序》,序文有如下记述:

>木工文得权架插七佛龛椽栋称能,乃倩长板,架败栈间,递接而进,至穷处,引索攀援,卒入西窟大佛左之巨洞中,三十六年二月十日也。洞广阔数丈,环洞二十四佛,十八碑,高有五六尺者,多浮雕千佛,隐壁悬塑无数。

麦积山西窟的雕塑和壁画中留下了众多普通工匠和供养人的姓名,现在,一位木匠的名字又被郑重其事地铭刻到碑文中,这是对麦积山石窟朴素的人文主义情怀的继承和发扬。

文得权在藏碑洞中的感觉不虚。迎门的佛像,正是宋人重修的泥塑,释迦牟尼在接见儿子罗睺罗,塑像充满了人间温情,是少见的佛像题材。而一尊北魏代表作品小沙弥则嘴角带着微笑,虔恭、脱俗、聪慧,令人莞尔,一位向以严肃著称的共和国总理见了这尊造像亦会心而笑。洞中的十八块石刻造像碑引人注目,堪称国宝。这些造像碑以佛传故事、说法图为题材,石质形制、碑身大小、碑块厚薄、雕刻技艺均不同,系不同时代、不同匠人所为,其封藏年代、封存原因已难考其详,但对于研究造像艺术、石窟营造、民族关系、文化交融等都是难得的资料。

甘肃石窟走廊中,西有敦煌莫高窟藏经洞、东有天水麦积山石窟藏碑洞。但世人皆知前者,鲜闻后者。木工文得权堪称麦积山石窟的开路先锋,他以过硬的本领修通了栈道,帮助冯国瑞发现了藏碑洞。他是冯国瑞及后来常书鸿等人考察麦积山石窟的另一双眼睛,也是麦积山石窟通往外界的另一双眼睛。冯国瑞对这位木匠褒扬有加,曾送文得权中堂和对联,对联集杜诗而成:"洞庭猿升山上下,莲花鱼戏叶西东。"文师傅攀登悬崖动作敏捷自如,当享此誉。

发现麦积山石窟的那些眼睛,仰望着凌空的佛陀。而那青云之半、峭壁之间、万龛千室中的佛陀,眼观鼻,鼻观口,口观心,透过树丛,俯视着三千大千世界,如此澄清、洁净而通透。

众佛之国啊,还在等待谁的一双眼睛呢?

(原载《散文》2012年第4期)

冷 湖 之 春

肖复兴

车过当金山,看见前两天刚落的雪,哈达一样飘在山上和路旁。到冷湖,迎接我的首先是风,足有八九级,刮得戈壁滩一片昏黄,正午的太阳仿佛被刮得醉汉一样摇摇晃晃。

这是我第四次到冷湖。

1967年的冬天,我唯一的弟弟,不到十七岁,毅然决然地志愿报名,顶着纷飞的大雪从北京来到了这里,当一名石油修井工人。他寄回家的第一张照片,头戴铝盔身穿厚厚的轧满方格的棉工作服,登上高高的石油井架,仿佛要摸着蓝天白云。他在信中告诉我的第一件事,是井喷抢险,原油如雨一样喷湿了他的全身,连里面的裤衩都浇得透透的。冷湖,就这样的从那遥远的地方闯进了我的视线,变得含温带热,可触可摸,富于生命,富于情感,让我的心充满着牵挂、悬想和担忧。

1981年,我在中央戏剧学院读书的最后一年,学院组织毕业实习。那时,是金山先生当院长,开明得很。让我们自己选择地方,只要不出国,哪里都行。我毫不犹豫地选择了冷湖。它是那样的遥远,从北京坐了三天两夜的火车,到达甘肃的柳园,弟弟早早等在了那个沙漠中孤零零的小站接我。又坐上一辆五十铃大卡车奔波了250多公里,翻过祁连山和阿尔金山交界海拔3680米高的当金山口,进入柴达木盆地再行驶130公里,才到达了冷湖。这380公里蜿蜒而漫长公路的四周,是一眼望不到边的瀚海戈壁,除了星星点点的芨芨草、骆驼刺和红柳有些灰绿色外,黄色,黄色,扑入眼帘的便都是起伏连绵平铺天边的沙丘单调的黄色。冷湖,是在这无边黄色沙丘包围中的一个小镇。

那一次,我在冷湖住了一个半月,走遍了冷湖的角角落落。我首先来到了被称之为冷湖这个地名的发源地,那是一片远没有青海湖大、也赶不上苏干湖和尕斯库勒湖宽阔的高原湖,是阿尔金山的千年积雪融化流下来而形成的湖泊。我去的时候是初秋,正是好季节,湖面上漂浮着蓝天白云,将一湖清新的绿都沉淀在了湖底。谁也不知道这片湖水在柴达木沉睡有多少年,一直到了1956年,新中国的第一批女子勘探队闯进了柴达木,勘探到了这里,才发现了它。只不过她们发现它的时候,赶上的是数九寒冬,风沙呼啸,湖水给予她们的是凛冽,她们便给它起了这样一个写实并且有些情绪化的名字:冷湖。这个名字冷冰冰的,多少有些不吉利,谁想到,第三年,1958年9月13日,就在它旁边不远的五号构造区的地中四井喷油了,喷的冲天的黑色油柱,落在井架四周不一会儿便成了一片汪洋油海,飞来的野鸭子误以为这里是冷湖呢,纷纷落下来,就被油粘住再也飞不起来了。地中四井是柴达木打出的第一口油井,年产量32万吨,现在看来并不多,但在当时石油年产量只有百万吨的中国来说,贡献是极大的。青海石油局浩浩荡荡地迁到了这里,给这里起个地名吧,冷湖就这样第一次画在祖国的版图上!冷湖,就是这样才渐渐平地起高楼在一片荒沙戈壁上建设起来了,石油局的职工家属从全国各地涌来,最多时达到了六万多人,最多时井架达到1011个,其中726口井出了油。说那时井架林立,炊烟缭绕,人气大震,生气勃勃,冷湖再不是寒冷袭人的湖,而是一片沸腾的油海,并不夸张。可以说,冷湖是新中国建设初期生产力和生产关系以及国家与人的精神风貌的一面旗帜,一种象征。我曾多次对弟弟讲,冷湖就是一部史,你应该为冷湖写史。

岁月如流,人生如流,三十一年过去了。我第四次来到冷湖。却是捧着弟弟的骨灰盒来到了冷湖。去年底,弟弟病逝前嘱咐家人,一定要把他的骨灰撒回柴达木。赶在清明节,我来到冷湖。

首先来到采油五队,弟弟最早就是在这里工作,结婚,生子的。第一次来到这里时,采油树高高矗立,我还曾经和他一起爬上去,他告诉我那一年井架上的卡瓦落下来,正好砸在他的头顶,幸好戴着头盔。调回北京时,他把这顶砸裂的头盔带回,一直放在他家的书柜上。

虽然,我知道冷湖地区的油井基本开采完毕,柴达木的石油开发的战略转移已经到了冷湖西部的三百一十公里的花土沟构造地带,多年前,就将六万职工家属撤离海拔三千米缺氧三分之一的冷湖,把家搬到了敦煌。我也懂得建设同战争是有着相似的道理的,尤其是在这亘古无人的荒凉的戈壁滩上建设,同进攻是一样的,进攻必需,撤退也同样必需。不必为冷湖现在的荒芜而伤感。像是一个人一样,从青年走到老年,完成了人生的使命。它以前走得曾经是沧桑、是辉煌,它现在走得应该是属于悲壮。但眼前的采油五队是一片废墟,断壁残垣,满目凋零,还是有些为它伤感。如果从五十年代初期算起到现在,不过才六十个年头。一个曾经那样轰轰烈烈的地方,就这样像一个搬空了道具和布景的舞台,像一株凋零了枝叶和花朵的大树,像一座陨落了星星和云彩的星空。

弟弟结婚时住的房子剩下了一面墙,透过凋败的窗框,可以看到不远处一座废墟,那是当年的注水站,旁边就是他和他的师傅、和他的徒弟经常爬上爬下的井架。厚厚的黄沙中,埋有小孩的鞋,大人的毡靴,旧报纸,破碎的酒瓶和罐头瓶盖。我还捡起几枚乳白色的鹅卵石,不是戈壁滩的前世大海留下的遗迹,就是当年弟弟他们一帮工人苦中作乐的装饰品,成为了这里曾经有过生命和生活的历史物证。

风和阳光是向导,带我走进烈士陵园。它坐落在起伏的沙丘上,沙子已经掩埋了坟茔的一部分,有的坟前的墓碑已经残缺凋落,有的墓碑里镶嵌的烈士的照片被风沙吞噬。每一次来冷湖,我都要来这里,为了拜谒两位前辈。

一位是石油部新中国第一任总地质师陈贲,莫名其妙被打成右派,发配到这里来劳动改造。他没有被压垮,相反积极参与了这里的勘探开发,参与了冷湖地中四井的发现工作,坚持实践着并应验着他的曾经被批判的"侏罗纪"的地质理论。以致后来整他的人也不得不对他另眼相看,来到冷湖,想找他谈谈,给他也给自己一个台阶。他却义正辞严地说没什么好谈的,甩手而去,即使得罪了人家,为此迎接他的命运是紧接着连降两级,仍不改悔自己做人"宁作刚直的栋,不做弯腰的钩"的原则。这样一个对新中国石油事业有着卓越贡献的地质师,在"文化大革命"中冤死在冷湖,他忍受不了非人的批斗,选择了自杀也要留下自己刚正不阿的身影。

另一位也是石油部总地质师黄先训,他比陈贲的命运要好,赶上了拨乱反正的好时机,将自己头顶的"右派"和"反革命"的帽子摘了下来。平反之后,他唯一的要求是到柴达木盆地来一趟。做为总地质师,他跑遍了全国所有的油田,唯独没有来过青海油田。谁想到已经买好了去青海的火车票,却突然一病不起,查出是癌症晚期。临终之前,他摇着苍老瘦弱的手臂,要求将他的尸体埋藏在冷湖这座沙丘之上。

那是1980年,弟弟在采油队,在报纸上看到了黄先训先生这个要求,当晚写了一首诗《冷湖的上空多了一颗星》,寄给了《青海湖》杂志。稿子恰巧被也是刚刚"右派"平反后的诗人昌耀看中,很快就发表了。那是弟弟发表的第一篇作品。冥冥之中,他们三人之间有了默契的感应,弟弟在冷湖的每一年清明节,都会到这来为黄先生扫墓。这一次,弟弟来不了了,站在黄先生的墓前,我和黄先生的女儿通了电话。风非常大,纸怎么也烧不着,最后是把打火机和纸一起塞进皮夹克里面,才点着,差点连皮夹克一起烧着。风立刻把纸吹跑,燃起火焰的黄纸像是火中的涅槃的鸟。

我最后要求去原来的学校看看。学校门前的一片空场上,原来曾经种着一大片上百棵白杨树。那是一片不同寻常的白杨树。1970年前,这片空场只是一片戈壁滩。学生们到了冬天用水把它浇成宽阔的溜冰场,是它唯一的用场。也曾有一年的春天在它的四周栽上是一圈白杨树的小树苗,但在干旱缺水的戈壁滩都枯死了。1970年的夏天,一个叫陈炎可的男人来到了这片空场上,他被委派的任务是给这片早已经枯死的树苗浇水。这不是当时人们对树苗的关心,而是对他的惩罚。原因很简单,他是当时的"现行反革命",在被监督劳动改造,除了要给学校扫厕所、喂猪、修桌椅……再添上给死树苗浇水,总之不能让他闲着。

他是广州人,二十一岁就自愿到这里当一名老师,却被无端打成了"现行反革命"。面对着这一片枯死的树苗,像面对着自己枯死的心,真有一份同命相连的象征意味。干完了所有要干的活,就到了晚上,挖好壕沟,接通学校里面的水源,让水流到这里,他计算好了时间大约要半小时,这段时间他才可以回去稍作喘息。半小时过后再回来,如果水未放满,他便打着手电接着放水。本来就是无用功,他和树都无动于衷,完全是一种机械作业。就在这时候,他读起了外语,也许这就是一份冥冥中的缘分,将他和树和外语一下子迅速地连接起来。他只是觉得和枯树苗天天夜晚相对实在无聊,为打发时间拿起了外语——是一本英文版的毛主席语录。谁想到大漠冷月,枯树孤魂,——在清水中流淌起来了,奇迹便也在这清水中出现了。一个夏天和秋天过去了,他忽然发现那枯树苗的树根居然湿漉漉有了生机。他赶紧在入冬前给树苗浇了封冻水,他忽然对这片树苗对自己荡漾起了信心。

四年过去了,浇了四年的水,读了四年的外语。日子像凝结住了一样,仿佛只成了一片空白。忽然有一天,他在水沟边读的外语,在一辆德国奔驰车出现故障翻出外语说明书谁也看不懂的时候,派上了用场,他的"现行反革命"的帽子莫名其妙地戴上,这一次又莫名其妙地平了反,他被调到局里当翻译。就在这一年的春天,他浇灌的那一片树苗终于绽开了生命的绿叶。在冷湖,在方圆几百里一直被黄色统治的戈壁滩,这是第一抹也是唯一一抹新绿。

第一次到冷湖。是弟弟带我见到陈炎可,那时候,他已经五十岁了。他带我到学校前看那片白杨树。上百棵白杨绿荫蒙蒙,阔大的绿叶迎风飒飒细语。他告诉我这里已经成了石油局的公园,晚上或假日,人们常到这里来。如今,学校已经是一片废墟,上百棵的白杨树大多枯死,但左右对称似的,一边剩下八棵,一边剩下六棵,还顽强的活着。人们在两边各砌起水泥台,为了浇水时防止水流失,保护着冷湖生命的遗存。大概戈壁环境所致,这十四棵白杨长得和内地的白杨不一样,长得和我前三次见到的也不一样,树干越发的骨节突兀沧桑,像胡杨。

只可惜,我见不到陈炎可。而弟弟也只能隐约站在那白杨树的枝干后面,等待着四月枝条上即将萌发的绿意。

冷湖!我第四次来,我相信以后还会再来,因为弟弟还在这里。

在这世界上,有的城市在地图上消逝了,比如特洛伊;比如庞贝;它们是因为战争和灾害而彻底没有了生命。如果冷湖有一天也在地图上消失了,它是因为发展和前进,它的生命还在。

回北京的列车上,写了一首小诗,记录我此次冷湖四月春行的心情和感情:

千里黄沙黯白云,清明无雨送归门。
青杨正忆冷湖在,红柳犹诗苦意存。
大漠孤烟烟作梦,长河落日日为魂。
当金山过谁家祭,一阵车笛雪纷纷。

2012 年 4 月 7 日冷湖归来
(原载 2012 年 4 月 10 日《南方都市报》)

善 与 尊 严（三题）

李庆年

善待善者善行

从宝鸡来西安打零工的杨宗厚将捡到的钱包还给女失主时，因索要"早饭钱"遭到辱骂。新闻媒体报道此事之后，许多市民通过热线电话表达了各自的看法：支持杨宗厚者居多，认为归还捡拾到的钱包有所付出，获得报酬理所当然；反对者则认为，拾金不昧是中华民族的传统美德，做好事就应当不计报酬，无私奉献。各执己见，莫衷一是。近日，笔者读了我国春秋时期"子贡赎人"和"子路受牛"的故事，对此有了新的且比较深刻的认识。

据《吕氏春秋》记载：孔子的弟子子贡出国游历，见到一个鲁国籍的奴隶，便自己出钱将他赎了回来。按照当时鲁国的法律规定，鲁国人在国外沦为奴隶，凡有人能花钱把他们赎回的，可以到国家报销赎金。但子贡赎了人却不愿接受国家报销的赎金，一时在鲁国被传为佳话。孔子的另一弟子子路救起一名落水者，那人为了表示感谢，送了子路一头牛，子路收下了。子贡和子路都是孔子门徒中出类拔萃的得意弟子，无论是赎人，还是救人，且不管其主观上的初始动机如何，而从效果上看，都是做了件大好事。世人大都持道德尺度来衡量此事,普遍认为子贡不领赏金体现了无私奉献的精神,是道德高尚的行为;而子路接受赠牛是施恩图报,离世人所称颂的高尚道德相去甚远。这种道德标准,一直延续数千年而不衰。而故事中两位主人公的共同老师孔子,对这两位弟子之行为的评价则与世俗所见恰恰相反。孔子批评子贡说:"赐(子贡名端木赐)失之矣。自今以往,鲁人不赎人矣。取其金则无损于(你的)行,不取其金则不复赎人矣。"与其相反,孔子却高兴地表扬了子路救人而受牛的行为:"鲁人必多拯溺者矣。"

在孔子看来,施谢的人赠送谢礼是真心实意,救人受礼者则收的心安理得,从而形成互帮互助的关系,有助于营造良好的社会风气。而子贡拒收奖励,提高了社会行善的成本。因此想来,子路接收赠礼能产生劝德的效应,而子贡谦让下接受国家报销的赎金却造成了止善的后果。纵观环顾,仰望俯思,窃以为,善待善者善行,对于促进社会思想道德水平持续提升是至关重要的,而其正反两方面的经验教训也是十分深刻的。

透过"子贡赎人"和"子路受牛"的故事,人们可以看到,做好事如果收受了馈赠或报答,并不会影响自己的修养,还能够让他人看到帮人做事所带来的利益,而更踊跃地去做善事。像子贡那样自损财物帮助别人、赎人不求赎金的做法,其道德固然是高尚的。但换一个角度来看,其作为的背后却客观地抬高了整个社会的行善成本,尽管好心但却不能持续促进良好风气的形成。有位做保洁员工作的女士就杨宗厚捡还失物索要报酬之事与记者交流时说,她在工作时常捡到一些身份证等,也曾尝试通过钱包内的电话联系失主。有一次,她好心好意地打电话过去,却被以为是骗子,竟然遭到了辱骂。"后来,我再也不做这种事了。"有网友在撰文责备这位失主,说是让其他丢钱包的人失去了一个会将钱包还给他们的"人",呼吁大家保护我们的良心和有良心的人。孔子在两千多年前指责子贡时所说的"自今以往,鲁人不赎人矣"之预言,竟然在当今时代得到了验证。当然,这位清洁工也坦承,联系失主费时费功费钱,如果能有一些奖励或者感谢,很能鼓励她继续做这种事。

善待善者善行,应当正确认识和把握客观事物的多样性,对具体情况做具体分析,拿出具体的对策。在人类社会中,由于客观条件和主观条件等多种因素的制约,人们因为经济条件、人生阅历不同,其价值观念、生活要求也会有明显的不同。面对同样价值的物品,一位身价数亿的富豪和一位靠卖力打工者所采取的态度可能会大相径庭。据报道,杨宗厚平时就靠给人打零工,再捡些瓶子为生。运气好的时候,一个月挣 1300 元,运气差的时候,800 元他也很满足。记者在他的住处看到的是:在一处立交桥下的支柱旁,一张木板、两块石磴、一床被褥、两双皮鞋、几件衣服……这里是杨宗厚在西安的"家"。不过,杨宗厚坚持自己的道德底线:"别看我没钱,穷!但我觉得做人要讲良心。以后再捡到钱包或证件,我还是会选择联系失主还给他!"对于做了好事的社会各阶层的人来说,特别是困难群体,给予适度的报酬和精神奖励都是完全应该的。

一些地区和部门在推动某项工作或开展某种活动时,出于长官意志的需要,不从实际出发,往往强造典型,硬树榜样,不顾实际地唱高调,而不过问当事人的实际困难,只知无限度地拔高、不遗余力地吹嘘,结果会把社会道德标准搞得脱离实际,让能力平平的芸芸众生望而却步。对于这些千差万别的情况,如果不做具体分析,不能根据不同情况采取不同的标准,提出适应不同层次的要求,那么就很容易伤了他们的自尊心,挫伤一些好心人做好事的积极性。实践表明,把道德的标准无限拔高,或者把个人的私德当作公德,只会让道德尴尬,让普通民众闻道德而色变进而远道德而去。这是一种常见的但却是十分有害的"被毒化理论"。

善待善者善行,还应当加强立法,用法律确保道德对人们行为的约束力,从法律上保障人的高尚道德的养成。早在两千多年前,鲁国颁布了诸如"鲁人为人臣妾于诸侯,有能赎之者,取其金于府"的法令,由政府从国库出金奖励,以鼓励良好的社会风气形成。近些年,我国相继出台了有关的法律法规。譬如,就捡拾物品给予酬谢之举,我国《民法通则》第79条做了明确规定:"拾得遗失物、漂流物或者失散的饲养动物,应当归还失主,因此而支出的费用由失主偿还。"另据《物权法》规定:"所有权人、遗失人等权利人领取遗失物时,应当向拾得人或者有关部门支付遗失物的保管费等必要费用。"其中所谓"必要费用"就包括拾得人为保管遗失物和寻找权利人所支出的费用。这一规定对于保护捡拾遗失物品归还失主者获得报酬的合法权益、促进社会风气的培养与提升,都具有特别重要的意义。杨宗厚捡拾物品索要报酬,失主收到失物支付答谢物,都是有法可依的。由此想来,加强社会道德建设,既要营造浓郁的社会氛围,更需要政府采取行政的、法律的、经济的等多种措施,惩恶扬善,从民间到政府应当各尽其能,从精神上、道义上、法律上、经济上给予鼓励和支持,以促进良好社会风气的培育和养成,从根本上提高社会道德水准。

有句俗话说得好:法律是道德的底线,是控制人的越轨行为的最后屏障,而道德则是法律的基础,是抑制人的不良行为的内心防线。没有法律支撑,仅凭道德的力量,则难以让好人得到好报;若没有道德做基础,法律则不能存在,就算制定了非常完善的法律也不会起作用。只要将道德和法律有机地结合起来,使之相辅相成,就可以有效地促进社会风气乃至社会公德整体水平的持续提升。

善忘·善意·善寿

近日读书，看到诺贝尔和平奖获得者、南非黑人领袖曼德拉善忘旧恶、善意宽容和善人善寿的故事，对于如何正确对待人生历程中所经过的磨难和挫折，有了新的认识。

曼德拉曾被当局关押了二十七个春秋，在狱中度过了漫长的岁月，备受虐待。获释后，在南非首次不分种族的大选中获胜，成为南非第一位黑人总统。他就任时，特意邀请了三名曾经虐待过他的看守到场。当曼德拉起身恭敬地向看守致敬时，在场所有的人都静了下来。熟悉内情的人更是表示不解。对此，曼德拉平静地说："当我走出囚室，迈过通往自由的监狱大门时，我已经清楚，自己若不能把悲痛与怨恨留在身后，那么，我仍在狱中。"倘若没有善良之心，是决不会有此善忘善行的。

有位哲人说过，时间可以冲淡一切。但冲淡并不是遗忘。人类的大脑内部存在着记忆功能，完全忘记的方法是根本不存在的。一般说来，人可以远离某个环境，远离与其有关的事物，然后等待时间去冲淡那些从前的记忆，使它们将来再次出现的频率极大地降低。曼德拉的善于忘却是源于他的博大胸怀和善心宽容的境界。他在监狱中承受了繁重的体力劳动、狱警刺耳的嘲骂和无尽的希望与失望，而他的精神世界发生了凤凰涅槃般的巨变，那颗激进的心渐渐变得温和。经历无数次深刻的思考，曼德拉领悟到勇敢并不是无畏，而是征服畏惧。曼德拉认识到善良是人的本性，如果一个人能够学会恨，那么他也一定能学会爱，因为"爱在人类的心中比恨来得更自然"。曼德拉在回忆录中写道："即使是在监狱那些最冷酷无情的日子，我也会从狱警身上看到若隐若现的人性，可能仅仅是一秒钟，但它却足以使我恢复信心并坚持下去。"此真可谓"心中有佛，眼中方才有佛"。监狱中的曼德拉失去了人身自由,却获得了精神的解放。曼德拉认为,压迫者和被压迫者一样需要获得解放,种族主义者同样也是囚徒,他们"被偏见和短视的铁栅囚禁着"。这种伟大的转变在后来的岁月里塑造了一个新南非,也使曼德拉成为举世公认的伟人。在2009年7月18日,曼德拉九十一岁生日时,联合国秘书长潘基文曾发表致辞,称赞曼德拉为"全球公民典范",是"联合国最高价值的生动体现"。每逢他生日时,人们会重复他长寿最重要的秘诀——宽容者长寿。

善者善寿,我国古代一些有识且善养之士往往都是提倡善忘之人。譬如,明代有位号称"铁脚道人"的在其《霞外杂俎》中写过一则善忘的故事:东谷居士敖英泊舟在长江瞿塘峡口,于山中遇一老翁,见其癯然山泽之姿,似有道气。因问养生之要,告知:"吾每日只服一剂快活无忧散,或遇事不如意,则服一剂和气汤。"而其中的"和气汤",专治怒气、怨气、抑制不平之气。其所用"药物:先用一个'忍'字,后用一个'忘'字。制作和服用方法:上二味药和匀,用不语唾液送下。此方先之以忍,可免一朝之忿也;继之以忘,可无终身之憾也。服后可饮醇酒五七杯,使醺然酣尤佳。"明代有位养生家叫郑宣的,写过一篇很有名的《坐忘铭》,其中写道:"常默元气不伤,少思慧烛闪光;不怒百神和畅,不恼心地清凉。"他告诫人们彻底断绝烦恼,善于忘却旧怨,就能保持心地清凉。善忘旧怨者来源于善心,而善心宽容者方能善寿。一剂"和气汤",一篇《坐忘铭》,与曼德拉的一段"善忘"的故事,同工异曲。

正如俗话所说,人生"不如意事常八九,顺心如意无二三"。对此应当学会善忘。善忘则是一种超脱的生活态度,善忘是一种崇高的人生境界,是人们善待人生的高贵品质。

慈心善行维护人的尊严

据报载,长春市新疆街市场有一家不起眼的馄饨小店,一位年约古稀的行乞老人经常光顾这里。老人的眼睛和耳朵都不太好使,常错用乞讨所得的游戏币来"买"馄饨。这家店主心知肚明,却一直没有当面拆穿,照样给老人馄饨吃。这件被店主一再称之为"不值一提"的小事,被贴在网站,却在短短几天内,感动了数以万计的网友,引发了涉及到慈善、尊严的热议,成为人们关注的热门话题。

面对这位行乞老人,店主一再强调,他敢肯定老人不是故意用游戏币来"买"吃的。虽然自己家里也不是太富裕,但是帮助像这样的老人还是没有问题的。店主之所以不想揭穿这个秘密,就是觉得"应该让老人有尊严地生活"。正是店主这种"上善若水"的博大胸怀和宽容之心,施恩不留痕迹,不张扬,不做作,于无声处,极其自然地让行乞老人享受到了做人的尊严,同时也向社会展示了他崇高的精神境界。

实施救助,如同雪中送炭,犹如旱逢甘霖,均为受助者所需所盼。然而,有些单位和社会团体在组织慈善公益事活动时,往往忽略了受助者的感受,为了其所谓的"扩大影响",让受助者登台亮相;更有甚者,特意安排让其痛说悲惨遭遇,以此激发人们的爱心。殊不知,许多受助者本来已经饱尝苦难,此举无异于重揭伤痕、伤口撒盐,让弱者的尊严再次受到极大的伤害。究其原因,就在于没有从内心深处正视人格上与受助者应当完全平等。其实,实施救助乃文明社会应有之义,而贫穷未必是受助者自身的过错。面对帮助,特别是关系钱财生计之时,本来就难抬头脸。店主为了让老人心中不难受,不揭穿,让其"正常"消费,为实施社会救助者提供了一个很好的可以借鉴的典范。

世界著名的慈善工作者特里莎修女，建立了"仁爱传教修女会"，获得过多个国际性奖项，1979年获诺贝尔和平奖。在她的心目中，穷人比富人更需要尊严，穷人在价值的等级中至高无上。

从特里莎修女的"穷人比富人更需要尊严"的理念，到馄饨小店老板维护行乞老人的尊严，都贯穿了一个思想，即用慈心尊重人格，用善行维护人的尊严。

(原载《青岛文学》2012年第4期)

心灵在高处（外一题）

董立勤

世界上有两种东西最能深深地震撼我们的心灵：其一是我们头顶灿烂的天空；其二是我们心中崇高的道德准则。

日月星辰才是我们心中真正的大牌。我们的敬畏和崇拜应该献给它们。假如我们真的有人类可值得我们崇拜，那么他们应该是具备和星空一样博大和深邃心灵的人。

心灵的深度也就是心灵的高度。

一位9岁的孤儿，在流浪了几年后，被送进孤儿院。后来，他的肺病复发，在生命的最后阶段，他向院长要求立遗嘱。院长说你一无所有，立什么遗嘱？他坚持要做这件事，于是由他口述院长亲自记录的一份遗嘱产生了：①孤儿院发给我的零花钱，还剩下32元，都放在我的床头柜里，钱不多，没办法购买贵重礼物，请替我买一个头花，送给照顾我的护工，谢谢她对我做的一切。②上周有领导来慰问，送给我一个漂亮的文具盒，可惜我没有机会使用它了，请把它送给我叔叔家的女儿，她的文具盒已经很旧了。③我死后不想带着角膜进棺材。请移植给我的邻居盲人赵叔叔。如果手术成功的话，请他到我老家去看看，我很想念那里。④我十分想念孤儿院的小朋友，也不能一一和他们说话和道别了，请替我到电台点一首歌曲，送上我最后的真挚问候和祝福。

孩子口述完毕后,深深地看了院长一眼,带着微笑合上了双眼。周围的人早已泪流满面了,院长哽咽着说:"这是他留给所有人的高贵遗产,既有物质的,更有精神的。"

这正如林清玄说过的:人的贫穷不是来自生活的困顿,而是来自在贫穷生活中失去的尊严;人们富有也不是来自财富的积累,而是来自富裕生活里不失去人的友情。人的富有实则是人心灵中某些高贵物质的展现。

看残疾人体育比赛,除了看技艺,你会有另外的收获,那就是看到他们的拼搏,你会思考,会感叹,那是他们的精神,那是他们心灵的高度。

平时,走在大街上,看到残疾人的诸多不完整,也许你用的眼光是俯视;当他们能通过锻炼,学会一些技能,生活可以自如时,你用的眼光可能会平视;当他们做出了突出成绩,尤其是心灵的窗口洒进了阳光,你就会仰视。

在泳道上,无臂选手奋力地用头去触碰池壁;盲人运动员在门球比赛中凝神谛听,猛然扑倒在地……诸如此类,健全人至少也应该是心灵的平视。因为很多事情,健全人做起来容易,残疾人做起来困难,更不用说健全人的水平赶不上残疾人了。

日本残疾作家乙武洋匡生来就没有四肢,但他却以不同的眼光看待自己的残疾,认为自己的"无臂无腿"只是身体的一个"特征",而非"缺陷"。他坚持同普通孩子一样上学,毕业于日本早稻田大学政经系,并找到了不错的工作。1999年,他的自传《五体不满足》出版后引起轰动。书的最后有这样一段话:"十五年前,我还是一个小学生,有位母亲被孩子的哭闹搅得心烦意乱,她指着我对孩子说:'听话!你要是不听话,就会变成那位小哥哥的样子。'我的书出版以后,我收到一位母亲的来信,她在信中说:'我有一个三岁的儿子,希望他将来能够成为乙武这样的人。'"

原来如此,心灵的高度决定了人们视线的角度。

难怪中国残联原主席邓朴方这样说:"残疾人参与体育运动,是用身体和意志,证明自己参与社会生活的能力;是用精神和毅力,表现自己的人格尊严,突破生命局限的志气和勇气。"

真正说来,更高更快更强,并不是生活的意义之所在,它只是生活的手段,统治奥林匹克顶端的其实不是奖杯,而是心灵、精神、诗意这些看不见的部分。

走在路上,这就是人生。我们一辈子走在两条路上,心灵之路与现实之路,这两条路相得益彰——心灵之路指引现实之路;现实之路充实心灵之路。当我们的心灵不再渴望越过高山大川时,心灵就失去了动力和营养;当我们的现实之路没有心灵指引时,即使走遍世界也只是行尸走肉。

所以,心在天堂,生活的感觉就在天堂;心在地狱,生活的感觉就在地狱。

无论哪个行业,决定一个人是不是高手的根本因素都不是技术。技术到了一定的程度,大家都差不太多。能分出高下的是人的心,比如爱心、信心、责任心之类,这些都是重要的职业道德,是心灵的高度。

正如一位鞋匠所说:我每次修鞋的时候,我总是把它当作上帝的鞋子来修理。平时,我也是用这种方式来为别人服务的。原来,心灵的圣洁和高贵,就在于把一种高贵的品质用在对待别人身上。

心灵就是一面明镜,它可以照出悲观、乐观、达观三副面孔:

悲观的人在山脚看世界,看到幽冥小径;乐观的人在山腰看世界,看到柳暗花明;达观的人在山顶看世界,看到天广地清。

悲观的人说人生像一杯苦酒,清浊的苦涩;乐观的人说人生像一杯美酒,点滴皆芬芳;达观的人说人生像一杯清泉,冷暖都清凉。

悲观的人看到花谢的悲伤;乐观的人看到花开的灿烂;达观的人看到花果的希望。

这仅仅是个角度问题吗？是个高度问题。一个有心灵高度的人,因为看得透,所以不躁;因为想得远,所以不妄;因为站得高,所以不傲;因为行得正,所以不惧。

对于心灵这面镜子,蒙尘的时候,小心揩拭,你就看得见心灵的制高点。那是境界呈现的一幕幕风景。那风景人人百读不厌,因为人人皆可身居其中。由此心灵在高处,这实在是破译出了人生境界的全部真谛。

说到底,境界还是你自己的事——你自己怎样奠基、怎样垒堵、怎样上梁、怎样铺瓦。完成之后,它是一幢高楼大厦,还是一间传达室,全靠你自己的铸造功夫,心有多高,你自己将走向多高。

上帝说:身体不过是一具盛放心灵的皮囊,你不可将它等同于自己的灵魂,身体不是你自己。法国思想家帕斯卡尔的一句名言说:"人是一枝有思想的芦苇。"芦苇是脆弱的,但加上一个能思想的灵魂,人就比宇宙间任何东西高贵得多。

当阿基米德正专心研究一个圆形时,面对罗马军队的剑朝他劈来时,他只说了一句话:"不要踩坏我的圆。"他已经把那个圆看得比自己的生命还重要。

所以,心灵的意义在于:羊绒和虎皮上的梦丝毫不比草地上的梦甜美;阔居广厦者的思想空间也未必就比蜗居陋室者开阔。即使在平庸的背景下,哪怕是一点不起眼的灵魂生活的迹象,也能闪现出一种动人的光芒。

由此说来,在某个高度上,就没有风雨云层。如果你生命中的云层遮蔽了阳光,那是因为你的心灵飞得还不够高。大多数人所犯的错误是去抗拒问题,他们试图消灭云层。而正确的做法是,找到使你上升到云层之上的途径,那里的天空永远是碧蓝的。

心在乌云上!

在爱情的王国里,对于爱慕者来说,偶尔的擦肩,也许不能缘定终身;偶尔的回眸,也不能将一切尽收眼底。可是,那一刻的心灵感应,却能激起内心的轰鸣,从此回荡一生。为什么有些人很多条件都很优越,就是找不到如意的爱人呢?是灵魂出了问题,要么是灵魂矮了,要么是灵魂没有共振。我们爱上的,是一个能拨动我们灵魂那根弦的人;有一天,当你不再爱了,那就是灵魂那根弦断了。

狄更斯在《双城记》中说:"这是最好的时代,这是最坏的时代。"

在一个高成本的社会里,道德和勇气同时可以是低价和天价;在一个数字化的时代,我们可以鄙视金钱,也可以因为金钱而热泪盈眶;这是一个验证人心的时代,我们可以选择诚惶诚恐地活着,但也可以豪情万丈地说:告诉你吧,世界,我不相信!我不相信天是蓝的,我不相信雷的回声,我不相信梦是假的,我不相信死无报应。如果海洋注定要决堤,就让所有的苦水都注入我心中;如果陆地注定要上升,就让人类重新选择生存的顶峰。这是时代的气概,也是心灵的高度。

心灵一定是在高处的。

"淡"变快乐

在滚滚红尘中,能让自己拥有一份淡淡的情愫,过着淡淡的闲情逸致生活,那是人生多么悠然自得的美丽;在平淡的人生中,让自己的生命鸣唱出最美妙动听的天籁之音,那是生命多么珍贵的闪耀!

生活中有这样一些现象:

有人喝不惯醋的酸味,但因为醋有很多好的作用,于是就兑上一些白开水,或者在菜汤里多放一些,这样喝起来就不那么龇牙咧嘴了。

蜂蜜是好东西,但如果一勺一勺地喝,甜得厉害了,会有一种咸的感觉,用温水稀释一下,喝起来就甜而不咸了。

我喝了很多年酒,都不是自己非常想喝的,都是"为了完成任务"而喝。所以不会品酒味,无论是白酒还是葡萄酒,都喜欢掺水喝,白酒就不那么烈,葡萄酒也就不那么酸了。这种习惯至今还保留。

大概这都属于"淡"变快乐吧。

"淡"字,一半是水,一半是火,水火本不相容,却被造字者巧妙地融合贯通在一起,意蕴深邃。

为什么有人喜欢平淡?因为平淡意味着深沉,平淡不是平,而在它的平中有醇美,淡中有深情。这正如平淡的香水,在似有似无之间,给人一种飘逸;也正如我们看惯了的那些平淡的画,在简简疏疏之中,予人一种幽远。

淡淡的情愫,是夜的静美,雨的飘逸,风的洒脱,雪的轻盈。此时的淡,不是淡而无味的淡,是人淡如菊的那种淡,或曰是过滤了喧嚣纷扰后的宁静,是心静如水的淡然。淡淡地去感受一份属于自己的天地,心灵就如同雨后的天空一样纯静。这种"淡"还会淡吗?

电影演员濮存昕说过这样一段话:"社会造就出一个孤立的台子,你站在上边,大家都看你,都知道你是谁,不反感你,还能说出你的一二,这大概就是偶像吧。这不是我个人左右得了的。是记者、媒体给你的空间,是观众对你表演过程的一种赞许。这些,和我的现实生活没什么关系,我不是很在乎。"这又是一种意义上的"淡"。

世界上很多事情,平平的,不令我们颠踬;淡淡的,不让我们昏醉。"淡"就是最美的"真",使我们坦坦荡荡地处世,明明白白地看人。

古语说得好:素食则气不浊,独窗则神不浊,默坐则心不浊,读书则口不浊。综合起来再上一层高度,就是"从容入世,清淡出尘"。

但这又是何等不易。人就像一只被自己的欲望劫持的船,我们的眼里,只有彼岸,没有了岸边弱柳扶风的闲情雅致,没有了天空飞翔的裁剪云朵的曼妙情怀,没有了远山峰峦叠嶂的磅礴气势。那么,放松在哪里?快乐在哪里?

清醒的人该明白,一粥一勺是清淡——健康、温暖、妥帖;一瓢一箪是清淡——随意、自在、安心。奢华也罢,绚丽也罢,生命终究要归于平淡。淡到极致,尘世的历练会让我们的内心不断贴近本真,让灵魂归于成熟、稳健和超然。这才是快乐人生的至高境界。

有这样一个"胆汁入水"的故事:

一位少妇到老中医那里求诊,她已经多日茶饭不思,夜里无眠,身体乏力,日渐消瘦……

老中医给她切过脉,观过舌象,便说:"你心中有太多的苦恼事,体有虚火,并无大病。"少妇听了如遇知音,于是便倾诉心中的种种烦恼。

老中医又问起她的另外一些情况:"丈夫对你感情如何?"少妇脸上有了笑容,说:"很是疼爱我,结婚十年从未红过脸。"

老中医又问:"是否有孩子?"少妇眼里闪出光彩,说:"一个女孩,很聪明,也很懂事。"

老中医又问:"种的庄稼年年都遭灾减收吗?"少妇连忙摇头说:"已连续三年大丰收了……"

老中医边问边写,然后把写满字的两张纸放到少妇面前。一张写着她的苦恼事,一张写着她的快乐事,对少妇说:"这两张纸就是治病的药方,你把苦恼看得太重了,忽视了身边的快乐。"说着,老中医让徒弟取来一盆水,一只猪苦胆,把胆汁滴入水盆中,那浓绿色胆汁在水中淡开,很快便不见了踪影。老中医说:"胆汁入水,味则变淡,人生何不如此?"

生活中的酸甜苦辣,经常情况下,不一定是味道越浓越好,而是适当地"让味变淡",就像那胆汁入水一样。对于快乐来说,也许不在于我们承受了太多的痛苦,而在于我们不善于用快乐之水去冲淡苦味。

偶尔听到这样一个说法,"快乐就是笼中鸟与笼外鸟的区别。"觉得有道理,便仔细观察了一下:笼中鸟是很有些幸福感的,被主人细心呵护,锦衣玉食,冬天冻不着,夏天也不出汗,有时也取悦于主人,或者被主人取悦,互相游戏一番。可总有一个最大的遗憾,自己的活动空间只有那么一小块,只能看到头顶的一方蓝天。

笼外的鸟,虽然觅食有些困难,可也极少看到有多少鸟儿被饿死。但它们自有骄傲的理由:自己属于蓝天,属于广阔的大地,能尽情地飞翔,既没有限制高度的,也没有限制长度的,可以不受任何人的左右而放声歌唱……

原来二者的区别在于自由度的追求。细细品来,其实自由就是一种平淡,是被和谐的大自然冲淡的一种味道。

一位时尚的城市人,在火车上听了一位民工的愚钝但很快活的言辞,颇有感想:

你自以为高人一等,自以为深谙世事无常的道理,可是这一切都敌不过那个看似粗糙,却活得踏实、知足而快乐的人。不管生活对他有多么的不宽容,他总能在那些生命的碎屑中找到只言片语的快乐。他没觉得自己有多可怜。他就这么艰难地前行,往前走哪怕一点的距离都能让他欣喜若狂,而不会因为目的地还那么遥远而沮丧不已。

粗糙,却像野花一样充满生机,说快乐来自粗糙,不太确切,但粗糙中的快乐更有价值。

"粗糙",有时也是一种"淡"。

经常情况下,快乐因每个人的生活坐标不同而各有不同。有人会认为金榜题名是一种快乐;有人会认为财源滚滚是一种快乐;也有人认为粗茶淡饭也是一种快乐。我们不应该随意去否定什么,但我们可以去肯定一些什么,那就是从"让味变淡"的角度看,那些远离欲望、远离浮躁的快乐,虽然平淡,但却长久。

有位智者说过:欲望就像海水,总是越喝越渴。虽然是一个普通的道理,但有些人却总是放不下那盛满海水的碗,睁着血红的眼睛,在名利场上横冲直撞,直到头破血流。随后,才觉悟人生的欲望,不是娇艳的鲜花,不是甘醇的美酒,也不是权势和名望,而是生命过程中不该忽视的淡漠和从容。

(原载《青岛文学》2012 年第 5 期)

酒

王　族

1. 酒　神

　　第一次见图瓦人喝酒是在几年前。先前就听说这个村子里的人特别能喝酒,突然碰到了却仍大吃一惊。两个二十出头的姑娘坐在河边的一块大石头上,各举一个酒瓶在对饮,不一会儿半瓶酒就下去了,但她们却仍无醉意,各自举着瓶子向对方示意,一口接一口地喝着。她们喝得很镇定,偶尔抬起头看一眼远处的山,似乎又有了兴致,便举起瓶子又喝一口。离山近的人都喜欢望山,望山望久了,人便也变得像山一样。在绵延不绝的阿尔泰大山中喝酒确实是一种难得的享受,辽远的山地影响着人的心胸,这时候再有烈酒助兴,人便有了飞翔的感觉。这只是我在一次酒醉后的感受,长期生存于此的图瓦人一定有着比我们更强烈的感觉。就像那两个对饮的姑娘,在挑水的间隙买两瓶酒喝一通,喝完了挑着水回去做饭,有谁知道她们在喝酒的间隙,望一眼远处的山时心里想的是什么。

　　不久又见到一个小伙子喝酒,更是让我惊叹。他骑马从山里出来,像是按捺不住急切的心情似的打马奔跑到一家小商店前,将马拴好,进商店大喊着让店主拿酒。店主递给他一瓶酒,他递给店主一张钞票,就在店主给他找零钱的这一小会儿,他举着酒瓶咕咚咕咚全喝完了。店主见状,问他还要不要,他竖起一根手指头,店主又给他拿了一瓶,重新找了钱。他举着那瓶酒边往外走边喝,等走到马跟前时又喝完了。他转身返回,又买了一瓶,上马一边喝着一边离去,马越跑越快,他的身子左右摇晃,但就是掉不下来。走远了,见他手一扬,白色的酒瓶便划出一道漂亮的弧线落入草丛。短短时间,他便喝了三瓶酒。

后来又听说了几个有关喝酒的故事。一个故事说,村子里到了深冬便被大雪覆盖,两个老朋友想对饮,却苦于无法接近,于是两个人想了一个办法,从雪地里挖一个洞钻过去。两个人挖呀挖呀,用了很长时间,终于在两家之间的雪地里挖通了一个洞。掘掉最后一层雪的时候,两个人兴奋至极,各自从腰间掏出一瓶酒,在洞中就对饮了起来。

另一个故事说,有一个人一天晚上住白哈巴村,第二天早上起来晨跑。村中寂静,空无一人。他正跑着,有十几条狗将他围住汪汪大叫,欲做扑抓之状。他左冲右突跑不出去,情急之下,他突然想到了一个办法,装酒醉的样子东倒西歪。众狗知道村中多有醉汉,以为他是村里人,便低低地"支吾"了几声,将身影闪进了栅栏内。

住在山顶上的图瓦人很少到村子里来,但凡下来必有一次盛饮。他们平时多以挖药材为主,山上有很多药材,他们按照它们生长的规律从春挖到秋,收获颇丰。在这期间,他们总要下几次山将药材卖给收药材的人。有了钱,他们先去买一袋面粉,这是生活必需的,然后就去买酒喝。他们可以畅饮一天酒,喝醉了就敲开朋友家的门,进去倒头就睡。人们对喝醉了酒的人都很尊敬,只要见到醉倒在地的人都要扶到家里好好照料。有时候,善饮是男子汉的一种表现,据说古时候的马上英雄皆以善饮为首要标志。电影《东归英雄传》讲的也是蒙古族的故事,里面有两个极其感人的画面均是在马背上完成的。一个是一对恋人在奔跑的马背上拥抱接吻,男子将女人的衣衫褪去,衣衫被大风刮着飘飘荡荡飞向天空,而那一对燃烧的男女已奔驰出很远。另一个画面是几个兄弟在纵马奔驰中,将一个酒壶丢来丢去,凡接住者便饮一口,复又丢给另一个。马跑得很快,一个酒壶却被他们灵活自如地传递着。在马背上饮酒,是一种激烈得能让人的魂魄飞扬的时刻。回过头再说那些从山顶下来的图瓦人,他们知道生命中的畅饮就是一种幸福,生活的要求也就是养一群牛羊,从春到秋挖三个季节的药材,但一次畅饮却是必不可少的。那是生命的一种飞翔,是平日里不可能有的一种奇妙感觉。或许,他们在平时坚守清贫,就是在等待着让生命在激扬中飞翔。

在村子里,经常能见到醉卧在地的人,这时候他自己似乎不存在了,另一个被酒精唤醒的他出现了,歪歪扭扭,胡言乱语,一旦倒地便以大地为床,天为被,舒舒坦坦地躺在了这里。偶尔,他会高兴得大叫,手舞足蹈,这时候的他是另外一个自己,处在极度的自由之中,几近于飞升。人们从他们身边走过,不打扰他们,也不扶他们回家。村里人说,不能打扰一个喝醉了的人,他们在这时候是最快乐的。在地上躺一会儿后,他们就会起来,歪斜着身子往家走。路边有水渠,他们蒙蒙眬眬看见了,便一跃而过,向栅栏贴近。

醉后归家,再长的路,再不好走的路,被酒醉者走得云飘雾飞,不一会儿便一头撞进了家门。

2. 快 乐 饮

村里人大多都喝得平静而又从容,过节或遇到高兴的事了,他们便宰一只羊,买来一两箱酒,邀三五个好友坐在家中喝。这时候的礼节很多,主人倒满一碗自己先喝了,然后给客人轮番敬下去。一轮转毕,主人又喝一碗,又敬下去。一般的汉族人勉强可以喝完第一碗,但第二碗却是无论如何喝不下的。村里用来喝酒的碗很大,一斤酒一般只能倒三碗,酒量不行的人喝第二碗酒后,人随碗便倒在了地上。对图瓦人来说,这只是热身,朋友之间互相敬酒和一些斗酒的喝法还没开始呢!主人敬三碗酒后,便将酒瓶递给其中的一位朋友,他马上接住敬一圈,再递给另外一个人。一天下来,一箱子酒往往不够喝,主人吆喝一声,老婆或孩子便出去又搬来一箱。最后,所有的人都喝醉了,骑着马,任由马自己走回去。家里人知道外出的人肯定喝醉,便亮着灯,开着门等候,听见栅栏外有马的叫声,便知道喝酒的人回来了。

冬天,大雪将村庄与外界隔绝,村子里喝醉酒的场面比比皆是。冬天需要烈酒驱除寒冷,再加上无事可干,酒就变成了生活中必需的内容。有人曾做过统计,白哈巴村人有一年一共喝了四十五吨酒,按人口算,一个人一天平均喝两瓶半。

时间长了,酒瓶子便在每家屋后砌成了一面墙,阳光一照,闪闪发光。

有一对夫妇,有一天双双喝醉了,别人上门来要欠款,男人不省人事,女人接住话题说,你来嘛要钱是不是?我告诉你,他有钱,有钱得很,就是不想给你。那个人很生气,说,今天拿不上钱就不走!男人慢慢酒醒,知道了他的来意,便请他喝酒,一番痛饮之后,那个人也醉了,不再提要钱的事情。第二天,他又想起了钱,便又找上门去要。那家男人开玩笑说,我昨天把钱给你了,你请我们喝酒全花光了嘛!他只记得昨天喝酒了,但记不清昨天是不是自己请的客。那家男人见他愣怔,嬉笑一番,便把钱给了他。

村子里也有整天喝酒不干事的人,把自己的钱喝完了,便去喝别人的酒,慢慢地就把整个村庄全喝遍了。有些人喝坏了身体,手脚干什么都抖个不停,到了这种地步,人已经无法再离开酒了,只能借酒精麻醉被酒弄坏的身体。

当然,更多的人还是无比快乐地喝了一辈子酒,巴车的父亲年轻时善饮,到年老后仍有能喝两三瓶的酒量。后来,他在去打猎的时候带上一瓶酒,等到猎物出现时就打开瓶盖,一边喝,一边瞄准。乘着酒兴,他往往百发百中,弹无虚发。

一次,他被两只狼逼到一个山洞里,子弹已经打光,枪也不慎掉入山谷,他一着急从腰中抽出酒瓶,准备打狼。一只狼爬上斜伸入山洞的一根朽木,慢慢向他逼近。他隐藏住身子,待它接近后突然闪出,一瓶子砸向狼的腰,他当了一辈子猎人,知道狼的腰像麻秆一般细脆,轻微一击就断了。那只狼被他打个正着,惨叫一声落入谷底,在一堆石头上摔得粉身碎骨。他成功了。然而,他在取得成功的同时却遭到了更危险的袭击,另一只狼以摔死的这只狼做掩护,选好一个进攻的最佳位置突然向他扑来,他只觉得眼前有一条黑影一闪,左臂便发出一阵钻心的疼痛,他低头一看,那只狼已用双爪攀在自己的腰上,咬住了自己的左臂。他怕狼再次蹿起咬自己的脖子,便慌忙用右手去按狼的头,狼死死咬住他的左臂不放,嘴张得很大,发出很难听的呜呜声,无论他怎么按都不松口。一急之下,他打开酒瓶盖将瓶口塞入狼嘴里去,使劲给它灌酒。一阵火辣辣的灼痛漫过伤口后,狼叫了一声,身子一软跌倒在了地上。他在狼跌倒的一瞬,又用劲把酒瓶往里塞了一下,塞入了它的喉咙。他想,这样狼就没办法来咬自己了。狼大概被酒呛着了,在原地打滚,好不容易才把酒瓶子甩了出去,但狼已经醉了,东倒西歪,不知该往哪里去。他嘿嘿一笑说,毛驴子生下的狼,酒量不行嘛!不一会儿,狼便倒在了地上,他走过去一看便笑了,狼和人不一样,喝醉后浑身抖个不停。他见那只狼的皮毛不错,就又一挥手一瓶子将它的腰打断,用一根粗藤把它缚住拉回了家。在路上,狼没发出任何声响,他停下一看,发现狼却早已死了。他想,狼可能是喝酒喝死的。

现在,那张狼皮被他每天晚上铺在身下,变成了他温暖无比的褥子。

我快要离开村子时,听说他已经躺在床上不能动了,人们给他吃任何药都无济于事,眼看着他一天不如一天。有一天早上,他突然有了精神,让家里人给他拿酒,喝下半瓶酒后,精神更加焕发了。家里人想让他吃点东西,他说自己有点累了,想休息,说完就躺下了。这一躺下,他再也没有起来。

家人给他张罗后事,他的身体已经枯瘦无比,但脸色却很红润,跟活着时一样,家人对此都很惊讶,想着他喝了一辈子酒,下葬时,就把两瓶酒放在了他身边。

3.面子酒

有时候人们会说,喝酒喝的其实是面子,喝得好了面子自然就保住了,喝得不好面子自然就丢了。丢了面子的人,他遭遇到的痛苦是他自己也无法预料的。

刚来村子里的那天,我听说了这样一件事:离村子不远的一个地方有一位哈萨克族老师因为要面子,在一天晚上自杀了。细问之下才知道,他本来是一位十分优秀的老师,教了近三十年学,教出了不少有出息的学生。他在那个学校很有威望,不光学生,就连老师们都很尊敬他,前几天他和几个朋友一起喝酒,说一些早年间的事情。也许是酒喝多了,有一个朋友突然说起了他小时候偷过别人家的羊的事情。酒是火,喝多了可以让人燃烧起来,忘乎所以。朋友的话刚说完,他脸上的颜色就变了,大家意识到了问题的严重,谁也不说话了,酒桌上的气氛一下子变得沉闷起来。过了一会儿,他喝了一杯闷酒,未向任何人打招呼就转身走了。他走到院子里的时候,大家听见他把院子里的木头踩得啪啪响。多少年了,他的这件事早已被人忘记了,他在大家心目中的形象就是一个好老师,现在突然把这件事提出来,让大家觉得他一下子没有了面子。当晚,他就自杀了。

面子没了,人便也就没了。有时候,一个人其实是为面子活着的,他觉得自己有面子,便会活得顺心和自在;突然之间没有面子了,他便不知道该怎么去活了。面子有时候在一个人身上,有时候在处世的方法中,有时候在别人的嘴里,而在更多的时候,则在虚无之中,人摸不着、抓不住它,而人又是有血有肉有感情的,所以,它容易让人出问题。

在村子里,有好多人就这样一不小心把面子丢了。丢了面子的人,轻则丢人,重则丢命。有一个人在家里请客,大家从中午一直喝到天黑,喝得兴高采烈,突然间没有酒了。那个人年轻,按捺不住心头的怒火,抡起巴掌就给了老婆一下,他老婆被打傻了,捂着火辣辣灼痛的脸,不知该如何是好。少顷,他见老婆还没动静,便怒吼了一声,老婆急忙跑出去从甘肃老王的商店里搬了一箱酒。那天客人们都喝高兴了,到最后一个个东倒西歪,摇晃着离开了他家。客人一走,他老婆"哇"地一声大叫,扑过去就给了他两个耳光。他一声不吭,蹲在角落里默默地收拾酒瓶。其实,他怕老婆,平时在家里都是老婆说了算。这次请客,客人喝到中间没酒了,这是一件没面子的事,因为酒壮胆,他给了老婆一个耳光,现在客人走了,他脸上被老婆打得火辣辣的痛,但他感到自己的面子还在。

以上两事,皆与喝酒有关。可惜我酒量不行,喝不了多少就醉了,而且一醉便不省人事,呼呼大睡到第二天才能醒来。人们都说新疆人能喝酒,但对于我这个新疆人来说,只是背了一个名声,其实喝不了多少。这次到村子里来,多遇热情的酒场,但我喝不了几杯就支撑不住了,看着大家热情豪饮,我便只好打一声招呼,离开酒桌去村子里走动走动。我虽不胜酒力,但我明白酒场上的规矩……不喝酒的人干坐在那儿,影响大家的情绪和酒桌上的气氛,索性还不如离开。

我在村子里闲散走动,见一个小男孩肩扛一个蛇皮袋,颇为吃力地从村中走出。带子中装着酒瓶。他的个头实际上和袋子同高,而身子与装满了酒瓶的袋子相比则显得很是单薄。但他却用劲将袋子扛了起来。他的力气不够,扛着袋子摇摇晃晃走不稳,但他仍坚持着向前走去。我猜他的年龄不会超过10岁。这么小的一个孩子,何以要扛起这样的重负,他的肩膀还太柔嫩,随时都有可能被压趴下?!他走到泉边时,让袋子顺着脊背落到地上,然后趴下身子去喝泉水。他喝了很长时间,似乎随着甘甜凉爽的泉水入腹,他顷刻间获取了许多力量一般。爬起来后,他用手抹抹嘴,朝我一笑,又扛起袋子走了。他的步子比刚才迈得更结实了,走了几步后居然跑了起来。我很诧异,他肩扛如此重的东西,为什么要跑呢,我更不明白的是,他何以有突然能够让自己跑起来的惊人力量呢?他跑得很快,进了村子后很快就没有了身影。

望着他的背影,我突然觉得自己一下子醉了。

4. 醉　话

一次,我见到了一个喝醉了的人。下面是他喝醉后说的话:

我没醉,我还可以喝。

我们再喝一会儿,然后我回去找我的羊。

什么,没酒了?没酒了你去买呀,没酒你请什么客?

什么,小卖铺里没酒了,没酒他开什么小卖铺?你去,他小卖铺里没酒,你去布尔津县去买;布尔津县没有,你去乌鲁木齐买;乌鲁木齐没有,你去北京买……

去买了,好。

我告诉你,山上的草好,河里的水好,我的羊长得好。你下次跟你老公来我房子里(家)喝酒,我给你们宰没结过婚的羊,喝个一天一夜。

好,一定去,就像今天我说来就会一定来一样。

酒买回来了,好!你是去布尔津县还是乌鲁木齐买的?

没去,噢,小卖铺里有酒,那刚才他为什么说没有酒?他的舌头坏了吗?他的牙齿坏了吗?他的喉咙坏了吗?

什么,他怕我喝醉了。什么话吗,有酒不给喝酒的人喝,他有罪。

好,现在咱们接着喝。

为阿尔泰的山喝一杯。

除了山,水也好,也为水喝一杯。

为草喝一杯。

也为草场喝一杯。

为草场上的风喝一杯。

为羊喝一杯。

为马喝一杯。

为牛喝一杯。

为风喝一杯。

为水……

啊,为水喝过了!

那,为你喝一杯。

为我喝一杯。

还喝呀?

你喝不了了？

我还能喝,好像也喝不了了？

那咱们就不喝了？

酒还剩一瓶,留着,我下次再来喝。我下次来一定要吃没结过婚的羊,喝上个五六瓶,我喝不醉。

那,我走了。

我的牛啊,我的羊啊,我的马啊,我的草场啊,我有你们,我喝醉了。

5.他在乡政府门口敬礼

远远地,一个人向我们的车子走来。他的身子东倒西歪,有好几次都要摔倒了,但他却总是及时将身子站直,没有让自己趴在地上。我们的车子离他近了不得不停下,以免撞上他。

他醉了。

见我们从车上下来,他摇晃着走到我们跟前,看了看我们。我发现他虽然醉了,但他的眼睛里明显地对我们有一种不屑的意思,似乎我们的到来打扰了他。但他的这种眼神很快便转换成醉后的迷离,他向我们举起手,在快要举到平肩时像是改变了主意似的晃了晃,又放了下去。我们要去办事,他见状便又挡在我们面前,嘴里含糊不清地说起了醉话。本来,他说的是哈语,加之又醉了,所以我们听不懂他在说什么。他见我们听不懂他的话,有些急了,语速更快了,以至于急切地在表达着什么,但我们还是听不懂他所要表达的到底是什么意思。

我们办事完毕后返回时,看见他仍然站在原来的位置,酒还没有醒,还在说着什么。我们去乡政府,他跟在我们身后,到了乡政府门口,他突然停住,嘴里又快速地说着什么,并很快便哭了起来。他看着乡政府,似乎一下子满腔的委屈都变成了酸涩的液体从双眼中涌了出来。看着他的样子,我觉得他此时的哭泣并不是因为喝醉了酒,而是确实到了伤心不可抑制的时候。他为何如此伤心呢?我问这个乡政府的女乡长,他是你们乡的人吗,他的情况你了解一些吗,他为何这样?女乡长说,他是这个乡的人,经常喝酒喝得大醉,醉后说的都是伤心的事,他这个人经历太坎坷,经历了很多伤心的事情,平时还好,一喝醉了便全想起来了,所以便想对人倾诉,便哭……

我们建议女乡长安慰一下他,劝他不要哭了。她说,劝不了他,也安慰不了他,唯一能起作用的办法就是给他酒。

给他酒吗?大家都觉得这个办法不好,于是便只好看着他哭。女乡长实在看不下去了,便过去安慰他。女乡长说的是哈语,他听懂了,但却哭得更厉害了。女乡长无奈,便不再劝了。我想,对于他而言,让他不再哭的唯一办法就是给他一瓶酒,让他再次喝醉,但他醉了之后万一内心仍很清醒,又抑制不住伤心哭泣,该怎么办呢?

女乡长实际上不愿意让我们在乡政府门口看到这些,客气了几句,她劝我们早一点返回阿勒泰市,不要在路上耽误了时间,误了晚饭。我们要上车走了,他一急之下,突然举起右手向我们敬了一个礼。应该说,他这是一个标准的军礼。我们中间有三个人当过兵,见状马上给他还了一个军礼。他高兴了,嘿嘿嘿地笑了。他喝醉了,但他用敬军礼的方式一下子和我们沟通了。他很高兴,转身对着乡政府又敬了一个军礼,大声用哈语说了一句什么。

我问女乡长,他在说什么?

女乡长说,他在叫毛主席。

呵,一个喝醉了的人,在乡政府门口敬军礼,嘴里叫着毛主席,这时候他心里想的是什么呢?

我们上车离去,走远了从倒车镜中看见,他仍站在乡政府门口。

(原载《海燕》2012 年第 5 期)

祥云飞渡

刘心武

每到午后,那居室的窗户透光度增强,我跟石大妈对坐聊天,就觉得格外惬意。我们的话题,常常集中到一本书上。那是薄薄的一本书,1961年我曾拥有过,在否定一切"旧文化"的狂暴中,又失去了它,但到1981年,我不但重新拥有了它,而且,还买了一册那年新版的送给了石大妈。

我跟石大妈说起,1979年年初,还没搬到我们住的这栋楼来的时候,曾见到一位法国来的汉学家,他给自己取的汉名叫于儒伯,交谈中,谈到了这本书,我说,可惜现在自己没有了这本书,也买不到这本书。他就笑道,可以送我一本,不过,那可是法文的,如果我想利用书里的资料,提出来,他可以把相关片段从法文回译成中文,送给我。他当然是说着玩儿。试想,以下这些文字中译法后,再法译中,会发生怎样的变异:

> 自十三以至十七均谓之灯节……各色灯彩多以纱绢玻璃及明角等为之,并绘画古今故事,以资玩赏。市人之巧者,又复结冰为器,裁麦苗为人物,华而不侈,朴而不俗,殊可观也。花炮棚子制各色烟火,竞巧争奇,有盒子、花盆、焰火杆子、线穿牡丹、水浇莲、金盘落月、葡萄架、旗火、二踢脚、飞天十响、五鬼闹判儿、八角子、炮打襄阳城、闸炮、天地

灯等名目。富室豪门,争相购买,银花火树,光彩照人,市马喧阗,笙歌聒耳,自白昼以迄二鼓,烟尘渐稀,而人影在地,明月当天,士女儿童,始相率喧笑而散。市卖食物,干鲜具备,而以元宵为大宗,亦所以点缀节景耳。又有卖金鱼者,以玻璃瓶盛之,转侧其影,大小俄忽,实为他处所无也。

这本书,就是《燕京岁时记》。作者是清末的富察敦崇,是一部文字简约而精美,按季节嬗递记载北京民俗的随笔集。它于清光绪二十三年(1906年)付梓,很快被译成法文在法国出版,日本也翻译出版过。我读了这本书,就有一种憬悟,那就是,社会生活除了政治层面,还有与芸芸众生更加密切相关的,包括诸多琐屑俗世乐趣在内的生活层面,帝王将相、大政治家、职业革命家……有的对这些俗世生态嗤之以鼻,若觉妨碍他们的伟大事业,禁绝、扫荡起来是决不留余地的。但是,毕竟这世界上还是渺小、卑微的芸芸众生居多,他们那种无论在什么情况下,都要顽强地寻求小乐趣的"劣根性",却是万难斩尽杀绝,是一定会"野火烧不尽,春风吹又生"的。1966年夏天至1976年冬日的大风暴不可谓不猛烈,但到1981年我和石大妈对坐闲聊时,那十年里被批判、扫荡、禁毁、藏匿的一些文化与习俗,却又迅速地复苏、重生,舞台上又有传统剧目上演,电影院里以正面评价重映被批判过的影片,被打倒过的作家的作品结集为《重放的鲜花》,一时洛阳纸贵,《燕京岁时记》这类的古旧"闲书"也重新出版,而我和石大妈聊起其中的内容,比如"五月下旬则甜瓜已熟,沿街叫卖。有旱金坠、青皮翠、羊角蜜、哈密酥、倭瓜瓤、老头儿乐各种",也再没有"脱离政治低级趣味"的心理压力。石大妈能把以上六种甜瓜的形态及口味非常精准地给我细细道来。

石大妈,因为嫁给了石大爷,所以我管她叫石大妈,其实她姓傅,满族人,满族人关定鼎中原以后,逐渐汉化,比如富察氏,有的后来就将自己的姓氏简化为富或傅。石大妈的祖父,正是《燕京岁时记》的作者富察敦崇。尽管隶属正黄旗的富察氏传到敦崇时早已成为地道的北京人,但敦崇在书前还是这样署名:"长白　富察敦崇　礼臣氏编"。

我能跟石大妈结识,那是因为在那个历史时段,我们出于同一个前提,在同一栋楼里分到了居室,那栋楼所在的地区,被定名为劲松。

什么前提呢?叫做"落实政策"。从1973年以后,就有"落实政策"一说,有的在大风暴中入狱,被放出;关"牛棚"的,让回家;受管制的,"敌我矛盾按人民内部矛盾处理",松口气……但是,由于"四人帮"的阻挠,落实政策的步履十分蹒跚,大打折扣,留有"尾巴",直到1976年10月以后,"四人帮"垮了台,又经过大约两年的时间,确定了改革开放的大方向,进入了新格局,这才加快了落实政策的步伐。记得1979年年初在北京工人体育馆开了诗歌朗诵会,其中有句"诗"是:"政策必须落实!"啊呀,台下掌声经久不息,有的观众竟至于流出了热泪!如今长大成人的"80后"、"90后"见到我这样的回忆文字,或许会发愣:真有那么回事吗?作为过来人,我保证有那么回事。那几年里,"落实政策"绝对是热词、要事。

首先,是为被打击过的老革命、老干部恢复名誉。然后,为被打成"牛鬼蛇神"的"反动学术权威"们和包括名演员、名作家在内的文艺界知名人士平反。后来,更提出并实施"落实知识分子政策"。有的被落实政策的对象已经去世,就开追悼会,重新安置骨灰。活着的,因为风暴中被扫地出门,给其落实政策的一项重要措施,就是安排住房。于是从1975年起,北京就开始建造几批"落实政策房",简称"政策房"。我见识过的,规格最高的,在南沙沟,那个楼区隔条马路就是钓鱼台国宾馆,风水自然很好,里面有独栋小洋楼,有连体小洋楼,也有比较高的公寓楼,能被安置到那个区域去住的,多半是副部级以上的老干部,或者是钱锺书那样被当局看重的文化人。再一片在木樨地,是临街的大板楼,外观平常,但里面每套单元的面积,都相当可观。那时候因为住房尚未商品化,还是由组织上分配,因此人们说起楼里的单元,一般不问是多大的面积,而是问"几室几厅呀?"我那时眼皮浅,觉得三室一厅就很了不起了。有回见到冯牧,他那时还屈居在胡同杂院狭隘的东房里,他那时已经是重新恢复活动的中国作家协会的领导成员之一,我觉得官位已经不小,但落实政策,等分房,他也得排队候着,最后是迁往木樨地的楼里。我想象着他即将迁入的大单元,问:"三室一厅的吧?"他纠正我:"四室一厅。"可见我是个"土老帽"。那时冯牧已经是正局级。后来我懂得了分房的"游戏规则":局级四室一厅,处级三室一厅,科级两室一厅……部级么,那就起码是五室二厅。又想起曾见到韦君宜(当时是人民文学出版社负责人之一,晚年著有《思痛录》),给她落实政策,要考虑她那在风暴中牺牲的夫君杨述(曾任北京市委宣传部部长),她可能只是正局级,但杨述级别更高,因此,当我问她即将迁往的新居是否是四室一厅时,她回答我:"有七间屋子。"令我"耳界大开"。后来我到木樨地冯牧新居拜访过,也去过旁边一栋楼里的陈荒煤家,他们所分到的,均非楼里最大的户型,冯牧说他那套是最小的一种,但我置身其中,却觉得已经相当的宽敞堂皇。胡风、丁玲落实政策后,也都入住在木樨地的楼里。

另一大片"政策楼",则在"前三门",即崇文门、正阳门、宣武门一线,原来是北京内外城分界的城墙所在,城墙拆了,崇文、宣武两个城门也拆了,盖起了一大排公寓楼,其中绝大多数,也是用来安置恢复名誉、重新安排职务的党内外人士。王蒙从新疆回来,改正了1957年对他的错划,很快被任命为中国作协和北京市作协的领导成员,头一套住房,就分的是"前三门"某楼里的一套,那格局完全不能跟南沙沟的比,跟木樨地的差距也大,但王蒙那时很高兴,我去过,觉得挺好。

还有一片在朝阳门外数里远,叫团结湖。1981年,中国作协派出以杜宣(剧作家)为团长的作家代表团一行三人赴日本访问,我是团员,我们乘汽车往天竺机场时,路过了团结湖楼区,杜宣告诉我,他头一天刚去那边的"政策楼"里看望过老朋友罗烽、白朗夫妇,罗、白伉俪曾是著名作家,但后来也被打成"反党分子",历经二十多年的坎坷,才得迁入团结湖某楼,过上正常的生活,但他们也就写不出什么作品来了。我则告诉杜宣,从维熙现在也住在团结湖。那时从维熙的《大墙下的红玉兰》影响很大,获得"大墙文学之父"的称谓。杜宣问我住在哪里?我告诉他在劲松,他虽没有去过,却是知道的,感慨系之地说:"是呀,是呀,木樨地、'前三门'、团结湖、劲松……都有'政策楼'啊,欠账太多,有的人现在还在等候哩!"他从上海来,说上海就落实住房政策而言,还很滞后,比不上北京。

劲松的"政策楼",盖得稍晚,但规模似乎最大。安置到里面的,似乎级别、身份要稍逊。那时落实政策,最后一项叫做"落实知识分子政策",十年风暴中知识分子被贬损为"臭老九"——我又忍不住要加注,因为我希望有"80后"、"90后"乃至更后的人士能读到这样的文章——为什么称"老九",因为前面有八种更糟糕的:地(主)、富(农)、反(革命)、坏(分子)、右(资产阶级右派分子)、现行(反革命)、走资(本主义道路的当权)派、反动(学术)权威,都属于敌我矛盾,知识分子排第九位,实际上等于"人民内部矛盾按敌我矛盾对待"了,等于说,知识分子随时随地会滋生成以上八种"牛鬼蛇神",因此臭不可闻,需控制使用,而他们的住房则长期得不到妥善解决。记得大约1980年左右,《光明日报》刊登了一篇小说,题目是《盼》,真实地描写了一群从事科技工作的中年知识分子居住条件的恶劣状态,以及他们盼望得以改善的强烈情绪,引出巨大反响。因为那篇小说篇幅比较长,一次刊登不完,而报社又没有在第一天刊出后及时在第二天续刊,引起许多科研单位知识分子往报社打电话询问,有的认为一定是小说的内容又遭到某些部门和官员的否定,实行了"腰斩",情绪十分激动。其实,报社只不过是因为刊发小说的副刊并非天天必有,才隔了几日续刊完。同时期还有谌容的中篇小说《人到中年》在《收获》杂志刊发出来,并很快被改编拍摄成彩色电影广泛放映,算是以文艺形式为知识分子强有力地"正名",将"臭老九"变成了实施"科学技术是第一生产力"的"香饽饽"。这就是那时候社会上发生的巨大变化之一。而劲松的"政策楼",也就成为安置各界形形色色知识分子的重要空间。

我1979年迁入劲松一区的那栋楼,是分配给北京市文艺界人士的,其中演员居多。演员,包括戏曲演员,大体上也属于知识分子范畴吧。我有幸进入入住"政策楼"的名单,端赖1977年11月在《人民文学》杂志发表了短篇小说《班主任》。这篇东西刊发后反响强烈,1979年年初,中国作家协会第一次举办全国优秀短篇小说评奖活动,它获头名,而我也就顺利地成为了中国作家协会会员,又安排为理事,所以我不是作为遭受过打击而恢复名誉、安排新居的那种落实政策对象,而是作为在改革开放的进程中有杰出贡献而奖励性分配楼房单元的。因此,我当然算是中国1978年实行改革开放新政的一个既得利益者。

我们那栋楼,一共五层,每层三个单元,1号是大的二居室,2号是小的二居室,3号则是三居室,有地下室,也分成跟上面一样的三个单元,因此一共可容纳十八户。我在分配前,被召唤到市委宣传部见部长,他在十年风暴中也被打倒,上面给他落实了政策,他那时忙活的,是给他下属各系统各单位的人士落实政策。我去的时候,见到了李万春,那是京剧界的著名武生,中年以前不但武功好,还有好嗓子能唱,我小时候,父母带我看过他的戏,但是他从1957年以后就倒霉了,到1979年我跟他相继被召唤到市委宣传部部长跟前的时候,我觉得他不仅满脸沧桑,浑身似乎也都刻下了劫波冲击后留下的痕迹。后来政策是给他落实了(他那天是去要求发还他当年自购的胡同小院),但他最好的艺术年华已然随ані而去,无可挽回。跟李万春谈完,部长跟我谈,大意是你没受过什么苦,又还年轻,所以给你分的房子,是顶层最小的那种,这已经是组织对你的最大奖励了,希望你不要辜负党和人民在新时期对你的厚望,写出更多更好的作品来。我诚恳地表示,非常知足,非常感激,一定不辜负党和人民的期望,努力写出对得起时代的好作品来。我后来写出长篇小说《钟鼓楼》,获得了茅盾文学奖,北京市委市政府又给予了我表彰嘉奖。

我分到的那个顶层的小二居,进门有个大约四平米的小空间,大居室约十五平米,小居约八平米,但有厨房和卫生间,且所有窗户都朝南,比起原来所住的胡同杂院的小东屋,不啻"鸟枪换炮"。虽然没有电梯,需要爬楼梯到五楼,但那时满心欢喜,人又年轻,往往是一步两阶,吹着口哨欢蹦而上。渐渐地,跟同一个门道的邻居有了些来往。四楼三居住的是河北梆子剧团的花脸演员李士贵,他非常敬业;一次把我请去,告诉我他刚从京剧移植了《张飞审瓜》,跟我探讨:张飞跟李逵虽然是不同朝代的人物,但在戏曲舞台上,有的演员演起这两个人物来,形象雷同,他希望我出点主意,让他塑造这两个人物时,能有明显的区别。他还把戏中片段,在他那间大屋子里演示了一番。他那个三居,比我的单元大许多,但少有朝南的窗户。这是那个历史阶段公寓楼设计上,具有计划经济特色的一例。其设计理念是:您的单元既然间数多面积大,享受到这样的好处,那就别什么好处都占尽;人家的单元既然小许多,那就让人家窗户朝南,多享受点阳光吧！那时盖楼还经常设计成"三叉式"，从空中看，顶部正仿佛是个"大裤衩"，所以北京的建筑，早有被俗众称为"大裤衩"的，不是库哈斯为中央电视台设计出那座怪楼后，才有"大裤衩"一词。那种"三叉式"的楼，设计理念是：让每一个单元都能有大体朝南的窗户，"阳光共享"。但到上世纪90年代中期后，结束了由单位"福利分房"，推行商品房，那么，设计理念也就随之变化，越是富人买得起的大户型，朝南的窗户可能就越多。那种顶部成"大裤衩"形状的"三叉式"公寓楼，也就绝迹了，因为开发商认为那样设计会浪费许多可谋利的空间，再说了，一分钱一分货，想享受更多的阳光，请付更多的钱！

对劲松当年"政策楼"的这些勾勒，是为了提供一些可追寻北京当代建筑发展史的线索。下面我就要说到，我当年入住的那栋楼的地下室单元。现在一定不会再有那样的设计了，公寓楼即使设计了地下室，一般也不切割为跟上面类似的单元，或作为仓储空间，或由物业管理公司临时使用，或者就是地下停车场。当年各处的"政策楼"，多有地下一层也按上面那样，切割为居住单元的。我1979年入住的那栋楼，地下一层的三居室，就是石大妈石大爷的住所。那套房子，应该是分配给北京京剧院一对骨干演员夫妻的，他们就是石宏图和叶红珠。他们因为另外还有住处，所以让石大爷石大妈住，而他们正是石宏图的父母，石宏图擅演"猴戏"（饰孙悟空），后来一度出任北京京剧院的院长。叶红珠是京剧世家的传人，清咸丰年间高祖叶庭柯用扁担筐从安徽太湖县，把两个儿子挑到了北京，后来其中的叶中兴生下叶春善，与牛子厚办起了京剧科班喜连成社，后来又易名富连成，培养出包括马连良、谭富英、叶盛兰、裘盛戎、袁世海在内的众多京剧艺术家。当年梅兰芳、周信芳都曾在富连成搭班唱戏，叶家对中国京剧的发展作出了不可磨灭的贡献，叶红珠的父亲叶盛长就是重要的京剧教育家，叶红珠打小就进入戏曲学校攻武旦,成为著名的武旦演员。我早就看过她演出的《虹桥赠珠》,里面有火爆的武打,她那"打出手"的功夫令人惊叹,她曾以这个剧目随团出访,在日本和欧美等处征服了无数外国观众。我跟石宏图、叶红珠大体上算是同代人,很谈得来,不过他们只有休假日才到劲松来,因此我和石大爷石大妈交往得更多,而两位老人中,又以和石大妈一起愉快地忆旧,更为经常。我说要是石大妈能保存着她祖父《燕京岁时记》的手稿,或其他未刊的著述,那该多好啊!石大妈叹气说,原来也还存有一箱子旧东西,"破四旧"大风暴席卷,没等来抄,自己就全毁了,片纸无存!叹息归叹息,对于世道好转,我们还是一致欣悦的。有回我跟石大妈聊天时,外面下起了小雨,地下室窗户外面的透光坑虽然有泄水孔,倘雨势变大积水过多,那还是有渗进他们居室的危险。我就想起富察敦崇在《燕京岁时记》里有这样的文字:

> 六月乃大雨时行之际。凡遇连阴不止者,则闺中儿女剪纸为人,悬于门左,谓之扫晴娘。

我就认真地跟石大妈建议:"咱们剪个扫晴娘吧!"石大妈脸上那些细琐的皱纹,就抖成了一朵舒畅的花儿。

那时候吴祖光先生的公子吴欢,也曾以要求为父母落实政策的名义,在劲松要到一个单元。吴先生和新(凤霞)先生邀我去他那朝阳门外的居所作过客,我也邀吴先生来过我那五楼的小单元。我对吴先生说:"真不好意思,让您爬这么高,我这单元太小,也无足观。"吴先生却说:"知足长乐。"其实他住的那栋楼,也无电梯,他住四层,也得爬上爬下。虽然是两套打通并在一起,间数不少,却也并没有宽敞的厅堂,方位也差,不是南北向的而是东西向的。不少人为他抱不平,他原来拥有的,可是王府井东安市场后身的一所宽敞舒适的四合院啊,就用这么两套单元房置换给他,算是落实政策了,毋乃太吃亏!吴欢气不平,因此瞒着他，又在劲松要了个小单元，吴先生知道后，很不以为然，我就跟吴先生说："吴欢不为过，况且您家是双名人。"（吴是著名剧作家、电影导演、散文家、书法家；新是评剧泰斗，并有多本散文著作问世，又是拜师齐白石的国画家）吴先生站到我家的小阳台上，眺望着一排排新楼，以及楼后露出的"大老叼"，脸上的表情，正与他后来一再书写的条幅"生正逢时"相合。在跟吴先生，还有杨宪益（著名翻译家、诗人、散文家）等老先生交往的过程中，我感觉大家那时候形成了一种共识，就是一个党能知错改错，很了不起，所谓"落实政策"，其实就是认错纠错，努力补救，实事求是，踏上新途。结束了"以阶级斗争为纲"，转到搞经济建设上来，好。我觉得像吴先生、杨先生，包括我自己，都是关心政治而并不懂得政治的人，更无搞政治的志向兴致。但在那个历史阶段，各自在党内朋友的鼓励下，都提出了入党申请，并被接纳，以为这样可以为国家的进步，多出些力。这也是那个历史阶段许许多多知识分子有过的选择。这份情怀，后来被某些人误读。如今的一些年轻人，也可能从另一角度加以鄙夷，但这就是吴先生和杨先生晚年故事的"戏眼"。如今他们都已仙去，而我还保持着关注政治而不搞政治的态度，在人生的余程上漫步。

我在劲松住了九年。人生能有几个九年？储留的记忆，自然很多。常有人跟我提起"劲松三刘"，就是曾有人以这四个字，写过一篇报告文学，影响似乎不算小，但不少人对"三刘"究竟指谁，理解有误，其中有刘再复和我，另一位，应是诗人刘湛秋，而非别的什么刘姓人。如今"三刘"都迁出了劲松，我以外的二位都定居海外了。"天之涯，海之角，知交半零落"。在新的纷争中，谁还能理解我们？

劲松这个地方，原来因为有座王爷坟，坟旁有棵巨松，不往高长，而是朝旁边伸展出许多的大枝杈，因此使用了许多铁制支架来架住它,故被称为架松,后来改名为劲松,不消说是依据革命领袖的诗句:"暮色苍茫看劲松,乱云飞渡仍从容。"乱云飞渡,非我等俗众所消受得了,总还是期盼飞渡的是和平发展和平改进的祥云。但脆弱的个体生命,如何能控制世道的大势?一种对自己,以及跟自己一样的芸芸众生的大悲悯,如管风琴演奏般訇响在胸臆中。

2012年2月23日于温榆斋
(原载《上海文学》2012年第5期)

印 度 记

于 坚

我少年时期读过《西游记》,以为印度太遥远了,恒河就是天上的银河。玄奘取经穿越大漠,大约一粒沙子就是一步路吧,如果把他碰过的沙粒每一颗都想象为星星的话,可以重建一个宇宙。印度是去不到的,那是一个神话。所以当我登上昆明飞往加尔各答的飞机时,有做梦的感觉,仿佛正在奔赴刑场,我要去的是天国。

我很怀疑这趟航班,它真的是飞往印度吗?怎么与飞往纽约、巴黎的航班一模一样?机舱里散发着某种熟悉的气味,这种气味来自一个有着巨大腹腔的机器人,它使用航空公司制造的香水。几个印度人走在我前面,眼睛发亮,牙齿发亮,手掌发亮。据说,印度人的祖先有许多是越过兴都库什山脉和喀喇昆仑山脉南下的高鼻子蓝眼睛的古雅利安人,只是皮肤被热带的阳光晒黑了。但在他们身上,我怎么都感觉不到通常雅利安人的傲慢冷漠,似乎他们只是皮肤更深的中国人。文明真是伟大的力量,它可以把血缘相同的人们改造成神态、动作、语言、信仰、生活方式完全不同的种类。这些雅利安人很亲和,自然纯朴,身体之间没有距离感,像中国人那样在身体上彼此信任亲近。陷入机舱,无序惯了的亚洲人都有某种遇难的感觉,紧张焦虑,争先恐后,毫无风度。大家一个个挨着往里走,想挤过去就挤过去,该让一让就让一让,有几个印度人紧紧地抱着用黑色塑料袋和胶带纸包扎得圆滚滚的大包裹,几乎塞不进旅行箱去,但他们显然很有经验,转了几下,一个个都塞进去了,黑糊糊的一排,像是宇航员的次品头盔。我从未见过如此奇特的行李,路上一直在想,里面包裹着什么,是什么中国宝贝值得他们如此神秘地带回印度去?

我以为至少得飞上七八个小时,才飞了两小时,飞机就下降了。有个印度朋友后来告诉我,在地理上,云南、昆明是亚洲的一个中心,从这里往亚洲的东西南北距离都差不多。书上说,加尔各答是印度最大的城市。该市有文字记录的历史,开始于1690年不列颠东印度公司的到达,公司的代理人约伯查·诺克在这里建立了贸易站。从1772年直到1911年的一百四十年间,加尔各答一直是英属印度的首都,东方最大的商业中心之一,人口九百一十六点五六万。罗宾德拉纳特·泰戈尔出生在这里。下面是沉在黑暗里的大地,看不出来住着九百多万人,黑茫茫,像是另一个星空。稀疏的灯火形成一些图案,有个孤独的梵天在黑暗的舞台上寂寞地舞蹈。上一次我在芝加哥夜空飞过,那城市也有九百万人,地面辉煌得就像一只正在黑夜之灶上翻炒着无数钻石、星子的大锅。

这是2010年3月28日,我在夜里两点来到了印度,落地于加尔各答。

运送乘客的大巴里面的胶带拉手全都断了,机场看起来过度使用,正在老化。机场大厅是国际标准,宽坦,光滑,广告牌上有个印度女郎在推销某种香水。关员在那个用来盖章放行、总是令我心惊胆战的柜台后面呼呼睡觉,叫也不醒。他的同事笑起来,推推他。他笑眯眯地在我的护照上盖了章,我进入了印度。

导游来了,一个中年男子,黝黑、热情、神情质朴,会说简单的英语。往我脖子上套了一串白色的鲜花,香气浓烈,这国家真是一个花园。在这花香扑鼻的瞬间,忽然想起四十年前,我在昆明秘密阅读泰戈尔。他的诗,就像一个语词组成的花园。

车窗外面看不清楚加尔各答,这里没有辉煌之夜。偶尔出现几盏昏暗的路灯,瓦数太低,似乎并不是为了照明,只是表示这是一盏灯而已。路面凸凹不平,有些高架桥悬崖般倒塌在公路一侧。汽车靠左行驶。在某个高架桥附近,客车转了一弯,驶进一条土路,几分钟后我们到了宾馆,头上缠着土红色头帕的锡克人跑过来提行李。我看见那种司空见惯的大堂,印度女士请我出示护照登记。这是玄奘到过的印度吗?那个印度在沙漠深处,还是在这黑夜的后面,我等着天亮。

黎明,印度的风吹着。印度这个词总是给我阴天的感觉。天亮时拉开窗帘,外面正是阴天。窗外是一个发黑的大阳台,因为下面是旅馆的大堂。夜里下了一场雨,阳台上积了一摊水,倒影映出阳台边的保龄球状的陶栏杆。一只乌鸦绷着腿落下来,干练敏捷,背上斜插着两只匕首似的翅膀。印度有很多乌鸦。有个高个子的人骑着自行车在下面的庭院里驶过。另外两个长衫飘飘的男子站在花台旁说话。接着又来了一位穿长裙的印度女子,风在后面跟着她,把她的纱丽贴着臀部往前推着,仿佛就要飘起来。白色和蓝色的旗幡在旅馆上空招展。远处是平原,在那儿,大地依旧是主导性的力量,草木葱茏,包围着屋宇。那些岛屿般露出的屋宇都不高,一两层楼。一份当天的报纸已经从门缝里插进来,躺在地毯上,瞥了一眼,头版是整幅的广告,大约是推销西装,一个系领带的男子笔挺地站在报纸中央。这场景很像一幕费里尼电影的开场。

这个阳台我似曾相识,昆明如今已经没有这样的阳台了,少年时代我就在一排这样的栏杆旁边长大的。昆明受到法属印度支那影响,许多建筑中西合璧,我十一岁以前住的那个四合院,有一个欧式的阳台在照壁上穿过中式四合院的天井,正对着我家。那儿是我的天堂,我家的夏日餐厅,我曾经在晚霞的映照下,在一天的余光中做作业、吃晚饭,也捕捉过麻雀,越过阳台去摘房顶上的花。这是第二次了,印度唤醒我的记忆。昨天导游送我的花环有缅桂花的气味,我第一次闻到这花香是在昆明连接着越南和云南的滇越铁路的终点站,一九六二年的某日。法国人设计的昆明车站里有一个巴黎出厂的大钟,看起来像是一只腿长在自己胸部的大昆虫,当我盯着钟面上那根腿在罗马字母上爬的时候,风带来了这气味。外祖母说,那是缅桂花香,外祖母总是告诉我气味,上一次她说那是夜来香的气味。很奇妙,在如此遥远的天空下,故乡却不时闪现,仿佛我正在回到故乡。小时昆明有条街叫象眼街,我的小学语文老师家就住在那里。老师说,之所以叫象眼街,是因为牵着大象来的印度人一般都在这里歇脚。我从来没有在昆明大街上见到大象,大象随着革命一起消失了。当然,消失的还有印度。

这个旅馆在加尔各答的郊区,欧式的度假旅馆,大堂和客房后面是花园、游泳池和露天餐厅。一大早,就有人在游泳池里喧闹。通往餐厅的过道上挂着些西方表现主义风格的油画,画得很认真。"一种新的观察方式被引入,印度艺术家变得平庸,他们用尽技法,以欧洲式的风格去描绘本土的'风物',或者有时压抑自己作为手艺人的本能的想法,压抑他们对设计和结构的感受,奋力去获得本来对他们毫无意义的康斯特布尔式(英国风景画家)的眼光……"(V. S. 奈保尔《印度:受伤的文明》)早餐主要是西式的,面包、牛奶、咖啡、咸肉、水果。有一两样印度食物,薄饼、豆羹,味道说不上可口,还可以吃。这家宾馆的客人看上去很富态,个个西装革履,胖子多,安静斯文,喝着咖啡,看英文报纸。

大巴车来接我们去加尔各答市区。负责我们这趟旅行的有三个人，司机、导游和一个小矮人。专家说印度人种除古雅利安人外，还有蒙古人种、达罗毗荼人、前达罗毗荼人和尼格利陀人。尼格利陀人的特征是身材矮小，皮肤为深褐色，头发乌黑，鼻宽唇厚，肩窄腿短，胡须和体毛不多，臂长。他们是印度最早的居民。这位小个子看上去只是比侏儒略高，信心十足，结实有力，像阳光一样总是微笑，他大约从来没有因为个子小而被嘲弄过。我不知道在印度人们是否像中国那样在国家电视台公然地嘲笑身材不符合体检标准的人。他负责搬运行李、分发矿泉水、在车门一边待着，恭候乘客上下车。司机座周边香烟缭绕，一只铜制的小香炉固定在驾驶台一侧，插着花朵，点着香，香台前的玻璃上贴着几位印度教主神和大师的照片。行车途中，香烟一直在飘，为了使香支不倒，还做了一个固定香炉的小装置。这汽车最神圣尊贵的位置就是这里，整部车也没有它重要。这个小神龛使我们的车子仿佛是一座移动的寺院。

　　当汽车驶进公路时，我看见了印度，这是之后我一直都看见的印度。我们的宾馆其实只是印度的一个相当有限的局部，广大的、普遍的印度是在公路的两旁。这一眼所见的印度令我难忘：一个旧世界。陈旧、破烂但是安详的村庄——五颜六色的垃圾、有人在古井旁汲水、古老的耕牛、古老的田野。一列古老的火车穿过古老的大地，车厢口挂满了古旧的人们，他们仿佛刚刚从田野上收工回家。

　　收费站是一处监狱般的建筑，铁栅隔着，污迹斑斑。看不见收费员，一只手从铁栅栏后面伸出来接过卢比。卢比也是脏兮兮的，失去了硬度，像一块千万人用过的手帕。在印度很难看见新票子，大多数纸币都是脏兮兮的，纸币上印着十五种语言。据说印度有一千六百五十二种语言，十八种官方语言。过了这个收费站，就进入了加尔各答。城市普遍低矮，可以看见落日和新月。河流两岸零零星星的有几栋高楼，极少装饰，平庸而实用，暴露出这种西式盒子基于几何数学的本源性的贫乏、呆板和丑陋。没有花功夫把它设计装修出某种意味,比如象征高大壮丽、辉煌雄伟、成功富裕、"站起来了"等等。印度的建筑物很少象征性,看上去政府的政绩大约也不体现在建筑物上。许多大楼停工了,热火朝天的是旧日子,现代化在此地还没有高歌猛进。

一条宽阔的大河穿过城市,河岸被水泥砌成了斜坡。是那条河,恒河!恒河?我吃了一惊,恒河的支流——胡格利河。我想起在纪录片和图片中看见的恒河,无数信徒在光辉灿烂的早晨顶礼膜拜,疯狂地往自己身上浇水。那不是河流,那是一座液体的圣殿。我一直想象着朝圣之旅,想象自己如何在黑夜将去、黎明将来的时候走向那金字塔般的圣水。哦,恒河不止一处,它长两千五百一十公里。

河岸的一处有个小庙,庙外面停着一群由纸、泥巴、竹篾扎的神像,不是妙相庄严、正襟危坐的神,而是浓妆艳抹、五彩缤纷,很花哨。中间一位女神骑着马,欢乐活泼浪漫性感的神。旁边聚集着一群人,站着的、躺着的、睡着的、坐着的,孩子们沿着河岸的斜坡冲下去,一次次扎进河中。有块地空着,我走去那里站着,立即被睡在地上的印度人呵斥,那是一块圣地,不能踩的。他们在等着时辰一到,就抬着神像下恒河去沐浴。现在是正午,气温摄氏四十度,除了孩子们,大人没有一个下水,在烈日下烤着,他们一定要等到那个时辰,而那个时辰还有三个小时才到。恒河,平庸得令人绝望,就像在我家乡穿过的盘龙江,那被改造过的水库式的河。恒河的水很浑,有些肮脏的机动船在河中央突突驶过,载着用帆布盖着的尸体般的物资。

从郊外向市区去,不是拥向世界大都市通常的珠光宝气的崭新购物中心,而是向着旧世界的心脏而去。闹市区太旧了,混乱、垃圾破烂堆积蔓延,黑漆漆的、灰乎乎的、无边无际,挤着各式各样的老爷车,仿佛是从废品仓库开出来。街道两边一家接一家的都是铺子,卖百货的、做衣服的、卖香灯的、卖水果的、卖锁具的、修三轮车的,只要你想得出来的行当,街上应有尽有,日常生活的天堂。有一条街全是书店,书籍像经书那样堆积如山。无数的小巷。灰蒙蒙的、苔藓密布的殖民时代的大楼,早已死去。物死了,人们继续生活在它的躯壳里。有人在黑暗的大楼里洗衣服。生命活跃,生动活泼,自由鲜明,散漫无序,灿烂安详。许多人随意睡在人行道边上。人行道也是生活的场,人们摆摊、睡觉、看风景、聊天,杂耍艺人的现成舞台。

各式各样的房子高低错落,丑陋、华丽、贫寒、呆板、肮脏……富态轻薄的、高贵老迈的、五光十色的、摇摇欲坠的并置着,风格、质量、历史完全不同,少有那种雷同成片的街区,就像巨大的建筑品杂货铺。其间,各色各样的什物像是刚刚从某辆看不见的大卡车上倾倒出来,散布在各处,布匹、塑料、车辆、垃圾、果蔬……晾着的、挂着的、铺着的、滚着的……令人眼花缭乱。眼花缭乱一般是相对新生事物而言,这里的丰富却是旧世界的眼花缭乱,旧日子的五彩缤纷,旧家什的雨后春笋。一切都被用旧了,像是二手货仓库,但没有死去,没有自卑感,继续活着、用着,用得生龙活虎、熙熙攘攘、层层叠叠、密密麻麻、前呼后拥、此起彼伏。旧是伟大的,生活的目的是做旧。焕然一新在这里非常刺眼,那只会意味着出事了、反常了。堆积在历史中的英国殖民时代留下的大楼,凝固的航空母舰,笨重,爬满苔藓,就像沉睡的象群。堆积在垃圾堆旁,横空出世的长方盒子式新楼。堆积如山的棚户区、市场、巷道、私家建筑。这一栋洁身自好,独栋洋房,门前有花园;那一栋建在垃圾堆上,简易房子,锅碗瓢盆摆了一地,铁丝上飘着刚刚洗就的衣物。许多楼房的走廊朝着大街,有些人整日抄着手站在走廊上看大街。大街确实好看,像是水色不同的河流,忽然红了,忽然又黄了。有些旧建筑的某部分倒塌了,并不拆掉,后来的建筑接着那倒塌之处继续生长。物各有其主，都是私人的物产，那是怎样尊贵凛然的物产或者怎样卑微下贱的物产，与他人无关。怎么住都行，各得其所。建筑物的无政府主义，建筑物几乎没有雷同，除了基本的立方形、长方形格局。每一栋房子，无论那是豪宅还是贫民窟，一旦盖起来了，就矗立着直到死去。因此有无数老态龙钟、垂垂将死的建筑物。甚至已经死了，已经是一片废墟，那也是有主的废墟，由它废着，任何人不能擅动。一位印度作者在评论以加尔各答为背景的城市电影时说到它的另类空间，"不是同质而空洞的空间"、"奇怪的公墓"、"多元并置的剧场"、"'时间的碎片'串联起来的异托邦（福柯创造的概念，与同质化的乌托邦相对的多元共存的异类乌托邦）"。加尔各答老城令我震撼。一切正在被创造出来的和已经死去的都摆在那里，像是某种天堂和地狱的混合物，古老、陈旧、累叠、堆积、漫漶、阻塞、发霉……就像岩层。一千六百五十二种语言的国度（而且这种数据很可疑，我估计其实还要多），如果一种语言就是一种生活方式的话，这个国家是多么丰富，因此堆积必然显而易见。我记得奈保尔在说到他的祖国的时候也使用过同类的词。与印度比起来，中国最近一百年的历史，就太像一场大扫除了，一个忙着搬新家的国家。印度没有焕然一新，印度灰暗而深厚，那显而易见的历史感沉重得令人窒息。这使得人们的表情呈现出某种尊严、某种自我意识，自信、安详、平静。不知道为什么有的民族会那样的自卑自残自我否定自我毁灭，那么热恋归零。

整个城市就像一个巨大的集市，开水般沸腾着，其乐融融。街道两旁无边无际的铺子开门了，这些铺子大部分历史悠久，人们以某一行谋生，代代相传，铺面就是他们自己家的一部分，他们靠一楼的营生维持二楼的家。这就是百年老店的秘密。如果这房子是租来的，不是私有的，打一枪换个地方，是不会有地久天长的老店的。他们的邻居、朋友、亲戚、寺庙、爱情、友谊、荣辱、历史和未来都植根在这个街区。这是熟人的街道,陌生人只是流水。随处可遇见兜售食物、商品的小贩,杂耍的艺人,来自穷乡僻壤的天才歌手或者得道的大师。没看见城管。这边有一条裙子飘在垃圾堆上,那边有一条裙子垂地浇花;这边有一伙人在下棋,那边有一伙人席地念经。我看见一个广场,其间坐着上千衣衫褴褛的人,分成数圈,每一圈里面都有人在念念有词,旁边的人出神谛听。交通警穿着土黄色的旧军装,给人低人一等的印象。街道两边骑楼下的人行道就像一排排洞窟,被各色各样的摊子所占据。大家各自摆弄开自己的各种生计、什物。人们大都穿着拖鞋或者赤脚,也有西装革履、皮鞋锃亮之辈。卖水果的、鼓捣果汁的、烙饼的、鞋匠、铜匠、钟表匠、理发匠、掏耳朵的、修指甲的、占卜的……无边无际、见缝插针的手艺生计,各行其是,无法细数。有一种叫做生命的暗流在其间汹涌澎湃,密密麻麻的人群蚂蚁般地穿行,谈生意、购买、裁布、修鞋、玩游戏、睡觉、乞讨、吃食物、漫游……许多人席地而坐,擦皮鞋的大师、诗人(长得像泰戈尔,留着白胡子)、打磨工具的手艺人、胖嘟嘟的黄色的出租车、捡到了玩具的儿童、一群刚刚爬出泥泞的羊逃兵般地跑过……刚刚抵达不久的乡下人在灰尘和垃圾中睡得死去活来,从睡态看,他们在做美梦。空气热得像天空中安装着一只隐身的大电炉。这是电影导演雷伊的加尔各答。我看过几部他拍摄于上世纪五十年代的电影,没错,还是那个加尔各答。还是老样子,为什么不是呢?与其说这是落后,不如说是一种选择。有人牵着奶牛走过大街,牛奶现挤现卖。卖茶的少年也出现了,他的茶盛在一个红色土陶小碗里,酒盅大小的一杯茶,某种茶叶、牛奶、可可和糖的混合物,可以提神。土陶小碗一次性使用,用过即归于泥土。为文盲写信写文件的写字公公也出现了,一排地等在街边上,他们不是用笔写,而是用一台台老式英文打印机,机器全身都被油污裹住,只有按键铮铮有光,键盘都快被打塌了。在印度,对某种文字的文盲是很正常的。印度有数千种方言,这些语言有的有文字有的没有,而官方语言有十几种。一个知识分子,在方言中能说会道,读起经典来一目十行,但在英语或者印地语什么语里面很可能是个文盲。而如果要进入国家文档系统,比如打官司,你得用官方语言。一个人也许在加尔各答是知识分子,但在喀拉拉邦他就是文盲。而大多数时候,人们生活在方言口语中,文字只是用来纪录宗教作品。马克斯·韦伯认为:"中国的文献是一种象形——书法的艺术作品的形式,同时诉诸眼睛和耳朵。印度没有汉字那种统一南北东西的东西,印度的多样与随时处于分裂的危险与此有很大关系。而印度的语言构造是特别诉诸听觉而非视觉的记忆。""印度教的精神文化,和中国比起来,在本质上远不是纯然的文书文化。婆罗门——连同其他竞争者也大抵如此——极为长期地坚守着这样一个原则:神圣的义理只能口耳相传。"我发现,在印度次大陆,就是今天,这种传统依然如故,现代意义上的文学这种东西,是英国人进来之后的产物。汉字统一团结中国,但危险也在容易趋向意义的单一化。二十世纪中国思想失去了古代思想那种百家争鸣的局面,与汉字的表意功能被限制到极致有关。

书店开门了,卖书的方式就像卖农产品,没有书架,书一摞摞靠墙堆积,店主在中间盘腿而坐,面前摆着一堆廉价出售的散书。书并不比其他物品高出一等,其他店铺的东西也是如此摆设。服装店如此,粮店也是如此。

大街上时常有男人在洗澡,只穿了短裤,脊背水灵灵地闪着光,哗哗地浇着水。街道边每隔一段就有一组水龙头,供路人饮用沐浴。许多人赤裸着上身干活,印度是身体很活跃的社会,随时可以感觉到身体的存在。身体只有一块很薄的布与世界隔着,这一隔反而使身体更强烈。城市里飘扬着各种各样的布、旗、衣物、帘子,到处可看见洗干净的布晾晒着,市场上到处是布。男人穿着长衫飘过，女人穿着纱丽飘过，还有裹着布的游戏队伍和尸体幡然而过，街道仿佛是就要飞起来的布匹，五颜六色。来自各种各样的信仰，来自远古的图腾，来自各式各样的生活方式，原始意义已经被忘记，只留下布在裹缠飘拂。就颜色来说，印度真是太"色"了，人们在身上脸上涂色，在节日播撒色（迎接春天的洒红节是红色的大狂欢），在屋宇上涂满色，就是一座桥，两边桥柱子也是彩色的。宝莱坞电影恐怕是世界上最艳丽的电影。在脸上涂金描彩的人很多，各色各样，各种图案，许多人的脸是早晨洗浴之后精心描画的杰作。

建筑物之间，是一条条小巷，如果中国的城市改造基本消灭了小巷，仅剩下些宽阔的大动脉的话，那么印度的城市则保留着无数的毛细血管。这些小巷大多数仅可容一辆三轮车，人们溪流般地从里面涌出来汇入大街，蔓延到街道上，提着的、扛着的、抱着的、拉板车的，甩着两只空手的闲人，黄包车一辆接一辆地跑着，后面坐着神情高贵的人……印度人的身体从头到脚都在用，许多印度人头上顶着物品行走，健步如飞，顶着鲜花、水果、干草、麻条、电视机，只要脑袋顶得起来的一切，小到一个水罐，大到一个麻袋，有时候头上顶着的家伙大得惊人，就像顶着一辆卡车。

街道上空密布各种直径不同的电缆电线，粗如麻蛇，细如蛛网，纠缠交接。线路不是一个方向，而是无数方向，东拉西扯，七上八下，似乎每家都从主线上接一根进自己家去，电线密集得就像亚马逊丛林的藤子。其间蹲着许多乌鸦，目不转睛地盯着下面的大街，忽然一张翅膀，嚷嚷着抢下去，叼个什么又飞回来。一栋前英国殖民者的宅第空着，看样子已经空了一世纪。猴子家族就住在这宅第前面的阳台上，吃喝拉撒。忽然，得了谁的令，一起拍拍红屁股站起来，顺着电缆爬上建筑物。人丁兴旺的一群，公的、母的、高高矮矮、左顾右盼，扶着老的、兜着小的、牵着幼的,浩浩荡荡在电缆的密林中呼啸而去。下面的街道,就像泥沙俱下的河流或者沼泽地,猴子们一言不发;偶尔像奥林匹斯山上的神那样瞟一瞟人间。

街心也是一样生动,大街具有人行道、车行道、厨房、公园、浴室、商店、娱乐场、卧室等等五花八门的功能。物与人没有等级,物不贵,人也不贱。不像中国,人越来越贱于物了,物被顶礼膜拜,视为身份地位的象征。开高级轿车住别墅就自动高人一等,人的尊卑是按照轿车或住房的价格梯级排列,虽然嘴上不说,大家心知肚明,赔着小心。这是一个从容而自信的城市,流行世界的拜物教在这里没有市场。所谓脏乱差的东西都是物,而人在物质之上,女人裹着纱丽、男人趿着凉鞋,牵着那只叫做物的狗悠然而过。物是一种下贱便宜可以随便糟蹋折磨毫无尊严的东西,汽车飞机电视机自行车空调什么的,都是脏兮兮的。它们的本相从来没有被遮蔽起来,它们不过是工具,谁会成天把一把粪瓢或者锄头、大锤什么的擦得亮堂堂地供着?奔驰就是代步工具,脏兮兮的奔驰只说明它代步代得很卖力。满街行驶着排泄物般的汽车,有许多被撞得个头破血流、七凸八凹、口眼歪斜、鼻青脸肿、遍体鳞伤、浑身油垢,继续使用,那意思是一定要把这个机器用到吐血而死。司机开车开得生猛自在,司机是主子,是他在用车而不是车在用他,他才不怕车子受伤。这些钢铁牲口没有命,因此可以毫无人性毫不吝惜地使唤折磨。小汽车大部分脏兮兮的,开着奔驰并不能令人对你刮目相看。汽车之流只是工具,这一点在印度被还原得非常鲜明。我在印度的日子里,坐过许多汽车,几乎没有一个司机按过喇叭。坐在汽车上感觉到走在路上的是人,是生命,是领导与神灵。而在中国大家已经麻木了,坐在汽车里的都是领导,步行者低人一等,可以随便呵斥,像是某种必须按喇叭才有反应的动物。印度司机宁肯跟着车流慢慢磨,人们不害怕汽车,人们在这些钢铁牲口之间随意穿行,人们过街要见缝插针,抽空子穿过,想从哪里穿越就从哪里穿越。行人没有方向,他们朝着任何一个方向穿越车流。汽车们不敢催人、不敢出气、不敢霸道,更不敢吼叫,仿佛只是些人养着的牲口,乖乖的,哑哑的,愁容满面,自惭形秽。它们的地位远远不及那些真正的牲口,牛们站在大街中央,傲慢威严,帝王般地斜目四顾;狗四脚摊开,在街心呼呼大睡,汽车只能等着它们恩赐一条出路。街道不宽,车流滚滚,汽车与汽车之间距离很近,只有几厘米,几乎是擦着开,司机得眼疾手快。固然一方面也是道路不宽,另一方面也许他们觉得没有宽的必要,这些无生命的东西要那么宽阔雄伟、那么风光、那么神气活现干什么。车子开得慢,但不拥堵,车辆总是在移动,没人抢道,人流和车流彼此交错川流,就像洪水决堤,但维持着一种整体的流通和缓慢,而不是局部的快和整体的堵死。公车有很多路,通常车门口都站着一个小伙子捏着一沓钞票,把头伸到窗外招揽乘客。招手即可上去,它们不停下来,只是放慢速度,要上车的人必须小跑几步,一把揪住拉手,一跃而上。妇女、白发老者、小孩、瘦子、胖子都是如此,每个人都有飞身一跃的功夫。车门口只要能拉能踩就可以上去,许多人在车窗口插着,露半个身子。车站旁边,等车的人蔓延了半条街,都伸着脖子朝一个方向张望,猛一看,还以为城市的另一端出事了,爆发了起义,要游行了,要进攻了……乌鸦向着街道中央滚下去。而真的,游行队伍就来了,敲锣打鼓,高举红旗,抬着横幅,急流般在街面上掠过。无人理睬,这是一个可以随便游行示威的国家。抬死人的队伍也一样,无人理睬,吹打着各种乐器自得其乐地穿街过巷,这是一种古老的游行。

大街上有许多摆摊卖小吃的,除了街边的小摊,几乎没有可以正襟危坐的馆子。偶尔也有,但里面完全没有享受美食的气氛,大多只是食堂水平。印度人吃得很简单,小吃为主,大街上可以看见一排排食客坐在露天的摊子前面,各人捧着一个小盘,吃点煎薄饼和豆汤,食物真可谓单薄寡陋。据说印度的素食者大约占人口一半,他们以吃素为纯洁、高贵,肉食者鄙。吃在印度太不重要了,维持身体必须就够了,没有奢华浪费。印度之味不在食物上,与民以食为天不同,这是民以神为天的地方。

电车幽灵般地驶来,大概已经用了两百年,似乎从来就没有清洗过,污垢像漆一样闪光。车厢里面阴暗如山洞,没有窗玻璃,木制或铁制的扶手被磨得像不锈钢般光滑。看不见乘客们脸上的细节,印度人深邃莫测的大眼睛一排排在窗口亮着,像已经出世的宝石。

现代化是一种患着洁癖的生活方式。现代化暗示,只有五星级宾馆的床才是床,其他都未达标。现代化在中国追求的是高大、壮丽、康庄大道、明亮光鲜、立竿见影、高速、高效、干净、卫生,兵营、医院式的整饬有序。有些中国人说印度脏,以中国卫生检查团的标准,印度真的很脏乱差。以这种标准来衡量,加尔各答就是典型的脏乱差,中国叫做城中村的地方。这是世界观的问题,不是质量问题。脏乱差只有不作为贬义词来用,那才是印度。美好的脏乱差,人性的脏乱差。加尔各答就像一位自由散漫的诗人的房间,这地方也确实产生了印度一大批最杰出的诗人、作家和思想家,就在这脏乱差中。倒是比较之下,中国那些被过度清洁的城市,没有历史的城市,最近二十年曾经产生过诗人和杰作吗?百度一下加尔各答,说:"作为印度前首都,加尔各答是印度现代文学和艺术思想的诞生地。加尔各答对于文学艺术趋向一直持有特别的欣赏口味;并有着欢迎新来天才的传统,这使得它成为'狂野创造力之城'。"生活轰轰烈烈,热火朝天,生龙活虎,人们忙忙碌碌,只为了一件事,生活,更激情或者更腐烂的生活。这城市总是在过节似的,而节日到来,那就是彻底疯狂了。印度隔三差五就是节日,有无数的神要祭祀要过节。热闹混乱喧嚣,但不焦虑,这是生活本身的热闹混乱喧嚣,生活的气质。这是一个教派混杂的地区,同一条街上,人们信仰各式各样的教,印度有上万种教。局部、细节没有雷同,但信仰是必需的。雷同的东西,只有西装。印度五彩缤纷,你红你的、我黄我的,共同的是世界要流通,要活泼泼的,谁要是企图用他的教阻断别人的生活之流,那就要流血。据说,十九世纪英国人曾试图搞清楚印度教是什么,花了二十年时间也没能给出一个确切的定义。英国外交部最后只好说,印度教既是有神论的宗教,又是无神论的宗教;既是多元论的宗教,又是一元论的宗教;既是禁欲主义的宗教,又是纵欲主义的宗教;既是宗教信仰,也是生活方式等等。印度前总统、哲学家拉达克里·希南在评论印度教的特点时指出:"印度教在信仰和思想上的这种多元性,正是因为它在对待其他宗教或信仰时表现出一种宽容的态度,只有这种宽容性才使它能够将各种形形色色的思想包容在自己的体系之中。印度教采取宽容的态度,不是出于策略的考虑或者权宜之计,而是作为精神生活的一个原则,宽容是一种责任,并不仅仅是一种让步。在履行这种责任时,印度教几乎把形形色色的信仰和教义都纳入了它的体系之中,并且把它当作是精神努力的真实表现,不管它们看起来是怎样的对立。"

人行道上凸立着一栋旧建筑,下面有楼梯,不断地有人从里面走出来。楼梯口坐着一群面貌俊俏、古铜色皮肤的男女青年,宝莱坞的候选者。他们在乞讨,光明灿烂地乞讨,朝每个路过的人伸出手,理所当然。据说印度有五百万人在乞讨,想想佛陀就是一位伟大的乞讨者,就不会大惊小怪。无人路过的时候,他们就玩游戏、唱歌,比我这个衣食无忧的人更开心。我顺着那阴暗的楼梯走下去,下面亮几盏瓦数很低的灯,像是一处地下仓库。后来我看见阴暗的隧道和几个持枪的士兵,污迹斑斑的售票处,这是加尔各答的地铁,已经行驶了近三十年。那地铁驶过来了,我感觉与我在世界各地所见到的地铁不同,既不是趾高气扬、一副驶向未来的神气活现的样子,也不是那种秩序井然、冷冰冰的人类集装箱。有点像某种动物,已经被训练成听话的家奴,但没有动物的待遇。印度人对大象、猴子什么的很好,它们只是民族不同而已。但对待物,那真是太冷酷了,它们总是脏兮兮的,使用过度,奄奄一息,早就被判了死刑,好像连口水都不给它们喝,更别说洗澡了。

　　加尔各答非同凡响,这不是世界流行的那种拜物主义的城市。活泼泼的,犹如永远水泄不通的纽约时代广场,但那是拜物者的狂欢节,巨大的电子广告吸引着无数游客像长颈鹿那样仰视着摩天大楼。"一个被我们忘却的事实是,需要管理的是物而不是人。"(库尔马·沙哈尼)加尔各答却是生活的狂欢节,物在这里毫无尊严,被生活踩成烂泥。某栋楼的屋顶矗立着电影院宽银幕那么大的广告牌,广告布已经失色,布匹被风撕得百孔千疮,就像招魂的经幡,我估计在那广告上曾经风光一时的商品都早已停产了。人们当然知道物的价格贵贱,但物就是物,贵贱只是功能不同,而不是价值面子尊卑之内涵的不同。在这里,物显露了它毫无价值的本相,那就是一堆垃圾。加尔各答把一切物当作垃圾来使用,脏乱差彻底消除了物的傲慢,人高踞一切物之上,人控制奴役着物。我在加尔各答发现了人控制物的秘密,就是把它们视为垃圾——浑身泥污的汽车,黑漆漆的电视机,绑着绷带的苹果手机,灰头灰脑的电脑……在人之上的是神灵,这个城市没有不信神的人,不信神是完全不可思议的,神高于一切。中间是人,下面才是物,物就是第十八层地狱里的一堆垃圾。世界的拜物教在这里被解构了。人有效地控制着物,绝不让它升华到神的位置。用生命、感觉、信仰、诗意来解构它,解构它的性能、功能、产品说明书、操作规则、时刻表,把物当作长工、囚犯、丫环、挑夫、扳手、开关、起子、代步器……能用就行,好用就行。在印度，我不仅看见被用得死去活来的汽车，也随时遇到被用得死去活来的电脑、苹果手机、洗衣机、电视机……它们全都丧失了在中国的那种尊严、那种至高无上的地位，被使唤得鸡飞狗跳。

红砖砌的豪拉火车站，一座维多利亚风格的巨大建筑，像一座宫殿。人群潮水般地朝里面涌去或者涌出。人们大包小包，头上顶着，手里提着，一个挨着一个，摩肩接踵。从高架桥上拥下来，淹没了隧道。公共汽车像蝗虫一样飞来飞去，一群人猛扑过去抓小偷似的抓住其中一辆。灰尘滚滚，滚滚狂灰腾起来又消散，人们在灰尘里各走各的，各忙各的。鞋匠蹲在地上安静地为过路人补鞋，他真会找地方，补不完的鞋啊！警察高举着木棍在人群里吆喝。那样多的人，那样密集的人，在中国很少见到。似乎全印度的人都在拥向加尔各答，如果不是人们随遇而安的泰然自若，这场面真的就像是一场逃难。

人群里忽然闪出一位僧人打扮的老者，不由分说，一把捉住我的右腕，说时迟那时快，一串红丝带串起来的金刚菩提子念珠已经套上，打了死结，取不下来了。要取下来，只有剪断。然后伸手就讨钱，周围的印度人谴责他。翻译要我取下来还他，说这种事在印度太多了，都要戴的话，以后恐怕整只手都要戴满。随缘吧，我没有取下，给了他一点钱。珠子有十二颗，串成二、四、六的三组，什么意思？印度有那么多神，我不知道这是来自哪一位。十二颗珠子，据说在佛教里代表十二因缘。有部奥地利电影叫《白丝带》，里面讲当地风俗，孩子犯了错误，父亲就要让他们戴上白丝带，直到他们反省意识到自己的错误，重新成为纯洁正直的人才取下。那电影暗示，这条丝带对于少年们是一种政治正确，藏着暴力的傻味。我仿佛就此和印度结了缘，某种保佑或禁忌转移到了我身上。这一串珠子意味着什么，我要小心什么，我要修炼什么，老者已经隐身了，真像是红楼一梦！

滚滚汤汤轰轰烈烈的车站并不妨碍另一些人在岛似的地带出售各种快餐,污黑的地面上堆积着被洗磨得亮闪闪的锅碗瓢盆。岛后面有一条依然在走车的垃圾路,垃圾成了路基,路边矮墙上蹲着成群的乌鸦,这条路是它们的餐桌。一条高架桥在路上方穿过,下面桥洞里睡着流浪者,其中不乏相貌酷似大师、高僧的老者,或者他们就是。这条几乎废弃的大道成了天然厕所,总是有一大排男子站着小便,流液淙淙。但转过一条街,世界忽然安静下来,出现了华贵典雅的餐厅,被设计成一艘海盗船的内部,摆满真假难辨的古董,篮子里露出进口的葡萄酒,菜单印得相当精致,侍者穿着洁白的燕尾服。而隔壁,是人去楼空结满蜘蛛网的空宅。

夜晚,滑腻污秽的人行道边,许多人铺床席子,呼呼大睡,或者不睡,在黑暗里星星般地睁着眼睛。旁边就是垃圾堆甚至排泄物。有人就在睡眠中死掉了,人们从他旁边拍拍屁股爬起来,将他视为大地,继续在上面生活。一觉醒来发现身边同伴已经成为尸体,毫不奇怪。印度人对死亡的看法没有那么大惊小怪,有点像庄子。没有死亡,只有转世,转入天堂或者地狱是你今生今世的业的结果。这也是印度最为人诟病的地方,似乎现世只是一个渡口,对卫生条件、对脏乱差、对长命百岁满不在乎。印度思想把现实视为幻象,如果这一切只是幻象,那么坐在高级轿车,身上洒满巴黎香水,听小夜曲,与躺在污水沟旁,患着麻风,看着老鼠游戏又有何高低贵贱之分呢?印度生活就像一本活着的关于生命与死亡的智慧之书,各种现象,无论在另一种文化看来是多么糟糕、绝望或者神奇、怪异都另有深意。如果你陷入印度的现实,以入世的眼光去看印度,很多时候你会因为现实的丑陋而沮丧。我看过路易·马勒上世纪七十年代拍的加尔各答,麻风病人、贫民窟……有些场面真是地狱的景象。我没去过那些地方,但我知道它们依然如故。进步的思想其实只是世界思想之一端,原在、甚至后退也是世界大多数人的想法,只是他们在这个世纪的广告牌上不得势而已。印度就像一场巨大的行为艺术,似乎全部表演就是要把现实的真相呈现出来,令人失去入世的信心。在印度旅行,我时常感觉到那种无所不在的超越性,你不能拘泥于现实,拘泥于现实,被沼泽吞没的是你自己。

印度讲梵我合一,梵是一,我是万,既有一,也有万。我是梵的各式各样的化身,都要归于梵,但我并不会因此消灭,我是梵的众相之一。梵是底线,我之相无论如何伟大、英明,都要归于唯一的无相的梵。我是幻,但这个幻不是虚无,而是一个我必须把握的当下的业。这个也决定你的来世。我的业是我的来世的渡口。印度是有是非的,但这个是非不是真理、道德、主义、意识形态……而是对轮回的肯定和对执著的否定。轮回最深刻的地方,就是神也要轮回。梵使现世不执迷于现世,来世也不会执迷于来世。轮回并非一劳永逸。这种根本性的消极,导致历史本身的轮回。

中国讲道。道可道,非常道。道生一,一生二,二生三,三生万物。道是无,而且非常道。这就为伟人留下了"替天行道"的机会,所以中国有"超凡入圣"、"五百年必有圣人出"的说法。替天行道,每个人都有超凡入圣的机会。道没有底线,道在屎溺,止于至善,各路替天行道的好汉说法不同,可以在一上道,也可以在万上道。要么唯一,要么一盘散沙的万。在一和万之间,有个中,中庸到位,天人合一,是盛世。极端的一或者万,都是灾难。说到根本,中国思想与印度相通之处,就是易。他叫轮回,我叫易。和其光,同其尘,生生之谓易,这里面没有底线、是非,只要生生就可。但是,如果只是易,不顾易是否生生,就要生灵涂炭。

从另一个立场,例如印度移民,现今定居在大不列颠本土的作家V.S.奈保尔的立场,印度则是这样的:"它暴露在我们面前的是千年的挫败和停顿,它没有带来人与人之间的契约,没有带来国家的观念……它退隐的哲学在智识方面消灭了人,使他们不具备挑战的能力,它遏制生长。""印度需要新的教条,却没有。"他引用某位德里人士的话说:"看到你毕生的工作化为灰土是件可怕的事。"(V.S.奈保尔《印度:受伤的文明》)V.S.奈保尔毕生的工作没有化为土灰,他获得了诺贝尔文学奖。作为诺贝尔文学奖的获得者和印度人后裔,奈保尔够得上一个权威,但他说服不了我,我直觉地热爱印度,直觉到它的方式中那种超越人类智识的东西。

开业已经三百年的服装店,整个铺面被布匹打磨得光可鉴人,像是一颗玉石的内部。店员看起来就像十九世纪的人物,依然在量体裁衣,手工制作。已经当了爷爷的伙计,笑容可掬,也透着由于该店数世纪一贯的守信而积蓄起来的德高望重培养的傲慢。比伙计年轻的老板,衣冠楚楚,正在玩弄着量尺。顾客一进去,就有人端上茶来。最令我惊讶的是,印度土布与华达呢、麦尔登什么的并列着,土布在印度依然大量被使用。我对此印象深刻,是因为我外祖母曾经是开布店的,在一九四九年以前,她在昆明有两家小布店,卖的大部分是蜡染的土布。但在我少年时期,社会风气已经以穿土布为落后了,我记得上世纪七十年代的某日,我父亲在专为干部开设的内部商店买到一块日本进口的化纤布料,叫做"块巴"。全家欢欣鼓舞,我得到一块做了一条裤子,成为我最珍惜的裤子,只在节日或约会时才穿。土布和加尔各答这样的老布店,在一九六六年以后的中国,已经差不多绝迹了。

布在印度有五千年以上的历史,考古显示,公元前五千年,印度河流域居民已经在利用棉花纺织。印度依然被布裹着,而且是被土布裹着。到处是土布,飘着的土布,穿着的土布,裹着的土布,铺着的土布,挂着的土布,打开来晾在风中的土布,长衫、裙裾、围巾、袍子、筒裙、披肩,各式各样风一来就飘起来的东西,印度总是拂着。圣雄甘地是一位伟大的布衣,我第一次见到他的照片,永远难忘的就是他身上的布和赤脚。布在印度意味深长,它已经成为一种伟大的印度象征。

二十世纪,未来主义、"生活在别处的"的思潮席卷世界,无数的政治家都把希望寄托于未来。破旧立新,未来就是天堂,过去就是地狱。当代历史成为向着"更高、更快、更强"一路狂奔的马拉松运动。"这得具备最高的科技、最清晰的洞见。"(V.S.奈保尔《印度:受伤的文明》)那个叫做"全球化"的摩西领导了一场巨大的迁移运动。以历史、传统为根基的民族、地方、故乡一个个被连根拔起、抛弃,趋向灭亡。背井离乡,要么是自觉,要么被强迫,当代世界已经成为"在路上"的世界,未来不过是各种物品不停地升级换代、变化包装的游戏。未来其实不过是大公司的技术革新、成本核算的进度表而已。《易经》说,生生之谓易。如今这个世界只追求易——交易、贸易、容易、平易、轻易、简易、便宜……易就是利润。至于是否生生,已经不重要了,这个世界戴着避孕套,避孕套的升级换代、促销才是最重要的。永恒正在缺席,永恒就要死了。

印度也不例外。雷伊的电影深厚而朴素,他有一部黑白电影叫《音乐室》,讲的是老贵族与他的家庭音乐会的故事。那定期在贵族之家举办的印度古典音乐会是一个古典时代的象征。终结的时代来了,谁也逃不过,但殉葬的气氛是诗意的,痛快淋漓地一刀两断则是残忍。雷伊式的贵族电影在中国最近一百年的电影运动中从未出现,中国电影青春烂漫,缺乏古典气质,这与中国革命一路摧枯拉朽朝着未来狂奔有关。印度的动人之处在雷伊的电影里被表现得缠绵悱恻,犹豫、忧郁、无可奈何、悲壮、牺牲、高贵。印度与历史的关系是儿子与母亲的关系,世界潮流是未来主义,但印度的速度很慢,印度的刹车没有失灵。当世界向着未来一路狂奔的时候,布衣甘地是一个伟大的刹车。甘地领导印度人回到大地,印度用布来抵抗,回到印度土布。"不抵抗"是一种布。当年,甘地领导印度人抵制西方商品的方式是穿印度土布。他号召印度妇女坚持织布,以此支持印度的独立运动。甘地的思想是向后看的,他是从印度历史的源头中去寻找适应现代社会的印度动力。他是少见的用古典精神来对抗现代主义的伟人。甘地说,毁灭人类的七种事是:"没有原则的政治,没有牺牲的崇拜,没有人性的科学,没有道德的商业,没有是非的知识,没有良知的快乐,没有劳动的富裕。"这是古典思想,其源头可以在《薄伽梵歌》之类的印度经典中找到。

　　置身二十世纪,印度当然面临着选择。尼赫鲁说:"对马克思和列宁的研究在我心中产生了一个强有力的影响,并且帮助我用新的见解来观察历史与时事。""我希望印度在这次巨大的斗争中充当一个热心活动的角色……在印度与世界将要出现伟大而带革命性的变化。"印度像整个亚洲一样,风起云涌。但是,印度人并不迷信未来,否定历史。尼赫鲁说:"我们是'过去'的产物,而且我们是沉浸于'过去'中来生活的,不了解'过去',不感觉到'过去'是我们心灵中一种活的东西,就是不了解现在。将它和'现在'结合起来并将它扩展到'未来'中去,在不能这样结合的时候,就和它截然脱离。使这一切成为思想和行为震颤悸动着的资料——这就是生命。""'现在'和'未来'都无可避免是由'过去'发展出来的,并带着它的烙印,忘记了这一点就等于建筑而无地基,就是切断民族发展的根源。""民族主义在本质上乃是对过去成就、传统和经验的综合回忆……资本主义通过它的卡特尔和联合组织愈来愈国际化,并且超越了国家界限。商业和贸易,便利的交通和迅速的运输,无线电和电影,都有助于造成一种国际气氛,并引起一种错觉,以为民族主义注定要灭亡了。然而每当危机发生时,民族主义就会重新出现……因为人们总是从他们古老的过去寻求安慰和力量的。"但是印度并非拒绝世界潮流,闭关自守,印度革命对历史的态度是用加法,对现代化的态度也是加法。"印度的思想并不反对或拒绝这些变革,而是从自己的思想出发使之合理化,并适应本身的思想体系。在这过程中,许多主要的变革可能会采用到我们旧的观点中,但它们不是从外面硬加上去的,而是自然地在民族文化背景中成长起来的。""就像古代的羊皮纸,在它的正反面,把它的思想和梦想一层层都写上去了,然而后来所写的几层并没有把从前写的几层完全遮掉或擦掉。""在它(印度)的范围内,对于信仰和习俗都采取了最宽容的态度,而且各色各样的信仰和习俗都得到承认和鼓励。""在印度,包括宗教一词一切涵义的古词叫做圣法(阿黎耶达摩),法(达摩)有团结在一起的意思……圣法可以包括一切在印度创立的信仰在内……印度像海洋一样具有吸收能力。"(以上引自贾瓦拉哈尔·尼赫鲁《印度的发现》,世纪知识出版社1956年8月第1版)这些思想就像中国古典思想"生生之谓易"、"和为贵"一样,来自印度思想的古老源头。和,并不只是一个当下的平面与空间上的和,它也是在时间层面的具有历史深度的和。它既是转喻的和,也是隐喻的和。印度依然保存着过去,一望可知。印度的过去还没有退回到史书中,印度的过去活着,这是加尔各答给我的最深刻的感受。

我认识的第二个印度人是我的导游。他叫什么?阿齐兹或者马齐兹。他告诉过我,但我发不了这个音。五十多岁,他给我一种古老的安全感,这种安全感我只在少年时代感受过。他一副既然人交给了我就要负责到底的样子。我喜欢到处走,忘乎所以,街道上那么多人,我这边转进去瞅瞅,那边钻进去拍照,他总是牢牢地跟着。他个子不高,样子深沉,似乎总是在沉思。许多印度人都给人沉浸在思考中的印象,他们在想什么?也许他们什么都不想,只是有着沉思的容貌?阿齐兹离婚了,有一个女儿,他当了二十年的导游,他每个月可以赚到大约合三千元人民币的卢比。他忠实地陪着我,我想去任何地方他都带我去,加尔各答到处都是生活之所,基本上没有禁区。中国导游喜欢带人们去有面子的地方,比如购物中心,摩天大楼,避开阴暗面和脏乱差。印度导游却没有这些概念,哪里都行。有一天我乘三轮车没有零钱付车资,他帮我付了。在去泰戈尔故居的路上,他忽然请司机停车,翻译说他要去洗手间,我朝窗外看看,街边只有一堵破烂的围墙,那就是他的洗手间。在印度,我在洗手间这方面不再焦虑,随便。接着就到了泰戈尔故居,他立即在售票处下面的台子上躺下来,显然不是第一次如此,你们看去吧,我要睡觉。

泰戈尔故居在加尔各答老街上的一条小巷里。门口有他的大理石雕像,西式的写实雕塑,与印度寺院里那些古代雕像的风格毫无共同之处。我一直想象他住在木楼里,他的诗给我木质的印象。他的家却是两层楼的白色英式建筑,规模宏伟,像个修道院。门票五十卢比,要脱掉鞋才可以进去。有位长得像泰戈尔的人握着一把锤子正在修理窗棂,留着一部雪白的美髯。泰戈尔住在里面的院子里,中间是庭园,为一个有许多拱门的回廊所环绕,很多房间都辟为展厅。"院子里的阴影是苍白的,头上的天空是明朗的",这不是一个人的住所,住着一大群人。楼板被流水般的脚掌打磨得非常光滑,光着脚在上面走,有一种安全感。

泰戈尔出生婆罗门家庭,在家里排行十四。他用孟加拉语写诗,也写小说,画画,作曲,他写了七十二年。创作的作品太多了,诗集五十二部,散文集五十多本,剧本三十多个,十二个长篇小说,一百多个短篇小说,还有大量歌曲……这是一条恒河。泰戈尔有时候是明星,有时候是圣人。他的诗是赤脚写的,歌颂大地、花朵、女人、爱情和神灵,他也关心底层的农民。他晚年的照片显示,他不仅是精神领袖,也是社会领袖,接见潮水般前来朝拜他的代表团。他不喜欢现代派,他挪揄他同时代诗人艾略特、庞德、洛威尔他们,视他们为恶作剧的顽童,他认为西方现代派诗歌是"无人参与的诗"。"现代诗歌就是打造个我,英语称之为有个性,它大声呼喊,请看着我","我们为什么非读它不可呢?"他重视的是写什么,为谁写。他写的是现代孟加拉语的《博伽梵歌》。泰戈尔在中国的书里,是白髯长衫的高僧大德形象。而过去的照片显示他曾经是个健美先生,肌肉结实,穿着短裤,戴着拳击套,做出炫耀胸肌的样子。健美在印度是很普遍的运动。晚年他在庭院里飘着,失去了肌肉。

橱窗里摆着几本中文的泰戈尔著作,这是我在印度唯一见到的中文书。这些书从印度出发抵达中国,现在又回到印度,成了无人能懂的语言,被神秘兮兮地供着,这就是文明。印度已经被我们遗忘了多年。印度对中国历史有巨大的影响,而且这种影响总是至善的,佛教西来是个证据。对于中国来说,印度和西方都是神,印度的神是古老的,西方的神是时髦的。近代的西方为我们带来血与火的经验,带来关于革命和阶级斗争的理论,带来科学、技术和商业贸易的"机心"。印度却不是,它传给我们的是关于人生、关于存在、关于生活的智慧。印度人来到中国,带着劝人向善的经书,就像中国人当年出洋,郑和带去的是丝绸、大米、瓷器……都不是凶器。上世纪三十年代泰戈尔访问中国,带着诗歌和善意。与那个时代汹涌而来的西潮不同,泰戈尔逆流而动,他不是对中国知识分子日益激进的否定民族文化的思潮推波助澜,这位耄耋老者在一群西装革履的新青年中间,语重心长,谆谆教导要尊重中国自己的传统,不要沉迷于物质与西方文化。印度思想在现代化开始之际就对它的异化有着高度警惕,现代化并非天经地义、唯一的未来,印度知识分子一直坚持乡村是印度的精神家园。1931年,泰戈尔就在孟加拉创立了圣蒂尼克坦(艺术之家)。评论家吉塔·卡普尔说,"现代"在泰戈尔这里是备受争议的,不是只有正面意义。圣蒂尼克坦的意识形态是反工业的,也显然是反都市而强调环境、生态关怀的。泰戈尔言,西方"欲以自己之西方物质思想,征服东方精神生活,致使中国、印度之最高文化,皆受西方物质武力之压迫,务使东方文化与西方文明所有相异之点,皆完全消失,统一于西方物质文明之下,然后快意,此实为欧洲人共同所造之罪恶"。泰戈尔的立场是玄奘当年去印度听来的那一套的现代演绎。这一套如果是耄耋孔子来说,必定马上被赶出去。但是泰戈尔是诺贝尔文学奖获得者,又用英语写作,新青年一开始趋之若鹜,但泰戈尔的话很不中听,讲的与孔子是一路,新青年愤怒了。听泰戈尔演讲的听众中有人印小册子说:"我们已经受够了儒家、道家,泰戈尔居然想让我们回到传统中国的小脚女人时代并命名为精神力量;现在中国农业落后,工业不行,基础设施一无所有,泰戈尔居然认为没有必要成立政府。他是想让我们陶醉在抽象的爱里,陷入彻底的无作为(inaction)。我代表所有被压迫的中国人,坚决抗议泰戈尔先生和将他带到中国来的人。"在告别演说中,泰戈尔很失落:"你们一部分的国人曾经担着忧心,怕我从印度带来提倡精神生活的传染毒症,怕我摇动你们崇拜金钱与物质主义的强悍的信仰。我现在可以告诉曾经担忧的诸君,我是绝对不会存心与他们作对,我没有力量来阻碍他们健旺与进步的前程,我没有本领可以阻止你们奔赴贸易的闹市。"泰戈尔高瞻远瞩,他那一套彻底失败。印度已经被二十世纪后期以来的中国遗忘了。

"南来的微风柔和地飘拂,絮聒的鹦鹉在笼子里酣睡",某处在播放泰戈尔创作的乐曲。这是我曾经梦见过的地方。泰戈尔——我平生认识的第一个印度人,我青年时代的文学导师之一。"文革"中,所有关于生活、历史、文学的书,无论东方或西方,都成了禁书,要么被烧毁,要么失踪了。那时候,看书不是你挑选书,而是书挑选你,书籍只挑选那些勇敢的人。如果你害怕,那么你的一生只有在文盲的黑暗里虚度。好书都是在渴望读书、敢于读书、受到信任的人们之间秘密流传的,看禁书的人在中国成了一个巨大的地下社团。一本好书可以从北京一直流传到昆明,辗转千万人之手,直到这本书翻烂、模糊、死去。有个下午我经过昆明华山南路,遇到了地下诗人泰戈尔。一个鬼鬼祟祟的男子在卖书,他只有一本。绿壳子的,里面从头到尾画满了红杠。我不知道泰戈尔是谁,翻开就读到闪电般的一句:"我已经把我的整个白昼贡献给你了,残酷的情人,你一定还要剥夺我的黑夜?"那个时代的汉语简陋、贫乏、粗糙、暴力,除了起码的事关油盐柴米的语词,大多数语词只与主义、革命、斗争、批判有关。没有爱情的语词,没有风花雪月的语词,没有人生的语词,没有友谊的语词,没有哲理智慧的语词。我已经二十二岁了,还没看过一首情诗。何谓被语言照亮,这一刻就是。他的诗像神谕一样吓坏了我,里面全是反动言论。旁边还站着几个路人,都不敢买,拥有这本禁书可能招致灾难。卖书的人也是胆战心惊,害怕被告发,也许是走投无路了,才冒险出手。他已经后悔,不想卖了,就要走开。这本书标价零点二六元人民币,他要卖三元,是我月工资的五分之一。我一把夺过,递给他三元钱,骑上单车就跑。在地下诗人王维(我秘密阅读了王维的《辋川集》)之后,泰戈尔再次证实了我对诗的那种预感,它就是那种东西,在《园丁集》和《飞鸟集》里,俯拾皆是。

"夏天的飞鸟,飞到我的窗前唱歌,又飞去了。秋天的黄叶,它们没有什么可唱,只叹息一声,飞落在那里。"夏天的飞鸟,是些肥胖的鸽子,依然在泰戈尔的故居住着。泰戈尔只有一位,千年前的鸽子和此刻的鸽子看上去都是一只。朝圣者络绎不绝,大多数都是不写诗的人或者对诗歌毫无兴趣的人。诗人泰戈尔已经超越了诗歌,几近于神,人们来这里就像走进寺院。他写过什么,这不重要,他是泰戈尔。

乘晚上九点的火车去迦叶。豪拉火车站是1905年建成的,印度的第二大火车站,这个车站有个绰号叫"从不准时"。它有二十一个站台,每天发车超过三百趟,乘客超过一百万。维多利亚风格的庞大建筑,入口装模作样地安装着X光行李监测仪,其实早就坏了,只是一道假门而已。后来我发现印度的某些公共常用设备坏了,人们的态度是,坏了就坏了,像古迹一样,让它们继续待在那里。耐磨的水门汀地板被无数的脚掌打磨了一个多世纪,已经像镜子一样光滑。车站里面除了站台几乎空空如也,没有设置什么障碍,没有检票,乘客票都不用买就可以直奔月台。我感觉这车站与中国的火车站很不同,怎么不同,细想了一下,感觉不到政府部门的存在,没有那种如临大敌的管理。买票是一种自觉,普通客车许多人根本不买票,飞上去跳下来,就像跨进移动的输送带。一眼望去,车站就像一个巨大的通铺,月台大厅到处横七竖八地躺着人,人们沿着铁轨两旁躺着睡着站着,旁边堆着行李。后来我发现几乎所有车站都是如此。停着几辆待发的普通客车,里面的座位黑亮,漆皮早已被磨掉,被污垢汗液染过多遍,又磨出了包浆。车厢门口有两排铁环拉手,像手铐一样雪亮,这是短途乘客争先恐后要抢占的地方,因为火车里面没有空调,站在这里最凉快。火车进站,仿佛是驶进了人堆。月台上人群即刻汹涌起来,大包小包,朝着车门挤去,或者拥向车窗,把行李塞进去,最后整个身子翻起来,挤成一团,但没有人推拉搡扯。这种经验我不陌生,像移动的车厢似的,镜头再次回放,我想起我也曾经这样翘着屁股往车厢里爬,母亲在后面尖叫。这车站和火车都是英国人带来的,车站的设计师是英国人 Halsey Ricardo，制定车站管理规则的是英属印度政府。火车是西方文明的产物，它不仅是技术、机器、质量，更是时间和秩序。但一百年过去，在印度的火车站，我发现，西方完全失败了。印度依然土得掉渣，继续着大地上的那一套。印度到处是土，不仅仅在土地上。火车站就跟地头似的，想怎么睡就怎么睡，想怎么爬就怎么爬。玩具是西方的玩具，但玩法是印度式的。这是东方的一个秘密，中国也一样。

我们乘的是卧铺，每节车厢的床铺比中国火车多出一个，另一侧的窗下面也横排着一张。同车厢的乘客表情动作就像亲戚熟人，微笑，微笑，谦让，谦让，释放着安全感。车厢里面有空调，身体凉下来，列车驶向黑夜，我即刻睡着了。

黎明时看见了蓝色的大地，大地在着。大地依然是大地上最辽阔的部分。就像我青年时代的大地，辽阔深厚，看不见闪光的塑料大棚，看不见携着垃圾堆蔓延的郊区。忽然想起，很久没有看见大地了，在我的家乡，大地日益成为碎片，偶尔在郊区的缝隙里一闪。

（原载《人民文学》2012 年第 5 期）

西瓜沿河

金 山

这水街有一个很特别的名字,叫西瓜沿河。河的南北两边,南边叫南西瓜沿河,北岸叫北西瓜沿河。这地名是过去年代传下来的,后来有了管理者,就把蓝底白字的路牌,钉在了街首两边住家的墙上。走亲戚的、做生意的、过来落户的,以及偶尔路过的,所有来此的寻访者,踏上水街的青砖地,或在路牌下伫立凝视,或望一眼抬腿就走,他们都会不自主地看看身边瓜皮花纹一样的流水,摇摇头,点点头,会心一笑而去。

水街确实和西瓜有缘。每年初夏,就有西瓜船陆陆续续从附近的乡村,从四面八方朝这个地方开来。

西瓜船开来了——水街上一片欢声,半大小子们甩着光脚板,起劲地沓沓来去。

西瓜船靠在了石埠头,泊靠在孩子们发馋的目光里——小鼻子一嗅,嚄,瓤红汁甜的西瓜味顷刻灌满了胸郭——夏天来啦,吃西瓜哦!

这地方是大运河进入城区的一段预备段。三条大河在这里交汇,两条分别绕城而去,留下一条在这里静静流淌,穿街过巷。两岸河埠停靠了不少船,挤窄了并不宽阔的河面。

已经有好多的运瓜船靠了岸,还有好多的停了橹,用竹篙点撑着进来。靠岸的船只挤得只能竖成"l"字形,也有挤不进这拢岸第一方阵的,就在外档排列成新的"1"字形。就在急急撑着进来,想挤进第一方阵的手忙脚乱中,也有船只磕碰打架的,那是把舵的或是看见了水街上飘忽而过的红绿女子,或是听见了尖利脆亮的小热昏的咿呀声,"相野眼"一走神,船舷撞了相向而来的"冤家"。河面上霎时喧声四起。他们的叫声常常引来河岸的好事者。

"不好哉,不好哉!"待到看见对方,刹住已经来不及了。

"那么好哉!"篙子嘎嘎断裂,两船稀里哗啦撞成了一堆。船家中一方是常熟"呆佧",险情在即,连连发出惊呼和慨叹。

"嗲个东西啊?"架着瓶底眼镜的常州佬探头发问。

"好个老少子!"喜好寻衅的江阴仔怒目圆睁,短发竖了起来。

"你这老棺材!"有小子出言不逊,橹把一搁,嗖地跳到了对方的船上。

"你这小婊将!"老者也不示弱,手臂一抒,篙子对准了来人的胸膛。是无锡"我俚"、"你俚"在相骂,还没出手,已把自己的拳头捏得咯咯响。

跳到船上去劝架调解,通常是黑皮张三度的事情。

他叔叔在北西瓜沿河的船政管理站做事,船家循周围人家的称呼,叫他张站长。站里就他一个人,每天上午九时,张站长从附近家里慢悠悠踱来,准时打开管理站小屋的门,推出一张半新旧的小桌子,办起公来。收过几笔几角钱的"管理费",呼噜噜喝上一通热茶,再提来热水瓶倒上,他就捧起那只印有单位名称和一个大大"奖"字的搪瓷杯子,云游去了。张站长通常是沿着水街走,见了熟人,站着打招呼,坐下聊天喝茶,碰上熟识的船家,也会跳到船上,在这些人堆里坐坐,抽上一根"勇士"或"阿不你"(此语意为"强行给你",此烟为阿尔巴尼亚进口香烟)劣质烟,喷云吐雾一番。张站长最后的落脚点,是管理站东侧的小寡妇杨桂花的茶馆店。他在角落的一张小八仙台边坐了,又呼噜噜喝起茶来,还不时用贪馋的目光,不住打量小寡妇扭着腰肢进进出出,招呼客人。中午他把带来的饭菜让小寡妇热了,吃下肚,继续痴迷地盯看一阵艳影,挨到三四点钟,才起身唤主人一声,回自己小屋去。

黑皮初中未读完,就辍了学。在水街卖过蔬菜,卖过水果,卖过烘山芋,后来又跟人在菜市场偷偷贩卖过粮票,最后来了那管理站小屋,成了叔叔的"跟屁虫"。叔叔云游去了,他就坐在那半新旧的小桌前面,和来来去去的船家,以及街坊邻居扯些"老空",来了大娘子、小媳妇,他更是来劲,嘻哈着逗趣"打棚",拉一下这个风骚娘子胖嘟嘟的肉手,捏一把那个妩媚媳妇软酥酥的屁股。通常这个时候,寡妇杨桂花就站在店外凉棚下,眼睛直勾勾地望向这边。

黑皮跳到船上去调解,拿手的办法是不分青红皂白,劈头盖脸一顿乱骂。骂了你,又骂他,把肇事双方骂得哑了火,他就双手高举起,重重地一拍巴掌,吼叫一声,再吵再打,就叫你们到船政站坐坐!然后背转身,得胜还朝,上岸去。

半大小子们看过热闹之后,如梦初醒,你推我搡,噗通噗通跳下了河。钻到水底动起了歪脑筋——偷瓜吃!

这个时候的河面上,常会突然出现一队队奇异的"瓜队",一个个随水晃动的西瓜下面,就是一个个黑黑的小脑瓜。小脑瓜冒出水面,眨动一双双狡黠的小眼睛。小眼睛瞄住了南西瓜沿河,瞄住了河岸上那片"银行场"(旧时银行小楼的门前空地)。他们叫着嚷着,挠着进水的耳朵跺脚,然后把捧在手里的西瓜当篮球,抛过来又抛过去。末了,这瓜抛到了一个"小头头"的手里,他正用手做着刀切状,西瓜适时滚到了他的"刀"下,喀嚓一声,"刀"起瓜开,一群半大小子一哄而上,风卷残云,连碎屑都扫个精光,接着又是下一轮的"传递"。

就在半大小子们的豁口黄牙啃着瓜皮的当儿,有人就大声叫着黑皮,举着西瓜碎片隔河示意。

黑皮可不稀罕吃几块烂西瓜。他在船上胡乱骂了一通后,吹着口哨径直跳上岸去,进了寡妇的茶馆店。

刚忙完一碌早茶,又给昌大铁号送去了两锦子开水,寡妇急急回到屋里,随手把为船家代蒸的饭菜搁上了蒸锅。喝早茶的那帮老头陆续走了,这时候是茶馆的一个空档。她在门厅的条凳上坐下来,抹一下汗涔涔的脸,然后定定地盯着自己一双渐渐发糙的手,发呆。

黑皮背着日影进屋,一眼就触到那双肉嘟嘟的手,忽然心头一热,他快步向前,把那双肉手抓在了自己手里,就势俯下身子,亲了一下她的额头。背着光线,寡妇看不清黑皮的脸,她却嗅到了那熟悉的气息,她顺从地仰脸贴近,抽出自己的手,勾住了来人的脖子。俩人没有一句话,上午九十点钟店堂晦暗的寂静,应和了这种没缘由的柔情。

这情景,却落在了隔河相望的半大小子们眼里,于是"银行场"上沸腾了,有叫的也有喊的,还有人拍手唱了起来:

黑皮黑皮,不啃瓜皮;

黑皮黑皮,啃人脸皮;

黑皮黑皮,不要脸皮……

听得河对岸嘈杂的声音,黑皮抬起头,支着耳朵细听,继而他听清楚了那乱编的唱词,倏忽变了脸色,松开肉手,拔腿就往门外走。匆忙中,在脚下的砖地上随手摸了一块西瓜皮,"啪"地掷过河去。那些半大小子见黑皮恼了,更加起劲,隔着河继续高唱,有的拍手、有的跺脚、有的手拉着手,做出示威游行状。气得黑皮在此岸也跺脚拍手,哇哇大叫。

河面上传荡着高叫声,南北西瓜沿河又一次热闹起来。

其实河上的事情并没有完,刚才黑皮上船,只是把两伙船客骂瞎了火,怨气还在肚里窝着。他们探头看看侧舷的豁口,到船艉后舱,摸摸已有了裂缝的橹把,啐几口唾沫,还是愤愤不平。于是,三五结伙,上岸找到船政站来。

叔叔张站长不在,解决问题当然还是由黑皮"代庖"。摆平事情那时还兴"吃讲茶"。船政站每次"吃讲茶"都在杨桂花的茶馆门前进行,这次也不例外。

惹事双方的人都到了场,分两边坐定。往日在这里消闲的茶客,每人冲泡了一碗茶,坐在下面旁听。

黑皮小小年纪,就担当了老先生的角色。他仗着自己"老卵"(这是街坊邻居背后称许他的,意思是有主见且得意),煞有介事地坐上了"马头桌"。开始他不说话,只用冷冷的目光,不住地瞟着两边的人。有好事者充当"司仪",先叫当事人各自说了情况,有三四个快嘴好打抱不平的茶客也抢着说了话。于是黑皮故意咳嗽两声,然后喝一口茶,清清喉咙,不紧不慢作出他的评判。黑皮唬着脸,说话是颇有威势的,由此他的裁决常是说一不二。

"吃讲茶"坐"马头桌",黑皮得的是声望,船家个个都认识了他,后来的认不得他,也耳闻了关于他的种种传说。这些使他的傲气更足,跳上船骂架,喉咙更粗,声音更大,骂的话更臭。"吃讲茶",实际是得不了什么好处的,黑皮的兴趣是上船,想法捞些外快。

黑皮出去走动一般是在下午三四点钟。这时日头下去了,暑气降了,街面开始有了凉风。学校大多放了学,早班工人也回来了,有大人牵着小孩的手,有小孩拉着大人的衣襟,成群结队来水街"串(整买)西瓜"。

黑皮站着靠岸的"第一方阵"船上,瞭望西方的河面。此时欲拢岸的来船,船速大多放慢下来。黑皮大步跨越船阵,看准其中一只,跳上甲板,先眯眼看看舱口瓜的成色,然后弹指敲打敲打码在表面的几个,又伸手到下面,掏出一两个,敲敲,听听,满意! 都有清脆的响声,黑皮不觉来了劲头,他拨开围拢来的船客问道:"谁是老大?"

"不敢,我姓华。"

"无锡北乡的吧?"

"正是,堰桥的。"

"这瓜……"

"新品种,华东26号。"

"哦,几铷一斤?"

"好瓜哎,五分……"

"下一分,我一折倒(全包)!"

"哎哎,今天能出空船舱? 我侼可急着'扳艄'咯!"

黑皮听出了话外音,即刻决断,"没问题!"

船老大也是个爽快人,"那就便宜一分!"

黑皮马上指挥瓜船进港,熟门熟路,七拐八弯,不一会儿就靠了岸。黑皮先择船客一人,上岸叫喊,另择一人掌秤,自己则站在甲板管收钱。由于比市价便宜半分,买家蜂拥,一会儿工夫就把一船西瓜一抢而空。不久留,黑皮跟船家结了账,点点余钱喜不自胜,分两把塞进了左右两边裤袋,蹒跚着脚回叔叔的船政站。

黑皮的"一折倒"让他真的发了大财。街坊邻居闲话此事,艳羡得流下口水,连他叔叔张站长也嫉妒万分,时不时在小侄子面前伸手,敲上几包"勇士"、"阿不你"香烟。

后来,渐渐地,黑皮常跑去上海、杭州等地,这些地方有他的一帮朋友,做的都是"投机倒把"生意,贩卖各地的时鲜特产,听说很赚钱。

一个春日的夜晚,黑皮在水街突然失踪,连带一起不见的还有寡妇杨桂花。

叔叔张站长是第二天上午得到这消息的。张站长在寡妇杨桂花大门紧闭的茶馆店外,怔怔地站立了两根烟的工夫,才怏怏回到自己的小屋。一进门,他就一脚踢翻了门边的热水瓶,是故意踢的,碎裂声音像爆炸声。那爆炸声过后,他自己还是没发出一点儿声响,寂然坐在那张半新旧的小桌子前,半天没有动弹……

(原载《上海文学》2012 年第 5 期)

丹凤,游子的寺庙

陈 仓

有天聚会,从来没有到过陕西丹凤的朋友问,你天天赞美你的家乡,我们很难想象有多美,你用一句话来形容一下丹凤吧。我说,丹凤是一座寺庙,我们这些游子便是这座寺庙里修行的弟子。对我来说,人间最值得修行和朝拜的地方就是丹凤了。

在丹凤,水有丹江。丹江是汉江的上游,两岸杨柳低垂,此水清澈见底,水底铺着金黄的沙子,鱼儿游过时,通体是透明的,所以除了暴雨涨潮之外,天气晴好的时候,是无需垂钓的,只用瞄准了,伸手迅速捉过去便行了。如果是月夜,你可以脱下鞋子,挽起裤脚,踩着软绵绵的沙子,顺河而上,你在水中看到的,绝不是水了,而是月光与水溶在一起。人世间好多人是赏过月的,也披戴过月色,但是真正饮过月光的,却没有几个人,只有在这丹江,你可以掬一捧水与月光混合的液体,尽情地尝尝月光饮料的味道。丹江里的水,与别处不同,全是从四面八方的山沟里涓涓而来的,而山沟里的水多数则是泉水,像我家门口,有一眼山泉,无论旱涝,它总是从悬崖下边喷涌出来,而且冬天温润,夏天瘆牙,再经过几十里的林荫小道,就汇于丹江了。这样的水不仅是干净的,而且是有养分的,在丹凤这块土地上生活的人,都是喝着丹江里的生水长大的。丹江里有许多稀有动物出没,发过洪水后,顺着丹江行走,不时能看见碗口那么大的鳖,带着一群鳖娃子,趴在巨石上晒着太阳,听到脚步声便扑通扑通跳入水中去了。有时候在石头底下摸一摸,也许会逮着它,不过一定得小心,一旦被它咬住了手指,它宁死也不会松口。夏夜里,也常有专门的捉鳖之人,他们顺着沙滩上爬行的脚印,就能直接找到鳖睡觉的地方。在丹江里,全国出名的是娃娃鱼,过去没有列入保护,我们就用几条网兜绑在狭小一点、落差大一点的水流中央,拿着棍子从上游捅向下游,就可以把娃娃鱼赶进网里。小时候,我是吃过树皮草根的,但是再饥饿,从来没有想到鱼是可以吃的东西。每每捉到娃娃鱼,我们也是一样,在河边砌个水潭子,把它养在里边,它的叫声极像孩子哭似的,所以我们就学大人唱着摇篮曲"娃娃乖,娃娃长大穿花鞋",听它哭得烦了,我们就将它们给放生了。不过听大人们说,丹江河里的鱼与鳖是一副很灵的中药,如果谁家媳妇长久不能添丁,只要吃上一两条,很快就能怀上身孕,但一定得是土生土长的,如今那些家养的,是算不了数的。

在丹凤,山多名山。丹凤处于秦楚分界之处,所以山峦没有秦岭山的那种凶猛,又没有楚地的那种平秀,这里山不高不矮,不胖不瘦,不深不浅,不得不失,拿捏得颇有分寸,既能长出成片的参天古木,又能长出密密的核桃柿子,还有许多绿藤与草药。说到药材,这里可谓遍山都是,小时候我就靠着采药养大了自己,也随手采一些艾草与山楂养壮了身体。这些药中,有灵芝、有天麻、有茯苓、有五倍子、有五味子、有柴胡、有苍术、有连翘,还有满山的野菜、野果、野花,都是不错的药膳。野菜里有藤子叶、野葱野蒜,起码还有几十种我叫不上名字。夏天时用这些沤一缸酸菜,既可以做浆水面,也可以直接喝浆水,解馋得很。野果里,有野李子、野杏子、野栗子、八月炸、牛奶泡、叉八果。药材里的五味子其实在秋天的时候熟透了,一串串红透了,摘下来甜甜的,好吃得不得了。野花里,大片大片的,是黄色的连翘花,一簇一簇的,是映山红,还有野杏花、野桃花、野海棠花、野百合花、金银花,秋冬的野菊花,更是黄的红的紫的,田间地头,河旁路边,到处都是。冬天里丹凤好像没有野花了,不过却有漫天的雪花！所以说,丹凤是出名山的,县城的靠山就叫鸡冠山,这山头白石嶙峋,山体巍峨丰满,形似雄鸡一唱,那昂头挺胸之势,绝对可以唱醒天下。整个县城就依鸡冠山而建,蜿蜒连绵,亭台楼阁,小桥流水,中间隐藏着几个水库,隐居着远古村落,整个县城犹如一片片祥云,浮着一只凤凰似的,故而此山又名凤冠山。除鸡冠山,最有名的就是商山,地处丹凤县商镇,如今的商洛市、商州区、商南县,名字都是起源于这座山,我还不知道在此封邑的商鞅的商,与这座山的血缘关系。据有关地方志记载,之所以叫做商山,是因为这座山沟壑起伏,层峦叠嶂,从远处观看,形似一个"商"字。我曾多次攀爬游览过这座山,一点一横一竖一钩,都是那么苍劲有力,只有上天才能擎起巨椽之笔,书写出如此精美的"商"字。秦时就有四位博士（如今人称商山四皓）:东园公唐秉、夏黄公崔广、绮里季吴实、甪里先生周术,转遍了八百里秦川,最后选定这个既有景又有静,既方便入世,又方便出世的商山,生时隐居于此,死时薄葬于此,是相当有道理的。如今丹凤借助自然资源优势,辅以聪慧而纯朴的民风,大力发展经济奔小康,商山的"商"字,在历史的书法外延上又有了更多的拓展。其实,丹凤还有许多山,竖在深涧人不知,什么牛头山、马面山、九龙山、白虎山,个个看着不打眼,但是一旦深入其中,山有奇峰,物有绝活。这样的山养育的人也是一样,看上去个个都是青蛙,但一相处人人都是王子。

在丹凤,人是亲人。人这一辈子,免不了会哭,有时候是哭自己,有时候是哭别人,还有林妹妹这些多愁善感之人,还会哭一些花花草草。如今我已近不惑,按说许多事已经看淡了,心如止水了吧,但是一碰到我的故乡,无论是人是仙,是物是畜,都会惹得我心酸落泪。不仅是实景生情,往往还在虚枉的梦里也会哭得醒了过来。

说实话,这一辈子,我大部分泪水是为丹凤而流的。让我哭得最多的,当然是我的父亲,如今他依然留守在丹凤山区,大字不识,不会写自己的名字,不知道什么叫网络,也就不知道什么是小姐,更不知道什么是欺骗,免受了外边物欲的浸染。他的里里外外都是没有经过机器打磨过的,那种自然、干净、单纯,可以说是这个世界上仅存的圣人。说实在的,他已经成了土地的一部分,一个活着的人能融入土地,这是值得尊敬的,同时也是悲剧的。他耳朵已经聋了,牙齿掉光了,眼睛老花了,按说已经应该休息了,但是他还是没黑没夜、不离不弃地耕作在这片土地上,直到有一天他把自己的最后一小部分身体埋进土里。我一直在想,他是一头猪,而我则是一块肉,他是一粒小麦,而我则是一把面粉,他是长江头的一颗清露,而我则是长江尾一滴浑黄的污水。这两种截然不同的生命状态,形成的落差是巨大的,每每他从山头滚下,从树上摔下,他还是说"不干活浑身就不舒服",然后一跛一拐地继续面朝黄土。想到这些,不由得不哭啊!

在丹凤这块土地上,值得我流泪的人有许多。有我的母亲,在人生仅剩最后一口气的时候,为了把仅有的粮食留给我,她想吃一根油条的愿望落空了;有我的舅舅,他是一个孤独地把自己埋在自己房屋里的猎人,他"一个人怎么才能拿这么长的枪打死自己"的问题,至今我也没有答案;有我的哥哥,在去金矿淘金的途中翻车了,是他在危难的时候救了我,而自己却永远地离开了。还有不愿拖累儿女选择上吊的小姑姑,还有许多活着的熟人与生人,他们都有着秦人的大气,有着楚人的灵气,有着中原人的慧气,有着北边的忠,南边的孝,中间的仁义。再加上西边秦岭东边武关,挡住了寒风恶雨,就把这里隔成了一个清静的世外桃源,在这里生生息息的众生,肯定是浑身上下都透着仙气的。所以,这里才子英雄尽出,任一个不起眼的村落或许没有燕子飞来,但是定有文人志士散居其中,贾平凹就是最突出的一个了。最重要的,丹凤人都不嫌弃九山半水半分田,把个人命运与天灾地难完完全全地牵连在了一起,这样说吧,他们每个人都是一小捧有血有肉有情有义的泥巴。

我还要说说游子的伤痛。在崇拜物质的今天,人时时刻刻都会受伤,有种无法躲藏的无奈。对于一个追梦的游子,你能躲到哪里去呢?

首先是身伤。去医院里吧,手术刀也许是山寨,去河里吧,也许水里汞超标,去空中吧,还有沙尘暴;你夏天吃块西瓜吧,有膨大剂,秋天吃颗葡萄吧,有甜蜜素,你想吃点瘦肉吧,却有瘦肉精,就是吃个白馒头吧,已经染色了;你好不容易接个吻吧,嘴唇是假的。唉,有多少人,已经患上了恐惧症,硬是不敢呆在地球上。但是在这世界上,也许只有丹凤是真的,是没有污染的,是可以放心的,按照官话说,百分之百是绿色环保的,也是你唯一可以疗伤的地方。丹凤粮食有大米、有玉米、有谷子、有高粱;蔬菜有土豆、有红薯、有莲藕、有白菜;肉食有猪肉、有牛羊肉、有驴肉,现在也学会了养鱼养虾;水果有桃子、有杏子、有梨子、有苹果、有柿子、有栗子,大量的就是核桃了。这些粮食果蔬,是自给自足的,最多也是种着给方圆几十里的乡亲吃。他们一是没有打农药、加激素的常识;二是为了节省,因为人畜的屎尿一直都是他们最信任、不用花钱的肥料;三是生性善爱,从无功利与害人之心。所以,这里的庄稼也是幸运的,是自然生长的,是无公害的。野味方面,那就多得很难数清楚了,满山遍野都是野根野枝、野叶野芽、野花野草、野天麻、野木耳、野蘑菇、野兔、野鸡,早些时候还有成群的野羊、野猪、野狼、果子狸。我小时候就采过小药(冬虫夏草)。现在卖到山外的、最让城里人嘴馋的,我们叫商芝,外边叫蕨菜,在春天的房背后伸手就可以采摘的嫩芽芽,还有很多的野菜野果,我叫不上名字。这些野物不仅没有经过工业污染与药物催化,而且晚上一身雾,早上一身露,时时沐浴清风,季季吸收暖阳,就更加营养而干净了。在我们村里,如今百岁、八十的老人有好几个,依然腿脚利落,满嘴牙齿,关键是他们一辈子从来没有抓过药打过针,怕都是吃了这山中干净的东西吧。如果你是丹凤人,那你真是幸运得很,你可以放心地回家吃喝玩乐了。

还有心伤。像我们这些游子,在外边打拼奔波,那种压力是别人很难知道的,心里早已伤痕累累了。不仅常常遭到城里的歧视,说你是乡巴佬,还有遭到本土的排挤,在人家地盘上打天下,你就得时时忍着。关键是在这大都市里,人人都忙着捞钱,蜜蜂忙着四季不停地采蜜,草莓不管寒热地生长,你真的很难找一个人来谈谈心灵,很难找到一只虫子来寄托情感。在丹凤,你可以随处看到青松翠柏,你说这是栋梁,你可以随处折到菊花,你说这是傲骨,你可以随时听到蛙鸣与蝉声,你说这是天籁,但是在外面呢?青松没有,菊花难寻,青蛙与蝉不见踪影,满目看到的、满心感到的,都是那么生疏与别扭。还有一点,你无论躲在什么地方,人们一个电话就能把你揪出来,一个短信或者微博就能通报消息,让你一刻也无法从这个世界上消失,那种凄切的等待已经绝迹了。但是在丹凤就不一样,一旦我回到村里,就像去了天堂,你再也没有办法找到我,因为我们村子至今还没有通电话,也没有手机信号,我可以心安理得地生活在尘世之外。

所以,无论路途多么遥远,无论成本多么高涨,我们总会时时回故乡去,说是探亲,实则是疗伤去了。虽然只有过年过节才回去一次,但我仍是天下最幸福的人。因为一个没有故乡的人,是没有远方的,就如一个没有寺庙的人,是没有信仰的。回家就是我的信仰,每回丹凤一次,都是一步三回头,九曲十八湾,就是我这个俗家弟子的一次次虔诚的朝拜与参禅。

如果让我现在选择,我愿意一年三百六十五天,一辈子近百年,都住在丹凤这块土地上。我在一首诗中留下过遗言,在死后一定要回归故里,不至于在丹凤建一个灵魂墓,在异地他乡建一个肉体墓,让一个卑微的游子撑起两个碑这是无比沉重的。丹凤,你这座游子的寺庙,总有一天,我回来后就不再离开了。

(原载《上海文学》2012年第6期)

蚊子的亮点（外二篇）
——藏地奇遇

王宗仁

青藏高原在中国西部以西，那是一杯不饮就醉的酒，令人向往，又是一块随时能把人送进坟地的魔域，让人惧恐。从骆驼的瘦峰与瘦峰之间吼来一阵暴风，就足以让整座大山晃晃荡荡。在风追月落的冬夜突降一场狂雪，绝对能把戈壁草原掩盖。正是这雪，看起来犹如盛开的梨花的雪，使我和副班长于大路得上了一种那时候根本不知道叫什么病的怪病。我记得真切，副班长突如其来的一声凄惨惨的号哭之后，泪水涟涟地喊道：不好啦，我的眼睛死了！什么也看不见了。我们都听见了，非常惊怕，不知道出了什么事。就在这时候我的眼睛也看不见了，眼前游动着一片黑影，好像坠入无底的深渊。可是这是大白天呀，太阳高悬，雪山明晃晃地透亮。

这是1959年隆冬发生在藏北茫茫雪原上的事情。当时我所在的汽车连正在那曲地区执行抗雪救灾运输任务。眼睛怎么突然失明了？我们那一刻手足无措随口就喊出"眼睛死了"，真的，眼睛的功能在一瞬间消失了！当然后来我们知道了，那是患了雪盲症。整天在空气稀薄的雪地里忙碌，没有任何保护眼睛的措施，阳光中的紫外线经过雪地表面的强烈反射，刺激了眼睛,造成了伤害。连队有五个人患上了雪盲,轻重程度不同。最数我和副班长严重,眼睛红肿,发痒,流酸水。从藏北返回到青海一个叫石乃亥的地方后,我俩的眼睛仍然肿得像桃子。好在连队要在这儿休整一周,我想眼疾总会好转吧!

我们班住在一位叫卓嘎吉玛的藏族老阿妈家,在旧社会熬煎了几十年苦难岁月的老人,把对党和新生活的感激之情,全都集中到了对我们这些兵的春风化雨般的关爱上。她热情中透露着细心,勤快中不缺周到,实在令人感佩。雪盲已经缠上了我,最终它会过去的,我权当做一朵小花淋了一次雨,一棵小树见识了一场冬雪。从根本上讲这雪对我还是好事,有了这样的经历,以后会变得坚强、豁达,更能平平安安地生活。可是卓嘎阿妈绝对不这么看,她发现我们患有眼疾以后,心疼得不得了,一天几次来问候,安慰。后来得知是雪盲,她双手一拍大腿说,好啦,别愁,我有办法治好你们的眼病!

我好生奇怪,她会拿出什么绝招为我们解除病痛?

当天午休,卓嘎阿妈手提一个磨得锃光闪亮的铜壶,满面溢笑地来到我们班。这是一壶热水,还冒着腾腾热气。阿妈把水分别倒入我和副班长的脸盆里,说:趁热,用毛巾敷眼睛,多敷一会儿,眼睛会好的。还不容我们说句感谢的话,她就把我和副班长的毛巾浸泡在热水里。待那水簌簌地咬透了毛巾,她捞出,拧干,捂在我俩的双眼上。随之,我就感到热乎乎的酥麻感似无数细细的钢针软绵绵地扎入眼球。当然那只是瞬间的感觉,转而便觉到有丝丝冷气顺着那无形的针孔往外溢出。慢慢地就无感觉了。阿妈说,每天早晚都坚持这么用药水敷眼睛,很快会有效果的。

阿妈的行动像钟点。每天清晨在我们洗漱的当儿和晚点名的空隙,她会准时提着一壶热水来到班里。有了这位"民间医生"的精心治疗,我们的眼疾一天天见好。到第四天头上,我就觉得双眼轻松多了,清清爽爽地亮堂了。这时,我和副班长都有个疑问需要解开,便问老人:你这壶里装的什么神水,治好了我们的眼病?她笑笑:说神也神,说不神也平常。明儿我给你俩熬最后一次药水,你们来看看就明白了。

我们看到了,阿妈把一包黑乎乎的东西倒入壶中熬起来。我们无论如何没有想到这竟然是蚊子的脑袋。阿妈指着屋梁上一个燕子窝絮絮叨叨地说起来:蚊子是叮人肉吸人血的害人精,可是它却是燕子喂养雏燕的绝好食物。每天燕子爸爸和妈妈都会捉来数十只蚊子才能喂饱雏燕。小燕不食蚊子的脑袋,燕子爸妈便用嘴将其脑袋剥掉,放在燕窝的角落。天长日久就积成了堆的蚊子脑袋,风干、变硬,这是上好的药材,能消肿明目。阿妈说,这是从阿爸的阿爸手里传下来的秘方,至今灵验。我们听得入神,大长见识。

世间有多少奇事,如果你不是亲身经历体验,别人说破嘴皮你也不会相信。有时候你看到的光明不是真正的光明,你看到的死亡也不是真正的死亡。它们隐匿了,以一种容易蒙蔽你的形式迷惑你。当你举起拍子疾恶如仇地欲将蚊子置于死地时,想没想到蚊子的脑袋可以为人类解除眼疾?没有想到就先别鲁莽行动,要弃其害,取其益。我会永远记住那位藏族阿妈,正是她使我从臭名昭著的蚊子身上发掘出了亮点,让我明白了早就该明白却一直糊涂着的道理。

去日喀则的那个夜晚

从拉萨动身去日喀则前,战友就提醒我,那条路不好走,天上挤几滴雨山上就有泥石流滑下来。你们要尽量缩短在傍山险道上行车的时间。当时我没把这话当回事,心想,不就是三四个小时的路程嘛,一脚油门踏下去不用抬,汽车就撂到了目的地!

也许就因了我这大大咧咧的不经意,一路上又是观光又是拍照,结果被突然而降的泥石流堵了差不多六个小时。回想起来好像是一瞬间的事,我眼看着山头上的天空飘来一块乌云,云衔山,好景! 我举起照相机快门还没按下,那云彩就化作了雨,劈头盖脑地下起来。我是第一次看到云变成了雨。山体呼啦呼啦哭了,漩涡般卷起雨水与泥石倾泻到公路上。我们真的无法走了。这时天已擦黑。

那位老阿妈就是在我们走投无路时出现的。

当时已经云过雨停,泥石流在疯狂地滂沱之后也偃旗息鼓。公路霎时变得静悄悄,仿佛整个世界都安静了。路面仍然被乱石泥沙堵塞着。这时一阵阵木鱼的轻敲声伴和着悠婉的诵经,隐隐地、忽高忽低、时断时续地传到了我的耳畔。那薄如丝绸的声音,仿佛微小的风吹草动就会惊动它干干净净的灵魂。可想而知,它是多么美妙!

天色完全黑实。一点红光灿然破开夜幕,向我们停车处飘来。渐近,渐亮。是谁给夜色点一粒星火,植一颗火种? 酥油马灯。灯焰下映着一张布满菊花瓣皱纹的脸庞,藏族老阿妈。她用半生不熟的汉语对我们说:"旋转的泥石流把我家的门前变成无端忧愁的地方,远方来的金珠玛米请到我的帐房去歇脚!" 雨后寒夜这一盏酥油灯足以温暖一方天地。就这样,我们这三个饮风含雨的夜行人,被阿妈领到不远处山脚下她的家里。

一进帐篷,我就看见正中的方桌上设立着佛堂。藏家人很讲究佛规,无论主人或客人就座和就餐都要坐在帐内两侧,忌讳坐在佛坛下面。他们认为如果在佛前就座,那是对佛的不敬,有亵渎神灵之罪。他们还忌讳把脚伸到供佛的方向,忌讳在佛坛下面堆放不洁之物,忌讳在佛灯上点烟,忌讳朝着佛坛打喷嚏、打哈欠、骂人,以及说不礼貌的话语等。我们这些常年在藏地奔波的军人,对这些都懂。这时我们三人轻手轻脚地进了帐篷,先向释迦牟尼铜身像行注目礼,然后在两侧盘腿席地而坐。阿妈很满意我们的举止,含笑点头。帐篷里异常安静,比泥石流中止后我们在山野享受的那种安静多了一份温馨和平静。我想,大概正是老人家那能把五脏六腑都吐在空气中的诵经,净化了心灵,融合了一种心境,为我们提供了表现内心感情的独一无二的机会。我说:"阿妈,深更半夜打扰你老人家,我们实在过意不去!"她忙制止了我还要说下去的话:"一家人不讲两家话,这样的时候你们还在公路上走车,善良的藏家人不会忘记你们的辛劳和慈爱!"

虽然帐篷内的陈设那么陌生,可是阿妈的脸庞却十分面熟。她用母亲一样的胸怀和双手为我们驱散着浑身的疲倦和寒气。她拿起银壶送来酥油茶:"孩子喝吧,又热身子又暖心!"银壶上系着一条小哈达,壶嘴上抹一块酥油,壶嘴一斜,一股咖啡色的乳液就淌进杯里。酥油茶是砖茶、盐加酥油混合在一起的乳汁,喝在嘴里咸咸的,润润、滑滑,满身酥麻麻的要飞起来的舒爽。之后,阿妈又拿出一大块牦牛肉,说:"这是生牛肉干,西藏的特产,请你们尝尝。"说着她就用藏刀切下薄薄的几片,肥瘦分明,肥的雪白、瘦的通红透亮。她在辣椒液里蘸了蘸,分送给我们。生牛肉干醇香、绵长,香味装满我们的胸膛。

喝完酥油茶,我们起身准备告别阿妈回到车上,被她拦住了,说:哪有只喝茶不吃饭的道理,你们填饱肚才好赶路。我忙说,这就已经够麻烦您了,我们赶到日喀则吃早饭吧!阿妈说,道班工人要修好路也得半天的,别着急,我这里有现成的饭哩!她转身就端来一盘糌粑,说:谁也不许客气,吃了饭再上路。糌粑其实就是我们汉族人吃的炒面,不同的是炒面把生面炒熟,而糌粑是将青稞炒熟了再磨成面,不必去皮,里面掺和着花生仁和芝麻,还加了白糖和酥油,捏成小球团。这些小团里包有石头、羊毛、木炭、硬币等。谁吃出了石头,说明他心肠硬。吃出了羊毛,说明他心肠软。吃出了木炭,说明他心肠热。当然吃出了硬币最吉利,说明你财运亨通。我们三个人全都吃出了硬币,阿妈高兴地说,好运好运,恭喜你发财! 我们心里都明白,这肯定是阿妈的有意"安排"。

吃饱喝足,我确实有一种浓浓的酣睡的幸福感。阿妈出了帐篷,她说去公路上看看路修得怎样了。我深情万分地望着阿妈,这时远方故乡母亲的脚印与眼前这位阿妈的背影重叠在一起,变成一尊经典的爱的丰碑!

司机原来是僧人

傍晚,我开着汽车驶过楚玛尔河不久,就抛锚了。因为是跑单车,我只能焦急万分地等待一位好心的司机来帮一把。当然最好是军车司机,彼此都穿着军装求人办事好说话。我的忧虑随着天色渐暗而加深变重。可想而知,在夜色淹没了所有的路,可可西里深夜的荒原上孤零零地停放着一车一人,什么样意料不到的事情都可能发生! 不说狼虫虎豹来袭击,就是碰上个喝得烂醉的酒鬼,我也对付不了。我这时多么希望太阳是长寿的。

我这辈子都会记着次仁旺堆这个名字。他像一束温暖的酥油灯光,引领着我走出了困境。大约是夜里九点来钟吧,这个看上去已经五十岁开外的藏族司机,开着车到了我停车的地方。他也是跑车去拉萨,和我同向行驶。他问清了我的情况后,二话没说,就和我一起挂好拖车杠,把我的车拖到了三十公里处的温泉兵站。我们同住一屋,我这才看清他一头的卷发,有棱有角的四方脸盘,一双有神的眼珠像黑珠似的闪亮。他带着几分后怕对我说:"我的老哥,你也太会选择抛锚的地方了。这里前没村后没店你熬得过这一夜吗?"我这时心里涌满了感动的暖流,便开玩笑回答他:"这不是遇到了你这位大救星嘛,我平安无事!"

陌路人的心一旦挨得很近时,就很快变成知己了。这晚我和次仁旺堆聊得很是投机。当他告诉我他是一个还俗的僧人时,确实让我大吃一惊。僧人?会是真的吗?我好像看到了一个意想不到的人坐在我面前。次仁旺堆倒很镇静,他原原本本地讲了自己出家、还俗的经历,我的心才得以平静。

他出家到藏北一座寺庙,进香吃斋的前一年,死缠硬磨地爱上了邻村一个姑娘,没想到姑娘的父母双双反对他们的婚姻。怎么办?抢婚!其实抢婚是他们地区的一种婚俗,哪怕男女双方都愿意结婚,双方父母也同意,那也不能自由过门,要通过抢婚来实现结合的愿望。怎么抢?男方或女方约上一帮哥儿们去抢心上人。那是实打实地抢呀,如果抢不到人,活该,这门亲事告吹!最有趣的是还有姑娘父母约定未来的女婿把女儿抢走的情形。抢到了人,还得举行结婚仪式,喝酒,跳舞,乐乎通宵。这种粗野而浪漫的婚俗在西藏实行民主改革后仍然延续了好些年。次仁旺堆呢,抢婚未成,原因是对方父母把守太严,久攻不下。他灰心丧气,憋着一口气不久就出家了。没想到佛堂的事也不顺心,一气之下他就还俗回了家。二十多年过去了,姑娘还未出嫁,苦苦地等着他。继续抢婚,这回大功告成!

抢婚,它是漫长黑夜中的一盏酥油灯,亮在西藏冬季的深处,凄美,温馨,独具诱惑。那摇曳着的微光,洞透了多少恋人的梦幻与怀想,包括此刻与我共眠一屋的这位还俗的僧人。世界就是这样阔大,许多人试图通过一些刻板的语言组成的信条拯救不了的疑难杂症,却被这盏吐着微小光亮的酥油灯幻化成明亮。抢婚,我真不知要多少遍去诅咒它,又多少次想去亲近它!抢婚,它毕竟是藏地从蛮荒走向文明的见证。

我继续问次仁旺堆,这位在我面前突然变得可亲可爱的昔日的僧人:"到底有什么不顺心的事促使你还俗?"

他当初出家是为了一个祈愿,做一个干干净净的无灾无难的人。一旦发现这个祈愿不能实现,那还不如还俗做个平平常常的人更自由。那是他进寺庙的第一年,1959年西藏就发生了叛乱,他们这些僧人也卷进去了,寺庙成了叛匪最后坚守的碉堡。就是在拉萨的僧人乱哄哄的那个夜晚,他的信仰动摇了。后来,他听说他们心中神圣的佛主也跑到国外去了。此后,这位佛主总是传旨要西藏的僧人不必甘心眼下的平静,要等待他的归来。正是在等的过程中,次仁旺堆明悟了许多,失望,悔恨,不安……在忧伤的尽头他未能制止住忧伤,于是他从原路返回。一个信仰破灭了,他仍然相信另一个信仰,这就是做一个堂堂正正的、爱自己的西藏、爱自己的祖国的人!

夜静语声绝。

我能感觉出次仁旺堆没有入睡,我的心仍然沉浸在那座喇嘛们内心空寂的山寺里。我仿佛听见佛堂之上飘浮的那一串风马旗的呼吸,也许它是在提醒朝圣的人:进去前一定要洗洗手,洗洗脸,再烧香叩拜。还有,出寺前还要洗净脚,再踏上回乡的路,遁出红尘!

夜深,次仁旺堆确实入睡了,呼噜声。难道那是他翻动经卷的声音在楚玛尔河畔回响?

(原载《岁月》2012年第6期)

水顶寺的水

丹　增

七月本来是雨季,可当我来到曲靖市的城郊,眼前却是旱魃为虐,赤地千里。湖水干涸了,干瘪的死鱼上爬满苍蝇;水库蒸发了,干裂的泥土像龟背,裂痕纵横交错。来到一个村子,一位七十多岁的老人告诉我,原来有两条河穿村而过,现在断流了,八口井干得不用说水,简直要冒烟了。人畜饮水不是靠政府派消防车定量供应,就是到二十多公里外的一条小溪边排队取水。六十多岁的刘大妈深夜四点起床,背着水桶去取水,八点多背了水往回走了一半路,不小心摔了一跤,水打翻了。她只好边抹眼泪,边把洒剩的一碗水喝完,然后枕着水桶躺在地上休息,准备等会儿再去。又到一所中学,在宿舍区的草地边,学生们正提着水桶排起长龙,水龙头里流出的水细得几乎是一条线。一位老师焦急地说,这段时间一碗水都要多次利用,脚洗不成了,洗脸都快成了奢侈行为。看到眼前的一幕幕,我想起了儿时住过的西藏水顶寺,想起了那些脍炙人口的关于水的传说。

我五岁那年住进了寺院,这寺院据说有六百多年的历史,那时有三百多名僧侣。藏传佛教的寺庙,无论历史长短,规模大小,僧侣多少,建筑风格千篇一律,佛事活动大同小异,管理方式基本相同,与雪域高原千百座寺院不同的是,我们这座寺庙与水有着千丝万缕的关联。

护法殿是寺庙最神圣最威严的神宫,供奉着脚踩波涛、手托云雾、身背蛇弓的护法神像。从寺院落成起,这里的香火没有断过,这里的鼓声没有停过。在这三十平方米的殿堂里,有一汪泉水,面积只有火塘大小,深不见底,水是从岩石底下冒出来的。奇怪的是无论雨季旱季,取多取少,既不满溢,也不枯竭,始终满满登登,不时冒着串串细泡。传说,从前有个部落头人住在这泉水边,他相貌丑陋,性格残暴,经常坐在泉水边上喝酒吃肉,听歌看舞,寻欢作乐。他有十几个儿子,却只有一个女儿,所以十分溺爱,娇生惯养。有一天,天上下着细雨,雨点落在泉池里,溅起许多水泡。天空出现彩虹,映照水泡,七彩夺目,十分美丽。小姐看着跳动的水泡,硬要父亲把水泡串成花环戴在头上装扮自己。父亲说:"傻孩子,水泡不可能用手抓起来,更不可能串成花环。"女儿撒起娇来,说道:"我戴过格桑花的花环,五彩丝的花环,金银编的花环,现在就是要戴水泡做的花环,否则我就跳进泉中自杀。"头人知道女儿的脾气,听到要自杀,心里惶恐起来,就把全部落的能工巧匠叫到泉水边说:"你们有聪明的脑袋、精湛的手艺,赶快把水泡取出来做成花环,还要带着五彩,如果做不成,我就要一个个处死你们。"工匠们听了目瞪口呆,面面相觑,深感大难临头。这时人群中突然走出个穿着破旧袈裟的老和尚,来到头人面前,双手合十说道:"老爷,慈悲为怀,放了他们吧,老僧有点绝技,愿意献出。"头人心想,只要能满足女儿的心愿,谁做都一样,于是就把那些工匠放了,叫女儿亲自监视老和尚做水泡花环。老和尚盘腿坐在泉眼边,从怀里掏出佛珠挂在脖颈上告诉头人女儿:"我的特长是串水泡,但我的手又笨又脏,不会取水泡,希望小姐亲自捡起那些美丽的水泡,好让我把它们串成华丽的花环。"小姐便俯身去取水泡。可是,手一碰水泡就破灭了,根本无法取出,而且身子挡住彩虹,色彩也不见了。忙来忙去,一无所获,最后,心烦意乱地跑回父亲面前说:

"和尚会串有什么用,我取不出水泡来,我也不要水泡花环了,你给我做一个配玉的紫金花环,我要常年戴在头上。"老和尚救了众工匠的命,又羞辱了残暴的头人和不讲理的女儿,农奴和奴隶们暗自高兴。为了纪念这位既善良又智慧的和尚,人们在泉水上建起一座寺院,取名为水顶寺。

寺庙后边那座头顶白雪、身披绿荫的高山上,流下一股透明清澈的小溪,发出清脆悦耳的声音,流到寺院后边一个宽阔的洼地成了一个小湖,面积不大,千把亩,但有许多美丽的故事传颂着。这座山是百鸟藏身、百兽栖息、万物生长的神山,满山遍野的松树、桃树、柏树、柳树、杨树遮天蔽日,有风吹过,繁茂的枝叶像大海的波涛起伏汹涌。密林丛中无数蜿蜒曲折的小溪不舍昼夜地流淌着,潺潺的流水声打破了森林的沉静与阴暗。漫步在灌木丛中的虎仔昂首远望,几根笔直而稀疏的胡子像一根根银针似的在阳光下闪闪发亮;满身斑纹的豹子,躺卧在草丛中,泰然自若地打着呼噜;长着树枝般犄角的公鹿步履轻盈,温柔典雅,领着活泼可爱的小鹿在小溪边饮水;还有一双尖长的耳朵倒贴在头上的野兔,悠闲自在的野猫,聪明狡猾的狐狸,笨拙稳健的黑熊都把这山林当作家,无忧无虑地觅食、嬉戏、繁衍后代。在这树林中谁也说不清有多少种禽兽,百鸟歌唱着不同的天然妙曲,鸣蝉放开喉咙,蝴蝶飞着,甲虫爬着,一切像时间一样古老,像春天一般年轻,像天宫一般神秘。传说有一天,森林上空乌云密布,不时传来让人胆战心惊的炸雷声,锯齿形的电光不时割裂长天,击打着山峰,一阵阵狂风吹得尘土漫天,枝叶乱飞。只见一个带着火球的霹雳打在一棵参天古树上,刹那间,四处燃起熊熊烈火,火顺风势,愈刮愈大,整个森林成了火海,森林中的鸟兽惊恐万状,东躲西藏。生活在山下的人们,眼睁睁看着神树、神鸟、神兽被大火吞灭,急得呼天喊地。这时,在山顶参天古树枝头筑巢而居的乌鸦们喧噪起来。一只羽毛光滑的老鸦急骤地聒噪着,环绕着烟火弥漫的山头翱翔,叫声越来越大,不一会儿成群结队的乌鸦从树丛中钻出,从山坳中飞起,嘶哑的声音喧嚣一时。只见,天空中乌黑的翅膀像滚滚乌云,一个个乌鸦翻着筋斗,呼啸着像披着黑袍的天兵神军,从高空滚落到寺院后边的小湖里,用湖水浸透浑身的羽毛,然后飞回火场上空,让水分洒在熊熊燃烧的大火上。人们在想,连绵十里的大火,岂是几滴水能熄灭?可是满天的乌鸦,不知辛劳,坚韧不拔,毫不气馁,一次次,一批批,一个个往返于小湖与火场之间取水灭火。它们像是有一个共同的誓言,只要能把火扑灭,即使累死也心甘情愿。也许乌鸦的行为感动了苍天,又一团团浓密的乌云纷纷从四方涌向山头,越集越密,最后沉重得仿佛就要跌落下来,一阵狂风吹过,稀疏的雨点和冰雹便开始洒落下来,又一个霹雳滚过,大雨倾盆而至,转眼大火被扑灭了。待雨过天晴,所有生命又活泼灵动起来。

从寺院大门出来,沿着鹅卵石砌成的崎岖小路,顺着一条山沟左拐右转地往上爬,沟深林密太阳都照不进来,山石林立,间有瀑布溪流,山路窄得像一条羊肠,盘盘曲曲,铺满了落叶,不时遇到漫流的山泉,湿漉漉的,连动物走过脚底下都打滑。走出沟口是一个平坝,就像出屋门进庭院的感觉。这里无论石山、树林都被淡淡的雾气轻抹漫掩,好像全都披上一层薄薄的轻纱,显得分外妖娆。地面上,一股股泉水从岩缝中挤出,从灌木丛里涌出,碎玉般晶莹碧透,山歌般铿锵作响。乱石丛中,腾出冒着热气的一个个水柱,发出的声音就像轻巧的鼓点。这些山泉水、温泉水汇集起来,形成三四亩宽阔的一个大池,池底的黏黄土和莹润的白石子像筛出来的金屑和珍珠,四周是白色的大理石和黑色的花岗岩精工细筑而成。这是能治百病的寺院温泉。相传,寺院落成不久的一天,一群仙女来到这里沐浴。那天高空日色朗朗,四周白云弥漫,远近山岭、壑谷、林木、山路全都淹没在无边浩瀚的云海里。云的颜色逐渐浓深,云气氤氲,飞升上空,水汽不断地膨大,灰黑的阴影渐渐布满天空。转眼间,雨点从灰蒙蒙的天上,从飘动的云层里,像千万条银丝洒落下来,雨点落在温泉池里,像滴进晶莹的玉盘,溅起粒粒珍珠般的水泡,卷起了一阵轻烟似的热气。一阵轻风吹来,周围树林枝条东摇西摆,翩翩起舞。风过处,天空便由灰而白,由浊而清,渐次明亮,阳光又从薄云后面透射出来,太阳已经爬到了天顶。这时一道彩虹挂在蔚蓝的天空,像一座长桥,款款地从寺院金顶后面升起,越过温泉池跨到北面山坡上的万佛白塔。仙女们走到寺院,踏着彩虹,拾级而上,临虹款步,俯览江山。这时,高空有一只苍鹰展开长长的翅膀打着转儿飞翔,一会儿均匀地扇动翅膀往高空腾飞,一会儿展开翅膀纹丝不动地向地面滑翔,一会儿急促地抖动翅膀翻着筋斗。突然间,那只苍鹰收紧翅膀,细长的脚爪紧贴腹部俯冲下来,像只滚落的大黑球,落进了温泉池。细腿被折断了,胸口流淌着鲜红的血,片片羽毛散落水面。它带着无可奈何的忧伤,聚起全身的力量,悲哀地痛苦地尖叫着、扑腾着。温泉池里的泉泡像串珠似的升起在鹰的周围,最后,精疲力竭的老鹰无奈地像一条大鱼在水中漂动。任凭温暖润滑的水浸泡着蓬松的翅膀,身子逐渐发热,腿翅疏松,筋骨舒展,血脉流通,神清气爽。老鹰在想:无论高空翱翔也好,躺在水中等死也罢,生命总有离开地球的那一天。没想到,暖暖的水洗去了它身上的血迹,浓烟似的气浪缝合了伤口,金液般的硫磺黏接了折断的骨头。没过三天,老鹰觉得身轻如云,飘飘欲飞,于是用它那弯钩似的嘴,清理那扇子一样展开的黑色的羽翼,昂起头,用琥珀色的眼睛凝望着深邃无垠、碧如大海的苍穹,望着又红又大、光芒四射的太阳,屏声静气,积蓄力量,"哗"的一声展开油光闪亮的翅膀,飞向空中,沉重的翅膀剧烈地划破长空,高高地飞过峡谷,天空中充满着悠扬的展翅声,鹰越飞越远,最后消失在自由宁静的晴空。

目睹这一情景的仙女们,身着五彩缤纷的盛装,手捧金光闪闪的钵盂,又一次来到泉池旁,围着神水翩翩起舞,不时从钵盂中取出五颜六色的花瓣,撒向池塘,那花瓣如飞雪一般,漫空乱舞,然后漂浮在水花飞溅的水面。身着绛色袈裟的喇嘛们人头攒动地站在寺院屋顶,吹起银号角,沉洪有力的音响,沿着峡谷往上传播,与飘动的柏树浓烟一起冉冉升起,弥漫于天宇。他们仰望天空,祈愿苍鹰重返蓝天。从此,他们把这温泉池取名神水缸,很快名扬四方。东面一群群手握黑色拐杖的人,高一脚低一脚,一步一瘸,目不转睛地朝着神水缸走来;西边走来了一群群弯腰驼背、四肢关节肿胀、伤口包裹着血淋淋纱布的人,看见神水缸,泪水挡住了视线;从南面,从北面,人们三五成群地走来,有的从山上滚下头被撞破,满头凝结着血痕,有的被恶狗咬破大腿伤口长着蛆,有的周身青一块紫一块或是全身溃烂没有几块好皮肤,这里是他们希望的灵地,救命的圣主,欢乐的源泉。

水顶寺的一山一石、一草一木都在讲述着许许多多水的故事。半绕着寺院坐落山弯的曲松江,好像一条狂怒的巨龙,在深山峡谷里咆哮奔腾,等挣脱群山的封锁与约束,流到这里又显得那样宁静、妩媚、柔和。从象鼻似的山尾站台俯瞰江水,像微微拂动的丝绸,不管水多深,都可以清澈见底,河底卵石上的花纹,沙土上小虫爬过的痕迹,全看得清清楚楚。那江边的水草时时闪着碧绿的光,顺着水的流向自在地轻轻漂动。水神说,曲松江啊,你在这里要虔诚一点,水顶寺供奉佛祖的水要干净,两岸百姓饮用的水要清洁。寺院背后的那座山,海拔五千多米,终年积雪不化,山顶有一个平静的湖泊,四周还有五个插入云端的山峰,人们称五冠佛。无论晴天阴天,湖中总会映出五峰的倒影,活像五尊白仙盘踞水晶宫。这湖的颜色随时在变化,太阳刚升起的时候,辐射出万道明亮的光柱,这湖就像一只硕大的银盘;当太阳落下去的时候,天空像一片燃烧的火海,这湖就像一只晶莹剔透的大红宝石。方圆百里,这湖是万水之源,快要满溢的时候,水就由不同的暗道明道冲破障碍,穿过荆棘,转过大树,绕过石林,扑过岩层激冲下来,奔向平原,一路万物生长靠着它,五谷丰登靠着它,人畜生存靠着它。据说,这湖是自然之神,献给水顶寺慈悲之爱的一滴喜泪。

这座山的前半腰有一个远近闻名的大瀑布,站在寺院屋顶远望山腰,在那苍松翠柏、绿叶茂密的丛林中,瀑布好像是悬挂的一幅整齐而平滑的白色巨型天幕。那里有块平整而宽阔的悬崖,从山顶雪线融化流下的千万条溪流聚集到崖顶平坝上,聚合着集体的力量,顺着岩面滑泻,岩壁上有许多棱角,水流经过,急剧撞击,水花便飞花碎玉般地乱溅。每当夏末秋初,蔚蓝明洁的天空,挂着安详雅致的白云,温暖的太阳,带着喷薄四射的光芒,注满金色阳光的瀑布,在色彩斑斓的林木枝叶间流淌。那瀑布从百米巨岩跌下,飞悬倒洒,翻滚着白色的浪花,飞溅着似玉如银的水珠,在阳光的照射下闪烁着五彩缤纷的霞光,像一幅彩绘制作的巨幅唐卡。是站立着的佛祖释迦牟尼,还是莲花座上的无量寿佛,在如絮如绵的雾气浓烟中若隐若现。传说,这个瀑布是天竺佛国的神工鬼斧、天魔帝力创造出来的大自然的展佛。在这个季节,数以万计的信徒香客,云集在瀑布下面,焚香诵经,磕头顶礼。这既是信仰的驱动,更是对大自然的敬畏,对人类生命之本——水的敬仰。

水,是地球的血液,万物的起源,人类的命脉。当今天看到长江变成黄河,黄河变成黑河,黑河变成泥河,看到雪线在上升,湖泊在干涸,江河在断流,看到人类污染使美丽的湖泊变成臭泥潭,奔腾的银河变成臭水沟,我想起了水顶寺,想起了水顶寺的水和这些关于水的故事以及壮丽景观。

(原载《人民文学》2012 年第 6 期)

文人书法赏析三题

管继平

蔡元培:亦旧亦新　兼容并包

五四时期的那一批文人中,平心而论,蔡元培先生的字是算不上最好的。据说钱玄同有一次在北平(今北京)公味斋素菜馆吃饭时,还开过蔡元培的玩笑:"你写的字这样蹩脚,怎么还让点了翰林?"面对钱的玩笑,蔡先生也不以为忤,反笑着说:"可能是因为当时的一位主考喜欢黄山谷的字,他说我写的字像黄,所以取了。"

说来有趣,钱玄同居然有资格可"嘲弄"一下蔡先生,至少他自认为在书法上或许胜蔡一筹。而同样在书法上也毫不逊色的鲁迅先生,在与友人的通信中,却可以毫不客气地批评钱玄同:"(此公)议论虽多而高,字却俗媚入骨也。"

其实,蔡元培先生的字,虽算不上最好,但也远非如钱玄同玩笑中所说的"蹩脚"。由于他深厚的旧学基础、渊博的学识修养,再加之其开阔的艺术思想,体现于他的字里行间,尤其是一些行草书的诗词和尺牍手稿,就有一种自然挺秀、蕴藉清新的气息。他的书法,至少在我看来,是亦旧亦新、自有法度于其间的。

蔡元培先生是杰出的思想家、教育家和民主革命家。他对中国教育文化的贡献,是中国近代史上无人可比的。甚至有人认为，在中国要讲最伟大的教育家，古代是孔仲尼，近现代就是蔡元培了。

虽然，蔡先生是一位从传统科举道路上走出来的学人，但他的思想在当时则完全属新新一族。蔡元培由秀才、举人、进士，直到被授翰林院庶吉士、翰林院编修，严格的科举训练应该说对他的文章和书法都有过极其规范的训练和约束，然而他的文章却以"怪八股"闻名，书法也极力挣脱当时翰苑所流行的"馆阁体"。所谓"怪八股"，就是指他作文不按八股成法，用现在的话说，就是以"新概念作文"获得老师的青眼，让时人耳目一新。蔡元培先生是浙江绍兴人，在周氏兄弟的眼里，是乡贤。因此周作人在《知堂回想录》中说，幼时他家里有一本蔡元培的朱卷，"文章很是奇特，篇幅很短，当然看了也是不懂，但总之是不守八股文的规矩"。

他的书法，一扫清代科举制下书坛的清规戒律，而以线条粗细自然变化，用笔提按顿挫徐疾有致来体现其作品的节奏感。在整体上，布局虚实结合、疏密得当，虽他的字结体有左低右高的略微斜势，但通篇则行气连贯，反而有顾盼生姿的动态。难怪近代学者、书法家马叙伦在《石屋续沈》中有《蔡元培逸事》记谓："其人翰林也，试者得其卷大喜，评其文盛称之，而于其书法则曰'牛鬼蛇神'。"其词乃一括蔡元培先生行草书法形质、气格、书风之大概。此所谓的"牛鬼蛇神"，意即"虚幻荒诞"也。与前所说的"怪八股"一样，也可以说都是"不守规矩"的意思。

作文或作书的"不守规矩"，正好体现了蔡元培先生早年不满现状、变法图强的创新思想。其实他的"不规矩"，正是从极"规矩"中走出来的。这也如《书谱》中所谓"初学分布，但求平正；既知平正，务追险绝"的道理相同，蔡元培青年时受聘于同乡徐树兰家校书，徐家藏书甚富，给蔡提供了大好的读书机缘，得以"遍览徐家藏书，学业大进"。由于蔡自小熟读经史，深谙八股之法，于徐家不断开卷后，他似乎又豁然开朗，从此"不再以八股作文"。学书的经历也颇雷同，他在《自写年谱》中说："六岁习字，先用描红法"、"进一步摹写墨印或先生范本"、"再进一步临写，是选取名人帖子，看熟了，在别纸上仿写出来。"他早年习书以楷书为主，诸如颜真卿《自书告身》、《多宝塔碑》以及虞世南、褚遂良等法帖均下了不小的工夫，对一些汉隶书法如《史晨碑》、《张迁碑》等也多有涉猎。今天我们看他的行草书似乎纵横随意、自由洒脱，然若仔细品读，还是不难看出其线条中圆融厚劲、亦篆亦隶的书味。

蔡元培先生是一位温厚宽容的人。这在他质朴气清、疏朗宽薄的书风中似乎也可体现。他一生从事教育，并提倡美育，对有关涉及美育者，即文艺、诗歌、音乐、书画、建筑、雕刻等都有所爱好。虽然他自己曾接受的是旧式教育，但在中国文化教育科学事业上，蔡先生却做了许多开风气的事。民国时期他作为第一任教育总长，将充满官僚旧习、尽是乌烟瘴气的京师大学堂改名为北京大学，而当他执掌北大时，又对其进行了全面彻底的改革，并以"思想自由，兼容并包"这一办学方针，开创了一个全新的北大。在延请师资人才上，他不问党派、信仰，只问学问。于是各学派的大师名家相继来到北大，一时贤能云集，荟萃了中国大学史上最辉煌的教师阵容。如新文学的代表人物有陈独秀、李大钊、胡适、鲁迅、钱玄同、刘半农、周作人等。保守派和国粹派的有辜鸿铭以及刘师培、黄季刚等。这也充分体现了蔡元培的办教育观点：大学必须要集中一大批的大师，要有非常宽容的、学术自由的精神。

林语堂曾有一段对蔡元培的评语说："论资格，他是我们的长辈；论思想精神，他也许比我们年轻；论著作，北大教授很多人比他多；论启发中国新文化的功劳，他比任何人大。"此论可谓精彩而概括。

蔡元培先生不囿古今、兼容并包的博大胸怀,不但受到新文化运动中人的欢迎,即使是有顽固旧思想的人,他们对蔡校长也很佩服。就连有"文化怪杰"之称的辜鸿铭,在接到北大聘书时也禁不住激动地说:"现中国只有两个好人了,蔡元培一个,我一个。"

黄炎培:做官作书何曾殊

平时经常路过雁荡路南昌路口,会瞥见一幢西式洋房,楼下的石拱门旁有一竖牌,上书"中华职业教育社"。虽我从没进去过,不清楚是作为旧址的纪念还是现在仍有这"教育社"的机构,但我知道,这"中华职业教育社"就是民国早年黄炎培先生发起并创建的,现在木牌上的那一行行楷书字体,看得出依然是保留了黄炎培当年所题的墨迹字样。

中国民主革命家、著名教育家黄炎培先生应该是彻彻底底的上海人了,他老家在江苏省的川沙县(今属浦东新区);1878年黄炎培出生在川沙镇的民居"内史第"沈宅。说起这"内史第"沈宅,可是大大的有名。多年前我曾专程到川沙镇游览过作为黄炎培故居——兰芬堂七十四弄一号的"内史第"。这是一座坐北朝南、占地约三百平方米的两层砖木结构院落,原为清咸丰九年(1859年)举人、内阁中书沈树镛的住宅。沈树镛是一位博学多才、能诗善画的学问鉴赏家,又是一位古籍、书画、金石碑帖的大收藏家,连文学家俞樾都称他的收藏是"富甲东南"。其中最珍贵的是他于同治二年(1863年)所得的汉代熹平石经宋拓残片,原为"西泠八家"之一黄易收藏,上有翁方纲、毕沅、孙洞如、王念孙等名家题跋。沈树镛后又得孙承泽藏熹平石经残字,于是便在"内史第"内宅楼上专辟一室,名曰"汉石经室",有何绍基、赵之谦等书法家为之作题记。

黄炎培的童年及青少年读书时期，基本都在"内史第"的书房汉石经室度过。因为黄家与沈家有着非常密切的亲戚关系：黄炎培祖父黄典谟是沈树镛的姐夫，外祖父孟庆曾是沈的妹夫，而沈树镛子沈肖韵又是黄炎培的姑父，黄家四代都居此屋。黄炎培出生于此，"汉石经室"的大量碑帖、典藏古籍以及近代中外名著，为他青少年时临帖读书提供了得天独厚的条件。黄炎培十多岁时父母先后病殁，虽然他九岁入私塾，儿时的识字做人受母亲的教育颇多，但对他影响最大的还是其姑父沈肖韵，黄炎培少时学问、道德以及爱国思想，多由其姑父引导，他写过一篇《题肖韵姑父遗像》诗，题记道："川沙百年来文化中心，必推我姑父沈肖韵先生家，先生禀承家学，器识文艺，为时推重，与物无忤，对之如饮醇醪。甲午后，锐然以新知识授我后进。"由于阅读了大量的经史子集，熟谙诸多经典名篇，黄炎培二十一岁就中了秀才，二十三岁考入上海南洋公学特班，老师乃蔡元培、张元济等一流名家，同学中最知名的如李叔同等。但没多时南洋公学解散，他又应姑夫沈肖韵的函约，第一次参加了江南乡试，不料轻而易举地只一次便中举了。

黄炎培虽然思想开明，接受新学，并不懈推行职业教育和民主革命，但他的旧学根底、八股文章以及书法功力都非常的深厚，这些主要得自其渊源家学的熏陶和他少年时的用功苦读。黄炎培的书法，用墨丰润，纵横自如，虽然其楷书也带有一点馆阁体之风，但略经变化，则巧拙相济，写得雍容雅逸而不俗。晚年黄炎培曾写过一本自述体的回忆录《八十年来》，书中详记了他少年时代在"内史第"的汉石经室读书情景，虽然没提临池摹帖之事，但汉石经室内大量的珍稀法帖、名碑宋拓一定使他如鱼得水、大开眼界，若非整日沉浸其中，经年累月地潜心研习探求，安能造就他那圆润刚劲、儒雅自然的独特书风？邹韬奋创办《生活》周刊时，"生活"两字即请黄炎培先生题写，他题后还分析道:"生"字有点倔强,敢于作艰苦奋斗;"活"字的"口"我将之放大了,说明大家有饭吃,也象征大家有话都可以说。

在民国期间黄炎培概不做官,由于他子女众多,所以一段时期他宁可"卖字疗贫",也不愿接受当局的丰厚俸禄。他曾有一卖字润格的短文颇妙,云:"渊明不为五斗折腰去做官,我乃肯为五斗折腰来作书。做官作书何曾殊,但问意义之有无。做官不以福民乃殃民,此等官僚害子孙。如我作书,言言皆己出;读我诗篇,喜怒哀乐情洋溢;读我文章,嬉笑怒骂可愈头风疾;有时写格言,使人资儆惕。我今定价一联一幅一扇米五斗。益人身与心,非徒糊我口。还有一言,诸君谅焉。非我抬高身价趋人前,无奈纸币膨胀不值钱。"这段话,既反映了他对世俗不满的愤慨,也显示了他作为读书人的独立高尚人格品性。

早在辛亥革命前,黄炎培由于办学宣传新思想而被当局以革命党罪名逮捕,本已被判为死罪,幸好在"斩决令"前一小时获保释后逃亡日本。次年又回国办学、加入同盟会并积极拥护孙中山先生搞民主革命。据说北洋政府时曾两次电召他就任教育总长,他均坚辞不就。所以袁世凯曾无可奈何地送他八个字:"与官不做,遇事生风。"

不过,曾经一生拒不为官的黄炎培,至七十多岁时反而改变了初衷,在新中国成立之初,在周恩来总理的一再动员和说服之下,黄炎培就任了中央人民政府委员、政务院副总理、全国人大常委会副委员长等职。在此期间,还有一则毛泽东向黄炎培借观王羲之的真迹帖本的故事在坊间流传甚广。据说,毛泽东主席听说黄炎培珍藏有王羲之真迹秘本,就向黄炎培借阅,言明借期一个月。但借后不到一个月,黄炎培怕夜长梦多,就三番五次地打电话通过警卫员催问,询问毛主席看好了没有?

毛主席被问得不耐烦了,大为不悦:"不是讲好一个月吗?到期不还,我失信。不到一个月催讨,他失信。谁失信都不好!"后一个月到期,毛主席让警卫员将珍帖完璧归还了他。此事是否闹得彼此都不痛快,我们不得而知,但从这件事似乎也可看出,黄炎培"与官不做"的观念是改了,但"遇事生风"的脾性好像没变。

傅雷:一怒而安天下民

著名文学翻译家傅雷先生毕生致力于译介西欧名著,尤以翻译巴尔扎克、罗曼·罗兰的小说最为脍炙人口。在他身后出版的一册《傅雷家书》,记录了他与钢琴家儿子傅聪谈论艺术人生和道德问题的文字,也是见解独到、影响深远的一部名作。曾经看过几页傅雷家书的手稿,蝇头小楷密密麻麻,但法度谨严一笔不苟,从中我看出傅雷先生的认真和执著。不过,真正使我感受到傅雷先生的认真和执著并为之震撼而心碎的,是读了他的那封遗书手稿。

很多年前,好友小萍兄知道我喜欢"文人书法",一次在旧书店偶然觅到一本有关傅雷的画册,其中刊登了一些傅雷的手稿照片等,特意买下送我。在那本书里,我第一次读到了那页傅雷用毛笔写下的"遗书",时间落款是"一九六六年九月二日 夜"。在那个风雨如磐的岁月,傅雷不堪凌辱,准备以一死来表示他的抗争。但就在他决定离去的前夜,他以那特有的行楷书,写下了一封八百余字的"绝笔书"。他在遗书中首先简单申明了自己的态度,然后有十三件事委托处理,其中包括如:缴当月的房租55.25元;留六百元存单给保姆作过渡时期的生活费;姑母寄存的饰物由于被红卫兵抄家时没收,以自己存单数张赔偿;现钞53.30元,作为我们的火葬费;图书字画,听候公家决定……每每读至此,我总忍不住泫然欲涕!旧时的知识分子,在即将自己了断生命的前夕,竟然还能如此的沉着冷静,一笔一画,事无巨细,为他人而想,为自己的尊严,不带走一丝尘埃。

傅雷先生有一字"怒安",又号"怒庵",取文王"一怒而安天下民"之义。不过,他的善"怒",在朋友圈内确实颇有名气的。他和刘海粟在上海美专共事时,曾为了一老师的待遇问题,他一"怒"而和刘校长绝交二十年;后来应滕固之请在昆明任国立艺专教务主任仅两月,又因和滕固校长意见不合,一"怒"而挂职回家;此外,和施蛰存、和钱钟书也曾因翻译上的不同观点而争论而发"怒"。然而,你若仔细分析还会发现,傅雷的"怒"从来都不是为自己,也不为功利,他大多都是因见解不同或学术的分歧而"怒"。柯灵说他们尽管有时争得不可开交,但都是"从善意出发的,不含有任何渣滓,因此不但没有产生隔阂,反而增加了彼此间的了解"。虽然朋友可以如此,但在险恶的政治风云中,像傅雷这样耿介刚直的文人性格,最后的一怒而死、一怒而安了——不过,他所求的是自己的心安。

傅雷先生的书法,能楷能行,且均以小楷面世。我见过他的墨迹,几乎全是手稿和书信。其楷书规范自然,取法《洛神赋》,但落墨丰腴,捺脚厚重,大有唐人写经之趣味。他的行书尺牍体胎息"二王",写得潇洒雅致,流畅老练。据杨绛回忆说,傅雷和钱钟书一起谈书论道时,两人都有对书法的喜好;钱钟书忽发兴致用草书抄笔记,傅雷则临摹十七帖而遣兴。虽说在书法上,傅雷先生没写过什么专论文章,但他对西洋美术史以及中国传统绘画的研究,却有很深的造诣。在法国他所学的就是西洋美术史,后来回国在刘海粟创办的上海美术专科学校中,任校办公室主任兼教美术史及法文。此间他编写了《世界美术名作二十讲》讲稿并翻译了《罗丹艺术论》等,对于绘画艺术和理论,傅雷常常有自己的理解。一次他游黄山回来,对刘海粟说:"只有登上了黄山,才能达到萧然意远,恬静旷达,不滞于物,不碍于心的境界。中国画家向大自然寻求灵感获得了成功,这种意境,西方画家很难梦想得到!"

在国画界,傅雷与黄宾虹的忘年交,是艺坛上众所共知的一段佳话。他对宾虹老人的艺术成就相当服膺,不遗余力地为之四处奔走推介、筹办画展等等。1943年11月,黄宾虹生平第一次个人书画展在上海西藏路宁波旅沪同乡会开幕,这就是傅雷等几位策划努力的成果。为此,黄宾虹非常感动,将他引为平生一大知己,并经常与之一起观赏其所收藏的历代名家名作,并探讨画理,交流心得。在赏评黄宾虹作品的文章中,傅雷有许多艺术见解,尽管是谈论绘画艺术的,但书画同源,其观点对于书法艺术来说也同样适用。

傅雷认为:"学习初期,状物写形,经营位置等等,免不了要以自然为粉本,但'师法造化'的真义,还须更进一层。那就是:画家要能览宇宙之宝藏,穷天地之常理,窥自然之和谐,悟万物之生机;饱游沃看,冥思遐想,穷年累月,胸中自具神奇,造化自为我有。"

我们在书画艺术上也时常会提到"师法古人、师法造化",但傅雷觉得所谓"师法",其实并不单单是技术方面的事,而更是一门修养人格的终生课业。修养到一定功夫,就能"不求气韵而气韵自至,不求成法而法在其中"。当有人认为黄宾虹的书画虽笔清墨妙,但仍"给人以艰涩之感,不能令人一见爱悦"时,傅雷有一段"看画如看美人"的评述,非常精妙:

> 古人有这样的话:"看画如看美人"。这是说,美人当中,其风神骨相,有在肌体之外者,所以不能单从她的肌体上着眼判断。看人是这样,看画也是这样。一见即佳,渐看渐倦的,可以称之为能品。一见平平,渐看渐佳的,可以说是妙品。初看艰涩,格格不入,久而渐领,愈久而愈爱的,那是神品、逸品了。美在皮表,一览无余,情致浅而意味淡,所

以初喜而终厌。美在其中,蕴藉多致,耐人寻味,画尽意在,这类作品,初看平平,却能终见妙境……

我们品味书法艺术大致也是如此,老子云"大音希声,大象无形"其理一也。有些隐藏深邃的"山形物貌",非得"虚心静气,严肃深思,方能于嶙峋中见出壮美,于平淡中辨得隽永"。反观傅雷先生的书法,初看也是平淡无奇,然慢慢咀嚼,反复品读,则能体会到他文字中一以贯之的坚韧与刚毅。傅雷先生一百多封家书,基本都以毛笔书就,有的甚至是数千字的蝇头恭楷,一路写来形神不散。他不但以毛笔写中文,也可写英文法文。据说他有一封毛笔英文信写了一丈之长,轻重徐疾,线条粗纽变幻,写得煞是流畅而潇洒,虽为洋文,而似乎同样具有书法之美。1961年初,为了提高傅聪的艺术修养,他还从自己所译的《艺术哲学》一书中,挑出一编《希腊的雕塑》,共六万余字,花了一个月的时间用毛笔抄录并加了注,寄往侨居英伦的儿子。傅雷就是这样的认真与执著,不仅是对工作,对艺术、对朋友乃至对人生,他无不如此。

我读过很多名人撰写的回忆傅雷的文章,他们都是傅雷的好友,如楼适夷、柯灵、施蛰存、杨绛等,他们几乎都说到了傅雷的认真与执著,并觉得他有时认真得"过头",甚至是偏执了。柯灵说"他身材颀长,神情又很严肃,给人的印象仿佛是一只昂首天外的仙鹤,从不低头看一眼脚下的泥淖"。在傅雷的身上,传统文人的耿介刚直他是表现得最为强烈的。1958年时,尽管傅雷被错划成"右派",但人民文学出版社还是愿继续印行他翻译的书,只是嘱他改用笔名,可傅雷的回答说:"不!"至1959年国庆前夕,傅雷将摘掉"右派"帽子,有关部门告诉他这个喜讯,让他有个承认错误的表态,而傅雷的回答仍是一个"不"字。

前后这两个"不",充分显示了傅雷他坚定孤傲、不愿与世俗同流合污的独立品格。这样的文人,也许他看似不容易与你亲近,但他留在你心目中坦荡、刚毅的形象,却是永远值得你钦佩与尊敬!

(原载《上海作家》2012年第3期)

怀念父亲的挚友盛澄华先生

王圣思

盛澄华先生是父亲辛笛在清华大学外文系读书时的好友,他俩是同龄人。2012年父亲和澄华伯伯一起迎来他们的百岁诞辰。在这样的日子里,让我更加怀念这位具有浪漫情怀、才华横溢的父执。在我们家,他也是父亲最经常提到的名字,有关他的个性和轶事,我们少年时代就耳熟能详,常会引起我们的兴趣。六十年代初我到北京去旅游,遵照父亲的嘱咐去拜访澄华伯伯。他很热情,关切地问起父亲的情况,让我感到亲切的是,不仅因为他家和我家一样有许多书,他悉心研究的法国大作家纪德的全集整齐地排列在书橱里,更是因为见到了这位父亲在家常挂念的才子挚友。只是发现我见到的他已无父亲描述中那种当年的潇洒倜傥了,岁月在他的身上留下了消瘦衰弱的痕迹。

上世纪九十年代在澄华伯伯离世二十多年后,晚年的父亲还惦念着这位好友的儿子们,希望了解他们的情况。信寄到他们的母亲韩惠连教授工作的外交学院,没想到被退回,也就失去了和他们的联系,父亲不无惆怅。尽管父亲与澄华伯伯是好朋友,但在他们夫妻离异这一变故中,父亲始终同情的是惠连姨,对好友颇有微辞。他常会感叹她真不容易,这样一位职业女性独自把五个儿子抚养培育成人并坚持出色的教学工作。在父亲去世一年以后,2005年通过广西师范大学出版社的魏东君,我又与他联系上了,父亲和澄华伯伯在天之灵知道了一定都会很高兴。我把为父亲写的传记《智慧是用水写成的——辛笛传》寄给了当时九十三岁的惠连姨和盛氏兄弟,不久收到惠连姨的来信和寄赠的回忆录《轻舟已过万重山》,使我对澄华伯伯当年留学的生涯、在国外与父亲及其他友人的交往又有了进一步的了解。另外还读到友人提及澄华的文字有杨绛姨的《我们仨》、四十年代风靡一时的长篇小说《风萧萧》作者、后去香港的作家徐訏先生的《盛澄华》,以及澄华的学生唐祈、李升恒等先生的追忆文章等,也让我更多地了解、认识了澄华伯伯的一生。

一

盛澄华是浙江萧山人,生于1912年,父亲比他略小几个月。大学时代他俩加上同班同学孙晋三常在一起切磋学问,是最要好的朋友,在校园里有"三剑客"之美称。孙晋三出身于牧师家庭,英文极好。盛澄华第二外语法文学得好,最早在美国人温德教授的课上得知纪德大名,以后喜读纪德的作品,在大学读书期间就已开始关注这位法国现代作家,并撰写介绍文章。父亲幼年读私塾,中文功底扎实,尽管自十岁起学英文,但对两位好友的外语能力仍很推崇。

他们都爱好文学,课余大量读书。当时歌德的《少年维特之烦恼》是大学生们爱读的作品。澄华读后激动不已,更是身体力行,加入了模仿维特的行列,身穿黄背心,脚蹬长统靴,这样的装束在大学里成为一道可观的风景。更有一些失恋的男生,仿佛也经历了维特式的感情波折,为此寻死觅活。所以在父亲眼里澄华是位浪漫才子,他有反叛的个性,在家事中也可见一斑。暑假期间他回老家萧山,他家在当地很富有,也颇有名。当他得知家族中发生的一些丑事后,怒不可遏,拿起墨笔,在雪白的粉墙上连写一串黑色大字和惊叹号:"无耻!无耻!无耻!"然后把笔一扔,打道回校。

他们仨曾想办个杂志,起名为《取火者》,暗指古希腊神话中盗火给人类的普罗米修斯。但当时校内学生会中政治派别争斗激烈,往往是左派右派轮流坐庄,他们拟办刊物的那年正好右派执掌大权,从刊物的名字就嗅出什么,不同意他们办刊,结果只好作罢。他们三人中澄华最活跃,自己办不成刊物,就参加《清华周刊》的编辑工作,他最早主编文艺栏目,在他之后是哲学系擅写文学批评的李长之任该栏目的主编,再后来由父亲接替主持这一栏目。

1935年他们在清华大学毕业,澄华立刻去法国留学,晋三考取庚子赔款留美官费生,父亲则留在北平,任教于贝满和艺文两所中学。澄华到法国后首先给父亲写信,告知一路上的情景及到达巴黎后的近况;过了四五天后才将平安抵达的信函寄回老家。结果萧山老家的回信经杭州转上海转北平转西伯利亚,最后澄华在巴黎收到,可过了三个星期,还迟迟不见邮路更近在北平的父亲来信。因此写信埋怨好友把他给忘了,同时提到父亲离别时的承诺——要从他们的通信中锻炼自己的恒心,结果却未兑现,让他颇为失望。其实,父亲并没有忘记他,澄华一路写成的《海上随笔》寄到北平《晨报》副刊发表,父亲将他的文章一篇篇收集起来,然后寄至巴黎,但因澄华搬家,没有收到。于是父亲又将自己每次多买的留存好友文章的八份报纸再次寄去。父亲总是很留意友人在报上的文章,生怕他们看不到,会热心地寄去,这样的习惯一直保持到老年。但他却懒于写信,因为要说的话太多,反而落笔困难,在他当时的日记里,他记录了好友的来信,一边忏悔,一边仍在拖延。直到实在拖不下去的时候,才会一鼓作气写长长的回信加以弥补。

留学生在国外学习有各自的目标和选择。澄华在巴黎就不读学位,不考文凭,而是专心致志地研究纪德。当时纪德还健在,在法国享有极高的声誉,占有文坛领袖的地位。由他创办的《新法兰西评论》聚集了一批很有影响的作家,如普鲁斯特、罗曼·罗兰、瓦雷里、克劳岱尔等都是撰稿人或是由该杂志推出成名的。澄华就近研究他,与他交往,阅读、翻译他的作品,碰到问题或疑惑就写信请教,纪德欣赏这位年轻人的见解,也常用书信答复他。纪德若在巴黎,澄华会打电话给他,要求上门面谈,纪德则尽可能地安排时间与他见面。如此,既有书信往返,又有亲炙风采交谈的机会,澄华认为这样钻研自己喜爱的学问才是最重要的,有所专长才是学习的目的,比面面俱到地读学位有意思得多。

二

澄华早在第一封信里就劝父亲赶快准备到英国去读书,路过巴黎一定要到他那里停留一下——"我等着你!"同时在信尾写道:"朋友,心地放坚些!别做什么事都那么犹豫。"看来到底是老同学,还是很了解父亲的性格。毕业后一年很快过去了,父亲这里还是没什么动静。远在法国的澄华耐不住接二连三地来信催促他。原来,父亲打算教两年书,取得一些实际经验,并对中国社会的需求有进一步了解之后,再考虑出国学习。但国内的局势已经越来越动荡不安,日本侵略者加紧磨刀霍霍。他若再不行动,也许就出不去了。在澄华不断的函牍催促下,他终于写下告别他留恋的北平古城的诗句——"从此不再是贝什的珠泪/遗落在此城中"(《垂死的城》),于1936年夏,在朱光潜教授的建议和荐引下,去苏格兰首府爱丁堡大学攻读英国文学。

父亲的目的地是英国,必须走海路才能到达。他从上海坐船先到意大利,然后到法国,在巴黎他多停留了几天,为的是与好友相聚。异国他乡两人重逢，都兴奋异常。父亲记得就借宿在澄华居住的学生小公寓里。那时的拉丁区不是富人居住之所在，而是穷艺术家、留学生相对集中的地方。澄华住三楼，房间不大，盥洗设备还不如父亲在天津老家的卫生间。父亲发现中国留学生的生活还是很清苦而简朴的，平时连手纸都不买，而是把前一天看过的《巴黎晚报》裁成方块，权作草纸使用。吃饭也随便得很，有一顿没一顿的，有时到外面的小饭馆吃，有时自己在家里弄点东西打发一顿。父亲感到很新奇。澄华常请父亲去住处附近的一家小饭馆吃饭。菜肴价钱低廉，但法国人讲究生活情调，再小的餐馆也和大饭店一样，餐桌上放着小瓶红葡萄酒，免费供应，作为饭前开胃酒。餐厅里有那种走街串巷的乐师两三人，拉弹着提琴、吉他或手风琴，在餐桌旁为客人演奏助兴。琴声悠扬，一曲终了，客人给些小钱，他们又去别处弹拉。澄华竭尽地主之谊，每天陪着父亲出去游览。卢浮宫里历代艺术珍品琳琅满目，各类沙龙画展上新画派层出不穷。印象派马奈、德加、塞尚、雷诺阿、凡·高、高更的名画，让父亲大开眼界。父亲尤其酷爱莫奈的《日出·印象》、《睡莲》等，色彩点画的运用，光线明暗的交错，朦胧诗意的画面让他感到似曾相识，与他追求的现代诗境有着某种相通，让他品味再三。在巴黎大街上、卢森堡公园里有着各种雕像栩栩如生。难忘卢梭雕像的风采，而罗丹震撼人心的雕塑艺术也是父亲所喜爱的。澄华又领他去巴黎的墓地走走，那里静谧安宁，绿荫幽幽，更像是目不暇接的文化花园，墓碑上的名字让他感到亲切，有他青少年时代就已"神交"的作家，如波德莱尔、莫泊桑、巴尔扎克、大仲马等等，在翻译或阅读他们作品时就与他们对话过，此时在他们的长眠之地再次"相见"，仿佛心贴得更近了。澄华还带他去音乐厅欣赏德彪西的现代音乐，让父亲耳目一新。他意识到绘画、雕塑、音乐和诗歌这些人类艺术实际是息息相通的。现代诗所体现的官能交感在音乐、绘画中也凸现出来,这也让父亲想起在国内阅读李商隐、龚定庵作品时的相似感受。

和澄华好友一样,父亲也不看重学位,尽管他去爱丁堡大学原是想拿硕士学位的,但因学校规定,攻读英国文学硕士学位还必须修完他最不喜欢的数学和政治经济学。他想与其浪费时间、精力和钱财读自己厌烦的课程,还不如不要学位,有更多的时间可以专挑自己感兴趣的文学、历史、哲学等课程旁听,如长诗《荒原》的作者艾略特到爱丁堡大学接受博士荣誉学位时,父亲就没有放过聆听他讲授《莎士比亚专题》的机会。而业余时间则主要是自己看书和写诗,这样读得自由,写得开心,倒也得其所哉。

1937年学校放春假,澄华又来信邀请父亲再访巴黎。父亲如约而去。他又一次徜徉在画苑、博物馆、音乐厅、公园等地,再次加深了对十九世纪后半叶印象派绘画和现代音乐的手法和风格的理解。有时他也和澄华一起研读纪德作品。对小说《伪币制造者》父亲感到尽管结构新奇,但读之别扭,不太能接受,好友之间常有一番争论。但对《地粮》、《新粮》等作品则满心喜欢,文体优美并充满诗意,令他心折,尤其终生难忘纪德的名言——"我思,我信,我感觉,故我在。"澄华也曾约他同去拜访纪德,可惜纪德外出旅行而未能如愿。因此他主要还是从纪德的作品中认识这位当时影响极大的法国作家,也在澄华的研究、翻译和言谈中加深了对纪德的理解,同时在法国文学的氛围中,感受文学青年对这位现代文豪的敬仰之情。

两次巴黎之行及留学生涯大大丰富了父亲对西方古典文学,尤其对西方现代文学艺术的认知,丰沛的文化氛围的熏陶和刺激激活了他的创作欲望,他写下一系列的异域诗篇。其中《孩子》一诗更是与澄华直接相关。澄华曾约他一起去地中海游玩,说那里的风景美极了,父亲因故未能成行。但收到澄华寄自法国芒东旅游胜地的来信,生动地描写了那片有名的蔚蓝海岸以及岸上许多柠檬树挂满果实的景象,引得父亲浮想联翩,仿佛身临其境,想象出一种情境,并注入了哲理。因此,父亲认为"如果说我的诗路历程与印象主义的绘画和音乐有所关连,那么,正是这两次巴黎之行旅为我赢得了丰硕的收获,这也就和我与澄华亲密的友谊分不开了"。

三

父亲对我说起过,有一次和澄华在巴黎街头散步,曾与清华学长钱锺书杨绛夫妇不期而遇,当时只是相视而笑,莫逆于心,但未多作交往。他觉得澄华看重作家研究,专攻纪德作品,不像一般留学生唯学位文凭是问,这点与锺书看重真才实学地研究学问是相一致的。父亲与锺书杨绛夫妇有较多交往是在四十年代的上海,所以他有诗云:"花城邂逅游仙侣,歇浦留连欲曙天",并注明"花城指巴黎,歇浦即上海"。其实,澄华与锺书杨绛夫妇比父亲更早有往来。在清华大学,澄华与杨绛及另一位后来也留法的李玮都是学习第二外语法语的同学,早就相识。锺书和杨绛1936年假期到日内瓦出席"世界青年大会"前后曾去巴黎,当时就托澄华帮他们在巴黎大学办好注册入学手续。次年8月,澄华在巴黎火车站接他们,然后送他们至他已找好的公寓安顿下来。在巴黎的同学有时也有聚会,锺书杨绛带着他们未满周岁的女儿到李玮家,遇见澄华和他的"意中人"H小姐(即韩惠连),杨绛的印象是"年轻貌美"。她在《我们仨》中回忆道:"盛澄华很羡慕我们夫妻同学,也想结婚。可是H小姐还没有表示同意。"而锺书对学位的看法在《我们仨》里也有记录:"锺书通过牛津的论文考试,如获重释。他觉得为一个学位赔掉许多时间,很不值当。他白费功夫读些不必要的功课,想读的许多书都只好放弃。……锺书从此不想再读什么学位。我们虽然继续在巴黎大学交费入学,我们只各按自己定的课程读书。巴黎大学的学生很自由。"

在巴黎,澄华还与其他友人交往。徐訏也是其中的一位。徐訏年长澄华四岁,毕业于北京大学哲学系,并修心理学。1936年到法国留学,在巴黎认识澄华。后来他俩一起搬到了大学城,他住比利时馆,澄华住瑞士馆,两人时相往来。徐訏回忆——"盛澄华则是我很亲密的朋友","我们几乎三天两头都在一起。一同吃饭、一同听音乐会、一同参观画展、一同看戏,也一同打乒乓。"出国之前徐訏不仅读哲学和心理学,受时代的影响也读了不少马克思主义辩证法、唯物论,并相信之。他发现澄华的文艺修养深于他,法文也比他好,但关于哲学书或马克思的书读得不多,且笃信纪德,往往从纪德的《从苏联归来》、《再谈从苏联归来》的观点看待苏联式的社会主义革命。他俩常有激烈的争论,但不仅没伤感情,反而更促进他们之间的友谊。他感到奇怪的是,后来他的"思想慢慢地从马克思主义的范围中蜕脱出来",五十年代初去了香港;而澄华在以后则"成为最尖端的纪德的否定者了"。也许正是所处的时代社会使然?1937年中国抗战军兴,徐訏在1938年离开法国回到孤岛上海,本想在法国"读书的计划,完全放弃,以后就从事写作"。不久接到澄华和惠连结婚的喜柬,并回信祝贺。他后来赴重庆,在抗战期间成为小说畅销于大后方的作家。而他的作品中也正因为有哲学心理学内涵的积淀,即使写抗日题材的潜伏、间谍,也不同寻常。

澄华与惠连能够相识,以至最后喜结良缘,正是徐訏无意中做了介绍人。因为他们第一次相见是徐訏约上澄华同去看望韩惠连的。当时惠连住在巴黎大学城的美国馆。1936年12月,宿舍服务员通知她有两位中国同学来看她。她下得楼来,却不认识这两位男士。其中一位自我介绍,说他叫徐訏,北大哲学系的,比她早毕业,但在学校里就知道她是法文系的两颗明珠之一,同时向她介绍了另一位同来者——盛澄华,清华大学英文系毕业,在巴黎研究大作家纪德的著作。徐訏很健谈,聊起不少北大的往事,澄华在一旁插不上话。惠连不愿怠慢客人,就问他学英文为何来法国,他回答道,法语是他的第二外语,是她们北大法语系主任梁宗岱先生所教,从梁教授那里学到许多法国文学的知识,所以下决心到法国来深入学习。那天惠连请他们在大学城的食堂吃了一顿晚餐,之后握手道别。在惠连的印象中,他们谈吐纯朴亲切,不事夸张。徐訏的穿着相当随意,不拘小节。澄华则身着笔挺的咖啡色西装,戴着金边眼镜,头发梳理得很整齐,面目非常清秀,看上去很有年轻学者的风度。不过,惠连并不想频繁往来,因为她要抓紧时间读书,一心准备拿到专业文凭。没想到学校放假的圣诞夜那天,澄华单独来约她外出,去观赏法国节日夜晚的热闹景象。他们在街上逛逛,到教堂坐坐,还去咖啡馆聊起家常。由此两人开始交往。后来澄华几乎每天晚餐都去邀她同往,也就渐渐熟悉起来,并很快坠入爱河。即便如此,他们的主要精力仍然放在读书学习用功上。

四

在国外父亲与澄华还有一次相聚,那是1938年春。澄华想多学些知识,打算到爱丁堡大学进修半年,父亲为他办好了入学手续,并安排好住处。澄华很满意,他一到爱丁堡,立刻就可以去大学听课了。在爱丁堡进修期间,盛、韩两位暂时分别的恋人互相思念,澄华在报平安之后的第二封信里就向惠连求婚,第三封信就请她在暑假去爱丁堡与他结婚。惠连立刻回信拒绝了,因为她还从来没向家里提到过有一位男友,更没介绍过他的情况,所以在没得到父母的应允之前,是不可能在国外结婚的。这时澄华显露了他的性格：热情、大胆、执着、知难而进。出于强烈的爱，他瞒着惠连直接给她父母写了一封长达十几页的信，详细介绍他的家庭情况和自己的学历，谈了他的性格、爱好和为人，表白了求婚的诚意。这封信写得洋洋洒洒，淋漓尽致，感动了惠连的老父亲。惠连的父亲反而写信责怪女儿事先不告诉家里这些情况，经过全家的讨论，赞成他俩在国外结婚，当然，澄华也得到未来老丈人的回信，允诺他的求婚请求。受澄华的影响，惠连也不再以追求文凭为目的，而是为自己作好回国做教师的打算而发愤利用巴黎大学的优越条件，多学欧洲文化史方面的知识，希望具备这方面的专长。

是年6月中旬课程一结束，惠连就启程去英国，先坐火车到法国加莱，再坐轮船到伦敦。澄华已等在那里了，两人一起坐长途汽车抵达爱丁堡。父亲把他们接到了他的住处。惠连回忆道："王先生胖胖的，脸上总是带着笑容，一看就知道是一位忠厚诚恳的好好先生。一进门，他很细心地招呼我去卫生间梳洗，然后请我到小客厅休息喝茶。他对我讲早已替我们租好了一套住处，房间也都收拾干净了，但今天已经太晚，他让我们两人都暂时在他那里住下，勉强休息一宿。"惠连感到安排得热情而合理。第二天一早，父亲带着他们去看房子，租的是一室一厅的房子，有小卫生间和小厨房。所有房间的家具都很简朴实用。惠连没想到像"辛笛先生这样一个未婚男子为别人怎么会想得如此周到"。就在那天，他们坐在小客厅里，父亲又为他俩的婚事开始热心地筹划。建议写喜帖分寄给国内外的亲朋好友告知一下；以后再为在法国的较亲密的同学举办一个茶话会即可。澄华惠连也赞同父亲的看法——"咱们是中国人，这个帖子还是用中文写好。"于是父亲自告奋勇地为他们拟写了一个中文稿，不久惠连在日内瓦国际图书馆工作的同学据此印制了精美的中文喜帖寄来，也就是徐讦后来在上海收到的喜柬。

父亲还记得,当时在美国公费留学的晋三也利用假期来他这里,"三剑客"在英伦又碰头了,老同学相见,有聊不完的话题:谈论毕业后各自的情况,不同地域的海外见闻,互相打听来自祖国的消息,还满怀温馨地回忆起他们早夭的《取火者》,还有他们毕业论文所写的外国作家,澄华的纪德、晋三的劳伦斯、辛笛的哈代,以及现在所从事的文学研究课题等等。当然,看着澄华已经结婚,尽管父亲心中已有母亲徐文绮年轻的倩影,但他和晋三都还没有进入正式恋爱的状态,三人谈论的话题自然也涉及男女感情问题,当然此时惠连并不在场。澄华——这位当年少年维特的模仿者、现在的已婚人,摆出一副老资格的样子问他昔日的两位同窗:"你们知道,恋人是如何接吻的吗?"父亲老老实实地回答说:"不知道。"他不仅不知道,而且还想不明白,"鼻子对鼻子的,怎么吻得到呢?"澄华作为过来人十分老到地教他们,"两人的脸稍侧一下,成个斜十字,鼻子错开,不就吻到了?"边说边还伸出左右手的食指斜着相对以作示范,那两位才恍然大悟,一阵嘻嘻哈哈,认为倒也是经验之谈。

澄华和惠连尽管成家了,但他俩在国内从来没有自己做过饭菜,"于是,澄华跟着辛笛到市场去,学着买些蔬菜、面包、黄油、干酪、熏鱼、肉肠之类。我们就用这些原料拼凑着做成了午餐和晚餐。"有趣的是,在我们做子女的眼里自理能力最差的父亲在惠连的回忆中居然是"做饭的水平要比我们强些,做出的花样也要多些"。婚后,惠连看到"白天,澄华和辛笛各自在家中钻研他们自己的课题,有时他们也会去大学图书馆查找资料","有时也会去爱丁堡大学听课,那里实行一年三个学期的教学制式,可能是天气非常凉爽吧,在夏季学校也安排一个学期来授课",这与法国的大学每年两个学期不一样。他们"都忙于学习和研究",她就请澄华在爱丁堡大学借了一些巴尔扎克、左拉等法国作家的作品在家阅读。在爱丁堡,惠连住了一个多月,薄毛衣一直穿在身上,那里的夏季让她感到过于凉爽了,那么可想而知冬天就更不用说了。难怪父亲前一年在爱丁堡写下的诗《门外》,落款正是——"一九三七年冬在一个阴寒多雨而草长青的地方",正是苏格兰爱丁堡冬天的景象。

1938年8月底,澄华结束了在爱丁堡大学的学习和研究,夫妻俩一起返回了巴黎。此时锺书杨绛已带着女儿启程回国。父亲原本还想去法国进修,并与开始写信交往的母亲商量,邀她也去法国留学,两人约好在巴黎见面。那时母亲早已在"七七事变"之初就中断了在日本京都帝国大学历史研究院的研究生学业,后在上海考入海关工作。但在信件的长途往返之中,二次大战已迫在眉睫,不仅母亲未能成行,连父亲也在1939年大战爆发之前与留英好友戴镏龄一起匆匆离开了英国,经新加坡回到上海。同年11月澄华惠连带着在法国出生的长子也踏上了归国的路程。

五

父亲回到上海即与我母亲家的长辈见面,然后去天津奔其母丧,再返回上海,由郑振铎等分别介绍入暨南、光华两大学任教,开设"莎士比亚"和"英美诗歌"等课程。1940年与母亲结婚。太平洋事变后,父亲因家累没有随大学内迁,而入银行任职员。澄华夫妇也是先回到上海,与亲友团聚。以后澄华去了陕西城固,然后惠连带着儿子历尽千辛万苦赶去与他会合。只见他穿着黑色长袍,留着山羊胡子,高兴地张开双手来迎接他们,那好像天主教神父的模样把惠连吓了一跳。原来澄华长途跋涉来到城固,车子在山路上转弯的时候把他的行李甩掉了,他只好在当地做了这一身衣服,而留须则表示对妻子的贞洁。抗战期间他们到城固,是因为好友晋三正在陕西城固西北联合大学任教,他介绍他们夫妇俩也都到这里来教书。这所大学是在"七七事变"后由北平师范大学、国立北平大学、天津北洋工学院先后迁到陕西城固,临时组建成了国立西北联合大学。澄华在英语系教书,惠连讲授"法语"和"欧洲文化史"。当时在西北联大读书的学生、后来与父亲也有颇多交往,并被称作"九叶诗人"之一的唐祈在《诗歌回忆片断》一文中有两段写到澄华是他特别感激的可敬的老师:

  盛澄华先生那时才二十九岁,为了回祖国参加抗战,刚从法国巴黎回国,他讲授《英诗》、《法国现代文学》等课程。他对法国作家纪德、诗人艾吕雅、阿拉贡都有精湛的研究。我经常在课外到他家向先生请教,他对欧美前期现代主义既有深刻的分析研究,对后期又有敏锐的感受,对法国浪漫主义的得失利弊也多有阐发,启发我们从比较、分析、鉴别中得出实事求是的看法。我所尝试的中国式的十四行诗,他在内容、形式、音韵、结构等等方面,都耐心给予指导,使我慢慢探索到它完全有可能移植(经过改造)成为中国新诗的形式之一。后来我运用这个形式写了不少西北十四行诗。

  盛先生对自己写作和翻译都认真严肃,他教会了我:一、为了完整地表现进步的丰富的思想和认识,需要丰富多样的形式,也需要高度的艺术技巧。二、诗歌创作要在艺术方面起点作用,要提出新的东西,创新的东西;没有创新,诗的生命也就停止了。三、应当终生禁止自己写得马虎、草率。这三点和我相约彼此遵守。我以先生的教言作了座右铭。这也许就是我日后虽然不停地写、却发表得特别少的原因之一吧,当然,自己对作品总是感到不满意则是更大的原因。

以后澄华夫妇又接受重庆北碚复旦大学英语系主任梁宗岱的邀请,去那里任教。澄华利用业余时间开始翻译纪德的《伪币制造者》。此时徐訏也在重庆,住在姚家巷,他曾去复旦大学探望过澄华几次,而澄华若进城就在徐訏的小书房里打地铺,老朋友相逢,是有很多可谈的。巧的是晋三在重庆正编办杂志《时与潮文艺》,主要介绍欧美现代文学,澄华的文章《忆纪德》发表在1943年3月《时与潮文艺》的创刊号上,那原是他于1942年11月在陕西城固写下的《地粮》译序,发表时有所删节。其实《地粮》的翻译早在1937年他还在法国的时候就完成了。

抗战胜利了,大后方的人们纷纷回上海。1946年澄华到上海复旦大学任教授,接着惠连一人带着四个孩子一路艰辛地来到上海与丈夫团聚。他们与一些老朋友又联系上了。晋三也到复旦教书,父亲仍在上海金城银行工作,三位好朋友又在上海见面了。澄华惠连也曾受邀去锺书杨绛家做客,估计就在那时澄华将自己翻译出版的两书《伪币制造者》和《地粮》送给两位学长。我在上海图书馆近代文献阅览室看到这两册书,扉页都写有:"中书季康 兄 正之 澄华 卅五年五月",即1946年5月赠给锺书杨绛的。《伪币制造者》是重庆 成都:文化生活出版社1945年2月版;《地粮》是重庆 成都:文化生活出版社1945年6月版。两书上都盖有两个章印:上海市私立合众图书馆藏书、上海图书馆藏书。看来先由合众图书馆收藏,后归入上海图书馆收藏。

在此期间,澄华曾为本校教授洪深所掩护的学生领袖被军警逮捕而仗义执言,并领头发起罢教,得到响应。第二天师生罢教罢课,接受报刊的采访、发表声明,迫使当局放了人。当然,在校内他也受到了压力,他还到我们中南新村的家里避住了一些时日。不久他接到清华大学外文系的聘书,于是举家搬到了北平。在教书之余他整理了有关纪德的书稿,在出版前记中提到:

"这书出版,友人中得助于辛笛兄的地方最多,此外佩弦先生也一直鼓励我完成这工作。"前记写于1948年8月21日。在他写下这些文字的前一年纪德获得诺贝尔文学奖,因此书中也收有他在1947年11月撰写的《介绍1947年诺贝尔文学奖金得主纪德》一文。

父亲当时在上海利用业余时间与杭约赫、陈敬容、唐祈、唐湜等创办具有流派特色的诗刊《中国新诗》,该刊以森林出版社的名义出版。父亲就把澄华多年研究纪德的心血结晶《纪德研究》书稿推荐给杭约赫,建议由森林出版社出版。1948年8月《中国新诗》第三集封底印有森林出版社的新书预告:

《夜读书记》(读书记)辛笛著,印刷中;
《复活的土地》(长诗)杭约赫著,印刷中;
《纪德研究》(论文集)盛澄华著,印刷中;
《浴》(日记抄)盛澄华著,印刷中。

到1948年9月,在《中国新诗》第四集封底以及《诗创造》第二年的第二三四辑(1948年8—10月)封底又以星群出版社的名义在论著栏目刊有:《夜读书记》辛笛著,即出;《纪德研究》盛澄华著,即出;在诗集栏目有:《复活的土地》即出。但日记抄《浴》未见列入任何栏目。1948年10月《中国新诗》第五集封底森林出版社的新书预告中,《浴》又出现了。此后《中国新诗》和《诗创造》,连同出版这两份诗刊及书籍的森林出版社和星群出版社都被查封。所幸的是《纪德研究》仍得以问世,版权页上写着上海森林出版社1948年12月出版;父亲的《夜读书记》同年同月却是由上海出版公司出版;杭约赫的长诗《复活的土地》系1949年3月仍以上海森林出版社名义出版。唯有那本《浴》至今未见踪影。徐訏以前倒是看到过澄华一直没发表过的散文,认为"他的散文多是抒写他个人在生活上的体验与深沉机敏的一些感想",并希望他这样的文字能够出书。

那时尽管北平还没有解放,但清华园里已洋溢着解放的气息,澄华也积极投入其中,对未来充满乐观,他的思想有了很大的发展和变化,还借书回来给惠连看,如艾思奇的《大众哲学》、毛泽东的《新民主主义论》等。也许正因为如此,唐祈在回忆中曾提及,当时他在上海森林出版社,澄华要求他"把已排印的翻译的纪德小说、自己的散文集《浴》烧毁,可见他对自己思想要求的严格,和对文学的严肃态度"。看来,唐祈把《纪德研究》误记为翻译的纪德小说了。要求烧毁排印中的书这件事父亲没有说起过。唐祈也没说那本"印刷中"的《浴》最后是如何处理的。也许在出版社被查封时与其他书籍一起被毁掉了?

六

澄华的激情与新时代十分合拍。1949年他是第一个报名参加"中国人民解放军南下工作团"的教授,轰动整个清华园。他穿上灰军装,打着绑腿,脚着黑布鞋白袜子,一副军人模样,随工作团到武汉接收武汉大学,直到患了肺病才回到北京。以后中国全盘学习苏联,高等院校调整,清华大学从此成为理工科大学,澄华也就调入了北京大学西语系。惠连也参加了工作,先在外国语学校教书,后来又到外交学院任教,成为法语系教授。不幸的是,五十年代中期澄华提出离婚,于是惠连带着五个孩子独立生活。澄华后来又再婚了。父亲得知他们离婚的消息非常吃惊而惋惜,他们在爱丁堡结婚时的情景还历历在目,这么理想的一对怎么说离就离了!五十年代后期父亲带着儿子到北京天津等地去看望亲友,与澄华见面时还是没忍住,不客气地数落了老友,但事情已经不可挽回了!以后澄华若有一点稿费就会请孩子们出去吃顿好饭,在当时粮食蔬菜肉类匮乏的年代给他们增加些营养。他还曾投昆明湖自杀未遂,听说下到湖里后,想到惠连和孩子们的痛苦和困难,又从水中爬上了岸,只是不肯吃饭、不肯见人,惠连深知他一时想不开是会走极端的。结果领导还是请惠连去劝慰他一番。他表示以后绝不再做那种糊涂事了,让北大的员工在颐和园找了他半夜,他感到很惭愧。

澄华的学生李升恒在《追忆盛澄华教授》一文中提到他当时的深刻印象,"盛先生个子不高,面孔很尖而消瘦,戴一副眼镜,四十岁上下,胡茬子满嘴。"给他们上课时正是1958年受到大字报批判,"说什么他不肯上课,只想研究,写论文,这样好多拿稿费。"但他们接触下来,发现盛教授上课"采取座谈方式,全班十来个学生同他坐在一起,像聊天似的,启发式的教学,大家觉得收获颇大。"学生对他的印象也好起来。1960年他们北大西语系的高年级学生下放到十三陵泰陵大队劳动锻炼,系主任冯至先生和盛澄华先生与他们两个学生同住一户贫下中农家里,每天学生为房东家挑水,两位老师也合抬一桶水,磕磕绊绊抬到家,一桶水也就晃成了半桶多一点了。学生不让他们去抬水,但他们说劳动锻炼不能代替。老教授们在农村里主要干积肥的活儿。每人提着一个粪筐,拿着一把小铲子,见到路边任何人畜粪肥都要捡到筐里,然后倒到生产队的肥堆上,有时为了多捡粪,看到牛在牛圈外拉屎拉尿,他们会勇敢地冲上前,不怕牛粪牛尿溅脏了裤脚鞋袜。

到了"文革"期间,北京大学的师生更是大多下放到江西鄱阳湖鲤鱼洲五七干校劳动改造,有的染上了血吸虫病,有的累死他乡。澄华就是其中之一。他的第四个儿子在参加了追悼会后赶到母亲下放的江西上高县,系外交部的五七干校,他告诉母亲:"父亲来到鲤鱼洲后,一直和年轻人一起劳动,一起挑河泥,拦湖造田,一起睡在铺着稻草的帐篷里。他从未觉察,自己患有心脏病,这次上午去湖边劳动,在中午回去休息的路上感到有些不舒服,就直接到医务室去了。据说医生给他打了强心针后,他感到更不舒服,不到半小时人就去了,没有留下任何遗言。北京大学对他的评价是不错的,认为他思想要求进步,工作积极,教学有方,是一位很有成绩的教授。"这位孜孜不倦悉心研究纪德全部作品的专家,这位写有一千三百一十三页研究笔记、翻译纪德不少作品的教授学者,就这样在 1970 年 9 月 20 日离开了人世,享年五十七岁。

八十年代李升恒在巴黎遇到梁宗岱先生之弟梁宗亨先生,梁得知李是北京大学毕业的,就打听起澄华的情况,原来三十年代在巴黎留学时他和澄华曾同住过一室,得知澄华遭遇后,感叹道:这样一个好人,这样用功的一位学者,怎么竟会落得如此遭遇?!

父亲并不知道澄华最后日子的具体情况。"文革"造成全国陷入抄家批斗的疯狂之中,父亲所有的藏书都在抄家之后被卡车装走,原先手头保存的一本《纪德研究》也下落不明,南北友人更是不敢互通音讯。直到七十年代初,局势有所松动,父亲与友人锺书、镏龄悄悄用旧体诗唱和。正是从戴镏龄———同留学爱丁堡大学的老友、广州中山大学英文系主任——那里得知澄华已于前一年即 1970 年去世的消息。为此,父亲写下七绝两首表达自己的伤悼,1979 年又从澄华在北京大学的同事那里打听到一些情况,因此父亲后来又作了补记:

故旧共悼亡友盛澄华往事

> 秋九月得镏龄自羊城来书,惊悉澄华竟于年前已作古人,为之怃然良久,然终无泪可挥矣。

> 一从岭外羽书驰,报我梅开喜可知。
> 但惜故人乘鹤去,墓前宿草已离离。

何期一别即黄泉,未尽文才为舛偏。

回首少年维特梦①,欲挥无泪洒尊前②。

一九七一年九月

补记:窗友萧山盛子澄华生前为海内研究法国文豪纪德的有数名家之一,抗战期间在大后方译有《地粮》、《伪币制造者》、《日尼微》等作品,胜利后并将论文多篇辑成《纪德研究》一书。兹北京大学陈占元兄过沪,承再告澄华已于一九七〇年秋病殁。回忆我辈同在少年时代酷爱歌德《少年维特之烦恼》。而尔后澄华治学之余则身体力行,理智不能胜情,往往偏颇任性,遂终不免于坎坷,思之不禁怆然无已。

一九七九年三月

镏龄接信后也和诗两首,共同悼念他也相识的友人——《悼澄华、步辛笛原韵》:

水木清华誓别离,从戎革命汉皋池。

何因重作湖边隐③,翻向虫鱼认故知?

话到伤心日影偏,坠欢难拾泪如泉!

荒唐歌德欺人甚,"烦恼"还如世纪前④!

也就在澄华逝世之后,父亲曾接到诗人何其芳的来信,告诉他在北京东安市场中原书店内见到纪德亲笔签名赠送澄华的全套《纪德全集》,何其芳希望父亲能尽快将之买下保存。无奈终因南北相隔太远,且父亲仅拿生活费,一时无力购买而鞭长莫

---

① 歌德名作《少年维特之烦恼》。
② 苏东坡诗有云:"存亡惯见浑无泪"。
③ 指北京大学未名湖。
④ 爱情是永恒主题之一。

及,不久这套书就被有识之士买走了,让父亲遗憾不已。而纪德写给澄华的十三封亲笔信也从此失落了。

七

"文革"之后父亲在归还的书中仍未见《经德研究》。父亲去看望巴金老人时,曾谈起纪德的文艺观和道德观,也提到澄华的《纪德研究》一书,巴金认为罗曼·罗兰更对我们的脾胃,是中国人更能接受的作家。但他把父亲的惦念放在心上,不久他在整理自己曾被封存的书籍时发现有一本《纪德研究》,是他哥哥的藏书,上面盖有"尧林图书馆印",于是转赠给父亲留念,让父亲十分感谢。

父亲晚年怀念故人的心绪益重,正好我从书店买回张若名女教授所著《纪德的态度》一书,这是她1930年通过的博士论文。澄华在1948年初写的《纪德在中国》一文中就提到她的这篇法文博士论文,她可称为国内研究纪德的第一人。她于1931年回国,曾任北平中法大学文学院教授多年,后调往云南大学,1958年在教师思想改造"交心"运动中不堪忍受迫害投河自尽,后获平反。由张若名的书引发父亲又重读《纪德研究》,终于在1996年写出了他埋藏在心里很久很久的文章《忆盛澄华和纪德》。在文中他提到盛澄华对纪德的研究和他的专著,并"希望有一天能把它重印出版,以飨读者"。

正因为有了这本《纪德研究》,也就有了广西师范大学出版社任职的魏东借去打印,争取重印出版的后话。而这本赠书翻阅得几散了架,内收入澄华自1934年至1948年1月这十五年间研究纪德的论文九篇,其中一篇《试论纪德》原是《伪币制造者》的译者序,长一百一十八页,注释有一百零一个。他的这些文既有对纪德及其作品精当的评价和细致分析,又有以著名杂志《新法兰西评论》为中心纵横剖论近三十年法国现代文艺潮流的走向,还有很珍贵的第一手史料,即纪德与作者交往的信札十余封,另还列出纪德作品年表(且以星号标明当时已有的中译本)等。研究论文能写得如此视野开阔,文字流畅,没有学究气,是真正热爱纪德、心中又有读者的学者所撰,材料翔实,内容丰赡,可读又耐读,很能吸引人。现在这本散了页的书连同父亲所有的藏书都已遵父亲的嘱咐,捐赠给巴金倡办的中国现代文学馆了。

上世纪五六十年代我们兄妹几人都见过澄华伯伯,大家先后分别去北京之前,父亲就会关照去看看他的老朋友。但我们感到奇怪的是,和父亲推崇的其他老友钱锺书伯伯、萧乾伯伯等一样,他们在八十年代之前好像都不太为一般人所知,而澄华伯伯潜心研究的纪德在中国更是不大被提及,从五十年代至八十年代初几乎没见过纪德作品出版,外国文学教科书里对这位法国现代作家的介绍也是很简单的。原来因为纪德曾应斯大林邀请访苏,回法国之后写有《从苏联归来》一书等,在赞美之余也直接指出了苏联社会存在的不足之处,因此被苏联看作是对他们的"背叛"。而罗曼·罗兰之前也受邀访苏,并有文字记录,以赞美肯定维护为主,也有某些含蓄的批评,但要求日记封存五十年以后再发表,他在苏联和中国的遭遇与纪德大不相同。当然,对一般读者而言,正如巴金伯伯所说的原因,罗曼·罗兰更适合中国人的脾胃。《约翰·克里斯朵夫》的奋斗精神激励了很多年轻人,而《伪币制造者》新颖的叙事形式则不太为以前的中国读者所适应。从国外回来的友人告知,热爱外国文学的美国年轻人在书店里看见纪德日记都会如获至宝地赶紧买下,他们深知纪德的价值。

除了研究之外,澄华伯伯的勤奋也表现在他的翻译上。他翻译纪德的作品有《伪币制造者》、《地粮》、《日尼微》等,由文化生活出版社出版及再版,其后还译有《幻航》、《忆王尔德》、

《文坛追忆与当前问题》等。他曾应弟弟之约,为《儿童报》的小朋友读者翻译了《世界儿童文库》十集,由中国儿童书店1950年出版。他还自学俄语,把苏联大百科全书中的"法国文学"条目全文译成中文,以《法国文学简史》的书名出版。以后他还翻译了《司汤达生平》、《福楼拜》、莫泊桑的小说《一生》、《漂亮朋友》等。我在上海图书馆查到藏有他翻译的书籍目录(含不同版本)有二十四种,其实还是不全。他此生没有完成的最大遗憾就是想写一本以他家族史为背景的小说和编写一本欧洲文学史。若他能挺过厄运,健康地活到新时期,相信他的家族史小说一定能表达他鲜明热烈的憎爱情仇,而在他构想中的这部欧洲文学史,纪德应该、也能够占有重要的地位。上世纪八九十年代纪德作品的译本开始重新在中国露面,新世纪以来,纪德更是受到中国出版界的关注,有三四家出版社出版了《纪德文集》,二十余家出版社重版或重译了纪德作品单行本或选本,而盛译版的作品也有选入其中的。

如今,只要想起澄华伯伯,我的眼前仿佛就会出现他不同时期的形象:青年时代维特式的黄背心黑长靴、留学时的金丝边眼镜和西装革履、抗战时期的黑色长袍和山羊胡子、1949年的白袜黑鞋绑腿和灰军装、五六十年代的胡子拉碴和消瘦脸庞、下放锻炼时捡粪肥的模样、"文革"期间肩挑河泥的身影……正是二十世纪一位中国知识分子短暂一生的写照。

2012年的清明时节正好纪念澄华伯伯和父亲的百岁冥寿。他俩一定在天堂聚首,欣喜地注目于《纪德研究》(现名《盛澄华谈纪德》)在六十四年后重新问世,这是澄华伯伯和惠连姨一段姻缘的最好见证,也是他和父亲真挚友谊在人间的延续。

谨以此文怀念父亲的挚友盛澄华伯伯。

(原载《收获》2012年第3期)

铁箫声幽

宗璞

常觉得我们这一代人很幸运。旧书虽念得不多，还知道些；西书了解不深，总也接触过。没有赶上裹小脚、穿耳朵；长达半尺的高跷似的高跟鞋还未兴起。精神尚不贫乏，肉体未受虐待，经历更是非凡。抗战那一段体会了人的高贵的品质、信念与坚忍；"文革"那一段阅尽了人性的狠毒与可悲。我们的生活很丰富，其中有一项看来普通、现在却让人羡慕的，值得大书特书的，那就是，我们有兄弟姊妹。

传统文化讲五伦，其中之一是兄弟。常听见现在的中年人说：他们最羡慕别人有兄弟姊妹。想想我的童年，如果没有我的哥哥和弟弟，我将不会长成现在的我。

我们兄弟姊妹四人，大姐钟琏长我九岁，所以接触较少，哥哥钟辽长我四岁，弟弟钟越小我三岁。整个的童年是和哥哥、弟弟一起度过的。抗战胜利，我们回到北平，回到白米斜街旧宅中，这座房屋是父母的唯一房产。有一间屋子堆满了东西，和走的时候完全一样。那时冬日取暖用很高的铁炉，称为洋炉子。烧硬煤，热力很大，便有炉挡，是洋铁皮做成的，从前常在上面烤衣服。我们看到那铁炉依旧，炉挡依旧。最有趣的是炉挡上面写了两行字，也赫然依旧。这两行字是："立约人：冯钟辽、冯钟璞。只许她打他，不许他打她。"当时在场的人无不失笑。父亲说:"这是什么不平等条约!"那时哥哥已经去美国求学,那条约也因炉挡的启用擦去了,他没有再见到我们的不平等条约。

我已不记得怎么会立下了不平等条约,好像全无必要,因为我们从来没有打过架。不过,这也是一种姿态。另有些事倒是历历如在目前。清华园乙所的住宅中有一间储藏室,靠东墙冬天常摆着几盆米酒,夏天常摆着两排西瓜。中间有一个小桌,孩子们有时在那里做些父母不鼓励的事。记得一天中午,趁父母午睡,哥哥在那里做"试验",我在旁边看。他的试验是点一支蜡烛烧什么东西,试验目的我不明白。不久听见母亲说话,他急忙一口噗地吹灭了蜡烛,烛泪溅在我身上。我还没有叫出来,他就捂住我的嘴,小声说:"带你去骑车。"于是我们从后门溜出。哥哥的自行车很小,前后轮都光秃秃没有挡泥板,但却是一辆正式的车,我总是坐在大梁上左顾右盼游览校园。哥哥知道我喜欢坐大梁,便用这"游览"换得我不揭发。那天的"试验"也就混过去了。

后来我要自己骑车了。我想那时的年纪不会超过九岁,大概是八岁。因为九岁那年夏天开始抗战,我们离开了清华园。我学会骑自行车完全是哥哥的力量。那时在清华园内甲乙丙三所之间有一个网球场,我们好像从来没有打过网球,只在地上弹玻璃球。我在这场地上学骑自行车,用的是哥哥的那辆小车,我骑车,他在后面扶着座位跟着跑。头一天跑了几圈,第二天又跑了几圈。我忽然看见他不跟着车了,而是站在场地旁边笑。我本来骑得很平稳了,一见他没有扶,立刻觉得要摔倒,便大叫起来。哥哥跑过来扶住车,我跳下来,便捏紧拳头照他身上乱捶。他只是笑,说:"你不是会骑了吗?"我想想也是。可是,下一次还是要他扶,他也就虚应故事地跟着跑。这样我就学会了骑自行车。我可以骑姐姐的成人的女车,在清华园里兜风。常从工字厅东边沿着小河过小桥,绕过大礼堂,经过图书馆前面,再经过当时的校医院——这几间平房还在吗？最后从工字厅西面回家。有时一直骑到西院,去看看那一片荒野。当时清华园内人很少,骑车很自由。后来,20世纪60年代,我常骑车从灯市口穿过闹市到建国门去上班。我从学车起到停止骑车从未摔过跤。

到昆明以后,哥哥上中学,我和小弟上小学。我们所上的南菁学校因为躲避日机的空袭,迁到昆明郊外岗头村,我们都住校。家还在城里,后来家迁到东郊龙泉镇,我们又在城里住校。不记得是怎么回事了,总之有很长一段时间我们常在周末从乡下走进城,或从城里走到乡下,一次的距离大约是二十里左右。我们三个人一路走一路说话,讲故事,猜谜语,对小说的回目,对的主要是《红楼梦》和《水浒》的回目,《三国演义》我不熟。还有一项重要内容是讲自己创作的故事,轮流主讲。大概也是编故事的需要,三个人每人有一个国家,哥哥的国家叫"晨光国",在北极;弟弟的国家叫"英武国",在海底;我的国家叫"逸坚国",在火星上。不知为什么,我从小便对火星有兴趣,到现在也觉得火星很亲切。我的兄、弟后来都是工程师,但他们具有的艺术细胞绝不比我少,故事编得很热闹,可惜都不记得了。

家里孩子多,吃饭就成为一个有趣的场面。我小时有一个习惯,就是喜欢脱鞋。尤其是在吃饭的时候,觉得脱了鞋最舒服。这时,哥哥就会把鞋拿走藏起来,我便闹着要鞋,弟弟便会找鞋,常常是笑作一团。到后来还是哥哥把鞋拿出来,我又赖着不肯穿。直到母亲发话:"不要闹了,快穿上。"才算安静下来。

我上联大附中时,一度在城里住校。那时联大附中没有宿舍,甚至没有校舍,都是趁别人不用教室时上课,有时就在室外树下上课。有一段时间,不知是借的哪里的一个大房间,大家打地铺。一次我生病了,别人都去上课,我昏昏沉沉地躺在空荡荡的大房间里。"妹,"是哥哥的声音,睁眼只见他蹲在我的"床"

边。他送来一碗米线,碗里还有一个鸡蛋。

哥哥于1942年考入西南联大机械系,他不用功,却热心演话剧。参加演出过曹禺的《家》,饰演觉新。我和小弟随父母去看演出那一晚,在高老太爷去世那一场,哥哥把觉新头上的孝布去掉了,为的是怕母亲看了不高兴。他还写小说,我还记得他有一篇小说的第一句是"不疾不徐的雨"。他的文字是很好的,字也写得好,还会刻图章。那时的男孩似乎都会刻图章。他大学二年级时志愿参加远征军,直接在反法西斯战争中作出贡献。有一次他从滇西回昆明度假,看见我的头发长了,要给我剪一剪。他说:"头发为什么要剪成那样齐?剪成波浪式的不好吗?"当时大家都认为他很荒谬,没想到几十年后头发真的不以"齐"为美了。

抗战胜利后,哥哥获得美国总统自由勋章,获得此项勋章的翻译官共二十二人。我曾想就此写一篇文章,介绍这些好男儿,因为要用一些英文材料,我的眼睛已坏不能阅读,只能放弃了。哥哥的朋友也曾寄材料来,没有用上,心里更觉歉然。文章虽然没有写,对那些投笔从戎的大哥哥们,无论得没得勋章,我都永远怀有敬意。

以后,哥哥到美国就读于宾夕法尼亚大学,继续读机械系,也继续开展他多方面的兴趣。他喜欢击剑,入选了校队,代表学校出去比赛;还学过几个月芭蕾舞。工作以后学会开飞机,曾开着飞机从费城到华盛顿去看望王菲曼、慈炳如夫妇,王菲曼是王浩的姐姐。乘客是我的嫂嫂李文佩姊妹。20世纪70年代哥哥一家回来探亲,说到此事,父亲说:"敢开飞机倒不稀奇,难得的是有人敢坐。"大学毕业以后,他根据兴趣又读了数学、物理两个专业,以后又获得二十几项专利。因为用专利律师申请专利费时费钱,索性自己考了一个美国专利代表人的执照,可以坐在家里申请专利。对于那些烦琐的法律条文,他了如指掌,说起来从不卡壳。退休后,他有了更多时间,至今还在研究有关电的问题,前两年曾回国参加静电学会的活动,但是他的理论很少有人支持。

前些时,哥哥来电话,告诉我一个不幸的事件,他的钱包丢了。别的倒没有关系,只是其中的飞机驾驶执照也丢了,他觉得是一大损失。我安慰道:"你反正也不开飞机了。"他沉默了片刻,说:"用不着了——也不用再补发了。"

20世纪90年代初,我出版了一本散文集,书名为《铁箫人语》。取这个名字是因为家里有一只铁箫。书出版后不久,南京的"洞箫博物馆"也许是"乐器博物馆"来人要求看一看铁箫。他们说他们藏有铜箫,还没有见过铁箫。我把箫拿给他们看,他们观看良久,又试吹过,承认它是一只箫。但我想大概不是很上乘,然而它毕竟是一只箫,而且是铁箫。我还为这只铁箫写了一小段文字,作为《铁箫人语》的序:

> 我家有一只铁箫。
>
> 那是真正的铁箫。一段顽铁,凿有七孔,拿着十分沉重,吹着却易发声。声音较竹箫厚实,悠远,如同哀怨的呜咽,又如同低沉的歌唱。听的人大概很难想象这声音发自一段顽铁。
>
> 铁质硬于石,箫声柔如水;铁不能弯,箫声曲折。顽铁自有了比干七窍之心,便将美好的声音送往晴空和月下,在松荫与竹影中飘荡,透入人的躯壳,然后把躯壳抛开了。
>
> 哦,还有个吹箫人呢,那吹箫人,在哪里?

吹箫人可以吹出不同的曲调,而铁箫只有一个。

是谁制作了这只铁箫?制作了这只可以从箫声和箫的本身引出许多联想的铁箫?那就是我的哥哥——冯钟辽。

箫属于中国文化,可以引起许多中国式的联想。都是陈货,也就不必说了。制箫的材料是多种多样的,也许也曾有过铁箫,但是我不知道,只能说哥哥的这一只。铁箫既是乐器又可以做武器,我常想最好能有一位女侠,用的兵器是铁箫;抡圆了可以自卫救人,扫尽人间不平事;吹响了可以自娱娱人,此曲只应天上来。也许哪天真写出一篇没有武功的冒牌的武侠小说来。

在昆明时生活很艰难,最常用的乐器只是口琴。箫、笛虽也方便,却少人吹。母亲在乙所时便吹箫,到昆明后得了两只玉屏箫,声音很好。母亲时常吹奏的乐曲是"苏武牧羊"。哥哥制作铁箫便是受竹箫的启发,用一根现成的废铁管,根据一点点中学物理知识,钻几个洞,居然可以吹出曲调,大家都很高兴。我们就是这样因陋就简,在清苦的日子里,使得生活充实而丰富。

哥哥制作铁箫,只不过是他众多兴趣中的一项。他现在最主要的兴趣还是在电学。八十八岁了,仍不断做实验。我说:"可别像苏东坡一样,为制墨,把房子烧了。"哥哥的科学知识当然比东坡强多了,房子是不会烧的。但是试验做起来也颇麻烦,哥哥却乐此不疲。在他各种兴趣活动的实践中,便闪耀着创造的光亮。

(原载《随笔》2012年第3期)

拿"七七级"说事

李 岩

"我是七七级的","我也是七七级的"……

接下来是一句我们那个年代的人们熟悉的话:同志,可找到你了。

接下来是拥抱……

像是人们在电影中看到的接头对暗号一样,就这样一句话,原来素不相识的人有了一份亲切感,这份亲切感与"七七级"身份认同一样。和"七七级"有关的所指会不断地滑入其中:七七级是天之骄子;七七级是大学停止招生十年后恢复高考的首批大学生,当时基本上是百里挑三四;七七级有着不凡的社会经历或磨难;七七级已成为社会各业的骨干……

今年(2007年)是"文革"后恢复高考三十年纪念,"七七级"又成为一个"离别30年"的回忆。当年意气风发的学子,如今已是人到中年,甚至老年。有为人父母的,也有为人祖父祖母的。不论我们这些"七七级"现在身居何处,头顶何职,在"七七级"的说法中仍然能够脱去世俗铅华和虚名,让思考回到三十年前的大学生活,像"听妈妈讲那过去的故事"一样,找回青年的味道,激起纯真的理想。

今年是我儿子高考的一年,他在填写志愿时第一专业志愿是汉语言文学。与我和先生三十年前一样,选择了我们一直执著不改的中文。同事们在表示祝贺时,不忘说一句:你们的书有人继承了。望着书架上微微发黄的书,我们像数家珍一样告诉儿子,什么书是学中文必读的,什么书家里有,不用买了……说着说着,关于这些书的情节也会跳出来。

书　　缘

读大学时买的书都会包上书皮,足以证明书对于我们是多么重要。家里一本《历代文选》是用晒图纸的另一面(无色)作为表面的。选用晒图纸是因为比较厚,耐用。今天晒图纸的折痕因为年代的关系已经断裂,表面依旧平整。这些用来包书皮的晒图纸在当时也算是稀有之物。后来有了挂历,那些大美人被裹在里层,封面依旧是素面朝天,以示读书人不媚俗了。

1977、1978、1979年能够买到书是一种特权。一位阿姨在省新华书店做领导,我有了先买为快的"优惠"。最得意的是买到一本《十日谈》,因为这本书当时没有公开出售,物以稀为贵。后来有同学想借,我总是一副不情愿的样子。不知道借书的同学是否记得。

要知道当时一个男生对一个女生有好感时,不像现在送贵重礼物或者请她外出消费,男生最能够吸引女生的是可以买到女生想买的那本书。记得在班里有女生会在课桌的抽屉里看到这样的字条:你要×××书吗? 我可以买到。这是男生向女生约会的信息。书也经常被作为掩护,成为男生女生约会的道具。一个男生找一个女生,或者倒过来,以借书为由是最好的了。借书,还书,再借书,来来往往。一对初次相约的男生女生,话头经常是这样的:你读过哪些书? 我读过×××。喜欢×××的书吗? 喜欢(或者说不喜欢)。这种情形现在只有在韩剧中偶尔会出现。

毕业那年去三峡游玩,在东方红号客轮上碰到几位在新华书店工作的游客,他们开会返回顺路游玩。没有想到他们带了许多书,说是样书,我买了几本,其中有左拉的《娜娜》。《娜娜》那时还是有些争议的书,市面上很难买到。

在敲击这几行字之前,我坐在躺椅上,享受冬日暖暖的光辉,拿着一份报纸翻看时,《大海啊,故乡》的音乐从记忆深处出现,买书的事也跟着来了。

从重庆起航到武汉大约是三天时间,在游船上除了观看两岸风景之外,就是读《娜娜》了。一本《娜娜》在手,舍不得放下,一首船上反复播放的歌曲《大海啊,故乡》,还有从眼前游走过的白帝城、神女峰,看似互不相干的事情如此自然地组合在了一起,形成难以忘怀的记忆。对于我这样小学只接受过四年正规教育的人来说,学海于我而言不仅无涯,而且浩繁壮阔。对每一本拿到手中的书用如获至宝形容一点不为过,所以那个时候读过的书印象特别深刻。像《莎士比亚评论集》这本书,开启了我的想象力、感受力,享用至今。我的存书中有《莎评》的下集,一直未得到上集,成了遗憾。去年年底在学校图书馆和北京图书馆查询,也没有此集。我知道兰大图书馆有,这本书应该有我借看过的记录。因了这本书,我与兰大的联系又多了一个层次。这本书让我对语言的魅力有了新的切身感受,使我后来钟情于符号学研究,乐趣无穷。

《十月》是七七、七八级中文系学生最爱读的一本文学期刊,作者为老九和真真的一篇《公开的情书》(《十月》1980年一期),在许多同学手中传阅。我一直订阅《十月》,拥有《十月》也是一种小小资本。"老九"是根据"文革"期间"发动"阶层划分排行第九的知识分子的代称。署名老九,有一种反叛,一种力量。对于我们这些求知若渴的年轻人来说,这个名字就是一种吸引。真真代表求真的渴望和艰难。当然最吸引我们注意的是"情书"二字,况且还是公开的。翻开当年的笔记本,抄录了许多老九的话,足以说明这篇文章在我心中的位置。

"《公开的情书》在'文革'中就以文学的形式相当真实地记述了这类读书会的萌起与发展。这篇小说之所以能在新时期文学的初潮中震撼整整一代青年人的心,正是因为它通过老九,真真,老嘎,老邪门等一群被打散在农村的大学生们通讯会式的地下读书活动,生动地展示了那一代人对真理的苦苦探索。无论是他们对'南斯拉夫经济问题'的激烈争吵,还是'挤在一间小房子里……一连几天不下楼'的苦读生涯,抑或那些炙热、频繁的鸿雁传书,都表达了他们——这代人中的先觉者们这样的信念:'我们深深苦恼的是为什么年轻人的思想这么混乱,似乎理论的危机已使很多人从根本上对未来丧失了信心。但我们努力探索着,希望我们的工作成为茫茫大海中的一盏灯,给年轻的朋友们指明方向。我们坚持不懈地努力,不让奋斗精神丧失,不让热情的火花熄灭。我们决心走一条和许多年轻人不同的道路——在理论上进行探索的道路。'"

30年后阅读这样的文字,仍然有激情跃然纸上。最让我受用的是把这些文字念给读大一的儿子,他还有几分认同,对我们当年的激动的认同。

那时的一本书、一篇文章就可以影响人的一辈子。年轻时读书最好。

一天,我从书店买回一大堆书,儿子说:"你们买这么多的书,有几本看过?"儿子这样一问,我们才发现买书和读书已经不是一回事了。与读大学的儿子相比,他买的书每一本至少读两遍以上,多则四五遍。我们现在买书依旧,比那时要买得多得多,有网上购书更加方便,也不必为买书精打细算了,唯一不同的是我们买的书很多,无功利性的阅读却少了许多。

班里有个同学叫"小芳"

有一首曾经流行的歌曲名字叫《小芳》,记得读大学时《小说月刊》(不能确定)上发表过一篇小说,小说中有一位女大学生名字叫小芳。我们班也有一位被同学昵称为"小芳"的同学(赵晓芳)。不论是歌词中唱到的小芳,还是小说中的小芳、班里的"小芳",小芳成为一个符号,是班里许多男生心仪的"对象"。"小芳"这个名字用现在时尚的话语形容代表着柔弱、温顺和善良。记得在给学生上课时作过一个测试,让男生写出心中女性具有的特点,这几个词出现的频率最高。

"小芳"在我看来就是当年的同学们,尤其是男同学的恋爱标准和方式。

班里的晓芳戴着眼镜,人很瘦,读书很用功,学习成绩好,说话柔声慢气,像柔歌慢板一样。在农场劳动时怕晒黑了脸,经常用一块纱巾把整个脸都包起来,有让男生着迷的气质。晓芳是梳着两条小辫子,还是扎着马尾巴刷,我已经忘了。歌词中的小芳和小说中的小芳是梳两条小辫的。"小芳低下头,用手抓住自己的辫子……"这是故事中描述的。

晓芳在我看来是多愁善感,易动感情的女孩。记得一次班里几位女生看越剧版电影《碧玉簪》,剧中演到女主角玉贞新婚之夜犹豫为丈夫赵启贤披外衣还是不披外衣一段,唱词回肠荡气,令人秋威不止(因为玉贞被表兄设陷,丈夫生出误会,新婚之夜冷待玉贞。玉贞见丈夫依凳而眠,担心其着凉,想为他披衣,又恐遭到拒绝)。这一段戏文惹得我们几个女生流了不少眼泪。从影院走出,见到灿灿的阳光,才回到现实,情绪也随着场景的转换变了过来。谁知晓芳却又痴痴地买一张票,说还要看一遍。我望着她哭得通红的眼睛,不知该说什么了。

几年前在央视戏曲频道再看《碧玉簪》时,已经没有当时的感动了,只是觉得玉贞过于优柔,没有看完就换了频道。

毕业多年后,有几位男生吐露当时的心声,原来他们都暗恋过晓芳。台湾著名剧作家赖声川将《暗恋》与《桃花源》合在一起取名《暗恋桃花源》。这样的一种创意让我今天理解了男生与"小芳"的关系。说男生暗恋一点不假。七七级虽然是"文革"结束后进入大学校门的,但是由于"文革"时期对"封资修"批判的余悸还在,大学生公开谈情说爱也是极少数的,除了青年人的矜持和羞涩外,谈恋爱还不能堂堂正正,常常是偷偷摸摸,连表达一些情感也会不好意思的。

有一件事情至今还是一个谜,但是它说明了七七级这些男女生们复杂的"恋人絮语"(巴尔特的一部书名)。大约在1978年,国内开始上演进口电影。《大众电影》的一期封面刊登了《水晶鞋与玫瑰花》的一张剧照:王子在热吻灰姑娘。剧照在当时引起过争论,甚至被视为不健康的偏黄色。有一位同学以我的名字给报社投稿,表示对这张照片的反对态度。报社准备登这篇文章,派人来核实作者情况,我一头雾水。同时,还有关于《安娜》这部电影的争论,记得最激烈的反对意见是:安娜是个"荡妇",何以被美化。现在回想当时的情形,大部分人们还不能够正视自己的真情实意,或者将这些情感自贱为"小资"刻意掩藏(今天小资可是一个时髦的词),又如何直截了当地表达对一个女生的爱慕之意?可是,他们青春少年,又怎会不生出对异性的爱慕与追求?

记得班里集体去"反修馆"(原名中苏友好馆)看复出的越剧《红楼梦》。坐在我旁边的一位男生(名字隐去)在黛玉焚稿时眼泪刷刷往下流,他又怕坐在旁边的女生(我)看见,装着擦汗的样子,用手不断地抹脸。我本来也随着剧情在流泪,看到这位男生的掩饰,又想笑,又怕被他发现我看到他的窘况,真是哭笑不得了。

不知是因为受到"男儿有泪不轻弹"这句话的拘束,还是羞于流露男女情感之事,我想二者皆有。

我曾经问暗恋过晓芳的男生:你们为何不对晓芳直说?他们的回答几乎相同:委婉表示过,晓芳没有理会。

"小芳"其实是男生恋爱的"桃花源",充满了想象,充满了诗情画意,当然也有些青涩。我想起赖声川的《暗恋桃花源》,故事情节不同,却有一种说不出的相同的味道。

"于无声处听惊雷"

《于无声处》是宗福先作于1978年的话剧剧本。故事情节:梅林和儿子欧阳平途经上海,来到老战友何是非家中。何是非过去曾诬陷梅林为叛徒,这次又得知欧阳平因收集天安门诗抄而成为被追捕的反革命分子,即向"四人帮"分子告密。欧阳平遭逮捕后,何是非的妻子、女儿坚决与何决裂。这是当时就读大学的七七级七八级中文系同学耳熟能详的话剧,高校上演频率非常高。

学校团委成立了《于无声处》剧组,招聘话剧演员。这出戏一共有六位演员:何是非、何妻、何子、何女(何芸)、梅林与儿子欧阳平。何是非由水天明教授扮演,何妻由曹教授扮演,二位都是外语系的教师。我在剧中扮演何芸,生物系武听原扮演何的儿子、何芸的哥哥何伟,历史系李冬梅扮演梅林,彭大新入学前是省话剧团的演员,扮演欧阳平,也兼做导演。剧组成员来自不同的专业,又是师生同堂,戏里戏外总是以一家人相称,水老师在排戏时总是以长辈的身份对待我们这些"儿女",留下一份难以忘却的情分。

水老师当时已是满头银发,颇有教授风度。根据剧情要求,他要把银发染黑,水老师风趣地说:这样不行,我老婆有意见。后来还是把头发染黑了,好像只染过一次,以后的演出就是银发飘飘。水老师已经去世多年,看到当年的合家照,不由生出几分思念。

为了剧中角色的需要,我也把自己珍爱的长辫子剪成了短发。要知道我4岁以后就不剪短发了,入大学时辫长超过上衣底边,有事没事喜欢从后面把辫子拉拉直,感觉一下长长了多少。对辫子虽然恋恋不舍,最终还是"忍痛割爱"。我们这些业余演员的敬业精神可见一斑。

演出是在冬季,北方的冬天气温都在零下,户外哈口气可以看得见,戴口罩的话,口罩边沿会有薄霜凝结。当时学校礼堂很高,只有几十排长椅,空闲时走进去像是一座仓库,有些破旧,而且主要是冬天没有暖气。宗福先是上海人,戏里的故事发生在上海的夏天。根据剧情需要我们一律着夏装,我穿着短袖裙装上台,下面的观众直为我喊冷。其实上场后不觉得冷,很投入,激动时还出汗呢。候场时披上一件军用大衣围着一大桶火(用汽油桶改造的火炉)取暖。在这样天寒地冻的日子演出,观众依然坐满了礼堂,窗户上也趴满了人,每一场都得到热烈的鼓掌。今天敲出"寒冷"这两个字时,是2008年南方五十年未遇的冬雪天气,屋檐上倒挂的冰凌和屋顶阴面白白的积雪,使我有种错觉,误把南方比北方。后台烤火的情形夺目而出,身上的感觉也随之而来。

剧中有一个情节——何是非家里有受贿的茅台酒和白兰地。茅台酒作为道具只有一次是真有酒,白兰地趟趟是真货,也成了演出后对剧组成员的奖赏。我第一次喝白兰地,不知深浅,拿了一只碗,咕嘟一下子把半碗喝下肚,接着头晕目眩,脚底软无力,身体往下滑,醉了。这是我第一次知道醉的滋味。食堂为我们做夜宵的师父端出一碗醋给我解酒,我扬脖全部灌下。半碗酒与一碗醋搅得我昏昏欲睡,忘了是哪两位架着我深一脚浅一脚地回到宿舍,我倒头便睡了,一觉到天亮。第二天才听到宿舍同学的抱怨,说我酒气冲天,害得她们没有睡好觉,真是抱歉。

《于无声处》一炮打响,我们这二批"演员"好像有了演出的瘾,一发不可收拾,接连排演了《假如我是真的》、《啊,大森林》。《假如我是真的》用现在的话来说是一出反贪腐的剧,抨击"文革"后一些官复原职的人利用职权为子女谋利的现象。这部戏引起了社会的较大反响,后来遭到禁演。都郁的《啊,大森林》是一部大戏,难度比较大,讲述了红卫兵自我反思的故事。演员中有几位是上山下乡的红卫兵,我虽然没有赶上造反的红卫兵运动,也当过红小兵。新演员阵容庞大,总共有几十个人,来自中文系、历史系、哲学系、经济系、生物系、化学系、物理系等,剧团里的同学来自甘肃、北京、陕西、辽宁、上海、新疆等地,有汉族也有维族、回族,算得上一个民族大家庭。很多年以后,大家彼此还有联系,只是近些年信息少了。

后来,我们觉得演出别人的剧本不过瘾,决定演自己的本子,说自己的故事。朱贻渊、秦放(七九级)执笔写了一个名为《再见了,大佛》的剧本,讲述我们这些人从对个人的迷信崇拜到思想解放的心路历程。因为剧本说的是我们自己的事情,演起来特别顺手。可惜只演了两场,有人认为"大佛"过于敏感,被劝说停演。最后一场演出结束后,我们都流泪了。武听原因为已经决定出国,没有参加演出,他看完演出后激动不已,在学院走了一个晚上。那一夜我们几个人在学校操场,在宿舍上演"今夜无人睡眠"。

是剧总有终场,落幕了,人散了。对我来说,这个话剧情结至今不肯离去,因为在这里珍藏了一份友情。回想话剧队"共事"的同学,总有令人欢愉的事情和彼此结下的情意,让人感到暖暖的。不论是男还是女,我们"一家子"还保持着过去的友情,即使不会想起,也不会忘记。

去年与远在美国的武听原通电话,话题很快转到了孩子、身体健康,我们意识到自己不年轻了。

同学,一个叫得响的词

拿七七级说事,本以为是长话短说,因为毕竟是三十年前的事情了,没有料到,说起来事情会随着字汩汩地冒出来,因为这个时候让你激动的、惋惜的、怀念的都是同学。同学真是个奇特的概念,不在意年轮滚过了多少个圈圈,生活中角色经历了几多变化,说起同学,就这样一句话:我们是同学,一切好像都回到了从前。有的同学在学校和你关系密切,有些同学接触不多,这些都不妨碍再回首时的亲切感。虽是些陈谷子的琐事,依然会让你快乐不已。

缪文雅是我同室好友。我们的床紧挨着,床上的卧谈会我们最投机,谈的多是闺中女友的小秘密。也经常一起去看电影(记得是东方红电影院),看完电影后两个人凑钱撮一顿,五元钱一盘的糖醋里脊是最爱。文雅你知道吗,今天我还喜欢糖醋里脊,吃着它,依然有三十年前的感觉出来。文雅也是让我第一次了解昙花的人。她在班里的墙报栏写了一篇文章"昙花一现",是说她家昙花绽开的过程,文章把昙花写得活灵活现。说起来三十年了,每次看到昙花,就会想起文雅的"昙花一现"。

说到吃,在兰大读过书的同学一定会记得盘旋路的牛肉面馆。杭州也有牛肉面馆,也是小小门面,有油渍的桌子,不过筷子换成了一次性的,碗也由粗瓷海碗换成较细的小瓷碗。一次在北京与秦放(七九级)聊起牛肉面,说得人垂涎三尺。我和徐亮带着孩子从北京城西乘车到前门专门去吃马奋强(音)的牛肉面,一边吃,一边给儿子讲我们的牛肉面故事。文雅给我说过,曹长林与她谈恋爱,取悦她的常常是牛肉面。徐亮也请我吃牛肉面,一碗2毛钱,好便宜的恋爱成本。说起牛肉面,大家认为还应该是那时的粗瓷海碗,桌子油油的,主要是辣子油要"旺",那才叫爽。在香港时我还专门坐车到深圳吃牛肉面来着。

我的室友刘世红来自504厂,为人低调实在,待人真诚用心。记得吃过刘世红从家乡带来的臭虾子酱,那个味道和杭州的臭豆腐相似,闻着臭,吃着香。吃虾子酱的那几天,室友们一进门就呼臭,一到吃饭的时候喜欢吃的人都抢着要。我们也经常叽叽咕咕说女儿家的事,她有许多质朴的见解使我受益。刘世红到过杭州,可惜我不在家,失去了见面的机会。一别三十年了,知道她的女儿读书十分出色,我们也作为榜样说给儿子听。

陈秉宇和我同一个小组,我觉得他是一个大活宝,或者叫老顽童也可以。在校时看过一部电影《百万英镑》,后来在小组开会时,陈秉宇模仿剧中那位戴着高帽子的幸运儿,在狭小的宿舍里扭来扭去。他属于大块头,穿梭于高低床之间本身就有些喜剧色彩,看到他的表演我笑得胃痛。谢谢陈秉宇给我们的那一段欢乐。

我还记起甘晖与马企平在学校礼堂表演舞蹈"花儿与少年"的情形。两人是领舞,腰中扎着大红绸布,双手握住绸布两端走花步。甘晖扭十字步跃起,离地高,动作潇洒、刚健;马企平扭动腰肢,相当舒展、自然,很投入的样子。记起甘晖的还有一件事,他在床头挂着前女排名将周小兰的靓照,旁边有他的书法作品"波澜老成"四个字。周小兰应该是那个时候许多男性心中的女神吧。

马明篮球打得很棒,是学校篮球队的一员。她待人也非常真诚。记得给我和孟繁华理发,还负责供应午餐——炒馒头块。

马明当时的理发技术很前卫,把我们两人的头发剪短到耳朵以上(演出以后有一段时间了)。我和孟繁华登上公交车后,听到后面有人这样议论:这两个是男还是女?言下之意我们的头发"不男不女"了。

阿孜古力的身材极棒,看她跳舞是一种享受,一招一式完全溶入音乐。准确讲她的舞姿是韵律,没有刻意,自然天成。尤其是在跳交谊舞的时候,那可是能迷倒一排男生的,我作为女生也看得痴迷。在去景泰农场劳动的火车上,一位男生盯着阿孜古力看,阿孜古力问:为什么一直盯着我看?回答:你好看。还有一位好看的是古加玛丽。她有多好看,我引用一位来班里旁听的男生的话证明:看到古加玛丽,让人觉得空气都要凝固了,喘不过气来,怎么会有这样好看的人儿?(好像是《红楼梦》里王熙凤夸林黛玉的话)古加玛丽细细的辫子盘在头顶,摇坠的耳环衬托出一张精致的脸。哈斯叶提、阿孜古力、古加玛丽三位维族同学给我们班带来了异域的风情和欢快。

尚春生的古文功底是我最佩服的。我在上大学之前对古文知之甚少,解释断句更是一筹莫展,可是尚春生总是轻而易举地拿到高分。肖庆平略带方言的朗诵《周总理的小闹钟》、李金寿的《中国人的骨头》一抑一扬,让人印象深刻。赵建新被同学称作老约翰,来由不清楚。老约翰做班长多年,对同学一直很关心,即使毕业后他仍然执行班长职责。这些年离开兰州的同学返兰,总是由他出面召集老同学聚会,让大家享受这份愉快。在我们离开兰州时,是赵建新约几位同学在一个饭馆聚餐,结束时我与赵建新一起跳起藏族舞蹈,他的招式到位、洒脱,我想起他原来是文工团出身,多才多艺。2006年去兰大新闻系参加学生论文答辩,赵建新约了多位同学聚会,有肖志诚、李民发、李保军、李浩斌等人。三十年后的见面,每个人的相貌都老了,可是一说话,还是我熟悉的同学性情。肖志诚高歌一曲,水准专业;

李民发依旧是浓浓的山东口音,使我牢记自己的山东籍贯。这次时间紧,本来不打算与同学见面,赵建新从李文(七九级)处知道我在兰州,立即联系其他同学,利用中午的时间在兰大新校区对面的餐馆聚餐。赵建新说(大意):到兰州怎么能够不与我们联系?同学到兰州我们都是要聚聚的,不聚见外了。这次的聚会真的很难得,我谢谢赵建新,谢谢那天抽空见面的同学。看到你们,我也重温了三十年前的我,重逢的喜悦带到杭州,令徐亮羡慕不已。

保军也是毕业后交往最多的同学之一。关于保军印象深刻的是我在武威与他的见面方式。那是炎炎夏日的正午,保军骑自行车到我下榻的宾馆,要带我去家里坐坐。热情难却,我坐在保军骑的自行车上游走了武威城。要知道我很害怕坐在自行车后架上,感觉一切都不在自己的控制中,紧张慌乱。插队时"点"(知青点)里一位男生骑自行车送我去二十里外的机场乘坐长途汽车,我手里拎着一篮鸡蛋,坐在自行车后架上活像"回娘家的媳妇"。不过我心并不安稳,一路上伸长脖子看前方的路,唠唠叨叨一路,慢点!你慢点,慢点!这位男生不理会我,下坡时不捏闸,加速前行,吓得我哇哇叫唤:我要跳了,跳了。我终于在惊惶中跳下自行车,整个身体平扑在路上。好在鸡蛋篮子没有翻倒,底座稳稳地落在地上,只打破了两三个上面的蛋。我的裤子膝盖处被蹭破,腿上也是一片淤青,渗出血点。可以想象我坐在保军骑的自行车后架上心里的那个慌有多少。大街上又车来车往,不敢往下跳,顶着烈日更加汗流浃背。现在回想起来成了趣事。保军也许早已忘记了。

我在冯诚赴任新华社武汉分社社长后在武汉见过他。冯诚戴着一副白金边眼镜,头发总是梳理得整齐有序,迈着公府步,很有社长的架势,对同学的造访也是热情有加。我到武汉的那晚,王瀚东(七八级)可是借了接老同学的名义用冯诚的车接了我和另一位复旦大学的教授。那次在武汉得了冯诚的照顾,我们一起去了黄鹤楼,漫步武汉江边公园。在江边看到一只蝴蝶大风筝,我要买,是冯诚付的钱。女士买东西,男士付钱,爽!这只大风筝一直挂在我家的客厅里。在冯诚那宽敞、透气的办公室里,依然是文人笔墨为主,冯诚自己的书法在当地也小有名气。

于振业是我的小老乡,他在班里年龄小,我们总是叫他小于。小于秉承山东人的豪爽,为人十分大方,待人接客总是倾其最好,犹恐不周。班里有位同学集邮,小于将自己珍藏多年的邮票全部送给她(不是小张),他的回答很简单:我现在不集邮了,留着没用。毕业那年我们一行去青海湖玩,沿途全部由小于和小张夫妇安排照顾。他的好客总是感染他人。小于和朱贻渊在青海湖游泳,在沙滩上晒背,记得两人较胖,有些目不忍睹。晚上我们吃新鲜的鲤鱼,第二天受到惩罚,满嘴起泡,持续了很长时间的烂嘴巴。鲤鱼现在受到保护,不能捕捞,可是嘴上起泡后我已经知道了。小于毕业后去了青海,他一次要到兰州,给我们发了一封电报,电文内容:于×月×日到兰。我们把"于"当作了介词,不知道这是谁发出的电报。小于就是这样一个把你"于"朋友之中的人。

提到朱贻渊的时候,一个我们都熟悉的罗丹的雕塑"思想者"会出现。朱贻渊在读书的时候就被同学称作老朱。这老朱一说,不是因为他年龄大,是因为他总是一副沉思的样子,即使唱歌也是带有沧海桑田的味道。老朱最喜欢唱的一首歌叫《三套车》,听他唱这首歌的时候,我胡思乱想,不知老朱像歌词中的老马,还是赶车人。其实这样的气质,用现在的时髦词讲是愤青。对了,老朱应该是当年的愤青。老朱把他的著作寄给我们,著作的字里行间,老朱的气质依稀可辨。最近留在我印象中的老朱形象是三年前北京的会面。我在北京开会,与彭大新联系后,他热情地邀请我会后入住高法招待所。老朱先于我到达。我从车里下来时,有些仰视地看到老朱从台阶上快步走下来,从我手中接过行李箱。我触到他插队时被铡草刀切断的那个手指,一刹那鼻子有些发酸。又被感动了。

最后一定要感谢冯亚光、刘东平两位同学。实话说,如果不是你们的热情张罗,我不会写出这些自己读着也欢喜的文字。如果那样,三十年前的记忆也许会随着时光自然淡化出我们的视野。冯亚光一而再再而三地催稿,让我屡屡不好意思地说着抱歉的话,现在可以不说了。

这点东西写着就跨了个年头。今天杭州阳光灿烂,依稀听到化雪的滴水声。冬日的阳光把窗外的叶子照得透亮,叶子便洋溢出满足的喜悦。我那些生活在天南海北的同学,一定和我一样期待着这本书的问世。

七七级的故事像窗外的阳光一样。

英年早逝的同窗

提及同窗,不思量,自难忘的,是那几个活在我记忆中的影像。

第一个离我们而去的同学是沙明。沙明长得白白净净,一副白框眼镜架在鼻梁上,满是斯文的样子。沙明人特别聪明,学习很好。他年长我几岁,又是老三届(六六、六七、六八届初中毕业或高中毕业生),对于我这个只念了小学四年、高中两年(初中学的是工业基础、农业基础和毛主席著作类)的人来说,是有一肚子学问的人。沙明的聪明给我留下最深印象的是编谜语,猜谜语更不在他的话下。一次我们去五泉山春游,沙明给我们出谜语。他在石桌上做了一个快速启瓶盖的动作,让我们打一位同学的名字。我缺少这方面的细胞,根本摸不着头脑。原来是打马企平的名字。马企平现在生活在日本,不知她是否还记得这个谜语。

沙明是在我们毕业那年去世的,在华林山开追悼会。他那尚在幼年的儿子显然还不知道父亲的离去意味着什么,可是他看到父亲躺在陌生的地方,还有母亲的伤心,他也哭了。看到这个场景令人鼻子发酸。现在这个孩子应该已经长大成人,这是一个人继续的见证,另外的保留在同学的记忆里。

在我的日记中有一段关于沙明的记载,抄录于此,以示纪念:

> 在国庆赛诗会上……沙明同学的"一杯水",曹长林同学的"粉笔"、"讲台"都是取材于我们的生活之中。"一杯水"生动地反映了师生之间互相尊重,互相关心的深厚情意。教师透过一杯水望见了求知者的宏愿,他将知识化作这清澈的涓涓溪流注入同学的心田。同学们透过这一杯水,仿佛看见教师那对党对人民对教育事业无限忠诚的情操。

提起李有运的名字,眼前浮现出一个比较消瘦的长个子年轻人,如果活着也应该是五十多岁了。因为他在三十多岁时就离我们而去,所以李有运留给我的印象永远是年轻的。他从化学系转来,因为色盲的原因。虽然比我们晚了一个学期,可是他的成绩很快在班里名列前茅,尤其是古文。李有运家境贫寒,他有寒门子弟的简朴,却没有自卑,为人真挚诚恳。我还记得他写得一手好字。毕业后李有运是与我们联系较多的一位同学。他在文联工作,有时候会送一些演出的门票给我们,我们也会接济他一些粮票(他的妻子是农村户口,没有商品粮)。与李有运谈话是件有趣的事情,他那带着口音的普通话,因为身体的原因底气不足,慢条斯理地流出来,就有了文人气和智慧。最后一次他拿票过来,已经无力登上我家五楼的台阶,我和徐亮下楼拿了票。他显得特别虚弱,腰好像也不能伸直,这次是他的妻子骑自行车带他过来的。

在李有运生命的最后几年,每一天的日子里有爱妻的陪伴,也是一种幸福。我们知道他的病在加剧,基本没有医治好的希望了。但是,李有运一直平静地对待自己的病,对待生活,尤其是始终有一颗友善的心,面对人世间的一切,这是李有运的一种坚强。李有运有一个女儿,是遗腹子。我后来看到过这个孩子,出生不久,样子很小,眉宇间也有了几处李有运的轮廓。这大概就是代代传承的意思。

哈斯叶提是一位维族女孩,生性活泼,能歌善舞。她虽然个子不高,却有一头齐膝的长发,令人羡慕。每次看她洗澡后梳理一头长发,又会生出担心,不知道何时理顺。看到她,耳边总会响起这首歌:达坂城的姑娘辫子长哟,两个眼睛真漂亮。我们是同一个宿舍,习惯昵称她哈斯。我去过哈斯在新疆的家,她的母亲非常好客,请我吃新疆的馕、抓饭。哈斯每次从新疆回来,总会带许多特产让我们分享,使我们大快朵颐。哈斯教我跳过新疆舞,她的活力和热情就像是奶茶一样,让你的心立刻快活起来。

惊闻哈斯出车祸身亡的消息,我无法相信。哈斯生就是与快乐、舞蹈在一起的女孩,所以对于我而言,她留在我记忆中的永远是无忧无虑的快乐与近亚麻色的长发。

吴长奇分配到党校做教员,徐亮入学前也在党校工作。这个原因使我们毕业后经常见到他,当然也因为记挂他的身体。吴长奇一直努力地活着,他为了治病到处求医问诊,包括民间偏方。有一种民间偏方治疗时病人要承受极大的痛苦,我甚至不愿意说出细节,太残酷了。吴长奇每次积极配合治疗,他有活下去的强烈欲望,他有妻子,有孩子。这些是他愿意承受一切痛苦活下去的理由。想起吴长奇,会使人更加热爱生活的每一天,热爱生活中遇到的每一个人。我们健康的人是没有理由怠慢日子的。

(原载《美文》2012年7月上半刊)

天 落 水（外一题）

干 亚 群

母亲小心地从缸里提了一桶水,等水桶里的水不再晃动时,才侧着身子一步一步把水拎到灶上,把桶里的水慢慢倒入锅里,然后从另一个用来装池水的桶里舀了一勺,把"汤罐"加满。

母亲每天在灶前重复着这一动作。后来,当我们能提水帮着做饭时,也重复着这些动作。尽管母亲一再提醒我们提水时浅一点,人稍微低下去一些,水还是会从桶里溅出来一些,望着从水缸边一直到灶前像一条蜿蜒小路的水渍,母亲会不由自主地张大嘴巴,"这么多水流出来……"

水缸里的水称为天落水。意为从天上掉下来的水。村里每家每户门前都有几只七石缸,哪怕家里生活很拮据的,也不会少了那几只缸。父亲每年会买一根粗毛竹,剖开后打通竹节,然后横挂在屋檐下,半圆形的凹面正对着一排排的瓦楞。雨天一来,瓦楞上的雨水便点点滴滴地顺着竹槽,汇成一股水流,直接流到下面的水缸里。有条件的人会抓一把明矾,洒在水里。不过,很多人都认为经过明矾漂净的水有一股气味。还是聪明的老人们想到一个土方法,抓几条泥鳅放在水缸里,水中那些红红的细细的,游动起来一扭一扭的"汽虫"就会被吃掉。

当然,抓泥鳅的任务责无旁贷地落到我们身上,而我们又总会多出一些事情,水缸里绝不会只有泥鳅,还有鱼、虾什么的。

我们有时实在没什么可玩,就趴在缸沿上看看缸里的动静,还故意一晃一晃的,那水也就或明或暗地荡漾。只是水缸里的鱼们并没有什么反应,怡然自得地在水中游来游去。

勤劳的人们每年会赶在雨季来临前,把家里的水缸一一清洗干净。原来天水沉淀后也会有污泥,黑黑的,还有些滑,取出来的时候是一块块的。父亲说,这是空气里的尘埃。我们觉得不可思议,想了半天也没明白,这水缸里的沉积物与空气里的尘埃居然会连在一起的。一场雨洗一次天空吧?

到了夏天,母亲做了一块木板搁在水缸上,一来防止灰尘杂物掉落水中,二来是为了减少被蒸发的水,上面还放了一只碗,以方便过路人口渴了能喝上一口水。听母亲说,有一次她去公社缴粮,回来的路上那个渴,感觉嘴巴被粘上了一样。经过一户人家时想喝几口缸里的水,但用手捧觉得不好意思,到了缸前发现里面浮着一只碗,赶紧连舀几碗。之后,母亲在自家缸盖上面放了一只倒覆着的碗。很快,村里很多人都在水缸里放了一只碗。

我们满头大汗地从外面回来,拿起一只碗,掀开木板,伸进水缸,一口气可以喝下三碗。这清冽冽的水,透凉透凉。擦擦嘴巴后,还能回味到一点淡淡的甜味。虽然,父母偶尔会数落我们几句,提醒我们当心肚子痛。他们说这话,不过是看了村卫生室里那几张卫生常识挂图而已。家里很少烧开水,那热水瓶里的水还是母亲烧饭时蒸熟的。大热天的中午,父母亲扛着锄头从农田里回来,累不必说,还有饥与渴,随手拿了搪瓷杯连喝几杯,然后才做饭洗农具。我们先是偷偷地喝,后来也敢当着父母亲的面,咕咚咕咚地喝下肚。

门前的水缸间有空隙,足够我们藏进身子,少不了在那里玩。尤其在天热的时候,不仅可以随时喝点水,还可以把脸贴在缸上,那凉凉的感觉很舒服。当然也有惹祸的时候,万一不小心把水缸敲破了,那可会换来一顿结结实实的打。那只坏的水缸,父母亲绝对不会弃之不用,等补缸师傅一来马上补好,等晒过了几个日头后再放回屋檐下。

村民的生活都很清贫,应了那句老话,"靠天吃饭"。年成好的时候,到了年终还能分到微薄的红利。如果家里人多而劳力少,很有可能要"倒挂"。所以很多人家都是过着紧巴巴的日子,但再怎么紧,也不能少了一口天落水,那可是带点甜味的水。大家约定俗成,池塘里的水用来洗洗涮涮,煮饭、烧开水才能用缸里的天落水。我们不懂事的时候,没少往水缸里扔东西。什么杂七杂八的拿了向水里丢,有时还用手去玩缸里的水。大人见此情形,总会紧张地叫起来,"这败家子,这败家子……"痛惜之情溢于言表。有次,我们玩着玩着,竟玩到了阿花婶婶家。她家水缸边正好有一堆沙子。沙子从指缝间里流出来,有些痒痒,我们觉得好玩极了。也不知是谁带头撒了一把沙子,结果大家你一把我一把,还趴在缸边哈哈大笑。等阿花婶婶背着籖笼收工回来,一见我们正玩得乐不可支,脸一下子沉了下来,冲着我们吼了一声:"你们这些小鬼,连天落水也能玩?"我们一看阿花婶婶的脸,知道闯祸了,赶紧一个个溜了出来。

此事并没有完,阿花婶婶把状告到了大人那里,我们都被各自的父母打了一顿。大人一起帮阿花婶婶清理水缸,并且你家拎来一桶我家拎来一桶,把水缸的水蓄满。阿花婶婶其实是一个挺和善的人,平时少不了给我们几颗糖什么的,而这次发这么大的火,还告我们的状,我们暗地里恨了她一会儿,还想出了一句脏话骂了她一下。但当我们转身玩去的时候,早已忘记了那是句什么脏话。

一些老人喜欢称天落水为天水。每年奶奶做祭祀的时候,总会小心翼翼地从屋里的一只小缸里取出一壶水来,倒入几只酒盅内,非常恭敬地摆到桌上。我们问奶奶,干吗不用池塘的水。奶奶说,供奉菩萨的必须是我们没吃过的,水也要洁净。我们又问:菩萨也喝水?

"菩萨是救苦救难的化身,他在凡间,当然要喝水了。"奶奶回答。我们还想问,可被奶奶阻止了,说是在做祭祀的时候不可以多嘴多舌的,否则菩萨要生气的。我们感到更好奇,不知道菩萨生气会怎么样。有一年大旱,水缸一一见底,在烈日下张大着嘴巴,与我们一样感到口渴。许多家庭煮饭不得不从池塘或井里打水。喝惯了天落水后,才知道没有了这水的甘甜饭不香。晚上,老人们到晒场乘凉,摇着蒲扇,不住地看看天,嘴里嘀咕着:"这老天爷,还让不让人活下去了。"在一旁玩的我,突然冒出来一句,"是不是菩萨生气了?"奶奶一听,用蒲扇抽打了我一下:"这雨水的事又不归菩萨管,这是龙王的事。"随后轻轻地叹了一口气。我们懵懵懂懂,天落水居然牵涉到那么多事。

当几位会看天象的老人说,雨就在这两天时,村里的人奔走相告。村东村西响起了清理水缸的声音,底下的沉淀物早已结成一块块的了。人们用搪瓷杯刮着缸底,非常刺耳。村里人时不时地仰望天空,与那几只见了底的水缸一样,期待着天落水能降下来。

女人的河埠头

清晨,村里响起第一声鸡鸣。不一会儿,村头村尾的鸡舍里传出欢快的呼应。我们缩了缩脖子继续朦朦胧胧地睡过去。

我们被母亲叫喊了几次后,才极不情愿地从温暖的被窝里爬起来。揉着惺忪的眼睛,提着毛巾,端着茶缸去池塘刷牙洗脸。

河埠头石板上的水渍,一滴一滴的,像一条蜿蜒的小路从池里一直滴到家门口。母亲总是家里起得最早的一个,起来后第一件事去河埠头拎水,洗菜,然后做早饭。我们其实可以用母亲拎来的水洗脸,但我们很少这样做,而是喜欢去河埠头把早上起来的事做完。因为没有吃过早饭,大人是不允许孩子去串门的。去河埠头洗洗正好可以跟对面的小伙伴约好今天去哪儿玩,末了还可以在河埠头玩一会儿。如果时间一长,会摸碗螺蛳回家,这样可以免去母亲的一顿数落。也不知道这招是谁教的,几乎每个小孩都懂得用这招来应付大人。

村民的生活按照老人的说法,靠天吃饭。每家每户有几只七石缸,用来储水。缸里水全靠天上落下的水,用一截剖开了的毛竹挂在屋檐下,天一下雨就能把水引到缸里。煮饭喝水全靠这天落水,干净又带点甜味。至于洗涤、淘米,包括夏天全家人的洗澡都在家门口的池塘和河里。

河埠头是由男人砌成的,这跟村里腌咸菜时不让女人用脚踩一样,老人认为女人属阴,不可做承载分量的活。当然,这说法并不完全是偏见,毕竟砌河埠头是一个力气活,那些条石、石板既要铺得结实,又要铺得美观,至少不能让家里的女人在人前输了面子。

渐渐地,一个河埠头成了媒人说媒的依据。看这家里的人心细不细,会不会干活,一看家门口的河埠头就知道一二分。家庭殷实的,会把河埠头砌得宽宽的,一整溜的石条光滑、平整。那些条件不是很好的,自然也不会花更多的心思在河埠头上。一些到了谈婚论嫁的年轻人,不待父亲提议,早悄悄地开始修整河埠头,怎么着也要让将来过门的媳妇洗得顺手,蹲得舒服。如果一个河埠头让家里的女人蹲也不是,站也不能,这样的男人算不了一个优秀的男人。

作为一家之主的父亲,不管往后跟几个儿子分不分家,一家人只能共用一个河埠头,在他眼里河埠头不分这个家永远没有分。哪怕兄弟失和了,家里可以抬头不见,而在河埠头不得不低头见。不管家里吵得多么凶,到了河埠头,外人是怎么也看不出来刚才还在为一把锄头闹得不可开交,兄弟俩蹲在河埠头上你洗你的犁,我洗我的锄。从河埠头带过去的水渍到庭前早已滴一块儿了。

男人把河埠头砌好,而由女人来经营河埠头。如果一个池塘里只有一个河埠头这会让女人感到寂寞。她怎么着也会端一只脸盆到那些砌有多个河埠头的池塘里去洗。女人们一边洗涤,一边欢快地交流着自家的一些信息,连今天母鸡下几只蛋的事也不会忘了说。于是也就洗洗涮涮的功夫,全村的动态基本一清二楚。有的聚在一块儿悄声嘀咕着自己家的公婆,嘀咕声里不外乎对公婆分家时没把几只碗几把椅子分配公平,再者就是认为公婆偏心于老大或老小,有什么好吃的做婆婆的尽往老小家端,而做公公的尽把好吃的塞给老大家儿子。有的隔着一个或两个河埠头,向对面的主妇有一搭没一搭的找话说,哪怕简单到今天洗什么菜也要把话递过去。邻里间感情深不深,在河埠头一眼看出来。连河埠头边碰上也没交流,那可真没有交流的余地了。末了,一起嘀咕公婆的几个女人似乎免不了互相安慰一番,然后各自带着些许满足回家。河埠头上残留着几片菜叶,几只鸭子早等不及了,一只只游过来,你一口我一口地抢夺起来。池塘细碎的波纹上漂浮着一些还没来得及散去的泡沫,在阳光下一闪一烁,一起一伏。

河埠头虽然恢复了平静,而从这里带走的消息有时却让一村人感到惊奇,甚至那些不靠谱的说法也能从一洗一涮中落地开花。家长里短的事经这个河埠头传到那个河埠头已变了样,那个说婆婆少分了一把筷子传到家里变成了多给另一个媳妇一只金戒指。两个媳妇与一个婆婆最后不得不对簿公堂,最后那个说金戒指的只好坦白:"这是河埠头听来的。"气得男人恨不得把河埠头给拆了。不过,到底还是没拆,家里靠女人料理,而女人需要河埠头，而河埠头也永远属于那些女人，即使男人疼爱自己的女人，大冷天担心女人洗衣服冻坏了双手，情愿在家里帮着搓好衣服还得让女人自个儿去河边漂洗。有了女人的河埠头看上去是那样的细腻，光洁。它留下了女人的青春，也留住了女人的气息，那是女人用棒槌一下一下敲出来的。河埠头还是村婶村姑私下解气的地方，在家受了气的女人常常端了一脸盆的衣服，拿了一根棒槌，狠狠地敲上半天，这气也就顺水漂去。

当然，夏天的河埠头还属于我们小孩子。等母亲拎了锄头去地里时，我们一个个似乎约好一样，拿了一只脸盆，从家里溜出来。先攀住石板在水里浸上一会儿，也不知什么时候居然能拿着脸盆游到河中央了。也没人教过我们怎么吸气，怎么呼气，一个夏天下来已经会游泳了，而这些常常瞒着大人。大人可以让我们到外面疯去，就是不放心我们在水里玩。有时还拿"河索鬼"来吓我们。聪明的我们知道这"河索鬼"只有晚上才出来，所以白天照样玩照样乐。等我们回家时，脸盆里少不了一碗鱼虾。赶在父母回家前把衣服拧干晒上一会儿。实在不行，那就只能烧一锅开水，在灶膛前把衣服烤干。

除了玩，河埠头还给我们留下一个小秘密。大人洗衣服时偶尔还会掉下几个硬币，往往卡在石条缝里，不太容易看到。也不知道是谁发现这个秘密的，后来我们去河埠头总是先往石缝里张望，少不了用手摸一遍，直摸得河埠头的水浑浑的。不过，这样的意外惊喜并不多。

河埠头经不起寂寞。池塘里的水越来越浑，也越来越少。无论揽过船的河埠头，还是被女人热闹过的河埠头，慢慢变得荒芜。有时在一家院落里看到几块石条，怎么看都有点眼熟，再瞧瞧院外的那个池塘，竟然成了一条马路……

（原载《青岛文学》2012 年第 7 期）

母亲的思想

金学种

一

母亲去世十多年了,我未曾写过一点纪念性的文字。情感上,我总觉得母亲仍在我身边,好像谈纪念便是亵渎了她似的。此外也顾虑于难以表达:写母亲什么呢?怎么写她?母爱的伟大,牺牲精神?——对子女来说,谁的母亲不伟大?哪个做娘的没有牺牲精神?何况我的母亲又很平凡,即使伟大也是平凡的伟大,或是伟大的平凡。

晚年的母亲住在宁波城里我二姐家。其时我在太湖边上的湖州南浔挂职。得知她感冒了,我回去探望,见还好,尚不碍事。但毕竟是八十六岁的老人,让我记挂,回南浔第二天,去电话询问。姐说今天母亲心情特别好,因为当年我家的一位长工来看她,母亲非常高兴。我一听就惊惧——那长工叫阿弟,是台州人,和我家一直很好,母亲待他如儿子一般,他呢,每年都要来看望母亲,于兹五十年,未尝有间。但近几年却少了音讯,母亲记挂得很。那次我去看她,她还时不时地唠叨,说阿弟怎么啦,会不会出意外?眼下他突然来看母亲,我蓦地有一种感觉:如此记挂阿弟的母亲,一旦见到了,放心了,会不会……?这么想着,我摔了电话,赶紧要了一辆车,回赶路上,我都默默地祈念:但愿是我胡思乱想……

不幸的是,我的感觉是那么精准:当晚,母亲就去世了。

当晚我们就把她送归老家村里。是一位朋友借来一辆免检的车,我们抱着尚有体温的母亲,三十公里车程,到家才余温尽消。当时,家乡正酝酿丧葬改革。母亲成了村里最后一位土葬者,之后便彻底地实行火葬了。过后村里的老人们都羡慕,说我母亲命好,能体体面面地躺寿材入寿坟。其实母亲早年倒是一颗平常心,生寄死归,到了那一步,走哪条路径都无所谓。直到晚年她才害怕火葬,正因此,才从澳门大哥处回来,在杭州我家住了几年;又因了同一个原因,回到故乡宁波,如今算是如愿了。

丧事办得还算热闹。钱都是母亲生前的积蓄,连后来的"七头"、"百日"、"周年"等一系列忌日的费用都足够了。算不上备极哀荣,但八六老人,该是"喜丧"了。在乡间,除了婚喜,丧事大抵也成为聚集亲友的场所和时刻。母亲最后二十年多住城里,偶然才回老家。这次是长归,永远不走了,算是践现了她一生的愿望:坐着花轿进金家门,躺在棺材里出金家门。

盖棺论定,村人们众口一词,这个好那个好,不是赞扬就是怀念,或者赞扬着怀念,怀念中赞扬。最别致的评价是族长其通公公:

"你妈啊,做啥像啥:在你爸面前像个妻子;在你祖父母那里像个媳妇;在邻里间像个邻居;在妯娌间像个妯娌;在你们大外婆那里像个'依女';在你们那里像个娘……只有啊,两个不像:在你大哥那里不像个后娘,在长工面前不像个主家。"

众人不无诧异。外省人的我妻子更是懵然。我告诉她,这是此际老辈人习惯的说法,说某人某个身份和角色做得好,合格、称职或是到位,便说是"像"。此比喻也可用于对大小官们的评价,如说某总理最"像"总理,谁谁"像"个村主任。

妻恍然,说倘若"婆婆"是好的代指的话,母亲最"像"个婆婆;但如果"婆婆"作为难伺候的代名词的话,她就最"不像"婆婆——母亲晚年在我家住了近十年,婆媳间堪称和融。

丧事期间忙于事务和接待宾客,我们都没哭,是来不及悲痛。离开老家多年了,要寻找某样东西,不知从何着手,好几次我竟冲口而喊:阿嬷,那东西在哪里啊?……刚张口,才蓦然意识到:母亲正躺在厅堂的灵床上!——从小到大,家里一应事务全由母亲料理和操持,我们都做现成人,整日里总是喊母亲问母亲:阿嬷,这个在哪里?……阿嬷,那事怎么办啦?——此时此境,竟是习惯依然!

我不禁悲从中来。当我把这告诉我的兄弟姐妹时,他们竟齐声号啕——原来也都跟我一样,都有过同样下意识的呼喊:

阿嬷!……

似乎直到这一刻,我们才意识到母亲死了——我们都没有了阿嬷。

二

全地球的人叫母亲都是差不多的音:妈,姆,嬷,嫫……那是婴儿最容易发出的原始喊声——据说连牛犊呼母、羊羔唤娘都概莫能外。"阿嬷"是我们宁波人对母亲的叫法之一。但仅止于乡下,城里人大多叫姆妈。乡间也有叫"阿嬷"、"阿姆"的,更有两字联起来,如我的外婆家奉化,就叫"姆嬷"——蒋介石先生就是这么叫他的母亲的。听母亲说,蒋先生当年对他任校长的溪口武岭学校学生训话时常说:"俄姆嬷讲,桑条务需压压。"——意译成当今的流行语:我娘常说,人啊从小需要摔打摔打。

母亲这根"桑条"也从小历经重压和摔打。她出生在奉化溪口区一个富裕之家,四九鼎革后定为地主。其实全村也没几亩地,主要是山,村前村后满山全是毛竹。就在这深山冷岙中,出了一位读书人。母亲来到这个世上的民国元年春季,她的父亲正踏进由京师大学堂改名的北京大学的校门。外公是首届生,读的是法科,那时叫法律门。这所至今仍是的中国最高学府当时有三百余名学生,三百多人之一的外公,在那里读了七年,两年预科,五年本科,毕业后又在上海、南京、杭州等地谋职,几十年间只有寒暑假和休假时才回老家住上几天。

深山僻壤通常是守旧的代名词。母亲的娘家也不例外。外公曾两度和蒋先生同学,私塾和中学。他们这一代的浙东读书人大多都是孝子,又守旧。都说蒋先生是个保守型的人,但比起来,我外公更甚,几乎到迂腐的程度。就拿对子女的教育来说吧,蒋先生能把十余岁的长公子送到上海接受新式教育,之后又放他去苏联学习。我外公呢,不能说他不重视我舅舅的教育,相反重视得过分,荒板走腔了:他延聘了一位据说在奉化算是名儒的老先生来家里,再让村里几个男孩跟着我舅舅伴读。上世纪20年代前后,即便最闭塞的地方也时兴了新学,外婆家楼上那间灰暗的大通间里,却顽固地践行着旧式家塾,而且延续了整整八年!

这也罢了,既已办了现成的家塾,连别人家的孩子都来陪读,那么,让自家的长女跟着读书识字,恐怕连傻子也觉得是顺理成章的事。但母亲的祖母不是傻子却是个比傻子还傻的老顽固,说哪有囡女读书的,姑娘家认了字怎嫁得出去?北京大学首届生的我外公呢,虽未必认同乃母的陋见,但他更是孝子,而且是孝子中的"原教旨主义者",为了维持他的孝心,他竟牺牲女儿的学业,唯其母的旨意是从。于是乎,十岁不到的母亲有义务每天到那个昏暗的楼上去为塾师和几位男孩倒水、送饭、洒扫,却无权利跟着识字认句,连公开的旁听资格都没有,至多无意间或是偷偷地听上几句。看着小姑娘羡慕的目光,连老学究塾师都觉过意不去,常在没人看见、特别是避开那个刻薄的老祖母警惕的目光时,往纸条上写几个字,教母亲认识。

就是用了这种方式,母亲才"偷识"了几个字,加上平时里多少受到外公的熏陶,婚后又受我那做教师的父亲的耳濡目染,当然更凭她聪敏好学,非但识了不少字,且能随口背出好多孔子说孟子道,唐诗宋词古文观止中的名句也每每用得恰到好处。如"文革"中我家被抄,母亲遭斗时,她说了一句:"不为尧存,不为桀亡";看着那些造反派们整日里只搞斗争,不干正事,她说他们"叫嚣乎东西,隳突乎南北"——也许她自己也不知语出何处,但以柳宗元《捕蛇者说》中的悍吏来形容,也差堪比拟。

从未受过正规教育的母亲,晚年时竟能读完一百一十回的《水浒》。这很让我们佩服,她自己也不无自豪。但相比于识字,书写就难了。七十年代末她居住在澳门我大哥处,给我们写信,想到某个字却无从落笔,如同遇上一个面稔者,却叫不出名一样。母亲说每到那时,她就从心底升起无穷的怨愤。她不怨老祖母,那个山里老太婆不明事理,尚可原谅;但她的父亲,一个北大毕业生却容忍自己的女儿不念书,殊难理喻。

由于是长女,外公又出门在外,家中无有成年男子,偌大的家业靠她一个姑娘家打理:山上的毛竹要卖给定海来的渔民,毛笋要销往宁波和奉化城去,全由她筹划,谈判结账,她也应付裕如;长工短工要派活,也一应由她安排料理。母亲持家经营的本领就是在娘家练就的。直到多年后我去外婆家,村里老一辈的人说起母亲,咸是赞赏,说当年"做囡时"的母亲怎么怎么能干。母亲也多次对我们说,她早年就想着能开一家商店经营,可惜时势不给她一展抱负的机会。甚至后来在澳门,她也常想:要是年轻十岁,她真会在那里实践这一终生梦想的。

职是之故,母亲的婚事便被耽搁了,直到二十四岁才出阁。这在上世纪30年代已然是"剩女"。二十五岁的我父亲头年丧妻,留下一个男孩。一个大户人家又是当地名儒的闺女出嫁给一个寒酸的教书匠做续弦,还是后娘,这在当时的人看来,就如同旧戏中常说的那样,在女方是"下嫁",男方则是"尚"。我们做子女的也想:该不是因为母亲当时年纪大了才委屈求全?后来才知道也是因为外公。这位北大首届生相信命理术数,他算出女儿"命硬",得嫁个同样"命硬"的丈夫。我父亲第一任妻子新婚一年后难产而死,这命够"硬"了,能和母亲般配,安全——这秘密是母亲晚年才说的,她说早说破了不好,临最后就无妨了——可见母亲也是相信这类命理术数的。

母亲出嫁时妆奁丰厚,单棉被就有三十条。我家和奉化隔一座山,不像现在通了隧道,去溪口只需十分钟车程,那时要翻山越岭,二三十个迎亲挑抬嫁妆的小伙子们个个汗流浃背。直到四十多年后我到杭州工作,所携被子仍是母亲当年的嫁妆,被子有点硬,棉质仍地道。至于那些铜器锡皿,如铜火缸、锡烛台、锡瓶乃至锡尿壶之类,大多在大跃进时怕被没收,或隐藏或变卖,锡器则用生锅煮化了倒在毛竹筒里变成锡块,藏到六十年代初饥荒期,正好兑粮吃。更有意思的是,上世纪九十年代,母亲带我女儿去乡下老家消夏,从箱子底下翻出一块衣料,竟是她当年的嫁妆。女儿说以后送她做纪念。可惜母亲去世时,作为陪葬衣物入殓到棺材里。女儿虽遗憾,仍说,祖母的嫁妆仍然伴她回去,更有意义——这也是我女儿最初读到的"女儿经"。

几十年后,当年那些搬运嫁妆的人看到母亲竟挑着粪担,都感叹:想不到啊!……

母亲知道这感叹的意思是讶异加惋惜。但她却无有一丝懊悔。那个年代女人出嫁后,就像山里清澈的溪水,往下淌,往东流,最终归入大海,成为咸水,此后或翻江倒海,或风平浪静,都是海水的一部分,再也回返不成山涧潺潺的溪流了。

非但没懊悔,母亲还常说,她倒是感谢外公,在她十几岁时,终于拂逆其母的陋见,让她放了小脚,成了"半大脚"。不然,颠着一双小脚再干重活苦活,那才真惨了。

三

民国二十四年一个秋风送爽的傍晚,母亲的花轿进了我家那座刻着"居之安"三个字的大门。与焉开始,直到她躺在棺材里出这墙门,六十二年间,母亲将她的一生彻底地毫无保留地交给金家了。

如果说母亲娘家是个守旧的富家的话,"居之安"的夫家却已是败落多年。

倘要追溯家史,不妨借用鲁迅笔下阿Q的名言:"我家也曾阔过。"阿Q先生难免自吹,但我们呢,在那个以穷为荣、富即罪恶的年代,真恨不得刮骨疗毒似的,抹去祖上那段"阔"历史,但抹不掉,也不敢抹。在我曾祖父时,我家曾有近二百亩地,这在我们那里的半山区已是多乎哉,多也。村里人传说,曾祖父曾许诺,待他挣足二百亩时,就请全村人吃一顿。但这承诺没能兑现,终他去世,只挣到一百九十九亩。曾祖父是否像村上人说的那样,许诺之后又舍不得一顿全村宴而故意止步,抑或确是百尺竿头目标未遂而赍志以殁,不得而知。传说只是传说。但根据其生前极其节俭乃至吝啬这一品性,我宁愿不为祖上讳而相信前一种原因。但曾祖父的节俭不只对别人,而是内外一致,甚至对内更甚。纵是富了,地产多了,他也既不与时、也不与财俱进,仍然节衣缩食过苦日子,连被后世的人们看重的居住条件也未肯稍有改善,一家子挤在几间矮平房里。家里人不满,尤其我祖父,新婚时的陋室很让他在我那来自镇上大户人家的祖母面前没了面子。但他又无可奈何,作为人子,他做不了主,乃父一声呵斥:"想住金銮殿啊!"便足以让这位年轻的尚未自主当家的

"富二代"缄口不敢言。

直到曾祖父去世,祖父才彻底"四九年"了。他把土财主的乃父的悭吝归之于不识字无知识的陋见,于是发狠让子女读书。但在对其父的财富观和家风进行改革时,他又走入另一个极端。他视土地如粪土,似累赘,甫一当家,便变卖田地,大兴土木,造了一幢有七间楼房、前后天井和高围墙的院落。再便是经商,开了一家类似于眼下超市那样的南北货店,又兴建了一块十多亩山地的果园。但这些所谓的"新业"全交别人经营,任凭亏损、浪费,自家一概不过问,好像不是他的事。"富二代"的祖父迷恋于佛经、坐功,或看书、练书法,过逍遥日子。不但毫无撙节,他还广散钱财,似乎有吃不完用不尽的财富,任谁都舍施。久了,家再大田再多,也经不起这般折腾,待祖父去世,我父亲接手时,家里只剩九亩多薄田,是故没被评为地主,因父亲教书而被评了个"自由职业"的非农成分。祖父以败家子的形象著称于当地,却让我家避过了长达三十年的地主的厄运,从这点说,我们因祸得福——感谢祖父。

母亲正是在这个时期来到"居之安"大宅的。借用《红楼梦》的话:"外表看似显赫,内蠹却不尽上来。"业虽颓圮,家却不小。我父亲是独子,两个妹妹,还有他去世的叔叔家的堂弟堂妹,聚居一起。旧式大家族,还有众多亲戚,再加长工短工以及我大哥的奶娘女佣,这个家确乎庞杂。大家庭所有的矛盾和瓜葛,母亲都经历了。虽然斯时祖父母在,父亲在外教书,轮不到母亲当家做主,但作为新进门的大嫂,或者说干活的主妇,多一份公正心,由她协调、斡旋,诸多难事纠纷,每每能化疾风为春雨。

当然首先遇到的最大考验是做后娘。

对于一个旧式家族的新媳妇,做后娘实在不是一个容易担当的角色。当然,母亲做好了充分的思想准备。未嫁时乃父就叮嘱她:亲生的孝子,不稀罕,二十四孝中好多都是继子孝敬后娘;反之,善待继子的后娘,才更可贵。外公还说,你自己有了亲生的,也得谦让继子。虽然那时尚未有"苏菲的选择"那样在德军的屠刀下让犹太母亲决定子女孰生孰死这一说,或像电影《唐山大地震》那样要在两个子女中非此即彼地选择取舍,但外公的意思无疑是舍亲子而保继子。对此母亲也无异议,这与其说是从理智上服膺于外公引经据典的那套说教,还不如说从情感上接受我那同父异母的大哥:这孩子太可怜了!落地时死了亲娘,该是何等的惨事!他太需要母爱了,而这母爱,舍我其谁?

饶是如此,母亲视大哥为己出,也难免有矛盾,尤其在她连着生出两个女孩后。在当时这样的旧家族里,重男轻女是难免的,同样难免的还有对死了亲娘的继子的溺爱,如此更难免显出轻重贵贱了。给孩子们分零食,吃煨年糕,做哥的一人两条,两个妹妹合吃一条。别的零食,也大致按此方案分配,4:1。女孩很快吃完,做大哥的还要去引诱:我是"做种的",你们是"娘子爿",只能比我少。故意逗妹妹哭。如此一而再,再而三,母亲难免不忍心,但还得忍着,她不是当家的。待到第三个"娘子爿"出生,她用自己的私房钱做了一石米的年糕,算做是三个女儿的"私房零食"。诸如此类的事多了,心里便难免委屈。逢在外地谋事的外公回家,她去娘家省亲,免不了要诉诉心头之苦。讵料反遭外公一顿骂:谁叫你尽生女儿?一而再,再而三……这境况直到我哥出生后才稍得改变。——多年之后,已都花甲之年的我大哥和我姐姐说起童年往事,竟多出几分老来兄妹间的情趣。母亲也在一旁跟着笑笑。

不但做后娘,还得做"后女",那就是在我前母的娘那里,母亲成了"依女"——这是我们那里的叫法,意为依靠,即前任的娘在女儿死后要依靠后任——但我疑心是"裔女",表示继承。不管是"依女"或是"裔女",这角色母亲也做得完美无缺。我的前母也是独生女,她的娘,我们称"大外婆"的自己又是后娘,亲生女儿死后,继子和她处不好,她唯一的依靠便只有我母亲这个"依女"了。母亲待她胜过自己的亲母,时不时去看望,还常接她来我家住上半年几月的,直到最后为她送终。在我前母那边的亲戚中,母亲甚至成为"依女"的典范,直至母亲去世,他们仍隆重地赶来送丧。

在我出生前三年,十二岁的大哥跟着我的大姑去了香港。这是宁波人最好的出路,所谓"出门人",不是上海便是香港。大哥后来落脚在澳门,娶妻生子。但在生下三个孩子后却死了大嫂——他这命更"硬",自己出生时便死娘,生日又是其母的忌日;临到中年又丧妻。电报传来,母亲号啕大哭——我从未听见母亲如此悲恸过,我外婆去世时她没哭,父亲走时也没哭,但听到继儿媳的丧讯,她却悲痛欲绝。大哥希望母亲过去帮他带三个孩子。我代母亲去公安局申请,跑了十几次,终于派人来村里征询,大队管事的说,她家政治上复杂,她一个后娘跑到资本主义澳门去给继子带孩子,什么用意?于是搁了浅。直到"文革"结束,我已调到省里,母亲才获准出去,帮大哥照顾三个孩子。在澳门住了四年,待小孩们大了些,她又怕死在那里要火化,才回来。

后来我读邓小平传记,知道邓公有一位继母,几十年来一直跟着他,邓公被贬到江西,她也和继子继孙女们在一起。我看了甚为感动。邓公的继母自己有没有生育我不知道;我母亲却有五位亲生子女,尽可安享晚年,她却在六十八岁时去帮我大哥带孩子,既做继母又做继祖母。反之,我大哥和三个侄子女也视她为亲母亲亲祖母。八十年代我去澳门探亲,我那十岁出头的侄儿天真地问母亲:听说祖母您嫁给爷爷是被媒人骗的,是真的吗?这话问得"没大没小",却又看出这对特殊祖孙间的亲昵。一家人包括我和大哥,都哈哈大笑,七十多岁的母亲虽面露微红,又难掩无限的欣慰。

四

我侄子所问固然"没大没小",倒也事出有因——想必他是听大哥说的。

如上所述,当时我家的境况虽已败落,外表却尚显赫。尤其是同善社的佛堂设在我家,人来人往,热闹非凡。然而,我家的衰败也大半因于这同善社。

所谓的"同善社",是民国年间诸多民间宗教中的一个教派。创立者是四川大足人彭汝尊,号称"护法"。此教以维护封建伦理道统,挽救世道人心为宗旨,加上得到当时段祺瑞、曹锟等大人物的支持,短短十年间,上自繁华都市,下至穷乡僻壤,成为号称有三千道徒的邪教大宗。同善社教义十分庞杂,宗教活动五花八门,以"无生老母"为宗主,又供奉孔子、老子、释迦牟尼,所谓"用儒教礼节,做道教功夫,证释教果位"的"三教合一"。其行功方面又有独特之处,即以"气功"静坐,导引信徒冥想,借以思维控制,此外,更有扶乩、通灵等巫术活动。

同善社内部等级严密,各类职级分为"众生"和"恩职"两大类,刚入社的是初层众生,以后依次升为二层众生、三层众生。再以上便是"恩职",又依次分为天恩、正恩、引恩、护法、领航五级。最高则是"南无清静自在无级燃灯佛统道师尊彭"的"同善师祖"即"护法"。入社者要经过一定的手续,先交一笔入会费,在"同善师祖"像前发誓念咒,接着拈字,往一个特制的小盒子里抓纸团,若拈到一"准"字,便算明心诚意,可以进道;倘抓到"空"字,说明尚不够格,有待今后再努力。

参加同善社者大抵有三类目的:一为祛病延年,二为登仙成佛,第三类则为反动复辟的政治目的。我们村大多是前两类。

他们听说入社后能受菩萨保佑,逢凶化吉,消灾免祸,长命百岁;加之那些道规戒律也不无劝人为善之处,如不说谎不落井下石不欺贫抱富不淫不贪乃至不食牛肉不吃青蛙之类,很合纯朴村民的心意。

把同善社传到我们村的是一位来自余姚的江姓木匠。他边做手艺边传道,先在邻村,有心栽花花不开,到了我们村,却无心插柳柳成荫。那是认识了我祖父——多年后母亲说起这事仍不解:何以知书明理的祖父,也会受惑于这迷信?更难以理喻的是,那江姓木匠,形容猥琐,驼着背,开口仁义道德,却娶了亲侄女为妻,简直犯了天条,竟然获得正派乡绅的我祖父的信任——足见邪教的厉害和危险所在。

靠了祖父的人望,我们村的"善火"兴旺起来。恰好,镇上同善社的"正恩",也是奉化人,和我外婆家算是七竿子挨得着的亲戚,见我父亲刚丧妻,便执柯作伐,促成了这门亲事,这便如我侄子说的,是这个同善社媒人,把母亲"骗"了过来。

母亲初嫁时,我家衰落已矣,但佛堂的香火正盛,且正欲实行"全村一片善"的宏伟计划。我家早已"全家皆善",连教书的父亲也不敢违拗祖父母的旨意入了社。但他只是组织上入社,思想上没入,照旧吃牛肉,更不忌酒。开初,人们期待着新媳妇会积极要求加入,和她的前任那样。但半年未见动静,又半年,看来要她自愿是无望了,得说服。当然了,作为公公,祖父不便出面,便让我父亲劝说。父亲知道母亲不肯入,他也希望她不入,便应付一下,回报祖父说劝不成。最后,这任务落到祖母头上。祖母自觉有一种责任感,为家族,为社里,也为媳妇。但她又碍于这新媳妇娘家非寻常人家,便从大道理上着眼,诸如同善社的宗旨意义,继而才罗列实际好处,如菩萨保佑能使全家兴旺发达健康长寿等等,以此来打动新媳妇。

祖母这话纯属多余。母亲不肯入社并非她信仰唯物主义,相反,受相信命理术数的外公的影响,她多少也有点迷信,这也影响到她的人生观。她常说一个人的命运是天定的,一个人一生中能享多少福,受多少难都是命。甚至连某人一生能吃多少头猪,吃多少担粮食,吃多少车蔬菜,都是命中注定,你如果提前享用完了,就没得吃了,甚至就活到头了。吃苦受难也然。这种迷信或者说是宿命观,却成了母亲一生中历经苦难而不倒的精神支撑之一。母亲也受佛教影响,从小就常听我外公讲解"高皇"、"妙法莲华"、"金刚"等经,以及"大悲心咒忏法"等佛教精义,好多都会背诵。也惟此,她听到那些同善社善友们念经时只是翻来覆去一句"南无阿弥陀佛",很感到滑稽可笑;至于佛堂竟把玄天上帝弥勒观音玉皇大帝文昌帝君灶君济公吕纯阳关公岳飞张飞一股脑儿当做神祇混在一起祭拜,更令她匪夷所思,也更看不起。当然,她不入社的最终原因并非仅是看不起,而是不忍见家里的境况——斯时的"居之安"墙门里,除了佛堂兴隆,善友道客迎送应酬,家里百事丛脞,除了父亲一人教书,别人全吃闲饭,入不敷出,于是便卖田、卖地,仿佛有卖不完的田地似的。母亲看在眼里,痛在心里,但又徒呼无奈。她毕竟是个不曾当家的新媳妇,难挽大厦之将倾,唯有洁身自好,不入那殃民祸家的同善社。

除了上述原因外,母亲还有两个情感上的反感。一是鄙夷那个娶侄女做妻的江姓驼背,如此道德败坏的人居然位居要职,还有脸来讲道?二是为她的前任抱不平:我的前母难产时,明明该送镇上的医院,又是同善社的人,众口说让她吃些香灰便了,也不去通知在外乡教书的我父亲,眼看着她痛了三天三夜,白白屈死一条年轻的生命!

母亲不听祖母的劝说,不给婆婆面子,哪怕得罪祖母也在所不惜,宁可在别的方面加倍孝奉祖母以做补偿。在我小时的记忆中,祖母还没起床,母亲就把一杯热茶端到她床头。多少年来她都顺从祖母,尊重祖母,但就是在同善社上不肯让步。

自己不入,当然也不让她亲生的三个女儿加入。而我同父异母的大哥却早就是小社员了。于是乎,原本就有的重男轻女又添上新的歧视。不但家里人,连村里人也常冷言相讥。内外压力之下,母亲除了咬着牙坚守到底,也只有在回娘家省亲时诉诉苦。外公听了,一反上几次由于重男轻女而责怪母亲的态度,这回是勃然大怒,说我去作一公文,叫你们县政府取缔之,再不然我直接派人去封了!

并非外公说大话,他当时在南京军政部军需署谋职,他有这个权力。当时的政府也反对这类会道门,因其毕竟是邪教,淆乱人心,影响生产不说,弄不好也会被人利用成为反政府反社会的力量,如同后来的法轮功一样。但当局说是反对,却不彻底,未曾真正狠下心去对付。就像现在的反腐败,总是反不干净;或者说不像我们的反法轮功,那是真反,说取缔就取缔。

母亲一听外公这话,慌了,说阿爹您息怒,我不入也罢,您出面去封,教我在金家如何做人?外公觉得也对,为女儿计,是不能硬来,便徒叹奈何。

终于等到彻底解决的时候。四九鼎革,一贯道、同善社等反动会道门全给取缔了。还是共产党厉害,说一不二,怪不得把国民党打败——母亲说这是她对共产党最早也是最大的好感。不但封了,还对入社者逐个清查,按不同级别,到不同地方去自首登记。如同旧政府的县长乡长保长及国民党书记长三青团书记,或者像此后三十年东欧国家变色时各级干部要员按级职不同去登记一样,同善社骨干也按职级大小作不同处理。幸亏我祖父已去世,要是还在,即便不像那江姓驼背那样被判罪坐牢,也难逃被整的厄运。排查到我家,工作组的人说,几乎全村人都入了,你佛堂家的主妇怎会不是?结果全村人都来作证。以前那些冷言相讥者,这会儿都由衷地夸母亲:你真聪明啊!……

同善社的一般社员,只在村里登个记退了道就算过关。我祖母有了个低级的层职,需到二十里外的地方去登记自首。祖母吓坏了,母亲便去说情,问小脚老太走路不便,是否可就近登记。回答不行。母亲安慰了祖母一个晚上,再帮她雇一顶棉轿,请两位轿工抬去,另外再请一位大脚女亲戚,随祖母去,以壮行色。

此事之后,祖母和母亲变得亲如母女。祖母胆小,祖父死后一直要有个亲人陪着她睡觉,先是我们孙子孙女;到她晚年,我们都大了,只能由母亲陪她。六十多岁的媳妇陪八十多岁的婆婆睡在脚后,纵不算奇迹,也属稀见。后来我说给妻子听,问她:你做得到吗?

妻子答:做不到。

我母亲却做到了,一直伴睡到祖母去世。

母亲晚年跟我们说到当年事,说她多少有点对不起祖母:当时如果由她这个没入社的媳妇亲自陪伴祖母去登记,也许最合适。这可能是祖母最希望的,也最能壮祖母的胆。母亲说她当时也想过,但最终还是不想去——她是太恨同善社了。

五

母亲是家里的顶梁柱,也是父亲的主心骨,更是他的救赎者——从物质到精神,到心灵,直到父亲的死。

父亲出身于富家,但如王勃《滕王阁序》中所感叹的,"时运不济,命运多舛"。家道的中落,世事的波动,加上子女多负担重,终父亲一生,都囿于困顿之中。父亲的个性多几分书生的清谈和浪漫,却又稍逊现实人生的承压和坚毅。这正好和无时无刻不面对现实的母亲相反,母亲有很强的承压力,她的生命越是在艰难困厄时越有巨大的爆发力。这也是中国妇女最显著也是最伟大之处,是远胜于男性的。而我那五谷不分的父亲,连起码的生活常识也屡出洋相。有次家里杀一只兔子,褪毛后,正巧母亲有事出去一会儿,父亲想主动帮忙,把那兔子下锅里煮了,竟不知要剖肚挖出内脏。待母亲回来,见满屋臭味,气得直跺脚。父亲则为自己帮忙未成反添乱而啧啧连声,如同《智取威虎山》中的李勇奇:"羞愧难当。"

生活能力迟钝的父亲,对政治却很敏感。尤其经历过四九鼎革后的几次运动,做教师的父亲胆子更小了。经过知识分子的思想改造,好歹解脱了,却患上喉癌。母亲陪他去上海,医生说要做喉管切除术,音带、气管都切除,往颈部开个洞,以代替呼吸。这是当时唯一的救命办法,医生说保养得好能延续十年生命。父亲死活不肯,说这么大的医药费,家里那么重的负担,只有十年生命,不值。母亲说命比钱贵,卖屋卖山上的树也得救命——当时山是自己的,还没入社。父亲又说手术后发不出音,不能说话,更不能教书,活着还有啥意思。母亲说你自己不想活,却不管上有娘,中有我,下有才几岁的子女?十年,也值了,人一生有几个十年?你才四十五岁,再十年,你最小的儿子也十六了,最小的女儿也十岁多了。

母亲晓之以理动之以情,终于把父亲说服。毕竟她最懂父亲,以一个丈夫、一个儿子,和一个父亲的责任和承担,激发他生的欲望和激情,无疑是击中要害的。

母亲的劝说换来父亲十年生命。父亲手术后不能教书,在家休养,却如母亲所言,成全了一个完整的家。医生的预测也真精准,十年后,父亲旧病复发。那已是"文革"前一年,政治氛围已然很左。殃及我家,先是初中毕业的我上不了高中,继而我哥没考上大学。这对父亲是致命的打击。一生执教的父亲信奉的圭臬是"万般皆非下品,唯有读书最高",眼看着寄以厚望能克绍箕裘的俩儿先后辍学,病情很快就加深了。

面对绝症中的父亲,我也陷入绝望,我不敢想象十六岁的自己,将跟课堂课桌无缘,从此便做荷锄耕作的农民。我不甘心,呆在家里看书,陪着病中的父亲。父子相对,绝症对绝望。尼采说:你凝视万丈深渊,万丈深渊也凝视着你。父亲颈部越来越凸出的肿块便是可怕的万丈深渊。和几乎所有晚期癌症患者的家人一样,明知无望,也总要想方设法,打听寻求各种土药秘方。听说活甲鱼杀了捣碎拌上苋菜,糊在肿瘤部位,能以毒攻毒。母亲便嘱我隔天去镇上买来试着糊上,几次之后,肿块竟然消退。大家信心倍增,但欣喜未过半天,出事了——

那是阴历七月底的一个黄昏,我们在楼下吃晚饭,猛听楼上一阵敲砸声,我和我哥连忙跑上去,见父亲滚落在地板上,半跪着,脸色涨红,指着自己的颈部。我们慌乱着扶他到床上,很快就气绝。我俩吓得不知所措,高声喊母亲,母亲赶来,一看就明白了:那是土药惹的祸——为糊土药,把原来插在父亲喉部代替呼吸的银管取下,结果药性发作,肿块被挤压转移,致使呼吸通道闭塞,父亲被活活闷死。母亲连忙把那银管重新塞进去,气绝昏死的父亲才回过气来,算是死里逃生。

遭此突变,我们愈发小心,须臾不离父亲床边,上半夜是我或我哥,后半夜是母亲。那天深夜,刚入睡的我被一阵说话声吵醒,是母亲和父亲在对话。父亲因声带切除不能发声,经多年练习后才恢复部分声音。在那万籁俱静的金秋的深夜,父亲那沙哑得有点变形的声音和母亲的细声柔语,像是从高远的夜空射来的一抹亮光,由远而近,显得分外清晰——

十年了,也不错了,孩子们大了,你可放心了……是母亲在安慰父亲。四个"了"之后,父亲变形的声音在说:眼看着儒、学两宗不能读书,做农民,我不甘心,我想着他俩能成才啊。母亲说:万事祸福互倚,你不是说,当年你要是不生病,仍教书,就难逃右派的厄运吗?农民也无妨,未必只有读书才能成才——就说我爹,书读得够多了吧,也没建功立业成什么才。儒宗学宗年轻,今后路长着,人随势行,谁知道今后时势会怎样。只要他俩有志气,有文化,能成人就好,成人了才会成才……

我咬住被角,强忍住不发出声来,但热泪湿枕。这一刻,我觉得我长大了。

父亲似平静了些许。但接下来的对话更让我震惊:父亲和母亲在商量死后的丧事。父亲说他欣慰的是不久前,澳门的大哥和杭州的大姐都添了儿子,他当上爷爷和外公了,走时也风光。故所以,父亲说斋饭该办得好一点,厨师宜请镇上专业的,还点了正斋饭和副餐的主要菜名。至于族中人谁谁来帮忙,哪里的亲朋由谁去报丧,特别是他前妻那边的亲戚,父亲都一一叮嘱。至于祖母,更特别关照,他走后,让祖母去镇上姑母家多住些日子,尽量减轻她的悲伤,毕竟是白发娘送黑发子。父亲说得那么细致那么周到,好像他本来就是一位善于操持此类场面的当家人;父亲又说得那么平静,仿佛所筹议的丧事不是他自己的而是别人的。而在此之前,我们都忌讳提及他的后事。这一刻,十六岁的我第一次知道了人生,知道了生与死。也是这一刻,我真正理解了双亲:只有在母亲面前,面临死亡的父亲才会那么平静。黑暗中我不知道母亲的表情,但我想象得出她在频频点头。最后她说,你放心,我会按你说的办。停会儿又说:如果可能,我真想换了你……不,还是留你吧。这是父亲在说,家里更缺不了你……如此这般,像是谦让着都抢着想让自己替代对方去死似的。这更是我一生中看到——不,听到的父母亲最动人的一幕了。比起那些被人们所传颂的志士仁人烈士战士的亲人间生死诀别的场景,我那平凡普通的父母亲在那个平常的初秋之夜,在父亲病床前的那段临终诀言,虽缺乏前者那样的壮烈悲怆,但却是我心中永不泯息的死生之音。

那一晚让我感动的,还有在父亲死后才明白,当时尚不知道——母亲接下来又问：你知道后天是什么日子吗？你要挺过去。

父亲轻声地，但又是坚定地说：我知道。

但我不知道后天是什么日子，更不知道是什么意思。直到一周后父亲离世，母亲为他净最后的身体时，激动地对我们说：你爹生为你们，死也为你们啊！——我们才明白，父亲挺过的那个日子叫"杨公忌"——我们那里迷信的说法：生于"杨公忌"苦自身，死于"杨公忌"苦后代。父亲挺过了那个犯忌的日子，在母亲的陪伴下平静地离去了。都说癌症病人最后的日子都是在剧痛中度过。但父亲却走得很坦然，似乎没有痛苦。他的病体在母亲的抚慰下得到了救赎，当然，更有父亲的心灵。

丧事按着那晚父亲的嘱托，咸由母亲操办。作为苦主，母亲没哭，也没工夫哭。她说，你爸不愿听我的哭声。

被救赎的不但有父亲，还有我。丧事之后，我就去队里干活，成了一名小社员。我还把我的名字中的"宗"改为"种"，与焉开始了长达十二年的农民生涯。期间我所以没丢弃学习，也得之于母亲。即使在家里经济仍局促的境况下，凡是我要买什么书，或者因为学习写作常常不去出工，母亲无不支持。"双夏"农忙，我看书到深夜，怕第二天睡过头，便要母亲喊我。但醒来早已过了时，只能不去上工，是母亲故意不叫我。如此，直到我离开家乡，上调到省城，如母亲所说，不算成才，庶几"成人"了。

六

1968年初冬的一个下午，队里分雪里蕻菜，每家一堆，收工后大家拿回家去。突然拥来七八个人，是刚成立的大队"清理阶级队伍领导小组"的人。那年月各种机构走马灯似的，从"贫代会"、"农革会"、"红卫兵"、"一打三反办",到眼下的"清阶组",咸是同一帮人:不务正业的造反派。他们三天两头开会,只抓革命,懒于生产,如母亲说的"叫嚣乎东西,隳突乎南北"。这会儿,他们呼啸着赶来,嚷嚷着嫌这些菜是挑剩的,更有人冲我喊:我们搞革命难道只能拿别人挑剩的?

我不知道为何朝我发火向我示威。回村,见从村口直到我家门口,贴满了横幅标语,"揪出漏网地主",是"无产阶级文化大革命的伟大胜利"之类。我家的房子,大多已贴上封条,剩下几间让我们挤着住。

二十岁不到的我血气方刚。转身跑去找大队会计,他也是"清阶组"的,我说我的房间里有很多书,毛选,鲁选,还有马列选,你们封我的房间,却不能封住我学习马列主义、毛主席著作的权利——如今想来不无黑色幽默,这个时候还说这大话,殊不知,这个时候只能说这类屁话。会计和我关系还不错,但他不敢做主,就把组长也叫来,开了封条,让我拿出书后重新封上。我又向他们抗议,要求讲党的政策。组长反过来说你也要"相信"党的政策,但更要"理解"群众的革命精神,像安慰,更像威胁,让我摸不着边际。斯时的"文革"语言,无处不可用,怎么理解都行。

两人走后,我怒气未消,又极其沮丧。一切看似突然,却也是意料之中。这担心不是始于"文革",在之前的四清,甚至大跃进、合作化,直到土改,村里总有人觊觎我家的房子,恨不能再来一次土改,划地主分房产。是故多年来我家始终处于政治上的惊恐之中。但一旦临了,又似乎令我们感到突然。

下一步肯定会有别的动作,首当其冲的必是母亲。我们担心,她如何承受得了!

但母亲却镇定自若,照旧忙自己的活,烧饭,喂猪,照顾我姐和我哥的孩子。

果然,次日一早,生产队长来到我家,说是"请"母亲去参加一个会。队长和我家有点老关系,他的兄弟还认我祖母为干妈,后来又跟着我大姑做了"出门人",在两广一带经商,后来自立门户开钟表店。后来大姑去了香港,他没走,"三五反"时因走私罪被判刑入狱。因这关系,队长叫我母亲为"阿嫂",平时里我家有事他也常来帮忙。这会儿,他也关照说:阿嫂你别怕。母亲放下手中的活,掸掸衣襟,随他走了。

我连忙跟上去,仿佛母亲去赴难就义似的。出了门,见村里人都往祠堂改成的学校礼堂去。我意识到这是开大会,要批判我母亲。当时这类政治性的大会,要么不让"四类分子"参加,要么让他们站在台前被批斗。至于他们的子女,所谓"可以教育好的子女",也不许参会,只能去队里干活。我当然要去参加大会,便毅然前往。

会场一派肃然,满大厅标语大字报,全是对准我家的。母亲孤零零站在台上,台下一排站着村里所有地富反坏"分子"——母亲是主角,他们是"陪太子读书",变成陪斗的了。我一进去,人们的目光全转过来。我不肯示弱,强作镇定,要看着他们谁上台批斗,怎么批斗。这时,"清阶组"的组长过来了,说我不必参加这个会。我说,你有什么权利不让我参加?你把我当敌人吗?争执着,人越聚越多,又是队长过来,连拉带推,又连哄带劝地说:你还是别参加了,去家待着,看书,睡觉,我保证给你记工分。我姐也过来劝我,她是学校的老师,可以在场。看这架势,断不会让我参会,我也找个台阶,算是示威过了,愤愤然离开会场。反正我姐在,算是陪着母亲。

回到家,心里又煎熬着。母亲在受难,我却无力保护她。之前的批斗会,不无凶险。头年冬,让一位女富农赤脚站在雪地里,最后她冻倒在地上。他们会不会对母亲胡来?回想这些年来,一次次运动,年复一年的人斗人,何处是尽头?瞻望今后,我家的命运,十九岁的我的前途,更是一片灰暗。两年前抄家扫"四旧",母亲说幸亏你爸已死,不然眼看着几大箱线装书被搜去烧了,他不心疼死才怪;而眼下,要是父亲还在,上台被斗的将是两个人,他不被斗死也会被吓死。

终于母亲回来了。好像还平静,衣衫依旧,毫发无损。但脸色不好看,也没说什么,仍然忙着厨下做饭,后院喂猪。我想为母亲压惊,但又不知如何安慰她。个性清高甚至有点孤傲的母亲,如此上台被人批斗,肯定受不了这个辱。我只能说:阿嬷你别怕,别想不开,莫当它一回事。母亲这才说:我怕什么?我有什么想不开的?我一辈子没做坏事,看他们能把我吃了?你外公常说,"不为尧存,不为桀亡"——见我不懂的样子,她又往后山一昂头:你看山上的岩石仍在,山上的树还绿着呐!……

直到我姐回来,我才知道上台批判揭发母亲的有造反派,有队长,还有几个小青年,其中有两个跟我交情还不错。我气愤,说没想到他们如此无耻。母亲却说,他们年轻不懂事,被人利用,说的尽是套话,无须计较他们。她也不怪那些造反派,他们本来就非正经人。她气愤的是队长,也不是气他上台批她,而是莫须有的揭发诬陷,说什么他兄弟走私入狱是我大姑害的,这完全是无中生有,简直是缺德。

我们也知道,队长个性软弱,他是上中农,即所谓的"富裕中农",生怕不顺着造反派他自己也要遭殃,就甘心被别人当枪使,也是事出有因。母亲说:我不怪他别的,早上叫着阿嫂"请"我去开会,这是人情,算是善待我;台上批判我,是公事,是做给别人看的,扣我再大帽子也无所谓。就算被人当枪使,你吓唬一下也罢了,他却真开枪,那枪弹还带毒:捏造事实,诬陷别人,这就失了你一个大男人的为人底线——我倒是为他犯愁,往后,他如何面对自己的良心?

母亲对此耿耿于怀。倒是那队长,似乎也觉得有负于我家,虽没来道歉,看得出也很懊悔。这以后一直待我们不错,直到办母亲丧事,他也尽力来帮忙。这又让我们于心不忍,觉得母亲当年鄙夷他有点过了。疯狂年代,好好的人也难免走入歧路,做出不该做的事。连大人物间也不乏互相乱揭发的。从个人来说,他们有责任;但从大处看,何尝不是时代害了他们?

1968年牵涉我家命运的这场风波,由于政策上没有重划成分之说,所谓的揪"漏网地主"纯是瞎折腾。半年后,会计对我说,你自己把封条撕了吧。

闹剧结束后,我们才大胆地问母亲当时被批斗时的心情,母亲感叹道:"人为刀俎,我为鱼肉。"那时她只是想:那些台下平日里跟她很要好的人们在想些什么?她也想:以前那些"地、富、反"们被人批斗时,我在想什么?母亲说人啊,多方面多角度想想,就能想得透,想得通——母亲唯独想不通的是队长对她的不实指控。

七

母亲对队长的态度,也是她的性格决定的。母亲重原则,讲究为人的底线。她清高,嫉恶如仇,表里如一,不会虚与委蛇,逢场作戏,更不会为了自己的利益取悦或求于权贵,以及她所鄙夷的人。这品性也影响了子女,特别是我,在后来的人生历程中常因过于认真,而为时俗所不容。母亲说,你们都像我,这性情其实也不好。母亲这么说,但我却想:既是秉性使然,也如毛泽东常说的那个"三字经":改也难。

母亲总是按着自己的准则待人处事。哪种事能做,哪种事不可为,心里都有一本账,而且知行合一。大到坚决不肯入同善社,待人如对待队长,甚至更小的事,她也不肯屈从或妥协,若要改变,非得有充分的理由不可。

那时农家都养猪,养大了卖给收购站。临出栏时,为增加毛猪的重量,人们总要设一顿"告别猪宴",想方设法地给猪"恶喂",甚至放上味精。可怜的猪受宠若惊,吃下十几斤甚至几十斤美馔后被绑上手拉车时,才意识到主人的险恶用心。对此母亲看不惯,觉得跟让死刑犯吃断头饭似的,她不忍心。自家的猪养了一年半载多少也有了感情。再从理智上,她相信收购站的评估员,吃得过饱的猪,未必能骗得过他们,你增了几斤重量,他给你每斤的价钱低估一二级,你就白喂了。更何况"恶喂"的猪有可能会在半路上撑死。所以我家的猪临出栏前,只稍微吃得好一点,决不"恶喂"。

可是,道理上我们对,事实却正相反:我家正常喂食的猪评估时,远低于我们的预期;而别人家"恶喂"过的却评上高价。我气不过,劝母亲我们也得随俗,不然就太吃亏。母亲无话了。但理智说服了她,还得让她在情感上接受——后来再卖猪时,她终于找到了理由:养了它一年,临走让猪吃得多吃得好,也是应该的——只有理智和情感上找到"知"的理由,母亲才会"行"。

类似的事还发生在六十年代初饥荒时。

大跃进之后的全民饥荒本已严重,我家更甚。根据队里的土政策"七分按劳三分按需",晚稻决算时,劳力少吃口多的我家只分到一百多斤谷,却要吃到第二年春粮时。母亲精打细算,野菜草根,什么办法都想尽了,也填不饱七口人的肚子。一家人中,又是母亲吃得最差最少,而她的压力却最重,无米之炊仍得由她做出来。

当时母亲为队里晒谷。晒谷的妇女们可把去了谷的草厢带回家,让鸡啄点残余秕谷,大家常往草厢里裹上一些谷,偷偷拿回家。说偷偷其实已不是秘密。她们劝母亲,说不拿白不拿,人家有权的还整担往家挑。母亲看在眼里,也动过心,但她就是不动手。她说别人可以,她不能做,也做不来。她宁可用自己最后一只陪嫁金戒指去换来二十斤不到的大米,把我和我哥的毛线衣换来十几斤大麦,也不想动摇她心中的准则。

终于也有动摇的时候。

因为实在太困难了,上面拨下一批救济粮,言明要按人口分,每人四斤,我家分来二十八斤白米。正巧杭州大姐回家省亲,母亲特地煮了一顿干饭,一家人吃得欢天喜地。忽然队里来人,说那救济粮也要按三分人口七分劳力的比例重新分配,我家只能得九斤,需收回去十九斤。一家人震惊了:到手,甚至已入了嘴里的粮食竟要收回去!母亲气得脸都白了,我小妹先哭起来,我和我哥说要去评理,大姐也说,看在她一个难得归家的出门女子面上,也不该做得那么绝。但都被母亲制止:不必了,不求他们,也求不来。她狠狠地说:伯夷叔齐饿死不食周粟!

过后,每次晒谷回来,母亲带回家的一挑草厢中,常会抖出几捧谷子。少则二三斤,多则四五斤。胆小的父亲说,被人知道了怎办?人家贫下中农没事,我家惹不起。母亲说,怕什么?饿死,坐牢,也得出这口恶气。但带了几次后,母亲歇手了。她说,够了,我就要回那十九斤的救济粮,是我的,就得归我。

母亲虽然冲破了她心中的规则,却守住了最后的底线。

多年后,母亲戴着老花镜读《水浒》,读到杨志卖刀这一节,说那牛二自己讨死,逼着杨志杀他。母亲说别说英雄杨志,换我一个女流之辈,也难保能忍住不出手。

但我想:也许母亲会被逼杀牛二,但她不会上梁山。

八

我有个表姨,侍奉其母至孝。母死后,她却总觉得自己待娘不够好,越懊悔,越痛苦,越不能自拔,最后竟跳宁波的月湖自杀了。这例子虽极端,但"子欲孝而父母不在",却是人们普遍的体会,让一代代的子女承受令人伤感又难以弥补的遗憾。

母亲去世后我也常懊悔,比如自己工作中不顺遂,心绪不好,会在母亲那里流露出来,害她也记挂。又如,母亲后来往宁波二姐家,我不能常去看她,便尽量多寄她一点钱,似乎这样便弥补了孝心似的。其实钱对母亲有何用?我们兄弟姐妹给她的钱,她全积起来,最后竟用到丧事上。母亲是无私的,她晚年常说:我老了,没用了,只有加重你们的负担,让你们寄钱,记挂,请着假来看望——这不是她的客套,是她的真心话;也正因为是真心话,我们听了便难过。当时听了难过,如今母亲走了,想起这话,更难受:如今,我们再没有可以看望,可以记挂的母亲和上辈亲人了!

母亲的无私,我们时时能感受到;有些却事后才想起来。

在我少年时,家里管养着队里两头牛,冬天牛不劳作,便放牛上山,傍晚了牛自己会下来,只消到山脚下去等候便了。我家的牛更乖聪,不去等也会直接回屋后的牛栏里。那天下大雪,我家的牛没回家,也有别人家的牛没下山的。都说,牛聪明呢,就在山上的青修寺里过夜了,让它去。母亲不放心,她要去找来,问我和哥谁跟她上山去。我们都心怯,父亲也说,反正人家也那样,不去找也罢。母亲说那我跟别人家一起去。说着就出门了。父亲、我哥和我面面相觑。我觉得脸热,偷偷出了门,来到村外溪边。天全黑了,大雪纷飞。我越想越惭愧,居然不肯伴母亲上山。就这样冒雪等了好久,终于听见脚步声。果然是母亲,赶着两头牛,却没有别的人。我惊住,母亲说:本想约别人家一起去,他们都不想去,我就一人上山了。我想说,你该叫我一起去,却怎么也说不出口——我还有脸说这话吗?母亲说,我知道你们都怕,那就让我一人去。她显然觉出我的羞愧,便转了话头,高兴地说,她一个人上山时也有点心怯,在山上寺院里,摸黑摸到自家牛的角,就一点不怕了,有牛在身边,就胆大了。我真希望母亲能痛骂我一顿。但她却连一句怨怪的话都不说,这更让我惭愧。时至今日,想起童年时的那个大雪夜,心里仍发痛。

如果说小时不懂事,是母亲的无声的行动教我该如何为人;那么成年之后,我仍然做不到母亲待子女那样,那是骨子里的舐犊之情,我们的所谓孝心却总是表皮的。

1983年夏天,我去澳门接母亲回来,那时从珠海到广州没有高速公路,要过七八个渡,八个小时的长途汽车,到广州已近傍晚。我们进关时带了好多免税商品,电视机录音机衣物之类,行李多,为方便第二天回杭州上火车,就在车站楼上的旅馆住下。次日一早,我让母亲在旅馆休息,自己去取一位朋友帮我们预购的火车票。没想到朋友家路远,又在那里聊了会儿,回到旅馆已过午后。我看见母亲站在大门口,身子前倾,急切地朝外望,听见我叫她,她突然大喊一声,张着双臂,颤巍巍地要扑上来似的,带着哭声说:你你你,你怎么这么久才回来啊!……

我吓了一跳,印象中母亲只有在大嫂死时才哭过。她受了谁的欺侮?广州治安不好,莫非我不在时出了什么事?这一问,母亲又呜咽着,委屈地说:我怕谁欺侮啦?我一个七十多的老太婆,死了又怎的?我是怕你,你说去拿一张车票,却这么久,我吓坏了,怕你出事,世道不太平……她又破涕为笑了:没事就好,没事就好!……

我鼻子发酸,真想哭。我怪自己考虑不周,没向母亲说明要多长时间,又不急着赶回,害母亲担心。我也奇怪从来都很现实,可以说缺乏想象力的母亲,却为我而胡思乱想,一辈子那么坚强的母亲,也会有脆弱的时候,那就是担心子女的安危时。

多少年过去,待到我牵挂我的女儿时,我才真正体会到当年母亲的脆弱心理。我何尝不如此?我多少有点"恐飞症",尤其是在京城做记者的女儿出差或回家乘飞机时,我总要求她每次给我发短信,以使我放心。但她却常常忘记。我只能在她起飞时在母亲遗像前点上一炷香,让祖母之灵保佑孙女。

妻子笑我:你们啊,母亲生前依赖母亲,母亲死了多年了,还要烦劳母亲。

听了这话,我心颤抖,热泪滚滚。

妻子尽管这么说,每逢我免不了要乘飞机,她也会在母亲像前点一炷香。

九

不久前,我和二哥小妹三人,由侄子开了车去台州,看望当年我家的一位长工,小名阿弟,我们叫他阿弟阿哥的。他今年八十岁,我们是为他祝寿。

一年前我曾写过一篇《作头阿弟阿哥》的散文,说到他和我家的关系。阿弟阿哥十七岁来我家,那时我刚出生,他常抱我,唱着"小弟莫哭来",我果然不哭了。四年长工,和我家关系很好。土改时,好多人动员他,要他揭发主家,他就是不为所动,说来说去就是两句话:他们家不是地主。或者:他们待我很好,我没吃苦。

合作化前阿弟阿哥回到他的台州老家,几十年来跟我家往来不绝,与亲戚无异。如本文开头所述的那样,他几乎每年都来看望我母亲。只因后来在外面跑,有几年没来,直到母亲临终前一天,他又来看过母亲。考虑到他刚见过母亲,丧事过后我姐才电话告知他,他在电话里哭得泣不成声:"都怪我啊,婶婶是见到我后才放心走的,知道这样,我宁可不去看她,就能让她多活几年……"

母亲去世后,阿弟阿哥仍和我们保持联系,并一再请我们去他那里。这次我们去,才知道他刚生了一场病,有点瘦弱,人也显得更矮了,但他高兴得什么似的。一见面,便说到我母亲,婶婶长婶婶短的没完。十多年过去了,他至今仍懊悔他最后一次看望母亲,第二天她就去世的事。这似乎成了他的一个心结。反倒我们安慰他,说母亲本来就有病,毕竟老了之类。说着,他又回忆当年在我家做长工时的情景,说到母亲待他的好。反让我们不好意思,便把母亲生前常夸他的话说给他听,说阿弟讲义气、懂道理等等。阿弟阿哥却说:什么懂事?我从小死了爹娘,什么道理都不懂,来到你家,全是婶婶教我的,四年里,我从婶婶的思想中,懂得了做人的道理……

"婶婶的思想?"我以为听错了,阿弟阿哥,你说什么我阿嬷的思想?

是啊,婶婶的思想啊。阿弟阿哥说:我就是婶婶的思想教出来的啊。十七岁的我,就是听着看着婶婶的一言一行才懂事的。我说啊,什么主义,什么思想、理论啊,都是伟大人物的事,我们普通人,都是照着爹娘的思想,跟着爹娘的一举一动长大的,我没有爹娘,可我有婶婶,婶婶的思想让我受用一辈子。

我心头一热。婶婶的思想?母亲的思想?我的阿嬷——"袁次惠的思想"?……

可不,我母亲不是也有"思想"吗?那就是她的品德、个性、观念以及为人处世等等的全部。连长工阿弟阿哥也一辈子记住了母亲的"思想";我们从小到大都在母亲身边,不正是在她的"思想"影响下长大的吗?不但我们,所有的人,不都是在自己母亲的"思想"下长大的?正如阿弟阿哥说的那样,也许一个国家一个社会需要伟大人物的主义思想理论,但我们每个人,从小到大,不知不觉,潜移默化地在接受的不正是我们母亲的思想吗?

2011年3月母亲百年冥诞辰始写
同年12月完稿于杭州
(原载《钟山》2012年第4期)

永陵访古

赵丽宏

成都有王建墓,很久前就听说。三十多年前到成都,匆匆而过,去了杜甫草堂,武侯祠,望江楼,没有时间去王建墓。那时没有深入了解,以为王建墓的墓主,就是唐代诗人王建。我曾想,一个诗人,在历史中也并不显赫,他的墓,大概不会是什么了不起的遗址吧。现在想来,真是孤陋寡闻,无知得令人汗颜了。

王建墓其实有另外一个名字:永陵。既称为"陵",墓主必为帝王。永陵的主人,并非唐代诗人王建,而是五代十国中的前蜀之帝。王建卒于公元918年,距今一千多年了。

王建墓就在成都市中心,大门是一座古石牌楼,横匾上刻"永陵"两个楷书金字;字匾两侧是两块对称红砂石浮雕,各雕一只展翅欲飞的鸟,非凤非鹰,是雕刻家想象中的神鸟吧。门前有一对红砂石狮,引人注目,石狮龇牙咧嘴,形态生动,相对而立,却并不雷同,门右的石狮脚踩一花球,侧首仰天作呼啸状,门左的石狮却侧首俯视,面露惊奇。石狮的惊奇是有理由的,它脚下也有一花球,花球上有一异兽正攀援而上。这两只石狮造型雄奇而生动,非庸常之辈所雕。门左的石狮脸部残缺,不像是岁月风化所致,令人想到战争和动乱对古迹的破坏。无人讲解,只能凭自己猜测想象了。

进大门,一条大道直通墓穴。大道两边,分列石人石兽,人都是伫立捧笏作朝臣,兽中有佩鞍骏马,也有带翼神虎。使我吃惊的是,这些沉默的石人石兽,竟然都呈沉思之态,以沉静肃穆的表情凝视前方,使每一个从它们面前经过的人不敢轻狂喧哗。

王建的墓,不是地下宫殿,而是一个地面陵寝。从前,人们只能看到地面的土丘。陵寝有多大,在多深的地下,墓中会是什么样的景象,全都是千古之谜。陆游到成都时曾来过这里,并写了七律《后陵》:

> 陵阙凄凉俯旧邦,恨流滚滚似长江。
> 穿残已叹金凫尽,缺落空余石马双。
> 攫饭饥乌占寺鼓,避人飞鼠上经幢。
> 阿和乳臭崇韬耄,堪笑昏童束手降。

和埋葬在陵寝中同时代的诗人,是不会以陵墓作为吟咏对象的。即便写了,也难在文学上留下痕迹。只有当陵墓的主人成为历史,陵墓成为古迹,诗人才会不吝笔墨,借题发挥,咏史论道,借古讽今。陆游写这首诗时,离王建下葬已过去一百五十多年。从陆游的诗中可以看到,在宋代,此地已是一派荒凉景象,乌鸦鼓噪,蝙蝠乱窜。陆游为此诗写注道:"后陵永庆院在大西门外不及一里,盖王建墓也。有二石幢,犹当时物。又有太后墓,琢石为人马,甚伟。"陆游来时,永陵的地面建筑已经被拆除,帝王陵墓的气派已经不复存在,陆游所见,大概也就是一个大土堆。陆游来过之后,永陵继续着它的荒芜,几百年后,地面上仅剩下一个小山包,山包上荒草稀疏,杂树丛生,墓前的石幢和石人石马,也不知去向。山包中的埋藏,最后竟成为千古之谜。到清代,已无人知道这里是皇陵,成都人把这里当作司马相如的"抚琴台"了。直到1942年9月,考古学家发掘"抚琴台",才解开了这个千古之谜。王建墓的发掘,在当时曾引起轰动。抚琴台,原来是帝王陵。墓中的景象,使世人震惊。

永陵是一个地面墓穴,砖石垒砌的墓室,覆盖泥土,形如山包。和中国历史上那些开国大帝的陵寝相比,王建墓很小,也没有多少附设的建筑,没有规模浩大的排场和陪葬品。当年发掘,曾出土很多文物,玉玺、玉带、哀册、金银饰物。石棺底部,清晰地留着五道棺椁的痕迹。这是自周以来帝王陵寝用五道棺椁下葬的实证。

我独自走进空旷幽暗的墓室时,里面竟空无一人。灯光寂寂地亮着,射向墓室中所有值得参观的部位。

永陵最让人惊叹的部分,不在棺椁里,不在那些陪葬的宝物,而在石棺外面的那些石头的雕刻。石棺外廓,四面都有精美的浮雕。

王建生前一定是音乐爱好者,他的石棺材四周,雕刻的全都是演奏乐器的乐伎。在灯光的照射下,雕刻在岩石上的乐伎们一个个飘然欲舞。我绕石棺走了一圈,细细观赏雕刻在岩石上的乐伎。这里一共有二十四个乐伎,她们以不同的姿态,演奏着不同的乐器。这些乐器,有的我认识:琵琶、箜篌、筝、箫、笛、笙、鼓、钹、拍板,有的我不认识。这些乐伎的组合,大概可以重现当年宫廷乐队的规模。我发现,二十四乐伎,每一个都雕出了个性,身姿、衣裙,都不尽相同,连头上的发髻、环髻和头饰,都是不一样的。有的乐伎耳上戴耳环,有的没有。千年岁月,竟没有磨灭乐伎们的表情,她们的脸上,都含着微笑,全都是欢悦的表情。以这样的姿态和表情围绕着棺椁,陪伴着一具在黑暗中逐渐化为泥土的尸体,有点触目惊心。

看着这些乐伎浮雕,不禁想起了杜甫的七绝《赠花卿》:"锦城丝管日纷纷,半入江风半入云。此曲只应天上有,人间能得几回闻。"杜甫写此诗,比王建下葬早了一百五十年,他是在一个富豪之家的酒宴上听奏乐之后所作。也是在成都,也是宫廷丝管之乐。杜甫所见乐伎们奏乐的形态,和石壁浮雕的乐伎,大概所差不多,都是"锦城丝管",一个是人间喧哗之乐,一个却是地下的沉默之乐。乐伎们生动的形象,凝固在石壁上,凝固了历史,凝固了艺术家的创造,也凝固了曾经回荡在宫殿园林中的曼妙音乐。

石棺周围,有十二尊力士神像,这也是让人惊叹的雕塑。十二尊雕像,分列石棺两侧,他们的下半截身体埋在地下,双手插入棺床底部作抬举状。巨大的石棺,似乎就是被这十二个力士抬举着,千百年来不知疲倦,在黑暗中保持着相同的姿势。这十二尊力士神像,雕刻得非同寻常。按常理,十二个执行相同任务的力士,完全可以有相同的装束,然而他们却是一人一副不同的模样。脑袋上的头盔,身上的铠甲,雕得各色各样。力士们一个个怒目圆睁,都是愤怒警惕的神情。但面孔的形状,却是个性迥异。抬举石棺的金刚力士,和浮雕上的乐伎默默相对,一个是力量和威严的象征,一个却是柔美和妩曼的艺术化身,刚和柔,阴和阳,在幽暗的墓穴中互相对视了一千多年。

我围绕着被玻璃罩着的石棺慢慢走了两圈。在石棺尽头,举头后望,不禁大吃一惊。幽暗的墓室尽头,竟端坐着一个古人!

这古人,是一尊石雕坐像,雕的就是墓主王建。这是墓中出土的原物。灯光虽然不亮,但可以看清雕像的模样。王建头戴帝冠,身穿官袍,穿着看上去似乎并不奢华,倒显出几分简朴。王建独自坐在墓穴尽头,孤独地坐着,一束冷光照射他的脸上,脸上是静穆的表情,带着几分忧郁,也带着几分神秘。他凝视着自己的被打开的墓穴,也凝视着每一个前来参观的人。

空荡荡的墓室中,只有我一个人,和端坐的王建默默相对。

来永陵参观前,曾读过一些有关的史料,面对着王建的雕像,很自然地想起了和他有关的故事。王建出身贫寒,因排行第八,人称八哥。相传他少年时曾因家贫而行窃。一次,他和别人一起行窃被人发现,躲藏在武阳古墓中。在墓中,听见两个游魂在黑暗中对话,语称:"蜀王在此。"和王建一起行窃的同伴也听见了,同伴认为鬼说的蜀王,一定就是王建,因为王建"状貌异人,必有非常之举"。清人张怀滛的《前蜀杂事》描述了这个传说:"王气青城廿载多,武阳鬼语竟如何?持杯一笑非初愿,异相终当让八哥。"

王建后来从军打仗,从士兵一直做到将军,因保驾有功,步步高升,被唐昭宗任命为西川节度使,之后,他领兵蚕食东川,扩大地盘,将整个四川都囊括在自己的管辖内。唐昭宗已无法控制他,遂封他为蜀王。公元907年,朱温篡唐,改称梁。王建在成都面对长安号啕大哭,随即称帝,国号蜀。这就是历史上五代十国中的"前蜀"。王建在位十年,尚文崇智,尊重知识分子,蜀地风调雨顺,安无战事。成都成为全国的文化繁荣之地。成都的杜甫草堂,就是在那时得到重修,成为一个纪念之地。前蜀诗人贯休有七律《陈情献蜀皇帝》:"河北江东处处灾,唯闻全蜀少尘埃。一瓶一钵垂垂老,千水万山得得来。秦苑幽栖多胜景,巴歈陈贡愧非才。自惭林薮龙钟者,亦得亲登郭隗台。"这样的诗,虽是歌功颂德,却也反应了当时的实情。公元917年,王建病死,传位于其子王衍。王衍是一个昏君,只知宴饮游乐,不问政事。王衍也爱写诗,有一首《宣华苑宫词》,很形象地昭显了他的性格:"辉辉赫赫浮玉云,宣华池上月华春。月华如水浸宫殿,有酒不醉真痴人",诗中醉生梦死,是这位短命君王的真实写照。七年后,后唐庄宗伐蜀,王衍投降,前蜀亡。前蜀政权二世而亡,仅存十七年,是一个昙花一现的王朝。

前蜀十七年,在漫漫历史长河中,只是一个眨眼瞬间。如果没有永陵,没有当年这些石雕艺术家的精妙创造,王建也许会彻底消失在历史的烟尘之中。如今,后来者到这里参观这陵寝博物馆,在赞叹千年前的石雕艺术时,也想起了这位前蜀皇帝。雕刻家用石头把他的形象固定在此,虽仍在陵寝之地,却成为博物馆的一部分,让人追溯历史,也凭吊古人。

王建墓,其实是一个前蜀的石雕艺术博物馆。石头无言,艺术有声。古代无名雕刻家的创造,使石头有了不朽的生命。

2012年4月12日记于成都,5月17日写于上海四步斋

(原载2012年7月3日《人民日报·海外版》)

拉萨记忆

刘宏伟

一

人世间,总有些东西令我们无力回望。刻意地记取或忘却,都成生死相随的伤,就连时光,也无法使其愈合,一如拉萨于我。多年来,它一直纠结于我午夜的梦回,每一次,都是一场更深的迷惘。

今夜,肆掠的秋风把满京城骚扰得叮咣作响,浓稠的秋寒收尽了思绪里最后一丝狂乱,人的心魂反而安静了下来。或许只有在这样的沉寂里,人的勇气更能尽情地释放,我终于再次撩起那一方神秘山水的面纱,直面那些多年来一直缠绕心头的快乐忧伤。

二

当我一脚踏在拉萨贡嘎机场沙石飞扬的地面上时,阳光亮得令我睁不开眼,我眯着眼看了看头顶,天蓝得发亮,犹如大海倒悬,雪白的云团,从脑门儿上一直缭绕到高远的天空,远处的流云一如白浪奔涌,我与西藏高原,就这样仓促地彼此打量了第一眼,新奇,陌生,慌乱,戒备。

接机口并不像内地机场那样人头攒动,几十个人懒散地撒在空旷的大厅,寂寥的气息无声地弥漫着,老远就能看见那个写着我名字的白色牌子,因过于突出显得有几分傻气,举着牌子的小伙子倒是长得一表人才。

与前来接我的人一阵寒暄后,正准备上车离去,却发现飞机上跟我邻坐的那位回成都探亲的女士,一直跟在我身边,似乎有什么话要说,又有些不好意思开口,反而是前来接我的人似乎看出了门道,问我:"认识?"我点了点头应道:"飞机上的邻座。"

当女士被邀请跟我们同车返回拉萨城时,她很高兴地就上了车。我才知道,当时从贡嘎机场到拉萨市区是没有机场巴士,也没有其他公交车的,有单位的一般都是单位派车接送,没有单位或用车不方便的就得自己租车回城了,一二百公里的路程,往往需要几个人合伙租一辆车才划算,这样就得等很长的时间。这也是我迄今为止知道的,离市区距离最远的机场了。

越野车沿着雅鲁藏布江一路前行,尘沙飞扬。

从车窗望出去,起伏连绵的西藏高原,并没有意想中的危崖高耸,而是敦实地矗立在一旁。白色、褐色、暗灰、淡黄、苍翠、嫩绿……从白雪皑皑的山顶,寸草不生的山腰,林木稀疏的山脚,浅草匍匐的草地,调色板似的一直延伸到奔流的雅鲁藏布江,那一汪幽蓝的河水。明明是在广袤的高原上穿行,却如同行径在天地的夹缝间,人越发地感觉到自我的渺小,生命的脆弱在此刻唯余孤寒。

途经一处山谷,石碓上、树枝上、塔尖上,彩色的经幡随处可见,跃跃欲飞地在高原的苍茫中迎风招展。山坡上,树木和草地,一片金黄。山谷中,高大青翠的树木、浓密的水草、星罗棋布的水洼,就那样一垄一垄地分割着,又自然地交织在一起,一片江南水乡的风光,一直朝远处两山之间延伸而去,于转弯处倏然消失……抬眼望一望那些寸草不生、砾石堆垒的山峰,生意的昂然和死亡气息的浓烈,就这样直白而赤裸裸地展示在你的面前,没有伤感余味,也没有空灵的冥想,一切都还来不及思考,一幅高原画卷就这样直愣愣地嵌进了脑海。

当时从贡嘎机场到拉萨市区还没有专用的高速通道,完全是沿着雅鲁藏布江蜿蜒前行,汽车经过将近两个小时的疾驰,终于抵达了拉萨市区,我的目的地是位于江苏路上的一栋二层小楼。

金色的霞光把远天映得一片金黄,被厚厚的云团遮挡后,到近前,只有极少的几缕洒在青灰的拉萨河上,泛出一片淡红的光晕,在波光粼粼的河面荡漾着。几块巨大的青紫色云团聚集在远处的山顶上,围堵着最后的几缕余阳。眼前的一切都暗了下来,勉强能看见树影和道路的轮廓。这就是下车后涌入我眼里的一切。

街上的路灯还没有拉亮,我对眼前连片地匍匐在两山之间低矮的建筑,还没来得及细细打量,暮色就将满眼的新奇淹没了。因为朋友再三叮嘱,刚下飞机不能进行剧烈活动,最好是多喝水,静卧一段时间,因此前听过太多关于高原反应的传言,心里一直惴惴不安,也就只好老实地在屋子里呆着,不断地强迫自己喝水,一如一头被人将头强按在水池里的牛。

三

入夜的拉萨,安静地蛰伏在黑暗中,没有朗月高悬,也不见霓虹闪烁,出奇的安静,这样的时刻,甚至连自身的存在都感到一阵阵虚无。强迫自己小睡了一会儿,睡梦里,满脑子都是陌生的画面,无垠的苍穹下孤身踯躅的身影,烽烟和奔跑的苍狼,不断地交替闪现……

午夜醒来,再也无法安睡。

站在二楼的窗口,久久地凝望着窗外的夜空,漆黑一片,看不见一颗星星,门前的那棵高大的银杏树,在夜色中形成了一个巨大的暗影,微风过处,一阵虚晃,房间里的一切更是陌生,全身开始发冷。

推开玻璃窗,一股冷风扑鼻,顷刻间在心底汇聚成一汪酸楚,没来由的伤感开始在心头汩汩外涌,欲哭无泪的脆弱充斥着每一个体细胞。异常地思念起内地的一切来,那些曾经感到无比烦躁的画面,此刻都异常地思念起来,涌动的人潮、奔流的车河、喧嚣的街头……此刻都感到无比的亲切。

第一次真切地感受到,高原的黑夜是如此的深邃,连城市都是如此的死寂,那些起伏的山峦和河谷呢?此刻又会是怎样的一副情状?会有一丝生命的迹象吗?第一次对黑夜产生了如此强烈的惧怕,一如儿时晚上,在昏暗摇曳的煤油灯下独自看守家门那样,似乎每一丝风吹草动里,都会冲出无数的妖魔鬼怪。

在这样的胡思乱想中,困倦再次袭来,昏昏沉沉地睡了过去……

四

早上醒来,头疼如裂,喝了点儿水,在太阳穴上擦了些内地带来的清凉油后,稍微舒服了些,到拉萨的第一晚,就在这样的纷扰中过去了。

推开门,金色的朝霞立即涌了进来,过分的耀眼让人头脑一阵晕眩。信步走出小院来到大街上,宽阔的林荫道,三三两两缓步前行的行人,偶尔会有在内地也很常见的人力三轮从身旁快速地驰过,后来我才知道,这人力三轮是拉萨城里主要的交通工具之一,可不像内地的不少城市那样,仅仅是给外地游客准备的,还有手里摇着转经筒的藏族同胞,他们古铜色的皮肤,在朝霞里散发出异样的光泽,那双深深内陷的眼睛里,充满虔诚和坦然,甚至带有几丝孩童般的纯真,与这清澈明亮的眼神对视,你会情不自禁地发出会心的微笑。

虽然已是日头高照了,但街上的店面大部分还是大门紧锁,偶尔能见到一两家卖早餐的小店,略显冷清的街头令人心胸敞亮,连呼吸都跟着顺畅了不少,丝毫也找不到内地城市里的那份压抑和窒息感。

街头的冷清并不代表人们还在睡懒觉,在大昭寺门前的广场上,完全是另一幅截然不同的场景,朝圣的人们,游客,把偌大一个广场拥挤得水泄不通,人头攒动,寺庙里更是摩肩接踵的人流,但却听不见喧哗,沉寂的场面传递着一股排山倒海的力量,此刻的人们,似乎都在做着同样的事情,静静地倾听自己内心的声音……

我站在人群里,丝毫也没感觉到陌生,似乎这样的场景,在某个生命的轮回里似曾遇过一般,一侧目,红白相间的布达拉宫就闯入眼帘,远在空远的高原尽头,近在眼前,我们彼此默默地打量了一眼,一如在贡嘎机场我与高原的第一次遭遇一般,只是多了几丝茫然。

这是我到拉萨第一个清晨见到的一切,因了这个清晨的所见,在朝霞里到拉萨城的大街小巷里走走,成了我在这里停留的日子里的一大习惯。

在那些用粗糙的石块堆垒成的墙体旁,在那些被精致的彩画装点的屋檐下,在弯曲的小巷转角处,或者在某棵巨大的古树下,你会与那一张张在阳光和雪山的映照下,略显黝黑的脸庞不期而遇,他们或闭目养神,或善意地观望着街上的一切,或友善地冲路过身旁的人微笑点头,你总会在他们身旁不远处,发现一只奶羊或是一只体格高大的狗。

我仿佛走进了一个慢放的电影镜头中,与内地相比,一切都慢了下来,置身这样慢条斯理的现实中,自身已成旁观,似乎连存在都是一种虚无。我快速走进路边的一家小餐厅,叫了碗牛肉面。店老板是从内地来的,一口标准的重庆话,时不时地冲忙碌着的店员嚷上一句:"搞快点儿嘛,格老子昨天晚上还没睡醒嗦……"

我正低头琢磨着,面前的桌子上突然多了一碗冒着热气的牛肉面,抬头一看,一位面颊上露出两团酡红的藏族小姑娘,正神情腼腆地看着我,看上去也就十五六岁的样子。我冲她友好地笑了笑,小姑娘笑了笑突然转身跑进了厨房。随后的日子里,我隔三岔五地总要到这家小店叫上一碗牛肉面,每次小姑娘都会神情腼腆地冲我笑笑。

渐渐地跟店老板熟悉了起来,她告诉我:"小姑娘从浪卡子县的一个偏远牧区来的,家里没钱供她念书,勉强念完了初中,自己想到内地去看看,又没路费,在我店里缠了好几天,说要到我这里打工,我实在顶不住了,想直接给她路费,她却死活不要,非要自己挣,这不?成了我店里唯一我不用费心管理的杂工,小姑娘倒也勤快,但就是对内地来的游客特别感兴趣,见着他们时常傻笑。"

我想,小姑娘看我们这些从平原地区来的过客,和对平原城市的向往,大抵跟我们对这片神秘的高原以及这里的一草一木的兴致相差无几。对于未知世界的好奇,不正是人类不断前行的原动力吗?

我在拉萨的生活,就这样从一碗牛肉面和藏族小姑娘腼腆的笑容里开始了。

五

初到高原的人,很难不注意云彩的,我刚到拉萨的日子里,每天出门前,几乎都要站在院里抬头看看头顶的云彩。

高原,属于云彩的世界。

如果你有幸来到青藏高原,如果你不急于迈开潦草的尘世脚步,随意地选择某一天,无论置身山巅还是河谷,最好能找一棵遮荫的大树,从清晨到黄昏,静静地看高原的云彩,看云彩下的高原,那个奇幻的世界。除了水的欢唱、风的低语,你还能听见云彩的呢喃……

高原的清晨是被云彩点亮的。高原的清晨,醒得并不比内地早。就算整个苍穹都亮开了,但眼前的花草树木似乎尚在睡梦中一般,看上去总有几分模糊,而稍远处的草场河谷,也只是多了几分微弱的亮光,散落着零落的光斑,照映着周边的轮廓。真正明亮的,是远处的雪山,她们就那样安详地静窝在那里,如同一个沉睡千年至今未醒的梦。

仔细地看,那并非全都是雪山,而是起伏连绵的成堆的云团,紧紧地跟雪山粘连在一起,仿佛是整个的雪山在一夜间增大了无数倍。是刚刚从天边升起的云团?还是缠绵了整个夜晚,刚从甜美的梦中醒来?泄露天机的,是那些稍高处向天空舒展的云团,她们仿佛正在同蓝天打着招呼,昨晚睡得真香啊……

她们是想融进湛蓝的水汪汪的蓝天?还是原本就打算占据蓝天的地盘?蓝天以纯洁的湛蓝无声地抗拒着。或许白云们压根儿就没有去琢磨这样的心思,她们只是在雪山上轻柔地打了一个滚儿,随意地翻了个身,起先只是从雪山上冒出的一层白色的烟雾,随后便开始丝丝缕缕地嗯嗯地舒展着身姿,不大一会儿工夫,就形成了一座高耸的云山。就这样一个小小的翻身,就把整个天边点亮了,也叫醒了高原的清晨。

天边形成的云山越来越高大、壮观,直到形成危崖高耸的姿态后,又开始慢慢地分解,向周边的天空快速地移动,色彩慢慢地变淡,直至化成一层乳白色的云雾,恋恋不舍地离开雪山山头,继续向半空中蔓延,把湛蓝的天穹一点点侵占、淹没,直到布满整个天空,像一张灰色的大毡盖住了大地。

此时,除了远处的雪山依然是明亮的外,整个天空都变成了一片空濛,薄薄的雾气洒向大地,空气里弥漫着一股高原难得的沁人心脾的润湿。朝霞从云层里照射下来,却无力照向大地,只能看出云层背后的一点模糊的光亮。远处起伏的连山黑黝黝地矗立在天边,像一道黑褐色的围栏隔开了雪山和河谷。成群的马匹和牛羊从河谷的某一个拐弯处走了出来,散落在青翠的草地上,悠闲地享受着丰盛的早餐。

渐渐地,灰蒙蒙的云层越来越厚,颜色也越来越深,不断地翻滚着,直到完全变成厚厚的乌云,笼罩住大地,也遮住了远处的雪山,像是被什么人惹恼了似的,黑着一张脸。

只有有限的几缕阳光,从乌云的缝隙中传过,洒在河谷、草地上,仿佛是乌云特意在为那些在草地上吃草饮水的马匹牛羊照亮似的。这样的时间并不长,往往只维持一盏茶的工夫,乌黑的云层就快速地散开了,仿佛知道这样的姿态是不受人间欢迎似的,再一次翻滚后,向着天边快速地散去,直到褪成天边乳白色的云山,湛蓝的天空重新露了出来,天地一片明亮。

但褪到天边的云彩并没有因此安歇,而是在有限的空间里变换着颜色,一会儿雪白,一会儿乌黑,一会儿暗褐,一会儿金红;一会儿相互交织,一会儿又各自分开……仿佛在完成一场自我的磨合和修炼。此刻,习惯早睡晚起的高原人,陆续地起床,开始了新一天的生活。

临近中午,当河谷的草场上出现大团的暗影和明亮的光斑时,天边的云山再一次快速地翻滚着,膨胀着,朝着头顶的天空快速地流泻而来,缕状的、条状的、团状的、厚实的、稀薄的……源源不断连绵不绝地从远处滚涌而来,很快就再一次占据了整个天空,然后慢慢地向着大地沉降,有的歇脚在远处的雪山,有的悬浮在近处的山头,有的粘连在近前的树梢,更多的悬浮在河谷的草地上,像一床雪白的云毡阻挡在烈日和大地之间,仿佛有意为它们遮挡毒辣的日头似的。它们就那样自由地妖娆于大地之上,连湛蓝的天空都被拉低了,成了云朵的点缀。

此刻,你可千万别轻易地抬头,否则你会被悬浮在自己头顶的一大团雪白的云彩吓着的,她就那样纯洁、悠然地悬在伸手可及处,轻柔得仿佛轻轻地哈一口气,就会被融化或吹走。苍穹似一汪倒悬的幽蓝的大海,纯净的碧蓝令人感到莫名的心酸、心颤。

日头明晃晃地挂在天空,白亮亮的光漫无边际地射向大地,用力地吸一口气,一股甘洌纯洁的清香传过鼻孔,直入心田,我想,这可能是全世界最醇厚的阳光的味道,那么直接,那么逼人,那么不管不顾,甚至带着一股隐隐的燃烧。云彩似乎比人类更懂得享受这样的味道,此刻的它们,正悠然地悬浮在半空,就那样全身心地舒展着,尽情地吸纳着太阳的光芒,就像在享受一场痛快的日光浴似的。大地上的一切都是亮堂堂的,无遮无拦地呈现在雪白的云团下,仿佛在接受一场检阅。

当一抹轻柔的凉风不经意地拂面而过时,你会惊觉,刚才还明朗的天空,刹那间就暗了下来。明晃晃的天空和大地,突然间全换了颜色。来不及细细琢磨,眼前就已是黛青一片,头顶雪白的云团,此刻全变成了一片青灰,夹杂着少许的黛青、暗褐、深黑……明晃晃的太阳不见了,只剩下远处天地间的一片火红,像一片正在燃烧的森林,火红的火苗正吐着滚滚的浓烟,更像是一处正在喷发的火山,在青灰的大地上,大片金黄的火山熔浆漫天流淌……

当你还沉醉在眼前的奇景时,火焰和熔浆倏然间萎缩成一条细细的线,仿佛顷刻间就要彻底熄灭了一般。隐藏在天边的夕阳,从厚实的乌云和大山间发出一抹金黄的光亮,穿过青灰的天幕,洒向波光粼粼的河面,亮出一片金黄温暖的光晕,像是云层故意露出的一方天窗,让它跟山川河流作最后的告别。

再过片刻,厚厚的云层彻底地闭合在一起,天地一片漆黑,苍穹深处,传来一声隐隐的叹息,忙碌了一天的云彩,将呵护了一整天的高原交给了夜晚。

六

在拉萨生活的那段日子里,我光顾最多的地方,恐怕要数拉萨河了。从我住的小楼到拉萨河边,步行不到十分钟的距离。每天晚饭后,或是周末,我都要到河边坐坐,周末的时候总爱站在从市区通往荒岛的桥上,看远远近近的风景。

多年后,我时常在半睡半醒之间游离于这样的情景:眼前依旧是白亮亮一片,少女脆生生的笑声、高亢缭绕的藏族民歌、紧一阵慢一阵的窃窃私语,伴随着哗啦啦的流水声,交织在一起,在耳畔回荡……我看见另一个自己正离我远去,朝向深邃的夜空,朝向一条白亮亮的河流飞去……

从小生长在长江边的我,对于河流,并不陌生。甚至有一种与生俱来的感应,清凉水灵的亲近与变化无常的恐惧。而对于拉萨河,一种似曾熟悉的感觉时常萦绕于我心,这种莫名的熟悉曾经在很长一段时间里困惑着我。直到有一天,我知道了它们的发源地,才明白了这样的感觉来自何处。原来它们都来自同一片神秘的处所——念青唐古拉山。

我曾无数次站在荒岛的桥头,目光散漫地俯视着它,一如少不更事时的我仰躺在江边的鹅卵石上注视长江一般,那时的长江,奔腾咆哮,一泻千里,是对群山的轻抚,也是对大海的饥渴。"无边落木萧萧下,不尽长江滚滚来",这样的情状看多了,容易让人豪情满怀,无所畏惧。

而拉萨河,却是另一副截然不同的面孔,没有湍急的漩涡,不见滔天的巨浪,偶尔掀起的一阵波浪,舒缓地相互追赶着,嬉戏着,有的响声嘹亮,一路前行;有的仓促地一转弯,扑向了就近的岸边,尽情地亲吻着河滩的青石和水草,响起短促清脆的拍打声,犹如完成一次生死相约后心满意足的叹息。

只要你的目光与那清亮亮的河水一接触,就无法不散漫,几片红叶、几根嫩绿的小草、或是连成一片的落叶……轻飘飘地浮在幽蓝的河面,与岸边低矮的草丛,高大的林木相映,如诗,如画……此刻,无论内心是郁闷、惶惑,还是恬静、笃定,顷刻间都变成一种虚无,在这极地高原,还有什么比鲜活的生命更能让人心生敬畏呢?如果是在黄昏,夕阳的金光打在河面,激起一片迷离的光晕,目光所及处,不知天上、人间!

如果是在周末,河谷的平坦处,会冒出一顶顶帐篷,垂钓的、野餐的、休闲的、热恋的、沐浴的……一边听河水轻唱,一边喝着热腾腾的酥油茶,再看着头顶伸手可及的朵朵白云,这人间的美好,顷刻间就会把人醉得酥软无力。

那么多善男信女的心事,那么多质朴无华的心愿,那么多血泪交织的祈祷,那么多人间的美好,关于苍天,关于厚土,更多的却是关于尘世的迷茫,关于生与死的困惑,关于执著和顿悟,就这样悄无声息地融进了这白亮亮的河水,融进了这谜一样的河流……

我常想,拉萨河就这样悄无声息地在念青唐古拉山南麓千丝万缕、点点滴滴地汇聚,穿透高原稀薄的空气,一路淌来,有流失,有汇集,漫漫五百多公里的艰辛跋涉,怎么就没有沾染上一丝人间的烟火气息呢？还是它早已被"拉萨"二字最本原的"圣地""佛地"的藏语寓意净化了？

七

因为工作的原因,我曾到过很多的城市,欣赏过无数的美景,或欣喜若狂,或惊叹不已,或黯然感伤,无论哪一种,都带给了我无限的享受。但要提及钟爱,唯有拉萨的黄昏。

我在拉萨的日子,一直住在拉萨晚报社的总编楼,位于江苏路上,一栋独立的二层小楼,门前有一棵巨大的银杏,据说已有超过百年的树龄,旁边有一棵矮小的小桃树,每到夏天,桃树上便会密密麻麻地挂满又脆又甜的小桃子。

我住的小楼,有一扇朝西的窗户,每天傍晚,都能看见血红的夕阳,从我的窗前冉冉滑落。三三两两晚归的人们,穿过金色的余晖,走过我窗前的银杏树,消失在小院旁的一栋高楼里……

高原的黄昏,三四点钟就早早地来到了。从二楼的窗台望出去,夕阳就挂在不远处的檐角后,金色的光芒无力地从远方投射而来,先是将附近的山峦映照出几片暗影,到了跟前,就只剩下一片柔和的昏黄了,为眼前的那片低矮的房屋染上了一层朦胧的光亮。如果你睁大眼睛,仔细地瞧瞧,能清楚地看见夕阳的轮廓,和上面色彩纷呈的光斑。每当此时,我总爱斜身坐在二楼的窗台,任凭几缕穿过浓密的银杏树叶的阳光,温暖地打在我的脸上,静静地看着温顺的夕阳,缓缓地落到远处的屋檐后……

欣赏拉萨城的黄昏,还有另一个无人知晓的绝妙去处。

晚饭后,顺着江苏路走一小段,然后沿着解放东路一直前进,就到了拉萨河边。一座拱型的大桥,把桥另一头的荒岛(现在叫仙足岛)与城区连在了一起,桥上随处可见一对对深情相拥的情侣,沐浴着金色的夕阳余晖,对着桥下奔流的拉萨河水,尽情地述说着彼此心中的思念和爱意。

除了一所中学和一个度假村外,偌大的岛上很难见到其他人为的建筑痕迹。偶尔会有晚归的藏胞同行,他们总是低着头默默地前行,全身都被霞光染红了,唯有手上的经轮发出金黄的光泽。沿着河边向东,步行十来分钟后,就进入了一片林荫覆盖的山坡,上行二三百米,有一片开阔的平地,在那棵最大的松树前停下来,回转身,就能将河对岸整个拉萨城的轮廓尽收眼底。

夕阳血红地挂在西天,余晖笼罩下的拉萨城,弥漫着一片暗红和金色的光晕,与缭绕升腾的暮霭交织在一起,构成一片神秘的人间秘境。远处的拉鲁湿地偶尔泛出一片白光,低矮的建筑从拉萨河边一直延伸到对面的山峦,稍微宽敞一点儿的街巷里,三三两两的人影在晃动。山峰上终年不化的一圈积雪,如同给山戴上了一顶雪白的帽子。除了河水的流淌,听不见任何声音。眼前的一切,是那样的真实,却又没来由地感到一阵虚无,甚至夹带着几丝恐慌,为内心某个涌动的欲望。

这样的时候,最好什么也不要想,就这样安静地坐着,就地随意找个地方。置身这样的风景中,本身已成风景,没有远山与近景的区别。如果你一时还无法安静,也没有关系。看看远处褐色的山,那些寸草不生的砾石直指天堂,把你的思索连同空冥一起投进那些龟裂的缝隙,无论是顷刻的豁然,还是更加绝望,都属于生命最本原的领会。如果此刻,你依然感到有些烦躁,没有关系,回望近前的那些树吧,那些把翠绿和金黄染遍高原的树,在天地间直直地矗着,只为给白云留出一丝缥缈的空间,而任凭风的挑逗和奚落。

当你的目光穿透白亮亮的河水后,还残留着几缕忧伤,那就伸手摸摸身旁的小草吧,望着那些在粗糙的砾石上匍匐的小叶片,还有零星夹杂在它们中的那些微微昂起头的藤蔓,你会不会觉得能哭、能笑、能自由地行走,已经很幸福?如果你觉得这一切,依然与你无关,那就请你用心地听听远处传来的隐隐的钟声吧,还有那些随风飘散的诵经声,再用力地吸一口空气中的润湿,然后闭上眼睛,问一个自己最关心的问题吧,你就能听见来自灵魂最深处的回答。

当夕阳散尽最后一抹金光,踏着残存的几丝暮色,和隐隐吐露的星光,舒一口长气,起身回家,四周一片沉寂,唯有拉萨河水,依然在纵情地吟唱着欢快的歌谣……

八

拉萨的餐厅,与内地城市大同小异。

除了风味独特的藏餐外,拉萨的街头几乎能找到全国各地的风味餐厅,但真正受欢迎程度最高的,恐怕要数火锅、手抓羊肉和大盘鸡了。火锅的盛行是毫无悬念的,因为在拉萨生活着很多成渝两地的人。但手抓羊肉和大盘鸡在拉萨的风行,我至今都没闹明白。

说来惭愧,自认跑遍了祖国大半的河山,但第一次吃手抓羊肉和大盘鸡,居然是在拉萨。当时我所供职的报社有一西北来的同事,他在拉萨生活了十来年了,跟我关系非常要好。有事没事我们俩总要聚在一起喝两盅,起初大都是在他租来的那间十来平方米的房间里,但因厨房跟人共用很不方便,喝酒的地点就直接改到了外面的餐馆。

两人的菜很难点,点多了浪费,少了又不够吃。聚会的次数多了,也就有经验了,每次我们俩都点上一盘手抓羊肉和大盘鸡,一场酒喝下来,菜光酒尽。在拉萨的日子里,这两样东西几乎成了我们聚餐的必点菜。因了这样的缘故,也就对这两道菜多留了份心,发现周围的吃客,基本上都会点这两样菜,由此知道了这两道家常菜在拉萨有多受欢迎。

拉萨的火锅店,真正有特色的,恐怕要数西郊湿地附近的鱼火锅了,虽然离市区有段距离,但只要你随手拦上一辆出租车,十块钱准给你拉到。因为当时拉萨的出租车就两个价,市区近点的五块钱,市郊远点的十块钱。

我经常光顾的那家餐厅的名字已经不能确切地记得了,在湿地边马路旁的一排垂柳后,一座四合院,四周围了一排房舍和回廊,可以打牌下棋,但更多的是前来吃鱼的,食客都是外地人,当地人有放生的习俗,是不吃鱼的。

院子里最打眼的要数中间的那个大水池,一年四季都养着数千条肥大的鲤鱼,随便下一舀子就能捞起来几条。前来吃鱼的人都习惯现场点杀。鱼火锅的味道到底有多鲜美,早已经被时光淡去了,反而是水池里数千条鱼"堆"在一起的壮观场景依然历历在目,食客们此伏彼起的兴奋的点杀声依然回荡耳际……

拉萨的夜生活主要集中在天海夜市,也是当时唯一的夜市,夜市比内地一般的农贸市场要大很多,卖服装服饰的、卖各类日常生活用品的、成排的大排档和烧烤摊、大大小小数十家KTV混杂在一起,喧嚣着日光城的夜晚。值完夜班后,邀上三五藏族同事,找家熟悉的大排档,叫上三五盘小凉菜,我记得当时我最爱点的一盘菜就是麻辣小龙虾,其实我最喜欢的是放在里面的魔芋,每次老板见到我,都会主动地多放上些,这对他也很划算,魔芋跟小龙虾的成本可是天上地下,然后每人来上一大扎地道的青稞鲜啤,置身高原的孤寒和冷寂,也就消退在那片喧嚣的海洋中了……

我在拉萨吃过的所有的美食当中,让我至今念念不忘的要数拉萨的松菌了。每当头天夜里下雨后,哪怕只是一场飘飘的细雨,第二天一早,开车沿着拉萨河一路东行,大概四五十里距离就进入了一片长满松树的山坡。把车停在路旁安全的地方后,从松林的边沿朝里一路找下去,很快便会在松树根部或附近的草地里,发现大团大团的松菌,暗红的、金黄的,大大小小地簇拥在一起,很少有单个的,不大一会儿工夫就能装满满满的一袋子。

回到家先将夹杂在松菌里的草叶、松针摘干净,用清水泡上十来分钟后洗净,然后跟猪肉罐头一起放进高压锅里煮上十来分钟,一锅芳香扑鼻的罐头炖松菌就出锅了,用勺子舀一勺放进嘴里,松菌的软滑和清香让全身的每一个体细胞顷刻间都舒展开来。

九

初到拉萨的日子,最喜欢向本地的藏族同胞打听附近有什么好玩的地方,回答往往不一样,但每每当我问起哪里的风景最漂亮时,人们的答案却惊人的一致——圣湖(圣湖是人们私下里的称呼,真正的书面上的名字叫做羊卓雍错,"羊",指上面;"卓",指牧区;"雍",碧玉之意;"错",指湖泊,连起来的意思就是"上面牧区的碧玉湖")。

到圣湖成了我到拉萨后最迫切的愿望,但到圣湖是没有班车可坐的,只好向朋友借了一辆"城市猎人"。周六一大早,我们就朝圣湖出发了,起先的路段也没什么出奇之处,可等到开始爬那座海拔五千多米的大山时,我才知道什么叫真正的惊魂。

不足三米宽的公路,全是盘山而行,还是上下双行,路边是松动得随时就可能垮掉的泥石,不到五百米就有一个陡峭的急弯,要是迎面有车开过来,一不小心就会被冲到几千米深的沟壑里。

开始盘山的时候还不怎么觉得,走到半山腰的时候,我才发现自己的衣服从里到外都湿透了,精神紧张得就快要崩溃了,如此难行的路面,居然不断有车从山上疾驰而下,用"俯冲"可能更贴切些,好几次就差那么几厘米的距离要撞到我们的车了。对方在里道,倒不觉得什么,可我们的车走的是外道,是最临近山崖的一边,感觉完全是命悬一线。人要从车窗朝外看,完全是悬空的感觉,因为窄窄的路面仅仅够轮胎搁置的位置,车体肯定是早超出了公路边沿……

随着高度的上升,视野突然开阔了起来,在满山弥漫的氤氲之气的笼罩下,四处开满了各种各样的奇花异草,人车就像行走在如画的风景中一般,心情也因此而变得豁然开朗起来。

盘山公路越朝上,路面更加的窄了,弯道也越来越急,虽然景色越来越美,我却毫无欣赏的兴致。我能感觉到从脚心冒出的冷汗,大腿和小腿都开始隐隐发麻了,我知道,那绝对不是因疲劳引起的,跟我内心的恐惧分不开。事已至今,我唯有努力地小心翼翼地开着车,我已经无法顾及其他的了,为了安全,一遇到弯道我就早早地按喇叭。

从车窗冒进来的空气越来越冷了,地面上已经开始零星地出现积雪了,四周的景物越来越模糊,被越来越浓密的雾气朦胧了。我想,离山顶应该不远了。此刻,真想停下车,钻进温暖的帐篷里,大口地喝上一杯热气腾腾的咖啡。

车行半山腰时,车窗外早已飘起了纷纷扬扬的大雪,同行者不顾我的劝告,把手伸到车窗外接那些漫天飞舞的雪花。

是啊,同样是在高原,拉萨城一年到头就很难下一场雪,听本地的朋友讲,拉萨城已经连续好几年都没有下过雪了,尽管四周的山头上终年积雪不断,那也只能是远远地观望一番而已,哪能体会到身处其间的快乐?!

经过将近一个小时的艰难跋涉,我们终于翻到了海拔五千多米的山顶处,听说这里还有一个世界上海拔最高的高原雷达站,但还在离这里更高的地方。雪下得就像是成堆地从天上往下倒一般,刮水器不断地左右忙碌着,人在其中只能显出一个模糊不清的身影,甚至产生了几分置身电影里拍摄的雪崩的感觉。

几位本地藏民在山顶的开阔处搭建了几座帐篷,几头牦牛正悠闲地漫步在大雪中,它们是用来同游客们拍照留念的。

发动机刚一熄火,就有人迫不及待地在藏胞的帮助下,跨上了一头体格不大的牦牛,那些大块头的牦牛,无论如何也爬不上去的,估计连我想上去都费劲,摆出了一个骑士的模样,骄傲地冲我叫着,我只好拿起相机冲入了漫天的风雪中,只感觉到成团成堆的大雪不断地砸在我的头脸和身上,那种感觉透出一股说不出的新奇。

十

汽车又经过四十多分钟的颠簸后,终于看见一片碧蓝的汪洋飘荡在远处,被起伏的银白色的山峦合围着,曲折地蜿蜒延伸到山的另一面,隐约成一望无垠的姿态。难道那就是传说中的圣湖?灵验的圣湖?根本就是一片汪洋大海,怎么会被称为湖呢?

在我的印象中,湖始终是给人有限的感觉的,特别是内地的湖泊。而唯有海洋,才能让人感觉到无边无际。面对远处的圣湖,我知道我的这个传统的观念要面临一次彻底的改变了。湖水面积六百三十八平方公里,湖岸线长达二百五十多公里,这样的数据对于一个湖,特别是海拔四千多米的高原湖泊而言,已经是远远超出我想象中的东西了。

我们终于来到了一片一望无垠的水域前,一片被三面堆满了皑皑白雪的山峦合围而成的湖泊,没有见到山的那一面,湖水无限地向远方延伸而去,一直延伸到了远方的山峦背后。这就是景红向往到来的圣湖?一定就是这里了,似乎有一种无声的气息四面八方地朝我涌来,告诉我心中的答案。

我把车稳稳地停在了湖边,静静地凝望着这一片宁静而神奇的山水,想着一百多万年前的那一场轰轰烈烈的地壳运动,想象着那一场自然界的势不可挡的重组,那场景该是多么的惊心动魄啊。

车窗外飘飞着纷纷扬扬的雪花,大片大片地粘在挡风玻璃上。慢慢地润湿、融化,然后以一种流泪的姿势滑落。

似乎有一种神秘的吸引力慢慢地侵入了我的心头,无声无息地在我的体内四处游走。圣湖就在路旁不到五百米远的地方,我们之间的联系是那道数百米宽的雪带,厚厚的雪带,这头是我,另一头就是圣湖,我们就这样静静地彼此凝望着,像两位素不相识的陌生人,又像是一对前世今生相约的知己,语言的交流成了唯一的多余。我的表情是满脸的肃穆,她的表情是那层层叠涌的波浪,粘连成一道细密的水幕。将我们紧紧包裹在一起的不是天地,而是那漫天泼洒的大雪,宛如一顶洁白的帐篷。

回头一看,同行者都在车上睡着了。我打开了车门,左脚率先踩上了雪地,传出咕的一声脆响,吓了我一跳,就像贪睡的父母梦里翻身压到了熟睡中的婴儿,婴儿的哭声意外而激烈,是从声带发出来的,而父母的尖叫是惨烈而锥心的,是从心里发出来的。低头仔细看,偶尔会有几根细嫩的草尖冒出地上的积雪,但就那么一截小小的草尖,犹如在偷窥这漫天飞雪似的,不仔细看,很难发现。

也许是为了冲淡这个怪异的联想吧,我的右脚紧接着踩上了雪地,显得有几分慌乱。

越朝前走,积雪越厚,最深处的雪厚得将我的皮鞋连同小腿一起淹没了,黑色的西裤像一截不协调的树干插在雪地上。风借着雪的掩护,悄没声息地来到我的面前,然后像一记记仇人的耳光,狠狠地抽打在我的脸上,传出一阵阵刺骨的生疼,直到被抽打得麻木为止。

在雪地与湖水交接的地带,终于出现了一小段干净的沙石地,铺满了一层厚厚的细密的小石子。脚踩在上面,终于找回了踏实的感觉。湖水比我想象中的要清澈得多。我自小是在长江边长大的,除了故乡的水外,这么多年我还没有发现过比那里更为清澈干净的水了,特别是这样大面积干净的水域。

湖水以透明而幽蓝的姿态呈现在我的眼前,湖底的一切都是透明的,直到十米开外,才渐渐变得幽深起来。我伸出手去轻轻地拨弄着这一片神秘的湖水,我相信她确实存在某种神秘的力量,要不,她怎么可能以如此磅礴幽深而又波澜不惊的姿态呈现在世界屋脊上呢?

我用手舀起湖水淋在自己的额头,在透骨的冰凉的感觉中,为亲人和朋友虔诚地祈祷和祝福着,我坚信在这里许下的愿望是无比灵验的。嘴角传来了一股海水的咸湿苦涩的味道,我知道,那是湖水最本原最纯正的味道,是大地母亲另一种截然不同的乳汁。

居然有鱼儿悠然地游过我的眼前,大大小小,不慌不忙,就连我伸出手去捕捉,它们似乎也没有受到惊吓,只是朝深处的湖水轻轻地移动了一小段,然后继续悠然地前行着。偶尔会朝岸边穿梭,似乎在责怪我这个外来客,无端地打扰了它们的清修似的。它们的颜色,几乎跟湖水完全一样了,如果不仔细瞧,是很难发现的。

同行者陆续醒来,耳边立即响起一片惊叹声……大约一个小时后,雪花终于停了下来。金色的阳光映得人的眼睛有些发花,甚至有一种短暂的晕眩感,湖水和路面依然无边无际地朝远方延伸着,还有一望无垠的草场和成群的牛羊,却始终见不着一丝人烟。仿佛这里的一切都是自然界天生天养的,此刻,我才真正体味到在大自然面前,人的渺小和无力……

很多年过去了,圣湖之旅,翻越大山时的惊险和一路的美景,至今依然在我的脑海里时而紧张时而舒缓地纠结。

十一

秋天,当金灿灿的落叶铺满西藏高原时,我选择了离去。离开的前夜,我一个人在午夜冷清的小昭寺门前的广场上坐了很久,寺庙里昏黄温暖的酥油灯,映衬着广场上清冷的街灯,飘起的几缕酸楚满身心乱窜,怎么都按捺不住……

如果有人问我拉萨到底是一座怎样的城市?西藏高原是一片什么样的土地?我只能像个被老师难住的孩子,无助地四处张望着,懊恼地期盼着毫无希望的"灵光一闪"。

忽而蓝天高远,阳光白亮亮地洒向大地;忽而黑云压头,几缕金光妖冶地穿透云层的缝隙,照得人心头莫名地发慌;拉萨城,一直静静地坐落在山脚下的那片开阔地、湿地旁,如一位千年参禅的老者,无声地述说着这座古老城池的神秘传说和未曾莅临者的向往猜想。

皑皑白雪,终年覆盖于褐色青苍的山峦之上,仿佛是在固守着一个亘古不变的誓言,无论是深蓝的雅鲁藏布江,还是白花花的拉萨河,都是这场天地间生死缠绵落下的泪花……

一个路边的朝圣者,就激活了万里荒原;一束哈达,净化了无边的荒蛮;几列经幡和玛尼石,就能让埋藏最深的人类智慧之根——心灵幡然。在那片火热与冷寂交融的土地上,表象的寂静后,有多少激越的生命赞歌在唱响?!只要我一闭上眼,一幅幅鲜活的画面便在脑海中悠然地穿梭来去。

拉萨,很喧嚣。

拉萨,很安静。

(原载《黄河文学》2012 年第六、七期合刊)

日暮乡关何处是

柴　静

一

两年前,在大理,他开辆老富康来接我们,说:"走,野哥带你看江湖。"

他平头,夹克,脚有些八字。背着手走在前头,手里捞一把钥匙,我对龙炜说:"你看他一半像警察,一半像土匪。"

他听见了,回身哈哈一笑。

院子在苍山上,一进大门,满院子的三角梅无人管,长得疯野。树下拴的是不知谁家寄养的狗,也不起身,两相一望,四下无言。

他常年漫游,偶尔回来住。偌大房子空空荡荡,只有一排旧椅子,沿墙放着,灶清锅冷,有废墟之感。平时一个人,偶尔有朋友来此落脚,席地卷个铺盖,谁也不用照顾谁。

他无家可归。

七十年前,他的家族在鄂西清江百丈绝壁上,土家族祖父靠背盐酿酒攒下薄田,当上土司。土改时被怀疑藏枪,鞭打后悬梁自尽,暴尸野外,被扔在天坑。随后大伯暴死,二伯流放,两位伯母一夜间用同一根绳索吊死在同一横梁。

父亲没有保护家庭,他的职责是抓捕诛杀其他地主的儿子,一生不提家事一直到死。母亲在暮年出走,留字条说"请你们原谅我,我到长江上去了。"他沿江驾船搜寻,寻找江上肿胀发臭的浮尸,挨个翻找无果。

1995年,他出狱后,身边已再无亲人,妻女也离他而去。

二

十几年前他离乡寻找出路,身无长物,朋友到车站送他一只钢锅,让他好埋灶做饭。他说如果你非要送,我就把这锅在铁轨上砸了,天下之大,总有我吃饭之处。

1981年湖北民院毕业后,他当过教师、宣传干事、警察,后来做小生意卖衣服,油炸早点,开挖沙的厂,都赔得血本无归。这次北上,做了牟其中的秘书——现在牟还关在他当年服刑的地方。很快又转行当编辑,再做书商,做得很得意。我问他为什么不干下去,他说受不了向人催账的生活,"人到四十,还为一万块钱天天打电话,像黑社会一样——败坏人的心情。"

他把人家欠的一百多万一笔勾掉,离京南下。

偶尔落脚在这两千多米的苍山上,四下没有村落,到暮晚时山黑云暗,一两盏灯更有凄清之感。他说过有时夜里骤雨突来,"林涛如怒,滚滚若万马下山。村居阒寂似旷古墓园,唯听那山海之间狂泻而至的激愤,一如群猿啸哀,嫠妇夜哭。这样的怒夜,非喝酒磨刀,不足以销此九曲孤耿。"

这样的夜里他开始写作。写失踪了十年,"不知暴尸在哪片月光下"的母亲,写二伯服刑二十九年后,"老得忘了自己的罪名,已失去了土地,也没有了房子,只好寄身于一个岩洞,放羊维持风烛残年直到死去。"写一生闭口不谈家事的父亲内心的功罪,写狱中被绑赴刑场的弑兄者……

死亡并不可怕,可怕的是人仿佛从未存在过,他对此耿耿于怀,才为逝者作史。他的故乡是武陵,史书说的南蛮旧地,巫风很盛,在遥远年代,土家族死在他乡的人,是千里赶尸也要接回家山的,不想成为无归宿的游魂。他说"我祖父的横死也不足以令苍天开眼,是我的私人叙述才让他的死找到了意义。"

这本来就是中国民间修史者的传统——不愤不启,不悱不发。

他用的笔名,出自唐代诗人刘叉的《偶书》:"野夫怒见不平处,磨损胸中万古刀。"

三

四年前,我还不认识他,有一天工作完,街边店里吃点东西,带了他的书随翻随看。

他写外婆故乡在江汉平原,他出生后才到深山来,开荒种地,养活一家。幼年造反派来家训斥父亲,他不懂事,在旁嬉闹,太压抑的父亲发泄愤怒,用木棍毒打他,没人敢拦阻狂怒的父亲,外婆哭着用身体包围着他,左手无名指被误伤一棍,打得骨折,一直隐忍着没有医治,至死手指一直弯曲。

外婆眷恋家乡,他稍长大些,老人就返回了平原,他十二岁时患重病,写信给外婆,恳求她回来,一进门扑在怀里"我不断地叫着婆婆婆婆,仿佛垂死的孩子看见唯一的亲人。"

等到他成年,外婆觉得责任终于了结,与家族另一老人回到平原荒村住下,纺布缝衣为生,无人可以劝解。只有他去进门跪地抱着她腿,要她回来——明知这对她不公平,但他就是"不能忍心"。

外婆在山中去世,他不相信死亡不可逆转,每晚去坟头点上坟灯,怕外婆不能认得回家的路,次次在坟头痛哭时,他都要把耳朵贴近新土去听,孩子般地幻想听见外婆在棺木里呻吟,立刻就去十指刨开泥石,救出她来。

十年后,他掘开坟墓,开棺捡拾遗骨,偿还她的旧愿——背着她回到千里之外的平原。

我坐在人声鼎沸的地方,看到这里,把筷子搁在碗上,起身走出去了,怕当众放声哭了出来。

近代中国,身世畸零者并不少见,但野夫的笔端是让人害怕的感情,连看的人都被深情和痛苦吓怕,不敢深入到这样的感受中去。他半生所受的苦,多半都来自这样的激情驱使,情感越深,创痛越烈。写时也呕心沥血,他说有时写完在沙发上要躺整整一天,像一生气力已经用尽。

这样的写作,如同土家祖先的巫术,是要让死者复活,像是一次招魂。

四

到了中午,大理的牛鬼蛇神都来了,野哥一一介绍"这帮老混混",大家拱个手,报个名号,也不寒暄。邻居侯哥搜些活鸡腊肉,在后院摘点黄瓜茄子,加上通红四川辣子和野花椒,炒了十几个铝盆,桂花树下男男女女端着碗站着吃江湖饭,满头汗。

吃饭完,袅袅一根烟,聊旧体诗。

八十年代的江湖,流氓们都还读书。看着某人不顺眼,上去一脚踹翻,地上这位爬起来说"兄台身手这么好,一定写得一手好诗吧。"

就这一点,今天的小混混就没法比。

侯哥给大家泡茶,院子里很多高山榕,底下长了野茶。紫荆已经长到了二楼高,开着红色的骨朵。桌上有盆箭兰,玉绿色的十几卷,混着茶香。野哥讲花草的名目,我们觉得好听,他说"看《本草纲目》,是可以看出性感的。"

鄂西是《楚辞》的故乡,民歌和韵文一直是平民之趣。烧搪瓷盆的手艺人刘镇西,工具箱里也放着《楚辞》,初见面拉野夫去家,喊了几声老婆,没人答应,就去敲隔壁的门借斧头,嘴里念念有词"幸有嘉宾至,何妨破门入",手起斧落,门锁砍成两截。

真妩媚。

野夫写苏家桥,写刘镇西,写投河自沉的李如波,都是几千字写完一个人生平,像《史记》中的列传。他的文字锻造,也来自古文。写文章时,看得出遍遍锤打,壳落白出。有时有些地方显得过于锤炼了,但写得好处,真是"天地为之久低昂"。

野哥说起时脸上有几分傲色"旧体诗我还是得意的",诗人里他最喜欢聂绀弩"诗酒猖狂,半生冤祸"。

猖狂是真猖狂,夏日深夜,一轮好月,他与苏家桥一行人喝到酣处,学魏晋中人裸体上街散心头热,路遇一些机关门前挂着的木牌,就去摘下,抬着一路狂奔,找个角落扔下。有次扔完才发现,木牌上赫然大书"人民法院"。觉得这个还是不惹为好,又只好嘿咻嘿咻地抬回去挂上。

当年他要出山去海南,苏家桥从深山送到恩施,过家门不入,货车送到武汉,怕他孤乘无趣,再火车送到湛江,颠沛到海安,最后干脆一帆渡海,万里相送到海南,第二天再独回。

简直是《世说新语》里的中国。

我原以为写得太传奇,认识他们才觉得只是写实。晚上野夫带我们出去吃饭,叮嘱一句,"不一定能吃上,看运气",小馆子老板是个香港人,六十多岁,须发皆白,向外贲张。打量人,看得顺眼就做饭,不顺眼轰出去。当天运气好,做完了一桌子十几个人的菜,过来和野夫喝了一杯,扬长而去。说挣够了今天的酒钱,自去喝酒,不必再开张。

这个年头处处都是精致的俗人——不是因为不雅,而是因为无力,没有骨头。还好"礼失,求诸野",遗失的道统自有民间传承,江湖还深埋了畸人隐者,诗酒一代。

五

下午无事,野哥带我们几个女生逛小铺子,我们挑来捡去耳环项链围巾,他两米外斜站,不上前,也不远离,衔一支烟悠然看过往行人,等我们挑完,他已经把账结过。

长日无事,坐条挨街的板凳,他给我们讲故事,说少年时暗恋一个女孩,被拒绝,情书也被公开,他承受不住羞辱,吞水银自杀。获救后立下誓愿"要让她爱上自己,再抛弃她。"

他读大学回乡后,与之接近,少女恋慕了他,他终是不忍心,向对方袒露实情,说"我不想报复你",对方惨淡一笑"你以为没上床就不算报复吗?"

他离家远走,再回来她成了一个在当地声誉放浪的女人,表姐让他去劝解,他讷讷而言,她笑:"变成好女人?"抬眼盯住他,"变了又怎样,你娶我吗?"

他无话。

他兜里是第二天的火车票,她伸手取来撕了,买了机票,说"换你明天一天的时间给我"。日后她中年重病,肾坏死,不再求治,他从北京请国内最好的医生入山给她手术。

他人生里的事多半这样,情多累人。自嘲说自己是一流的朋友,二流的情人,三流的丈夫,我问过他,为什么他身上会发生这么多戏剧的事情?他说当编剧时,才领会到人生如戏,"一切皆在情理中,一切皆在意料外。"

生活是内心情理交织冲突的结果,他天性爱憎好恶比常人剧烈,人和文字都使到十二分气力,不留余地,蛮力拽动情与仇,乐与怒。

二十岁那年,他黄昏酒醉回家,看到路灯下一个佝偻男人,认出是那个打过他爸,把机枪架在他家门口的造反派。现在他长大了,那人已快暮年,他发疯般扑上去,把对方摁倒在地拳脚相加。"他已经完全认不出我,无法理解自己为何突遭暴打。我一拳一拳地打着,直到耗尽全身力气,直到他头破血流。"

十几年里,他一直为童年的恐惧羞愧,而羞愧渐渐熬成仇恨。这性如烈火的男子,认为轻仇的人,必然寡恩。

酒醒之后,他却不能不面对内疚之感,暗中观察那人,才发现这个仇人可怜之极。他是煤矿工人,出身贫苦,家庭负担沉重。每天下井采煤如同下到幽深地狱。这样的人积怨已久,被号召去夺权造反,必然敢摧毁一切。日后这人被煤矿开除,成了苦力。一次下坡刹不住脚,被装满石头的板车轧断腿,从此残废,整个家庭垮掉,女儿不得不去卖淫。

他写:"命运惩罚他,比惩罚我的父辈更加惨烈。"

他写作并非为复仇,也非控诉,他想找到人何以成为他人地狱的原因。他写到自己六岁时,老师集合他们排队,把用竹子做成的大扫帚拆开,每个孩子发一个竹条子,围着一根水泥管子,上面站着一个偷了三尺布的农民,穿着破烂,裤脚卷在膝盖上面,脚上穿着一双草鞋,老师一声令下:打!所有的孩子一起挥动竹条抽打那个农民膝盖以下的部分,这个农民在水泥管上疼得来回跑,所到之处围满了孩子,所到之处都会有竹条,这个人蹦跳惨叫,汗如雨下,腿胀得紫肿,惨叫中突然晕厥,摔了下来。

四十多岁时,他写到这里,流下泪来,说"这就是文学。作为一个写作者,我要是不把这样一些东西记录下来,我会一生都为我曾经挥过竹条子而愧疚。"

写作是一种反抗,对抗外界的恶,也对抗自己内心的黑暗。多年来,他为青春时代的狂怒心存内疚,他说"在这个时代,当你还没有完成安徒生笔下一个孩子的真诚教育之时,也就是你还不敢做一个真人的时候,你绝不可能是大善的,更不可能是美的。"

六

野夫常以村夫自许,我却觉得他雅致。平常里他从不与人争锋,席间不抢话,不讥笑人,不争口舌,有他的地方笑声最多,有人说话不得体,他也呵呵相乐,一派烂漫仁厚。有次在北京某个场合我俩撞上,举座都是富贵人,三个小时里,他一句话没说,不参与,也没有不耐烦,自斟自饮,怡然自得。

我不喝酒,但有他在座,就陪他一杯,朋友间说起如果遇到事有谁可以相托,推举的数人里,多有野夫。

只一次见过他另一面,大理夜长人多,左中右都有,谈话容易不洽,干脆集体玩"杀人"游戏,我当法官,发完纸牌后说"杀手睁眼",野夫睁开眼,不动身,也不伸指,只以眼光向我示意某人,就闭上。再睁眼时,众人惊呼被杀死者,相互猜忌。他点一支烟靠椅微笑,有猜到他的,他就一副老警察面目,为之分析案情,一一拆挡,全身而退,瞒过众人,最后一轮他胜出时翻开红心手牌,姑娘们还惊呼不信。

这场游戏,我这旁观者看来尤为触动,众人闭目他睁眼的瞬间,那双细长眼睛晶光四射,是泡过凶险,世事老辣的眼。他在狱中,曾与几个刑事重犯同住,同一个枕头上睡的,枪毙的有六个。他有次扫地时曾有一个犯人骂骂咧咧,他放下扫帚,盯着走到近前,那人立刻闭嘴。下铺有人悠悠说了一句,"你也不看这是什么人,他连国家都敢惹,你能踩平吗?"

七

没听野夫说过苦,他只说重复的做一个梦,站在深秋的蓝天下,赤身裸体,抢着收集阳光过冬——那时的冬天太冷了。残阳越过高墙,把影子放大贴在对面墙上,有电网的投影恰好横过他的脖子。

这梦听了真让人难受,是冷透的人世。

但他爱这世界,有次聊天,他劝我多参加社会活动,说有地方约他演讲,他一定会去,"能影响一个是一个",他是那种寒风里有人往车窗里递广告,一定会摇窗接下的人。

在微博上他很活跃,经常会有许多陌生的朋友@他,说家里发生什么事,希望他帮忙转发、评论一下。他说常常不忍心忽视这些留言,也许转发无济于事,也不足以帮他,但是转发一定会让更多的人明白是非。

微博也是江湖,他说能看见一部分人的恐怖内心,感到透心的冰凉,说"有时也想把微博戒球了",但又放不下,嬉笑怒骂,一派朴诚烂漫,把剑而立,战个三百回合。有时候我觉得这样太浪费时间了,他说在故乡鄂西,秋天野猪成灾,每年允许适当的狩猎,分外痛快淋漓。"我来到世间,是来访求朋友的,有的人来到这个世间,是来增加敌人的,我们在大地上,怀善还是怀恶,并不难区别。"

但遇到年轻人时,他会劝解,有次他说,有个骂他的人是一个大学生,子侄辈的年岁,他顺着去对方微博里看看,觉得是个贫寒激愤的青年,就发私信与他讲了一夜道理,直到年轻男孩心服。

他对这个时代总有一份"不忍心",说"我们每个文化人都要分担这个时代的疼痛甚至剧痛。"

在大理,他带我们进山,无为寺在宋朝是大理国的皇寺,早已荒废。二十几年前有个僧人一点点旧址重修。他带我们去见这大和尚,大脑袋粗眉毛,胳膊上缠着铜佛珠,是武僧,"夜不倒单"——每天晚上不躺下睡觉,打坐度过。

三千多米处都是深林,小寺里没电,不卖门票,不卖香火,也没有小贩。案子上堆的香,你自己拿去烧。随便。树下面放着茶叶、水壶、茶具,自己泡茶喝,喝完了你走,也没人来问。有个小和尚在场子上一边扎着马步,一边眼见着一个小朋友飞奔打闹着耍,眼神儿急死了。

大雨过后,急晴中的这座山,树叶上金光闪闪的流水滔滔流下来,有远古的本来面目。我们跟大和尚说这说那,把人家武僧当禅师了,有人问,人怎么能放下眷恋?大和尚只好说,喝茶,喝茶。

野夫看我们这么笨拙地打机锋,笑着开口解困,问寺里还有什么米,什么油,要不要送些过来。

他喜爱山林,好与僧道谈,但他是士,从来不"隐",不求解脱,不好大言,不求世外的智慧,各种人生对他都是文学,只是要了解"方丈何以是此人"。

旧朱红的寺门,粗糙皴裂的木门槛,两边楹联是野夫写的:"心法即佛法,度一切有情"。

八

临走前一晚,大家去一个老哥家,喀啦啦扶起卷闸门,有几人正窝脚在榻上闲谈,当中一位长得奇突矮肥,野哥说,别人找他演电影,演一个被啤酒瓶子砸的泼皮,他不满意那个道具,要求用真瓶子砸,头破血流,满意地被送去医院。我打量一会儿,觉得他是腼腆不说话的人,野哥指我身边的一张桌子,说昨天那张被他喝大后踩碎了。

坐定后七八个人闲扯,拿着吉他唱歌,一路嬉皮笑脸,笑得人仰马翻。野哥对矮胖子说,你吹个箫吧。

胖子也不说话,拿只皮口袋,从里头拔出只黑箫。

有人"扑"地把烛火吹熄,黑着灯,只有远远一点微光,荒村野街,远处有女子鞋跟在青石板上走的声音。他起声非常低,曲调简单,几乎就只是口唇的气息,也像是远处大风的喘息。

我一开始无感无触,只是拿围巾按着脸听着。

就这一点曲调,循环往复,有时候要爆发出来,又狠狠地压住了,有时候急起来,在快要破的时候又沉下去,沉很久,都听不见了,又从远远的一声闷住的呜咽再起。这箫声里不是谁的命运,是千百年来的孤愤,千百年来的无奈。

座下小儿女都掉了泪,只有野哥躲去一边角落,半坐在地上,完全隐在黑暗里。

他吹到后半段,愤怒没有了,一腔的话已经说完,但又不能就此不说,忽然停住,他唱:"……月夜穿过回忆,想起我的爱人,生者我流浪中老去,死者你永远年轻……"

当夜我喝过几杯,围巾都湿透了。

九

四五天后,我们三人离开大理,纷纷的雨,野哥把行李放在破富康上,一直送上了大巴。他下了车没走,不站在路边,也不招呼说话,就坐那辆锈迹斑斑的富康车前座上,车门开着,一只脚踩在地上,抽烟。

我们车经过,他扬眼微笑,摆了下手。大巴开出去好远了,人和车还坐在那里。走前他说过一句"你们一走,我今晚就是五保户了。"

事后几年,见面只是偶尔,但我看他的微博,常常凌晨两三点还在,敌人也都消失的深夜,无法以酒引睡时,他有时喃喃自语"中宵酒醒,常觉无路可走。坎难人生,此时应该言说,否则,将在这巨大的黑暗里窒息。"

他的一生,多为激情支配的选择,最痛苦的是内心与外物不调和。不过,如顾随说,真正的诗人,往往就来自与世界的矛盾,苦中用力最大,出来的也才是真正的力,"风与水搏,海水壁立,如银墙然。"

是矛盾,是力,也是趣。

人到壮年,再想改变自己性情已不可能,也无必要。情之所钟,正在我辈。只要有笔墨在,还能言说,《诗经》以来"吊民伐罪"的传统,总能在此中存续。

我在微博上只看不说,野夫并不知我存在,在那样的夜里,我每默默注视屏幕,算是对他的一会儿陪伴。

(原载《海燕》2012年第8期)

伊克苏龙

熊红久

草　场

上车之前,巴鲁告诉我,此行要去的伊克苏龙,在天山深处,是他童年成长的地方,草深得可以藏住一只小马驹。说这些话的时候,这个魁梧的蒙古族汉子手握方向盘,嘴里哼着歌,目光随意在崇山峻岭间逡巡,把盘山的小车开得像草原上游走的骏马,根本不在乎几尺外的百丈悬崖。

在开阔处,卧着一条人字形路,旁边摆放一堆石头,其间插着几根松枝。巴鲁停下车,说,这是敖包,做个礼性。走到路边,捡几块石头,落放其上,又逆时针转三圈。告诉我们,三,是蒙古人十分尊崇的数字,"三"的蒙语发音,是"好"的意思,代表吉祥平安。说罢,又捡了一些石头放在后备箱,问他何意?笑答,等会儿就知道了。

车子冲过一个陡坡,天空豁然开朗起来,眼前铺陈出一片辽阔的绿地,像是对三个多小时颠簸的褒奖。人的心情也随之从狭隘的疆域里解放出来,一如湍急的河水驶入了浅湾,连呼吸都舒展了。

这片夏草场就叫伊克苏龙。

车子在绿涛间来回摇摆,似在马背上驰骋。没有路的草原反而衍生出了更多的路,人的精神也和着车子的曲形走势,变得随性而飘然起来。

越往前走,草长势越好。面对奔袭而来的空旷和辽远,让人不禁有些张皇失措了,车子仿佛猛然坠入一个巨大的旋涡之中,我们蛰伏在一枚飘摇的叶枚之上,随波逐流。

路过一片湿地,几株河柳环卫着,中央可见一条清清细细的小溪翩然穿过,怕光似的又迅速躲进草丛中,悄无声息地流向前方。

水是流向大海子的,看来今年的水面不会小,巴鲁显得很兴奋。

看!那就是大海子!车子走上高坡,巴鲁指着前方几百米处的一汪水域,远远望去,夕阳下泛着粼粼白光。

海子东岸有一座敖包,敖包石堆上交叉了许多松枝,系满各色哈达。巴鲁从后备箱把石头拿下来,端端正正摆放在敖包上,又从怀里掏出一条洁白的哈达,毕恭毕敬地系在敖包的松枝上,脸上泛着红光,双手合十,低头膜拜。我挎起相机,走下山坡,也想在湖边寻几块石头,祭拜一下。可绕湖一周也没找到,只好走向更远处,依然一无所获。终于明白,巴鲁为什么要从那么远的地方搬来这些石头了。

巴鲁说,这里是附近牧民祈福、祭祀的场所。每年的七月,牧民会找喇嘛算出当年的祭日。这天,附近的牧民都会成群结队、盛装出行。在湖南岸,一般都是父亲骑马带着长子下水,马驮着他们游到北侧上岸,以示洗礼。当然,女性是不允许下水的,只能在岸上观看。水的最深处,有三米多。洗礼这么多年,从未出现过意外,是神的庇佑,才使牧民吉祥如意。祭拜结束后,湖边会举行赛马、叼羊、唱歌、舞蹈等活动,最后饮酒狂欢,相互祝福。

巴鲁走到岸边,跪下,双手捧起湖水,喝了几口,然后又将水轻轻拍在脸上,润泽面颊。他指着湖底说,水是从地下冒出的,是有神力的。我弓下身子,顺着手的方向,果然看见清澈见底的石缝间,有气泡上冒。

坐在水边,海子豁然辽阔起来,有了碧波荡漾的神韵,山峦的恍惚漂浮在水面上,又被阳光剪成碎片,都被一块蓝布兜着,实在装不下了,盈满的水才沿着东北角的一处窄缝,缓缓地流入坡下的湿地。

巴鲁掏出一只皮葫芦,灌满清泉,劝我将手里的矿泉水倒掉,也装一瓶湖水,说可以治百病。虽不信,但还是听从了劝告。

青格鲁普

水面对岸地平线处鼓起一个黑影,起先是一个点,而后渐渐清晰成了一匹枣红马,朝我们飞奔。马蹄沿着水域边缘画了半弧,靠近车前。骑手敏捷地从马背上跳下,丢开缰绳,朝着巴鲁疾步走来,并与来访者一一握手,一只用旧的马鞭,始终垂吊在手腕上。见这么多双眼睛盯着他,青格鲁普一下显得局促起来,全然没有了刚才马背上的自信和威仪。他皮肤黝黑,笑容朴实,一看就是长期被紫外线映照和漠风雕蚀的结果,却透着一层粗粝和纯厚,更融于草原的辽远和苍茫。

来人是这片草场的主人,也是巴鲁的表哥。简单地交流之后,他做一个告别手势,便翻身上马。马背给了他新的能量,青格鲁普陡然间恢复了元气,器宇轩昂起来。扬鞭策马,留给我们一个迅速缩小的背影。

又绕过一座缓坡,地势更加平坦,草丛深处,一幢木屋与一座毡房相拥而伫。听见喇叭声,青格鲁普从木屋里走出来,打开院门,招呼我们。丢开了缰绳的枣红马,与两只羊一起,低头吃草,见有车来了,并不害怕,木然地抬头望我们一眼,并没有停下咀嚼的唇齿，我看见了一些绿汁，沿着马的嘴角，滴落在草丛间。

八月的夕阳在归隐山林前，尽力将余晖倾倒在密不透织的草原上，黧黑的木椽也镀上了一层金属的炫丽，木屋旁的毡房则显得矮小一些，紧紧依偎在边上。远远看去，木屋、毡房及周边的山冈包括整个草原，都被刷洗了一遍，重新上漆包浆，一派神采奕奕。

对于海拔两千六百多米的伊克苏龙而言，山下的酷暑是攀缘不到这里的，所以，一下车，清凉的寒气就开始侵蚀肌肤了，屋里与室外形成极大的温差。

女主人其米格正在滚烫的油锅里炸着谆脖果，香飘四溢，热气腾腾。炕中央摆放着条形茶几，一盆刚出锅的油果，一碗淡黄的奶油，一盘酸奶疙瘩，垂钓着我们的胃口。没等主人礼节上的请让，几双大手就呼啸而上了……接着，我看到了一些嘴角，像马一样流着油汁。

青 格 丽

我们的到来让十岁的青格丽异常兴奋，或许是家里好久没这么热闹了。她端着油果，不停地劝我们吃，全然没有陌生和羞涩。她的笑容有着泉水的质地，可以直视湖底。只有稚嫩的面颊，袒露着与年龄不太相称的粗糙。母亲告诉我们，女儿在精河县一小读四年级，放暑假了，回家来。这阵子跟着爸爸骑马放羊，脸都吹黑了，还天天闹着要去。

见对她表现出了好奇，青格丽更来了精神，硬拉我出屋，去看被她照顾的两只小羊。门前草地上，一只羊在吃草，另一只斜卧地面，她搂着卧倒的那只，不停地婆娑着。它病了，不好好吃草，都瘦了好多了。小羊在女孩的怀里发出几声娇嫩的咩叫，让抚摸的小手变得更加温柔。小姑娘从地上拔起几根嫩草，往小羊的嘴里塞,小羊侧过头,躲开小手,直往她怀里拱。小姑娘眸子里被拱出了些许焦灼和不安。多多吃草!快快好起来!青格丽的话听上去既是对羊的鼓励,更像是给自己信心。

我问青格丽,上学和放羊,更喜欢哪个?她说,都喜欢,上学有许多小朋友,但没有小动物;放羊有许多小动物,但没有小朋友。要是能带着小羊上学就好了。小姑娘用嘴亲了亲小羊的耳朵,话语里充满遗憾。

看看我画的草原吧!青格丽放下小羊,拉着我进了毡房。拇指粗的水曲柳树棍纵横交错,上百根木棍被牛筋绳连缀起来,组成网状的统一整体,支撑出蒙古包硕大的空间。室内收拾得很干净,圆形的地面上铺着厚厚的用驼毛捏干制的隔潮毡子,中间端放一张长条桌,绣着花草的白色帷幔装饰着环形墙壁。与门相对的中墙上,悬挂着一幅成吉思汗像的挂毯画,下方地毯上,靠墙整整齐齐叠放着十几条被褥。门右侧,一只铁皮炉子正烧着一壶茶,嗞嗞的声响引导我的目光,却发现了悬挂在炉边的另一个物件,一只半人高的皮囊袋子。用手一晃,发出咣当咣当的水声,我问青格丽是什么?她正在书包里翻找图画本,头也没抬。那是妈妈做酸奶疙瘩的。看我还在研究皮囊,青格丽走过来,解开袋口,抓起里面的木棒槌上下搅动,随后飘出了淡淡酸味的奶酪的清香。每天都要搅动好多次,三四天就能做好这一袋啦。青格丽轻描淡写地讲述完制作工艺,急着将我拽出毡房,坐在门口的枯木树干上,翻开画本,让我欣赏她画页上的家乡。

是草原给了她绿色的思想吧,使得纸页上的每一座山、每一条河都成为了纯净的一部分,而每一匹马、每一只羊又都站在了绿色的中心,站在了小姑娘情感的中心。

听见父亲召唤,青格丽放下画本,迅速跑了过去。

牧人的手艺

屋后的草地上,躺着一只大羯羊。青格鲁普右手攥刀,左手在羊脖子上号脉,嘴里念念有词。我杀你是为了让你重生,下一辈子还投生到我的羊圈里来。你是羊群里最好的羊,最好的羊要献给最好的朋友。小的时候我就看出来了,你是长得最漂亮的羊,好多小母羊都喜欢你呢!我也喜欢你。朋友来了,一定要把自己喜欢的东西拿出来,对不对?所以,你不要难过,走了之后,你的女朋友我会好好照顾的。他诙谐的祷词惹得巴鲁和我们都笑了。

青格鲁普像一个技艺精湛的外科大夫,手术刀准确无误地在肉与皮的夹缝间游走,很快,一只完整的羊,从裹挟的毛皮内剥离出来。他从羊腹部掏出一堆下水,丢给女儿。小姑娘回屋提了一壶清水,蹲在杂什旁,开始熟练地清洗冲涮,甚至巴鲁叔叔过来帮忙,也被她婉拒了。她像是找到了最乐意做的事,有条不紊地一块块摆弄着。其间,突然忘记了某个程序,停怔片刻,赶忙冲到父亲耳边,征询几句,得到机宜后,又返回再干,让整个劳动,充满了情趣。

一只粗壮的手,攥着一柄小巧的腰刀,像庄子笔下的庖丁,按照骨骼的走向,展示着娴熟和尖利。一只整羊,不到十分钟的工夫,就被解构完了。又点燃一堆木炭,将羊头、羊蹄置于火苗之上,燎烧皮毛,再用腰刀将烧黑的表皮刮净,他的利索与细致更显出了我们在草原上的一无是处。此时的青格鲁普,无疑,已成为朴实与彪悍的代名词了。

其米格将心、肝加工成几盘小菜,再将大锅添满水,将羊肉置入水中,小火炖煮。

煮肉是一个慢而细致的活。在草原上,没有什么太急的事情需要处理。一副炉灶,一口锅,使得慢火缓缓熬炖的,其实是一种美好的时光。一家人围坐在温暖的炕头,摊开囊饼,就着酥油和奶酪疙瘩,一边喝茶聊天,一边吸吮飘逸出的肉香。等待的过程,就是让心情放松的过程,悠闲的生活以味觉的形态,从四周涌来,慢慢地,将茶的清香湮没了。

女主人端坐在炉边的炕沿上,不时地用汤勺撇去浮在水面的血沫,或再添些水。所有的内容,都被一口小小的锅牵扯着,让整个晚餐过程,充满期待。近两个小时的炉火,都得有人守在灶边。其米格告诉我们,不将血沫撇干净,羊肉膻味会很大,肉质也不鲜。自己觉得这项工作极为简单,就从女主人手里要过汤勺,也试着从锅里撇沫。连续几勺都没把握好在翻滚中稍纵即逝的机会,不但没撇出血沫,还把几大勺好汤也浪费了。其米格微笑着称赞我,挺好的,挺好的。最终我还是被青格鲁普拽上炕,大家盘腿围坐在炕桌周围,喝着热腾腾的奶茶,吃着刚出锅的菜肴。

一只碗喝酒

把一只空碗斟满,向我们展示一圈,而后一饮而尽。青格鲁普用袖子抹去嘴角溢出的酒,长舒一口气,说,今天,我表弟带着朋友到房子来,我很高兴,我们牧民也不会说话,高兴了就好好吃肉,好好喝酒。他又斟满一碗,递给身边的巴鲁,他同样举碗喝干。巴鲁向我们解释,到了毡房,就是这种礼性,只用一只碗喝酒,轮到谁面前,都得干掉。

酒进行到你这,如若推辞不喝,就会影响到整个酒场的程序。往往在这种盛情之下,为了不耽搁别人的酒兴,来者大都表现出了豪迈的秉性。除非个别酒量小的,两三碗之后,有了醉意,则完全可以就势躺下,稍作缓解,不会再有人强给你敬酒。

在蒙古人的观念里,醉倒是对酒的最好表达,也是相互间情感最真挚的体现。只要酒醒了,就得坐起来,继续加入喝酒的队伍。所以,时常见到这样的场景:在一场酒的进行中,不时地有人躺下,鼾声微启;又不时地有人坐起,挽袖再战。几番下来,能坚持到最后的,便一定会成为主人最推崇的朋友。

按时间推算,一炕八九个人,每人端碗酒,讲几句祝福的话,耽搁些时间,一圈下来也要大半个钟头,也才一碗酒,不算太多。或许是上来就满满一碗,把人给唬住了,才对酒产生了恐惧,这反倒使敬酒的过程变得热闹而复杂起来。面对这碗酒,你会看到不同个性的人,喝酒的状态和表情,拒酒的言辞和理由。但最终,都抵不过主人举杯的真诚——屈膝躬背,双手过头。这种恭敬的态度,既是对酒,更是对人。最终,客人大都摒弃了对酒的禁忌,选择了与草原风格一致的纵情豪饮。三巡过后,人们之间的个性表达,都慢慢融合了,就像酥油投进了奶茶里。

此时的肉还在锅里,让我们觉得,慢火煮炖的,除了耐心,还有酒量。

青格丽端着一盆已洗净的羊杂走进来,交给母亲。在我们推杯换盏期间,小姑娘一直在外边收拾这些内脏。其米格从锅里捞出一块小骨头,以示犒劳,捏着奖品,小姑娘欢快地跑到一边去了。

一只羊耳朵

巴鲁和青格鲁普,让我们真正见识了蒙古汉子削肉的高超技艺:锋利的刀子随意摆动,一片片大小均匀的羊肉散落下来,就像木匠的刨花。很快,一块骨头就剔除得干干净净了,我们笑赞,这样的手艺,会遭到门外的牧羊狗痛骂的。

肉煮得恰好,不烂也不硬。草原上煮肉,除了盐和洋葱,不再添加其他佐料,使羊肉保持着鲜美的本质。

吃手把肉,一定得用手直接抓着吃,革除了筷子的中介,这种最直接的吃法,让人很容易找到与食物柔软的切合点、找到吃的本质,恰与周边的离离青草、牛羊散落的自然环境极为和谐,辅之于大碗喝酒的状态,即使再拘谨的性格,也会变得粗犷而豪迈起来。

这是草原带给我们的纯粹,空旷的原野把拥塞的心腾开了。对视巍峨的雪山与苍茫的大地,心灵豁然宽广。大自然用它的冷峻和广博,过滤掉了人间那些期期艾艾的阴霾。

巴鲁边削肉边与表哥聊着今年的收成。羊价不错,一只大羊能卖八九百块钱,现有四百多只大羊,每年产羔一百五十多只,光卖羔羊一年也有五六万的收入。我不解地问青格鲁普,为什么不养大了再卖?可以多挣好几万呢!他瞥了我一眼,将奶茶一口喝尽,碗递给妻子续茶,才缓缓说,我放了几十年羊了,以前在县城边上放,草很好,羊也便宜,几十块钱一只。现在价格好了,但草不行了。跑到大山里,走了这么远的路,还是找不到好的草场。我不能光考虑自己挣钱,把地累坏了,以后我的孩子们怎么办?再说,草没有了,我要那么多钱干什么?

盯着这张黝黑朴实的面孔,忽然觉得,自己的灵魂竟落满了灰尘。他的思想和草原一样空灵而干净,干净的世界喂养了一颗干净的良心。

酒过五巡,已有不胜酒力者倒睡桌边。

羊头、羊杂端上来,羊头正冲着我。哈哈哈,最好的东西上来了!青格鲁普喊叫着,割下一只羊耳,示意张嘴,要亲手把食物放进我嘴里。一只粗糙而黑魆的手,已莅临嘴边。有些醉意的他,早已活泛起来,伴之以老朋友般的吼叫:张嘴!吃!吃!!我赶紧去抓盘子里的肉,连声说:自己来!自己来!主人显然不明白我的卫生底线,或者以为我在客气,黑手坚定地举在嘴边,咋看都像举着一颗手雷。更要命的是,我又清楚地看见了几只比手还黑的指甲,无法不对它们的行迹产生排斥性的联想。巴鲁说,这是草原最尊贵的客人才能享用的礼遇——主人亲自敬献羊耳——客人一定得吃掉的。看着男主人被酒精点燃的紫红脸庞和真诚期待的目光,我只好憋住一口气,张开嘴,含住羊耳。先把礼节接过来,再乘人不备,将口中物吐到餐巾纸上。这个想法刚孕育成雏形,一碗酒横在了面前。青格鲁普盯着我的嘴,似乎猜透了我的想法,面对虎视眈眈的目光,只好入乡随俗,听人摆布了。我憋住气,权当一副药丸,快速咀嚼,下咽,而后长舒一口气。见我吃下了羊耳,青格鲁普开心地笑了,半跪在炕上,把酒碗举过头顶。按照礼性,上了羊头,就可以唱敬酒歌了,在草原上喝酒,没有歌是不行的,那是对酒的不尊重。他的话一下提振了我的精神。

酒碗里的长调

蒙古长调,像是从酒碗里缓缓流出的。听不懂歌词的内容,却可以感受到一种苍凉和辽远。起初音域很低,一架勒勒车在草原上游荡。慢慢响亮起来,有了阳光普照和百鸟的翔鸣,音调时而舒缓绵长如雄鹰展翅,时而急促跳跃似骏马驰骋。刚才还嘈杂的场面,很快安静下来。巴鲁击掌附和,打着节奏,晃着身子,完全陶醉在旋律的跌宕里。歌者则一手端着酒碗,一手参与表演,将身心全部融入了音乐的境界里,让我们觉得,他就是那只鹰,那匹马,甚至,就是草原的中心。他的歌和他的人一样,带给我们的是粗粝、硬朗和旷达,这些洋溢着雄浑底蕴的高亢,将感觉带到了一种从未体验过的高度。

不知什么时候,那些过度城市化的元素,让内心和情感变得弱不禁风、狭隘偏激了,常常会为些小事斤斤计较、辗转反侧,最终导致身心疲惫,积郁成疾。从这个意义上说,草原给了我们一剂解药。这些高耸入云的雄伟,这些铺向天边的辽阔,都展示着博大的胸襟。

青格鲁普的长调是跟爷爷学的,爷爷是这一带很有名的长调艺人,婚丧嫁娶都会被邀请,威望很高。他说与爷爷相比,自己差远了,却也足以颠覆我们对他外表的评判。

长调就是酒,酒就是长调,我已经没法区别它们的差异了,尤其是在酒歌相伴的草原,它们同时流进了心田里,醉在了真情下。

为了弥补吃羊耳时的愧疚心态,我爽快接过酒,一饮而尽。青格鲁普又斟满一碗酒递给我,我连连摆手,表示不能再喝了。巴鲁向我解释,你把礼节弄错了,歌声没停酒是不能先喝的。歌停后,接过酒,要用右手无名指蘸一下酒,向上弹,敬天。再蘸一下,向下弹,敬地。蘸第三下,轻弹在朋友额头,敬朋友。然后才能喝酒,只喝一口,回敬给对方,他会替你喝一口,再回敬给你,你才能喝完。我用两碗酒,才学会草原敬酒的复杂方法。

在敬酒献歌的过程中,青格鲁普妻子和女儿的脸上,始终盛开着笑容,眼里蓄满了崇敬,伴随着曲调的快慢,她们的表情也在不停地变换,得意而欢悦,欣慰而富足。尤其是青格丽,时而合着父亲的节奏,扭动着身体;时而帮腔几句,煞有介事,自己完全进入了表演的氛围里,没有拘谨,没有矫揉,像一泓清泉汇入了另一泓清泉。

一阕唱罢,炕沿已横倒了好几个,勉力还能坐着的,仅剩下巴鲁和我了,也早已醉意迷蒙。青格鲁普攥紧我的手,表示出了极大的感谢,为我能听他唱歌,也为我能陪他喝酒。他所做的一切,原本都是为了让我们开心、快乐的,现在却反过来谢我了,好像煮肉上酒的是我,接受款待的是他了。

母 狼 的 故 事

草原,你对它好,它就会对你好,不管是植物还是动物。

那年,下了一场很大的雪,好多动物都找不到吃的了。巴特加普骑着马抄近路往家赶,在羊肠小道边发现了一只快要冻僵的狼崽子,可能是母狼看着这个孩子已经不行了,就放弃在路边了,刚好被巴特加普碰见,他把狼崽揣在皮袄里带回了家。说服了妻子,分出一些奶水喂养狼崽子,最终救活了它。巴特加普的小儿子不到一岁,和小狼玩得可好了。狼比狗聪明得多,拉屎尿尿从不在人面前,都是自己找一个干净的地方。一年之后,狼长得高大了,超过了孩子。长大了的狼不再总是围着孩子转了,有了自己的心事。尤其是听见公狼的嚎叫,就会跑到屋前的山坡上,对着远方的丛林予以回应。也引得好几只公狼,在房子周围活动。巴特加普知道它该有自己的生活了,就骑着马带着母狼走到山林深处,放它回归自然。但几次狼都尾随着马的足印,又悄悄回来了,卧在毡房门口。巴特加普一连赶了三天,也不再喂它食物。第四天,狼终于走了。

过了一年多,这只狼回来了,还挺着大肚子,巴特加普高兴得像见到了自己女儿似的,在羊圈边上亲手搭建了狼窝。没多久,母狼产下了三个幼崽,巴特加普甚至将放羊的活儿交给十二岁的大儿子去干,自己则亲自守在狼窝边,照料狼母子。这只狼带着孩子,一直生活在羊圈的边上。那时候狼很多,经常听到邻居消息,有狼光顾羊圈,咬死大羊。起初,巴特加普还经常半夜起来,到羊圈巡查,几个月过去了,自家的羊圈从没进过狼。有那只母狼保护羊群,主人开始放心大胆地睡觉了。

由于草不好,要到很远的地方牧羊。巴特加普将几只出生不久体弱的羊羔圈在门前的院子里,没随羊群走。晚上回来时,发现一只小羊被咬死了,倒在狼窝边,剩下半截身子,又看见几只小狼血红的嘴唇。没见母狼,估计是出去觅食了,那几只小狼一定是饿坏了。巴特加普什么也没做,回了房子。把另外几只羊羔,挪进了毡房。到了半夜,他爬起来,到羊圈走了一圈。

第二天,赶羊出圈时,巴特加普看见了那只觅食归来的母狼,它怔怔站在半只羔羊的尸体旁,一直盯着救它的主人。巴特加普把另外几只羊羔关在了毡房里。一声不吭,翻身上马,扬鞭而去。

牧羊归来又不见了母狼,巴特加普好生奇怪,那半只羊羔依然躺在狼窝边,三只狼崽子谁都没再动。

天快亮时,听见门外有响动,还夹杂小羊的叫声,起身去看,发现门口放着除了被狼崽吃剩的半只羊羔外,还有一只活的小羊,不知谁家的。巴特加普把小羊抱回屋子,很是纳闷。天亮后,细看小羊的脖子处有咬过的牙印,才恍然明白。赶忙冲到狼窝去看,已经空了,母狼带着三个崽子早已离开。

青格鲁普用刀背敲一节腿骨,断开后,用嘴把里面的骨髓吸出来。又端起一碗酒,一仰脖子,喝尽,酒在通过喉结时,发出了类似泉水的咕咚声响。而后说,巴特加普,就是我唱长调的爷爷。

狼的故事让我们都哑然了。我主动要了一碗酒,满口咽下,也想发出泉水的声音,却被呛住了,很长一段时间,咳嗽不止。

要时间干什么

到了这里,就要好好地吃,好好地喝。你看,这个地方手机信号也没有,谁也找不到你,可以放开地玩! 一出大山,所有头疼的事情都来了。你再找不到像这样安静的地方了! 其实,就是找不到你,有些事情,该咋办还咋办。见我在看手机,青格鲁普开导我。他说的没错,不会再有比这更安静的地方了,离开谁天也塌不下来。我是无意识去看的,不知什么时候,养成了这种习惯,没有手机的响铃,时间一下虚空了。

或许是长时间没人倾诉的缘故,或许他觉得自己的故事快到时效期了,不讲出来就会变质似的,青格鲁普拥挤的语言,终于被酒引导着,找到了疏通的渠道。这倒非常适合我的期待,在没有压力的状态下,很多往事都倒映在了酒精的致幻里。

就是在这种状态下,他讲了自己的恋爱。

和其米格是在祭敖包的时候认识的。她很能干,一见到她,就觉得她该成为我的老婆。所以,赛马前,我跟我的马好好谈了一次话,我告诉马,一定要跑到第一,要把扎了红绸子的骆驼赢回来,作为聘礼,送给美丽的姑娘。我向马保证,只要跑了第一,我也快快地给它找一匹漂亮的母马,让它们结婚,哈哈哈。青格鲁普说得自己大笑不止,也惹得在旁边倒茶的其米格半是娇嗔半是羞怯。后来我的马真的很争气,三公里速度赛,拿了第一。我把奖励的骆驼当场交给了她阿爸。我们的亲事,就这么定了。

他们家的草场离我们家有四五个山头,骑快马也要走两个小时。那个时候嘛,草真的好,我把羊赶到草场就不用管了,骑着马往她家跑。有时候马走得慢了,中午饭都来不及在她们家吃,见上一面,讲几句话,就赶快往回走。真正的话说,累是累了一点,但我觉得自己是全世界最幸福的人了。当然,我也给她唱了好多歌,蒙古长调,打动了她的心,她就快快走进我的毡房了。讲到这里,青格鲁普倒了满满一碗酒,递给其米格,女主人微笑着接过碗,分两口,干了。

他还谈到了恋爱期间,骑马带着其米格走向草原深处,在花丛间第一次亲密接触的景象。她的脸上、身上都粘满了金黄的花粉,好看得很!后来,每到花开的时候,我就带着她到花多的地方干一些调皮的事情,哈哈哈,太过瘾了!这些话,惹得女主人高举汤勺,羞赧地敲打丈夫。喝傻了!喝傻了!口里说着,脸上却充满了幸福。在开怀大笑中,我们三个人的表情同时变得暧昧起来。

回望窗外漆黑的夜色,感觉自己的头快被酒精腌透了,而青格鲁普和巴鲁依然情趣盎然,我环顾墙壁,没见到有钟表,就问:几点了?时间差不多了吧!

几点?青格鲁普用一种很奇怪的眼神看着我,你要时间干什么?在我们这里,不要时间,只要高兴!来来来,再干一碗!

我接过酒,觉得他很随意的话,却一下针灸到了自己的穴位。是的,这么多年,我一直过度关注身边的时间和身外的事件了,这种关注的结果,导致我放弃了对自己内心的把握和顺从,让太多的外在物质雕蚀着内心的完整。从思想到行为,早就皈依了时间的调遣。从什么时候起,我们舍弃了这种散漫的生活,舍弃了这种能抵达美好感觉的唯一途径。

酒被我一饮而尽,我终于站在了时间之外,成为快乐的一部分。

被狗吵醒的草原

我是被狗叫声唤醒的,却回忆不起来昨晚睡前的细节了,很多年没醉得这么沉了。

和衣出门,天色尚早,东方才泛起灰白,女主人却早已烧柴生炉,准备早饭了。一只大黄狗吼叫着冲了过来,被女主人喝住,在七八步远的地方冲着我悻悻了两声,又回到羊圈边上去了。

我慢慢在草地上散步,湿重的寒气很明显地飘溢在空中,时令虽然八月,却浸透着深秋的清凉。花草的幽香一直醒着,沿着晨雾的弥散,一波波荡漾开来,把自己仅有的青春,托付给周围的世界。一夜欢乐,尚在迷醉的神经,陡然间就被这缕清新所俘获,细若游丝的芬芳,随着气流的起伏,渐渐滋润心脾。

还有一夜没歇的昆虫,这些超级歌手,从傍晚唱到黎明的。它们一定把每次演出都当成最后的绝唱了,否则,何以在没有听众的剧场里,发挥得如此声嘶力竭?

狗的吠叫,一下一下将天空慢慢擦亮,原本黑魆魆的魅影,一寸一寸清晰成了挺拔的雪松和云杉。这些趾高气扬的家伙,据守在山崖之上、葱岭之巅,甚至让清晨的烟岚都无法翻越,这使得更多的雾霭纠结在半坡,寻找突围的缺口。几头老成持重的奶牛,早已隐约在烟雾缭绕里,处事不惊地大口大口嚼食着上天的馈赠,将自己的身体,鼓胀成丰产的前兆。不远处,卸下鞍子的枣红马,则在安静的早餐,它或许已经意识到了一天的忙碌,加快了进食的速度,只是偶尔抬起头,端详一下绯红的东方,揣摩一下时间的进度。

整个世界都被露水俘获了,湿漉漉的天,湿漉漉的草,湿漉漉的空气,湿漉漉的鸟鸣,包括正从东山缓缓升起的太阳,都带着一身潮气,那些蜷缩山脚下休憩的羊群,发出的咩咩叫声,也都是水泠泠的,充满了空灵和娇润。

天亮透之后,青格鲁普从木屋旁边的毡房里钻了出来,手里掂着一副马鞍,走向心爱的坐骑,跟在身后的青格丽穿着一件艳丽的红色上衣,像一团火在草地上飘荡。父亲在装备马鞍的时候,女儿在靠近马头的位置上站了下来,手腕上还挂着一条马鞭。她轻轻拍了拍马头,自言自语地问候了几句,而后将小手移到马下巴处,不停地挠着,这显然是一个习惯性的动作,枣红马闭上了眼睛,一动不动,很是享受。

收拾停当,父亲把女儿轻轻抱起,放在鞍上,由于腿太短,青格丽两只脚踩踏不到马镫,只好垂在马背的两边。青格鲁普把缰绳递给她,在马臀上稍稍用力拍了一下,枣红马载着一团火焰，朝着山脚下，奶牛吃草的方向跑去了，那只大黄狗也紧紧追随马后。远远地，我看见了一朵移动的花，在阳光下盛开。

其米格

早早起床的其米格，在炸着油饼。我听到了毡房油锅里发出的"嗞啦"声和飘出的香味。怕吵醒我们，其米格将铁锅移至木屋边的毡房里，准备早餐。从昨晚收拾残局，到今早起床做饭，她应该没睡几个小时。想起昨天，在男人们纵歌畅饮的时候，她除了炒菜、炖肉，就一直坐在炕沿上给客人们不停地添茶倒水，我竟想不起来她说过的一句完整话语，或者，她根本就没有表达。

青格鲁普走到毡房边我昨天看画本坐过的枯木旁，从地上捡起一把斧头，开始劈柴。一下一下，准确有力的节奏，在晨光里，响亮而清脆。一些木屑飞溅到毡房顶上，更多的被劈成木柴，堆放旁边。我走过去，示意也动作几下，青格鲁普停下手，笑着说，你们不经常干这样的活，不会干的，但还是将斧头交给我。我仿照他的样子，一只脚踩在木干上，找准着力点，使劲劈下去，斧头却歪向一边，只擦破了一点干树皮。重新高举利器，奋力劈下。又把斧刃卡在了树桩里，费了好些工夫，才弄出来。这些看似简单的行为，到了我的手里，总也摆不端正。怕耽误劈柴的时间，只好作罢，将斧子交还给主人。

其米格走出毡房，翘首远眺女儿骑马跑远的地方，再抱几根刚刚劈下的木柴，折回屋子，依然一言未发。但青格鲁普似乎早就明白妻子的意思，透过毡房后面的小窗子，冲着她喊，没事！青格丽马上就把奶牛赶回来了！

不到一刻钟，就听到了青格丽的喊叫，还夹杂着狗吠。小姑娘兴奋地赶着两头奶牛回到家门口，没等父亲接她，自己从马背上跳了下来,丢下缰绳,钻进毡房。听到动静的其米格拎着一只木桶出来,走向奶牛。她蹲在牛的身下,两腿夹住木桶,双手交替着来回在鼓胀的乳房上挤奶,一下一下,带着体温的乳汁,细线一样,落入了桶里。青格丽已站在了母亲身边,快速吃完冒着热气的油饼,也蹲下,学着母亲的样子挤奶,好几下都挤到了桶外,母亲只是笑着纠错,再把桶的位置摆正,一下一下地示范,耐心而温婉。女儿终于找对了方向,发出稚嫩的笑声,在母亲的赞许下,更加勤奋起来。

清晨的阳光里,一大一小两个背影,享受着劳动的欢欣。

早餐很简单却很合口味,把酥油和奶皮抹在热乎乎的油饼上,咬上一口,满嘴流汁,再喝一碗新鲜的奶茶,那种舒坦,沁人心脾。其米格还是昨天的样子,坐在炕沿,给我们喝干的空碗,添上滚烫的奶茶,看着我们狂饮大嚼,显得很开心也很惬意。

早饭后,其米格灌了满满一壶奶茶,拿了两个馕,又包了两只羊蹄,塞进黄挎包,递给青格鲁普,这是午饭。羊要被赶到七八里外的草场去放,路上要走两个多小时。在太阳下山前再赶回来,天黑刚好到家。

青格鲁普走了几步,又返回木屋。出来时,往黄挎包里塞着东西,女主人追了出来,想夺回,却被嬉皮笑脸的丈夫挡住了。是一瓶昨天没开启的白酒。女主人故作生气,话语中带着默认后的抱怨,而男人早已翻身上马,一声唿哨,算是作答,冲出羊圈的羊被他吆喝着,赶赴草场。

你把羊放好!酒慢慢喝!其米格这句完整的话,被嘈杂的羊叫声弹了回来,伴着走远的马蹄声,更像是自言自语。

马背上的酒瓶

车子在草原上走得很慢,隐约的车辙看上去更像一条久远的古训,缺少了路的锐气和方向。在这样开阔的视野下,车轮倒有了信马由缰的理由。

巴鲁告诉我们,冬窝子过去是牧人待的最久的地方,整个冬季都要在那里度过,所以房子盖得也要好些。经过一个夏天的生长,那里的草很茂盛了,一般会选在避风、雪少的靠南山坡。开车的话,两个多小时就到了。

由于车开得慢,后面一骑黑骏马超越了我们,看到骑手身体后仰躺在马背上,以为在睡觉,却看见一只酒瓶,举过头顶,而后送进嘴里。巴鲁赶忙摇下车玻璃,把头探出窗外,大声喊着,伊登!伊登!

倒下的身子直立起来,停住马,掉头回走,到了车窗前,见到巴鲁,发出了大声的尖叫,哈哈哈!三友(蒙语,你好)巴鲁!边说边躬下身子把酒瓶递了进来。三友,三友。巴鲁回答,接过了酒瓶。开车不能喝酒,违法的!我大声劝阻。巴鲁侧着头笑答,没事,这是我小学同学。哎!朋友,这里是草原,没有交警,在这里,我们自己说了算!伊登瞪着猩红的眼睛,大声喊着,即使隔着两三米的距离,我依然能闻到浓浓的酒气。巴鲁对着瓶嘴,两三口就将余下不多的酒干了,然后下车打开后备箱,取了一瓶未开封的酒,扔了过去,伊登躬身接住,用嘴将瓶盖打开,正准备喝,忽然斜刺里又窜出一匹白马,在两马交汇的一刹那,后来者一把夺走了伊登的战利品,狂笑着跑远了,边跑边喝。哎哎!伊登大叫着,策马追去,两匹马在草原上交叉行进,巴鲁急忙启动车撵了上去。在草原上,如果朋友的酒瓶里只剩下最后一点酒了,你喝了之后,一定要再拿一个满瓶酒还给他,巴鲁说,这是礼性。你好好看看草原人是咋喝酒的。

伊登追上了白马,隔着两步的间距,并驾齐驱。白马男子高喊一嗓,将酒瓶抛出,伊登斜出身子,几乎要脱离马鞍了,将酒瓶稳稳接住,又回身安坐马上。见我们驱车跟着他,伊登更加得意了,两腿磕碰马肚,让马加快了速度,自己又后仰躺在马背上,瓶口对嘴,酣畅狂饮。白马人急了,追了上来大喊大叫。伊登才懒洋洋地翻起身子,同样又将酒瓶抛了出去,白马汉子轻巧接住,也学着伊登的喝酒方式,倒在马背上,边跑边喝。马在草原上你追我赶,酒瓶在马背上,来回穿梭。

这是我所见过的最随意也最简单的喝酒方式,规避了菜肴和客套的羁绊,酒的效果直奔内心,这是物质抵达精神的最短的距离,无疑,也是最轻松的距离。

一道山坡,阻挡了车子前行线路,而马却可以毫无障碍地越过,最原始的交通工具成为了草原上最畅达的载体,我们只能望着马的背影,望着快乐的背影,折转方向,但他们的欢快的叫喊声,还能翻过山坡,追上我们的听觉,栖落其上。

看见鹅喉羚

山里除了羊马走的一条曲径,根本没有车路,但巴鲁就像了解自己的掌纹一样,了解这些环境。时而斜坡慢下,时而仰首冲刺,在密林中左拐右折,在山谷间游弋穿梭,车子在他的掌控之下,完成着牛羊的行程。虽然坐在车里,却感受着马背上的内容。

终于从密林间出来,车子开进宽阔的山谷,齐腿深的蒿草夹生着黄色的金莲花和紫色的柳兰,这些野花,都是天山山脉最常见的植物,密密麻麻地散落在崇山峻岭之间,成为绿色的主导,也成为秀美的源泉。行至拐弯处,车子必须翻过一道山梁,为了安全起见,巴鲁让大家下车,自己选择好路线,加大油门,越野车发出强力吼叫,碾过遍野花草,冲向坡顶,还剩三四米了,车轮打滑,卷起残花败叶,轮胎也被绿汁打湿,车身渐渐倾斜下来,只好慢慢退到谷底,重新发起冲锋,我们紧跟车后,到了顶峰处用力推搡,终于使之成功登顶。车轮驶过,压出两道深深的车辙,从山外一直延伸进来。这或许是山沟里千百年来第一道汽车的印迹,远远看去,密织的草丛间,豁然被划出了两道深深的伤痕。

走上山梁,看见大山不远处的阴坡,一大群黑牛在吃草,毫不在意我们的指指点点。我喊了几嗓子,竟岿然不动,甚至很漠然地撩扫我们一眼,又垂下头,继续咀嚼自己的岁月。这让我想起多年前我去过的米尔其克草原,也是在山坳里,也是一些悠闲的黑牛,这种相似的境遇让我忽然觉得自己走在了往事里,或许那些牛根本就没离开过,就像是种在草原上似的。我想,对牛而言,我们人类也应该是相似的,无论谁来,一切都是过客,只有草是它们的终生情侣。是牛知道草不会离开它们的缘故吧,所以吃的姿态显得有些傲慢和随性,彰显着它们才是这里主人的势态。生活在这里的牛是有理由骄傲的,如此丰美的草场,如此凉爽的气候,如此静谧的环境,耗其一生,当然无悔。

这些都是高原牦牛,巴鲁说,没专人放牧,都是散养的,隔上一周,主人才会骑马上山看看,清点一下数量。到了入冬,赶一些牛下去,卖掉,余下的牛整个冬天都会在山里,自己越冬,牦牛的生存能力是非凡的。巴鲁的话让我凝视的目光里,多了一层肃然。

车子开到了一座悬崖边,巴鲁招呼我们下车,说这下面就是鹅喉羚的领地,这阵子,它们一定在山坡下吃草呢。为了不惊扰它们,我们弓着腰,慢慢靠近崖边。五六十米的垂直高度让我稍显晕眩,还没看清草色,巴鲁就指着草坡中间七八块褐色石块说,看,那就是鹅喉羚。盯了一会儿,果然看见"石块"在慢慢移动,由于没有发现我们,这些野生动物吃草的状态很悠然。巴鲁指着靠近林子边上的一只对我说,那是只头羊,负责望风,警惕性很高的。果然,我们脚下不小心滑落的一片碎石,立即被警卫者察觉,它不知发出了怎样的警告,刚才还在认真吃草的精灵们,都猛然抬起头来,朝着山顶方向端望,倏忽间,就齐刷刷地箭一般朝着密林飞奔,仅几秒钟,就把自己射进了丛林深处。

天赐草场

四周的绿色像一个硕大的棋盘,我们是仅有的几枚能区分出色差的棋子,沿着仅有的线路,迂回前行。巴鲁说,唱支歌吧,这样的环境下不唱歌,就像蒙古人闻到了酒香而不让喝酒一样,很难受的。我们笑着推举,让他先唱,巴鲁没有推辞,说先抛砖引玉,然后轮着来,唱不好没关系,每个人都要唱的,唱歌就像野花开放一样,草原需要各种颜色的花朵。我们唱歌是因为高兴,而不是为了好听。巴鲁说完,清理了一下嗓子,一首浓郁的草原韵律,回响起来,音域很深沉也很舒缓:碧绿的草原伸向远方,天边浮现出座座白毡房,那里有童年七彩的憧憬,那是我出生的地方可爱的家乡……歌的流畅与山脉的起伏协调一致,宛若骏马与骑手、炊烟与晚霞。在这样的氛围下,音调的准确与表达的真切已经不重要了,重要的是在歌唱,重要的是让心中的情愫流淌出来,浇灌给每一株草、每一朵花、每一棵树、每一片云霞。

唱完了,巴鲁长舒一口气说,该下一位了。车里推辞不过,有人唱起了流行歌曲,这些靠麦克风和打击乐包裹起来的现代艺术,在剥离了附属元素之后,一下就显出了本质的虚弱,就像年迈的皇帝脱去了威仪的龙袍后,所剩下的羸弱骨骼,根本支撑不起辽阔的疆域。面对眼前的苍茫和博大,只有从草原中提炼出来的音乐才能表达至理,才能驾驭其中。从这个意义上说,蒙古长调,就是盘旋在草原上空的雄鹰,它的高度,让其他的燕雀望尘莫及。

在我们的央求下,巴鲁一直在唱,一曲接一曲,就像这弯弯的山路,一坡连一坡。直到远远看见一团鲜红的火球,在草原上跳跃、驰骋。巴鲁说，看！那是骑马的青格丽。我们到了，这就是我表哥的夏草场。

走到近前，果然是小姑娘，她在开阔的草地上骑着马来回奔跑，羊们都散落在半山坡，在正午的阳光下，缱绻而慵懒。巴鲁问青格丽，阿爸在哪里？女孩用马鞭指指山上的树林，我们下车，背上自备的干粮和酒，走向丛林。

青格鲁普倒在树荫下，鼾声四起，一只喝空的酒瓶和几块碎骨头丢在一旁，我们喊了两声，不见反应，巴鲁笑着说，等会儿，我有办法，他马上就会醒的。

我们把各种咸菜在馕饼上摊开，巴鲁打开一瓶酒，又一口气喝空一瓶矿泉水，掏出腰刀，将瓶底削成一酒杯，斟了半杯酒，走到熟睡的青格鲁普身边，把酒一点点滴入他的口中，起先他梦呓般吮吸着酒滴，只几下就条件反射地弹坐起来，双眼圆睁，见到是巴鲁，哈哈大笑，伸手就来抢酒瓶，被巴鲁一把躲过，两人在草地上追逐起来。

青格丽也驱马上来，手里摘了一大把野花，高兴地送给我。凑近鼻前，馥郁的芳香清幽而绵长，一下就浸入了心扉。青格鲁普在喝了两杯酒之后，歌性大发，面对空旷的草原和山谷，他把脚下的山坡当成了表达的舞台，纵情挥洒着自己的欢乐。几曲歌毕，他又要了一杯酒，一饮而尽，而后翻身上马，高喊着，像古时的勇士，从山坡向着脚下的草场飞奔而去。看着马背上摇摇欲坠的身体，我有些担心，巴鲁笑了，说，好的骑手是绝不会掉下马背的。在草原上，即使烂醉如泥，无法行走，只要扶上马背，就能回家，马是认路的，到了家门口，狗一叫，女主人就知道了，再把男人扶进毡房。

远远地，枣红马缩小成了一颗枣，还在绿色的背景里飞驰。我想，只有在伊克苏龙，青格鲁普才会感受到心灵的飞翔。草原是他生存的土地，而马背，则是他快乐的中心。

草把自己躲进了深山,花把自己开放在深谷,美好的东西离我们越来越远了,不知道,什么时候,我们的情感也会像牧人一样,能真正读懂,一棵草的祈祷,一株花的微笑。

(原载《清明》2012 年第 4 期)

寻访槐园

张祚臣

1974年4月,对于冬季多雨的西雅图来说,春季的阳光明媚、温暖,人们正在享受一年中难得的好时光。华盛顿大学校园里的八重樱和吉野樱正在绚烂地开放,湖边的山杜鹃似云蒸霞蔚,仿佛蒙了一层朦胧的面纱。自从1972年梁实秋卖掉台北安东街309巷的寓所,偕夫人程季淑投奔美国西雅图的女儿梁文蔷以来,已经整整过去了两年。

西雅图满街的樱花树也许让梁先生想起了在青岛的四年时光。那时候他们住在鱼山路七号的一座两层小楼里,房东王德溥先生在院子里种了六株樱花、四棵苹果和两棵西府海棠。梁实秋在一篇文章里说,程季淑常常感叹,西雅图的樱花"虽然也颇可观,但究比青岛逊色,我有同感"。

也是在这座两层小楼里,梁实秋最小的女儿文蔷出生了。梁育有三女一男,二女三岁时感染猩红热殁于青岛,在"冰霰霏霏之中",葬于青岛第一公墓。长女文茜和儿子文琪1949年后留在大陆,失去联络。带到台北的幺女文蔷事实上成了梁实秋的"独女"。

这不是梁实秋夫妇第一次来到西雅图。两年前,梁实秋和程季淑以探望女儿的名义在西雅图住了四个月。那时,梁刚刚从台师大退休,正好有时间践行他们的"蜜月之旅"。在西雅图塔科马机场,有人递给梁实秋一份印刷品,原来是美国总统致各位旅客的公开信。信的开头说:"凡踏上美国国土的人,无需自居为客,因为美国本是由许多国家、肤色与信仰的人们组成的一个国家,我们崇信个人自由,所以我们共享来自许多国土无数人们的目标与理想。"

尽管此前已经来过两次美国,并在科罗拉多泉大学和哈佛大学求学三年,梁实秋仍然感到十分新鲜。梁在一篇文章里说,美国是一个生机勃勃的国家。它像一个快乐、顽皮大男孩,发疯一般地发育生长,也发疯一般地玩乐、笑闹以寻求自我发泄。

过海关的时候,海关人员对一盒官燕窝产生了浓厚的兴趣,文学翻译大师梁实秋饶有兴味地解释着:"那是鸟的巢,燕子的窝,可以吃的……""燕子的窝,可以吃吗?"立时有三五个人围拢过来,一个小伙子迫不及待地问:"你爱吃燕窝汤?"脸上现出难以置信的神情。

又有一盒豆腐干被发现了。"这是豆腐,沥干水分便成了豆腐干。"豆腐干?豆腐洋鬼子是知道的,但是豆腐干没见过。梁实秋来了兴致,本想讲一讲两千多年前淮南王刘安发明豆腐的历史,想想还是算了,讲了也白讲。

然而这一次卖掉台北的房子投奔女儿文蔷却是迫于急剧变化国际形势。中美建交,台湾震动。梁实秋又一次表现了虑事周详、未雨绸缪的性格。终于决定"卖掉房子,结束这个经营了多年的破家,迁移到美国去"。

长久居留证已经申办了一年。梁并不愿加入美国籍,入籍须宣誓。宣誓效忠美利坚合众国,这是梁实秋无论如何都办不到的。然而居留西雅图的两年,夫人程季淑过得并不开心,言语不通,不敢与邻居说话,看不懂电视,不敢独自进店铺,罹患高血压的她只能以织毛衣打发时间。

他们设想,一俟拿到长久居留证,就要回国看看,因为美国的生活实在"乏善可陈"。就如一颗大树,安置异乡,是不容易存活的。他们甚至想好了晚年养老的住所,台北的房子卖掉了,而"北平从繁华而破落,从高雅而庸俗,而恶劣,几经沧桑,早已不复旧观。我虽然足迹不广,但北自辽东,南至百粤,也走过了十几省,窃以为真正令人流连不忍去的地方应推青岛。"

在西雅图的日子里,梁实秋依然每天四点多钟起床,手执一把雨伞,外出散步,风雨无阻。上午则陪夫人程季淑到超市买菜,中午下厨小试身手,下午读书写作、翻译文学作品。

然而1974年4月30日这一天,死神竟然不期而至,突然攫去了程季淑的生命!

上午十点,梁实秋和夫人像往常一样手拉手前往一家超市购物。一阵风吹过,程季淑发现梁实秋的鞋带开了,遂弯腰为夫君系鞋带,这时超市门口的一个梯子倒了,正好砸在程季淑的头上,急送医院抢救,终致不治。梁实秋后来回忆,在送手术台前,程季淑意识尚存,她不断地重复着:"华(梁实秋本名治华),不要着急,华,不要着急。"她甚至朝丈夫微笑了一下,但是终于没有从手术台上走下来。

"我说这是命运,因为我想不出别的任何理由可以解释。我问天,天不语。"梁实秋写道,"不是命运是什么?人世间时常没有公道,没有报应,只是命运,盲目的命运!我像一棵树,突然一声霹雳,电火殛毁了半劈的树干,还剩下半株,有枝有叶,还活着,但是生意尽矣。两个人手拉着手的走下山,一个突然倒下去,另一个只好踉踉跄跄的独自继续他的旅程!"

三十八年后,当我漫步在西雅图的街头,时常会邂逅这家叫做"safeway"的超市。如今,"safeway"超市已经成为北美最大的连锁超市之一。无论是小镇码头,还是乡间野舍,到处都能看见它的身影,坡顶的檐廊、错落有致的建筑,像大多数美国的超市一样,没有漂亮的橱窗,通体是再普通不过的灰红色墙壁。但是墙壁上血红的标志和漆黑色的"SAFEWAY"大字却尽显讽刺意味,因为"safeway"在英语里恰是"安全之路"的意思。

三十八年后,关于那场事故,那场索偿诉讼,已经鲜为人知。是啊,斯人已去,索偿又有什么用!

1974年8月29日,梁实秋以饱含深情的笔触,写下了悼念亡妻的文章——《槐园梦忆》,文中回忆了程季淑含辛茹苦的一生,以及他们的相识、相知,悲欢离合。生活中的点点滴滴,平凡异常,写来却感人至深。"重壤永幽隔""徘徊墟墓间"。以至于他希望人之死后尚有灵魂,"夜眠闻声惊醒,以为亡魂归来,而竟无灵异。白昼萦想,不能去怀,希望梦寐之中或可相觐,而竟不来入梦!"文字沉痛悲切,有时竟不忍卒读。文章一经发表,立刻在华人世界引起巨大反响,许多人看得潸然泪下。

程季淑被葬于槐园。在《槐园梦忆》一文中,梁实秋写道:"槐园在西雅图市的极北端,通往包泽尔(Bothell)的公路的旁边,行人老远的就可以看见那一块高地,芳草如茵,林木翁郁,里面的面积很大,广袤约百数十亩。季淑的墓在园中之桦木区(Birch Area),地号是16-C-33,紧接着的第15号是我自己的预留地。"

从我在西雅图的暂住地到槐园,需换乘一次车,步行大约三英里。槐园在五号公路和包泽尔公路之间,沿五号公路在一百四十五号大街下了车,一路向东。远远看见包泽尔公路旁有一个彩石砌成的门柱,门柱上挂着一个巨大的木牌,上书"Acacia Memorial Park",即是槐园了。

从远处望去,槐园是一片起伏的高地,绿草如茵,林木葱郁,层层叠叠,一眼望不到尽头。门口有清泉喷涌,彩石堆砌,鲜花环绕,流水汩汩,其声呜咽。正如梁实秋所说,这里虽然叫槐园,其实是没有槐的,有的只是高大的枞杉和低矮的山杜鹃。

三十八年前,梁实秋隔几天就要到妻子的墓园去一趟,把一束鲜花插在预先埋进土里的瓶子里,灌满清水。低声呼唤着夫人的名字,告诉她几天来发生的新鲜事情。有时候干脆坐在墓前的草地上,良久始去,他感觉自己的思绪飞出了身体,跟夫人的亡灵交汇。远处天高云谲,瞬息万变,人生无常,岂知旦夕祸福?

脚下的这条小径是不是就是大师千百次祭奠亡妻走过的道路?小径蜿蜒伸展,仿佛指向天际。这不是我第一次与大师不期而遇了,似乎冥冥之中有一条细线牵着我,沿着大师的足迹砥砺前行。梁实秋在《槐园梦忆》里说,在西雅图的两年里,每逢周末,都由女婿驾车,外出郊游,他们"咸水公园捞海带,植物园池塘饲鸭,摩基提欧轮渡码头喂海鸥,奥林匹亚啤酒厂参观酿造,斯诺夸密观瀑,义勇军公园温室赏花"。

我也曾在西雅图植物园观圣海伦火山,在奥林匹亚参观首府华盛顿州的"小国会山",有一次不小心闯进了义勇军公园(现在一般叫义工公园)的温室。义工公园的温室实在算不上有名,面积也不大,我也并非专为此而来,但就是在这里却跟大师又一次相遇了。

温室门厅狭窄,门口立一块铜牌,上面写着温室的历史和捐赠者的名字,现在已是一处公共的花园了。进入温室,一股温热潮湿的气息扑面而来,植物茂密,小路幽深,仿佛能看到三十八年前梁实秋儿孙绕膝,一家人其乐融融的情景。这座建于一九一二年的热带亚热带植物温室也许给身在异乡的梁实秋带来些许慰藉。那些高耸的面包树,一人多高的龙舌兰,毛茸茸的仙人球,是否让大师想起了亚热带的故土台湾?

槐园却是一个非常广袤的所在,绵延数百亩。除了边缘有一些墓碑立在地上以外,整个墓园的墓碑都是平铺在地面上的。墓碑有标准的形状和尺寸,大多呈方形。这样做的好处是便于除草机除草,以保墓园的清洁整齐,坏处是对于不熟悉的人来说很难找到目标。我不得不在平躺的墓碑上跨来跨去,觉得这样做对逝者多有不敬,心里不断地默念"对不起,对不起",突然想起地下的亡灵大多是美国人,连忙改用英语说"sorry,sorry"。

槐园广阔,起伏不定,且有高大的枞杉阻隔,并不能一览无余。和我的猜想一样,槐园分数十个区域,都以植物名称命名,比如榆木区、杉木区、柏木区、木兰区、杜鹃区、梅花区、浆果鹃区等等。梁实秋在《槐园梦忆》中说,夫人季淑葬于桦木区,桦木区其实是没有桦的。如此看来,榆木区也没有榆,柏木区也没有柏,梅花区也没有梅花,浆果鹃区当然也没有浆果鹃……

沿丘陵地带一个个区域看过去,终于在槐园的顶端找到了桦木区。三十八年前梁实秋把夫人葬于桦木区,墓旁曾有一喷水池,涌泉喷涌数尺之高,如今喷水池犹在,池底却几乎干涸,已不复当年的模样。按梁实秋的叙述,程季淑墓的地号是16-C-33,号牌埋在地里,呈小小的圆形,在青草的掩映之下很不容易被发现。找到了 16 号,也找到了梁实秋给自己的预留地 15 号,但是墓地却空空如也,只有两个号牌孤零零地嵌在地上,并无墓碑!

正在疑惑,耳边传来嘤嘤的哭声,循声望去,是两位亚裔女士,显然是来祭奠亲人的。少顷,俟两位女士恢复常态,才敢上前询问,先是英语,得知两位女士来自中国福建,继而改用中文:

"女士,知道程季淑墓么?"

"程季淑?不甚清楚。"

"就是梁实秋的夫人。"

"哦,梁实秋夫人,她埋在这里吗?没有听说啊。"

我把记下的地号拿给她们看,两位不置可否,建议我到槐园的管理中心去问一问。管理中心在墓园入口的右边,早知道这样,进门时就该先要一幅地图,找起来就不会那么曲折了。

接待我的是一位漂亮的姑娘。我把写有地号的纸条拿出来,姑娘拿出一张地图,在地图顶端找到桦木区,然后用红色记号笔画出驾车的路线,我说没有驾车,只是步行而来,姑娘的脸上露出惊讶的表情。也许槐园太大,我是第一个步行拜访者吧。

姑娘在地图上找了半天,并没有找到16-C-33。也许是33列C行吧?姑娘说,但是似乎又找不到16号。

是梁实秋记录有误?还是随着岁月的变迁号码有所更换?抑或是程季淑墓地做过移动?

我们知道,梁实秋在写下《槐园梦忆》两个多月以后,1974年的11月3日,受台湾远东图书公司之邀,回台洽谈出版《槐园梦忆》事宜,在一次朋友聚会上与影星、歌星韩菁清一见钟情。其时,韩菁清已从台前转入幕后,在电视台学编导,韩菁清四十三岁,而梁实秋已七十有一!

自从认识了韩菁清以后,梁实秋仿佛焕发了第二春,两人不仅天天见面,更是一天写一封信。"今天早上,我吃了一片糯米藕,好甜好甜。我吃藕的时候,想着七楼上的人正在安睡,是侧身睡还是仰着睡?还是支起臂肘写东西?再过几个小时就又可晤言一室之内,信不要写了"。在去西雅图处理亡妻诉讼之时,梁实秋一下子买了一百枚邮票,并写信说:"这一百张邮票用完时,我们的相见之日就不远了。"

与韩相识一个月之后求婚,两个月之后订婚,四个多月后结婚。在与韩菁清共同生活了十二年之后,1987年11月3日,梁实秋病逝于台北。梁实秋终于没有葬在西雅图的槐园,葬在元配夫人程季淑的身边。在给女儿文蔷的信中说:"我死不能与汝母同穴,将是我一大憾事。"

11月18日,梁实秋安葬于台北郊区的北海墓园。为弥补不能与元配夫人合葬的缺憾,第二年,梁文蕾将一件父亲的旧上衣、染有母亲血迹的纸巾、一缕父亲留了多年的母亲头发和一幅父母合照葬于槐园,并换上父母合葬的墓碑。

但是我终于没有见到墓碑。

(原载《青岛文学》2012年第8期)

饕餮在六〇年（节选）

杜 元

我们这地方的老人们，习惯于把"困难时期"那三年统称为"六〇年"。原因可能在于，三年中1960年是最为困难的一年。

一

那年我姐小瑞十九岁，上大二。她考上大学以后，户口和粮食关系都转到了学校。学校食堂吃不饱，小瑞就时不时回家找吃的。然而，我们在家里也吃不饱，这样小瑞回家就成了一件招骂的事情。不过，家里虽没人欢迎她回来，可骂她的其实只有我一人。我那年十二，是五年级小学生，已经很有一点权利意识了。在我想来，小瑞既然住校吃食堂，就和属于我们的粮食没一点关系了，她回家来吃，就是吃我们的，就等于剥削。

我家是一个多子女家庭，父母生育有六个子女。小瑞是老大，品学兼优，人又长得好看，是我父亲的掌上明珠。她下边是我哥小林，我是老三，女孩子里我行二。小瑞常骂我"二奸臣"，我之所以成为奸臣，是因为小瑞回家来找点填补的时候，小林不说什么，我以下的弟妹们还小，也说不出什么，这样我就成了小瑞唯一的反对者。学校开饭早，小瑞往往是在食堂吃完饭后匆匆赶回家。她的学校离家不近，有五公里左右。她回家差不多总赶上开饭。每当小瑞走进我家院门,低头往家走,我就狠狠地嘀咕,又回来剥削来了。大声说是不敢,怕挨父母训。

其实小瑞剥削的一般不会是我们这些弟妹,而是我母亲。母亲总是说,小瑞回来了?来,坐我这儿。于是把正吃着的半碗粥或者半个菜团子推给她,自己走开。小瑞很快吃完这点东西,一声不吭地起身出门,再走回学校去。

那天小瑞从院门口进来时,天都快黑了。我一直盯着她进家门。父亲命令说,你们几个都把碗里的粥分一点给你姐。我不动,弟妹们学我也不动,只是我哥小林把粥碗推给母亲说,分吧。母亲把小林的碗又推回来,站起身说,小瑞,来坐这儿。母亲的碗里还有大半碗粥。小瑞正要坐下,父亲却突然发火了,斥责道,小瑞,你怎么这么不懂事?你户口在学校,回家来吃谁的?你每次回来你妈都把饭让给你吃,你这么大了,怎么忍心?我接茬儿说,就是。小瑞狠狠地盯我一眼,站那儿愣了一会儿,然后扭头出门走了。出院门时,我看到小瑞左一下右一下地在脸上抹。母亲要追出去,父亲说,别管她,让她走吧。母亲不吃了,走进里屋去,父亲也放下碗不吃了。于是我们五个很快把父母碗里的粥分开吃掉了。

六〇年国庆节,每个市民增供二两肉半斤白面。母亲好几天前就说了过节给我们包饺子吃,我们一直盼着馋了好多天。国庆那天我参加活动回来晚了,一路上饿得直不起腰来,越想饺子越饿,心里还惦记着母亲是否给我留够了量——按照我的定量应该留二十四个。不想,我进家门正碰上小瑞出门,她说了一句,跟你说啊,你的饺子我吃了几个啊。挺理直气壮的样子,说完扬长而去。我气得浑身打颤,赶忙看我的饺子,竟然只剩下九个了。我哭得上气不接下气,母亲闻声从里屋出来,我冲着她大喊,我姐把我的饺子都吃了,我怎么办?她怎么这么坏,比地主还坏!母亲只是淡淡地说,这不是没都吃完么?她不是你姐么?

说着给我把那九个饺子煮熟,放在桌上走开了,竟没有因为我吃这么大的亏,给我一点补偿,连半碗面条都没给我加。那九个饺子我本想用不吃来抗议,可是实在太饿,三两口就吃掉了,吃完好像比没吃还饿。那时,我和弟妹们都不去想,我们在家里饿有母亲想法子,而小瑞饿只能自己想法子,她唯一的法子就是回家。

从那以后我更恨小瑞,小瑞也早觉察我的恨意,以同样的恨回报我。我们这一对相差七岁的姐妹就这样一直恨着,直到困难时期过去。小瑞六三年大学毕业,分配到伊克昭盟工作,离家远了,聚少离多,我们渐渐地不再表现心中的恨意了,不恨了。但是,我们之间老是存在一个"空洞",感情上很有距离。现在我们都进入了老年,我怀疑,小瑞是否至今仍然认为我是二奸臣。

小瑞不仅对我,对我们的父母,对除小林以外的几个弟妹,也都有着一层隔膜。看她那意思,好像我们这个家,早就单单把她一个人排除在亲情之外了。在不经常的聚会中,她总会以开玩笑的口吻吐露积怨。虽然知道她不是开玩笑,但是她所说的,都不是有关六〇年的,都是些微不足道的小事,唯独不提当年她跑远路回家找饭吃受训斥、受气的事情。我们也都不提,这是我们之间唯一的默契。如今小瑞已年过七十,她亲近一些的只有小林。

我哥小林六〇年时十六岁,上初三。家里的所有重活几乎都归他,如买煤买粮提水劈柴等。小林挺聪明,学习好又有文艺细胞,《唱支山歌给党听》曾在全市中学生文艺汇演中得过一等奖。那年他已经长到一米七七,高而且瘦,我母亲形容他说,就像一根"晃竿子"。小林最重的活儿是去买"糖菜渣子"。我们这座城市的人,那些年差不多都吃过这东西。这个地区产甜菜,农民称甜菜为"糖菜",市民们也跟着这么叫。1958年大跃进时,在西郊建起了糖厂。六〇年这座城市的人们因为糖厂的废渣而受益匪浅。甜菜提炼过糖之后,渣子就没一点甜味了,因为提炼加工时加入了化学药剂,所以有一股怪味。买回来之后要用水泡,泡好长时间,再淘洗几次,使劲挤干,那就什么味也没有了。剁碎了掺在玉米面或者"九〇粉"、"全麦面"里,就可以做成菜团子,掺在小米或者高粱米里,又可以熬成菜粥,除此之外还有好多种吃法。这东西没什么营养,但是可以吃到嘴里,用来填充肚子。过去,糖菜渣子是喂猪的饲料,六〇年变成了人吃。

小林差不多每隔一个月,就去买一次糖菜渣子。早晨母亲会在他应得的一份早饭之外,再给他加一个窝头或者一碗粥。然后他就拉着母亲借来的排子车上路。我家住城东,糖厂在西郊,相距有十多公里。糖菜渣子论车卖,小林装车就尽可能的瓷实尽可能的满,一车差不多有百多斤吧。早晨出去,下午两三点钟拉回糖菜渣子来,他的衣服会被汗湿透,人累了就更像是一根晃竿子。有时候我家西邻刘殿文刘大爷会和小林一起去,两家一起买或者帮我家买,那样小林就轻省多了。

晚饭时,小林三两口吃完属于他的那一份,就坐在那不动,等着,好像看是不是会有一点奖励,加一点量,因为干了重活。但是有我们这些弟妹盯着,加量是不行的,要加我们也要加的。再说,早饭已经给他加过了。小林就看我们吃,一直等到我们都吃完为止。我不知道母亲是否会悄悄给他一点吃的,这是有可能的,但是在我们狼一样的目光下,母亲也很难给小林特殊的照顾。

我们都怕父亲,而小林格外怕,因为父亲对他格外严厉。六〇年,小林因为吃,多次挨过父亲的责罚打骂。有时候真是因为偷吃,有时候则是因为被冤枉而挨打。多数情况下,小林受罚,是由于我们这些弟妹们的告发。

小林曾经在我家菜窖里偷出过胡萝卜,跑到院门外,在树皮上蹭蹭泥,嘎吱嘎吱咬着吃。胡萝卜是入冬时按人头供应的,稀缺的好东西。只要发现了小林的劣迹,我们是一定会告发的。那样小林就会被父亲狠狠教训一顿,小林那时和父亲已经差不多一般高了。父亲认为,一个"饿"字不能解脱偷窃行为的严重性,那事关品质,是一辈子如何做人的问题。小林总是不吭一声,也不躲避来应对父亲的打骂。他这样父亲就更生气。

那年秋天,我和小林到郊外去拔野菜,那是本地人叫"灰灰"的一种野菜,也有"老来红"。拔回来,人也吃鸡也吃,野菜吃起来有土腥味也有苦味。近处被人拔完了,我们越走越远。正饿得不行,发现一片还没"起地"的萝卜地。小林出主意说,咱们偷几个来吃?我很同意,小林匍匐蛇形爬进地里,我放哨,怕被看田的人发现,吓得心咚咚跳。他挖萝卜用手刨土蹭掉了手指上的皮,我们两人用萝卜填满了肚子。回到家我一如既往向父亲报告了小林的劣迹,父亲刚要发作,小林跳起来骂,说,你没吃?你没吃?你这个叛徒!父亲转脸盯着我看,我噎在那里。

那些年,不止我,弟妹们也总是爱向父亲告发小林。我们也相互揭发,都不同程度受过罚——没有一次不是因为吃。揭发别人以后好像有种满足感,可以填补肚子里的空缺似的。我家的供应粮到月底就更显得紧张。那年有一个月最后一天,玉米面口袋里只剩一点底子。于是母亲把所有的口袋都拿出来抖,翻过来抖,用笤帚扫。抖完扫完用秤一称,有七八两,这一顿晚饭就吃用"杂和面"加一些土豆和糖菜渣子熬的面粥。我家像很多人家一样,自制了秤。母亲每顿饭都要严格按照定量称出粮食来做,饭熟了再用秤按照定量给每个人称到碗里。粥没法称,就给大些的多一勺半勺。锅底上粘的粥舀不净,母亲怕我们争抢,就分配每人一次轮换着刮锅底。奇怪的是,就这样,也往往到最后会差一顿半顿的粮。院邻们也家家如此。

可是我有一次竟发现这原因有一部分是在小林身上。那天早晨,我老是闻见外屋有一股焦糊味,很香。那时对吃的东西,鼻子比狗还灵。仔细闻着找着的时候,小林显得很紧张。于是我更仔细地搜寻,最后发现炉灶里熄灭的炭上贴着一个凹凸不平的"饼子",全麦面的。面本身就挺黑,这饼子就更呈灰黑色。我正要大叫,小林吓得脸变了色,把饼子一把塞进书包,拉着我就往外跑。小林威胁利诱,我跟他讲条件。他最后不得不把一大半饼子掰给了我,那块饼子沾着煤灰,吃起来牙碜,半生不熟,粘牙,可还是很好吃的。这一次因为分了大半个饼子占了便宜,还希望以后继续分赃,所以没去告发。可我以后没再发现小林的类似行为,我敢肯定,他只是更小心没让我发现而已。

父亲患有严重的胃及十二指肠溃疡病,经特批他的供应粮全部为细粮。在我家,父亲受到每顿吃一个馒头的特殊照顾。但是父亲不能自己吃白面馒头,老让我们看着。时常分给每人一小口,剩下的半个自己就着菜粥吃。母亲每隔几天就蒸几个馒头,晾凉了锁在柜橱的抽屉里,那是数好数的。但是,往往没等馒头晾凉锁起来,在母亲的视野范围内馒头就会失窃,少一两个。母亲气急败坏地挨个审问,招了供就挨顿打。但是多数情况下,问不出所以然,最后也只能不了了之,母亲不愿意让父亲知道了生气,更不愿意让小林受罚挨打。父亲总是认为,这样的事情只有小林能干出来,所以后来母亲只能在馒头还热着时就锁进抽屉。当然,多数情况下可能真是小林偷的;不过我也偷过,弟妹们也偷过。

虽然母亲提高了警惕,但已经锁进抽屉的馒头还被偷过一次。那个偷馒头的人不是小林,是我,但是受罚的还是他。那天,我拉开锁馒头的抽屉并排的那个抽屉,仔细察看,发现两个抽屉的最上方有一条窄缝相通。那时年龄还小,手也小,伸手试试,可以伸过去;再往里边探,竟然摸到了馒头。这个发现让我兴奋而恐慌,唯恐别人也发现这个秘密。我好几天没敢动手,但是心思是动了。

有一天放学家里没人,我的忍耐终于到了极限,把手伸过去,用一只手使劲把馒头捏扁,把扁馒头从那个窄缝里抽出来,藏在衣服里边跑到院外,几口就吃掉了。心跳得厉害,但馒头还是香的。开饭时,母亲开锁给父亲取馒头,立刻发现数不对,少一个。母亲惊慌而诧异,叫道,馒头怎么会少一个?锁着的怎么会少?我锁得好好的呀!我等着母亲挨个审问,惶恐中也做好了招供的准备——这次是从锁着的抽屉里偷馒头,不是一般的偷,我承受不住掩藏这样大过错的负担。但是,父亲大怒,已经不由分说地断定:锁着还能偷出来,不是小林还能是谁?我当时很希望他问问小林,是怎么偷出来的。但是他不问,一把抓着小林就是好几个巴掌。

小林因为确实冤枉,跳起来脸红脖子粗地大喊,不是我!不是我!父亲更加愤怒,做了这么恶劣的事情,还敢顶嘴抵赖?于是下手更狠,小林哭喊道,打吧打吧!打死我我也不承认!母亲拦住父亲,痛心地责备说,小林,你怎么能三番五次这么做?你爸爸身体这样坏,老是胃出血,你都不想想,我为什么把馒头锁起来。要是你爸爸倒下了,咱们一家人怎么办?小林脸色煞白,盯着母亲一言不发,然后,跑出家门去了。我看着,心里又悔又痛。到天黑透,小林也没回家吃饭。母亲请邻院刘大爷满街去找,刘大爷直到我们睡下才把小林找到送回家。刘大爷劝父亲说,小林还不是让饿给逼的?又回头对小林说,小林,以后再别这样干了啊。小林没吃晚饭就睡了。

但是这件事情还没就此了结。父亲越想越气,到半夜也没睡着。突然他跳起来,跑到外屋,一把将迷迷糊糊的小林从被窝里拉出来,说,你给我滚出去!这个家不要品质这样坏的孩子!

小林一声不响地穿上衣服,推门走了。母亲拦也没拦住。我听着动静,小林的脚步声一直响到院门外。我的心很疼,而事情的严重程度更使我不敢说出真相。从这以后,锁着的馒头没再失窃过,因为我不敢再干了,其他人也没发现这个"通道"。所以小林到底是怎样偷出馒头的,对父母来说始终是个谜。几十年来真相一直在我心里梗着说不出来。

小林六三年以优异成绩考取了医学院,父亲在世时,他已成了我们这里小有名气的外科医生,算是子承父业给父亲挣足了面子。小林对父亲恪尽孝道直到父亲去世。他两人在一起时,可以谈社会上的事,谈世界上的事,可以谈得很热络,但是家人知道他父子从不交心,不相互提要求,关系有点像朋友而不像父子。父亲去世多年后,一次家人聚会时,小林突然问我们,你们都说说,爸爸是不是只对我不亲?

二

我父亲全名杜敬之。我母亲叫孙蕴德。

我母亲经历过民国十八年大饥荒,那年母亲七岁,曾带着比她小两岁的舅舅,提着小桶去外国人的教堂领"善粥"。舅舅半路上饿得晕过去,母亲从河里舀水浇醒他,还接着走。小时候听母亲说这些旧事的时候,我们像听故事,觉得虚幻得很。没想到六〇年我们也会经历饥饿,我母亲也没想到。

母亲算是知识妇女,初中毕业后,又考上西安护士学校读过两年。她会唱王人美的《渔光曲》和周璇的《四季歌》。在护士长的职位上,她一直做到生了我小妹、她的第六个孩子,才辞职回家成了专职主妇。六〇年,她为家人找吃的能舍得出脸。

党委机关位于我家附近。母亲打听到党委食堂,找到那儿去,在厨余垃圾里翻找,拣出可吃的圆白菜帮子和菜把子(菜根)等,用麻袋背回家来。菜把子削掉皮腌成咸菜,菜帮子去掉腐烂的部分剁碎拌馅,蘸着水把玉米面拍在攥成团的馅上,做成皮极薄的大馅包子,这是她的绝活。这种包子比起糖菜渣子做的东西要好吃得多。后来有人和她争着捡菜叶,她就进到厨房里去捡。她在大师傅身边等着,大师傅丢一个,她捡一个。大师傅嫌她碍事,呵斥她,赶她走。她不走,第二天还去。过些日子,大师傅不赶她走了,还帮着她收集菜叶。很多年后,她才说起这情景,父亲跺脚说,你怎么不早说?

六〇年秋冬季节,母亲和街邻章富义章大爷结伴,到郊外农田里去捡土豆。说是"捡",其实是在农民已经收获过又犁过一遍的土地里,一锹锹翻找遗漏的土豆。农民也缺粮,不会有多少遗漏。那是把土地再翻一遍的活,我和小林星期天也会跟着一起去,捡到的土豆大多是铲成半拉的,或者很小的。有时地翻了一大片,一个土豆也没翻出来,而有时运气好一下翻出两三个,那就干劲倍增了。时间长了,母亲就有了经验,看土色就知道哪块地土豆可能长得多,长得好,也就有可能遗漏得稍多一点。

每天早晨,母亲天不亮就起身,给我们做好早饭和午饭,就背上水壶和装着两三个菜团子的布袋,扛着铁锹走了,那个布袋子也用来装地里的收获。往往天快黑时她才回到家。到了家不休息不吃饭,先把一天的收获过秤。有时多一些,七八斤,有时少一些,三两斤。母亲还会捡一些小芥菜、小蔓菁或者一些干菜叶子萝卜缨子拿回来,都好吃。

一天我和小林站在城门口等着接母亲。朦胧暮色中,远远听到母亲和章大爷的说笑声,我们很高兴,心想,今天一定丰收了吧。走近了一看,口袋竟是空的。母亲笑着说,咳,挖了一天算白挖,都让人家队干部给倒下了,没收了。晚上父亲说,明天就不去了吧。母亲说,哪能每天都被没收呢?还去!

土豆越捡越少,母亲就越走越远,这让母亲认识了城郊的好多村庄。最远的一天母亲走到了离城十多公里的小黑河村。一直到初冬,地的表层都上了冻,母亲还是去捡土豆。她先选好一块地,就坐在地头看着等着。不看着,这块地有可能被别人"抢走";不等着太阳晒一会儿,地还挖不动。记得那一天——1960年11月13日,母亲照常早早起床,我听到她说了一句:呀,下雪了,没法去捡土豆啦!很遗憾的声音。父亲应道:好的。声音显得很轻松。两个多月时间,粗算下米,母亲捡回的土豆有两百多斤。

母亲捡回的其实是粮食。那些年,土豆不算蔬菜,秋天按人头供应的土豆,每五斤要扣掉一斤供应粮。后来红薯干红薯粉也算在供应量中。细粮的比例很低,九〇粉、全麦面都算细粮。那年还供应过稗子面,我们这里不生长稗子这种草,不知是从哪里运来的,竟能够供全市人吃。那两三年中,月供每人三两棉籽油三两带骨带皮肉。当时人们并不知道,棉籽油是有一定毒性的,当然就是知道了也会照吃不误。政府曾有一个号召,叫"少吃粮,瓜菜代",但是蔬菜也按人头供应,就没法"代"了。那年暑假,我每天拿着"菜本"排队买供应菜,我家八口人,一天菜的供应量只够买到大半个葫芦,或者半个倭瓜,或者三个茄子。油水少,蔬菜也少,粮食又打了许多折扣,人就饿肚子,越饿越能吃,越能吃越饿,人人的肚子都变成了无底洞。

六〇年我家养着十三只鸡。好多人家都养鸡,不是为吃鸡蛋鸡肉,是为了吃鸡饲料——麸皮和米糠。那时,给鸡供应的饲料大部分都被人吃掉了,受着这样的剥削,鸡们只能是苟延残喘,母鸡不下蛋,公鸡不打鸣。鸡饲料是按照"鸡头数"来供应的,每鸡麸皮三斤,糠一斤。人有"购粮本"、"购菜本",鸡也有"饲料本"。每个月都由居委会的干部陪同粮站工作人员来核查鸡的数量,随时增减,没人敢弄虚作假。母亲把麸皮或米糠和在玉米面里或者其他的面里,再加点糖精给我们蒸窝头吃。只要能吃到嘴里,没有什么东西是不好吃的。我记得六〇年除夕,母亲问我们说,明天过年,咱们改善伙食,想吃什么?我哥顺嘴答道,不用吃别的,就吃一顿不掺麸皮和糠的纯玉米面窝头,尽饱吃,行不?初一那天,母亲给我们做了肉包子,还是要分份的,不尽饱。白面是发过芽的麦子磨的,包子粘在笼屉里拿也拿不出来,母亲用铲子把包子连皮带馅给我们铲在碗里,吃起来有点像粘糕。

那年我们这里很多人都得了浮肿病。我们全校同学在操场排队,挨个撸起裤腿让医生在腿上按,差不多都是一按一个坑。我们都非常希望确诊有病,但是浮肿得不厉害不能算病,也就没资格去领一小包"康肤散"——一种用麸皮细糠加黄豆面和少许白糖的营养药,一包有一两重,非常好吃。我母亲浮肿得厉害,但是她从医院开回的康肤散也都分给我们吃了,有时没等分就被我们偷吃了。六〇年母亲三十八岁,也在这一年她坐下了胃病。二十一年后的1981年,母亲终因胃癌去世。

父亲一直是油瓶子倒了也不扶的甩手掌柜。母亲去捡土豆,父亲就不得不承担许多家务。他中午必须尽快骑车从单位赶回家,手忙脚乱地生火,给我们热饭分饭,喂鸡,接送小妹上幼儿园。母亲回来得晚,晚饭也得父亲做,他还要教训因为吃而吵嘴打闹的我们。这对他来说是很重的负担。

父亲训斥小瑞、惩罚小林的事情是在六〇年的后半年。这之前的1959年秋到六〇年夏,父亲是在北京的中央社会主义学院学习。当时,在北京图书馆工作的我的堂兄杜克,还是一个单身。因为杜克学业优异前途可观,父亲相当喜欢这个侄子。他也很懂得孝敬,在大半年的时间里,他硬从牙缝里省下了一些饭票,换成全国粮票送到了社会主义学院。说,叔叔可以用这点粮票"补充补充",也可以在结业返家时,给弟妹们买一点礼物。

那个礼拜天,父亲上街准备买两个烧饼补充补充。排队快到食品店窗口时,一位北京口音,衣着像是干部模样的妇女走上前来,对父亲说,同志,我可以用五斤北京粮票换您的全国粮票吗?我最近要出差,帮下忙好吗?父亲说,好啊。就把五斤全国粮票和那位妇女做了交换。等到父亲把钱和粮票递到售货员手里时,售货员的一句话,差点让父亲一头栽倒在地。他说,同志,您的这五斤北京粮票过期好几天了,已经作废了!父亲接过粮票,摘下眼镜仔细看,果然已经过期。当时地方粮票有期限限制,全国的没有,父亲不大了解这情况。再加上拿着全国粮票买东西的差不多都是外地人,父亲又深度近视戴厚片眼镜,就被人瞄上了。父亲蒙头转向地往回走,走反了方向,回到社会主义学院,把晚饭也误了。

后来父亲把剩下的五斤粮票一直揣在身上,怕放在宿舍弄丢了,没事老是拿出来看看。离京前一天,父亲到王府井去,心想这回谁换也不答应。他在食品店买了三斤半挂面,两斤稻香村桃酥。售货员把七支挂面打成小捆,桃酥两个油纸包用纸绳拴成摞。称点心的售货员还特意用双手捂一下桃酥包,嘱咐父亲说,同志,小心啊!父亲道过谢,但是并没有理解话中的含意。他一手挂面一手桃酥提着走,还剩下的三两北京粮票准备去吃碗面。正走着,冷不防从背后冲过来一个人,一把就夺走了那两斤桃酥。这人双手捧着点心,低头连包装纸一起猛啃着吃,边吃边跑一会儿就跑远了。父亲愣在原地,半天不知道怎么回事。一个老太太走过来安慰他说,幸亏挂面没让抢走。可得小心呀!哎呀,这些盲流……父亲没去吃面,把那三两粮票连同五斤过期的北京粮票一起夹在他的课本——艾思奇的《辩证唯物主义与历史唯物主义》里带回了家。后来还拿出来看过好几次。

我父亲早年从山西汾阳医学院毕业以后,又到日本京都帝国大学留学三年,抗战伊始回国参军抗日,参加的是国民党傅作义的部队,做了八年军医。他的个人历史可谓复杂,属于"统战人士"。被送往中央社会主义学院学习,正是上述原因所致。但是父亲反倒是有些不谙世事,一辈子受过大小好多次骗。到老年还被一个卖假金子的骗子骗过两千块钱。但是父亲最为刻骨铭心的是那五斤全国粮票被骗的事情。他在世时老说起这件事,说,人怎么能这样昧良心呢?

六○年政府号召大力发展"代食品",人力推广"增量法"。其中"小球藻"这种代食品,是用人粪尿培养出来的。我们小学的班主任朱振顺老师,给我们详细讲授小球藻所用原料和培养方法,说她已经成功培养出了这种东西,并且给她的四个孩子实验性的吃过了,要我们回家去帮助大人培养。我们都跃跃欲试,但对这种东西,我父亲很感苦恼,坚决不允许我们培养。父亲学医出身,认为人粪尿只能作为种粮的肥料,绝对不能直接培养出吃到嘴里的代食品,说,这种做法很不科学,甚至是很可耻的。

但是,父亲却相信增量法。当时的《中国妇女》杂志上曾经介绍过好多种增量法。其中有一种许多人都用过。就是一个劲地往面里加水,一个劲地搅和,不停地加水不停地搅,然后发酵上笼蒸成"发糕",就是少吃点面,多吃点水的意思。我父亲经过实验,独创了一种增量法:把菜粥放在火炉上没完没了地熬,一直熬得菜和米都分不清谁是谁,熬得没了魂,再端下来晾凉。粥凉了就稠了,原来是用勺子舀,这就可以用铲子铲成块再吃,这让我们很是高兴。父亲很兴奋很神秘地告诫我们说,这是咱家发明的增量法,咱们先用着,谁也不许外传啊。我母亲有点心疼熬粥用了太多的煤,不过还是忍不住把这种增量法传授给了院邻们。他们都说很好,有效。后来我们说起父亲的增量法都笑,父亲说,这可不是笑话。又说,什么叫增量法?看着量增多了就叫增量法。

医生万存喜万叔,跟父亲是老交情了。父亲1940年代跟随傅作义在绥西抗战时,他是我父亲的护兵,同时也跟着我父亲学医。解放以后他在新城区医院工作,夫妇俩没有子女,把我们视作己出。六〇年的一天傍晚,他来我家,正赶上吃晚饭,进门看到我们狼吞虎咽地吃糖菜渣子菜团子,就站在门口不动了,眼泪滴在了地上。第二天晚上,万叔又来了,把手里的布包往桌上一倒,倒出了几包康肤散。父亲一看就变了脸色,说,老万,你这是做什么?你是医生,这样私开药品是要开除的!父亲在卫生系统工作,知道这年头私开营养药问题很严重。万叔平时对父亲总是畏惧三分,这次却不说话,不看父亲,给我们每人递过一包康肤散,说,吃吧。父亲脸色很不好看,但是也没再说什么。后来万叔还给我们私开过一瓶叫"肝脑油"(音)的营养药,能和在面里烙饼吃,父亲也没说什么。

父亲的二哥,我的二伯一家和我们同在一座城市居住,父亲和兄长感情深厚,两家人往来密切。但是1958年伯父因肺心病去世,一年后,伯母带着两个女儿即我的两个堂姐改嫁了他人。父亲六岁就入私塾读四书五经,受封建礼教影响很深。对于伯母改嫁这事情很难接受,两家关系就此疏离。不想,六〇年冬,将近一年没见过面的堂姐,一天突然骑车来到我家,放下一袋大约有二十斤胡萝卜,说,是我妈让给六叔(指我父亲)送来的。话说完一直看着父亲。可是,父亲只是问了问她姐俩的情况,关于伯母一句也不提。父亲不提,母亲也没敢问。堂姐走了以后,母亲对父亲说,这么困难的时候,二嫂还想着咱们,多不容易呀。父亲只是沉默。

父亲的三哥即堂兄杜克的父亲,在山西临汾干部疗养院工作。那年冬天,他来信商量说,很想来看望多年没见面的父亲。

父母亲很是为难,不好说我家粮食紧张,又生怕三伯看到我们吃糖菜渣子这些东西。斟酌再三,还是回信邀请三伯来小聚,父亲特意叮嘱说,"来时要记着带够全国粮票。"母亲给他们老哥俩做小锅饭,做白面面条和疙瘩汤。但是伯父争抢着跟我们一起吃掺了麸皮的窝头和菜粥,把面条和疙瘩汤分到我们碗里。伯父在我家一共住了七天,临走时,留下了十斤粮票。伯父走后,父亲说,全国一盘棋,他们那里也是吃不饱饭,他怎么能不知道咱家的粮食紧张?因为在信里曾叮嘱伯父"一定要带够粮票",父亲觉得太伤兄弟情分而懊悔不已。

睡意蒙眬中,有时会听到父母的交谈。父亲总是很有兴致地回忆过去吃过的好东西,有不下三次听到他说起抗战期间,为庆祝五原大捷和朋友们在饭馆里吃的那顿饭。父亲说,八寸盘的扒肉条,五个馒头,我一人不知是怎么吃下去的。又说,这辈子不知还能再吃一回不。

父亲所在单位,那年冬天不知是从哪里弄到了几只黄羊,给每个领导分了一只,是剥了皮的"白条羊",父亲这样的党外领导也有份。这属于当时官员的一种特权。黄羊学名"草原羚",属野生动物,那时候草原上很多。肉粮都极为紧缺的时候,这膻味很重的黄羊肉当然成为罕有的美味。但是,有条件去打黄羊的单位极少,得具备条件,比如卡车、枪、子弹等等。现在黄羊因为过度猎取已经很少了,成了保护动物。父亲单位的工勤人员邢世文邢大爷负责替我父亲把黄羊送回家。老邢不是骑车,而是推着车走到我家,因为老邢饿得蹬不动车子了。老邢对父亲说,我腿抖得不行,得到您家里坐一下。父亲对母亲说,赶快,给老邢炖点肉吃。老邢坐在椅子上,一边喝着水,头上的汗一边往下流。肉炖熟了,老邢看着我们这群眼巴巴守着肉锅的孩子,起身要走。父亲急了,说,老邢,你也替我想想,就让你这么回去,我能过意得去不?老邢这才又坐下。"文革"期间,老邢对我父亲多有关照。这是后话。

后来,父亲单位还给领导们分过一次牛下水。父亲因为子女多,受到几位党内领导的照顾,分到了一个牛心。母亲给我们包了一顿九〇粉的牛心肉饺子,极香。这辈子再也没吃过那么好吃的饺子了。

(原载《读库》第1204期,2012年8月版)

远去的路边店

闫会作

我曾经是路边店的常客。当年,因为职业的关系,我每月都要去上级机关办一次业务。在新疆逾千公里的路程,穿越茫茫戈壁,翻越积雪覆盖的达坂,每次踏上漫延到天际的搓板路,都会有一种绝望恐惧的感觉。这个时候,能给人以希望和安慰的就是沿途的路边店。

无边的长路就像蜿蜒于戈壁沙漠中的河流,冲破干涸与荒凉,执着而顽强地流向远方。路边店就像这河流上一个个清亮的河湾边的小码头,给备受长途颠簸而身心疲惫无奈的人以精神慰藉,让他们得以休息、补充,唤起对前路的希望,重新振作踏上旅途。

路边店大多延续于过去的驿站,三五十公里一处。三五间或十来间房子,几棵瘦白杨,若干老榆树,沧桑的躯干,顽强地生长出一片耀眼的绿色,老远就使长途困倦的人们眼睛一亮而精神起来。房子或是半地下的"地窝子",或是土坯房,好一点的就是砖木结构的平房,构成了荒凉之中的生命驿站,也是常年在外奔波者的精神寄托。路边店大都远离绿洲人烟,无水无电。自备发电机的轰鸣,昏黄的灯光,始终是在无际荒漠中跋涉的人们,特别是跑长途的司机师傅们的生存依靠。无论怎样艰苦与无助,都知道前面不远就有一处路边店,心里便少了恐慌,多一份踏实。路边店以饭馆为主,兼有商店、旅店、修理、补胎打气、加油加水等等,一应俱全。条件自然谈不上好,却在茫茫戈壁沙漠之中有一种人声鼎沸的生命安全感;人们对饭菜不在乎品种质量,全在热气腾腾的香气飘逸,对饥渴之中胃腹的满足;对旅店更不讲究,能遮风避雨、有床有铺就行。

早年的饭馆旅店也很少要什么手续,会做几道菜和简单的主食就能开一间店面。到了后来,在店里昏暗的角落能看到被油烟熏得模糊不清的执照、卫生检疫等牌照,至于主人是不是牌照上的人,从没有人去追究。虽然简陋但饭菜的内容还算丰富,既有新疆特色的抓饭、拉条子、手抓肉、烤包子、烤羊肉串、汤饭等,也有各地的小吃,饺子包子、臊子面、牛肉面、刀削面、担担面、米饭炒菜等等。车子一停,旅客们散落于各店之前,店主热情倒茶招呼客人,大家按需而点,主人便热火朝天地忙起来。有车来,则人声鼎沸、炊烟袅袅、饭菜香飘,车子一走,则店前冷落,店主们或靠墙而寐,或三五一堆打牌、吹牛。对长途困乏的人来说,有一餐热饭菜就很满足了。何况路边店竞争就在眼前,所以每个店饭菜的分量都很足。饺子是饺子,馄饨也下饺子,只是加些汤而已。

路边店不仅是一个休息、吃饭、补充的驿站,还是相互交流、融洽关系、加深感情的和谐小社会。每每能听到各地方言高呼急喊,老顾主、新朋友、招揽客人此起彼伏,相互交织、热闹非凡。一些固定跑一条线路的司机与店主们都很熟悉,老远就有人跑来打招呼。他们有的给小店捎来了粮油米面、蔬菜调料,有的从城里买来了衣物用具。店主们边搬东西,边对师傅说,下次再捎点煤、水什么的。司机很大方地指着车箱,拉的就是煤,你随便卸点烧去吧。素不相识的人,长路老车,一路风尘,慢慢地走,慢慢地颠,慢慢地相识相熟。由无聊中的攀谈到相互自我介绍、通报信息,三五天走来,原来陌生的也就认识了,几次路边店边吃边谈就愈发投缘了,不少的还成了长久的朋友。车行一路,到了终点站,互留电话、通信地址,虽各奔东西,却都带走了一份友情、牵挂和思念。多年以后,路边店的那些粗茶淡饭,仍让人津津乐道,回味无穷。我对新疆的特色小吃拉条子、炒面、烤肉、汤饭、馕等等,就是从那时开始好感至今,难以割舍。而那种温馨自然的人与人的关系,至今犹让我怀念。

如今高速公路四通八达,全封闭直到终点,车辆一个比一个先进、高档,拉得多速度快,不分昼夜地跑。原来两三天的路程,现在一个晚上就到了。路边店自然就没落了,孤独冷清地散落在戈壁沙漠中,一任风沙吹老面容。我与在路边店相识的朋友,曾多次以十分眷恋的心情,去寻找记忆中的路边店。沿着宽阔平坦的高速路,一路找寻,看着原来的老路如干瘪的草绳,撒落在新路旁边,时左时右,时隐时现。许多原来的路边店都已被服务区取代了。现代气息的服务区建得整洁气派,设施配套齐全,工作人员穿着漂亮统一的制服,却少了自然纯朴,有种拒人千里不好接近的感觉。人们冷漠而匆忙,匆匆而来,匆匆而去,全没有当年的自然、热情和友好。好不容易看见一处路边店,要走近却十分不易。

跑了不少路找到出口,绕到跟前,当初温暖的记忆却怎么也找不到。很多路边店已经没了人迹,难得看到一处有人烟的,却已面目全非。瘦杨老榆枝干多已经枯死,生硬地嶙峋于空中,在风中铮铮作响,仅少数仍生出毫无水色的绿,显出生命的顽强,似乎固执地等候着人类的光临。土房子多已坍塌,残垣断壁的斑驳中隐约能看到"反帝反修"、"备战备荒"、"补胎打气"、"商店"、"饭馆"等一些残缺不全的字迹,冷落得与荒凉无异。仅几间砖房子还算囫囵,在一间砖房前用芦席搭的凉棚下,一位老人坐着一个用自行车轮做成的摇椅,旁边一个似柜台又似茶几的台子,上面摆着茶水、瓜果、饮料。看到我过来,高兴地忙起身招呼。

我问生意怎么样？老人淡淡一笑，有什么生意呀！现如今高速路修得又平又宽又直，两边封得死死的，上去就出不来。我看到老路上零星过往的车子说，这边车也不少啊。唉，现在的车又好又快，过去三五天的路如今一天一夜就跑了。高速路通车后，把老路也整修好了，跑这边的都是为了省过路费。现在的人呀，都急都贪，过去的车拉个三五吨就算多的，如今的车五六十吨、上百吨还嫌不够，还要超载，装得跟山一样，恨不得一车把世上的东西都拉完。你看，老人指着高速路上穿梭的车辆说，个个急得，跑得车轮子和路面直冒烟。这也就是个机器，要是牲口早跑死了。那总得吃口饭吧！人是铁饭是钢啊。现在的人钱才是钢呢！车上都带着方便面、瓶装水和饮料，时间就是金钱么，谁还顾得上吃饭。我看看周围的房子说，店都搬走了？老人说，没有生意了，都进城了，没有进城的也靠到城跟前去了。那您怎么不搬？老人看了看我，说起了他年轻时来到边疆，先在路边店帮工，后来自己也开起了店，靠开店就在这块儿扎了根，成家生子，一辈子了，这路边店才是自己的家。虽说儿女也劝他进城，但他就是不习惯城里的生活。人多得蚂蚁一样拥挤，没一个说上话的朋友，吵吵闹闹的让人孤独得心慌烦躁，整天觉得自己就是个多余的。哪里比得上这里清清静静。说到当年的热闹，老人甚至站起来，又比画又指给我看，洋溢着说不出的激动和得意。

我能感觉到老人内心深处与我相通的那份温馨的记忆。因为那是属于他的时代。可眼前这景况，让我寻找记忆的奔忙有些失落。你也该搬走了，我环顾四周道。老人边倒茶边说，我守在这里也不图挣钱，就是帮过路的客人解个难、应个急。酷暑寒冬、三更半夜，车子呀人呀有个毛病，看到我这灯光，心里就不慌，有个依靠不是么。听老人的话，我脑子里一下冒出"日暮苍山远，天寒白屋贫。柴门闻犬吠，风雪夜归人"这首诗。不知道古人是何种情景下写的诗,但眼前这情景就是这古诗的再现。看着高速路上穿梭如飞的车辆,愈显得这路边店的寂寥与冷清。

老人大概看出了我的失落。一边劝我喝茶一边说,这就是时代么。当年我刚来时,路还坑坑洼洼,车也都是拉货的,摇摇晃晃过来,下来的人一个个灰头土脸。后来有了客车,都是老解放,一天不过十来辆。再后来车越来越多,还有了夜班车,没白没黑的不断线。这里的店也很红火,多的时候有几十家,热闹得跟县城一样。高速路一修通,车多得流水一样,可这店一下子就冷清了,败落了。如今这世事变得快,心思都跟不上了,才几年工夫,路好了车好了,又省时间又方便,出门人受的罪也就少了,生活越过越好了,没这路哪行?

看着高速路上飞奔的车流,真有恍若隔世的感觉。过去讲"江山代有才人出,各领风骚数百年",如今能领风骚三五年就算长的了。可时代与时代的转折点在哪里?生活其中的人是不知觉的。此时,我和老人大概就坐在时代的边缘或是转折点上吧。在我起身告别时,老人欢迎我再来。我不知道我能不能再来,但看着空旷的荒漠中远去的路边店、招手的老人和他身边摇尾急吠的黑狗,真的如同告别了一个时代。人人都知道新时代好,但面对新时代,却百态众相。有些人领着时代跑,有的人是跟着时代跑,有的人被时代牵着推着走,还有的则沉浸留恋于过去的时代难以自拔。平凡人创造了自己的时代,时代也给他们留下了特殊的印记。时代只管前进,但印记却怎么也抹不掉了,告别总是伴着不舍的伤感和阵痛,因为记忆不仅时常让我们转身甚至回头,也清晰地伴我们奔向新时代。

(原载2012年10月17日《人民日报》)

大山行孝记

郭文斌

知道我喜欢吃榴莲,他会不时买一个,自己却只尝一口,然后就再不动勺子,凭你怎么动员。"对我来说,觉得吃一口和很多口是一样的,都是那个味道,后面的都是重复。"不由惭愧,还不如儿子,就是喜欢重复,喜欢重复那个味儿。

在享受上不喜欢重复,在孝行上却永不满足,这就是儿子。

妻说,上幼儿园时,姥爷姥姥到县城,儿子回来从兜里掏出两块蛋糕,说,这是阿(我)给阿姥爷姥姥的。姥姥闪着泪花说,这么大的一点人儿,咋想起来的,知道给姥爷姥姥留着吃。妻说,儿子把两块蛋糕装回来,意味着一顿没有吃主食。妻说,每逢发了新鲜的东西,儿子都要装回来让她尝,虽然每次都要挨她一顿训斥,但下次还是装回来。知道她晕车,每次回老家,都要抢先上车给她占座位,有年春节,挤车的人特别多,儿子竟从别人裆下钻过去,上车给她抢了一个座儿。

去北京上大学后,每学期放假回来,都要带一箱东西,一人一份。特别是给爷爷奶奶,必不可少的是"稻香村"的软点心。当然,那一天我拉开自己的书桌抽屉,往往会看见多了几袋茯苓饼、几盒干果。一次,还给妈妈买了一个发卡,亲手给妈妈戴上,问他怎么会的,说是让商场阿姨教的。一次,给大伯买了一把二胡,只为我们在聊天时讲到大伯当年喜欢拉二胡。还要到中关村给大伯买电脑,被我阻拦了,我怕电脑拿回家侄子会上网。

近几年,每逢寒假,他都会接爷爷奶奶到城里,也只有他能把爷爷接来。换了我,父亲总是一概拒绝。儿子不但能把二老接了来,而且留得住。2011年寒假接来,一直住到隔年夏至才送回去,长达半年时间,算是破天荒了。期间,父亲数次嚷着要回老家,都被他成功留住了。正好大四最后一学期,他就索性回来陪爷爷奶奶。为了让爷爷安心,他动了许多脑筋,想了许多办法。首先是严密监理着每一顿饭菜。我觉得妻做的花样已经够多的了,比我们平时丰富多了,但他还是要隔两天亲自去买一趟他认为更适合爷爷奶奶吃的菜。父亲不愿意戴假牙,早点妻就给烙软饼子吃,在我看来已经够软的了,但他还是要切成米豆大的小方块儿,让爷爷泡到牛奶中吃。爷爷的床头上,永远放着几罐糖果,各式各样的。每半个月给爷爷洗一次澡,每两天洗一次脚。怕爷爷奶奶晚上去卫生间磕着碰着,就买了一个可以在卧室用的便盆,还配了手电扶椅一应需要的东西。父亲眼睛不好,看电视要凑到屏幕前,妻就给他一个小木凳,他看见马上在网上买了一个同样高低的软凳子来。同时买来的还有足浴器,给爷爷洗完,给奶奶洗,然后自己洗,也不嫌弃他们用过的水。完了抱着爷爷奶奶的脚剪指甲,每次要剪半个小时左右,细致和耐心使我这个做儿子的惭愧。不巧,快要过年时,微波炉坏了,为了方便给爷爷奶奶每天热牛奶,他大年三十上街买新的,打不上的,就步行抱回来,到家,脸都冻肿了,累得睡了一下午,好几天胳膊还酸痛。知道我分身无术,他就每天拿出一定时间,陪爷爷奶奶说话,有时爷爷奶奶已经躺下了,他就上床躺在他们中间,和他们聊天,往往大半晚上。我在书房,都能感受到父母的开心。父亲永远在讲他当年那些事,我都能背下来了,但他却一遍遍倾听,他知道爷爷只是想和人说话。有空他就给爷爷奶奶录视频,包括每次回老家录的,估计超过一百小时。为了解除爷爷奶奶的终极焦虑,他不停地在网上寻找相关视频,下载下来让他们看,为此,还专门买了一个U盘播放器。这也为留住爷爷起了很大作用,父亲不再时时嚷着回老家,而是每天准时坐到电视机前,让孙子给他播放下一集。我们欣喜地看到,半年下来,二老变得更加乐观、安详、喜悦,可以坦然面对归属话题。

在孝顺爷爷奶奶方面,儿子显然制定了近期计划、长远规划。对于大学生来讲,最后一学期意味着什么,不用多说,但儿子却把自己强行安排在爷爷奶奶身边。还剩最后两个月时,我半开玩笑地催他回校,说,快回去陪女朋友吧,孝敬爷爷奶奶的时间长着呢。他说,我的女朋友是天使,不用陪的。仍然尽心为爷爷奶奶服务,直到毕业典礼前才返校。为了方便接送爷爷奶奶,他专门考了驾照,说等家里宽裕了,买个车,想啥时去接爷爷奶奶就啥时去,虽然至今我都没有满足他这一愿望。

我这些年之所以能够坚定地推广"安详生活",有一个重要的力量就是儿子的支持,才知道人生最大的幸福来自后代对你价值观的认同。上大学后,儿子通过学习西方文化,接触外国人、外国公司,更加认同我的观点,成为一个最坚定的安详理念支持者,并为此放弃出国、到外企工作等计划,决定回家给我做秘书。

早在大二第一学期,他就写了长达万字的《让全世界人民都来学汉语》,《文学报》更名发了一个整版。在把东西方文化作了对比后,他说:"在这一切对于经典文化的论断中,我们不难发现中华经典文化的魅力,遗憾的是,世界上至今没有一种语言可能代表汉语来描述出这种文化。汉语的魅力,是中华经典文化五千年的魅力,它所代表的智慧,是中华五千年文明的智慧。中华经典文化可以说是本世纪地球上仅存不多的文化宝库,而汉语,正是这座宝库大门的钥匙。"之后,他对中国经典文化的热爱与日俱增,到了大三,甚至到了非文言文不读的程度,说读白话文淡如白水。他说,这才真正体会到什么是爱国之情了,一个人在没有爱上自己的传统文化之前说爱国,肯定是言不由衷。

为此,大学期间,特别是后两年,他想方设法帮我,只要他能承担的,都主动承担了。

大三暑假,更换了已经老得不能再用的洗衣机、电饭锅、微波炉、淋浴器等。换淋浴器时,我正在楼上睡午觉,他都没有叫我帮忙,待我下楼时,一切都已做好。看到他累得满头大汗,我心里一阵自责,这本该是我的活儿,现在却让他来做。再看,还给卫生间安了换气扇,装了毛巾架等。说来惭愧,住进这个屋子已经七年了,这些基本设备我都没有顾上置办。对此,从未听到他埋怨,不想现在他竟自己动手了,而且摆出一种永远自己动手的样子,这从他在网上买了一套电钻等工具可以看出来。

大四最后一学期,他在孝敬爷爷奶奶、背诵《论语》等经典的间隙,抽空网上购物,给客厅买了一个书架和衣架,给厨房买了一个菜架,自己看着图纸组装。还把家里所有电源换成分项的,不用妈妈每次都要拔插,保证安全。那几天,门铃只要一响,他就下楼搬东西,然后拆箱,看着图纸组装,汗流浃背的。不多时,一个柜子就立在客厅了,一个衣架就立在门厅了,一个菜架就立在厨房了。那是赶二十二届图书博览会书稿最忙的一段时间,其间,我都没有认真看过他是如何组装的,当然就没有给他搭一手。他还给我的卧室床头买了一盏十分温馨的仿古灯笼形布艺彩绘罩式台灯,换下了我直接插在墙壁插座上的牛头灯。旁边配了一个小电扇,把遥控器放在我的枕头边,让我暑期舒服一些,因为阁楼暑期就是一个火炉。同时配了一个自动加湿器……我躺在床上,有种重换天地的感觉。

一天下班回来,看见儿子映在一团橘黄色的光芒里。定睛,原来是他在往新书架上摆书,已经快摆完了,那是他给我网购的中华书局版的全本全译全注经典系列,摆了整整一书架。我说,郭大山同志,你想开书店啊。他有些得意地说,是啊,您老以后基本不必再买书了。说着,拉上窗帘,把刚刚安好的落地灯摁亮,柔和的灯光打在书架上,再加上妻摆在书柜顶端的吊兰,让客厅一角一下子温馨起来,有意境起来。接着,他拉过来一个简式靠椅,让我坐上去,又从书架抽出一本书给我,说,您老今后就坐在这里看书,一边晒太阳,一边看,把这些书齐齐看一遍,再出去讲安详,就是另一种感觉了。

说到书,我的每部书稿,特别是中华书局出的两部书稿,他都在紧张的学习期间和同事、朋友一起帮我作了校对,确实增色不少。为了帮助我"取证",他十分关注出版动态。这些年,只要有快递摁门铃让我下楼取东西,我就知道他又在网上给我买了书。打开一看,正是我当时最需要的。

看到我在全国讲课总是穿着同一件外套,他就开始在网上给我选衣服,不断地发来样照,让我确定后他下订单,我觉得没必要买那么多花样,就说都不喜欢。他就失望地回一句,我觉得挺好的啊,我妈也说挺好的。接着找,接着发,接着被否。有一次学校组织去台湾,他还是自作主张买了一件回来,说实话,我是打内心里喜欢的,但表面上还是作出不冷不热的样子,怕他今后再买。每次回家,他都要给我把电脑重新装一遍,增加一些上档次的电子词典,还有一些我需要的软件,确实为我节省了许多时间。

除此之外,儿子还主动承担了对堂弟的教育工作,写给堂弟的励志信,估计也有上万字。2011年,二堂弟终于考上大学,他包揽了大人应该做的一切工作,从填志愿,到装扮,到送行。堂弟考取的学校远在长春,中间要换车,他不放心,就一直送到学校,办好住宿,给购置好生活用品后,才回京上课。

我这些年不揣浅陋,到全国学讲安详,一个重要的动力就是儿子,因为他时时处处身体力行,让我讲起来非常有底气。

上初二时,十一放假,妻带他到银川来,说要给买件防寒衣,我就带他们去华联商厦。不想看遍所有衣服柜组,也没有他看上的。他说,还有没有类似于固原商城那样的地方。我说有啊,东方商城就是啊。他说,那我们去东方商城吧。到了东方商城,他才真正进入买的状态。在一家卖休闲服的摊位前,他停了下来,要过一件,试了一下,然后和老板砍价。老板要了一百二,他还六十。老板说,六十我进也进不来。他就拉了我和妻走。老板说,如果要,就八十给你吧。他回过头说,七十?老板说,七十五行不行?他继续作出要走的样子。我和妻说,买上算了吧。他说,不买,刚才我看的那家,和他的货一模一样,人家才六十五。老板说,行行行,七十就七十吧,就算我没挣钱。就买了下来。往回走时,他说,如果换了你们,人家要一百二,你肯定给一百。我说,你什么时候学会的这一手?他说,早了。我说,真厉害,要不要奖励你一瓶康师傅?他说,要奖励就奖励一瓶酸奶,一瓶酸奶一元钱,有营养,还解渴,康师傅三块,不过是个水。我说,郭大山同志,你今天纯粹是给我和你妈现身说法来了嘛,哪里是来买衣服。他说,是啊,我就发现你们花钱太不仔细。就像刚才,你们怎么对五块钱是一种无所谓的样子。一个五块是五块,十个五块就是五十,一百个就是五百。我说,这又是谁教你的?你妈?他说,是我自己悟出来的,这衣服和华联的相比也不差嘛,但华联的价格却是这里的好几倍。爸,你以后买衣服就在商城买。再说,衣服要会穿,如果你会穿,十几块钱的粗布衫也能穿出时髦来,如果不会穿,几千元的名牌也一样没档次,你说对不对?我说,对极了,为了表示我虚心接受,请你们吃肯德基吧。他说,我才不去附庸风雅呢,那是暴利,知道吗。再说,专家说了，饮食要素一点，生一点，少一点。书上说了，消化相同单位的肉需要血液的供应量是素食的十几倍，给心脏和肠胃增加的压力非常大，得到的能量和失去的能量相比，根本得不偿失。还有，动物在宰杀的时候，把所有的仇恨都变成毒素注入到肌肉和血液内，人吃肉就是吃毒。听得我心里一惊一惊的。我说，你是从哪儿看来的这些理论？他说，好多书上都这样说。我愕然。看妻，妻一脸的得意。我说，那今晚我们吃什么？火锅还是煲仔？他说，我们回去自己做吧。

大四实习，我让他到一所小学讲《论语》和《西游记》，觉得应该装扮他一下，不要太学生气，就让妻带他去百货大楼买衣服。但是看了一圈回来，他都觉得贵，就在网上买了一套三百元左右的咖啡色休闲西装，配了一双褐色皮鞋，穿上，站在镜子前左照照右照照，还真像个小老师的样子。那大概是他在穿着上出手最阔绰的一次了。

儿子如此节约，但在帮助别人上却十分大方。去年暑假的一个晚上，他给妈妈认错。妈妈问什么错。他说前年他其实给×××借了一万元。妈妈问那另外五千元哪里来的。他说是他上大学时爷爷、奶奶、伯伯、舅舅、姨姨和几位叔叔阿姨给的，他瞒了我们数目。前年的一天，他打来电话说，同学×××家的房子很危险，急需改造，让我们支持五千元。妻就给打过去五千元，不想他还把自己的五千元私房钱打过去了。听妻讲完，我既震惊又惭愧，儿子拿出他的私房钱，相当于我拿出所有家底。近年来我也做一些小公益，但要我拿出全部家底，扪心自问，还真做不到。2012年春节，他又给妈妈说，借给同学×××的那一万元，咱们就不要了吧，一万元对我们不算少，但没有也能过得去，可对×××来说，却是一个大数字。这次我就不单单是惭愧了，而是觉得有一种力量拽着我的衣领，硬是把我带到一个开阔地带……就让妻告诉儿子，我们不但同意他的意见，而且欣赏他的做法。

实习结束时,儿子又给我出了一道考题,问我能不能给他的每位学生送一本我的《〈弟子规〉到底说什么》。我问一共多少人。他说大概五百人,如果算上另外一位实习老师的,大约八百人。我想了想,这等于把这本书的稿费全部捐赠了,心里多少有些不忍,但表面上还是十分痛快地答应了。他鼓励我说,老爸这次表现不错啊,有些真放下的样子了。真是羞愧。

在儿子的鞭策下,我把刚刚出版的散文集《守岁》、随笔集《寻找安详》修订版的首印版税全部折合成书,捐了出去,包括第三次重印长篇小说《农历》,直捐到出版社无书可供,真正体会到了一点放下的感觉。但我深知,离真正的放下,还远着呢。

平时,我们是最好的"朋友","朋友"到可以无话不谈甚至交换感情隐私的程度,但在一些关键时刻,他又会以古礼把我推到父亲的角色里,让我体会为人父的尊严和幸福。高考完的一天晚上,我都迷迷糊糊地睡着了,听到一个声音,爸,洗个脚再睡吧。睁眼一看,床前站着儿子,笑呵呵地,地上果然有一盆洗脚水。起来把双脚伸进盆里,心里有一种无法言说的幸福。第二天早上,他又为我做好了早点,让我用后再去上班。儿子的这一频道切换让我一时有些手足无措,甚至不适。那是一种需要狠劲才能消化的幸福,不同于以往"最好的朋友"带来的那种惬意和开心。随之而来的身心感受真是无比特别,工作起来特别有劲头,一下班就急切地回家。

贪恋他听到我的脚步声提前把门打开探出头来的那种感觉,贪恋他从我的手里一边接过包一边跟我说话的那种感觉,贪恋刚一坐定他就剥一个香蕉递过来的那种感觉……于是,每次讲座后回答提问,当被问到如果老公有了外遇怎么办等问题时,我就讲"一盆洗脚水"的故事,告诉提问者,千万不要抱怨,不要跟踪,不要争吵,只是准备好一盆洗脚水,静静候着,他凌晨三点回家,你就三点端在他床前,第二天他肯定两点回家,你照样两点端在他床前,第三天他肯定一点回家,如此,一直奉陪到他准时回家为止,成本很低,效果很好。

去上大学那天,表哥表姐来送行,他拉了行李箱都要出门了,却掉转身,把我和妻叫到卧室,关上门,让我们并排坐在床上。我说,干吗啊?寻思间,他已经跪在地上,说,爸,妈,儿子给你们磕个头。起身磕第二个时,眼里已经含满泪水。送走儿子,我回到电脑前,想写一段文字,但好长时间,却不知写什么。儿子用三叩首表达了他想表达的,我却无法用文字表达我想表达的。但我分明听到心里有一个声音在说,从今天开始,做一个好父亲。

此后,儿子十分自然地在孝子和朋友之间做着角色切换,比如遇到我和妻的生日,他都要五体投地行礼,遇到他的生日,也要给妈妈磕头感恩,遇到大事,他都要先征求我们的意见,然后再做决定,等等。但在平时,他也会在我看电视时搂一下我的脖子,揪一下我的耳朵,有时也会倒转乾坤,批评我不在现场时做错的事,当然是以我愿意接受或者能够接受的口气。总之,度把握得非常好,直接效果是促成了我的责任心和庄严感。

儿子的成长几乎没有让我们操心。很小的时候,都可以放心地让他一个人呆在家里。妻去上班时,叮嘱他从里面扣上门链,交待任何人叫门都不能开。他就真不开。有一次,乡下姑父来,在门外叫他开门,他脸贴着门缝说,我妈说过不让开门的。姑父说,我是你姑父。他说,我妈说任何人来都不让开的。姑父说,你妈说的任何人不包括姑父,你看我给你拿了你爱吃的油饼。儿子看了看油饼,仍然说,还是等我妈来了再说吧。姑父只好蹲在门外抽烟,一边抽烟一边跟儿子聊天,直到妻下班回来。

上小学一年级时,他就能帮妈妈做饭,常常妈妈还未回来,他就把面和好饧在盆里,单等妈妈来擀。一次妈妈下班回家,看到他正在和面,校服都没顾上脱,就说,你手洗了没有这样和面?他的眼泪就刷地一下掉了下来。妈妈看到他眼泪下来了,忙说,妈妈和你开玩笑呢。他看了妈妈一眼,用胳膊肘擦了眼泪,继续和,一双小手像模像样地在盆里搅和,等妈妈换完衣服过来,一团面已经坐在面板上了。二三年级时,他已经能把饭做熟等着妈妈。有一次,舅舅来家里,等妈妈从单位回来,他都用炒面片招待过了。

儿子小学也贪玩,但到考初中那年,开始拼力学习。玩伴在门外喊,我们要去开门时,他就使劲摇手,示意说他不在家。他想考固原一中,就用粉笔沿途写"一中"二字,从学校开始,一直写到家门口。可以想象,他在和贪玩的习气做着怎样的斗争。当年果然顺利考上固原一中。初中时也玩,但到考高中时,同样的办法,同样地用功,同样考到他想上的银川一中。到了高中,差不多班里所有同学都用手机了,我说如果需要就给你买一个,他说不需要。我知道,有一个女生对他有好感,常常把电话打到家里来,但他仍然用初中时的办法,没有分心。谁想高考失利,刚刚上重点线。他决定复读。那年,他总结出一套理论,人是没必要睡那么多时间的,考前是没必要放松的,平时怎么作息就怎么作息。遂把休息时间压缩到六小时,甚至五小时。考前一天,仍然做题到晚上十一点。果然比上年增加了七十多分,到达人民大学录取线。一年下来,书房四面墙上贴满了他的励志便条,如同时间老人的胡须,有一条写道,"以成绩报恩"。还有一条写道,"结果并不重要,重要的是完成一次超越"。

儿子曾画过一组图画,是他的成长史。除过在北京上大学,事实上也是我的迁徙史,从乡下,到县城,到地区,再到首府,外加两次进修,可谓一路辗转。每次观看,我都十分愧疚,这除了给妻平添了许多风尘和辛劳,也给儿子增加了许多新挑战,要不断适应新环境,建立新秩序。但他并未以此为怨,反而心存感恩,画面上写满了不同阶段关心帮助他的人,有老师同学,有亲朋好友,并用粗笔标注了几位决定我命运转折的关键性人物。后来的一天,当我从妻口里听到儿子之所以用心记住我讲的每件事并不断向她求证像是要准备为我传记时,泪水就不由打湿了我的双眼,他本已自觉承担了超过他年龄段的一切,还时时处处想着成就我们,这该需要一种怎样的心力。

在儿子身上,我真切地体会到了什么是"顺"。小学三年级时,亲戚把给妻还的钱放在棉衣夹层让孩子从老家带过来,但妻翻遍衣服也没有找见。我便断定是儿子拿了。妻说从未发现儿子有此毛病,平时花一块钱,都是向她要的,如果不给,绝不自己动手取。但我那天感觉儿子神态有点不对。就举起竹竿,让儿子说实话。儿子的眼泪夺眶而出,但我的竿子还是下去了,心想在品德教育上不能手软。不想在我抽第二下时,儿子突然止了哭声,说,你说是我就是我吧,要打要杀由你吧。然后转过身去,坐在桌前写作业,把后背给我,意思是,本人没时间正面奉陪。我手中的竹竿就尴尬在空中。晚上,妻在亲戚家孩子的鞋子里找到了钱,我才知冤枉了儿子。十分不安,默默站在儿子身后,看着他脖颈里红肿着两绺,心里很难过。想说一声对不起,却无论如何出不得口,就温了一块毛巾,敷在他脖子上,算是道歉。

母亲牙疼,半边脸都肿了,我和妻分别在合谷穴和足三里给按摩。儿子进来,看了一眼母亲,打开冰箱找东西。妻问他找什么,他不说话,只是找。妻说,你今天是咋了?刚吃过饭,不赶快去做作业,磨蹭什么?他仍不理会,又拉开冰箱底层,在里面倒腾了一会儿,然后出去。过了会儿,又进来,拉开冰箱门取东西。妻生气地说,你今天到底是咋回事?他仍然没有搭理,从中取出几乎冻成冰的橘子瓣,过来放在母亲肿着的脸上。我和妻都愕然。从初二开始,发现儿子已经对我们的唠叨不屑一顾,全然一种"小人不计大人过"的样子,只顾做自己的事;有时妻生气,冲在他面前,他也笑脸相迎,不顶撞,不辩解,不争论,只是那么笑笑,然后趴在桌上做作业,或者倒在床上看书,妻的火力就那样哑在枪膛里,有气没力地扯几下后火,自动熄灭。在这方面,我觉得儿子做得要比我好,同样的情境,我就做不到这样,往往要论理,要计短长,不留神就把一件小事争大,甚至反目。看来,年龄和智慧并不成正比。

近几年,儿子几乎没有了脾气,对我和妻几乎百依百顺。我们约定六点起床,但他有时晚上忍不住要看书,睡晚了,早上就起不来。我进去在大腿上掐一下,他呀呀叫一声,换个身,乐呵呵地,说,马上马上,五分钟。五分钟后,再掐一下,他又换个身,乐呵呵地,说,马上马上,五分钟。再五分钟后,我的手就要过去时,他就忽地坐起来,眯缝着双眼,冲我傻笑。然后说,把我衣服拿来。我就真给拿过去了。妻有时看见,说,呵,真"孝顺"啊。虽然听着不顺耳,但心里却是一种别样的幸福。小时候,他睡懒觉时,我这样掐他,他会不高兴,有时还发脾气。现在,我的手再重,也激不起他一丝情绪。如果不监督,他就坐在马桶上看书,我进去把书夺掉,他嘿嘿笑一下,盯着我看,让你觉得他之所以要在马桶上看书,就是为了让你夺掉,而让你夺掉,就是为了报你一个乐呵呵的笑。

不知是孝顺给了儿子开心,还是开心给了儿子孝顺,大四这年,儿子的开心饱满得到处洋溢。吃饭时,往往我们一碗都吃完了,他还盯着奶奶笑呵呵地傻看,吃一口,盯着奶奶看一会儿,吃一口,盯着奶奶看一会儿,看得奶奶都不会吃了。奶奶嚷着要回老家。他问为什么。奶奶说,你们这里把人坐朽了。他就嘿嘿一笑,然后按着奶奶的双肩,推着奶奶在地上转圈儿。奶奶就咯咯咯地笑。他说,看能把你坐朽吗。之后,一有空儿,就推着奶奶在地上转圈儿,祖孙俩的笑声花瓣一样落满一屋。奶奶走累了,坐下来,他就蹲在面前,抱了奶奶的脸,欣赏桃花一样地看。看得奶奶不好意思,常常捂了眼睛。坐在沙发上看电视,常常搂着奶奶,否则那胳膊就没地方放似的。

大四寒假,他把同学之间的约会能取消的都取消了,非常要好的几位,非去不可的,也把时间尽可能地压缩。显然,他想念同学,但更依恋这个家,我甚至能够感觉得到,他聚会完是跑步回家的。一进门就"爸"地叫一声,然后跟我说话。我说把衣服放好。他一边把放错的衣服放整齐,一边等不及似的跟我说话。我说把袜子放在鞋窝里。他一边把袜子放好,一边眼睛盯在我脸上,说,爸,我给你说啊⋯⋯

平时想跟我说话,到书房来,看见我写东西,就什么都不说,轻轻带上门,出去。有时实在想说,就在书柜悄悄取一本书,坐在地板上看,直到我告一段落。还没等我把文档存完,就开始说了。往往有许多让你意想不到的悟处,关于生命,关于人生,关于灵魂⋯⋯大学期间,差不多每天都要来电话,有时我忙,往往会十分残忍地说,今天就说到这里,明天再说。也没觉得他有多少失落,说,那就明天再说。第二天仍然会按时打过来,每件事都讲得津津有味。有人说,只有恋人之间才有说不完的话,而我体会到的却是父子之间。上大学后,每学期回来他都要和妈妈睡一晚上,不停地说话,说得没了睡意,干脆坐起来说,直到妈妈的鼾声响起来。

虽然我是他的父亲,但在不少方面,他是我的老师。有时甚至觉得我和妻是他的孩子,什么都要他操心,都要他料理。

上高中时,正是韩剧流行时,为了控制妈妈看电视,他把天线给锁了,直到他高考完,才取出来,为此,我们养成了晚上读书的习惯,已经好多年没有看过电视剧了。

一度时间,我的写作有些背离方向,他就提醒我,钱这个东西,只不过是银行账户上的一串数字,说有就有,说无就无,手头宽余了日子可以过舒适一些,不宽余了日子可以过清淡一些,不必为了挣稿费降低写作格调,说得我心里一震。为此,他的生活会更加节俭。一次,我在北京出差,正好遇到他放假,他就邀请我一起坐火车回,但是已经买不上票,我就让他退掉火车票,和我同坐飞机回,他说什么都不干,说,等我啥时能挣来飞机票的钱再坐飞机。和他一起出门,没有赶急的事,你就别想打的,要么坐公交,要么步行。

有一年,我的人生进入低谷,有种扛不过去的感觉,儿子几乎每天都打电话来,给我打气,说,天地太广阔了,一定要把心量放大,当你的心量大到可以把小气候忽略不计时,大境界就到来了。还说,当外界还能影响你的心情时,说明你还没有找到本质,还在现象世界,平时多想一下孔老夫子的"朝闻道,夕死可矣",你就能超然了。按他说的去做,还真有效果。

一次回老家,晚上哥安排我单独睡一屋,因为我的瞌睡轻,怕人惊动。不想儿子悄悄跟过来说,你应该和我爷爷奶奶睡,一年睡不了几次。我说,你爷爷打鼾。他说,那也没关系,听爷爷打一晚上鼾也挺好,不然将来您老会后悔的。觉得有道理,遂去父母身边睡。果然睡不着,但听着父亲平添了许多老态的鼾声,就更加佩服儿子。大三那年,儿子和妻带母亲去了一趟北京,把该看的地方都看了,包括他的校园、宿舍,从照片上,可以看到母亲有多开心。但对父亲,此生就永远没有可能了,因为父亲已经八十七岁高龄,已经没有能力出远门了,于我,这个账,就永远欠下了。心里的懊悔,真不是语言能够表达的。有时心想,这些年都忙了些什么?忙来的那些东西,到底都有什么意义?居然一直没有拿出时间,带父亲出去一趟。就在那晚,我在心里说,一定要在哥嫂还健康时,带他们坐一次火车,坐一次飞机。

说实话,我和妻都算孝敬老人,但是要把父母吃剩的饭菜吃掉,一直没做到。但有一天,看着儿子一点嫌弃没有地把爷爷吃剩的饭菜吃掉,我们就不得不改。一天,当我首次把父亲吃剩的菜接过去吃完时,我从父亲的目光里看到了从前一直没有看到的欣慰,我也确确实实地感受到,只有不嫌弃老人时,才算真正迈进孝道的门槛。

2012年春节,几个妻侄张罗在大年初二进行了一次新年聚餐,一方面因为我的父母正好在银川,一方面也算是团拜,大家以此方式互道祝福,之后就不再一家家走动了。我是一个时间葛朗台,既然已经团拜,就不打算每家每户地去拜年了,因为岳丈岳母已经过世。不想儿子说,还是要去,你忙你的,我去,反正我姥爷姥姥不在了,你可以不去,但我做外甥的,不去给舅舅舅母们拜年,说不过去。我说已经搞过团拜了。他说,那是新式的,古礼还是要尊的,就一一去拜。

可见,他在如何地弥补着我的过错,减少着我的遗憾,维护着我的声誉,提升着我的威望。一次回老家,他甚至专程去看望我嫂子的母亲,临行把身上所有的钱留给老人家,让嫂子无比感动,对我的父母更加孝顺。

此后的一天,他给我说,爸,你什么时候修到能够平等对待郭、田(妻姓)两家,就真安详了。同样说得我心里一震,是啊,自己的心里还有分别,还有远近,还有亲疏,还有自私,怎么能够找到真安详呢。又一天,为了阻止我接一个书稿,给我说,生命的意义在于不断提高灵魂的等级,而不是老在一个平面上重复。更是让我惭愧。没错,这部书稿确实是一次重复。当晚,我就给对方写了长信,致歉解除了草签的协议,决定从儿子希望的层面上,开始新的人生。

曾有朋友问我,怎么老是那么知足?我说,儿子已经把我的心装满,又有何求?

也有朋友问我,怎么听不到你的抱怨?我说,此生拥有这样的儿子,又有何怨?

2012年9月27日凌晨改定

(原载《黄河文学》2012年第10期)

渐行渐远的滋味（节选）

李存葆

古人谈滋味,通常是论诗说文的。在这里,我是专说舌与口的味觉的。

"眼、耳、鼻、舌、身、意",向被佛家称为罪恶根源的六根,要想修炼成佛,必须六根清净。作为一介文人,我食的是人间烟火,六根自是清净不了的。人有五官:耳、目、口、鼻、身。与这五官对应的是:听觉、视觉、味觉、嗅觉、触觉。听觉、视觉、嗅觉、触觉都是见异思迁,随遇而安的家伙。耳可以被五音所乱,目可以为七彩所迷,鼻可以因香风所醉;人之身一遇舒适,也常会寡情薄意,乐不思蜀,飘飘欲仙。

唯有味觉是恋栈原始,拒绝遗忘的。

味觉是由分布在舌头表层的味蕾,在接受物质刺激时产生的感觉,也就是人们常说的滋味。

在我的认知中,二十年前,不管是乡下人还是城里人,人们的好胃口都是随着季节走的。在"非人吃食食吃人"的当下,诸多食品、菜蔬、瓜果,都溜走了它们的原汁原味。让我不妨在此充当一个齐鲁荷锄老汉和撒网渔翁的角色,去追寻舌尖上的记忆,呼唤舌尖上的故乡。

煎饼·饼子·馒头

一提及山东,外地人往往会认为,煎饼卷大葱是齐鲁人的主食。其实这种说辞有点儿偏颇。在山东,真正以煎饼为主食的地域只有临沂、枣庄、泰安、莱芜、日照及潍坊南部、济宁东部的一些县份,总人口不到山东的三分之一。

煎饼,作为山东一种标识性食品,当是齐鲁先民智慧的结晶。在中国食品史上,应有它浓墨重彩的一笔。

食品常常是自然环境的产物。山东吃煎饼的地方,多为山区与丘陵地带。小麦、谷子、玉米、高粱、瓜干,均可作煎饼的原料。五谷的秸秆,秋日的枯草,树下的落叶,皆可以为燃料。煎饼易储放、耐饥饿自不待说;它能促进人的咀嚼肌的发达和牙齿的坚固,也是不争的事实。摊煎饼用的是圆形的鏊子。休看摊煎饼的工具原始且又简单,但最容易的常是最难做好的;最简单的也往往是最复杂的。昔年,在山东以煎饼为主食的地区,姑娘能否摊得一手好煎饼,常是未来婆家考量的重要因素。农妇村姑,若是做煎饼的高手,也会誉满邻里。

摊煎饼前,需将一种主粮用清水泡胀,再用石磨磨成糊儿。做法有"淋、刮"两种。淋者多为小米、玉米、高粱;刮者常为麦子、瓜干。淋煎饼的糊儿较稀,刮煎饼的糊儿较稠。淋煎饼用的是拇指粗、一拃长的原木,刮煎饼使的是一月牙状的薄木片。这两者中间,均嵌有二十多公分长的细木棍儿。淋时,做煎饼人先用长把勺将稀糊儿扣在鏊子的圆心,手与臂便像飞旋的车轮,于目不交睫间,将稀糊儿摊于整个圆鏊上;俄顷,那大圆煎饼的周边儿便微微翘起了,一张或金灿灿或黄澄澄或红殷殷的煎饼就做成了。刮时,做煎饼人先将一勺稠糊儿扣在鏊中间,便用刮儿旋即刮转,于三四秒内,将一勺稠糊儿均匀地刮在圆鏊上。刮比淋略显从容,但摊煎饼人的手与臂亦需柔中见刚,徐中有疾。摊煎饼火大了不行,火小了不行,火不匀也不行。农妇村姑需脑眼手并用,鏊上鏊下兼顾。一勺复一勺,一张复一张。在烟熏火燎中,待数百张煎饼做成后,摊煎饼人的手与臂,常累得像是抽掉了筋骨。

摊煎饼是将原野上的粮和草,化为农家饭桌上美食的艺术劳作。我在济南军区前卫歌舞团当创作员时,曾在大型歌舞《东方红》中当过一节领舞的穆大姐,是团里的舞蹈编导。她到沂蒙采风时发现,姑娘们摊煎饼的过程里有曲、有谣、有诗、有画、更有舞,遂创作了《摊煎饼的小嫚》。此舞将一群沂蒙姑娘的纯朴、俊美、勤劳推上了极致。《小嫚》参加了国家文化部国庆三十周年的会演,也成为团里的保留节目。

通过对粮食的泡、磨和或淋或刮的一系列流程做成的煎饼,能将各种粮食中最精华的部分,最纯正的味道呈示出来。即使以塞饱肚子为目的之瓜干煎饼和高粱煎饼,比起煮瓜干、煨高粱米、蒸窝头,就味道而言,不知提升了多少个档次。还有一种将糊儿发酵而摊成的酸煎饼,不仅肠胃弱了的老人喜欢吃,有些孕妇尤喜食之。做婆婆的见儿媳猛嚼酸煎饼,便预感到宝贝孙子不久会降生,梦中也会笑出声来。

煎饼有多种吃法,大葱抹酱是最低级的一种。卷上刚腌好的香椿芽或各种腌制菜蔬,吃起来会口角生津;如裹进炒豆腐条儿、炒鸡蛋、香菜梗炒肉丝儿,吃起来会满口流香。如将上好的煎饼撕碎,泡在滚开的猪肉汤、羊肉汤或鱼汤里,会让人吃得舌底哑哑,遍体通泰。

我最喜爱吃的是二十年前,那用小麦、小米、玉米做的煎饼。三者之间,我将小麦煎饼排为第一,小米、玉米煎饼,则难分伯仲。家乡日照盛产黄鲫子鱼。那时,用鏊子将黄鲫子鱼煎熟,就着麦子煎饼吃,我觉得是天下最美的食物。上世纪七十年代,我常赴沂蒙深入生活,食宿大都在军分区及各县武装部的招待所里,因餐桌上很少放煎饼,我便到集市买一叠麦子煎饼和一包新鲜虾皮打尖儿。那时的煎饼与虾皮的品质,与沂蒙山人一样纯真。用麦子煎饼卷起虾皮一道吃,那软绵绵的筋道,那甜丝丝的醇和,那咸渍渍的爽净,当是山野与大海所拥抱,所亲吻才能发出的滋味。在我味蕾的记忆里,这滋味时隐时现,至今仍挥之不去。

改革开放前,山东大部分地区,农家的主食是窝头和饼子。

"要想吃好饭,围着烟台、威海转。"烟台、威海的饭菜,山馐海错,水陆杂陈,天上人间,美味多多。给我印象最深的主食,莫过于胶东沿海一带的贴饼子。胶东饼子以玉米面为主原料,掺以小米面和豆面。口味上乘的饼子,贴时需用六印以上的大锅,燃料以松球、松枝、劈柴为佳。做饼子前,农家一般要在锅的底部,炖上各种鲜杂鱼,熬上半个时辰;或将各种晒得半干、咸淡适中的杂鱼块儿放进瓦盆,置于箅子上,待蒸得六七成熟,方才贴饼子。贴饼子最讲求的是火候,锅太热饼子易糊,热度不够饼子易溜。饼子贴毕,需将锅盖扣紧,再将纱布包袱捋成长条,将锅盖周边围个严严实实。当北山的玉米、南岭的谷子、西洼的豆儿和来自浅湾深海的鱼儿,咸集一锅时,红中有蓝的火焰抚慰着锅底,向灶膛周边辐射。随着锅中咕咕有声的沸腾,谷物中的碳水化合物和鱼的高蛋白、低脂肪的分子,便异常活跃起来。它们在蒸气里互相氤氲着,浸润着,喽喋着,一道参与了这场"美食剧"的排演。

有经验的胶东农妇,根据火焰的高度和深浅,便知锅中水沸的高低;眼观锅边冒出热气的疏密,便能判断出饼子和鱼的生熟。熄火三五分钟后,锅盖揭开了,美食亮相了。用铲子将饼子一一取下后,所有饼底上都有厚厚一层黄中见红的嘎渣儿,而不见一点儿黑糊斑点,方称得上贴饼子手艺的"炉火纯青"。

贴饼子就鱼，是水陆美味的"绝配"。我曾以为，只有山东人好吃这一口儿。不承想，上世纪八十年代中期，我数度陪南方文友至胶东，他们竟也爱上了这一口儿。伴着灶膛里松球、松枝燃后散发出的淡淡幽香，南方文友们左手拿着热乎乎的贴饼子，右手举筷夹起杂鱼，大吃大嚼，间或还唰唰有声地嘬几口鱼汤。他们一个个吃得两腮鼓鼓，像山东汉子一样风卷残云般地狼吞虎咽，完全失却了南方士子平素吃饭时，那上下牙齿慢慢咀嚼的儒雅。

在山东广袤的农村，改革开放的最大成效是，让父老乡亲们告别了在地瓜干子的王国里左冲右突的漫长岁月，走进了以小麦面粉为主食的时代。盼着吃上馒头，曾是北方农人撑持灵魂的精神支柱。在五谷中，唯有小麦历经了去岁和来年的秋、冬、春、夏四季。小麦经过秋雨的滋润，冬雪的覆盖，春水的浇灌，夏风的熏陶，方可完成它的生命旅程。它的生命元素里浸透过霜的清冽，露的晶莹，月的明丽，星的璀璨，日的辉煌。昔年，小麦向被北方农人视为高贵的象征。

一样麦子百样吃。在山东，就做馒头而言，味道最佳者当属胶东和沂蒙。究其缘由，是这两地的农妇，能够巧使善用"面引子"。

做引子，须先将石磨磨碎的麦子掺水攥成拳头大的团儿，让其发酵。当粗糙的麦团生出纤纤细毛时，便成为"麴"。这时，农妇会将煮熟的小米降温，加一点儿先前留下的"引根"，让熟小米发酵到冒气泡的程度，再将"麴"与刚发酵好的小米，掺和一起发酵晾干，"引子"就成了。根据面粉多少，配上引子合成的大面团儿，放于盆中发酵。对面团发酵程度的掌控，是做馒头的最关键一环。做成的馒头不能急着上锅，需要放在盖顶上，蒙上厚厚的纱布，让馒头"醒"一会儿。馒头蒸熟后，用手一摁，皮儿即刻弹起来，这是馒头好的一个标准；凉到半温后，用手撕开一角儿,便能将整个馒头皮儿脱下,这又是一个标准。

二十年前,故乡馒头的味道好极了。每逢回乡探亲,我最钟情的食物是馒头。面对满桌七盘八碗的菜肴,在母亲的催逼下,我不得不三筷两勺地吃几口菜,然后就单吃馒头,生怕菜肴的掺和,破坏了我对馒头的口感。馒头那甜丝丝、清幽幽、柔绵绵的滋味儿,仿佛将我舌上的味蕾全部激活了,胃中馋虫儿也早已蠢蠢蠕动,我往往来不及过分地咀嚼与品味,便急匆匆地咽了下去……

因了小麦味道的渐次退化,因了磨糊机、磨面机代替了石磨石碾,因了煎饼机、馒头机代替了鏊子和铁锅,近二十年来,我绝少在食堂和宾馆里吃馒头和煎饼了。我味觉的记忆是那样的顽固,那样的刁钻;宾馆里的煎饼、馒头,我打眼一看便知它们都是机械化的产物。即使在农家吃饭,我一口也能尝出那煎饼的糊儿,馒头的面儿,是机器磨的还是石磨推的,做它们时,烧的是煤炭、天然气,还是柴火。

在人的"五觉"中,唯有味觉是拒绝遗忘的。

时鲜菜蔬·塑料大棚

故乡俗语有"四鲜":"头刀韭菜香椿芽,新娶的媳妇嫩黄瓜。"这从农人心灵筵席上生发出的俚语,虽不雅洁,但却是生动的,精妙的。

韭菜是仁厚的地母,在春天里献给北方百姓的第一道美味。当人们对窖藏的白菜、萝卜,上顿接下顿吃得舌尖儿有些发锈的时候,韭菜会以一种不可况比的清纯和鲜嫩,给人们带来的是一种从肠胃里涌出来,从涎水里激出来的食欲。

韭菜本是寻常菜,但要在春天里提早获得它的鲜美,农人需在上一年的冬天到来前,就得付出诚实而辛勤的劳动。他们首先要在韭垄间划出一道道浅浅的沟儿,里面撒上炕土、羊粪或发酵后晒干的豆饼,埋好再浇上越冬水。接着,要在韭畦的北面,用高粱秸或玉米秆儿扎起一道严实的挡风帐。大雪时节,还得在韭畦上盖上厚厚的草苫子。每遇天气晴好,还得隔三岔五,将草苫子掀开,让正在做着春之梦的韭菜,接受冬阳的拂照和呼吸新鲜的空气。当冬之夜的被褥叠起,春之晨的衣裳穿上,伴随着柳林含烟,桃李绽蕾,那一畦畦的春韭,在农人的精心伺候下,方才探出尖尖的嫩嫩的独芽儿。韭菜最忌重茬,一般情况下,两三年内必须换地重栽。韭菜那特有的鲜味儿,常引得韭蛆、葱蓟马等害虫儿循味猬集。韭蛆喜食韭的根部和嫩茎;葱蓟马专噬韭的心叶和幼芽。鸡粪、猪粪,易生韭蛆,农人种韭时忌施这些肥料。用农药灭虫,韭味会大变;草木灰能消毒灭菌杀韭蛆,农家在割了头茬韭后,往往会给韭畦浇罢水再撒上一层草木灰。若对虫害放任不管,畦里的韭菜不仅黄焦蜡瘦,也会稀疏得像漫画家华君武笔下三毛的头发。

当青在滋生,红在萌动,黄在壮大,衰老的枯枝重新展开嫩绿的梦,顽童们雀跃着吹响柳笛的时候,半是白梗、半是嫩叶的头刀韭菜,就可开割了。

据上世纪三十年代中国一些文人美食家考究,"馋"字在英文里找不到一个适当的词汇。西方人偏重食物的质,中国人侧重食物的味儿。将头刀韭菜切成段儿炒肉丝、炒豆芽或切碎打上鸡蛋煎韭块儿,还未端上桌,它们那特有的清香、异香、幽香、辣香,便会引得人们垂涎欲滴。几筷子入嘴,口馋如愿,味蕾的感觉在恣情中不断满足后,常令人吧嗒着嘴儿,顿兴风木之思。头茬韭菜猪肉水饺,是我饭食中的最爱。家中每逢吃这种饺子,调馅总是由我亲自操作。头刀韭菜水饺煮过火,其滋味会大损。我总是让家人先将猪肉煮熟剁好,再拌上切碎了的韭菜。这样饺子皮儿一熟,即可出锅。一个水饺入口,喉头儿像有馋虫儿搔爪作痒。年过花甲后,我不能像年轻人那样大吃大嚼头刀韭菜水饺了,即使吃个七八成饱,也会给我留下绵长的回味。

时鲜菜蔬都有它们成长的季节。人们逢时按节轮番享受,大自然的这种调节从不逾矩。几乎与头刀韭菜同步,越冬菠菜到了清明时节,也有尺把高了。当今人们在酒店吃菠菜,多为食其叶儿;其实,它那翠玉般光鲜的梗儿,才是最为鲜醇的部位。梗儿老了不鲜,嫩了缺味,用手一掐即断,才是吃它的最佳当口。因孩提时在清明前后,奶奶和母亲用菠菜做的疙瘩汤,给我留下的印象太美太深,多年来,我总是在清明时节做几顿菠菜疙瘩汤解解馋儿。两者之中取其一。近些年来,因面粉的味道大不如以往,选择原味菠菜,竟成了我的一大心病。

在济南我有一爱文学、喜书画的朋友,是位成功的企业家。他在济南东部山区的一水库上方,租赁了三十亩土地辟为菜园,一条未曾污染的山溪从园边潺潺流过,种菜也沿用最传统的方式。园中所产蔬菜,除能满足他的家族自吃外,也成了他赠亲馈友的最实惠礼品。五年前,我被列入随时可到他的菜园采割的三五知己之一。两年前,我曾建议他种两畦越冬菠菜,以备清明时分做疙瘩汤用。尽管我说得天花乱坠,他却认为此乃小儿科食品。但碍于友情,他还是让聘用的菜农种了两畦越冬菠菜。去年清明前,我向他介绍了做菠菜疙瘩汤的技法:先将一小把纯正的海米放于锅里,同时将一捏花椒放诸其边,倒上少许花生油煸锅,俟海米炸个半焦,花椒炸糊后,熄火将糊花椒取出,再添一些油,油热后放上姜片、葱花,倒上大半锅水煮沸,先下上面疙瘩,待面疙瘩快熟时,再将开水烫过的菠菜段儿放进锅内,一开锅就淋上几个柴鸡蛋,最后再放上一缕切好的头刀韭。锅又开时,一半是菠菜,一半是面疙瘩的美食便成了。我还提醒他特别应注意两点:第一千万别放酱油,第二不要趁热喝,等疙瘩汤晾得半温,再大口啜食之,方能品得出这疙瘩汤的个中奥秘。他一一按我的说法做了喝了,觉得这疙瘩汤别有一番滋味,去冬竟扩种了五畦越冬菠菜。今年清明前后,我家连做了三顿菠菜疙瘩汤,他竟后来居上,连喝了五顿,还打电话告诉我:"今年吃了两顿头刀韭菜水饺,又连喝了五回菠菜疙瘩汤,这个春天太美了,没白过!"

任何生命都是一种自然体。从严格意义上说,一切生命都要遵循时间。昔年人们的好胃口,总是随着季节转换的。二茬韭菜尚未开割,小葱、油菜、小白菜、茼蒿、西葫芦、水萝卜又次第进入了农家的菜篮子;继而,黄瓜、大蒜、西红柿、土豆、老来少扁豆、菜花、青椒、茄子、苦瓜、辣椒、芹菜、芫荽……又连续不断地摆上农家的灶旁。正是这些时鲜菜蔬,以它们各自独有的味觉征象,方使得日子过得枯索落寞的农人和整日忙忙碌碌的城里市民,能够最大限度地品尝到大自然的真淳与苦、辣、酸、甜、咸的人生况味。

寻常菜蔬连四季,细忆风味舌生津。在诸多的时鲜菜蔬里,我爱茼蒿熬带鱼。茼蒿那"青衣擎出酒色绿"的色泽,带鱼那"细腻如滑香胜肉"的味道,在我童年记忆的板块上,镌刻下深深的印痕。我还喜欢老来少扁豆炖猪肉,忆及它会引发几多田园结庐情思。已逾耳顺之年的我,每届夏秋,它仍是我家餐桌上的常食之菜。

"韭菜黄瓜两头鲜"。春黄瓜下来时,大蒜也出土了。儿时,故乡河里多鱼。我常将泥盆儿罩上纱布捆严,中间剪一口儿,盆底投下油炒麸子,将盆儿置于河底。那些趋味而来的小白条鱼儿,便纷纷自投盆中。奶奶将白条鱼儿沾面油煎后,加新蒜拌以黄瓜,那"瓜瓣乡园翠,盘入河中鳞"的诗意般的馨香,至今仍令我梦绕魂牵。秋黄瓜下来时,河虾正肥。我常将啃过的猪骨头和吃过的鸡骨头放于网笼,投入河边芦苇丛里。不消一顿饭的工夫,大半斤河虾便入笼了。母亲将河虾裹面油炸后,拌入秋黄瓜。秋黄瓜那"清汁簌簌先流齿",炸河虾那"香味霏霏脍诱人"味道,是很难用文字来描述的。

大地是充满神性的。她让谁睡谁就睡,她让谁醒谁就醒,主导万物的生生死死,是她最高贵的职责。在北方,当春、夏、秋的菜蔬渐次消失,她又为北方百姓备好了冬日的当家菜——萝卜与白菜,以填补人们口味的空白。

"烟台的苹果、莱阳的梨,比不上潍县的萝卜皮儿。"二十年前,我的故乡五莲县与潍县同属潍坊市。潍县品种的萝卜,是乡人常种、常食之物。潍县萝卜,最早产地在流经潍县的白浪河西岸,后来种植面积逐渐扩大。经农人三百余年的栽培与选育,逐渐形成了大缨、二缨、小缨三个品种。大缨叶儿多,个头大;小缨叶儿少,个头小;二缨由大、小缨自然杂交生成。潍县萝卜呈圆柱形,细而长,地上部分占其躯体的四分之三,皮色深绿,外镀一层白醭。因此潍县萝卜亦称"高脚青"。它与我们在外地常见的挺着弥勒佛大肚一样的大白萝卜和又粗又长的白萝卜,就形体而言大异其趣。论其口感,更不能同日而语。小缨萝卜最宜当水果生食,吃起来那脆生生、甜丝丝,还略带一点辣味的口感,是任何一种水果不能替代的。如今,潍县萝卜已像潍坊风筝一样,成了这座文化名城的标识之一。潍坊人现已将这标有"国家地理标志"的特产量化,小缨萝卜贵时可卖到七八元钱一只。潍坊人常将它装进精致的手提纸箱中,进省城,赴京都,以"小缨"去联络感情,去展现古城青春勃勃的魅力。

潍县萝卜可生可熟可腌,还能制成果脯。我最喜欢吃的是用大缨"高脚青"包的大包子。将当年的新豆做成的卤水豆腐切成丁儿,用油爆炒成微黄色,放于馅盆内,再将萝卜用礤床儿擦成丝儿,放于油锅,加姜末、葱花、食盐爆炒半熟,不放酱油,与豆腐丁儿搅拌一起做成馅儿的大包子,吃起来清香淡雅,较其他馅儿的大包子,味儿更觉清纯。

在上苍创造的上百种菜蔬中,胶州大白菜当是她的宁馨儿。白菜,古书上曰"菘"。胶州大白菜远在唐代就享有盛誉。《辞海》胶县条目中称:"胶州产大白菜著名,谓之胶白。"

历代文豪、诗人、画家,对"胶白"多有吟诵和描绘。东坡居士有云:"白菜美羔肠,冒土出熊蹯。"曾在我的故乡古密州做过太守的苏子瞻,将"胶白"喻作羊羔和土里长出熊掌,可见他老人家对"胶白"的味道,是何等的钟爱。南宋诗人范成大也有诗吟道:"拨雪挑来塌地菘,味如蜜藕更肥浓。"鲁迅先生在《朝花夕拾》中,这样描述"胶白":"大概物以稀为贵罢。白菜运到浙江便用红头绳系住菜根,倒挂在水果店里,尊为'胶菜'。"齐白石老人喜画喜食白菜,他在一白菜的画作上这样题跋:"牡丹为花之王,荔枝为果之先,独不论白菜为菜之王,何也?"

1956年,苏联农业专家沙加诺维奇,来胶州考察,归国后出版了专著《中国宝贝——山东胶州白菜》。关于"胶白",还有若干珍闻轶事:1949年,斯大林七十寿辰时,毛泽东曾指令选送五千斤"胶白"作为贺礼。1957年,毛泽东将"胶白"赠送宋庆龄,宋为此致函感谢毛泽东。1958年,胶州北三里河小学敬献宋庆龄一棵四十斤重的"胶白",再续一段人间佳话……

家乡五莲与胶州曾同属潍坊市。"胶白"品种,在乡梓也广为种植。白菜末伏下种,小雪时方全部拔收。经霜又着雪的白菜,其味道与不按节令收获的"胶白"大相径庭。儿时,我与大人冒着纷纷扬扬的雪花儿一道抢收白菜的情景,至今想来仍似在眼前,历历如绘。收获的白菜,要储放在两米余深的地窖里,隔十天八日,需在冬阳下晾晒一次。这种上承天光、下接地气的窖藏法儿,不仅能葆有白菜的原汁原味,且到春节前后,味道能达到最佳。窖藏的白菜和坑埋的萝卜,能吃到农历二月,基本上能与春天的韭菜、菠菜相衔相接。

"胶白"帮儿嫩薄,心儿卷束,纤维细,汁乳白,富含多种营养素。"胶白"食之清脆,淡而有味,生吃爽脆可口,熟食风味甘美。"胶白"可拌可炒可蒸可煮可熬可炖可荤可素,吃法繁多,老少咸宜。高级厨师以"胶白"为主原料,可做成五十多种菜品。海米拌白菜心,醋熘白菜帮儿,白菜猪肉水饺,都是北方人喜吃的食物。白菜、猪肉、地瓜粉条加上少许海米、酱油炖在一起,是我家冬日的常用菜,我总是常吃常新,百吃不厌。

"天覆地载,万物悉备,莫贵于人。"上个世纪八十年代,在农圣贾思勰的故里山东寿光,掀起了一场农业的白色革命。如今,当我们在隆冬时节,走进寿光那满坡遍野的白色塑料大棚内,看到里面那土里长的,水里生的,无土栽培的,营养液培育的翠绿的黄瓜,墨绿的韭菜,紫色的茄子,红艳欲滴的西红柿,绿袍红根的菠菜,圆圆的南瓜,长条的苦瓜,尖长的辣椒,椭圆的冬瓜,鲜嫩的芦笋的时候,我们不得不钦佩寿光父老的天才的创造。是他们将春、夏、秋的生命奇迹,在冬日里的大棚内一一汇集和演示。齐鲁人民早已把塑料大棚栽培技术,悉数无私地传授给全国各地,连驻守在海拔四千米的青藏高原上军营中及哨所里的官兵,也能在冬日里吃上从他们自己的大棚里采摘的菜蔬。对寿光人发起的这场"白色革命"的功绩,我们怎么评价,也不以为过。

任何事物都是一把双刃剑。毕竟,大棚里生产的菜蔬都是反季节的。上苍创造一朵小花,也需万年之功。每种菜蔬都有各自的生命轨迹和基因密码;上百种菜蔬有着上百种的奥秘。可谓神秘连着神秘,谜底压着谜底。塑料大棚种植技术,仅是解决了蔬菜生长的温度、湿度、光度、空气等必备条件,以及破译了它们浅层次的某些密码;在这反季节的栽培过程中,其口味比之按节令生长的原生态的蔬菜有所减损,在所难免。我仔细品尝过一些按国家标准生产的大棚里的菜蔬,其口味有的减损小些,有的大些。好的能达到原味的七八成,差的只有五六成。当今,我们在市场上买的大田里生产的菜蔬,其味道也大大逊于二十年前了。造成味道退化的主因,显然不在大棚。

对昨日味道流失的认知,取决于对今天的怀疑。是诸多人为的因素,解构了蔬菜的原汁原味。

小米·大米

至圣先师孔子虽说过"食不厌精,脍不厌细",但在他之后的兵圣孙武、宗圣曾子、亚圣孟轲、智圣诸葛亮、书圣王羲之等这些属于齐鲁,也属于世界的圣哲们,以及诞生于山东的历朝历代的学者、词人、诗家,在其著述和诗文里,是羞于谈吃论喝的。"吾善养吾浩然之气","宁静致远,淡泊明志","梦回吹角连营"……这些名言名句,人们早已耳熟能详;就连婉约派词家的代表人物李清照,竟也发出了"生当作人杰,死亦为鬼雄"的惊世绝唱。儒学"修齐治平"的思想,不仅在齐鲁先贤们那里一以贯之,也涌动在山东文化人的血脉里。近些年,得闲翻阅齐鲁的一些方志,我却惊异地发现,山东打有"国家地理标志"的特产、美味,实在太多太多,堪称全国之冠。这里,我先说说山东的小米与大米。

北方人通称的谷子,去壳后即为小米。谷子广植于华北、西北及东北地区。在中国,谷子已有八千余年的栽培史。谷子古称粟。因此,夏商文化亦称"粟文化"。古代帝王将粟谷当作神奉祀。稷为谷的一种,"社稷"一词,即由此而来。当今世界诸国种植的粟谷,均是由中国传出去的。

家乡有农谚说:"只有青山干死竹,未见地里旱死谷。"春谷是个疯狂热恋太阳的大家族,给点儿雨露就灿烂。它们不厌地薄土陋,不惧干旱和饥渴的打击,不畏土中酸碱的劫难,不怕害虫的觊觎,种子于谷雨入土后,那不死的种子便扎下不死的根。

在听到春雨的一声呼唤后,它们便冲破春天的寂寞与干旱,那看似最小却蕴藏着旺盛生命力的颗粒,便一下子爆发了。它们攒攒挤挤,比肩争高,分蘖、拔节、抽穗、扬花、壮籽,于孟秋时节,便以那黄澄澄、狼尾巴似的谷穗,走完了生命的旅程。谷子横向种植于北方的山川大野,纵向雕刻了中华民族勤劳、吃苦、坚忍不屈的性格。

昔年,小米是山东人的当家粮之一。用它熬成的小米粥,向有"代参汤"之誉。妇女怀孕后多喝小米粥,月子里天天吃拌以红糖的稠粥,香甜的奶水便像豆浆似的往外冒。即使缺少奶水的婴儿,如果能喝上小米粥顶层的米汁油儿,那圆鼓鼓的粉脸蛋儿,照样和喂奶的孩子一样吹弹得破。齐鲁作为孔孟之乡,昔年文风昌盛,科甲蝉联。清光绪年间,潍县西南关的一条陋巷里,就先后出过两名状元。这两名状元均生于贫寒之家,都是喝着小米粥就着咸萝卜头子长大的。明朝毛纪、清代张端两位宰相,同出生于莱州贫困的南隅村,被清顺治皇帝誉为"一隅二相"。这两位史上名相,也都是吃着小米饭长大的。

山东的小米也曾喂养过中国的革命,滋补过民族的尊严。

在封建社会,头戴皇冠的人及其皇室贵胄,都是统吃全国的最大吃家。在巡游之时,他们如在某地吃到某种美食美味,便旋即打下"贡品"的戳记。全国小米贡品有四,排序为:山东金乡小米、龙山小米,山西沁州小米、河北桃花小米。

《金乡县志》记载了金乡小米成为四大贡米之首的来由:清康熙帝下江南时,骑着白马于子夜时分,驻跸金乡境内一村庄,御前侍卫敲开一农户家门,有老妪跪献一碗小米粥。康熙喝罢,龙颜大悦,连称:"好米,好粥,真乃人间至味也!"从此,这个村的产谷地被称为马坡,所在乡镇也易名马庙,马坡米遂也称为御米。

周恩来总理偏爱的食品甚少,但一直喜欢喝小米粥。新中国成立十周年的国宴上,周总理曾用金乡县的马坡小米招待过中外宾客。1968年前后,周总理又多次指示,征购马庙乡马坡地的金谷米,用以招待外宾。美国前总统尼克松访华时,对马坡金谷小米做成的粥赞不绝口。临行时,还将几袋马坡小米带回美国。

四大名米之二的山东章丘龙山小米,是乾隆南巡时敕封的"龙米"。其产地在龙山镇一带,尤以龙山村石人坡的四百亩地里所产小米最为著名。龙山春谷,生长在山前洪水冲积成的黄壤上。有种名叫"阴天旱"的谷子,在阴天或下雨时,谷叶儿全像大旱时那样蜷缩起来。这种奇异的反常现象,只有上苍方可诠释。

我作为李家门里的长子,在襁褓时因母亲奶水稀少,是没有子嗣的大爷、二大爷抢着抱我去吃百家奶和喝着自家熬的小米粥长成的。因此,我对小米的味道特别敏感。至今,喝小米绿豆稀粥,吃小米干饭,仍是我偏爱的食品。

青灯有味是儿时。至今我还清晰地记得,农业合作化前后在抢收小麦时,全家老少吃小米干饭的情景:奶奶在做小米干饭时,先将两大碗肾脏形、暗红色的爬豆,煮个半熟;再将淘好的小米加水放入锅内,一道焖煮。这用爬豆和小米捞成的干饭,颜色黄红相间,饭块儿软硬相宜。吃这种干饭的最佳配菜有二:一是用新蒜薹加农家自做的酱,熬猪肉块儿;二是将红皮白心的水萝卜切成片儿,炒进猪肉片儿中,再加大酱添水炖煮。奶奶、母亲总是在鸡叫头遍就下炕,一个捞饭,一个炖菜。鸡叫二遍时,男劳力们便起来扒着,吞着,嚼着这等既解馋又抗饿的饭菜,身躯里便充满了弹性和力气。麦田里,半里长的麦垄,大人们能一鼓作气、不伸懒腰地从头割到尾;打麦场上,两百斤重的麻袋,大人们唾唾手,一下扛在肩上也不打晃儿。

投身军旅,特别是家安在济南后,我吃过金乡小米,也常食龙山小米。这两种小米,色泽金黄,用以熬粥,质黏味醇,米粒儿悬而不浮,味道香而不腻;稍加冷却,表面便有一层浓浓的米油儿,用筷子一夹,便可揭得下来。谷有春谷夏谷之分。麦收后种的夏谷所脱之米,其味道与春谷之米天差地远。新米和陈米,颜色也有差池。新米金黄,陈米暗黄,夏谷之米白黄,不用开口吃,我打眼一看便知,哪是新米哪是陈米,孰为春谷孰为夏谷。

天下之口有同嗜。据我长期观察,我的一些南方战友和朋友,也挺喜欢吃山东小米。1964年初夏,我在青岛海防守备连队当战士时,连里重机枪班的严班长,是从南京市入伍的。他是特等射手,饭量也大。其时,连里正在修筑战备坑道,严班长又成了优秀钻机手。打坑道是超能量释放的重活儿。连里的炊事班班长,是早我六年入伍的五莲老乡。这天中午,他大致按我奶奶和母亲的做法,为连里做的主食是小米、爬豆捞干饭,菜由蒜薹、肉块加大酱所炖成。抱了一上午钻机,体力透支的严班长,一闻到这诱人的饭菜味儿,便操起大碗,呼噜噜不歇气地一连吞下六碗小米干饭和一小盆带汤带水的蒜薹炖肉。待他举碗又要盛第七碗饭时,站在一旁的连长忙过来夺碗制止:"好饭食也不能放开肚皮吃,撑死了,我可不给你开追悼会。"掌勺的炊事班班长,见这顿饭菜如此大受战友们的欢迎,忙乐哈哈地打圆场说:"严班长,别吃了,晚上我还接着做……"

家乡麦收与连队打坑道时吃小米干饭的日子,离我已是很远很远了。为了找回当年那些难以忘怀的情愫与感觉,我总是在新蒜薹下来时,想吃上一顿那样的饭。近些年来,只施一次底肥而从不浇水的龙山"阴天旱"春谷,其米味儿还多有保持;但市场上出售的蒜薹味道却早已大变。去年,济南的好友老马,在他雇人种植的那三十亩菜园里,种了十几畦大蒜。芒种时节,我从他的菜园里,采了两捆儿蒜薹,按奶奶当年的老做法,捞了小米、爬豆干饭,炖了蒜薹和猪肉。咀嚼着谷香、肉香、蒜香,爬豆的面嘟嘟的甜香,以及汤水里咸渍渍的酱香,我大快朵颐,思绪绵绵,童年和连队生活的情景在我脑际一齐闪回,叠印。

南稻与北粟,是大自然恩赐人类的一对孪生姐弟。富养闺女穷养儿,该是大自然孕育这对姐弟的本意。富养闺女,就是让她出落成或是仪态万方的大家闺秀,或为贤淑俊美的小家碧玉;穷养儿子,就是要他经过日曝风袭的摔打,成为铁骨铮铮的刚强汉子。

水稻水稻,无水不稻。江南那纵横交织的水网,当是水稻这绿衣仙子梳妆理容的镜匣;绯红的朝霞,该是她经常擦抹的胭脂;晶莹的水珠露珠,应是她最心爱的首饰。人人都唱"锦绣江南鱼米乡",殊不知,山东的水稻,才是"养在深闺人未识"的大家闺秀。

史载:远在唐朝,临沂的塘崖大米,便被定为皇家贡品。塘崖位于临沂城南二十里处,该村西北方有一月牙状的"塘圈",其面积不足一平方公里,是正宗的塘米产地。这里地势低洼,常年湿润,土质黑黄,晒干的土块,坚硬难碎,水泡数日,仍保持原形。当今土壤学家分析,这里的泥土含"硒"量奇高。带有糯性的塘米,经大火蒸煮后,会弥散出扑鼻的浓香。做干饭、煮稀饭,只需掺上少许塘米,便香气四溢。当地有"一家煮饭四家香,四邻煮米香全庄"之说。塘米因地域小、产量低,在那只许皇帝"弱水三千",不准百姓"舀水一瓢"的漫长岁月里,齐鲁百姓是极难品尝到塘米之味的。

能让齐鲁人民一饱自产大米口福的县份,应首推济宁市的鱼台。在鱼台发掘的汉墓中,曾多次发现先民种植的稻谷。这佐证着鱼台境内,最迟在汉代就种植水稻了。鱼台位于中国北方最大淡水湖——微山湖西畔,境内有十七条河流交汇贯通,是水稻生长的洞天福地。在旧中国,因黄河泛滥,战乱频仍,鱼台十年九涝,因此鱼台大米从未形成批量生产。

上世纪六十年代初,鱼台利用土肥水美的地理优势,疏浚河道,整改稻田,使鱼台大米的产量逐年骤增。鱼台大米以其独特的品质,很快征服了齐鲁,走向了全国,成为"国家地理标志"性产品,并远销十几个国家和地区。

继鱼台大米之后,黄河大米又声名鹊起。黄河大米,产于济南近郊的黄河之滨,自明清时便多有种植。到了上世纪七十年代,种植区域延伸到滨州以西可用黄河水直灌的区域。这些背河洼地,昼夜温差大,大米蛋白质积累多;土地里的盐碱也来助力,使黄河大米蒸煮时,不用加碱就黏性十足。黄河大米,那晶亮的米粒,曾采集过、吮吸过宇宙中的星光与阳光,经受过北方春天干燥的风和夏日湿润的风,经历过四月绵绵的雨丝和七月狂泻的雨暴,颗粒中便浓缩着天地间的精华。北方稻多是非糯性的年生一季的粳稻,而南方稻多为年生两季乃至三季的非糯性籼稻。稻子的生长期愈长,米味儿愈浓。故而,无论是鱼台大米还是黄河大米,其味道比南方大米高出一截儿,是天经地义的。紧随鱼台大米之后,黄河大米,先是被指定为北京第十一届亚运会专用食品,后又在全国第一、二届农业博览会上蝉联金奖,被誉为"中国第一米"。

我在济南部队供职时,因军区在鱼台垦有生产大米的农场,食用鱼台大米,曾是家常便饭;黄河大米的主产地濒临泉城,鱼台大米接济不上,托人买些黄河大米,只消打个电话即可。淘米时,看着鱼台、黄河米那籽粒饱满齐整、玲珑剔透、珠玉般莹洁的样儿,我先有三分喜爱;揭开高压锅时,那桂馥兰熏般的米香,便飘出厨房,散进餐厅,我又有了几分陶醉。吃时,我咀嚼着它的细腻、通透、润滑、黏口的滋味,即使单吃米饭,口里也绝不感到寡淡。

世界上的一切事物都不是恒定不变的。变化有渐变和突变。近十几年来,面对鱼台、黄河大米那"速行速远"的味道,我不由大发"眼睛一眨,母鸡变鸭"之叹。先是部队在鱼台生产的大米,几于南米滋味相差无几,后来我几次托人买的黄河大米,也失缺了原有的味道。是鱼台、黄河大米出口赚外汇的任务重,上好的大米都出国了？是他地大米,贴上了鱼台、黄河大米的商标,玩起了偷梁换柱的把戏？还是我托朋友的采买网络不畅？这些谜底,我一时难以破解。

为能吃上一些纯真的北方大米,我开始了艰难的寻找。军旅书画名家李翔,出生于盛产大米的沂河岸边,对大米的味道相当敏感。他自告奋勇,愿为我完成这个寻找任务。他先是在享誉中外的北米产地天津小站一带寻觅,未能如愿；接着,他又把目光瞄向了东北的一些名米产区。在搞到一些类似用罐头铁盒包装的东北米后,他自己尝罢连呼"受骗上当",我吃后也止不住地摇头。全国第一届十大杰出青年、中医博士王富龙,是我与李翔的好友。他出生于东北,对东北大米知根知底,人脉关系也广。五年前,他为我在吉林某地,寻到一种东北大米,我食用后,又找回了十几年前吃鱼台、黄河大米的那种味觉。我把这种大米戏称为"王氏大米"。根葱能买参价钱。王氏觅得的大米。先是六元钱一斤,后逐年提升为每斤十元、二十元、三十元,去冬竟涨到四十元。人们对绿色食品的渴求,由此可见一斑。

粽子·月饼·年糕

在人分三六九等的封建社会里,那些脚踝上沾满蜿蜒小路上的泥土,衣褶里浸渍着汗碱和泪斑的底层百姓,是很难分享到自己劳动成果的。于是,人间的智者怀着檀香般的慈悲之心,创造了诸多带有神化、仙化色彩的农历节日,让芸芸众生在尊天敬地祭祖宗的同时,也苦涩地满足一下心灵的救赎和对美食的欲求。

山东是礼仪之邦,民间节日之多,在全国恐无出其右。从正月"破五"开始,百姓月月有节过,月月可调剂一次或几回饭食。元宵节还没到,山东沿海的渔民,便于正月十三过起拜祭海神的"渔灯节"。正月十五闹元宵的情景,还在农家的炕头热议与回味,二月二龙抬头的"填仓节"匆匆到来。三月三是王母娘娘的生日,虽说各路凡界的神仙都应邀去参加蟠桃大会,而百姓们却也不寂寞;清明节的前一天是"寒食",这天农家虽不生火,但早已做好的炒面,吞起来也别有滋味。清明这天,伴随着祖坟上纸钱化蝶的飘舞,吃了头刀韭菜水饺的农人,便扶老携幼,踏青观花荡秋千。四月初三是孟子母亲的诞辰,那些有上学孩子的人家,仰慕"孟母三迁"之风范,又过起"孟母节"。崇尚儒教的山东人,对从外域请来的神灵也不怠慢,四月初八是佛祖的生辰,善男信女们便过起"佛诞节"。当五月端午的艾香在门楣上尚未散尽,农家又迎来六月初六的"天贶节"。这天,人们要晒书,晾衣,挂红线于田间,虔诚拜祭太阳神。七月七是牛郎织女鹊桥相会的日子。七夕夜,吃过"乞巧饭"的新婚燕尔的小夫妻和待字闺中的姑娘们,自会心香祈祝。七月十五为"中元节",百姓忌吃水饺,包上又大又圆的包子供奉于祖坟,上可告慰逝去的先人,下可教化活着的儿孙。八月十五月儿圆,瓜果月饼祭老天。九月九为重阳节,孝顺儿女自会陪长辈登高、赏菊,还要煮一锅长寿面。十月初一天渐寒,农家要到坟上为祖宗送寒衣,过起饭菜丰盛的"寒衣节"。十一月迎来"冬至节",这天农家会烫上几壶小酒,炸上两盘萝卜丸子,包上一盖顶白菜肉的水饺,大吃大喝一番。进入腊月,腊八、小年、除夕接踵而至。穷过日子富过年,腊月是农人大饱口福的月份。

孩童时,我是最盼这些农历节日的。它们留在我记忆中的是千丝万缕的情感纠缠。在这些节日里,农家吃的各种食物中,我至今仍然依恋的是:端午节的粽子、中秋节的月饼、春节时的年糕。

每届农历四月下旬,故乡人就开始到山间、河边采集包粽子的桲萝(学名大叶麻栎树)叶和芦苇叶了。桲萝树可直接放养柞蚕。其叶子为深青色,呈长圆形,比壮汉伸开的巴掌还要大,叶周遭有锯齿状的唇边儿。根须深扎在大山岩下泥土、偎依着山泉溪流生长的桲萝树,叶唇上常漾着晨曦般的笑容。春风梳理过它的灵魂,春阳灿烂着它的面容。难怪对吃食格外挑剔的蚕宝宝儿,对它鲜美的叶汁儿爱得如痴如狂。桲萝叶采集下来后,需放于阴凉处反复地晾,才能晾出清新晾出鲜。做粽子时,需将晾干的桲萝叶放在清水里浸泡一昼夜,让叶复原变软。做粽子可用黍米也可用糯米,可包上几个红枣也可包上点儿红糖。这种桲萝叶包成的粽子,宽五六公分,长十几公分,呈等角长方形。煮前,需将两只粽子对起来,用泡软的稻草秸儿将两头和中间捆紧。这种粽子体硕米厚,需煮上四五个小时,方可熟透。

我吃过荷叶、苇叶粽子,但偏爱的还是家乡那用桲萝叶包的黍米大枣粽子。黍米也叫黄米,比小米粒稍大,黏性十足。桲萝叶粽子,每一对儿有一斤多重,孩童那红润娇嫩的小嘴儿是难以下口的,大人只能包些三角形的苇叶粽,让小孩们玩着吃。桲萝叶粽子中的黄米,紧紧黏在叶片上,黏得能扯出黄丝儿来,加上红枣的浸润,吃起来黏黏的,糯糯的,香柔柔的,甜滋滋的。家乡的大粽子,一对就能让我吃个饱。它虽不能登大雅之堂,却能调动我舌上的全部味蕾,去体味家乡大山的清新,山泉的甘冽。

直到现在,我每年都在端午节前后托家乡的亲友,包上五十对桲萝叶粽子,捎到济南,存入冰柜,每隔一个星期吃上一对儿。我拿这种粗老笨重的粽子,让北京几个文友、画家品尝,他们观其形品其味后,无不啧啧称奇。北京一位出生于鲁北平原的油画家,几次吃过桲萝叶黄米粽子竟上了瘾。今春,我们定下"君子协定"。其让在家务农的父亲用农家肥种一亩春黍子,以备两家做粽子和年糕用。做粽子用的楮萝叶,则由我从家乡提供。

"小时不识月,呼作白玉盘。又疑瑶台镜,飞在青云端。"李太白的这首《古朗月行》,常能唤醒世人对月亮的通有情感,也完全切合我儿时望月的心境。农历八月十五的那墨蓝蓝的夜空,显得分外皎洁清爽。那圆如大玉盘的月亮,高悬中天。凉沁沁的月光,泻满山野,漾在河中,透过树荫流进农家院,漏下了一地闪闪烁烁的碎玉。农家月饼的模样儿,等同于月亮的几何图形。当淡雅柔和的月光,抚摸着我儿时天真心灵的时候,我一边望月,一边吃着家中自做的月饼,在神话传说之惊异力、想象力的鼓舞下,真想拽着嫦娥那长长的衣袖,要飞,要飞,飞向那浩渺的天宇。

家乡的月饼,做起来很简单。先将面粉放在铺有笼布的箅子上蒸熟,再将湿块状的面粉,加花生油和成大面团儿,揉搓几遍,撕成一个个小面团儿,压成半指厚的面片。做月饼馅儿也不复杂,将炒熟的花生米、芝麻粒、核桃仁、杏仁用擀面杖擀成末儿,掺点儿捣碎的冰糖也就是了。将馅儿包进厚厚的面片中,放进刻有各种花纹的木模子里一一搕出,在铁锅里用温火翻烙几遭,月饼就做好了。这种颜色有几丝月白,几丝星亮,几丝日黄的月饼,吃起来硬中有酥,香中有甜,细细咀嚼,能品味出山野大地生发出来的原始的清香和甘饴。

多年来,我几乎没吃过市场上的月饼。看到某些月饼里面那五花八门的馅儿,就令我产生"杯弓蛇影"之惧。当今中国的许多礼品,看似相当名贵,实则是既不实用放在家中也难处置的东西。礼品月饼就是典型的个例。那些红木匣里装,钛铱盒里盛,黄缎白绸裹的月饼,在中秋节前一个月,便闹纷纷地招摇过市了。每盒月饼少则几百元,多则上千元,乃至近万元。它们往往是被你送他,他送你,玩起了月饼大旅行、大传递的人情游戏。我有一位好奇的画家朋友,曾在两盒名贵月饼的盒上打下了一小小暗记,想不到其中一盒竟转来转去,又转到了他的画案边……

人称刘罗锅的清代名臣刘墉的故里,距我村只有二十里路。他庄与我村,做月饼的原料、工序完全一样。诸城刘氏的后裔,在北京开了几处饭庄。近十年来,这些饭庄在仲秋期间,用家乡土法子大做其月饼。月饼的大小与人肉眼看到的中秋节的月轮相差无几,每八只装进一个用绿色竹篾儿编织的篮子里。这种用竹篮子提着月亮回家的妙想和其纯真的味儿,大受食客青睐。竹篮月饼常常供不应求。我每年都买得十余篮赠朋馈友。

我有一位曾在上海工作多年、后在中央某部供职的挚友,经常从上海捎来一些糖果糕点,送给我的家人品尝。投桃报李,我也不时搞一些山东地方特产给他。前年,我送他两篮刘墉后人做的月饼。他夫人尝罢,打电话给我,让我每年都给她家搞两篮子。家乡的土月饼登上了大雅之堂,实为我始料不及。

多年来,我每年都让家乡人给我做几次小菜碟般大小的月饼。我将每次捎来的月饼,裹上两层食品袋分装,存入冰柜,隔两三天吃上一只。吃着它,我仿佛又找回童年中秋节望月时的童真。我知道,童真是作家的利器,一两重的童真,能顶得上两斤重的小聪明。

腊月二十三,是灶王爷上天汇报一年来人间万象的日子。农家对神明们的态度,分敬、畏和既敬又畏三种。但对灶王爷的态度却跳出这三者的圈外,对他是既敬奉着又糊弄着。在百姓看来,灶王爷是数黑论白、多嘴多舌、不讲原则,吃了农家的好东西又感到嘴短的神灵。于是,农家便在小年这天,蒸起带枣的年糕,黏住灶王爷的嘴,让他口中带着香甜味儿,去"上天言好事,回宫降吉祥"。

安家济南后,于春节期间,我吃到了最具地域特色的山东乐陵年糕。黏米面和金丝小枣蒸成的年糕,色泽黄中泛亮,小枣如颗颗红玛瑙镶嵌其间,看起来艳丽夺目;吃起来黍香沁人,枣甜幽然。人们尤喜它的黏劲儿。将它切成片儿,放于热油锅内汆热,其黏劲儿分毫不减,还会在肥润中增添了些许酥脆。这些年来,我总是一进腊月,就托人从乐陵买些金丝小枣和黍米面,蒸上一锅年糕,春节便过得年年(黏黏)甜甜了。

瓜果有约

假如把山东的版图喻作一只"探海神龟",那么这硕大无朋的神龟驮着的是一派苍茫,一派雄伟,一派坦荡,一派秀丽。齐鲁虽没有四时不谢之花,却生有八节常鲜之果。昔年山东的贡果和当今打有"国家地理标志"的水果之多之丰之美,胪列起来,令人咂舌。

我走遍齐鲁后发现,这大地上凡是弛誉中外的瓜果梨枣,都与天地有约,与日月有约。

先让我们把探寻的目光,投向"探海神龟"头颈部的烟台一带。烟台水果有三宝:苹果、莱(阳)梨、大樱桃。

有着"四乡福地"之誉的烟台福山区的亭口镇,是烟台大樱桃的主产地。被称为"北方春果第一枝"的大樱桃,是烟台水果大观园里的林黛玉。它甚至比林姑娘还显娇贵,还难伺候。土壤黏了不行、松了也不行,气温高了不行、低了也不行,天旱了不行、地涝了也不行,且惧风又怕冻。福山傍海、临河、依山,气候温润;土壤里既有点黏性,也含有河砂和硼砂,透气性好,最宜栽种大樱桃。烟台大樱桃果大形正,红如玛瑙,黄若凝脂,人见人爱,秀色可餐。

栖霞、牟平、文登、乳山等地生产的烟台苹果,是山东苹果的佼佼者。在烟台苹果的大观园里,曾是美媛如云。那楚楚动人的青香蕉、红香蕉、金帅、红星、黄金梨、重阳红、绿宝石、露蟠桃……当可作"金陵十二钗"视之。这些不寻常的胭脂们,各有各自的诗才,各有各自的画艺,各有各自的品位,曾在全国苹果的大市场上,以绝对的优势,显示出艳压群芳的风韵。

莱阳梨是全国梨中弥足珍贵的稀世品种。莱阳有五条河流汇聚于境内的照旺庄。古时,这里曾是一片巨泽,四百年前淤积成富含腐殖质和云母的一大片油沙地。我曾掬一把油沙摊在手上,见有金粉闪烁。在五河汇集的五龙河畔,这种油沙土,自会养育出莱阳梨独有的个性。莱阳梨看上去个大皮糙,皮上还生有点点黑斑儿,但它脆得掉在地上便一摔八瓣儿。其肉质洁白细嫩,吃起来清甜清甜的,且不含一点儿渣儿。这颇像《红楼梦》中快言脆语的刘姥姥,观其形虽觉粗笨,听其言虽感粗俗,但她能紧紧抓住贾母、王熙凤们滑动的思想,让人越品越有滋味。

让我们顺着"探海神龟"的脖儿西行,来到平度市的大泽山镇。这里以出产大泽山葡萄而名扬中外。大泽山因"群山环而出泉,汇为大泽"而得名。该镇北、东、南三面峰峦起伏,西面是渤海小平原,有莱州湾的海风不时吹来。得天独厚的地理、气候环境,与法国靠近地中海的区域相似。外国专家每来平度考察,都称誉这里是"中国的波尔多"。大泽山葡萄穗大粒饱,果肉呈可溶性,肉质又十分致密,用小刀剖开,浆液也不外溢。当地有歌谣唱道:"眼看穗头美,刀切不流水,入口胜蜜糖,满口清香味。"近些年来,我每届仲秋,都能品尝到正宗的大泽山葡萄,足证此言不虚。

夏末,我们如果来到"探海神龟"脊背中部的肥城市,且莫错过品尝正宗肥桃的机会。同莱阳梨一样,昔年作为贡品的肥桃,早已誉满天下。清光绪三十四年《肥城县乡土志》载:"东西洋诸国莫不知有肥桃者。"肥桃个头之大,为华夏桃中之最,一般都在一斤上下。八九成熟的肥桃,吃起来又脆又甜,很有咬头;熟透的肥桃插上根吸管儿,能让三岁稚童,美滋滋地吸个半饱。肥桃又称佛桃。我想,倘若真有王母娘娘在天宫举办蟠桃盛会,她定会将肥桃置于首席。

"探海神龟"西南边的龟背角上,有两种水果会令我们神往:枣庄石榴、曹州耿饼。

枣庄南部峄山之阳的黄壤里,有一道东西长四十里的石榴树走廊。它始建于西汉,现已辟为任人徜徉的榴园。园里生长着四十万株石榴。每届春夏之交,榴园里叶茂花繁。榴花以火焰般燃烧的灵犀,喷射出一种神奇而强劲的生命律动。枣庄石榴平均一斤重,最重可达三斤多。给它戴一顶"榴果之王"的桂冠,当无可訾议。每到仲秋,它那咧嘴笑时露出的籽粒,白里泛红、晶亮闪光,酷肖玉人嫣然笑着的珠贝般的牙齿。每逢石榴采摘时节,枣庄的朋友总会给我家捎来几箱。品尝着枣庄石榴那充满清甜,略带着点儿酸甜的滋味,我常生发"咬破水晶含露湿"的感觉。

耿饼,是由曹州耿庄一带的镜面柿子制成。耿庄一带,曾是黄河故道。泥土淤积层既厚且肥。镜面状的柿子,在八九成熟时即被摘下,用刀旋去皮儿,置于高粱秸箔上翻晒月余,再放进缸内,让其自然结上一层浓密的饼霜。耿饼,远在唐宋时就成为皇室贡品。上世纪五十年代,曾在欧洲各国举办的博览会上多次获奖。七十年代以来,它曾四度参加全国果品博览会,次次都获金奖。我想,凡是品尝过耿饼的人们,都会领略到什么是"蜜甜"的意蕴。

细检"探海神龟"驮起的山东这片雄浑丰腴的大地,我们不难发现,在它的每个部位,几乎都有名瓜名果。

德州西瓜曾名播天下。清朝历代帝后,都视它为贡品之奇珍。日食万钱、浆酒霍肉的慈禧太后,对德州西瓜更是情有独钟。夏日炎炎,慈禧不仅自己启开饱满又涂有红唇膏的嘴唇,啖着德州西瓜消暑纳凉,还常以它施恩于她看着顺眼的宫女、太监。

夏津桑葚,自东汉年间就广为栽植。在当今那方圆二十华里的黄河故道上的桑园里,五百年以上的老桑树随处可见。夏津桑葚与普通桑树结出的紫色果儿有所不同,它的果儿乳白色里泛着油光。明清两朝,夏津桑葚一直是大内贡品。桑葚不易储放。昔年麦子灌浆时节,临清至京都的运河上,抢运夏津桑葚的御船,昼夜穿梭,鼓帆而行。

近三年来,每到小满时节,我都带着尚未上学的孙子檀檀,到夏津桑园摘葚,檀檀总是吃得小嘴上粘满稠稠的葚汁儿,还喊着要摘要吃。

沾化冬枣,曾被美国俄勒冈大学农学院生命科研所主任鲍依尔和教授福基高米,称为"世界第一奇果"。前些年,每届秋冬之交,沾化冬枣便以赭红光鲜的高贵气质,燃亮人们的双瞳;又以细嫩多汁的脆甜,征服过天下食客的味蕾。

且让我们把探寻的目光,聚焦在鲁中东部的历史文化古城青州。青州虽为县级市,却有三种烙有"国家地理标志"印记的瓜果:青州银瓜、青州蜜桃、青州冬雪蜜桃。

青州银瓜产于流经青州的弥河两岸沙地上。瓜呈长圆筒形,通体银白,瓜面有纵沟,中部凸起成棱,颇像昔年威风八面的皇帝老儿出行时,仪仗队所执的"金瓜"、"银锤"。在弥河沙滩地强光照、大温差环境中成长的青州银瓜,曾是明清两朝的皇室贡瓜。冰糖不足喻其甜,兰桂无以比其馨。民初京城四大公子之一、大收藏家、词家张伯驹先生的外孙珩玮见过很多大场面。他在军艺就读时,便成为我的小文友。每当青州朋友送银瓜到北京,我总是拿出两小箱让珩玮和他的母亲品尝。珩玮初尝银瓜时,曾调侃地对我说:"人生一世,不吃青州银瓜,那是最大的'犯罪'。"

桃树是我国北方最常见的果木,已有三千多年的栽培史。古书有解:"'木'从'兆',十亿为'兆',言其多也。"在群桃争芳的大比拼中,能"着红袍"、"挂宫花"者万不及一。青州蜜桃继肥桃之后,在上世纪八十年代初,方登台亮相,就于2000年"中国百姓最喜爱的果王菜王评选大赛"中,金蟾折桂。青州蜜桃,以佛家圣地云门山为轴心,辐射方圆四十里。青州蜜桃有"青仲蜜""青霜蜜"两种,当它们身浸几番盈盈秋露,体着几度洁洁凝霜后,才能采摘。青州蜜桃只有山鸡蛋大小,用手一掰,桃核儿便可脱出。每当和文友们一道品尝这蜜桃时,我便油然想起苏东坡"西风吹好句,珠玉本无踵"的名句。那无脚无腿的珠玉,怎能跑上了青州蜜桃的霜红的笑靥呢?

1986年暮秋,青州曹家村一农人,在山中桃林里,偶然发现了一株青州蜜桃的变异树。此时,百果皆收,枝叶凋零,唯此树仍枝叶翠绿,果实高挂,人皆异之。市农科人员,遂对它定时进行细密观察:它与青州蜜桃同时萌芽,同时开花,同时坐果;可从六月到九月上旬,它的果儿却几乎停止生长;从九月下旬开始,它的果实转入第二个膨大期,霜降后更加快了增长速度。小雪到了,它开始着色;大雪到了,它才真正成熟。科研人员又用PAPD技术,将它与其他蜜桃类比,惊愕地发现,此桃绝非凡桃,极具推广价值。当地果农从这株大自然创造的母树上,采核育苗。采得神异种,结出神异果。冬雪蜜桃,其体积明显比当地其他蜜桃大出两圈儿。果儿的向阳面嫩红,背阴面雪白,吃起来比其他蜜桃,更觉清脆,更感清甜。我每品咂之后,常生发出"此桃只有天上有,人间难得几回尝"的喟叹。青州这片古老的土地,冷不丁跳出来的冬雪蜜桃,填补了山东冬月无鲜果的空白。冬雪蜜桃的繁殖能力极强,如今它的倩影已闪动在冀、晋、陕、豫、苏、滇、桂等诸多省份之适合它生长的土地上。至于其味道如何,我不得而知。

在齐鲁这"探海神龟"北部"裙边"上的乐陵,是金丝小枣的故乡。

乐陵金丝小枣,简直是上苍的艺术。它不同于其他枣之处,不仅在于皮薄肉厚,丰肌细核,还在于熟透之后用手一掰,能扯出两寸长的柔美金丝儿。我也曾将他地枣,与乐陵金丝枣做过比较,要么扯不出丝儿来,要么扯出的是银丝儿、铜丝儿乃至铁丝儿。在上古时,枣树便热恋上乐陵这片由黄河冲积而成的退海之地。在夏商周时,枣树便成了乐陵先民的"铁杆庄稼"。金丝小枣是上苍写给乐陵人的一则佛偈般的箴言。是土壤之颗粒和微量元素的主主次次、紧紧松松、有有无无、分分合合,决定了金丝小枣的品质。流经乐陵境内的马颊河与漳卫新河的中间地带,是金丝小枣的主产地。有一种怪异现象,令人百思不得其解:漳卫新河的南岸是山东乐陵,北岸是河北盐山、南皮两县。一河之隔,不足二里之遥,南岸的枣儿是金丝儿,北岸的枣儿却是银丝儿。在乐陵那庞大的枣家族里,还有一种在《山海经》里就提及的乐陵无核小枣。由于它是稀世之果,外地人均移而栽之。令人嗟叹的是,移栽后的乐陵无核小枣,结出的果儿竟又生出核儿来。由是观之,乐陵小枣是不可复制的,也是难以"克隆"的。乐陵小枣有近百种可生食熟吃,可做糕可煮粥可嵌入面点,还可以用酒泡成醉枣,在冬春当鲜果吃。毫不夸张地说,世上有多少种甜味儿,人们仅从乐陵枣里,几乎都能品味出来。

瓜果有约,瓜果有秘,瓜果有情,瓜果有爱。各路瓜果结缘"探海神龟",是山东人的运气,也给全国人带来些许口福。瓜果都有各自最敏感的神经,最怕触碰的软肋,也都有各自的生理需求。如果损害了它们的生物链,打乱了它们的生物钟,它们就无法向人类捧出个性化的果实。

如今,昔年山东西瓜家族中的一些"国色天香",早已沦为寻常胭脂。昔年山东的名桃,因口味大不如以前,淡出了人们的视野。渤海一带的山东冬枣,产量已逾十亿斤,加上他地冬枣的鱼目混珠,已使正宗沾化冬枣,失去了它原来的高贵。凡此种种,何也!

名瓜名果最忌宽泛化、类型化种植。一拥而上、一窝蜂跟进,是中国人的通病。

素有"胶东屋脊"之称的栖霞市,现已被中国果品协会命名为"中国苹果之都"。上世纪八十年代,栖霞人伐木为薪,从国外引进了优质高效的红富士品种。见其经济效益相当可观,山东产苹果的地市,便纷纷仿而效之。全国宜种苹果的省份,也来栖霞取经,大种其红富士。如今年产十亿斤苹果的栖霞,其红富士虽仍畅销大半个中国,但比之海拔更高,光照更强,温差更大的陕北、新疆的红富士,就甜度而言,已无优势,遂也被拖进了宽泛化的行列。由于类型化的种植,当今烟台苹果大观园里已无"金陵十二钗",那"试才对额"时各自的风韵早已不再。如今,人们想品尝独具风味的青香蕉、红香蕉、黄金帅,则很难很难了。

我的家乡五莲,是山东苹果的主产地之一。五莲小国光,昔年也曾是皇室贡果。从上世纪六十年代起到八十年代末,小国光一直是五莲苹果的当家品种。它果实着色好,口感酸甜适度。风味清香爽口。它的最大特质是耐储放,十月下旬采摘后,不用进冷库,也可放到来年四月。它曾在京津、上海、南京、武汉、哈尔滨等大城市的冬春水果店里,独领风骚;它曾走进中南海、人民大会堂,也曾远销俄罗斯。进入九十年代,家乡人仿照烟台人,将小国光果树一次性伐除,改种了红富士品种。当眷恋小国光口味的省内外采购单位,出以比红富士高出两倍多的价格、驱车进山寻宝而徒劳往返的时候,家乡人才感觉到类型化种植给他们带来的难言之苦。于是,一些果农从新世纪始,又重栽小国光。五莲小国光,有望再现当年立冬时节,那车到熙熙、人来攘攘的争购景象。

世上的名瓜名果,都有着属于各自的"定义式"语汇,来向天下食客讲述它们各自的个性和味道。类似的瓜果可努力去模仿它们,但永远成不了它们!

鱼,人之所欲也

大自然万物万有的多样性,简直达到了极为豪奢的程度。人类需要的百般口味,都能从大自然中获得满足。

山东半岛,突兀于渤海与黄海之间,是中国最大的半岛。山东有着北起漳卫新河入海口,南至日照岚山头的斗折勾回之三千公里海岸线。海岸线金镶银裹着滨州、东营、潍坊、烟台、威海、青岛、日照七市。海岸线上的大、小鱼港更是屈指难数。它们是岁月的一幅幅画,味道的一支支歌,滋味的一本本书。

少年时代,大海对我来说是朦胧的,抽象的,却又是具体的,实在的。濒临黄海的日照是个渔业大县,与我的故乡五莲接壤。我家住的胡同里,有户孙姓人家,是从日照渔村迁来的,以贩卖海货为生。孙家的长子是我小学同学,他家与我家相处甚好。有关大海的奇妙,我是从这发小的父亲那容不得乡人插嘴的讲述中得到的。发小的父亲常年结伙日照的鱼贩子,用驴队驮着、小车推着、扁担挑着各种海货,来我们村庄一带销售。当时,带鱼、黄鲫子鱼几乎不用上秤称,而是论堆估,乡亲们只消用一瓢麦子,几碗黄豆就能换得一堆,用盐一腌,便可吃上几天。大对虾虽只六分钱一斤,而将一个铜子儿攥出汗来的乡亲们也舍不得买。我那时吃的虽是隔天过夜的鱼虾,但总觉得比河鱼河虾更有滋味。

渔民形容海中鱼多,常用"海了"一词。关于海中鱼虾的"海了",我是从孙家的长子那里听来的。他小学四年级便辍了学,跟随父亲一起去学着贩鱼和下海捞虾。他给我讲述的捞虾皮儿的画面,至今仍在我脑际闪回:从端午节后直到深秋,日照的片片浅海里,都会出现一支支海上"高跷队",队员们踏着半米高的高跷,在一米多深的海水里,双手推着用细竹竿撑起的小网,推小虾儿。小虾多如牛毛。高跷队员每次擎网,都有二斤多小虾被收入虾兜。每天下来,每个"高跷队"队员,能推虾百余斤,用开水一燎,加盐晾干,就成了晶亮透明的地方名产——日照虾皮。我的发小经常会将一包虾皮儿塞进我的书包。对这美味,我不忍独享,放学路上,我会给要好的同学,每人捏一小撮儿。我们轻轻蠕动着嘴唇,仔细品味着大海的滋味,嘲笑着那些还没尝到新虾皮儿的孩子。

初识大海的富庶,是在我应征入伍之后。1963年冬,我来到军旅生涯的第一站——青岛胶南海防守备团二营五连。转年暮春,我每逢随老兵一道站末班岗巡逻时,正是渔民在浅海拔海螺壳,收八大蛸的时刻。渔民们常于头天晚上,将一根长绳拴着的三百多只海螺壳,成一线置于海底,翌晨就可以收获了。八大蛸最喜以螺壳为窝。渔民提绳时,壳壳都不落空。渔民用小铁钩儿将还在做梦的八大蛸一一钩出,就专等吃国家粮单位的后勤人员,前来购买了。渔民也总是在木船上支起的铁锅里,煮一锅八大蛸,就着饼子吃早饭。我和老兵站完末班岗,肚子也辘辘响了。未等靠近船只,渔民便热情地端过一盆用清水煮的八大蛸让我们品尝。正处于产卵期的八大蛸,最肥最鲜,那小拳头大的腹内,满满都是大米状的籽儿,蘸一点儿盐吃起来,那皮儿、蛸儿,又细软又肥润,那籽儿比腌得流油的鸭蛋黄儿,还要好吃得多。吃过后,渔民总是拒收钱,老兵总是掏出三毛五角扔下,拔腿带我就走。

1964年,全军开展"大比武"。总参要求海防部队的基层官兵,都要具备万米武装泅渡的本领。整个夏天,我与战友们经常肩背枪支在海里进行游泳训练。各种鱼儿不时会撞了我的胸,碰了我的脚。我还经常发现,一些外形像小白雨伞、半透明、头顶上长着若干粉红色肉球球的海蜇,在身边游弋。某日,它们那太阳帽状的琥珀似的体腔,引起我的好奇,竟顺手抓起一只海蜇戴在头上,被它一下蜇得额头和耳部都肿了起来。我两天未能参加训练,被老班长狠尅了一顿。

秋日,海风一刮,海潮一退,防区的沙滩,常会落下一簇又一簇的白花花的海蜇,连里便组织战士们去拣海蜇。地排车、小推车、大抬筐一齐上,拣上三两次,炊事班用白矾加盐让海蜇脱水,储于一个大缸内。又鲜又脆可拌各种凉菜的海蜇,会让全连从冬到春吃不完。

每到春汛、秋汛,连里会在休息日,组织战士用笸网去拉一些杂鱼杂虾。这年深秋的一日下午,地方的船老大告诉连长,到黄海南部深海区越冬的带鱼,一群又一群,正在连队防区内的海中集结。连长遂命会驶船的几个战士,以独木为桩,在海中定置了挂子网。第二天起网,一网竟捕获带鱼两千八百多斤。看着那眼球饱满,角膜透明,银粉闪耀的猎物;看着那相互纠缠着,盘成团儿,连成捆儿,正在进行最后一次生死恋的带鱼们,我和战友们无不乐得嘴角儿咧到耳朵。

走出黄海岬角的一隅,我见识了更豪壮,更富有的大海。在守备五连服役两年后,我先是调到青岛六十七军报道组搞报道,四年后又被选拔到前卫歌舞团创作室烹文煮字。这便使我更有缘去亲近邈远的黄海、渤海。

1966年,毛泽东发表了"五七"指示,提出全国各行各业都要办成一个大学校。部队原有的一小部分农副业生产,迅速得以扩大,去实现毛泽东提出的"生产自己需要的若干产品和与国家等价交换的产品"。当时,军所属守备师船运大队,聘请了地方的船老大,组建了船舶马力较大的海上捕鱼队。翌年五月,作为军部报道员的我,曾两次跟随捕鱼队,到黄海南部,去体验捕捞大黄花鱼的生活。在我过去的认知中,鱼儿们是一群群不会说话的哑巴,想不到大黄花鱼竟然也会唱歌。机动船在大海中耕涛犁浪,忽闻"咯咯"声、"呜呜"声,此起彼伏,聒噪于耳。"咯咯"之声,音阶颇高,就像铁锅里炒黄豆般一个个蹦出来的;"呜呜"声宛若孩童吹的小螺号,声调深沉而悠长。船老大告诉我,"咯咯"叫的是雄黄鱼,"呜呜"叫的是雌黄鱼。大黄花鱼的这种鸣叫声,是鱼群联络集结的信号。看来,大黄花鱼们似乎也懂得,"步调一致"才能奔赴理想的产卵场。船老大总能根据鱼叫声的高低和稠稀,判断出大黄鱼的"大部队"在哪里,网网下去,总是大有斩获。我跟随船队头次出海,就分享了捕得大黄花鱼两万余斤的喜悦。

上世纪七十年代初,已在前卫歌舞团工作的我,也曾有幸跟随军区养马场的捕捞队,于春汛时节,在黄河入海口的渤海湾捕捞过小黄花鱼。举凡大江大河入海处,都是鱼类、虾类产卵生籽的温柔之乡。黄河一路挟泥裹沙的入海口,富含从陆地上冲刷下来的多种营养素,自是小黄花鱼们最理想的繁衍地。那次捕捞,一网撒下拖到船边,网沉得拽都拽不动。几网拢来,满舱的小黄花鱼便压得船舷几与海面齐平。

在寿光羊角沟渔港卸鱼时,我看到了用虾皮儿组成的银色世界。那用各种网具捕来的正在晾晒的虾皮,一箔连着一箔,像铺开的白色锦缎,望也望不到边儿;那晒干后的虾皮,成堆,成山,成岭,如霜雕雪铸……

鱼有鱼路,虾有虾道,四季轮转,寒暑易节。昔年的鱼虾们,总是沿着一个完整的生命圈儿运行。原属蓬莱县管辖的长山岛一带,是渤海和黄海的分界线。蓬莱与长山岛之间,是宽阔的庙岛海峡。长山岛以北,有大小岛屿十几个。其中,砣矶岛与大钦岛之间,又是宽敞的渤海海峡。这些峡与峡、岛与岛之间,是中国对虾、带鱼、鲅鱼、鲳鱼、黄鲫鱼、青鳞鱼、白鳞鱼、舌头鱼、扁口鱼、鹰爪虾等数也数不清的鱼类、虾类,来渤海湾、莱州湾生育繁殖、洄游的生命大走廊,大通道。

大海是一个具有双重性格的伟大生命。涨潮与落潮,微波与洪涛,怒吼与低唱,温柔与狂暴,一直在它身上冲突着,交织着。昔年,渔民们驾着刳木小舟下海捕鱼,那如狮群般凶猛突然袭来的狂涛,不仅会将小船撞个粉碎,还曾使多少渔人身葬鱼腹。大海无风三尺浪,即使在风和日丽的天气里,渔民们驾船捕捞,也必须以心为舵,以胆作帆。于是,聪明的日照先民,发明了坛子网。坛子网是定置捕鱼工具。它的扁方形的大网口两侧,各有一揳入海底、竖于海中的一米多高的木桩,两个大土坛子,悬于海下的网口两侧,以浮力使网口张开,网中间呈锥形,鱼虾一旦进入,便成了囊中之物。渔民通过调整土坛子的高低,变换着网口的高低,这就能捕得海里上层、中层、底层的过往鱼虾。蓬莱、长岛的岛、礁之旁之畔,最易安置这种守网待鱼、专捕过路海物的坛子网。从清末到上世纪八十年代,蓬莱一带的坛子网,多为日照渔民来此捕鱼定置的。

中国对虾,仅产于渤海、黄海和朝鲜西部海岸。就味道而言,它们是世界诸多海虾中的"一哥""一姐"。当年渤海、黄海的中国对虾之多,今天听来会如闻天书。我曾翻阅过当年的一些渔业资料。《长岛水产志》载:"1955 年 4 月 10 日,庙岛乡坛子网一天收获大对虾二十万斤;1956 年 5 月,该乡坛子网一月捕大对虾一百七十万斤。"秋汛,中国对虾的收获也极为可观。当时,蓬莱、长岛的海产品收购站,常是虾满为患,即使六分钱一斤也拒收。日照渔民只得将四只就有斤把重的大对虾,像农民晒地瓜干一样,胡乱晒在沙滩上……

当今,中国对虾在渤海、黄海早已形不成鱼汛,市场上也基本上见不到了。在星级宾馆里,即使出二百元尝得一只,怕也是人工育苗,放海养殖的了。

直到20世纪70年代中期,祖国的大海还没明显透支它留给我们子孙后代的巨额财富。荣城沿海有一名叫青鱼滩的海滩。昔年农历五月,密匝匝的青鱼按惯例来这里产卵。青鱼在当地渔民眼里向被视为草芥。1973年春汛时,我在青鱼滩附近的渔港采访,却看见渔民将一船船捕来青鱼卸下,妇女和少年儿童,都飞快地挥动着剪刀,将从雌鱼腹中取出的红黄色的青鱼籽块,放进一个个的大铝盆里。一打听方知,日本人视青鱼籽为珍贵补品,一斤青鱼籽出口,能值五百斤小麦的价钱。

1975年4月到8月,我曾在牟平养马岛下连当兵。每逢星期天,战士们常带我一道穿起大裤衩,去海边的礁石下、海草中抓海参,不消两小时,便能抓得一大桶。连里还用长绳拴上两百余个钓鱼钩儿,让战士于傍晚时分驾小船投进海中;翌晨起钩,每每都钓得梭鱼、寨鱼、古董鱼、针良鱼、海鳗等各种鱼百斤上下。在这样的连队当兵,你不想吃鱼都难。某日,养马岛的渔民,一头午便捕得青鱼二十八万斤。当我随战士帮渔民卸鱼时,看着那小山似的青鱼堆,我惊讶得口舌打结。

时过境迁,在山东内地城市市民的餐桌上,以往能经常吃到的青鱼,到八十年代末,便神不知鬼不觉地全消失了。

地处北温带的渤海、黄海,不仅曾是众多鱼类、虾类的温馨故乡,也是巨鲸大鲨、海豚及贝类、藻类养生的福地。退潮时,大海会将近岸那大绿毯子哗哗收卷起来,袒露出一片又一片的海滩,并抛下像激战后子弹眼儿一样密集的花蛤、血蛤、青蛤、螺蛳儿。妇女和稚童赶海时,不大会儿便能拣得、抠得一桶一盆的小海鲜。盛夏的夜晚,在青岛、烟台、威海,乃至处于胶济线上潍坊、淄博、济南,我们都会看到这样的景象:街头巷尾、树荫之下,壮汉们光脊露背,女人们穿着仅可遮羞的短衫短裤,围着一张张矮桌消夏。每桌都摆几盆各种蛤蜊及一盘盘螺蛳儿,有的桌上还摆着一盆用海草熬的块状凉粉儿。男人们"吹着"啤酒瓶儿边吃边喝，女人们用牙签挑出螺蛳儿中细嫩的肉，边品咂边扯闲篇儿。这种底层市民的消遣方式，是对辛劳的慰安，是工作前的预备。这种休闲法儿，花不了几张票子，有钱人是体味不到这种生活的痛快的。

要想体悟大海丰厚的滋味，应先到位于莱州湾右岸的山东莱州。得天独厚的地理海洋环境，使得渤海、黄海的鱼类、虾类在这里应有尽有。明清两代，这里盛产的桃花虾，梭子蟹，爬虾，大、小竹蛏，向为皇室贡品。

曾在部队工作的岳父，退休后回莱州三山岛的乡下赋闲，就使我能够尽尝莱州的著名海产。

小小的桃花虾，是莱州湾在春天里献出的第一道美味。它的颜色像桃花似樱桃一样瑰丽明快。它籽粒饱满，煮熟后用以拌小葱、菠菜，吃起来无半点腥味儿，有的只是咀嚼不尽的清香。

大、小竹蛏，外壳像青竹节儿一样轻盈细巧，看上去如涂了一层翠绿的釉彩。煮熟剥开后，那白中略见淡红的肉棒儿，用以凉拌用以做汤，岂能用一个"鲜"字了得。

暮春是食用莱州爬虾的最佳时节。此时爬虾的籽与肉，吃起来鲜甜而嫩滑，清淡而柔软，有种特殊诱人的鲜味。用爬虾肉包水饺、做菜汤，历来都是莱州民间菜肴之上品。

我最爱吃的还是莱州三山岛的梭子蟹。梭子蟹雄蟹背面茶绿色，雌蟹背面赭红色，腹面均为银白色。二十年前，三山岛的梭子蟹，个头肥大，敦敦实实，两螯张开，横行无忌，一般都有斤把重，最大者二斤多。煮熟食之，壳中蟹黄有小鸡蛋大，一口吞不下；脐两侧那肥硕的肉，两口也吃不尽。比之淡水湖里的大闸蟹，得用竹签一下一下地挑着吃，惬意多了。吃莱州梭子蟹，最好是在仲春、仲秋。是时，梭蟹正肥，壳凸红膏，螯封嫩玉，只只都是肥脐，连小腿节里都是肉。一蟹吃罢百味淡，直如孔老夫子闻韶乐，三月不知肉味。

惜哉,当下在莱州吃到的梭子蟹,大都是人工育苗,放海养殖的。就是来了最为尊贵的客人,莱州人也拿不出二斤重的顶级梭子蟹来招待了。

真正能够让我领略到大海的"豪门盛宴",是在20世纪70年代。那时正在前卫歌舞团工作的我,经常随团赴各海防部队去慰问演出。当时部队和地方百姓的文化生活,都十分枯燥。团里的女演员一个个身材修长,婷婷然,袅袅然;男演员一个个潇洒英俊,堂堂哉,灵灵哉。前卫的到来不用发海报,战士和百姓就奔走相告。演出尚未进行,演员们走到哪里,都会引来跷脚探首的围观者。每次演出前后,歌舞团都会受到军、师、团三级领导和地方政府真诚殷勤的款待。在烟台、长岛、荣城、石岛,摆的都是"海鲜全席"。海参、鲍鱼、中国对虾是不会少的,名贵的加吉鱼、独特的圆斑星鲽是不会少的,海肠、海胆也是不会少的,大黄花、小黄花只能处于点缀位置。当时长岛、石岛一带野生带刺海参,二十个头一斤的一级参,不过两元钱,现在一万多元一斤的刺参,还是人工养殖的。当年前卫的演员们,面对红烧的大刺参,冲着它的高蛋白、高营养、零胆固醇,也会首先将之吞食。全身呈淡红色的加吉鱼,因产量少更显名贵,其肉质细腻,味似山鸡,当地渔民称它为"海底鸡",演员们也绝不会放过这道美味。圆斑星鲽,是渤海、黄海的独有鱼种。它黛黑色椭圆形的背上,生有花纹花斑,看上去像一只卧在盘中的大黑蝴蝶。演员们欣赏着这道菜的美丽,迟迟不忍动筷。做大黄花鱼时,接待方总是变着花样来。有时将肉馅塞进鱼腹清蒸,有时放上些海中紫菜煮汤,有时用糖醋做成松鼠鱼……

平日,女演员在团里的餐桌上吃饭,那红唇总是似张非张。饭菜含在她们的嘴里,弯弯曲曲地打一回会转儿,才勉强咽了下去。但面对这"海鲜全席",她们却像男演员们一样,尽情饕餮,失却了平素的娴雅和文静。男演员们在首长敬完酒后,便开始大吃大嚼；肚儿已是填饱了，咂着嘴巴还想吃。我在遍尝这些海珍海鲜时，还尤喜爱用面酱炖的小黄花鱼。吃着那洁白的蒜瓣子肉，使我的味蕾产生着不可名状的愉悦。

令人惋惜的，这"豪门盛宴"中的加吉鱼，在上世纪80年代就不见了；野生的圆斑星鲽，也在90年代消失了。

山东渔民有"生吃蟹子活吃虾"之说，其意是讲吃海鲜就是吃个新鲜。1988年深秋，我与天南地北的文友，在威海参加了一次文学活动。期间，我带他们去荣城石岛渔港，沿用船老大们在船上的做法，专吃了一次清炖带鱼。接待方将刚从渤海里打上来的带鱼，切成段儿，加上盐，便在大铁锅里用清水煮炖，再放一点儿白酒除腥。当锅里漂起一层白中见黄的带鱼油时，就一大碗一大碗地端上了桌子。带鱼有渤海、黄海与东海、南海之分，渤海、黄海产的带鱼，其宽度明显比东海、南海的要大，肥度也高。渤海、黄海产的带鱼，肉质细腻嫩润；南方带鱼的肉质，显得粗糙板滞。福建的一文友第一次吃渤海带鱼，连连击节称叹："太鲜太美了，这简直是大海献出的抒情诗！"辽宁的一位作家，第一次吃到这种做法的渤海带鱼，文思奔涌："朴素才是真的高贵，纯朴才是美的魅力！"

参加活动的文友们，让我转告接待方，他们很想吃一次威海名吃——鲅鱼水饺。接待人员让威海一渔家开的餐馆，用新打的鲅鱼和刚割的秋韭，包成了鲅鱼饺子，煮了满满两大锅。姑娘的脸红胜过一大片情话。一位女编辑，一气儿竟吃了两大盘鲅鱼水饺，足见她对这原汁原味的水饺的钟情……

带鱼和鲅鱼，曾是山东海上两大经济鱼种。令人浩叹的是，渤海中的带鱼早已难觅踪影，黄海中的带鱼今也寥若晨星。它们已和齐鲁百姓"拜拜"，也成为人们味蕾的永久记忆。

孟老夫子在《鱼我所欲也》的文章中，将"鱼和熊掌"、"生与义"是相互定义的。他告谕人们，在面对两难选择时，要取"重"

舍"轻",要取"贵"舍"贱"。当今,渤海、黄海的一些鱼类、虾类,之所以由盛而衰,由衰而竭,我们不难找到答案:是条条江河挟着污浪,挑衅了大海的蔚蓝与壮丽;是注入大海的毒汁毒液,扼杀着大海的高贵和富足;是过度的捕捞,又加速了它们的失势与颓败。

鱼,人之所欲也。生态环境与人的味蕾也是相互定义的。是要绿色的CDP,还是要黑色的GDP,无疑已成为当今世界一个极为严肃的命题。

味道与世道

我是从五莲大山中走出的孩子,生就了一副庄户肚子。山东各地的朋友都了解,滴酒不沾的我,是最好招待的客人。餐桌上,只要有一碟花生米,一碗卤水做的热豆腐,一盘豆芽或香菜梗儿炒肉丝,再加两三种时鲜蔬菜就足矣。他们也知道,除了海蟹、爬虾、带鱼、巴鱼、黄花鱼等常见海鲜外,至于鱼翅、燕窝、多宝鱼、松皮鱼等名贵海珍,我是从不动筷的。肉类中,我只吃猪肉、鸡肉、羊肉、牛肉四种,至于鹿肉、野猪肉、熊掌、穿山甲、珍珠鸡等稀罕之物,我从未尝过。如果有一盘蛇肉上了桌,我就会神经质似的产生了一种恐惧,这顿饭便再难下咽了。这倒不是因为我那时就有了环保意识,是从小养成的心理习惯使然。

近些年来,由于有毒、有害、有污染的食物不断曝光,平素就爱挑食的我,每参加宴会,心中总布上警惕的"岗哨"。越是高档宴会,我越是吃不饱。我冰柜里总是储有从家乡捎来的煎饼、锅饼、桲萝叶粽子和无糖月饼;在参加宴会前,就从冰柜中取出其中一样,以备宴罢归家后食用。

商品经济的"高速列车"隆隆驶过,一些人的思想却被甩出了轨外。只要我们的良知还没有泯灭,只要我们五官所具有的听觉、视觉、味觉、嗅觉、触觉依然敏锐,就能深切地感受到,在饮食中所发生的道德、伦理上的种种病变,已使多少善良的心因被戕害而颤抖过,甚至哭泣过。

  2007年年底,震惊中外的河北石家庄"奶粉事件"被戳穿时,我的小孙子檀檀出生才三个多月。隔辈亲是世人通有的情愫。孙辈的笑声和哭声,在爷爷、奶奶听来,都是生命之泉里最美的音乐。在檀檀出生前的几个月,妻子就读了一大堆育婴书籍,并标出了要点,还逼我也从头浏览了一遍。孙子降生那天,在济南工作的六弟,电话中向住在老家的九十二岁的老父报喜,老父竟未扣电话,便拄着拐杖走出院门,见来人就讲:"俺有了重孙子了!"老母亲更是把早已备好的喜糖,乐颠颠地分遍了全村。檀檀的母亲缺奶水,他一呱呱坠地就喝奶粉。孙子喝的是进口奶粉。在惊闻"奶粉事件"的当天,妻子还是抱着檀檀到省妇幼保健医院去排队、查体、抽血、化验,忙活了大半天,见无任何问题,她那颗吓得像十五个吊桶七上八下的心,才平复下来。檀檀喝的奶粉有三种,妻子又听说有些进口奶粉,实则是国内生产的,就又慌乱起来。她立马催促儿子、女儿,一齐上网查询,见国家有关部门公布的问题奶粉的黑名单上,没有孙子喝的那三种,才长嘘了一口气。推己及人,可以想见,那些被有毒奶粉糟蹋了的孩子们的父母及其爷爷、奶奶、姥爷、姥姥、姑姑、舅舅……其心情该是何等的悲切和无奈!一个孩子关联着那么多人,这叫十指连心啊。

  当今人们参加各种场合的宴会,仅有一颗提防之心已远远不够,嘴边得多设几个把门的。去年十月,央视及多家媒体,跟踪深度报道的"假燕窝事件",又让高级食客骨折心惊。燕窝主要产自印尼、马来西亚、菲律宾等国。金丝燕及同类燕子吞下海藻后、吐出的胶状物质凝成的燕窝,分白燕、血燕两种。昔年,血燕是皇帝老儿及达官贵人的专享之物。血燕仅产自印尼、马来西亚的几个山洞和岛礁,年总产充其量也不到一千斤。国内外的奸商号准了中国的富人爱面子、讲排场的脉搏,便挖空心思,设局敛财。千斤血燕根本压不下中国消费大市场的"定盘星"。于是,山寨版的伪劣假冒燕窝,遂充斥于市场。奸商们的西洋景儿被戳穿之后,那些赚足黑心钱的商人,竟狗胆包天地冒充某国燕窝协会官员,在我国南方某市召开新闻发布会,满嘴喷粪地继续以售其奸。记者们经过几番"侦察"与"反侦察",终使燕窝的"庐山真面貌"大白于天下。白燕窝多为人工造假的产物,血燕窝百分之百是假货。那血燕窝全是将劣质白燕窝,用臭烘烘的燕子屎加温熏成的。燕窝所以能形成从国外到国内,从总经销到零售的多达两百多亿元的利益链,是因在这长长利益链的每个链环上,都能获取大把大把的"过路钱"。

前些年,那圆桌旁从美女花瓣似的嘴唇边,飘出的有关燕窝如何如何的柔言蜜语,今已成为让人们极为厌恶的咒符。

多年来,我从没有吃过燕窝、鱼翅。我不相信,有那么多金丝燕会去泣血垒筑燕窝,以供中、高档酒店去烹制这道稀世之馔;我也不相信,有那么多的鲨鱼翅儿,可让天下食客随时随地都能吃到"红烧鱼翅"这稀有之肴。

当今,为达目的不择手段的功利主义哲学之泛滥,已使得人心不古。我这样的庄户肚子所需的寻常食品,要想吃到它们的原汁原味,也已变成一种奢侈了。大凡四十岁上下的人,会和我有着同感:二十年前的红烧肉的味儿品不到了,辣子鸡块的味儿品不到了,清炖鸭汤的味儿也品不到了。猪仔养上三个月,就能长到二百来斤;肉食鸡养上四十五天,体重就能达到五六斤;鸭子养上三十八天,体重可达六斤以上。这些生命的神话里,含纳的是味道的畸变,滋味的流失。食品专家说,只要按有关标准饲养,这些速成的猪、鸡、鸭,不会对人的身体健康造成损害。然而,人之吃饭,绝不仅是为了塞饱肚皮,这种让肠胃代替舌头的活法,与提高幸福指数,享受生活的说辞,是二律背反的。

味觉是拒绝遗忘的。平素以猪肉为主要肉食的我,在发现猪肉的味道渐行渐远时,我就让家乡的亲朋,于每年的几个大节日,把自养的圈猪宰后,给我送些来,存入冰箱中。这就使我感到,昔年的肉香大致还在。近几年来,六弟的连襟,在家办了个小企业,并承包了一座小水库和百亩山地,用以养猪、养鸡、养鸭、养鱼、养虾。这位亲戚有些文化水平,憧憬田园生活。他还在靠近水库的土地上,种了几亩有机蔬菜。小企业没啥贵重物品去打通各种关节,他的这些绿色食品,竟大受方方面面的欢迎。他知道,我对食物非常挑剔,愿将他这"绿色庄园",成为我家食品供应的"小基地"。这样,我家吃的猪肉、土鸡和河虾,就有了固定来源。这也使我和全家,躲过了"瘦肉精"的侵害。

我爱吃花生。花生在家乡俗称长生果。它躺在外硬内柔的小摇篮里长成的仁儿,煮、炒后,它会把心灵的芳香献给劬劳的农人;经过压榨,它又能把身躯化成黄澄澄的油,让父老乡亲健筋强骨。前些年,我觉得市场上的花生大大变了味的时候,便向家乡的亲朋伸出了求援之手。在五莲金矿工作的五弟,于老家租赁了六亩山地,轮种花生和玉米。五莲是山东花生的主产地之一,乡亲们有自榨花生油的习惯。这样每年花生下来后,我便有了五弟给我炒的带壳的花生吃;所榨的油,也足能供应我全家及我在外地工作的弟弟妹妹们。这就使得乡亲们和我全家,都躲过了"地沟油"向人类道德底线的挑战。

我爱吃豆芽炒肉丝。好猪肉有了,鲜美的豆芽,在市场上却早就买不到了。我曾按照老家的程序去生豆芽,谁知豆芽刚拱出尖儿,豆体却有些发霉了。是自来水中的漂白粉,还是铝盆儿缺乏了透气性,扼杀了豆芽的柔嫩生命,我不得而知。韭菜、菠菜、老来少扁豆、芹菜,是我平素最爱吃的几种蔬菜,在我未被济南马姓朋友列入到他自种菜园里随时可采摘的名单之前,我所爱吃的这些蔬菜,也多是家乡的亲友,隔月差季送来的。

有些人脉关系的我,想吃点儿原汁原味的肉食和蔬菜,竟也如此曲折和艰难;而城里普通市民的束手无策,就可想而知了。

一切社会问题的答案,往往不是事物的中心。"中心"常常存在于形成答案的来因去迹里。粮食、蔬菜,乃至以农作物为饲料转化而成的大部分肉类,它们的味道所以渐行渐远,其"元凶大恶"就是化肥和农药。

化肥和农药的发明,无疑是人类农业史上之里程碑式的伟大发现。

我国农村初用化肥的一段时间里,那油绿油绿的庄稼叶子和金光闪闪的玉米棒子,曾给农人带来多少丰收的欢乐。农药的使用,也让天下百姓,远离了飞蝗蔽天和害虫横行,所造成的或颗粒无收或大面积减产的惨剧。然而,"物或损之而益,或益之而损";由于农田经年使用、依赖化肥,致使土壤渐渐板结,让庄稼的根须难以深扎下去。专家们称,化肥不仅能改变食品的口味,它含有的硝酸物质,会被人体的细菌还原成对人体有害的亚硝酸盐。亚硝酸盐如在人体内积累过多,能引起多种病变。报载,峨眉山的猴子也患了"三高症",是因吃了游客所投给它们的食物造成的。农人依靠化肥增产的路,已快走到了尽头。自2004年至今,中央"一号文件",都强调使用有机肥,提高土壤的有机质,去发展生态农业。

农药不断地升级换代和滥使滥用,使害虫的抗药性越来越强。一些剧毒农药的随意喷洒,在杀死害虫的同时,也破坏了大自然的生物链。近些年,韭菜中毒事件所以时有发生,是少数菜农在韭菜根部直接灌注国家严禁使用的剧毒农药而致。其他蔬菜,使用国家禁用农药的事例,也不少见。难怪当今有人发出"菜篮子变成了药罐子,肉片子变成了药丸子"的呐喊。

染房里难找出一尺白布。今天的城里人要想吃到不施化肥、不喷农药,少使化肥、少喷农药的蔬菜和粮食,已是很难很难了。

去年国庆节,我到青岛即墨市度假。当地一位朋友,在他海边的家中,请我吃了一顿农家饭。那喧腾腾的馒头,竟让我找回了母亲在七八十年代,给我做的馒头的味道。一问方知,他自种的两亩麦田,根本没施化肥,面也是用石磨磨的。饭后,还剩有六只馒头,贪婪的我要求主人,给我打包带回济南,好放在冰箱里,再分成几回食之。我喝的日照绿茶,所以有那么好的口味,也是因一没施化肥;二没喷农药。

生态失衡,已成为当今人类的"世纪劫难"。化肥、农药,不仅施之于田野,也漫溮于水域。在水库、池塘里用化肥肥水,已成为公开的秘密。傻头呆脑、浑吃浑喝的鱼儿,在这肥水里,可以长得又大又胖;而那乖巧灵动、有着洁癖的河虾,却难承受生命之轻。现在河虾已愈来愈少。我儿时投笼河边便可获虾的情景,只能在梦中浮现了。世风日下,更有个别捕虾人,将"敌杀死"、"氯氰菊酯"等农药,喷洒于水库的边角及池塘里。中毒的虾儿们,或会痛苦地蹦到岸上或猝死漂浮在水边,任捕虾人去拾去捧。这等捕虾法儿,让河虾断子绝孙、无影无踪的时日,恐也不远了。

追逐金钱的活动,在中国从来没有像今天这样来势汹汹;对金钱意义的张扬,也曾未达到像今天这样藐视道德法则的地步。造假、贩假是获取金钱的捷径之一。有人这样形容社会的怪现状,说除了亲生母亲不假之外,余者都可打个问号。仅就食品而言,炸油条掺洗衣粉,做蛋糕加化肥,用井水冒充四千米海拔雪线上的矿泉水,用瘟鸡做成名牌烧鸡,用病猪肉做成高档香肠,用还未长成就病死的养殖对虾、基围虾做成一级海米,已是见怪不怪;而用福尔马林发海参、泡虾仁,用氨水发豆芽,更是司空见惯了。儿时,我见山羊对驴、牛啃过的草是从来不吃的,便觉得羊肉最干净。去年,几起用"瘦肉精"饲羊的案例曝光后,使我这偶吃涮羊肉的人,不得不发出这样的感慨:人啊人,你难道真的就是一种复杂的,矛盾的,无法预料其前途,同时又具有既能行善又能作恶,充满无限潜力的两腿动物吗?

是金钱的"鼓风机",加速吹散着食品的原汁原味……

家宴难再

从城市到乡镇,从五星级宾馆到小餐馆,公款吃、私家请,中国变成一张大餐桌,是近二十来年的事儿。在这之前,家中来了亲朋挚友,都是摆家宴。那时节,主人摆的家宴,一般都是吃"温情",吃"真诚",吃"地道",吃"滋味";而绝不像当今富豪们在豪华饭店里宴客,是吃"派头",吃"身份",吃"价格",吃"阔气",乃至吃"陪酒女郎和服务生的美丽"。

我生性邋遢,不修边幅,有人曾谑称我是"连队司务长"。只有文坛的几位师辈和一些老朋友知道,我能做一手好菜,且中、西餐都能做上几样。

我做菜的手艺是于上世纪七八十年代,在前卫歌舞团工作时学会的。"曾经沧海难为水",团里的演员们因经常下部队慰问演出,一个个都把嘴巴吃刁了。回到团里排练之余,就一门心思地琢磨着吃。常常是摆起家宴,你请我、我请你,这家吃了那家吃。"厨子将军"出于卒伍,请来吃去,竟拔萃出两位能与大饭店厨师一比高下的人物。他俩一姓吴,一姓刘,皆来自哈尔滨,都是男高音,却又都难充当独唱演员。这就使吴、刘二人,有足够的时间习练厨艺。吴、刘的厨艺很快就在山东文学界、艺术界播扬。省城如果哪位名作家、名演员家中来了贵客,就慕名或请吴或邀刘,前去一展其蒸炒烹煎、色香味形,无一不佳的厨艺。《花环》发表前,我与吴、刘就是文友兼"吃友"。《花环》在《十月》刊出后,家里来的重要客人多了,就请吴、刘分头采买原料,再一齐帮我置办家宴。耳濡目染,我也就学得了几手。后来,歌舞团对能厨者排座次,我竟列吴、刘之后,坐上"季军"的位置。

为拍《花环》的电影,谢晋先生与上影厂的领导来到济南。在军区首长宴请了谢晋一行之后,吴、刘再三提醒我,要摆一次家宴,让他俩也结识一下鼎鼎大名的谢晋。当时,歌舞团有句暗语,如果谁人的家宴丰盛了,退席前就齐喊一声:"灯光布景玉堂春。"我在征得谢晋同意后,吴、刘两位就列出了二十四道菜的菜单。见表现厨艺的机会来了,吴便坐着团里派的吉普车,去跑水产店、肉品店;刘就骑上自行车,躬着腰"日日"地穿行在大街小巷,采买菜蔬、果品和作料。那时节,只要肯出些钱,摆家宴用的各种上好原料,在省城皆能买到,不消大半天,吴、刘就将做菜用的一应物品,买了个齐齐全全。

家宴开始后,一大盆凉拌菜,就让上海客人怔住了。这道菜是以胶州大白菜心为主料,以燎菠菜、燎胡萝卜丝和龙口粉丝及薄鸡蛋饼切的丝儿与爆炒过的肉末为配料,添以炸花椒油、炸干辣椒,调以日照海米、金乡大蒜泥,再点上少许潍坊崔家小磨香油和淄博王村醋,搅拌而成的。上海人吃凉菜,用的都是小盘儿、小碟。这次家宴,先给每人盛上的是一中碗儿。吃着这七颜六色,多味咸集的大拌菜,客人们除了赞扬还是赞扬。

席间,还上了用猪外脊肉蘸了鸡蛋清、粘上法式面包渣炸的猪排;上了用四个一斤,渤海湾产的中国大对虾烹制的虾排;上了以沂蒙黑山羊的肋扇肉,加土豆、圆葱、卷心菜、番茄酱做成的罐焖羊肉;上了以滑好的里脊肉丝,加章丘大葱丝、莱芜姜丝炒的鱼香肉丝;上了用烟台张裕葡萄酒炒的法式葡萄酒鸡块⋯⋯这些菜,备受上海客人的喜爱。

席间,性情中人谢晋先生,吃喝得兴奋逾恒,竟拎着酒瓶,端着酒杯,两次进厨房给吴、刘这两位"名庖"致"颁奖词":"做菜也是艺术,你们太有艺术感觉和悟性了!"

这次家宴,给沪上客人留下的印象很深,一个个吃得有滋有味,无不鼓腹而归。

谢晋导演把这次家宴的事儿,告诉了他的好友、我的恩师冯牧先生。冯牧登泰山在济南逗留时,提出不吃宾馆,要尝尝我的家宴。为表示对先生的钦敬,我又摆了次"灯光布景玉堂春";并亲自下厨,调制了大拌菜,炒了鱼香肉丝和法式葡萄酒鸡块。冯老回京后,又把我的家宴"推荐"给文学评论家唐达成,达成先生来济时,我也如法"炮制"。后来,解放军文艺社的几位社长和北京几家文学刊物的编辑来山东组稿时,我也以"灯光布景玉堂春"的家宴,热情款待过他们。

在中国诸多传统节日中,中秋节和春节是最为百姓看重的。这两大节日,不仅意味着阖家团圆,还在于能品味亲情,品咂人间至乐。一家人围桌而坐,吃着团圆饭,那种幸福温馨的感觉,是其他任何形式都无法替代的。

前些年,每逢中秋和春节,我都亲自下厨,为家人做大拌菜,做儿子、女儿最爱吃的炸猪排、虾排和水果沙拉。吃着我做的可口饭菜,妻子常会对孩子们说:"你老爸不当作家,做个厨子,也能养活咱这一家人。"

没有二斤铁,谁也打不了大刀;没有桲萝叶,谁也包不了一对一斤多重的大粽子。如今,随着黄海、渤海多种鱼类、虾类的绝迹和消失,随着一些蔬菜、果品原汁原味的渐行渐远,妻子即使给我戴更大的"高帽",我也不能为儿女们做什么猪排、虾排之类的佳肴了。至于那曾被贵客们交口称誉的家宴,我更是办不成了。就是小车耗干了油,家人跑断了腿,也绝不可能采买到那些上好的原料了。

据我所知,前卫歌舞团当年那"你请我、我请你"的家宴,也早成为昨天的花朵了。现代科技不仅让城里住户的门上按上了

"山猫眼",甚至还在门旁挂上了"可视门铃",使得人们躲进公寓成一统,扣紧门儿朝天过。时光之波,流失了待客家宴的味道,也流失了人与人之间原有的坦诚。如今,难见有谁接待客人还摆家宴,到宾馆、饭店去吃喝一番,已成为"不约之约"。

没有人能在需要与奢侈、明智与热切之间,画出一条明显的界限。

也很少有人想到,当人们用双手紧紧握住金钱和财富的时候,偶尔伸开手掌一看,一些固有的美好的东西,却像烟雾一样悄悄飘散了。

造物主从来没有欺骗过我们,欺骗人类的只能是人类自己。

童年的滋味,我记忆中的相思树,已渐渐朦胧了,渐渐远去了;

昔年的味道,我记忆中的五彩云霞,已渐渐退色了,渐渐暗淡了。

事已至此,我复何言;天下苍生,又能何言……

2012年7月8日于济南
(原载《十月》2012年第5期)